HEYNE <

Estelle Maskame

Dich darf ich nicht lieben

DARK LOVE 1

Roman

Aus dem Englischen von
Cornelia Röser

WILHELM HEYNE VERLAG
MÜNCHEN

Die Originalausgabe DID I MENTION I LOVE YOU?
(DIMILY Series) erschien bei Black & White Publishing Ltd. Edinburgh
Die Übersetzung wurde gefördert durch
das Europäische Übersetzer-Kollegium in Straelen

Der Verlag weist ausdrücklich darauf hin, dass im Text enthaltene externe Links vom Verlag nur bis zum Zeitpunkt der Buchveröffentlichung eingesehen werden konnten. Auf spätere Veränderungen hat der Verlag keinerlei Einfluss. Eine Haftung des Verlags ist daher ausgeschlossen.

MIX
Papier aus verantwortungsvollen Quellen
FSC® C083411

Verlagsgruppe Random House FSC® N001967

7. Auflage
Vollständige deutsche Erstausgabe 5/2016

Neumarkter Str. 28, 81673 München
Printed in Germany
Umschlaggestaltung: Nele Schütz Design, München,
nach dem Originaldesign von stuartpolsondesign.com
unter Verwendung der Bilder von Shutterstock
Satz: Fotosatz Amann, Memmingen
Druck und Bindung: CPI books GmbH, Leck
ISBN 978-3-453-27063-3
www.heyne.de

Für meine Leser, die von Anfang an dabei waren.
Denn dies ist nicht mein Buch, sondern unseres.

Kapitel 1

Wenn ich aus Filmen und Büchern eines gelernt habe, dann, dass Los Angeles die coolste Stadt mit den coolsten Leuten und den coolsten Stränden ist. Und deshalb habe ich immer – wie wohl jedes Mädchen – davon geträumt, eines Tages den Golden State zu besuchen. Irgendwann wollte ich über den Sand von Venice Beach joggen, die Sterne meiner Lieblingsstars auf dem Walk of Fame berühren und einmal hinter dem Hollywood-Schriftzug stehen und über die wunderschöne Stadt blicken.

Das, und das andere langweilige Zeug, das man als Touri so macht.

Einen Knopf im Ohr, achte ich halb auf die Musik und halb auf das Gepäckband, das vor mir seine Kreise zieht, während ich verzweifelt nach einer freien Stelle suche, um meinen Koffer vom Band zu holen. Ich finde eine Lücke und quetsche mich hinein. Um mich herum drängeln und rufen die Leute, eine Frau schreit ihren Partner an, ihr Gepäck sei gerade vorbeigefahren, und er schreit zurück, es sei gar nicht ihres gewesen. Ich verdrehe die Augen und konzentriere mich auf den khakifarbenen Koffer, der auf mich zukommt. Dass es meiner ist, erkenne ich an den Songtexten, die ich mit schwarzem Filzstift auf die Seiten geschrieben habe. Energisch packe ich ihn am Griff und zerre ihn so schnell wie möglich vom Band.

»Hier drüben!«, ruft jemand hinter mir. Die erstaunlich

tiefe Stimme meines Vaters erkenne ich sofort, obwohl sie halb von meiner Musik überlagert wird. Ich könnte die Lautstärke bis zum Anschlag aufdrehen und würde ihn wahrscheinlich trotzdem noch aus kilometerweiter Entfernung hören. Diese Stimme ist mit zu viel Wut und Schmerz verbunden, um sie zu ignorieren.

Als Mom mir erzählt hat, dass Dad mich für den Sommer zu sich einlädt, kriegten wir beide erstmal einen Lachanfall, weil es einfach so hirnrissig war. »Du brauchst nichts mit ihm zu tun zu haben«, hat sie mir seitdem jeden Tag versichert. Drei Jahre lang hatten wir nichts von ihm gehört, und dann sollte ich plötzlich den ganzen Sommer bei ihm verbringen? Es hätte doch gereicht, wenn er mich vielleicht hin und wieder mal angerufen hätte, um zu fragen, wie's mir geht, und nach und nach wieder Anteil an meinem Leben zu nehmen. Aber nein, er hat beschlossen, den Stier bei den Hörnern zu packen und mich gleich für acht Wochen zu sich einzuladen. Mom war total dagegen. Sie fand, er habe keine acht Wochen mit mir verdient, und meinte, damit könne er die bereits verlorene Zeit auch nicht wieder aufholen. Aber Dad ließ nicht locker und versuchte immer eindringlicher, mich davon zu überzeugen, dass ich Kalifornien lieben würde. Warum er plötzlich aus heiterem Himmel beschlossen hat, sich zu melden? Ich weiß es nicht. Vielleicht hofft er, die Beziehung zwischen uns wieder kitten zu können – eine Beziehung, die er abgebrochen hat, als er einfach weggegangen ist. Ich bezweifle, dass das überhaupt möglich ist. Trotzdem habe ich irgendwann nachgegeben und meinen Vater angerufen, um ihm zu sagen, dass ich komme. Allerdings hatte meine Entscheidung weniger mit ihm zu tun, als eher mit der Vorstellung von heißen Sommertagen und herrlichen Stränden und der Möglichkeit, sich in ein braungebranntes Abercrombie-&-Fitch-Model mit Eightpack zu verlieben. Außerdem gab es da noch einen anderen Grund, warum ich Portland gerne eintausendvierhundert Kilometer hinter mir lassen wollte.

Ich bin also nicht sonderlich begeistert, die Person zu sehen, die gerade auf mich zukommt.

In drei Jahren kann sich eine Menge verändern. Vor drei Jahren war ich acht Zentimeter kleiner als jetzt, mein Dad hatte damals noch keine sichtbaren grauen Strähnen im Haar, und diese Situation wäre nicht so absurd gewesen.

Ich gebe mir alle Mühe zu lächeln – oder zu grinsen –, damit ich nicht erklären muss, warum ich so ein mürrisches Gesicht mache. Es ist immer viel leichter, einfach zu lächeln.

»Schau an, da ist ja mein kleines Mädchen!«, sagt Dad. Er macht große Augen und schüttelt ungläubig den Kopf darüber, dass ich nicht mehr genauso aussehe wie mit dreizehn. Wirklich schockierend, dass eine Sechzehnjährige sich seit der achten Klasse tatsächlich verändert hat.

»Ja«, sage ich und ziehe den Knopf aus dem Ohr. Das Kabel baumelt in meiner Hand, und aus den Kopfhörern vibriert leise die Musik.

»Du hast mir gefehlt, Eden«, sagt er, als müsste es mich überglücklich machen zu hören, dass mein Vater, der seine Familie verlassen hat, mich vermisst. Vielleicht erwartet er, dass ich ihm in die Arme falle und ihm auf der Stelle alles verzeihe. Aber so funktioniert das nicht. Vergebung kann man nicht erwarten, man muss sie sich verdienen.

Doch wie dem auch sei, ich werde acht Wochen lang bei ihm wohnen. Da sollte ich wohl wenigstens *versuchen,* meine Feindseligkeit zu verbergen. »Du mir auch.«

Dad strahlt mich an, dabei graben sich die Grübchen in seine Wangen wie ein Maulwurf in die Erde. »Gib mir die Tasche«, sagt er, nimmt meinen Koffer und zieht ihn auf den Rollen hinter sich her.

Während ich ihm durch den L.A. International Airport folge, halte ich angestrengt nach Filmstars oder Models Ausschau, die vielleicht zufällig direkt an mir vorbeilaufen, aber auf dem Weg nach draußen kann ich niemanden entdecken.

Auf dem riesigen Parkplatz schlägt mir Wärme ins Gesicht, die Sonne kribbelt auf der Haut, und ein leichter Wind fährt mir durch die Haare. Der Himmel ist größtenteils blau, abgesehen von ein paar zaghaften Schleierwolken.

»Ich dachte, hier wäre es heißer«, bemerke ich und bin ein bisschen angefressen, weil Kalifornien doch nicht vollkommen frei von Wind und Wolken und Regen ist, wie die ganzen Klischees immer behaupten. Nie wäre ich auf die Idee gekommen, dass die öde Stadt Portland im Sommer heißer sein könnte als Los Angeles. Echt enttäuschend, in diesem Moment möchte ich am liebsten gleich wieder nach Hause, obwohl Oregon auch nicht gerade der Hit ist.

»Es ist doch trotzdem ziemlich warm«, sagt Dad und zuckt mit den Schultern, als wollte er sich im Namen des Wetters entschuldigen. Ich werfe ihm einen Seitenblick zu und kann förmlich sehen, wie er sein Hirn nach etwas durchforstet, was er sagen könnte. Aber es gibt nichts zu sagen, außer wie unbehaglich diese Situation ist.

An einem schwarzen Lexus bleibt er mit meinem Koffer stehen, und ich beäuge den polierten Lack skeptisch. Vor der Scheidung haben Mom und Dad sich einen klapprigen Volvo geteilt, der alle vier Wochen liegengeblieben ist. Wenn wir Glück hatten. Entweder ist sein neuer Job extrem gut bezahlt, oder er wollte damals nicht so viel Geld für uns ausgeben. Vielleicht waren wir ihm das nicht wert.

»Ist offen«, sagt er und deutet mit dem Kinn auf den Wagen, während er den Kofferraum öffnet und mein Gepäck hinein befördert.

Ich gehe zur Beifahrerseite, setze den Rucksack ab und steige ein, das Leder unter meinen nackten Oberschenkeln ist glühend heiß. Schweigend warte ich einige Sekunden, bis Dad sich hinters Lenkrad klemmt.

»Und, hattest du einen guten Flug?«, fragt er, offenbar in dem Versuch, ein normales Gespräch anzufangen. Er lässt den Motor an und setzt aus der Parklücke zurück.

»Ja, war in Ordnung.« Ich schnalle mich an und starre dann ausdruckslos auf die Straße, den Rucksack behalte ich auf dem Schoß. Weil die Sonne blendet, krame ich meine Sonnenbrille aus der Fronttasche des Rucksacks und setze sie seufzend auf.

Ich kann förmlich hören, wie er schluckt, bevor er tief Luft holt und fragt: »Und wie geht's deiner Mutter?«

»Fantastisch«, sage ich schon fast zu enthusiastisch, weil ich unbedingt betonen will, wie gut sie ohne ihn zurechtkommt. Sie kommt gut zurecht. Nicht direkt fantastisch, aber auch nicht schlecht. In den letzten Jahren hat sie sich sehr bemüht, die Scheidung als eine Erfahrung anzusehen, aus der sie lernen kann. Sie möchte glauben, dass sie dadurch eine lebensbejahende Botschaft erhalten hat oder weiser geworden ist. Aber wenn ich ehrlich sein soll, hat es nur dazu geführt, dass sie Männer hasst. »Ging ihr wirklich nie besser.«

Daraufhin nickt Dad und hält das Lenkrad fester. Wir verlassen das Flughafengelände und fahren auf den Boulevard. Die Straße hat viele Spuren, und auf jeder sausen die Autos nur so dahin. Der Verkehr ist dicht, aber es geht relativ zügig voran. Das Stadtbild wirkt offen, über die Straßen neigen sich keine hoch aufragenden Wolkenkratzer wie in New York, aber sie sind auch nicht von Bäumen gesäumt wie in Portland. Die einzige wirklich positive Erkenntnis: Es gibt wirklich Palmen. Ein Teil von mir hat sich immer gefragt, ob sie womöglich nur ein Mythos sind.

Wir fahren unter einer Ansammlung von Straßenschildern hindurch – eins über jeder Spur –, auf denen die umliegenden Städte und Viertel angezeigt werden, doch wir sind so schnell, dass ich die Namen nicht entziffern kann. Als sich die Stille erneut ausbreitet, räuspert sich Dad und startet einen neuen Anlauf.

»Santa Monica wird dir gefallen.« Er lächelt kurz. »Es ist eine tolle Stadt.«

»Ja. Hab's gegoogelt.« Ich lehne meinen Arm ans Fenster und schaue stur auf die Straße. Bis jetzt sieht L.A. nicht so glamourös aus wie auf den Bildern im Internet. »Da gibt's diesen komischen Pier, oder?«

»Genau. Den Pacific Park.« Ein Sonnenstrahl fällt auf den goldenen Ehering an seinem Finger. Ich seufze. Er bemerkt es. »Ella freut sich schon so, dich kennenzulernen«, sagt er.

»Und ich erst.« Eine glatte Lüge.

Ella ist Dads neue Frau, wie er mir vor Kurzem mitgeteilt hat. Ein Ersatz für meine Mutter: etwas Neues, Besseres. Aber das ist der Punkt, den ich nicht verstehe. Was soll an dieser Ella besser sein als an meiner Mom? Ihre Geschirrspültechnik? Ihr Hackbraten?

»Hoffentlich versteht ihr beiden euch«, sagt Dad nach einem Augenblick erdrückender Stille und fädelt sich in die rechte Spur ein. »Ich möchte wirklich, dass es funktioniert.«

Mag sein, dass Dad das möchte, ich allerdings bin von dieser ganzen Wiedervereinte-Familie-Sache immer noch nicht vollkommen überzeugt. Mir gefällt die Vorstellung einfach nicht, eine Stiefmutter zu haben. Ich will eine klassische Kernfamilie, wie man sie auf den Cornflakes-Verpackungen sieht. Mit Mom, Dad und mir. Ich mag keine Veränderungen.

»Wie viele Kinder hat sie noch mal?«, frage ich herablassend. Ich bin nämlich nicht nur mit einer Stiefmutter gesegnet, sondern auch mit Stiefbrüdern.

»Drei«, entgegnet Dad. So langsam reagiert er ein bisschen gereizt auf meine abweisende Haltung. »Tyler, Jamie und Chase.«

»Okay«, sage ich. »Wie alt?«

Während er antwortet, sieht er ein Stück voraus ein Stoppschild und geht vom Gas. »Tyler ist gerade siebzehn geworden, Jamie ist vierzehn, und Chase … Chase ist elf. Versuch, mit ihnen auszukommen, Maus.« Er schaut mich flehend von der Seite an.

»Oh.« Bis gerade hatte ich erwartet, auf ein paar Kleinkinder zu treffen, die kaum einen zusammenhängenden Satz sagen können. »Okay.«

Eine halbe Stunde später fahren wir durch einen kurvige Straße, die am Stadtrand zu liegen scheint. Zu beiden Seiten der Straße stehen Bäume und bieten mit ihren dicken Stämmen und knorrigen Ästen Schutz vor der Hitze. Die Häuser sind allesamt größer als das, in dem ich mit Mom wohne, und jedes hat eine individuelle Architektur. Keine zwei Häuser haben die gleiche Form, Farbe oder Größe. Dads Lexus hält vor einem Haus aus weißem Stein.

»Hier wohnst du?«

Die Deidre Avenue sieht viel zu normal aus, sie könnte auch mitten in North Carolina liegen. L.A. sollte nicht so normal sein, sondern glamourös und abgehoben und total surreal, aber das ist es nicht.

Dad nickt, stellt den Motor ab und klappt die Sonnenschutzblende hoch. »Siehst du das Fenster da?« Er zeigt auf eins, das im ersten Stock genau in der Mitte liegt.

»Ja?«

»Das ist dein Zimmer.«

»Aha«, sage ich. Für einen achtwöchigen Besuch hatte ich kein eigenes Zimmer erwartet. Aber das Haus sieht ziemlich groß aus, also gibt es bestimmt genug freie Zimmer. Ich bin jedenfalls froh, dass ich nicht auf einer Luftmatratze im Wohnzimmer schlafen muss. »Danke, Dad.« Als ich aussteigen will, stelle ich fest, dass es nicht nur Vorteile hat, kurze Hosen zu tragen. Pro: Die Beine bleiben bei diesem Wetter kühl und frisch. Kontra: Meine Oberschenkel kleben am Ledersitz von Dads Lexus fest. Und so brauche ich eine geschlagene Minute, um endlich aus dem Wagen zu kommen.

Dad geht zum Kofferraum, holt mein Gepäck heraus und stellt es auf den Gehweg. »Gehen wir lieber rein«, sagt er, zieht den Griff raus und rollt den Koffer hinter sich her.

Ich mache einen großen Schritt über den Parkstreifen und folge meinem Dad über die Steinplatten zur Haustür. Mahagoni-vertäfelt, genau wie es sich für die Häuser reicher Leute gehört. Die ganze Zeit starre ich auf meine Converse und betrachte meine Handschrift auf dem weißen Gummirand. Genau wie auf meinen Koffer habe ich mit schwarzem Filzstift Songtexte darauf geschrieben. Die Schrift anzusehen hilft mir, mich zu beruhigen. Ein bisschen jedenfalls. Bis wir die Haustür erreichen.

Das Haus selbst ist – obwohl ein hassenswerter Tempel des Konsums – recht hübsch. Verglichen mit dem, in dem ich heute Morgen aufgewacht bin, könnte es glatt als Fünf-Sterne-Hotel durchgehen. Ein Range Rover parkt in der Auffahrt. *Wie protzig!*

»Nervös?«, fragt Dad, der vor der Tür stehen bleibt und mich aufmunternd anlächelt.

»Ziemlich«, gebe ich zu. Ich habe versucht, nicht an die endlose Liste der Dinge zu denken, die schiefgehen könnten, aber tief drinnen habe ich Angst. Was ist, wenn sie mich absolut nicht leiden können?

»Das brauchst du nicht.« Er öffnet die Tür, und wir treten ein, der Rollkoffer schabt über den Parkettboden.

Im Flur empfängt uns sofort ein überwältigender Lavendelduft. Eine Treppe führt ins Obergeschoss, und auf der rechten Seite liegt offenbar das Wohnzimmer, soweit ich das durch die angelehnte Tür erkennen kann. Ein Stück vor mir öffnet sich ein großer Türbogen zur Küche, und aus dieser Küche kommt mir eine Frau entgegen.

»Eden!«, ruft sie. Sie umarmt mich herzlich, wobei ihre enorme Oberweite ein bisschen im Weg ist. Dann tritt sie einen Schritt zurück, um mich zu mustern. Möglichst ungerührt erwidere ich ihren Blick. Sie ist schlank und blond. Aus irgendeinem Grund hatte ich erwartet, dass sie meiner Mom ähnlich sieht, aber anscheinend hat Dad zusammen mit seinem Lebensstandard auch seinen Frauengeschmack geändert. »Es ist so schön, dich endlich kennenzulernen!«

Ich weiche einen kleinen Schritt zurück und kämpfe gegen den Drang, die Augen zu verdrehen oder eine Grimasse zu schneiden. Für derart respektloses Verhalten würde mich Dad bestimmt auf direktem Weg zurück zum Flughafen schleifen. »Hi«, sage ich stattdessen.

Und dann rutscht ihr heraus: »Mein Gott, du hast ja Daves Augen!«, was so ziemlich das Schlimmste ist, was man mir sagen kann, weil ich so viel lieber die Augen meiner Mutter hätte. Mom hat mich nämlich nicht verlassen.

»Meine sind dunkler«, murmle ich zornig.

Ella vertieft das Thema nicht weiter, sondern lenkt das Gespräch in eine völlig andere Richtung. »Du musst die anderen kennenlernen. Jamie, Chase, kommt runter!«, ruft sie die Treppe hinauf und wendet sich dann wieder an mich. »Hat Dave dir von der Gartenparty heute Abend erzählt?«

»Gartenparty?«, wiederhole ich. Geselliges Beisammensein steht ganz bestimmt nicht auf der Liste der Dinge, die ich unbedingt in Kalifornien erleben will. Ganz besonders nicht, wenn es ein Beisammensein von lauter Fremden ist. »Dad?« Ich schaue ihn von der Seite an, zwinge mich, ihn nicht mit tödlichen Blicken zu durchbohren, und hebe fragend die Augenbrauen.

»Wir schmeißen den Grill an und laden die Nachbarn ein«, erklärt er. »Es gibt doch keinen besseren Start in die Sommerferien als einen richtig schönen Grillabend.« Ich wünsche mir, er würde einfach aufhören zu reden.

Ehrlich gesagt hasse ich Menschenansammlungen genauso sehr wie Grillabende. »Super«, sage ich.

Unter lautem Poltern kommen zwei Jungs die Treppe herunter. Sie nehmen immer zwei Stufen auf einmal, ihre Schritte dröhnen auf dem Eichenholz.

»Ist das Eden?«, fragt der Ältere der beiden, als sie bei uns sind. Er flüstert es Ella ins Ohr, aber ich höre es trotzdem. Das muss Jamie sein. Und der Jüngere mit den großen Augen ist dann wohl Chase.

»Hey«, sage ich und setze ein strahlendes Lächeln auf. Wenn ich die Unterhaltung auf der Fahrt richtig in Erinnerung habe, ist Jamie vierzehn. Obwohl er zwei Jahre jünger ist als ich, sind wir etwa gleich groß. »Was geht so?«

»Ach, nichts Besonderes«, antwortet Jamie. Er ist unverkennbar Ellas Sohn, die blitzenden blauen Augen und die wirren blonden Haare lassen keinen Zweifel an der Verwandtschaft. »Möchtest du was trinken?«

»Ich brauche nichts, danke«, sage ich. Mit seiner aufrechten Haltung und dem Bemühen um gute Manieren wirkt er reif für sein Alter. Vielleicht werden wir uns ja ganz gut verstehen.

»Willst du Eden nicht Hallo sagen, Chase?«, ermuntert Ella ihren Sohn.

Chase wirkt sehr zurückhaltend. Auch er hat Ellas makellose Gene geerbt. »Hi«, murmelt er, ohne mich direkt anzusehen. »Mom, darf ich zu Matt rübergehen?«

»Natürlich, Schätzchen. Aber sei um sieben wieder da.« Ich frage mich, ob Ella der Typ Mutter ist, der einem für ein paar Krümel auf dem Wohnzimmerteppich Hausarrest aufbrummt, oder eher der Typ, den es nicht stört, wenn man mal für zwei Tage verschwindet. »Wir grillen doch heute Abend.«

Chase nickt und schiebt sich an mir vorbei. Eilig öffnet er die Haustür und schließt sie wieder hinter sich, ohne sich von einem von uns zu verabschieden.

»Mom, soll ich ihr das Haus zeigen?«, fragte Jamie, kaum dass sein Bruder weg ist.

»Das wäre toll«, antworte ich an ihrer Stelle. Jamies Gesellschaft ist ganz bestimmt angenehmer als die von Dad oder Ella oder beiden zusammen. Ich sehe überhaupt keinen Sinn darin, Zeit mit Menschen zu verbringen, mit denen ich eigentlich nichts zu tun haben will. Also halte ich mich fürs Erste an meine neuen, wunderbaren Stiefbrüder. Bestimmt finden sie diese ganze Situation genauso merkwürdig wie ich.

»Das ist nett von dir, Jay«, sagt Ella. Sie wirkt erleichtert, dass sie mir nicht selbst zeigen muss, wo das Bad ist. »Zeig Eden ihr Zimmer.«

Dad nickt mir kurz zu und lächelt. »Wir sind in der Küche, falls du was brauchst.«

Während ich noch versuche, nicht verächtlich zu schnauben, nimmt Jamie meinen Koffer und schleppt ihn die Treppe hinauf. Im Augenblick brauche ich nur zwei Dinge: sonnengebräunte Beine und frische Luft, und beides bekomme ich bestimmt nicht, wenn ich mit Dad im Haus rumhänge.

Ich will gerade hinter Jamie die Treppe hinaufsteigen, da höre ich meinen Vater hinter mir zischen: »Wo ist Tyler?«

»Ich weiß es nicht«, sagt Ella.

Ihre Stimmen werden leiser, als wir uns entfernen, aber nicht leise genug, denn ich kann Dads Antwort noch hören. »Du hast ihn gehen lassen?«

»Ja«, sagt Ella, und dann sind wir außer Hörweite.

»Dein Zimmer ist gleich gegenüber von meinem«, teilt Jamie mir auf dem Treppenabsatz mit. »Du hast das coolste Zimmer mit der besten Aussicht.«

»Tut mir leid.« Ich lache leise und versuche weiter zu lächeln, während er auf eine der fünf Türen zugeht. Aber ich kann mir nicht verkneifen, kurz stehen zu bleiben und einen

Blick in den Flur unter uns zu werfen, wo Ella mit ihren blonden Haaren gerade durch den Türbogen in der Küche verschwindet.

Sieht aus, als wäre sie der Typ, den es nicht stört, wenn man einfach mal verschwindet.

Kapitel 2

Wenn ich mein Zimmer für die Sommerferien mit nur einem Wort beschreiben müsste, würde ich »schlicht« sagen. Mehr kann man kaum sagen zu einem Bett, weißen Wänden und einer einfachen Kommode. Außer, dass es da drinnen noch dazu unglaublich heiß ist.

»Die Aussicht ist hübsch«, sage ich zu Jamie, obwohl ich nicht einmal in der Nähe des Fensters bin und die Aussicht deshalb gar nicht sehen kann.

Jamie lacht. »Dein Dad meint, du kannst es dir selbst so einrichten, wie du magst.«

Ich sehe mich in diesem, meinem Zimmer um, umkreise den beigefarbenen Teppich und schaue in die Einbauschränke. Die Schiebetüren sind verspiegelt. Viel cooler als mein winziger Schrank zu Hause. Und es gibt ein eigenes Bad. Ich werfe einen Blick hinein und ziehe zufrieden die Augenbrauen hoch. Die Dusche sieht aus, als hätte sie noch nie jemand benutzt.

»Gefällt es dir?«, fragt Dad hinter mir. Der Klang seiner Stimme lässt mich herumfahren, und er begrüßt mich mit einem breiten Lächeln. Ich habe überhaupt nicht mitbekommen, wann er ins Zimmer gekommen ist. »Tut mir leid, dass es so heiß ist, ich schalte gleich die Klimaanlage an. Gib ihr fünf Minuten.«

»Schon gut«, sage ich. »Ich mag das Zimmer.« Es ist fast doppelt so groß wie meins zu Hause in Portland, und so schlicht es auch sein mag, ist es fast unmöglich, es nicht zu mögen.

»Hast du Hunger?« Fragen sind offenbar das Einzige, worin Dad zurzeit richtig gut ist. »Du warst den ganzen Nachmittag unterwegs, da musst du ja halb verhungert sein. Was möchtest du essen?«

»Nichts, danke«, sage ich. »Ich glaube, ich gehe eine Runde laufen. Mir die Beine vertreten und so.« Ich will meine tägliche Laufroutine nicht unterbrechen, und eine schnelle Joggingrunde scheint mir eine gute Möglichkeit, die Nachbarschaft zu erkunden.

Auf dem alternden Gesicht meines Vaters sehe ich Zweifel. Er runzelt die Stirn und seufzt, als hätte ich ihn gebeten, mir Gras zu kaufen.

»Dad«, sage ich nachdrücklich. Ich lege den Kopf schief und ringe mir ein freundliches, aber falsches Lachen ab. »Ich bin sechzehn. Ich darf schon alleine raus, und ich will mich nur ein bisschen umschauen.«

»Nimm wenigstens Jamie mit«, schlägt er vor. Jamie zieht die Augenbrauen hoch – ob neugierig oder überrascht, kann ich nicht genau sagen. »Jamie«, sagt Dad, »du joggst doch gern, oder? Würdest du Eden begleiten, damit sie sich nicht verläuft?«

Jamie lächelt mitfühlend und sagt: »Klar, ich geh mich umziehen.« Wahrscheinlich kennt er das Problem überfürsorglicher Eltern, die einen wie ein fünfjähriges Kind behandeln.

Alles in allem sieht es so aus, als stünde mir ein ganz fabelhafter Start hier in Santa Monica bevor. Es ist gerade mal der erste Tag, und schon ist die Spannung zwischen Dad und mir fast unerträglich. Ich werde gezwungen, an einer Grillparty mit einer Horde Fremder teilzunehmen und bekomme Geleitschutz für eine simple Joggingrunde.

Es ist gerade mal der erste Tag, und ich bereue schon, dass ich hergekommen bin.

»Lauft nicht zu weit«, sagt Dad, bevor er geht. Er lässt die Tür offen, obwohl ich ihm hinterherrufe, er soll sie zumachen.

Jamie legt eine Hand an den Türrahmen. »Willst du jetzt gleich los?«, fragt er.

Ich zucke die Achseln. »Wenn es dir recht ist.«

Mit einem knappen Nicken verlässt er das Zimmer. Er denkt wenigstens daran, die Tür zuzumachen.

Weil ich nicht zu viel Zeit im Haus verschwenden will – besonders, da die Klimaanlage nicht zu funktionieren scheint –, hieve ich meinen Koffer auf die weiche Matratze und öffne den Reißverschluss. Erfreut stelle ich fest, dass alle meine Habseligkeiten vom Laptop bis zur Lieblingsunterwäsche heil und unversehrt angekommen sind. Normalerweise quillt nach einer Reise die Hälfte meiner Sachen aus dem Koffer, weil die Gepäckabfertiger oft so miserabel sind. Ich arbeite mich zum Boden meines Koffers vor, weil meine Laufklamotten das Erste waren, was ich eingepackt habe.

Als ich in mein Luxusbad stolziere, um mich frischzumachen und umzuziehen, vibriert mein Handy als freundliche Erinnerung daran, dass sich der Akku bald verabschieden wird. Mir fällt ein, dass ich Amelia nach der Landung anrufen sollte, also lege ich die Shorts und den Sport-BH auf den Waschbeckenrand und setze mich im Schneidersitz auf den blitzblanken Toilettendeckel. Da ich meine beste Freundin auf Kurzwahltaste habe, wird schon Nanosekunden später die Verbindung hergestellt.

»Hallöchen«, meldet sich Amelia mit einer albernen Stimme, die wie eine Mischung aus Comicfigur und Sportkommentator klingt.

»Hallo«, erwidere ich im gleichen Ton und lache. Doch dann seufze ich. »Hier ist es ätzend. Kann ich nicht den Sommer über zu dir kommen?«

»Das wäre toll. Es ist jetzt schon total komisch ohne dich.«

»So komisch, wie seine neue Stiefmutter kennenzulernen?«

»Nicht ganz«, sagt Amelia. »Ist sie okay? Sie ist doch nicht so eine superfiese Stiefmutter wie in *Cinderella*, oder? Und was ist mit den Stiefbrüdern? Haben sie dich schon zum Babysitten verdonnert?«

Ich schüttle den Kopf, obwohl sie mich nicht sehen kann. Wenn sie wüsste, dass es genau andersrum ist. »Eigentlich sind es keine Kinder mehr.«

»Was?«

»Eher, na ja, Jugendliche.«

»Jugendliche?«, wiederholt sie. Vor meiner Abreise habe ich sie zwei Wochen lang ununterbrochen damit zugetextet, wie viel Angst ich vor dem Zusammentreffen mit meinen Stiefbrüdern hätte, weil ich mit Kindern unter sechs Jahren einfach nicht klarkomme. Wie sich herausstellt, sind sie alle deutlich älter.

»Ja«, sage ich. »Sie sind okay. Einer ist ein bisschen schüchtern, aber er ist der Jüngste, da ist das wohl normal. Der andere ist ein bisschen älter, und ich glaube, wir werden uns gut verstehen. Wer weiß. Er heißt Jamie.«

»Ich dachte, du hättest drei Brüder«, sagt Amelia. »Du hast gesagt, es sind drei.«

»Den dritten habe ich noch nicht getroffen«, erkläre ich. Bis zu diesem Moment hatte ich vergessen, dass ich nicht nur zwei, sondern drei Brüder habe, die sich ein Urteil über mich bilden werden. »Wahrscheinlich lerne ich ihn nachher kennen. Jetzt will ich mit Jamie joggen gehen.«

»Eden«, sagt Amelia in strengem, aber freundlichem Ton. »Du bist gerade erst angekommen. Entspann dich. Du siehst gut aus.«

»Nein.« Ich klemme mir das Handy mit der Schulter ans Ohr und ziehe die Schuhe aus. »Haben sie noch irgendwas über mich gesagt?«, frage ich langsam, obwohl ich es eigentlich gar nicht wissen will. Aber diese Neugier ist immer da, sie nagt an mir, und ich kann mich nicht dagegen wehren. Jedes Mal werde ich schwach.

In der Leitung herrscht Schweigen. »Denk nicht daran, Eden.«

»Das heißt dann wohl ja«, sage ich hauptsächlich zu mir selbst. Es ist nur ein Flüstern, so leise, dass Amelia mich eigentlich nicht gehört haben kann. Wieder vibriert mein Handy. »Hör mal, der Akku ist gleich leer. Heute Abend muss ich zu einem öden Grillfest bei Dad im Garten. Wenn da alle blöd sind, schreibe ich dir die ganze Zeit SMS, damit ich nicht ganz vergesse, dass ich Freunde habe.«

Amelia lacht, und ich kann mir denken, dass sie übertrieben mit den Augen rollt, wie sie es so oft macht. »Klar. Halt mich auf dem Laufenden.«

Bevor ich auch nur Tschüss sagen kann, lässt mich mein Handy im Stich, also lege ich es auf den Waschbeckenrand und greife stattdessen zu meinen Laufsachen. Joggen ist toll, um den Kopf frei zu kriegen, und genau das will ich jetzt. Mühelos schlüpfe ich in die Laufklamotten – das mache ich so oft, dass ich es inzwischen im Schlaf könnte –, dann gehe ich nach unten und betrete zum ersten Mal die Küche. Hier werde ich von schwarz glänzenden Arbeitsflächen, weiß glänzenden Schränken und noch schwärzer glänzendem Fußboden empfangen. Alles strahlt um die Wette.

»Wow«, sage ich, betrachte erst die Wasserflasche in meiner Hand und dann das blitzblanke Spülbecken unter dem Fenster. Fast habe ich Angst, es zu benutzen.

»Gefällt's dir?«, fragt Dad, und erst da bemerke ich, dass er schon wieder da ist. Ständig taucht er wie aus dem Nichts auf, so, als würde er mich auf Schritt und Tritt verfolgen.

»Die ist doch erst gestern eingebaut worden, oder?«

Er schmunzelt und sieht mich kopfschüttelnd an, dann

geht er zum Spülbecken und dreht den Wasserhahn auf. »Hier. Jamie wartet vor dem Haus auf dich. Er dehnt sich schon mal.«

Ich schlurfe um die Kücheninsel herum, fülle ungeschickt die Flasche, bis sie überläuft, und schraube den Deckel drauf. Schleunigst verziehe ich mich aus der Küche, bevor Dad noch irgendetwas sagen kann. Keine Ahnung, wie ich acht Wochen mit ihm überstehen soll.

Endlich bin ich draußen bei Jamie, der auf dem Gehweg hin und her trabt. Als er mich sieht, bleibt er stehen und grinst. »Ich mach mich nur warm.«

»Darf ich mitmachen?«

Er nickt, ich trinke schnell einen Schluck Wasser, und stelle mich dann neben ihm auf. Wir drehen ein paar langsame Runden um den Rasen, und dann laufen wir los und joggen in gemütlichem Tempo durch die schöne Wohngegend.

Zum ersten Mal seit Langem laufe ich ohne Musik, allerdings nur, weil ich es unhöflich fände, Jamie ganz auszublenden. Wir unterhalten uns kurz, und hin und wieder sagt einer von uns »Ein bisschen langsamer?«, das ist alles. Aber das macht mir nichts. Die Sonne knallt vom Himmel, als wären ihre Strahlen in der letzten Stunde stärker geworden, und die Gegend ist wirklich schick. Anwohner gehen mit ihren Hunden spazieren, fahren Fahrrad oder schieben Kinderwagen; vielleicht verliebe ich mich ja doch noch in diese Stadt.

»Hasst du deinen Vater eigentlich?«, fragt Jamie plötzlich, als wir auf dem Rückweg sind. Die Frage kommt so unerwartet, dass ich fast über meine eigenen Füße stolpere.

»Was?« ist das Einzige, was mir als Antwort über die Lippen kommt. Ich sammle meine Gedanken und richte den Blick vor mir auf den Gehweg. »Es ist … kompliziert.«

»Ich mag ihn«, sagt Jamie, oder besser gesagt keucht er es.

Ich bin überrascht, dass er überhaupt noch mit mir mithalten kann.

»Oh.«

»Ja. Aber zwischen euch beiden ist es irgendwie unentspannt.«

»Stimmt.« Auf der Unterlippe kauend, überlege ich, wie ich das Thema wechseln könnte. »Hey, das Haus da drüben ist ja cool.«

Jamie ignoriert mich völlig. »Warum ist es so unentspannt?«

»Weil er nervt«, antworte ich schließlich. Und das stimmt. Mein Vater nervt. »Es nervt, dass er uns verlassen hat. Es nervt, dass er nie anruft. Er nervt einfach total.«

»Hab's geschnallt.«

Damit ist unsere Unterhaltung beendet. Wir joggen nach Hause zurück, dehnen uns auf dem Rasen und gehen dann rein zum Duschen. Dad lässt es sich nicht nehmen, uns auf dem Weg nach oben an die Grillparty zu erinnern, die in zwei Stunden anfängt. Jamie und ich nicken uns zu, dann verschwindet jeder in sein eigenes Zimmer.

Weil ich mich jetzt eklig und verschwitzt fühle, schließe ich nur schnell das iPhone zum Laden an und stelle mich dann sofort unter die funkelnde Dusche. Das Wasser tut richtig gut, und ich dusche eine halbe Stunde lang, wovon ich die meiste Zeit einfach dastehe und den heißen Dampf genieße. Zu Hause war Duschen nie so schön.

Letztendlich brauche ich die verbleibenden anderthalb Stunden, um mich fertig zu machen. Am liebsten würde ich in Jogginghosen auf der Terrasse auftauchen, aber ich glaube nicht, dass Ella das so gut fände. Also krame ich eine enge Hose und einen Blazer aus dem Koffer. Sportlich-elegant, das müsste gehen.

Ich ziehe mich an, föhne mir die Haare und drehe sie in leichte Wellen ein, anschließend lege ich frisches Make-up auf. Als ich gerade etwas Körperspray aufsprühe, dringt der

Geruch von … Grillfleisch in mein Bad. Es muss kurz vor sieben sein.

Ich gehe nach unten und folge dem Duft in die Küche. Durch die offenstehenden Terrassentüren sehe ich, dass das Gartenfest bereits in vollem Gange ist. Von irgendwoher kommt Musik, Erwachsene schlendern in Grüppchen über den Rasen, und auch sonst ist für alles gesorgt, was solche Veranstaltungen so ätzend macht. Ich entdecke Chase, der mit ein paar Kindern in seinem Alter im Pool ist. Dann sehe ich Dad, der versucht, gleichzeitig Burger auf dem Grill zu wenden und einen Tanzschritt aus den Achzigern hinzulegen. Er sieht unglaublich peinlich aus.

»Eden!«, ruft jemand. Ich blicke mich suchend um und stelle irritiert fest, dass es Ella ist. »Komm raus zu uns.«

Wenn ich einen Anfall vortäusche, kann ich mich vielleicht zurück in mein Zimmer flüchten. Oder, noch besser, gleich nach Hause. »Tut mir leid, dass ich zu spät bin. Ich hab nicht auf die Zeit geachtet.«

»Aber nein, nein, alles bestens«, sagt Ella. Sie schiebt sich die Sonnenbrille in die Haare und kommt kurz ins Haus, um mich nach draußen zu ziehen. »Hoffentlich hast du Hunger.«

»Na ja, eigentlich …«

»Das sind unsere Nachbarn von gegenüber«, unterbricht sie mich und nickt dem Paar in den mittleren Jahren zu, das gerade vor uns steht. »Dawn und Philip.«

»Wie schön, dich kennenzulernen, Eden«, sagt Dawn. Offenbar haben Dad oder Ella oder beide schon jeden von meiner Anwesenheit in Kenntnis gesetzt. Philip lächelt mich schief an.

»Gleichfalls«, gebe ich zurück und weiß nicht, was ich sonst noch sagen soll. *Erzählen Sie mir doch Ihre Lebensgeschichte. Wie sehen Ihre Zukunftspläne aus, Dawn und Philip?* Stattdessen lächle ich.

»Unsere Tochter müsste auch bald kommen«, fährt Dawn fort, und sofort fühle ich mich unbehaglich. »Sie kann dir Gesellschaft leisten.«

»Oh, cool«, sage ich und wende den Blick ab. Freundschaften mit anderen Mädchen zu schließen hat noch nie zu meinen Stärken gehört. Mädchen machen mir Angst. Und wenn ich sie nicht kenne, ist es noch schlimmer. »Hat mich gefreut, Sie kennenzulernen«, sage ich und lächle zum Abschied.

Panisch ergreife ich die Flucht vor ihnen und Ella und hoffe, weiteren peinlichen Vorstellungsrunden zu entgehen. Eine knappe Dreiviertelstunde lang funktioniert es. Ich stehe am Zaun rum und verziehe das Gesicht über den furchtbaren Mainstream-Mist, der aus den Lautsprechern am anderen Ende des Gartens kommt. Es ist mir schon peinlich, überhaupt nur hier zu sein. Als das Essen endlich fertig ist und alle ordentlich zulangen, übertönt der Stimmenlärm wenigstens die entsetzliche Popmusik. Ich stochere ein paar Minuten in meinem Burger herum, bevor ich den ganzen Teller in den Müll schmeiße. Und als ich gerade denke, dass ich Ella den kompletten Abend erfolgreich aus dem Weg gegangen bin, beschließt sie, mich zu jedem einzelnen Gast zu schleifen, um mich als ihre neue Stieftochter vorzustellen.

»Da ist ja Rachael«, sagt sie, als sie mich zum nächsten Nachbargrüppchen führt.

»Rachael?«, wiederhole ich. Falls sie mir schon vorgestellt wurde, habe ich es vergessen. Innerhalb der letzten Stunde musste ich mir so viele neue Namen merken, dass ich anfange, sie alle auszublenden.

»Die Tochter von Dawn und Philip«, erklärt mir Ella. Sie deutet hinter mich und ruft, bevor ich mich auch nur umdrehen kann: »Rachael, hier sind wir!«

Mist. Ich hole tief Luft, rede mir ein, dass sie nett und freundlich sein wird, und tackere mir das breiteste, falscheste Lächeln ins Gesicht, das ich zustande bringe. Das Mädchen kommt zu uns.

»Oh. Ähm. Hi«, plappere ich.

Ella strahlt uns an. »Eden, das ist Rachael.«

Rachael lächelt ebenfalls, was dazu führt, dass wir aussehen wie ein Trio von Serienkillern. »Hi.« Sie lächelt Ella verlegen an.

Ella kapiert die Message. »Dann lass ich euch mal allein«, sagt sie und schlendert davon, um noch mehr langweilige Gespräche mit langweiligen Menschen zu führen.

»Mit Eltern ist es immer so unentspannt«, sagt Rachael. Allein für diese Aussage mag ich sie schon. »Sitzt du hier schon die ganze Zeit fest?«

Ich wünschte, ich könnte Nein sagen. »Leider.«

Sie hat lange blonde Haare – garantiert nicht ihre natürliche Farbe. Aber das lasse ich ihr durchgehen, weil sie mich anscheinend bis jetzt noch nicht hasst. »Ich wohne gleich gegenüber, und du kennst ja wahrscheinlich noch niemanden hier – also, wir können gern was zusammen machen. Ehrlich, du kannst jederzeit rüberkommen.«

Der Vorschlag überrascht mich, und doch bin ich dankbar. Auf keinen Fall werde ich acht Wochen lang mit meinem Dad und seiner neuen Familie im Haus rumsitzen. »Ja, das klingt gut …« Meine Worte verlieren sich, als meine Aufmerksamkeit durch etwas vor dem Haus abgelenkt wird.

Die Lücken im Gartenzaun geben ein wenig Blick auf die Straße frei. Mit zusammengekniffenen Augen spähe ich hindurch. Da draußen läuft irrsinnig laute Musik, so laut, dass ich sie trotz des scheußlichen Gedudels hier im Garten hören kann, und dann rast ein schnittiges weißes Auto auf den Gehweg und rutscht an der Bordsteinkante entlang. Ich verziehe angewidert das Gesicht. Der Motor wird abgestellt, und die Musik reißt ab.

»Was ist denn da?«, fragt Rachael, aber ich bin zu sehr mit

Gucken beschäftigt, um auch nur an eine Antwort zu denken.

Die Wagentür wird so grob aufgestoßen, dass ich überrascht bin, dass sie nicht gleich abfällt. Es ist schwierig, durch den Zaun etwas zu erkennen; ein großer, junger Mann steigt aus und knallt die Tür genauso gewaltsam zu, wie er sie geöffnet hat. Einen Augenblick zögert er, starrt das Haus an und fährt sich mit der Hand durch die Haare. Wer er auch ist, er sieht extrem aufgebracht aus. Als hätte er eben seine gesamten Ersparnisse verloren oder als wäre sein Hund gerade gestorben. Und dann kommt er direkt aufs Gartentor zu.

»Was ist das denn für ein Vollidiot?«, raune ich Rachael zu, als der Typ näher kommt.

Bevor eine von uns noch etwas sagen kann, beschließt der Idiot, das Gartentor mit der Faust aufzustoßen und zieht damit alle Blicke auf sich. Als würde er es darauf anlegen, dass ihn keiner leiden kann. Ich komme zu dem Schluss, dass er vermutlich der Nachbar ist, den alle hassen und der jetzt wutschnaubend angestürmt kommt, weil er nicht zur ödesten Grillparty eingeladen wurde, die je ein Mensch veranstaltet hat.

»Entschuldigt die Verspätung«, sagt der Idiot sarkastisch und noch dazu laut und mit einem süffisanten Grinsen auf den Lippen. Seine Augen blitzen grün wie Smaragde. »Habe ich irgendwas verpasst – bis auf das Abschlachten der Tiere?« Dann zeigt er, wenn ich richtig sehe, dem Grill den Mittelfinger. »Hoffentlich hat euch die Kuh geschmeckt, die ihr gerade vertilgt habt.« Und dann lacht er. Er lacht, als wären all die angewiderten Gesichter das Unterhaltsamste, was er in diesem Jahr zu sehen bekommen hat.

»Will noch jemand Bier?«, höre ich Dad in die verstummte Menge rufen, und als sich alle leise lachend wieder ihren Gesprächen zuwenden, sehe ich den Vollidioten durch die

Terrassentüren ins Haus verschwinden. Er knallt sie so fest zu, dass ich das Glas beinahe zittern sehen kann.

Ich bin baff. Ich habe keine Ahnung, was hier gerade passiert ist, wer das war oder warum er gerade ins Haus gegangen ist. Als ich merke, dass mir die Kinnlade runterhängt, klappe ich den Mund zu und wende mich an Rachael. Sie beißt sich auf die Lippe und setzt ihre Sonnenbrille auf. »Ich nehme mal an, du hast deinen Stiefbruder noch nicht kennengelernt?«

Kapitel 3

Ich weiß nicht genau, was ich mir von Los Angeles erwartet hatte, aber eins kann ich mit Sicherheit sagen: Einen Geisteskranken als Stiefbruder zu haben hat bestimmt nicht dazugehört.

»Er ist der dritte?«, zische ich, während die anderen Gäste den Vorfall einfach ignorieren. Ich hingegen kriege diese bizarre Szene einfach nicht mehr aus dem Kopf. Für wen hält sich dieser Typ?

»Äh, ja«, sagt Rachael lachend. »Du hast mein volles Mitgefühl. Und ich hoffe inständig für dich, dass dein Zimmer nicht in der Nähe von seinem liegt.«

»Warum?«

Plötzlich wirkt sie ein wenig nervös, so, als wäre ich gerade ihrem dunkelsten Geheimnis auf der Spur – einem Geheimnis, das ihr entsetzlich peinlich ist. »Er kann einem wirklich auf die Nerven gehen. Aber hey, dazu sollte ich besser nichts sagen. Das geht mich nichts an.« Mit geröteten Wangen und einem schiefen Lächeln wechselt sie schnell das Thema. »Hast du morgen schon was vor?«

»Ja«, sage ich, in Gedanken noch bei dem, was sie über mein Zimmer gesagt hat. »Äh, Moment, nein. Entschuldige, ich weiß auch nicht, warum ich ja gesagt habe. Äh …« *Gar nicht peinlich, Eden.*

Zum Glück schreibt Rachael mich dafür noch nicht als total bescheuert ab, sondern lacht wieder. »Sollen wir was unternehmen? Wir könnten zur Promenade gehen oder so.«

»Klingt gut.« Ich bin immer noch ein bisschen verwirrt und verärgert über den unverschämten Auftritt dieses Vollidioten. Hätte er nicht einfach die Haustür nehmen können? Oder den Mund halten?

»Da kann man irre toll shoppen.« Rachael redet weiter und wirft dabei immer wieder ihre blonden Haarsträhnen zurück, die ich jedes Mal ins Gesicht kriege. Endlich hört sie auf, über die Promenade zu plappern, und sagt: »Ich muss langsam mal los, hab noch 'ne Menge Zeug zu erledigen. Sorry, dass ich nicht länger bleiben kann. Mom wollte, dass ich auf dem Weg nach Hause kurz vorbeischaue und Hallo sage. Also, hallo.«

»Hallo.«

»Dann bis morgen«, sagt sie, verschwindet genauso schnell, wie sie gekommen ist, und lässt mich mit einem Haufen angetrunkener Erwachsener allein. Und mit Chase, der gerade auf mich zukommt.

»Eden«, sagt er. Er spricht meinen Namen so langsam und vorsichtig aus, als würde er ausprobieren, wie er ihm über die Lippen geht. »Eden«, wiederholt er, diesmal schneller und mutiger. »Weißt du, wo die Limo ist?« Langsam rücken auch seine Freunde näher; mit großen unschuldig-ängstlichen Augen schauen sie mich an. *Genau*, denke ich, *weil ich ja ach-so-einschüchternd bin.*

»Wahrscheinlich auf dem Tisch«, vermute ich. »Frag doch deine Mutter.«

»Die ist drinnen«, sagt Chase. In diesem Moment schubst ihn einer seiner Freunde auf mich zu und lacht, als wäre das der Gag des Jahrhunderts. Chase stolpert gegen mich, rappelt sich aber sofort wieder auf und weicht sichtlich verlegen ein Stück zurück. Ich spüre, dass mein Oberteil nass geworden ist. »Entschuldige«, sagt er und betrachtet den leeren Plastikbecher in seiner Hand, der vor einer Sekunde noch zu einem Viertel voll war.

»Schon okay«, sage ich. Eigentlich ist es sogar richtig klasse. Jetzt kann ich reingehen und mich umziehen und so dieser schrecklichen Grillparty entkommen. Ich ergreife also schnell die Flucht und laufe beschwingt, fast fröhlich ins Haus. Vielleicht hat Dad ja ein Bier zu viel intus und merkt es gar nicht, wenn ich den ganzen Abend nicht wieder rauskomme. Ich könnte in meinem sagenhaft schlichten Zimmer abhängen und Mom anrufen, mit Amelia videochatten oder mir vielleicht beide Beine brechen. Alles davon hört sich besser an, als allein hier draußen rumzustehen.

Mit einem erschöpften Seufzen – es war ein verdammt anstrengender Tag – gehe ich zur Treppe. Aber ich habe kaum einen Fuß auf die erste Stufe gesetzt, als ich aus dem Wohnzimmer lautes Geschrei höre. Neugierig und fasziniert, komme ich gar nicht erst auf die Idee, es zu ignorieren. Also schleiche ich zur Wohnzimmertür, die einen schmalen Spalt offen steht.

Aus meinem eingeschränkten Blickwinkel sehe ich, wie Ella die Augen schließt, die Hände vors Gesicht legt und sich die Schläfen reibt. »Ich bin nicht mal zu spät«, höre ich eine männliche Stimme vom anderen Ende des Zimmers. Der Tonfall ist scharf, und ich erkenne auf Anhieb, dass es der Vollidiot ist.

»Du bist *zwei Stunden* zu spät!«, schreit Ella. Sie schlägt die Augen auf, und ich weiche hastig einen Schritt zurück, weil ich fürchte, sie könnte mich entdecken.

Der Idiot lacht. »Hast du echt geglaubt, ich komm nach Hause, um mir euer beschissenes Grillfest zu geben?«

»Was ist wirklich los? Vergiss doch das Grillen.« Ella läuft auf dem cremefarbenen Teppich auf und ab; jetzt kommt auch er kurz in mein Blickfeld. »Schon bevor du aus dem

Wagen gestiegen bist, hast du dich wie ein trotziges Kind aufgeführt. Was ist los?«

Er ist ein bisschen außer Atem, presst die Lippen zusammen und legt den Kopf schief. »Nichts«, sagt er zähneknirschend.

»Das ist eindeutig nicht nichts.« Ellas Stimme klingt streng und strafend, weit entfernt von dem freundlichen Ton, den sie mir gegenüber zuvor angeschlagen hat. »Du hast mich mal wieder vor der ganzen Nachbarschaft lächerlich gemacht.«

»Na und?«

»Ich hätte dich gar nicht erst weglassen sollen.« Jetzt wirkt sie ruhiger, so, als wäre sie vor allem auf sich selbst wütend. »Ich hätte dir verbieten sollen zu gehen. Aber nein, ich wollte natürlich nachsichtig mit dir sein, und das ist der Dank, wie immer.«

»Ich wäre so oder so gegangen«, kontert der Idiot und schüttelt höhnisch lachend den Kopf. Er dreht mir den Rücken zu, was mir Gelegenheit gibt, ihn halbwegs in Ruhe zu mustern – vorhin ist er ja so schnell an uns vorbeigestürmt, dass ich kaum etwas erkennen konnte. »Was willst du dagegen machen? Mir wieder Hausarrest geben?« Er hat eine tiefe, heisere Stimme und fast pechschwarze Haare, die zerzaust, aber gepflegt sind. Er ist breitschultrig und groß. Sehr groß, fast zehn Zentimeter größer als Ella.

»Du bist unmöglich«, sagt sie mit zusammengebissenen Zähnen. Dabei fällt ihr Blick für einen Sekundenbruchteil an ihm vorbei und direkt auf mich.

Mir stockt der Atem. Eilig trete ich den Rückzug an und hoffe inständig, dass sie mich nicht entdeckt hat, dass sie nur die Tür gesehen hat und nicht die Person dahinter. Doch wie sich zeigt, ist die Hoffnung vergebens, denn nur Sekunden später geht die Tür auf, und ich bin noch nicht außer Sichtweite.

»Eden?« Ella tritt in den Flur und schaut auf mich herab – weil ich nämlich lang auf der Treppe liege. Mein überhasteter Versuch hinaufzurennen ist kläglich schiefgegangen.

»Äh«, sage ich. Wären meine Arme nicht wie erstarrt, würde ich jetzt mein Gesicht dahinter verbergen.

Und dann passiert das Allerschlimmste. Der Vollidiot streckt den Kopf durch die Tür und kommt zu uns in den Flur. Zum ersten Mal kann ich ihn mir richtig aus der Nähe ansehen. Seine Augen sind tatsächlich smaragdgrün – viel heller und strahlender als ein normales Grün –, und die Art, wie er mich ansieht, jagt mir einen Schauer über den Rücken. Wieder presst er die Lippen zusammen, das höhnische Grinsen ist verschwunden.

»Scheiße, wer ist denn die?«, will er wissen. Er funkelt Ella von der Seite an und wartet auf eine Erklärung, warum auf seiner Treppe eine total verpeilte Tussi liegt, die aussieht, als wollte sie Aerobic machen.

Ich sehe das Zögern auf Ellas Miene, während sie sich sorgsam ihre Antwort zurechtlegt. Behutsam fasst sie ihn am Arm. »Tyler«, sagt sie, »das ist Eden. Daves Tochter.«

Der Vollidiot – oder eben Tyler – schnaubt. »Daves Kind?«

Ich rapple mich von der Treppe hoch, aber er sieht mich immer noch nicht an. »Hi«, sage ich und will ihm die Hand geben, aber dann fällt mir auf, wie dämlich das aussieht, und ich falte stattdessen die Hände.

Endlich sieht er mir in die Augen. Er starrt mich einfach nur an und hört gar nicht wieder damit auf, als ob er noch nie ein menschliches Wesen gesehen hätte. Erst wirkt er verwirrt, dann wütend und dann wieder völlig durcheinander. Unter seinem scharfen, prüfenden Blick wird mir unbehaglich zumute, weshalb ich für einen Moment nach unten gucke, um seine lässigen braunen Stiefel und die Jeans zu betrachten. Als ich ihn verstohlen wieder ansehe, schluckt er langsam und wendet sich an Ella. »Daves Kind?«, wiederholt er. Diesmal ist seine Stimme viel leiser, und es liegt Ungläubigkeit darin.

Ella seufzt. »Ja, Tyler. Ich habe dir erzählt, dass sie kommt. Stell dich doch nicht dumm.«

Obwohl er sich zu Ella gewandt hat, hört er nicht auf, mich aus den Augenwinkeln von Kopf bis Fuß zu mustern. »Welches Zimmer?«

»Was?«

»In welchem Zimmer pennt sie?« Er spricht über mich, als ob ich gar nicht da wäre – ein komisches Gefühl. Seiner Reaktion nach wünscht er sich wohl, ich wäre es tatsächlich nicht.

»Neben deinem.«

Mit einem dramatischen Seufzen zeigt er unmissverständlich, wie sehr es ihn nervt, mich in seiner Nähe zu wissen. Dann dreht er sich zu mir um und funkelt mich wütend an. Glaubt er etwa, ich will gern mit ihm und diesem erbärmlichen Witz von einer Familie unter einem Dach leben? Garantiert nicht.

Nachdem er genug davon hat, mir vielsagende, finstere Blicke zuzuwerfen, stößt er Ella zur Seite und rennt mich fast um, als er die Treppe hinaufstürmt.

Die langen Sekunden, bis eine Tür zuschlägt, bleiben Ella und ich schweigend stehen. Das scheint in diesem Haus zur täglichen Routine zu gehören: das Warten darauf, dass Tyler eine Tür knallt, bevor man weiterspricht.

»Tut mir leid«, sagt Ella. Sie sieht angespannt und beschämt aus, und ich stelle fest, dass sie mir leidtut. Ein bisschen kann ich nachfühlen, wie es ihr geht. Wenn ich es ständig mit so einem Schwachsinnigen wie Tyler zu tun hätte, würde ich wahrscheinlich jeden Tag drei Nervenzusammenbrüche kriegen. »Er ist einfach … Ach, komm, gehen wir wieder nach draußen.«

Nein, danke. »Chase hat Limonade auf mein Oberteil verschüttet. Ich wollte mir gerade etwas anderes anziehen gehen.«

»Oh.« Mit hochgezogenen Augenbrauen begutachtet sie den feuchten Fleck auf meinem Trägertop und verzieht das Gesicht. »Hoffentlich hat er sich entschuldigt.«

Während sie zurück in den Garten geht, mache ich mich auf den Weg nach oben – diesmal schaffe ich die Treppe unfallfrei und deutlich eleganter – und rette mich in mein Zimmer. Sobald ich die Tür hinter mir geschlossen habe, seufze ich erleichtert. Endlich allein. Keiner mehr da, der mir auf die Nerven geht.

Ganze acht Sekunden währt mein Glück, dann dröhnt aus dem Nebenzimmer plötzlich so laute Musik, dass ich fürchte, die Wand stürzt ein. Rachael hat gesagt, sie hoffe, mein Zimmer wäre nicht in der Nähe von Tylers. Tja, von wegen in der Nähe – es ist direkt nebenan. Sprachlos, entnervt und müde stehe ich mitten im Zimmer und starre die Wand an, hinter der ein Schwachsinniger lebt.

Zu meiner Erleichterung geht die Musik nach etwa fünf Minuten wieder aus. Es wird still, und ich höre nur noch, wie eine Tür geöffnet wird. Vielleicht hat sich mein Stiefbruder inzwischen beruhigt. Von dieser Hoffnung getrieben, gehe ich ebenfalls zur Tür und öffne sie langsam – um in ein Paar grimmige, ganz und gar nicht beruhigte Augen zu blicken.

»Hi«, versuche ich es noch mal. Wenn dieser Mensch ein fester Bestandteil meiner neuen »Familie« ist, muss ich mir wohl oder übel Mühe geben. »Alles okay mit dir?«

Tylers smaragdgrüne Augen lachen mich an. »Tschüss«, sagt er. Im gleichen roten Flanellhemd und den gleichen braunen Stiefeln wie vorhin geht er leise die Treppe hinunter und verlässt das Haus, ohne dass irgendjemand außer mir etwas davon merkt. Dass er ganz offensichtlich Hausarrest hat, scheint ihn nicht die Bohne zu interessieren.

Ich schlurfe in mein Zimmer zurück und seufze. Immerhin habe ich mich bemüht, was man von ihm nicht gerade behaupten kann. Nachdem ich Blazer und Top abgestreift habe, lasse ich mich zum ersten Mal auf mein neues Bett fallen. Ich sinke tief in die Schaumstoffmatratze ein, und sobald ich es schaffe, das leise Wummern der Musik und das betrunkene Gelächter aus dem Garten auszublenden, starre ich einfach nur an die Decke und atme. Atme weiter, während draußen ein Motor angelassen wird und ein Wagen die Straße hinabschießt. Wahrscheinlich Tyler.

Die nächste Stunde verbringe ich damit, Amelia am Telefon lebhaft zu schildern, wie grässlich das Grillfest war, wie peinlich mein Dad ist und was für ein Arsch Tyler. Anschließend bekommt Mom eine ganz ähnliche Zusammenfassung.

»Eden.« Kurze Zeit später, ich bin gerade eingedöst, hallt Dads Stimme in mein Zimmer. Er öffnet die Tür und kommt unaufgefordert herein. »Die Nachbarn sind gegangen«, sagt er. Er riecht nach verbranntem Fleisch und Bier. »Wir hauen uns jetzt auch in die Falle. Für heute bin ich erledigt.«

Kurz angebunden sage ich Gute Nacht, und als er weg ist, drehe ich mich zur Wand und ziehe mir die Decke über den Kopf. Man sagt, in einem fremden Bett falle das Einschlafen entweder sehr leicht oder extrem schwer. Und obwohl ich die Erschöpfung in jedem Zentimeter meines Körpers spüre, wird mir in diesem Moment klar, dass heute Letzteres zutrifft. Ich wälze mich auf den Rücken und lege mir eine Hand auf die Stirn. Die Hitze des Tages steht noch im Zimmer, und die Klimaanlage ist immer noch nicht angesprungen. Keine Ahnung, ob sie kaputt ist, oder ob Dad es vergessen hat. Ich werde es morgen mal ansprechen.

Eine gute Stunde wälze ich mich hin und her, bevor ich endlich einschlafe. Für genau siebenundvierzig Minuten. Anscheinend währt in diesem Haus nichts sehr lange, bevor es unterbrochen wird.

Ich hatte erwartet, dass ich – wenn überhaupt – von der brütenden Hitze im Zimmer aufwachen würde, nicht aber von einem volltrunkenen Heulen vor dem offenen Fenster. Das Wimmern und Fluchen lässt mich aufhorchen. Beunruhigt krieche ich auf nackten Knien durchs Zimmer und spähe über das niedrige Fenstersims nach draußen. Die kühle Nachtluft fühlt sich herrlich an.

»Nein«, verkündet ein betrunkener Tyler in der Dunkelheit. »Nein.« Seine Miene ist ernst, fast schon feierlich, er krabbelt mehr, als er geht, und stützt sich mit einer Hand auf den Rasen. »Was soll das, verdammte Scheiße?« Seine Stimme ist gedämpft, weil er mit niemandem außer sich selbst spricht. Offenbar ist er zu Fuß nach Hause gekommen, denn sein Wagen ist nirgendwo zu sehen – also scheint er wenigstens ein bisschen gesunden Menschenverstand zu besitzen. Selbst er ist nicht so dämlich, betrunken Auto zu fahren. »Wieso ist es denn schon Mitternacht?« Ein hässliches Lachen kommt über seine Lippen und hallt durch die Nacht.

Ich setze mich auf und schiebe das Fenster ein Stück weiter auf. »Hey«, rufe ich leise nach draußen. »Hier oben.«

Tylers wirr blickende Augen brauchen mehrere Sekunden, um den Ursprung meiner Stimme auszumachen, und als er mich oben im ersten Stock entdeckt, rappelt er sich auf und sieht mich mit finsterer Miene an. »Was willst du, verdammt?«

»Alles okay mit dir?« Erst nachdem die Worte meine Lippen verlassen haben, fällt mir auf, wie sinnlos die Frage ist. Ganz offensichtlich ist nicht alles okay.

»Mach mir die Tür auf«, sagt er mit schleppender Stimme. Er nickt mir zu, um dann schwankend unter dem Dachvorsprung zu verschwinden.

Wegen der Hitze hatte ich mich bis auf die Unterwäsche ausgezogen, und so schnappe ich mir jetzt die erstbesten

Klamotten, die ich zu fassen kriege, und ziehe sie hastig über, bevor ich die Treppe hinunterlaufe. Dabei achte ich darauf, kein Geräusch zu machen, lasse das Licht aus und trete möglichst leise auf. Tylers Umrisse zeichnen sich scharf durch die Glasfenster in der Tür ab.

»Was tue ich hier eigentlich?«, flüstere ich vor mich hin, während ich mich am Schloss zu schaffen mache. Dieser Idiot, der bisher nichts anderes getan hat, als mich tierisch zu nerven, sagt, ich soll ihn ins Haus lassen – und ich mache es auch noch? Trotzdem öffne ich ohne zu zögern die Tür, sobald ich das Schloss klicken höre.

»Hast dir ganz schön Zeit gelassen«, brummt Tyler und schiebt sich an mir vorbei. Er riecht ganz hinreißend nach Alkohol und Zigaretten.

Ich schließe die Tür wieder ab. »Bist du betrunken?«

»Nein«, sagt er, doch sein breites Grinsen fällt schnell zu einem schwachen Lächeln zusammen. »Ist es schon Morgen?«

»Drei Uhr früh.«

Leise kichernd versucht er, die Treppe hinaufzusteigen, doch das geht nicht ohne Stolpern ab. »Seit wann sind die denn hier?« Er klopft auf eine der Stufen. »Die waren doch vorhin noch nicht da.«

Ich gehe nicht darauf ein. »Willst du ein Wasser oder so?«

»Hol mir noch 'n Bier«, ist seine Antwort. In der Dunkelheit sehe ich, wie er den oberen Treppenabsatz erreicht und in seinem Zimmer verschwindet – diesmal netterweise, ohne die Tür zuzuknallen. Ella würde ihn wahrscheinlich umbringen, wenn sie ihn so sähe, sturzbetrunken und nicht mehr in der Lage, sich länger als ein paar Sekunden aufrecht zu halten.

Eilig folge ich seinem Beispiel und schleiche mich nach oben in mein Zimmer. Ich ziehe mich wieder aus und lasse die Sachen auf den Boden fallen. Weil es immer noch unglaublich heiß ist, gehe ich nicht wieder ins Bett, wo ich nur vor Hitze umkommen würde, sondern setze mich ans Fenster. Das Gesicht an die kühle Scheibe gelehnt, atme ich die Nachtluft ein. Neben dem Briefkasten liegt eine zerdrückte Bierdose.

Vollidiot.

Kapitel 4

Als Rachael sagte, sie würde sich am nächsten Morgen melden, hätte ich nicht erwartet, dass sie um zehn Uhr früh vor der Tür stehen würde. In den Sommerferien schon am Vormittag aufzustehen – und dann auch noch soziale Kontakte zu pflegen – ist eine völlig absurde Vorstellung. Das verstößt gegen alle Teenager-Gesetze der Welt. Daher werfe ich Rachael einen ziemlich finsteren Blick zu, während ich die Treppe hinuntergehe.

Dad hält ihr die Tür auf, einen Kaffeebecher in der Hand und ein breites Lächeln auf dem Gesicht. »Da kommt sie ja.«

»Bye, Dad«, sage ich freundlich und rolle mit den Augen, weil er mich anstrahlt, als wäre ich wieder im Kindergarten und hätte gerade meine erste Freundin gefunden. Endlich zieht er sich ins Wohnzimmer zurück. »Er ist so peinlich.«

Rachael lacht. »Meiner genauso. Das scheint bei Vätern eine Art Gesetz zu sein.«

»Und wie«, sage ich, immer noch im Halbschlaf. Ich bin überrascht, dass ich überhaupt zusammenhängende Worte herausbringe. »Mir war nicht klar, dass wir so früh aufbrechen.«

Rachael sieht mich mit großen Augen und einem Wie-dumm-kann-man-sein-Lächeln an. »Es ist Samstag. Wenn wir zur Promenade wollen, müssen wir superfrüh da sein, weil es sonst tierisch voll wird.« Ich weiß nicht mal, was eine Promenade überhaupt ist.

»Oooh, klar«, ich mache eine kurze (oder längere) Pause, um Rachaels Outfit in Augenschein zu nehmen. Sie trägt hübsche Shorts, eine cremefarbene, geknöpfte Bluse, dazu eine Pilotenbrille und eine ganze Schmuckkollektion. Ich hingegen habe ein Oversize-Shirt mit Alpakas darauf an. »Ich mach mich schnell fertig. Willst du reinkommen und hier warten, oder …?«

»Komm einfach rüber, wenn du so weit bist«, sagt sie. »Es ist das da«, fügt sie zur Erklärung hinzu und deutet auf das Haus direkt gegenüber. Bevor sie wieder geht, bittet sie mich höflich, mich zu beeilen.

Ich brauche eine halbe Stunde, um mich fertig zu machen. Das Frühstück lasse ich ausfallen, verbringe sechs Minuten unter der Dusche und ziehe ein ähnliches Outfit an wie Rachael. Ich lasse die Haare offen und trage ein leichtes Make-up auf. Nichts Kompliziertes und nichts Zeitaufwändiges.

»Ich bin dann weg«, sage ich zu Dad. Ich bin seiner Stimme gefolgt und strecke den Kopf in die Küche.

Er unterbricht sein Gespräch mit Ella mitten im Satz. »Sei vorsichtig und komm nicht zu spät wieder. Wohin geht ihr?«

Ich zucke die Achseln. »Zu irgendeiner Promenade, keine Ahnung.«

»Oh! Tyler ist auch an der Promenade«, wirft Ella ein. Den Schwachsinnigen hatte ich bis gerade ganz vergessen.

Sofort dreht Dad sich zu ihr um und sieht sie eindringlich an. »Hat er nicht Hausarrest?«, fragt er mit leichter Schärfe in seiner Stimme. Sieht aus, als könnte er den Kerl auch nicht ausstehen, und das kann ich ihm nicht mal verdenken. Tyler ist nicht gerade der allerherzlichste Typ. »Sei nicht immer so nachsichtig mit ihm. Du darfst nicht ständig nachgeben.«

»Viel Spaß«, sagt Ella lächelnd zu mir. Sie schenkt Dads

wütender Miene überhaupt keine Beachtung, als wären seine Worte völlig an ihr vorbeigegangen.

Die Stimmung wird immer unbehaglicher. So schnell wie möglich mache ich mich aus dem Staub, auch weil ich Rachael nicht länger warten lassen will. Ich bin nämlich nicht unbedingt scharf darauf, mich bei meiner neuen Freundin gleich am zweiten Tag unbeliebt zu machen. Zum Glück wirkt sie nicht genervt, als ich um 10.37 Uhr bei ihr in der Auffahrt stehe, obwohl klar ist, dass sie auf mich gewartet hat – niemand geht ohne Grund so früh morgens aus dem Haus.

»Das wird noch richtig heiß heute.« Rachael wirft den Kopf in den Nacken und schaut in den Himmel. Ja, zugegeben, das Wetter ist viel besser als gestern. Und es ist noch nicht mal elf Uhr. »Also, dann mal los.« Rachael zückt die Wagenschlüssel und geht zu einem roten Käfer, der in der Einfahrt parkt.

Ich zögere skeptisch, bevor ich einsteige. »Wann hast du die Prüfung bestanden?«

Rachel zieht die Augenbrauen hoch und seufzt, weil ich die Fahrt zur Promenade hinauszögere. »Im November«, sagt sie. Ich starre sie an. »Ja, ich weiß, was du denkst. Es sind noch keine zwölf Monate. Aber hier kümmert sich keiner um diese blöden Regeln. Also steig schon ein.«

Es ist illegal, dass ich zu ihr in den Wagen steige, obwohl ich noch keine zwanzig bin. Trotzdem setze ich mich auf den Beifahrersitz und schnalle mich besonders sorgfältig an. »Du bist also siebzehn?«, vermute ich. Rachael fährt rückwärts auf die Straße.

»Genau. Ich komme in die zwölfte Klasse«, sagt sie, den Blick auf die Straße gerichtet. In irrem Tempo rasen wir los. »Ich bin so alt wie Tyler, wir sind im gleichen Jahrgang. Und du?«

»Elfte.« Nur noch zwei Jahre auf der Highschool, bevor

ich hoffentlich meine Sachen packen und zum Studieren nach Chicago gehen kann. Weil sich das Warten ewig hinzieht, habe ich sogar schon angefangen, das Frühbewerber-Programm auszufüllen – so dringend will ich dorthin. Schon im ersten Highschool-Jahr habe ich mein Herz an die University of Chicago verloren. Mom wäre es zwar lieber, wenn ich mich an der Portland State bewerben würde, aber Chicago soll das bessere Psychologieangebot haben, und nichts interessiert mich mehr als Psychologie. Menschen faszinieren mich einfach.

»Die Elfte ist ätzend«, informiert mich Rachael. »Du wirst sie hassen!« Dann dreht sie das Radio ohrenbetäubend laut auf und singt lauthals mit, während wir durch die Deidre Avenue brettern und nach links abbiegen.

Nach fünf Minuten Fahrt weiß ich nicht mehr, ob mir wegen Rachaels miesem Fahrstil so schlecht ist oder weil wir zu einem Ort voller Menschen fahren. Menschen, unter denen auch Tyler sein wird.

»Meghan kommt übrigens auch mit«, sagt Rachael und dreht die Musik leiser. Vor einem Eckhaus aus hellem Backstein hält sie an und drückt auf die Hupe. Nervös knete ich die Finger.

Ein paar Sekunden später kommt ein asiatisch-amerikanisches Mädchen mit glänzenden, dunklen Haaren zum Wagen gelaufen. Sie steigt hinter Rachael auf den Rücksitz und sagt mit sanfter Stimme: »Hey, Leute.«

Rachael lässt den Motor wieder an. »Hey, Meg. Das ist Eden, Tylers Schwester.«

»Stiefschwester«, berichtige ich und drehe den Kopf, um sie ansehen zu können. »Freut mich.«

»Gleichfalls.« Meghan lächelt mich freundlich an, während sie ihren Gurt festzurrt. »Du bist über die Sommerferien hier?«

»Genau.«

Die Musik wird wieder lauter und macht Unterhaltungen unmöglich, wofür ich ganz dankbar bin. Kurz darauf verlassen wir die Wohngebiete und kommen in ein Geschäftsviertel mit Motels und Cafés und Bürogebäuden. Schon bald kriecht der Verkehr nur noch dahin.

»Ich hasse es, eine Parklücke zu suchen«, beschwert sich Rachael, allerdings steuert sie den Wagen gleich darauf in ein Parkhaus, wo sie auf die dritte Ebene hinauffährt und sich diagonal auf einen freien Platz stellt. »Und jetzt auf zum Shoppen!«

Ich weiß immer noch nicht, was eine Promenade ist.

Auf dem Weg ins Erdgeschoss lasse ich mich ein Stück zurückfallen. Rachael und Meghan sind ziemlich schnell unterwegs, aber ich gehe lieber langsamer, damit ich mich in Ruhe umsehen kann. Kurz nach ihnen biege ich um die nächste Ecke, und da erkenne ich auch, was die Promenade ist: eine riesige Fußgängerzone, voller Designerläden, teurer Restaurants und grell glitzernder Kinos. Genau die Art überbewertete Amüsierzentren, die ich normalerweise hasse.

»Eden, darf ich vorstellen, die Third-Street-Promenade«, sagt Rachael, und ich erschaudere. »Mein absoluter Lieblingsplatz in ganz Los Angeles.«

»Meiner auch«, sagt Meghan. »Da geht nichts drüber.« Die beiden müssen entweder verrückt sein oder einfach unglaublich mainstreamig und klischeehaft. Na klar lieben sie diese wunderbare, fantastische Promenade, sie sind ja Mädchen. Hübsche Mädchen. Da ist es doch nur natürlich, dass ihnen ein solcher Ort ans Herz wächst und ihr liebster Zufluchtsort wird.

»Wie cool«, sage ich. Die Lüge ist kaum zu überhören, so trocken ist meine Stimme. Um ein bisschen lebhafter zu klingen, räuspere ich mich und füge hinzu: »Wie weit geht diese Promenade?«

»Über drei Blocks!« Rachael sieht auf die Uhr und deutet wahllos auf die Geschäfte um uns herum. »Jetzt kommt schon, wir vergeuden Shopping-Zeit.«

Mein Gott. Shopping ist für mich so ziemlich das Schlimmste, womit man seine Freizeit verbringen kann – es sei denn, man stöbert in den Regalen einer Buchhandlung. Allerdings kann ich mir kaum vorstellen, dass Rachael und Meghan für diese Art Shopping zu haben sind – was sich gleich darauf bestätigt, als mich die beiden in eine Filiale von American Apparel ziehen.

»Im Grunde genommen bist du ja Touristin«, sagt Rachael. »Also kannst du ordentlich zuschlagen. Ich mache mich mal auf die Suche nach einer neuen Hose.«

»Ich brauche einen BH«, sagt Meghan.

Ohne ein weiteres Wort schlendern die beiden davon und überlassen mich in diesem Riesenladen einer Tätigkeit, die ich abgrundtief hasse: Shopping. Allerdings muss ich zugeben, dass ich durchaus ein paar neue Sommer-Outfits gebrauchen könnte, also reiße ich mich zusammen und mache mich daran, die Stangen und Ständer voller Klamotten zu durchforsten. Endlich finde ich einen hübschen Rock und ein Oberteil mit Aztekenmuster, die beide ganz passabel aussehen. Ich will beides anprobieren, aber beim Anblick der Schlange vor den Umkleidekabinen stöhne ich genervt auf.

»Eden.« Wie aus dem Nichts kommt Rachael auf mich zu. »Komm raus aus der Schlange.«

Ich starre sie an. »Was? Warum?«

»Weil …«, fängt sie an, unterbricht sich aber, weil sich die Frau, die vor mir steht, umdreht und sie von oben bis unten mustert. Rachael zieht mich am Ellbogen aus der Schlange. »Weil es weiter hinten im Laden noch andere Kabinen gibt. Die sind zwar geschlossen, aber wir benutzen sie trotzdem. Viel besser, als in der Schlange zu warten. Komm, ich zeig's dir.« Einen Stapel Hosen über dem Arm, lotst sie mich in die allerhinterste Ecke des Ladens. »Ich muss noch weitersuchen, also komm einfach zu uns, wenn du fertig bist.«

Dann saust sie wieder davon, und ich finde mich vor einer weißen Tür wieder, an der ein Schild darüber informiert, dass diese Kabinen tatsächlich für Kunden gesperrt sind. Vielleicht will Rachael mir einen Streich spielen oder hat etwas ähnlich Grausames vor, ich weiß es nicht. Jedenfalls schaue ich mich gründlich um und vergewissere mich, dass die Luft rein ist, bevor ich hindurchschlüpfe, und komme mir fast schon kriminell vor. Ich will die Sachen nur kurz anprobieren und dann so schnell wie möglich wieder verschwinden, bevor ich erwischt werde. Bis auf die langweilige Kaufhausmusik ist alles ruhig, also husche ich in die erstbeste Kabine. Mein Herz rast, ohne dass ich wüsste, warum. Als ich gerade mein Shirt ausziehen will, höre ich aus der Nebenkabine ein Kichern. Ich bleibe stocksteif stehen und halte die Luft an.

»Hör auf damit«, flüstert eine kichernde Stimme. Sie ist so hoch und so leise, dass ich sie kaum höre, und gehört eindeutig einer Frau.

»Baby«, raunt eine männliche Stimme, tief und fest. Man hört Lippen, die sich schmatzend treffen, oder Lippen auf Haut, den Unterschied kann ich nicht raushören.

»Was hast du heute drauf?«, fragt das Mädchen. Dann wieder das schmatzende Geräusch. »Ist das Montblanc? Es riecht so.«

»Nein. Bentley«, antwortet er. Ich schnuppere. Ein aufregendes Aftershave liegt in der Luft. »Komm her.« Noch mehr Geschmatze. Jemand stößt gegen meine Kabinenwand, und ich traue mich nicht mal auszuatmen, meine Hände sind mitten in der Bewegung in der Luft erstarrt.

Das Mädchen lacht. »Was machst du da?«

»Was?«

»Ich weiß nicht, was du da machst, aber es fühlt sich gut an.«

»Klar tut es das.«

Angewidert verziehe ich das Gesicht und presse mir die Hand vor den Mund. Das ist das Oberpeinlichste, was ich je erlebt habe. Aus Angst, einer von den beiden könnte durch die Lücke unter der Trennwand meine Füße sehen, steige ich lautlos auf den Hocker. Am liebsten würde ich unbemerkt verschwinden, aber die Vorstellung, die beiden könnten mich entdecken, weil ich ein Geräusch mache, lässt mich wie angewurzelt stehen bleiben. Ich lege den Kopf schief und richte den Blick auf den Boden. Sie können meine Füße zwar nicht sehen, ich ihre aber schon. Himmelblaue Ballerinas und braune Stiefel.

»Tyler«, flüstert das Mädchen atemlos und zieht den Schuh zurück. »Das werden wir hier nicht tun.«

Ich weiß nicht, was das ist, das sie hier nicht tun werden, aber ich weiß, dass diese braunen Stiefel und die Stimme und der Name Tyler sich in meinem Kopf ganz plötzlich zu einem Bild zusammenfügen. Bitte nicht, Gott. Echt nicht!

Ich kämpfe gegen einen Würgereiz an, und im gleichen Augenblick höre ich Rachael rufen: »Eden, bist du noch da drin?«

Ohne eine Sekunde länger zu zögern, schnappe ich mir meine Klamotten vom Haken, springe vom Hocker und reiße den Vorhang auf, um Rachel einen warnenden Blick zuzuwerfen. Im Laufschritt eile ich auf sie zu und wedle wild mit der Hand, um ihr zu sagen, dass wir verdammt nochmal von hier verschwinden müssen.

»Psssst«, zischt das Mädchen scharf, und dann lauter: »Wer ist da?«

Ich versuche, Rachael aus der Tür zu schieben, doch sie bleibt stehen. »Tiffani?«

»Rachael?« Der Vorhang der Nebenkabine wird aufgezogen, und ein großes, platinblondes Mädchen tritt heraus. Ihre Wangen sind knallrot, und sie beißt sich auf die Lippe. Ihre Bluse ist zur Hälfte aufgeknöpft. »Äh, ich wusste nicht, dass noch jemand hier ist.«

Nicht zu übersehen, denke ich.

»Was machst du denn hier?« Misstrauisch zieht Rachael die Augenbrauen hoch. »Tyler? Bist du auch da drin?« Wir warten auf Antwort.

»Ja, bin ich.« Tyler zieht sich ein verwaschenes graues T-Shirt über, während er hinter dem Vorhang hervorkommt. Er fährt sich durch die Haare, und ich muss zugeben, dass er sehr viel besser aussieht als heute in den frühen Morgenstunden. »Schon mal was von Privatsphäre gehört?«

»Schon mal was davon gehört, es nicht mitten im American Apparel zu treiben?«, schießt Rachael zurück. Ihre Stimme ist ruhig, aber sie rümpft die Nase. »Das ist so billig.«

Tiffani zieht ein so langes Gesicht, dass ihre perfekt geschwungenen Augenbrauen, die hohen Wangenknochen und die prallen Lippen fast bis auf den Boden zu reichen scheinen. Zuerst scheint es ihr furchtbar peinlich zu sein, dass sie erwischt wurde, doch dann verhärtet sich ihre Miene, und sie knöpft sich schnell die Bluse zu. Ich wende den Blick ab.

»Was habt ihr überhaupt hier zu suchen?«, fragt Tyler und sieht mich scharf an. Die Angst davor, was er als Nächstes sagen könnte, jagt mir einen Schauer über den Rücken.

»Klamotten anprobieren«, gibt Rachael knapp zurück. »Was normale Menschen in Umkleidekabinen eben tun.«

Tiffani wirft ihr einen giftigen Blick zu, bevor sie – unverkennbar sauer – mich ins Auge fasst. »Und du bist …?«

»Eden«, sage ich kleinlaut. Ich kann ihr kaum in die Augen sehen, einerseits weil ich mir so klein vorkomme, und andererseits weil die Situation so peinlich ist. Stattdessen sehe ich Tyler an. »Seine Stiefschwester.«

»Du hast eine Stiefschwester?« Tiffani wirkt nur für einen kurzen Moment besänftigt, dann sieht sie Tyler unter zusammengezogenen Augenbrauen skeptisch an.

Der zuckt nur mit den Schultern. »Sieht so aus.«

Ein paar Sekunden lang blinzelt sie nur, als wären Stiefschwestern so etwas wie Fabelwesen, die es in Wirklichkeit gar nicht gibt. Als sie das endlich verarbeitet hat, sieht sie wieder mich an. Ihr Blick ist misstrauisch, ihr Ton angesäuert. »Was hattest du hier zu suchen? Hast du uns nachspioniert?«

»Reg dich ab, Baby«, sagt Tyler und erspart mir damit eine Antwort. Er fasst Tiffani am Arm. »Ist doch keine große Sache. Mach nicht so einen Aufstand.«

Sichtlich entsetzt darüber, wie egal ihm das alles ist, reißt Tiffani die Augen auf. Dann verschränkt sie die Arme vor der Brust und schmollt. »Ich mein ja nur.«

»Tja, lass es«, sagt er, presst die Lippen zusammen und zuckt wieder mit den Schultern. »Ihr ist es doch egal. Lass uns einfach gehen. Ich muss noch zu Levi's.« Ungeduldig legt er ihr einen Arm um die Schultern und zieht sie an sich, doch sie sträubt sich, seufzt schwer und wendet sich an Rachael.

»Wir sehen uns Dienstag«, sagt sie. »Du kommst doch zum Strand, oder?«

»Ja«, sagt Rachael und sieht mich an. Ich weiß haargenau, was sie jetzt gerade denkt, und bete, dass sie es nicht laut ausspricht. Aber natürlich tut sie es doch. »Eden kann doch auch mitkommen, oder?«

Oh, nein.

Wieder verhärtet sich Tiffanis Miene, und sie atmet langsam aus, während sie offenbar eine Scheindiskussion mit sich selbst darüber führt, ob sie zulassen soll, dass sich der Eindringling auch in ihre Strandpläne drängt. Letztendlich murmelt sie nur: »Warum nicht.«

Dann lässt sie sich von Tyler wegziehen, der den Arm um ihren Hals gelegt hat. Sie wirkt zu gleichen Teilen beschämt und verärgert, wahrscheinlich wird es noch Stunden dauern, bis die rosa Farbe von ihren Wangen verschwunden ist.

Als die beiden weg sind, schaue ich Rachael in der entstehenden Stille fragend an.

»Feste Freundin«, erklärt sie. »Die beiden gehen seit dem ersten Highschool-Jahr miteinander. Und du hast jetzt wahrscheinlich einen bleibenden Schaden davongetragen.«

Ich schüttele den Kopf und hole zum ersten Mal seit zehn Minuten wieder Luft. »Er ist so ein Arschloch.«

»Ja, das ist Tyler Bruce«, sagt Rachel. »Der ist immer so.«

Kapitel 5

Wenn ich ganz ehrlich bin, war der Nachmittag mit Rachael und Meghan an der Promenade gar nicht so übel. Die beiden haben nicht ewig in ein und demselben Laden rumgehangen, nicht ihr gesamtes Taschengeld für Schuhe ausgegeben und lieben zu meiner Überraschung beide Kaffee, was ich feststellen durfte, als wir einen kleinen, minimalistischen Coffeeshop an der Ecke zum Santa Monica Boulevard besucht haben. Er heißt *The Refinery* und macht den besten Latte, den ich seit Langem getrunken habe.

Dad streckt den Kopf in mein Zimmer. »Bist du sicher, dass du nicht mitkommen willst?«, fragt er zum achten Mal.

Ich bin gerade dabei, mir die Zehennägel saphirblau zu lackieren, lege aber eine Pause ein, um mich nach dem nervtötenden menschlichen Wesen hinter mir umzusehen. »Ja, ich bin sicher«, sage ich. »Mir geht's noch nicht wieder richtig gut.« Schnell senke ich den Blick und wende mich wieder meinen Nägeln zu. Ich bin eine erbärmlich schlechte Lügnerin, und früher brauchte Dad mich nur anzusehen, um mich zu durchschauen. Hoffentlich ist er heute nicht mehr ganz so aufmerksam.

»Im Kühlschrank ist was zu essen, wenn du Hunger kriegst.«

»Okay«, sage ich, und er geht.

Vielleicht ist es ungesellig, sich vor dem gemeinsamen Familienabendessen zu drücken, aber ich kriege schon Migräne, wenn ich nur daran denke, den Samstagabend mit meiner frisch zusammengewürfelten Patchwork-Familie zu verbringen. In den zwei Stunden, seit ich von der Promenade zurück bin, liegt Dad mir unaufhörlich mit diesem grässlichen Termin in den Ohren. Und ich lehne konsequent ab.

Ich lackiere mir die Nägel fertig, räume die Sachen weg und stakse auf Zehenspitzen durchs Zimmer, bis Ella nach oben ruft, dass sie jetzt losfahren. Auf dem Weg nach unten begegne ich Tyler, der gerade aus seinem Zimmer kommt.

Er sieht mich, zieht die Augenbrauen zusammen und schaut mich einen Moment lang finster an. Mich und meine Jogginghose. »Gehst du nicht mit?«

»Und du?«, schieße ich zurück. Er hat einen marineblauen Hoodie an und die Kapuze aufgesetzt. Ein Ohrstöpsel baumelt runter.

»Hausarrest«, schnaubt er und reibt sich die Schläfe. »Was ist deine Entschuldigung?«

»Krank«, lüge ich, drehe mich um und gehe die Treppe hinunter. Die ganze Zeit spüre ich ihn dicht hinter mir. »Und weißt du, was komisch ist? Der Hausarrest hat dich nicht daran gehindert, zu American Apparel zu gehen«, raune ich ihm mit gedämpfter Stimme zu.

»Halt deine verdammte Klappe«, zischt er.

Als wir unten ankommen, warten Dad und Ella an der Haustür. Jamie und Chase sehen jetzt schon furchtbar gelangweilt aus. Da die beiden noch jünger sind, muss es für sie schwieriger sein, sich vor solchen grauenhaften Familienaktivitäten zu drücken.

»Wir sind spät dran«, sagt Ella. Sie fixiert Tyler mit festem Blick, als hätte sie Bedenken, ihn allein zu lassen. Dazu hat sie auch allen Grund. »Denk nicht mal dran, das Haus zu verlassen.«

»Das würde ich nie wagen, Mom«, sagt er, aber seine Stimme trieft nur so vor Sarkasmus. Er lehnt an der Wand und hat die Arme vor der Brust verschränkt.

»Können wir jetzt fahren?«, fragt Chase. Ich bin froh, dass mir nicht das Gleiche bevorsteht wie ihm. »Ich hab Hunger.«

»Ja, los, fahren wir.« Dad öffnet die Tür, schickt Chase und Jamie schon mal zum Wagen und wirft mir einen mitfühlenden Blick zu. »Hoffentlich geht's dir bald besser, Eden.«

Ich lächle nur. »Tschüss.«

»Benehmt euch«, mahnt Ella, und obwohl sie immer noch besorgt wirkt, brechen sie jetzt auf.

Als die Tür hinter ihnen zufällt und sich eine merkwürdige Stille im Haus breitmacht, wird mir bewusst, dass ich jetzt mit einem Schwachsinnigen allein bin. Den ganzen Abend. Ich drehe mich zu ihm um und merke, dass er mich bereits beobachtet. »Äh«, sage ich.

»Äh«, äfft er mich mit einer Stimme nach, die ganz und gar nicht nach mir klingt.

»Äh«, sage ich wieder.

»Ich geh duschen«, sagt er. »Das heißt, wenn du mal Platz machen würdest.«

Ich weiche einen Schritt zur Seite, und er drängt sich genauso rücksichtslos wie gestern an mir vorbei. Als wäre ich nichts weiter als ein Hindernis auf seinem Weg. »Ganz schön unhöflich«, murmle ich vor mich hin. In den achtundvierzig Stunden, die ich jetzt hier bin, hat er noch kein nettes Wort zu mir gesagt, und Manieren scheint er auch nicht zu haben. Wie gut, dass ich jetzt wenigstens fünf Minuten lang nicht mit ihm reden muss.

Gelangweilt gehe ich ins Wohnzimmer und mache es mir auf der Couch gemütlich. Die traurige Wahrheit ist: Wenn man neu in einer Stadt ist und genau null Freunde hat, landet man am Samstagabend letztendlich allein im makellosen Wohnzimmer seiner Stieffamilie und schaut sich Wiederholungen von »Keeping Up with the Kardashians« an. Wenn das eigene Leben ätzend ist, bleibt einem nämlich nichts anderes übrig, als sich das von anderen anzuschauen. Amelia würde mich umbringen, wenn sie wüsste, dass ich diese Sendung gucke. Eigentlich gefällt sie mir ja auch gar nicht. Na ja, vielleicht ein bisschen, aber das würde ich ihr nie sagen.

Während ich vor dem Fernseher sitze, bombardiere ich meine Mom mit diversen SMS, in denen ich über Dad herziehe. Sie stimmt mir in allen Punkten zu.

Als ich wieder mal auf mein Handy schaue, höre ich aus dem Flur eine weibliche Stimme »Hallo?« rufen. Dann fällt die Haustür ins Schloss. Ich lasse das Handy sinken und schalte den Fernseher auf Pause. Ella ist es bestimmt nicht. Sie sind erst seit einer halben Stunde weg und können kaum mit der Vorspeise fertig sein.

»Hallo?«, rufe ich zurück.

»Wer zum Teufel ist da?«, platzt die Stimme heraus und erschreckt mich so sehr, dass ich mich in die Sofakissen drücke. Die Wohnzimmertür wird aufgestoßen, und Tiffani kommt herein, die Lippen fest zusammengekniffen. Als sie mich sieht, atmet sie erleichtert auf. »Entschuldige, ich dachte …«

»Was dachtest du?«, frage ich und starre sie verständnislos an.

»Nichts«, sagt sie schnell. »Wo ist Tyler?«

Augenblicklich verliere ich das Interesse. Ich wende mich wieder dem Fernseher zu und lasse die Episode weiterlaufen. »Hab ihn nicht mehr gesehen, seit er unter die Dusche ist.«

»Danke.« Sie verlässt das Zimmer, und ich lausche ihren Schritten, als sie die Treppe hinaufjoggt, als wäre sie hier zu Hause. Langsam drehe ich den Fernseher leiser, um … ja, ich geb's zu, um zu lauschen.

Gut drei Minuten lang höre ich gar nichts, dann werden die Stimmen lauter, und die beiden kommen zusammen die

Treppe herunter. Ich halte mir den Handrücken vor den Mund und schaue neugierig in Richtung Tür.

»Reg dich ab«, sagt Tyler. »Ich wäre in einer Stunde zu dir rübergekommen, wie du es wolltest.«

»Du hättest wenigstens ans Telefon gehen können.«

»Hab's nicht gehört, die Musik war so laut.« Im Flur bleiben die beiden stehen, und ich starre sie durch die offene Tür an. Tyler bemerkt mich. »Und was hast du für ein Scheißproblem?«

»Meine Güte«, sage ich.

Tiffani sieht ihn an und schüttelt missbilligend den Kopf, woraufhin ich mich frage, wie sie es nur mit ihm aushält. »Halt die Klappe, Tyler.«

»Von mir aus«, murmelt er mit starrer, finsterer Miene und dreht mir den Rücken zu. »Machen wir, dass wir hier rauskommen.«

»Also eigentlich ...« Tiffanis Stimme verliert sich, sie schiebt die Unterlippe vor und klimpert mit den Wimpern. Tyler reagiert auf diese kokette Tour gereizt.

»Was ist denn jetzt schon wieder?«

Tiffani kommt ins Wohnzimmer und stellt sich vor den Fernseher. Zu gern hätte ich mich darüber beschwert, aber ich fühle mich hier noch nicht sicher genug, um mich mit diesen Fremden auf einen Streit einzulassen.

»Planänderung«, sagt sie und sieht abwechselnd Tyler und mich an. Auf einmal interessiert es mich doch, was sie zu sagen hat. Zu Recht, wie sich herausstellt, denn ihre nächsten Worte treffen uns beide überraschend. »Austin gibt eine Spontanparty, und wir gehen hin. Du auch, Eden.« Sie sieht mich fest an. »Du heißt doch Eden, richtig? Du siehst nicht unbedingt wie ein Partygirl aus, aber Rachael sagt, ich soll dich auch einladen, also los.«

»Warte mal 'ne Sekunde.« Tyler zieht die Stirn kraus, stiefelt zu Tiffani und raunt ihr ins Ohr: »Ich dachte, wir gehen zu dir. Du weißt schon …« Er spricht mit gedämpfter Stimme, wenn auch nicht gedämpft genug – seine Absichten sind unverkennbar.

»Das müssen wir verschieben«, flüstert sie. Dann klatscht sie in die Hände, tritt einen Schritt von ihm weg und hebt die Stimme wieder. »Okay, du kommst also mit, Eden, und du auch, Tyler. Und lass dich ausnahmsweise mal nicht total volllaufen, okay?«

»Hey!«

»Rachael und Megs sind schon bei mir zu Hause und machen sich fertig. Also los jetzt.« Schon zieht sie einen Satz Autoschlüssel aus der Hosentasche und hält auf die Tür zu.

»Warte, ich muss mich noch umziehen«, rufe ich ihr nach. Ich richte den Blick zur Decke – vielleicht habe ich ja Glück, und sie bricht über mir zusammen? »Gib mir fünf Minuten, um ein Outfit auszusuchen.« In diesem Moment frage ich mich, warum ich immer wieder in solche Situationen gerate, aber aus irgendeinem Grund kann ich einfach nicht Nein sagen.

Lachend kommt Tiffani zurück, fasst mich am Arm und zieht mich vom Sofa hoch. In ihrer Stimme liegt Mitleid. »Du kannst dir was von mir leihen. Und jetzt kommt endlich! In zwei Stunden geht's los.« Sie lässt mich los und wirbelt nach draußen. Tyler drängt sich grob an mir vorbei und geht ebenfalls zur Tür.

»Ich dachte, du hättest Hausarrest«, sage ich.

Er dreht sich zu mir um und starrt mich unverwandt an. Das Lächeln auf seinen Lippen ist alles andere als freundlich. »Und ich dachte, du wärst krank.«

Das bringt mich zum Schweigen.

*

Auf der Fahrt zu Tiffani bin ich ein einziges Nervenbündel und kann die ganze Zeit nur an eines denken: Ich habe mir nicht die Beine rasiert. Diese Tatsache quält mich die gesamten zehn Minuten, die ich auf dem Rücksitz des Sportwagens eingeklemmt bin – die Knie an die Brust gedrückt, weil Tyler so egoistisch war, seinen Sitz ganz nach hinten zu schieben. Keiner von beiden bezieht mich ins Gespräch ein, aber das ist mir auch nicht wichtig. Sie reden eh nur über die neusten Dramen und Gerüchte aus der Highschool. Anscheinend haben sich Evan Myers und Nicole Martinez getrennt. Wer auch immer das sein mag.

Tiffanis Haus steht auf einem großen Grundstück am Rande des Viertels. Die Fassade ist ganz mit Marmor verkleidet, was fast schon die Erwartung schürt, von einem Butler empfangen zu werden. Doch als wir in der Auffahrt parken und hineingehen, gibt es keine Bediensteten. Es ist ein ganz normales Haus, nur eben aus sehr teurem Material.

»Deine Mom ist wirklich unterwegs, ja?«, fragt Tyler, und seine Absichten werden noch unmissverständlicher.

»Ja«, sagt Tiffani. »In der Küche steht Bier. Mach's dir hier unten gemütlich, solange wir uns fertig machen. Aber übertreib es nicht.« Sie wirft ihm einen warnenden Blick zu, dann nimmt sie mich an der Hand und zieht mich auf die laute Musik zu, die aus dem ersten Stock kommt. Wir gehen die Treppe hinauf – die natürlich auch aus Marmor ist. »Dauert nicht lange«, ruft sie Tyler über das Geländer zu.

»Tiff?« Aus dem Zimmer am Ende des langen Flurs im Obergeschoss ist Rachaels körperlose Stimme zu hören. Die Musik geht aus. »Tiffani?«

»Bin wieder da-ha!« Sie öffnet die Tür und schlendert ins Zimmer. Ich folge ihr.

»Eden!« Rachael steht sofort auf, obwohl sie gerade dabei ist, Meghan die Haare zu machen. Lächelnd winkt sie mir mit dem Lockenstab zu. »Du bist auch mitgekommen!«

Genau genommen hatte ich keine andere Wahl, denke ich. »Ist es auch wirklich okay, wenn ich dabei bin?«, frage ich unbestimmt in die Runde.

»Ich glaube schon«, antwortet Tiffani, allerdings nicht sehr überzeugend. Sie geht zu ihrem Schrank – besser gesagt zu einem abgetrennten Teil des Zimmers, der vor Klamotten nur so überquillt – und schaut mich über die Schulter hinweg an. »Rachael sagt, du bist nur für die Sommerferien hier?«

»Ja.«

»Gut, dann musst du das Beste draus machen, würde ich sagen.«

»Ganz genau«, sagt Meghan, die in einem seidenen Morgenmantel auf dem Boden sitzt, die Haare erst zu drei Vierteln in Locken gelegt. »Wir sorgen dafür, dass deine Sommerferien kein Reinfall werden.«

Zu spät, denke ich. *Das sind sie längst.*

»Komm, such dir ein Kleid aus!«, ruft Tiffani mit überschnappender Stimme, aber ihre Begeisterung klingt unecht. »Ich würde Schwarz nehmen. Schwarz oder rot. Das müsste dir stehen. Und eng. Moment, Meghan, du ziehst was Rotes an, oder? Okay, also eng und schwarz. Was haben wir denn da?« Obwohl sie mich gerade aufgefordert hat, mir ein Kleid auszusuchen, drückt sie mir schon eins in die Hand, bevor ich auch nur richtig hinschauen kann. Doch dann zieht sie es gleich wieder weg. »Das hier könnte allerdings ein bisschen zu eng für dich sein«, murmelt sie und mustert mich von oben bis unten. Ich spüre förmlich, wie ich unter ihrem prüfenden Blick in mich zusammenschrumpfe. Hat sie mich gerade indirekt als dick bezeichnet?

Ich möchte gern glauben, dass es keine Absicht war und sie es nicht so gemeint hat, aber es tut trotzdem weh. Ich will die Worte nicht an mich heranlassen, aber es ist schon zu spät. In einer endlosen, quälenden Wiederholungsschleife kreisen sie durch meinen Kopf, während Tiffani mir ein anderes Kleid in die Hand drückt und mit dieser gezwungenen Begeisterung weiterschnattert. Ich versuche, gleichmäßig zu atmen und mich davon zu überzeugen, dass sie unrecht hat.

Mit meinem Outfit auf dem Arm lässt sie mich allein, damit ich mich zurechtmachen kann. Als Erstes bürste ich mir die Haare und borge mir das Glätteisen aus, um sie glattzuziehen. Meghan bietet an, mich zu schminken, und Tiffani findet ein Paar hochhackige Plateauschuhe, die zu meinem Kleid passen. Zum Glück haben wir die gleiche Schuhgröße. Bevor ich das Kleid anziehe, vertraue ich Rachael die Sache mit meinen unrasierten Beinen an. Sie muss kurz lachen und schickt mich dann in Tiffanis großes, luxuriöses Bad, um das Problem zu beheben – mit einer präzisen Beschreibung, wo ich die Einwegrasierer finde.

Ich bin gerade fertig und schlüpfe in das Kleid – ein nach wie vor sehr enges Kleid, in dem ich mich noch unwohler fühle –, als ich höre, wie Tyler ins Zimmer kommt. Ich verlasse das Bad und stelle fest, dass alle angezogen und fertig zum Aufbruch sind. Obwohl Tiffani, Rachael und Meghan genauso enge Kleider anhaben wie ich, fühle ich mich immer noch schrecklich unangemessen gekleidet. Der enganliegende Stoff klebt mir überall am Körper.

»Also, können wir dann rüberfahren?«, fragt Tyler unverhohlen gelangweilt. Er hat jetzt zwei Stunden gewartet und keinen anderen Zeitvertreib als Bier gehabt, was man seinem angeschlagenen Gleichgewicht anmerkt. »Dean und Jake sind schon da.«

»Seh ich gut aus?«, fragt Tiffani und dreht sich langsam im Kreis, damit er ihre Figur von allen Seiten bewundern kann. Sie hat ein weißes Kleid an, das ihr, obwohl es sehr kurz und eng ist, eine elegante Ausstrahlung verleiht.

»Baby, du siehst klasse aus«, lallt er. Nach einem letzten Schluck Bier stellt er die Flasche auf die Kommode und geht auf Tiffani zu. »Total heiß.« Er fasst sie an der Taille und zieht sie an sich. Als ob sie allein im Zimmer wären, presst er den Mund so hart auf ihren, dass es beinahe schmerzhaft aussieht, fasst ihr an den Hintern und drückt sie fest an sich. Sie wehrt sich nicht.

Ich sehe Rachael angewidert an, und sie verdreht die Augen. Wieder ist dieses scheußliche Schmatzen zu hören. Tyler und Tiffani: das Pärchen ohne jedes Schamgefühl. »Sind die immer so?«, frage ich flüsternd, weil ich nicht scharf darauf bin, sie zum zweiten Mal in einem so intimen Moment zu stören.

Rachael schüttelt nur den Kopf, vermutlich aus Mitgefühl. »Ständig.«

Ich schaue wieder zu den beiden. Sie scheinen nicht vorzuhaben, in naher Zukunft damit aufzuhören. Auch als Meghan sie zur Seite schiebt, um in den Flur zu kommen, lassen sie sich nicht stören. Man könnte meinen, die beiden hätten sich seit drei Jahren nicht mehr gesehen, so vertieft sind sie ineinander.

Tja, dann ist Tyler eben anstrengend und Tiffani unhöflich, ohne es zu merken, und ich bin vielleicht dick. Aber wenigstens klebt mein Kleid nicht so an mir wie die beiden aneinander.

Kapitel 6

Kurz nach neun fährt uns Meghan zu der Party, vor der ich eine solche Angst habe, dass ich mir sogar wünsche, ich wäre mit Dad und Ella zum Familienessen gegangen. Überteuertes Essen wäre sicher leichter runterzuwürgen als der bittere Geschmack von billigem Alkohol.

Als wir in Meghans silbernen Toyota Corolla steigen, mischt sich die Dämmerung ins Licht der untergehenden Sonne, und das sieht so hübsch aus, dass ich stehen bleibe und staunend zum Horizont schaue, bis Rachael mich in die Rippen stößt und »Ich sitz vorne!« ruft. Damit lande ich unfreiwillig auf der Rückbank. Tyler sitzt zwischen Tiffani und mir, auf seinem Schoß steht das Bier, zwischen meinen Füßen der Wodka. Im Wagen riecht es überwältigend nach Bodyspray, Parfüm und Tylers Aftershave, und die Musik wird mit jeder Sekunde lauter. Der Wagen gondelt in dankenswerterweise moderatem Tempo durch die Straßen. Meghan hängt beim Fahren dicht vor dem Lenkrad und sagt kein Wort, als hätte sie Angst, abgelenkt zu werden. Während sie sich ganz auf die Straße konzentriert, reden Rachael und Tiffani einfach für sie mit.

»Wenn Molly Jefferson auf der Party ist, gehe ich wieder, das schwöre ich euch«, erklärt Rachael, ohne von ihrem Handy aufzusehen. Sie schreibt extrem schnell, ihre Finger bewegen sich so flink über den Bildschirm, dass ich nur fassungslos zuschauen kann.

»Warum sollte diese Lusche da sein?« Lachend zupft Tiffani sich die Haare zurecht und fährt mit den Fingern hindurch, bis sie mit dem Sitz zufrieden ist. »Austin ist ein totaler Schleimer, aber wenigstens hat er Standards. ›Keine Loser.‹ Für einen kurzen Moment beugt sie sich vor, um an Tyler vorbei zu mir herüberzusehen, doch dann lächelt sie und lehnt sich wieder zurück.

Während der Fahrt durch die Stadt werfe ich einen verstohlenen Blick zur Seite. Tyler hat die Arme vor der Brust verschränkt und sieht nicht unbedingt so aus, als würde er sich wohlfühlen. Obwohl er angestrengt auf die Handbremse starrt, muss er meinen Blick bemerkt haben, denn er schaut kurz zu mir rüber und dann schnell wieder weg. Ich drehe mich zur anderen Seite und betrachte stattdessen die vor dem Fenster vorbeiziehenden Gebäude. Das ändert allerdings nichts an dem unbehaglichen Gefühl. Alle paar Minuten spüre ich, dass Tyler mich ansieht, aber sobald ich ihn dabei ertappen will, hat er den Kopf schon wieder abgewandt.

»Und was ist mit dieser Sabine? Sabine …?« Rachael sieht von ihrem Handy auf und legt nachdenklich einen Finger an die Lippen. Sie dreht sich in ihrem Sitz um und sieht Tiffani durch die Lücke zwischen den Kopfstützen an. »Du weißt, wen ich meine, oder? Diese deutsche Austauschschülerin?«

»Die mir in Spanisch den Stuhl weggenommen hat? Sabine Baumann.«

»Genau!«, ruft Rachael und lässt sich wieder in ihren Sitz fallen. »Hoffentlich kommt die auch nicht. Sie starrt Trevor immer so an.«

Tiffani nickt. »Dich auch, Tyler«, fügt sie hinzu. Ich spüre, dass Tyler neben mir mit den Schultern zuckt, aber es ist nicht zu übersehen, dass Tiffani und diese Sabine nicht die besten Freundinnen sind. Sie presst die Lippen zusammen und rutscht näher an ihren Freund heran.

Rachael und Tiffani diskutieren weiter die möglichen Partygäste, woran wir anderen uns aber kaum beteiligen: Meghan, weil sie vollauf damit beschäftigt ist, uns nicht umzubringen, Tyler, weil er ganz konzentriert nirgendwo hinstarren muss, und ich, weil es mich einfach nicht interessiert.

Eine Viertelstunde und eine Menge Haare-Richten und zickige Bemerkungen später kommen wir also bei der Party an, die schon in vollem Gange zu sein scheint. Ein paar Jugendliche hängen im Vorgarten rum, und es kommen immer mehr dazu. Laute Musik dröhnt uns entgegen, als wir aus dem Auto steigen, das Meghan ungeschickt in eine Lücke zwischen einem schrottreifen Pick-up und einem Cabrio gequetscht hat. Wir nehmen den Alkohol mit; ich trage eine Packung Twisted Tea und eine Flasche Wodka und komme mir plötzlich wie eine Säuferin vor. Hoffentlich lauern die Nachbarn nicht mit dem Telefon hinter dem Vorhang, um die Polizei zu rufen. Dass wir alle noch minderjährig sind, ist nämlich nicht zu übersehen. Ich habe keine Ahnung, wie Tiffani, Rachael und Meghan an das ganze Zeug gekommen sind, aber sie werden wohl ihre Mittel und Wege haben wie alle Teenager in diesem Land. Es gibt immer Mittel und Wege.

»Hey, Tyler!«, ruft jemand über den Rasen. Ein kleinerer Junge mit kurzgeschorenen Haaren und einem Budweiser in der Hand kommt auf ihn zu, und die beiden begrüßen sich mit der Bro-Faust. »Super, dass du es geschafft hast.«

»Klar, Mann«, sagt Tyler und deutet mit dem Kinn auf den Kasten Bud Light unter seinem Arm. »In die Küche?«

»Klar, Mann«, sagt der Junge und zeigt Richtung Haus. »Stell das Zeug ab, und komm dann zu uns.« Mit unsicheren Schritten geht Tyler ins Haus und begrüßt unterwegs ein paar Leute.

»Hey, Austin!«, sagt Tiffani zu demselben Jungen, das scheint also der Gastgeber zu sein. Rachael, Meghan und ich heften uns an ihre Fersen, und ich fühle mich furchtbar fehl am Platz. Ich tauche einfach auf dieser Party auf, ohne irgendwen zu kennen – und bete inständig, dass ich niemandem als Fremdkörper auffalle.

»Viel Spaß, Mädels«, sagt Austin und klingt dabei so lüstern, dass ich ihn nur noch abstoßend finde. »Hübsche Kleider.«

»Ich weiß«, sagt Tiffani. Sie beißt sich auf die Lippe und verdreht die Augen bis zum Anschlag. »Ach übrigens, Eden ist auch mitgekommen.«

»Eden?« Austin schaut an ihr vorbei, sein Blick schnellt von Rachael zu Meghan und schließlich zu mir. »Du kommst uneingeladen zu einer Party, Eden?«

Bevor ich auf der Stelle tot umfallen kann, tritt Tiffani einen Schritt vor und legt ihm die flache Hand auf die Brust. Sie beugt sich dicht zu ihm und raunt ihm zu: »Eden ist Tylers Stiefschwester.« Dann richtet sie sich wieder auf und sieht ihn fest an. »Und du willst es dir doch nicht mit ihm verscherzen, oder?«

Sofort fällt Austins Miene in sich zusammen, er macht einen Schritt zurück, und sein süffisantes Grinsen weicht einem breiten Lächeln. »Willkommen auf der Party. Dann legt mal los.« Er hält sein Bier in die Luft, pfeift ein paar Takte zur Musik und schlendert davon.

»Du hast ihn gehört, Eden.« Rachael schraubt den Deckel von einer Wodkaflasche und trinkt einen großen Schluck, ohne mit der Wimper zu zucken. Offenbar macht sie so was öfter. »Leg schon los, Mädel!«

Während es draußen dunkel wird, gehen wir ins Haus. Wir folgen Tiffani, die in diesem Trio das Alphaweibchen zu sein scheint. Drei Freundinnen und ich, das Anhängsel aus Portland. Ein ängstliches, nervöses Anhängsel, das überdeutlich spürt, dass es nicht willkommen ist.

Das Haus ist brechend voll mit Jugendlichen und Kästen

voller Bier, und es ist unglaublich heiß. Die Musik ist laut, der Alkohol fließt in Strömen, und die Mehrzahl der Gäste ist entweder angeheitert oder schon randvoll. Nur wenige können noch gerade stehen. Als wir uns einen Weg in die Küche gebahnt haben, ist Tyler schon wieder weg. Sein Bierkasten ist Teil eines stattlichen Alkoholbergs geworden, der den Tisch und alle Arbeitsflächen einnimmt. Vorsichtig steige ich über die benutzten Schnapsgläser am Boden hinweg, um die Packung Twisted Tea auf den Tisch zu quetschen.

»'tschuldigung, Rach«, sagt hinter uns eine männliche Stimme, und als ich mich danach umdrehe, hat ein Typ die Hände auf Rachaels Hüften gelegt und schiebt sie ein Stück zur Seite. »Ich hab mich schon gefragt, ob du heute Abend kommst.«

»Trevor!« Aufgeregt fällt sie ihm um den Hals und küsst ihn auf den Mund.

Er greift an ihr vorbei und nimmt sich ein Bier, während sie ihn ansieht wie eine Dreijährige einen Welpen.

»Ihr Freund?«, flüstere ich Meghan zu, doch die schüttelt den Kopf.

»Wir sehn uns später«, schreit Rachael, obwohl sie direkt neben uns steht. »Amüsier dich gut, Eden!« Die beiden gehen zusammen aus der Küche, Trevor hat ein Bier in der Hand, Rachael immer noch die Wodkaflasche.

»Rachael verträgt absolut nichts«, sagt Tiffani, die mit dem Rücken zu uns steht und zwei frische Schnapsgläser auf die Anrichte stellt. »Und sie hat schon bei mir ordentlich vorgeglüht.«

Stimmt, Rachael war immer mal wieder aus dem Zimmer verschwunden, während wir uns geschminkt haben. Bis jetzt dachte ich, sie hätte einfach eine ziemlich schwache Blase.

Neugierig sehe ich zu, wie Tiffani Tequila in die Gläser füllt. »Wer ist dieser Trevor?«, frage ich.

»Ihre Party-Affäre«, antwortet sie gleichgültig, als wäre

das keine große Sache. »Sie haben auf Partys was miteinander, das ist alles. Also, hier.« Mit einem breiten Grinsen auf den Lippen dreht sie sich um und reicht mir ein Glas Cazadores Tequila. Hilfesuchend sehe ich Meghan an, doch die zuckt nur die Achseln und schwenkt ihre Autoschlüssel.

Tequila habe ich zu Hause in Portland ein paar Mal in meinem kleinen Bekanntenkreis probiert, aber bis auf einen bitter-sauren Geschmack im Mund habe ich nie etwas davon gehabt. »Oh«, sage ich und betrachte das Glas. Es ist randvoll. Aus den Augenwinkeln sehe ich, dass Tiffani sich den Handrücken ableckt. »Oh?«

Meghan lacht leise, verdreht die Augen und reicht Tiffani einen Salzstreuer, der umgekippt auf der Arbeitsfläche liegt. »Hast du das schon mal gemacht?«

»Tequila getrunken?«, frage ich.

»Tequila richtig getrunken«, korrigiert sie mich mit hochgezogenen Augenbrauen. »Mit Limette und so.«

»Oh«, sage ich schon wieder. Zu Hause trinken wir meist nur Bier und Rum. »Unsere Partys sind nicht so …«

»Cool?«, fragt Tiffani grinsend. Sie streut sich Salz auf den Handrücken. »Dann kannst du deinen Freunden das hier beibringen, wenn du zurückkommst. Du musst die Hand zwischen Daumen und Zeigefinger anlecken.«

Plötzlich komme ich mir richtig dumm vor, so als wäre ich wieder im ersten Highschool-Jahr und würde von den viel älteren, cooleren Mitschülern kritisch unter die Lupe genommen. Aber wir sind hier nicht in der Schule, und die anderen sind nicht meine Mitschüler. Wir sind auf einer Party, wo jeder weiß, was er sagen und tun muss und wie man sich richtig einfügt. Nur ich habe keinen blassen Schimmer. »Okay«, sage ich und lecke mir über die Hand. Ich komme mir albern vor und frage mich, ob Dad und Ella wohl schon wieder zu Hause sind.

»Salz.« Tiffani reicht mir den Streuer, und ich gebe ein

wenig Salz auf meine Haut, wie sie es vorhin gemacht hat. »Gut. Und irgendwo müssten auch noch Limetten sein.«

»Direkt vor deiner Nase, Tiff.« Lachend zeigt Meghan auf eine Schale mit geschnittenen Limetten, die eindeutig für genau diesen Zweck bestimmt sind. Ich mag Limetten nicht einmal.

Tiffani schlägt sich vor die Stirn und seufzt. »Da hab ich noch gar nichts getrunken und kann trotzdem schon nicht mehr richtig gucken. Also gut, schnapp dir eine Scheibe, Eden, und halte sie in der Hand mit dem Salz.«

Ich folge den Anweisungen, nehme die Limette zwischen Daumen und Zeigefinger und warte darauf, dass Tiffani mir sagt, was ich als Nächstes tun soll. »Und jetzt?«

»Salz, Tequila, Limette«, antwortet Meghan an ihrer Stelle. Sie geht einen Schritt zurück, um Tiffani und mich im Ganzen betrachten zu können, und als Tiffani nickt, feuert sie uns an: »Los, los, los!«

Trotz der aufkommenden Panik lecke ich das Salz von der Hand und werfe den Kopf in den Nacken, um den Tequila runterzukriegen. Ich muss gegen einen heftigen Würgereiz ankämpfen, weil das Zeug so eklig und so bitter ist. Dann fällt mir die Limette wieder ein, und ich beiße mit angewidert verzogenem Gesicht hinein. Doch der Saft spritzt mir nur ins Gesicht, und ich sprinte zum Spülbecken und spucke alles wieder aus.

Ich bin so was von tot, wenn ich nach Hause komme.

»Du weißt ja, wie es in dem Song heißt«, sagt Tiffani grinsend. Ich muss ziemlich entgeistert dreinblicken, denn sie drückt mir schnell eine Dose Bier in die Hand – als ob das gegen den fiesen Geschmack helfen würde. »*One Tequila, two Tequila, three Tequila, floor.*« Als kurz darauf ein paar Leute in die Küche kommen, um ihre Getränke aufzufüllen, nutzt sie die Gelegenheit zur Flucht. »Ich gehe mal Tyler suchen. Viel Spaß euch!«

Plötzlich wird die Musik lauter, hallt von den Wänden wieder und dröhnt schmerzhaft in meinen Ohren. Von den intensiven Beat Drops kriege ich Kopfschmerzen. Meghan nimmt mich an der Hand und zieht mich aus der Küche in ein großes, aber total überfülltes Wohnzimmer. Unterwegs redet sie mit ein paar Leuten, aber zum Glück fragt keiner von denen, warum sie eine Langweilerin mit sich rumschleppt.

Vom anderen Ende des Raums kommt ein breit gebauter Jugendlicher auf uns zu, dem Meghan über die Musik hinweg »Hey, Jake!« zuruft.

»Hey, Megs«, sagt Jake. Auf seinem schwarzen T-Shirt prangt ein großer Schriftzug, den ich gar nicht erst lese, und die blonden Haare hat er mit viel Gel so gestylt, dass sie wirr in alle Richtungen abstehen. »Wo sind Tiff und Rach?« Offenbar hat Jake eine Vorliebe für Abkürzungen.

»Rachael ist mit Trevor irgendwohin verschwunden«, sagt Meghan, und beide verdrehen die Augen. »Und Tiffani sucht Tyler. Hast du ihn gesehen?«

Mir fällt auf, dass sich Jakes Miene verhärtet. »Ja«, sagt er, es klingt ein bisschen steif. »Macht sein Ding.«

Meghan wirft mir einen Seitenblick zu, beißt sich auf die Lippe und wechselt das Thema. »Wo ist Dean?«

»Hat nach euch gefragt.« Jake lacht, trinkt einen Schluck Bier, und seine Miene wird weicher. Er sieht mich neugierig an. »Wer ist denn die Neue?«

»Eden«, antworte ich, bevor Meghan etwas sagen kann. Und weil ich auch schon weiß, was als Nächstes kommt, rede ich einfach weiter und spucke die Antworten aus, bevor Jake die Fragen stellen kann. »Ich bin Tylers Stiefschwester und über die Sommerferien hier.«

Da sind sie wieder, die verhärteten Gesichtszüge. Jake wirft Meghan einen Blick zu, und die zuckt die Achseln. »Was denn?«

»Äh«, sagt Meghan. »Ich sehe mal nach Rachael und sorge dafür, dass sie sich nicht schwängern lässt.«

»Soll ich dir ein paar Gummis für sie mitgeben?« Mit einem anzüglichen Grinsen klopft Jake scherzhaft auf seine Hosentasche. Meghan kichert, zupft sich die Haare zurecht und geht. »Du bist also Tylers Stiefschwester?«

Am liebsten würde ich den Kopf schütteln, aber das wäre ja Quatsch, also murmele ich ein knappes »Ja«. Um schnellstmöglich das Thema zu wechseln, frage ich ihn das Erste, was mir in den Sinn kommt. »Geht ihr alle in die Zwölfte?«

Er legt den Kopf schief. »Du nicht?«

»Elfte«, sage ich leise. Noch ein Grund, warum ich hier so fehl am Platze bin. Eine Elftklässlerin auf einer Abschlussklassenparty, das glaubt mir Amelia nie. Bei uns in Portland wollen die Schüler aus dem letzten Highschool-Jahr nichts mit den Jüngeren zu tun haben. Die Jungs sind zu cool für uns und die Mädchen zu sehr damit beschäftigt, erwachsen zu tun. Es ist fast, als würden sie sich für eine überlegene Spezies halten – ein bisschen wie New Yorker.

»Was hast du noch mal gesagt, woher du kommst?«, reißt Jake mich aus meinen Gedanken.

»Äh, Portland.«

»Portland, Maine?«

»Portland, Oregon«, korrigiere ich, und Jake trinkt noch einen Schluck Bier. Das Schweigen und das lahme Gespräch machen die ganze Situation ziemlich peinlich. »Entschuldige, was hast du gesagt, wo Tyler ist?«

Er setzt die Flasche ab und zieht die Augenbrauen hoch. »Warum willst du das wissen?«

Weil ich nach Hause will und wir rein zufällig im selben Haus wohnen. »Ich sollte ihm ein Bier holen.« Bingo.

Jake zögert ein paar Sekunden, bevor er schließlich sagt: »Er ist draußen, hinter dem Haus. Aber sei vorsichtig.«

»Danke.« Ich trinke schnell einen Schluck Bier und gehe in den Flur, wo ich mich durch die feiernde Menge in Richtung Hintertür schiebe. Tiffani, Rachael und Meghan sind nirgends zu sehen, dabei könnte ich deren Gesellschaft jetzt wirklich gebrauchen. Ich bin neu in der Stadt und mutterseelenallein in einer Horde fremder Menschen, und das ist alles andere als ein tolles Gefühl.

Die Hintertür am Ende des Flurs steht offen, Partygäste gehen ein und aus. Ich dränge mich hinaus in den Garten und stelle mein Bier auf dem Terrassentisch ab. Am Zaun steht jemand und kotzt, und ein Mädchen liegt bewusstlos auf dem Rasen. Ich überlege, ob ich ihr helfen soll, werde aber sofort von lautem Gelächter abgelenkt, das aus einem Schuppen in der Ecke schallt. Dem Klang nach scheint es von einer Gruppe Jungs zu stammen, also nehme ich meinen Mut zusammen und folge dem Geräusch – sonst sitze ich noch bis morgen früh auf dieser Party fest.

Beim Näherkommen bemerke ich den Geruch nach Rauch. Der Schuppen hat kein Fenster, die Tür ist geschlossen. Sobald ich sie öffne, schlägt mir ein überwältigender Gestank nach Gras ins Gesicht. So überwältigend, dass mir die Tränen in die Augen schießen, als der Dunst in die Nachtluft entweicht. Hustend schlage ich mir die Hand vor den Mund, kneife die Augen zu und weiche einen Schritt zurück.

»Ist das Gras?«, platze ich heraus.

»Nein, Zuckerwatte«, antwortet jemand, und der Schuppen bebt vor brüllendem Gelächter. Dabei ist das überhaupt nicht lustig.

Nachdem sich der Rauch etwas verzogen hat, öffne ich die Augen wieder und sehe vier Jungs, die mich anstarren. Einer von ihnen ist Tyler. Er hält einen Joint in der Hand und versucht, ihn hinter seinem Bein zu verstecken, aber das hilft nichts, ich sehe ihn trotzdem. Genauso wie ich die

Panik und das Erschrecken auf seinem Gesicht sehe. »Das ist jetzt nicht wahr, oder?«, frage ich fassungslos.

»Alter, schmeiß die Tussi raus«, murrt einer. Ich registriere nicht einmal, wer da redet. Die anderen sind mir egal, ich sehe nur Tyler an. »Außer natürlich, sie will reinkommen und mitmachen.«

»Hey, Bro«, sagt Tyler, aber es ist kaum zu überhören, dass seine Stimme schwankt. Er muss schlucken, um ein Lachen zu unterdrücken. Seine Augen sind glasig, die Pupillen geweitet. »Willst du wirklich so ein Kind dabeihaben?«

Wieder wird gelacht, nur Tyler beteiligt sich nicht an diesem Gemisch aus Kichern und Husten. Er beißt sich auf die Unterlippe und sieht abwechselnd mich und seine Freunde an, als wüsste er nicht, wie er am besten mit dieser Situation umgehen soll. Fürs Erste könnte er den Joint loswerden, den er immer noch in der Hand hält.

»Wer zum Geier ist das?«, fragt derselbe Typ von eben. Wieder treibt Qualm auf mich zu, den ich hastig von mir wegwedele. »Hat ihr denn keiner die Regeln erklärt?« Ich blinzele in die sich lichtende Rauchwolke, bis ich ein paar blutunterlaufende Augen entdecke, die Schwierigkeiten haben, mich zu fokussieren. Der schwarze Junge, dem sie gehören, grinst. »Keine Störungen erwünscht, Süße. Außer du willst dir auch einen durchziehen.« Er kommt einen Schritt auf mich zu und bietet mir seine glimmende Tüte an, obwohl die schon fast aufgeraucht ist.

Als ob ich ernsthaft auf die Idee käme, das Ding anzunehmen, stellt sich Tyler zwischen mich und den Typen. Er leckt sich den Zeigefinger an, drückt damit die Glut seines eigenen Joints aus und lässt ihn in seiner Tasche verschwinden. Dann richtet er sich auf und schaut den Typ vor sich mit finsterem Blick an. »Scheiße, was machst du da, Alter?«, fragt er und deutet mit dem Kinn auf die glühende Tüte. »Mann, Clayton, sei doch kein Idiot.«

Clayton steckt sich den Joint selbst zwischen die Lippen, nimmt einen tiefen Zug und bläst Tyler den Rauch ins Gesicht. »Ihr was anzubieten ist doch nicht idiotisch, Mann. So was nennt sich gutes Benehmen. Alles andere wäre unhöflich.« Über Tylers Schulter hinweg späht er zu mir rüber. »Hab ich nicht recht, Neue?«

Die beiden anderen Jungs müssen sich schon wieder das Lachen verkneifen, aber sie achten kaum noch auf mich. Wahrscheinlich sind sie viel zu stoned, um sich überhaupt noch um irgendwas Gedanken zu machen. Sie stehen nur im Schuppen rum, grinsen breit und lachen.

Tyler hingegen amüsiert sich weniger prächtig. »Alter, siehst du den Zaunpfahl nicht?«, zischt er. Er macht einen Schritt zurück und rempelt mich dabei an, sodass ich ebenfalls zurückweichen muss. »Sie will nicht. Guck sie dir doch mal an.« Er dreht sich zu mir, sieht meinen angewiderten Gesichtsausdruck und starrt mich einen Moment länger an, als mir angenehm ist. Auch als Clayton etwas erwidert, wendet Tyler den Blick nicht von mir ab.

»Also gut, also gut«, sagt Clayton. »Dann sieh zu, dass sie von hier verschwindet. Wie kommt so eine wildfremde Kleine überhaupt hierher?«

»Das frag ich mich auch«, murmelt Tyler und wendet sich ab. Tierisch angewidert von der Kifferei, schüttle ich den Kopf. Ob Ella davon weiß? Ist ihr bewusst, dass ihr Sohn sich heute Abend hier zudröhnt?

Als Tyler zur Seite stolpert und gegen ein Hindernis stößt, sehe ich auf. Vor ihm befindet sich ein kleiner Metalltisch, an dem eine winzige Lampe befestigt ist. Ich will den Blick schon wieder abwenden, doch da erkenne ich, was da auf dem Tisch im Schein der Lampe liegt. Ein Haufen Dollarnoten und ein paar vereinzelte Kreditkarten, aber vor allem mehrere säuberlich gezogene Linien – aus weißem Pulver.

»O mein Gott«, flüstere ich und blinzle, so schnell ich

kann. Ich weiß nämlich nicht, ob ich zu viel von dem Rauch eingeatmet habe, oder ob ich wirklich sehe, was ich da sehe. »Oh. Mein. Gott.«

»Alter, das ist jetzt echt nicht mehr lustig.« Das ist Clayton. »Bring sie bloß hier raus, bevor sie uns noch die Bullen auf den Hals hetzt.«

»Ja ja, sie is' ja schon weg«, erwidert Tyler. Im gleichen Moment fasst er mich am Ellbogen und schiebt mich vorsichtig aus dem Schuppen. Überraschenderweise kommt er selbst auch mit und schleppt mich quer durch den Garten, bis wir allein und außer Hörweite der anderen sind.

»Du bist echt unglaublich«, zische ich und schüttle seine Hand ab. »Koks? Spinnst du, Tyler?«

Irgendwie kommt er mir hilflos vor, fast so, als würde er gerade zum ersten Mal damit konfrontiert, denn er schlägt nur die Hände vors Gesicht und seufzt. »Du solltest nicht hier sein«, sagt er, lässt die Hände sinken und steckt sie in die Hosentaschen. Er stößt die Fußspitze in den Rasen. »Geh … geh lieber wieder rein ins Haus.«

Ich knirsche mit den Zähnen. In so einer Situation war ich bisher noch nie, und daher weiß ich nicht, wie ich mich jetzt verhalten soll. Soll ich versuchen, mit ihm darüber zu reden? Soll ich Ella anrufen? Oder die Polizei? Schließlich entscheide ich mich dafür, ihn einfach aus dem Weg zu stoßen und davonzustürmen. Mein Puls rast, und mein Blut kocht vor Wut über das, was ich gerade mitangesehen habe. Am liebsten würde ich gegen etwas treten, auf eine Wand einschlagen oder jemandem einen Arm oder ein Bein ausreißen. Ich bin so sauer!

Tyler geht zurück in den Schuppen. Was er da drin zu seinen Freunden sagt, höre ich nicht, aber urplötzlich brechen sie alle in brüllendes Gelächter aus, und ich werde den Gedanken nicht los, dass sie über mich lachen.

»Komm schon, Alter«, ruft jemand. Das Lachen im Schuppen verstummt. »Das ist echt mies. Kommt mal wieder runter.«

»Halt deine verdammte Fresse, Dean«, höre ich Tyler sagen, aber ich drehe mich nicht um. Ich bin viel zu wütend, um ihn auch nur anzusehen.

Kurz darauf höre ich schnelle Schritte hinter mir, sehe aber erst auf, als sie mich eingeholt haben. »Du bist Dean?«, frage ich.

»Und ich rate mal wild drauflos und sage: Du bist Tylers Stiefschwester.« Er fährt sich durch die braunen Haare. »Du bist hier die Einzige, die ich noch nie gesehen habe, und Meghan meinte, die mysteriöse Stiefschwester wäre zufällig auch hier. Also, hab ich recht?«

»Ja.« Ich ringe mir ein Lächeln ab. »Hey, du weißt nicht zufällig, welche Hausnummer Tyler hat? In der Deidre Avenue? Ich muss nach Hause, aber … ich habe die Adresse nicht.«

»Ob ich rein zufällig weiß, wo mein bester Freund wohnt?« Dean grinst. »Nummer 329.«

»Dein bester Freund?« Ich sehe mich nach dem Schuppen um. Noch vor fünf Sekunden haben die beiden sich wüst beschimpft.

»Komplizierte Kiste.« Er deutet zum Haus. »Ich kann dich nach Hause bringen. Mein Wagen parkt gleich um die Ecke.«

»Hast du was getrunken?«

»Dann würde ich nicht anbieten, dich zu fahren.«

Ich seufze erleichtert. »Danke.«

Während wir zusammen zum Haus zurückgehen, herrscht in meinem Kopf ein wildes Chaos. Und ich hatte geglaubt, Tyler könnte nicht mehr ätzender werden. Einmal bleibe ich kurz stehen und drehe mich zum Schuppen um. Die Tür steht noch offen, und so kann ich deutlich erkennen, wie Tyler die Überreste seines Joints aus der Tasche holt. Als er ihn zwischen die Lippen steckt und anzündet, bemerkt er meinen Blick.

Für einen winzigen Moment verzieht er das Gesicht und senkt den Blick. Jemand drückt ihm ein Bier in die freie Hand, doch er bemerkt es kaum. Er steht einfach nur mit hängenden Schultern und gesenktem Kopf da, als hätte er Wurzeln geschlagen und könnte sich nicht mehr rühren. Dann löst er sich aus der Erstarrung und zieht sich tief in den Schuppen zurück, möglichst weit weg von mir, bis ich von ihm nur noch ein oranges Glühen in der Dunkelheit sehe.

Auf der Fahrt in Deans Wagen fällt mir plötzlich ein, dass ich zu Hause eine ganze Menge werde erklären müssen. Nicht nur, dass ich mich mit einer erfundenen Krankheit vor dem Abendessen gedrückt habe, ich war auch noch heimlich auf einer Party. Wahrscheinlich ruft Dad gerade die Polizei, um mich vermisst zu melden. Und zu allem Überfluss komme ich in einem viel zu knappen Kleid nach Hause.

»Dad bringt mich um«, murmle ich und lehne den Kopf an die Fensterscheibe. »Ich bin doch eigentlich krank.«

Dean sieht zu mir rüber. »Hattest du vielleicht eine Wunderheilung oder so?«

»So was in der Art.« Ich setze mich auf und will ganz automatisch mein Handy aus der Tasche holen, muss aber feststellen, dass ich weder Tasche noch Handy dabeihabe. Beides liegt noch bei Tiffani. »Mist.«

»Was ist?«

»Ach, nichts.« Ich seufze genervt und suche auf dem Armaturenbrett nach der Uhrzeit. Fast elf. Nur eine knappe Stunde habe ich auf dieser Party festgesessen. Jede Minute länger hätte mir nur weitere Gründe geliefert, Tyler zu verachten und an meiner eigenen Zurechnungsfähigkeit zu zweifeln. »Fährst du noch mal zurück?«

»Ja.« Dean biegt in die Deidre Avenue ein. »Ich bin heute

Fahrer und muss dafür sorgen, dass Jake heil nach Hause kommt.« Er lacht leise.

»Und was ist mit Tyler?«, frage ich und verfluche mich im selben Augenblick dafür, dass ich überhaupt einen Gedanken daran verschwende.

Dean lächelt schwach. »Der geht nicht nach Hause.«

»Was macht er dann? Bleibt er einfach bewusstlos im Rinnstein liegen oder was?« Verächtlich verschränke ich die Arme vor der Brust, aber ein bisschen neugierig bin ich doch. »Oder verbringt er die Nacht in einer Gefängniszelle?«

»Nicht direkt«, sagt Dean. »Normalerweise geht er mit zu Tiffani nach Hause.«

»Oh.« Krass. »Ich kann nicht fassen, dass er Drogen nimmt.« Noch krasser. »Hast du das gewusst?«

Er schweigt lange. »Alle wissen es.«

Auf einmal ergibt alles Sinn. Jakes Gesichtsausdruck vorhin, und auch Meghans zögerliche Blicke. Beide haben genau gewusst, was Tyler vorhatte.

»Warum unternimmt dann keiner von euch was dagegen?« Für mich ist es der totale Irrsinn, dass diese Leute seine Freunde sein wollen. Sie wissen, dass er sich keine drei Meter von ihnen entfernt Koks reinzieht, aber keiner versucht auch nur, ihm zu helfen oder ihn davon abzuhalten. »Weiß seine Mutter Bescheid?«

»Glaub mir, ich hab's versucht.« Dean hält vor Dads Haus an und stellt den Motor ab. »Man kommt einfach nicht an ihn ran, eine Betonwand ist zugänglicher als er. Uns bleibt keine andere Wahl, als es einfach zu ignorieren. Vom Gras dürfte seine Mutter wissen, aber vom Koks garantiert nicht.«

»Er ist wirklich abstoßend.« Fassungslos den Kopf schüttelnd, öffne ich die Wagentür. Mit der anderen Hand greife ich in die kleine Clutch Bag, die ich mir von Tiffani geborgt habe, und krame nach einem Geldschein. Es sind fünf Dollar, und die sind so zerknittert, dass sie schon fast ungültig sind, aber sie reichen für die Spritkosten. Ich gebe Dean das Geld. »Danke fürs Mitnehmen.«

»Was ist das?« Irritiert starrt er erst den Geldschein und dann mich an.

»Fürs Benzin.« Ich drücke ihm den Schein in die Hand, aber er weigert sich, ihn anzunehmen. »Nimm.«

»Vergiss es, Eden, ehrlich«, sagt er lachend. »Bestell Ella einen schönen Gruß von mir, dann sind wir quitt.«

Ich sehe ihn mit skeptisch zusammengekniffenen Augen an. Zu Hause in Portland ist es ein ungeschriebenes Gesetz, dass man sich mit ein paar Dollar an den Spritkosten beteiligt, wenn einen jemand im Auto mitnimmt. Wer aussteigt, ohne einen Cent dazulassen, steht quasi auf der schwarzen Liste und kann von Glück sagen, wenn ihn überhaupt noch mal jemand mitnimmt. Vielleicht nimmt hier jeder jeden kostenlos mit, oder Dean ist einfach zu nett für diese Welt. Wie dem auch sei, ich werfe das Geld aufs Armaturenbrett und springe aus dem Wagen, bevor er es mir zurückgeben kann.

»Behalt es«, rufe ich, knalle die Tür hinter mir zu und laufe eilig zum Haus.

Da fällt mir auf, dass drinnen überall Licht brennt. Dad wird entweder sehr verständnisvoll sein oder außer sich vor Wut. Höchstwahrscheinlich Letzteres. Vielleicht könnte ich mich durch die Hintertür reinschleichen, ohne dass Ella und er es mitkriegen. Ich könnte leise in mein Zimmer huschen, meinen Schlafanzug anziehen und so tun, als wäre ich die ganze Zeit dort gewesen. Oder ich könnte in Tränen ausbrechen und um Verzeihung betteln.

Ich nehme meinen Mut zusammen, ziehe mir Tiffanis Kleid so weit wie möglich über die Oberschenkel und dehne den Stoff, um ein paar Zentimeter mehr von mir zu verdecken. Kleinvieh und so. Die nervigen falschen Wimpern nehme ich ab und werfe sie auf den Rasen, aber gegen den starken Alkoholgeruch, der an mir haftet, kann ich nichts tun. Ich muss mich der Tatsache stellen, dass ich gelogen habe und es verdiene, in der Hölle zu schmoren.

Die Tür ist nicht verschlossen. So leise wie möglich husche ich ins Haus und schleiche mich durch den Flur. Aber offenbar bin ich nicht leise genug, denn aus dem Wohnzimmer höre ich Dad meinen Namen rufen.

Ich beiße mir auf die Lippe, gehe zum Wohnzimmer und stecke vorsichtig den Kopf hinein. Den Rest meines Körpers verstecke ich wohlweislich hinter der Tür. »Hey.«

»Hey?«, wiederholt Dad. Völlig entgeistert starrt er mich an. »Du kommst hier einfach reinspaziert und sagst ›HEY‹?«

»Hallo?«, probiere ich es stattdessen. Bisher habe ich so gut wie nie Ärger gekriegt, deshalb ist dieses heimliche Reingeschleiche völliges Neuland für mich. In sechzehn Jahren hat Mom mir zweimal Hausarrest gegeben, und da war Dad schon nicht mehr da. »Ich bin wieder zu Hause.«

»Dass du zu Hause bist, sehe ich«, sagt Dad in scharfem, tadelndem Ton. Er steht von der Couch auf, während Ella sitzen bleibt und uns beobachtet. »Wo du den ganzen Abend hättest sein sollen. Du hast dich nicht wohlgefühlt, aber jetzt scheint es dir ja ganz prächtig zu gehen. Kannst du mir das erklären?«

»Ich war bei Tiffani«, fasele ich. Immerhin eine Teilwahrheit. »Mädelsabend. Es ging mir ein bisschen besser, und da bin ich hingegangen. Ich dachte, du hättest bestimmt nichts dagegen.«

»Du meinst Tylers Freundin?«, fragt Ella sehr freundlich. Jetzt steht sie ebenfalls auf.

Oh, ja. Die arme Tiffani. »Genau.«

»Wo wir gerade von Tyler sprechen«, murmelt Dad. »Wohin ist der schon wieder abgehauen?«

»Weiß ich nicht«, lüge ich. In diesem Moment raucht er Joints, schnieft Koks, trinkt Bier und lacht über gelallte

Witze, die nicht mal lustig sind. »Als ich gegangen bin, war er noch da.« Es wäre so leicht, Ella an den Kopf zu knallen, dass ihr Sohn ein Kiffer ist, dann würde er sich in Zukunft zweimal überlegen, ob er sich mir gegenüber wie ein Arsch aufführt. Aber irgendetwas sagt mir, dass das hier nicht meine Baustelle ist, und deshalb decke ich ihn weiter. Die Worte purzeln mir fast von allein über die Lippen. »Vielleicht ist er noch was zu essen holen gefahren oder so.«

»Sein Wagen ist noch hier«, stellt Ella fest. Sie sieht enttäuscht aus, als hätte sie gehofft, dass vorhin nicht ich zur Tür hereingekommen wäre, sondern ihr Sohn.

»Dann ist er vielleicht spazieren gegangen?«

»Das glaube ich kaum«, sagt sie. »Er geht nicht an sein Handy.« Es muss schwierig sein, mit einem so unkontrollierbaren Kind fertig zu werden.

»Eden«, sagt Dad. »Du riechst nach Alkohol. Ich mag es gar nicht, wenn du mich anlügst.«

Ich starre ihn an und frage mich, welche Lüge er jetzt meint: dass ich krank bin, dass ich bei Tiffani war oder dass ich nicht weiß, wo Tyler ist. Aus irgendeinem Grund steigt plötzlich Zorn in mir auf, mein Gesicht ist wutverzerrt. »Und ich mag es gar nicht, dass du Mom verlassen hast, aber man kriegt halt nicht immer, was man will.«

Ohne Dads Antwort abzuwarten, balle ich die Fäuste und renne nach oben in mein Zimmer. Der Tequila rebelliert in meinem Magen und erinnert mich daran, dass ich es gerade mal eine Stunde auf der Party ausgehalten habe. Von der lauten Musik habe ich Kopfschmerzen, und der abartige Gestank von Gras hängt mir immer noch in der Nase. Jetzt ist mir wirklich schlecht, und diesmal ist es keine Ausrede.

*

Am Morgen wache ich davon auf, dass Ellas Stimme durchs Haus hallt und Tyler doppelt so laut antwortet. Eine Zeit lang starre ich an die Decke, höre mir das Geschrei an und frage mich, wie spät es ist. Aber eigentlich ist das auch egal, denn für so ein Geschrei ist es auf jeden Fall zu früh. Klingt, als hätte Tyler den Weg nach Hause doch noch gefunden.

Weil die Sonne ins Zimmer scheint und draußen jemand unüberhörbar den Rasen mäht, beschließe ich aufzustehen und mir etwas anzuziehen. Unterdessen höre ich auf der Treppe Schritte und lautes Fluchen. Das kann nur einer sein; und dieser eine meint, ausgerechnet jetzt in mein Zimmer platzen zu müssen.

»Hast du schon mal was von … warte, wie hieß das noch … ach ja, Privatsphäre gehört?« Ich werfe dem Eindringling einen finsteren Blick zu, bevor ich mir einen Kapuzenpulli überziehe.

Tyler legt den Kopf schief und schließt die Tür. »Hier sind deine Sachen.« Er hat meine Klamotten dabei, die ich bei Tiffani gelassen hatte, und legt sie aufs Bett. Überraschenderweise klingt seine Stimme, die noch vor fünf Sekunden ohrenbetäubend laut war, jetzt ganz ruhig. »Und, äh, dein Handy.« Er kommt ein Stück näher, und ich nehme das Telefon mit langsamen Bewegungen entgegen. Dabei suche ich seinen Blick, doch er weicht mir aus.

»Danke«, sage ich schroff. Ich bin immer noch irrsinnig wütend auf ihn.

Für einen langen Moment herrscht Stille im Zimmer, dann wendet er sich langsam zum Gehen, doch bevor er an der Tür ist, dreht er sich noch mal um. »Ähm, also«, sagt er. »Wegen gestern Abend …«

»Dass du ein Idiot bist und Drogen nimmst, weiß ich schon«, sage ich. »Das brauchst du mir nicht mehr zu erklären.«

Er starrt mich finster an. Die Lippen zu einer festen Linie

zusammengepresst und die Stirn in Falten gelegt, kommt er ein paar Schritte auf mich zu. »Sag … sag ihnen einfach nichts davon, ja?«

Ich verschränke die Arme und betrachte ihn neugierig. »Du bittest mich, dich nicht zu verpetzen?«

»Sag Mom und deinem Dad nichts davon«, sagt er. Es verwirrt mich ein bisschen, wie weich, fast flehend seine Stimme klingt. Wenigstens beim Betteln kann er also freundlich sein. »Vergiss es einfach.«

»Ich kann nicht fassen, dass du dich mit so was abgibst«, murmle ich. Nach einem kurzen Blick aufs Display – vier entgangene Anrufe von Dad – werfe ich das Handy aufs Bett. »Warum machst du das überhaupt? Cool aussehen tust du dabei nämlich echt nicht, wenn das der Sinn der Sache sein soll.«

»Wohl kaum.«

Entnervt hebe ich die Hände. »Was dann?«

»Weiß nicht«, murmelt er. »Ich bin auch nicht gekommen, um mir einen Vortrag anzuhören, okay? Ich wollte dir nur dein Zeug bringen und dir sagen, dass du die Klappe halten sollst.« Er fährt sich durch die Haare und wendet den Blick ab.

Vielleicht ist es der Schlafentzug, vielleicht habe ich auch einfach den Verstand verloren, aber irgendwie bringe ich den Mut auf, ihn das zu fragen, was mir seit Freitag auf der Zunge liegt. »Warum hasst du mich so sehr?«

Das überrumpelt ihn. Mit einem Mal sieht er völlig perplex aus. »Wer hat gesagt, dass ich dich hasse?«

»Äh, na ja«, sage ich. »Du beleidigst mich bei so ziemlich jeder Gelegenheit. Ich verstehe ja, dass es komisch ist, von einem Tag auf den anderen eine Stiefschwester zu haben, aber das ist es für mich auch. Wir hatten wohl einen schlechten Start.«

»Nein.« Tyler schüttelt lachend den Kopf. »Du verstehst es

ganz und gar nicht.« Er kneift die Augen zusammen, lässt den Blick kurz durch mein Zimmer schweifen und wendet sich schließlich wieder zur Tür.

»Was verstehe ich nicht?«, rufe ich ihm nach.

»Einfach alles.«

Kapitel 7

Am Dienstag klingelt mein Wecker bei Sonnenaufgang, und ich breche zeitig zum Joggen auf, bevor die anderen aufwachen. Was Tiffani über das zu enge Kleid gesagt hat, will mir nicht mehr aus dem Kopf gehen, und deshalb dehne ich die Strecke diesmal weiter aus. Statt nur durch die Nachbarschaft zu joggen, laufe ich bis runter zur Küstenstraße und wieder zurück und treibe mich an meine körperlichen Grenzen. Unterwegs muss ich empört feststellen, dass der Strand unter einem Nebelschleier liegt, aber wenigstens ist die Luft noch warm. Als ich wieder nach Hause komme, ist Dad aufgestanden und kocht Kaffee.

»Wie war das Joggen?«, begrüßt er mich in der Küche.

Ich stütze mich auf die Arbeitsplatte und versuche, zu Atem zu kommen. »Gut«, bringe ich hervor, aber es klingt mehr nach einem Keuchen. »Fast sechseinhalb Kilometer. Unten am Pier war es total neblig.«

»Ich wäre schon nach dem ersten Kilometer umgefallen«, witzelt er. »Oh, ja, der berühmte Juninebel. Willst du Kaffee?« Er hält die Kanne hoch.

»Nein, danke.« Auch wenn ich Kaffee liebe, aber sieben Uhr morgens ist mir dafür echt zu früh. Das Einzige, was ich jetzt gebrauchen kann, ist eine lange, heiße Dusche. »Sonst schon jemand wach?«

»Ella zieht sich gerade an.« Er dreht mir wieder den Rücken zu, um eine Tasse aus dem Schrank zu holen. »Aber die Jungs schlafen noch.« Seit meiner scharfen Bemerkung von Samstagabend ist er lockerer geworden und gibt sich bei jeder Gelegenheit irre viel Mühe, besonders nett zu mir zu sein. Er weiß jetzt, dass ich ihm nicht verziehen habe und immer noch verletzt und wütend bin, weil er uns verlassen hat. Um das wiedergutzumachen, wird er sich ganz schön ins Zeug legen müssen.

»Muss sie zur Arbeit oder so?« Gestern sah es nicht aus, als ob sie einen Job hätte. Nachdem Dad zur Arbeit gegangen ist, hat sie nur das Haus geputzt, Small Talk mit mir gehalten, ein bisschen mit Tyler gestritten und dann Jamie und Chase zu ihren diversen Aktivitäten gefahren.

Dad lächelt kaum merklich. »Sie ist Bürgerrechtsanwältin.«

Ich blinzle überrascht. Für eine Anwältin hätte ich sie nun wirklich nicht gehalten – wo sie doch jede Debatte mit Tyler verliert und immer schon nach ein paar Minuten aufgibt. »Müsste sie dann nicht irgendwo in einem Büro sitzen?«

»Sie macht gerade eine Karrierepause«, sagt Dad, doch bevor ich weiter nachhaken kann, fragt er: »Du wolltest heute zum Strand, oder?«

»Stimmt«, sage ich. »Mit Rachael.« Und mit Tiffani und Meghan. Aber ich glaube kaum, dass ihn die Einzelheiten interessieren.

»Wenn du möchtest, kann Ella dich hinfahren«, bietet er an, dabei ist das lächerlich. Ich kenne sie gerade mal seit vier Tagen und würde nicht auf die Idee kommen, mich von ihr rumkutschieren zu lassen.

»Rachael nimmt mich mit«, sage ich. »Aber danke.«

»Alls klar.« Er trinkt einen großen Schluck Kaffee, steckt das Hemd in die Anzughose und richtet seine Krawatte. »Gut, dann stürze ich mich mal in den Kampf mit dem Berufsverkehr. Manchmal gewinne ich, und manchmal gewinnt der Verkehr von L.A.«

»Und warum das Hemd?«

»Weil ich der Projektleiter bin.«

»Oh.« Endlich eine Erklärung für die Luxushütte hier. Dad war schon Bauingenieur, bevor ich zur Welt gekommen bin, und wie es aussieht, hat ihm die jahrelange Erfahrung endlich eine besser bezahlte Stellung eingebracht.

»Um sechs bin ich wieder da«, sagt er und winkt mir im Vorbeigehen mit zwei Fingern zu.

Ich verdrehe die Augen, lasse mir am Spülbecken ein Glas Wasser einlaufen und will in mein Zimmer gehen, doch im Flur höre ich, wie Ella die Schlafzimmertür öffnet. Schnell flitze ich die Treppe rauf, damit sie mich nicht sieht. Von Tyler, Jamie und Chase ist noch kein Mucks zu hören.

Ich dusche lange und heiß – so lange und so heiß, dass sich meine Muskeln entspannen und ich mich in meinem Körper wieder richtig wohlfühle. Diesmal denke ich auch daran, mir die Beine zu rasieren.

»Eden.« Ella kommt ohne anzuklopfen ins Zimmer, und ich klammere mich erschrocken an mein Handtuch. »Entschuldige, ich …«

Ich halte den Frotteestoff noch fester und lächle betreten. »Schon gut.« Obwohl ich ehrlich gesagt finde, dass überhaupt nichts gut ist. Ich stehe halbnackt vor einer Fremden.

Ella räuspert sich, senkt den Blick und betrachtet nervös den Teppichboden. »Ich habe mich gefragt, ob du vielleicht etwas frühstücken möchtest. Oder hast du schon mit deinem Vater gegessen?«

»Im Moment möchte ich nichts«, sage ich. »Ich habe keinen großen Hunger.«

Ella lächelt und nickt, dann lässt sie mich allein. Immerhin gibt sie sich Mühe. Ich hatte sie mir als typische böse Stiefmutter vorgestellt, aber bis jetzt hat sie mir noch keinen Wischmopp in die Hand gedrückt.

Ich flechte mir die feuchten Haare ein und gehe wieder ins Bett. Zum Strand fahren wir erst am Nachmittag, und nachdem ich so früh aufgewacht bin, kann ich jetzt nicht mehr aufhören zu gähnen. Also ist ein kleines Schläfchen das einzig Wahre.

*

»Tiffani und Meghan sind schon da«, sagt Rachael, als ich fünf Stunden später zu ihr in den Wagen steige. Sie zieht eine Augenbraue hoch und mustert mich von oben bis unten an. »Du siehst aus, als wärst du gerade erst aufgestanden.«

»Bin ich auch«, sage ich. »Vor zwanzig Minuten.«

»Okay. Ich meine, klar, es sind Sommerferien, aber bis ... was?«, sie schaut auf die Uhr am Radio, »... bis zwanzig nach zwölf zu schlafen, ist schon ein bisschen sehr faul.«

Augenrollend fahre ich mir mit den Fingern durch die Haare, um sicherzugehen, dass ich alle Zöpfe gelöst habe. Sie fallen jetzt in weichen Meerjungfrau-Locken – was perfekt für den Strand ist und auch Rachaels Ansprüchen genügt. Ich wickle mich enger in meinen geblümten Kimono. »Bin heute Morgen superfrüh aufgestanden.«

»Warum?«

»Ich war laufen.«

Rachael prustet. »Okay, dann nehme ich alles zurück. Warst du schon mal am Pier?«

Ich setze meine Sonnenbrille auf und beobachte Rachael ausgiebig, während sie sich auf den Verkehr konzentriert. »Wo das Riesenrad ist? Das hab ich heute früh gesehen, als ich über die Küstenstraße gejoggt bin.«

»Genau, das ist der Pier«, bestätigt Rachael. »Wenn wir nachher noch Zeit haben, können wir da vorbeischauen.«

Heute ist es extrem heiß. Der leichte Wind, der vom Pazifik heranweht, ist angenehm erfrischend, deshalb will ich mich nicht beschweren. Zumal jemand den Nebel abgestellt hat. Portland ist nicht gerade für seine Strände berühmt, was vor allem daran liegt, dass es dort keine gibt, nur ein paar Badestellen an Seen und am Willamette River. Nichts davon könnte mit diesem Strand hier konkurrieren, der sich kilometerlang bis nach Venice Beach an der Stadt entlangzieht und das ganze Jahr über gut besucht ist.

Nachdem Rachael direkt am Pier einen Parkplatz gefunden hat, schnappe ich mir meine Tasche und steige aus. Vorhin zu Hause habe ich ganze zehn Minuten gebraucht, um mich zu überwinden, einen Bikini anzuziehen, und jetzt weiß ich, dass es die dämlichste Entscheidung aller Zeiten war. Während Rachael ihr Handtuch und die Lautsprecher aus dem Kofferraum holt, vergewissere ich mich, dass meine Shorts richtig sitzen und der Kimono möglichst viel von mir bedeckt. Auf gar keinen Fall werde ich mich ausziehen.

»Okay«, sagt Rachael, als sie zu mir nach vorn kommt. Sie hat sich die Sonnenbrille in die Haare geschoben und wirft einen Blick auf ihr Handy. »Meghan sagt, sie liegen bei den Volleyballfeldern neben dem *Perry's* … Aaalso müssten sie da drüben sein.« Sie deutet nach rechts. An einem so großen Strand muss es sehr schwierig sein, jemanden zu finden, aber dank der Technik ist es nicht ganz aussichtslos.

Wir verlassen den Parkplatz und laufen durch den Sand. Meine Flipflops schlackern extrem unbequem an den Füßen, und wir müssen gut fünf Minuten gehen, bis wir Tiffani und Meghan endlich entdecken. Die beiden sind schwer zu übersehen – sie sind aufgestanden und wedeln wie bescheuert mit den Armen.

»Hey Leute!«, ruft Tiffani. »Ihr habt gerade verpasst, wie ein total süßer Typ nach Meghans Nummer gefragt hat.«

Ich sehe Meghan an, die sich verlegen in den Sand fallen

lässt. Ihr schießt die Röte in die Wangen. »Er ist aus Pasadena«, sagt sie leise und kaut auf der Unterlippe.

Als auch Tiffani sich wieder in den Sand setzt, folgen Rachael und ich ihrem Beispiel. Ich breite mein Handtuch aus und mache es mir bequem. Lächelnd schlage ich die Beine übereinander. Der Strand ist wirklich riesig, und hinter uns gibt es jede Menge kleine Geschäfte, Radwege und Leute, die sich Volleybälle zuwerfen.

»Also, Rach.« Tiffani zieht hinter ihrer Sonnenbrille die Augenbrauen hoch. »Was war am Samstag noch zwischen dir und Trevor?«

Rachael grinst anzüglich und schaut dann in eine andere Richtung. »Nichts«, sagt sie, lächelt aber immer noch.

»Von wegen nichts«, widerspricht Meghan. »Ich tippe auf dritte Base, weil ein Homerun zwei Wochen hintereinander nicht dein Stil ist. Stimmt's, oder hab ich recht?«

Rachael schweigt für einen langen Augenblick. »Ja, stimmt«, flüstert sie schließlich und lacht. Sie streift ihre Spitzentunika ab, lässt sie achtlos in den Sand fallen und macht es sich auf dem Rücken bequem. Mir fällt auf, wie perfekt ihr Körper ist: die langen Beine und der flache Bauch. Die perfekte Figur für den Mini-Bikini, den sie trägt.

»Eden, was war eigentlich mit dir auf der Party?« Tiffanis Frage überrumpelt mich, weil ich nur auf Rachaels Beine geachtet habe.

»Was?«

»Wo warst du auf einmal?« Sie setzt sich auf – ihre Figur ist genauso vollkommen wie die von Rachael – und schaut mich durch die Sonnenbrille an. »Mit wem bist du nach Hause gefahren? Wie heißt er?«

Ich ersticke fast an meiner eigenen Spucke. »Ooooh, nein«, sage ich kopfschüttelnd. »Mir ging's nicht so gut. Dean hat mich nach Hause gebracht.« Wie oft werde ich die Ausrede mit der Übelkeit noch benutzen müssen?

»Ist dir der Tequila nicht bekommen?« Grinsend hockt sie sich auf die Knie, um ihr Handtuch glattzuziehen. »Ach übrigens, die Jungs haben vorgeschlagen, dass wir heute Abend rausfahren. Nach Venice vielleicht oder in die Stadt. Aber Dean meinte, wir könnten auch nach Hollywood fahren, damit du den Schriftzug sehen kannst, Eden. Du kannst schließlich nicht nach L.A. kommen, ohne den Hollywood-Schriftzug höchstpersönlich aus der Nähe zu sehen. Wir kommen alle mit.«

»Hollywood ist eine gute Idee«, sagt Rachael. »Ich hab richtig Lust auf ein bisschen unbefugtes Betreten.«

Ich sehe die ganze Sache eher skeptisch. »Ist das nicht illegal?«

Alle drei schmunzeln, bevor Tiffani weiterspricht, diesmal allerdings hauptsächlich an Rachael gewandt. »Wir fahren nur mit drei Autos, das ist einfacher, egal, wohin es geht. Also, Jake holt mich ab, und Dean meinte, er würde dich und Meg einsammeln.« Dann schaut sie mich an. »Und du kannst mit Tyler kommen, weil ihr ja eh im gleichen Haus wohnt.«

Ich starre sie an. Fast wäre mir sogar ein Lachen rausgerutscht, aber ich kann es irgendwie unterdrücken. Sicher ist es praktisch, wenn Tyler und ich im selben Wagen fahren. Aber länger als eine Minute auf so engem Raum mit ihm eingesperrt zu sein bringt mich garantiert zur Weißglut.

»Wie wär's mit einer Runde von *Perry's*?«, fragt Meghan und schnappt sich ihr Portemonnaie.

»Für mich einen Caramel Frio«, sagt Rachael.

Meghan schaut mich an. »Und du, Eden?«

»Äh.« Ich weiß nicht genau, was *Perry's* für ein Laden ist, und von Frios habe ich noch nie gehört. »Was gibt's denn da?«

»Bring ihr einfach das Gleiche mit wie mir«, kürzt Rachael unser Gespräch ab. Sie lehnt sich zurück, stützt sich auf die

Ellbogen und hält das Gesicht in die Sonne. Keine Chance zu widersprechen.

Meghan und Tiffani machen sich auf den Weg, während Rachael und ich zurückbleiben und uns sonnen, bis die beiden mit den Getränken zurückkommen. Zumindest nehme ich an, dass es Getränke sind, aber ich habe keine Ahnung. Es könnte auch Eis sein. Jedenfalls freue ich mich nicht gerade darauf.

Ich beschließe, mich auf andere Gedanken zu bringen. »Also, habe ich das richtig verstanden?«, frage ich, schlage die Beine übereinander und drehe mich zu Rachael um. Sie setzt sich auf, um besser zuhören zu können. »Ihr drei seid beste Freundinnen, ja?«

»Ja …«, sagt sie, aber ihr Ton klingt vorsichtig. Sie wartet ab, worauf ich hinauswill.

»Und Tyler, Dean und dieser Jake sind auch beste Freunde?«

Darüber denkt sie einen Moment nach und spitzt die Lippen, während sie ihre Antwort wohlüberlegt formuliert. »Sozusagen. Es gibt da ein paar Spannungen zwischen Tyler und Jake, aber meistens ignorieren sie das.«

»Spannungen? Warum?« Ich erinnere mich daran, mich auf der Party mit Jake unterhalten zu haben, und obwohl er wahrlich kein Meister in Gesprächsführung ist, wirkte er doch ganz nett auf mich.

»Weil Tyler seit dem ersten Highschool-Jahr mit Tiffani geht und Jake damals total in sie verknallt war. Es gab Streit und Prügeleien, aber inzwischen ist er drüber weg«, erklärt Rachael. »Kindergartenkram. Aber irgendwie hassen sie sich trotzdem noch.«

»Und von diesen Spannungen abgesehen seid ihr alle eine Clique? So sieht es für mich nämlich aus, hab ich das richtig verstanden?«

»Ja, hast du«, sagt Rachael. »Wir sind schon seit … ach

Gott … seit der siebten Klasse oder so befreundet Wir waren alle zusammen auf der Middleschool. Aber jetzt«, sie hebt unternehmungslustig die Hände, »legen wir uns ein paar Bikinistreifen zu.«

»Ach nein, ich sitze ganz gut so.« Ich setze mein breitestes Lächeln auf, damit sie nicht weiterredet. Aber es funktioniert nicht.

»So ein Quatsch«, sagt sie und legt sich lachend wieder auf den Rücken. »Wie willst du denn braun werden, wenn du komplett angezogen sitzen bleibst?«

Ich schaue an mir hinunter und ziehe den Kimono enger um mich. »Nein, wirklich, alles bestens so.«

»Hier sind eure Frios«, ruft Tiffani, die sich von hinten an uns herangeschlichen hat, und ich bin erleichtert über die Unterbrechung. Sie reicht mir einen vor Schlagsahne überquellenden Plastikbecher über die Schulter und gibt einen weiteren Rachael. Anschließend wirft sie uns ein paar Strohhalme zu.

Ein paar Sekunden lang starre ich den Becher an. Das sieht aus wie die größte trinkbare Kalorienbombe der Welt. Vom Anblick der Sahne wird mir ganz schlecht, und ich bringe einfach kein Lächeln zustande. Das muss furchtbar undankbar aussehen, aber ich kann nicht anders, als das Gesicht zu verziehen. Als alle in meine Richtung sehen, stecke ich den Strohhalm durch den Deckel, trinke einen kleinen Schluck und achte darauf, dass es auch alle mitkriegen. *Lächeln und nicken,* denke ich, und genau das mache ich. Ich tue so, als wäre dieses Eisgetränk das Geilste, das ich je im Leben probiert habe. Sobald sie nicht mehr hingucken, stelle ich den Becher beiseite. Später, wenn alles in der Sonne geschmolzen ist, werde ich theatralisch so tun, als hätte ich es ganz vergessen.

»Der schmierige Typ, der uns immer bedient, hat uns Rabatt gegeben«, sagt Meghan. Sie setzt sich auf ihr Handtuch und schlägt die Beine übereinander. Mit dem Zeigefinger nimmt sie Sahne aus ihrem Becher auf und leckt sie genüsslich ab. »Nur weil Tiff mit ihm geflirtet hat.«

»Hab ich gar nicht!«, widerspricht Tiffani scharf und schnappt empört nach Luft.

Das ist der Punkt, an dem ich meine Ohrstöpsel aus der Tasche krame, sie entwirre und eine passende Playlist auswähle. Laute Musik auf die Kopfhörer, Sonnenbrille auf, ein kühles Getränk neben mir, und das Hübsche-Mädchen-Geschnatter ist ausgeblendet.

*

Wir bleiben fast bis zum Abend am Strand und fahren dann doch nicht mehr beim Pier vorbei. Also bekomme ich langsam Hunger, als Rachael und ich in die Deidre Avenue zurückkommen. Zum Glück kümmert sich Ella schon ums Essen.

»Dein Vater muss heute länger arbeiten, deshalb essen wir etwas später«, sagt sie zur Begrüßung. »Hattet ihr einen schönen Strandtag?«

»Ja«, sage ich, und damit ist das Gespräch auch schon erschöpft. Auf dem Weg nach oben ziehe ich eine Sandspur hinter mir her. Ich will nochmal duschen und muss mich dann für Venice, L.A. oder Hollywood fertig machen – das Ziel für den heutigen Abend steht immer noch nicht fest.

Als ich dann, geduscht und angezogen und bereit zum Aufbruch, ein letztes Mal meinen geschwungenen Lidstrich im Spiegel überprüfe, höre ich aus dem Erdgeschoss Dads Stimme. Er ist gerade nach Hause gekommen, also müsste jetzt das Essen fertig sein. Ich gehe nach unten und kriege auf dem Weg zur Küche mit, dass Dad ziemlich laut wird.

»Willst du wissen, was ich gerade gesehen habe?«, fragt er.

So scharf, wie seine Stimme klingt, muss er wirklich mächtig sauer sein.

Neugierig schleiche ich zum Küchentürbogen, halte mich hinter dem Wandvorsprung versteckt und spähe um die Ecke. Ella steht vor dem Herd, Dad am anderen Ende des Raums und Tyler mittendrin.

»Ich fahre gerade runter zum Appian Way«, schnauzt er, »weil ich auf dem Nachhauseweg noch etwas Papierkram wegbringen will, und ratet mal, wen ich da ganz zufällig am Strand sehe.«

Ella wirft Tyler einen Blick zu. »Ich hab dir doch verboten rauszugehen.«

»Und ich denke mir: ›Hey, er hat doch Hausarrest‹, und gehe zu ihm rüber, um ihn zu fragen, was er da so treibt. Und da sitzt er mit diesen Typen am Tisch, die alle ein ganzes Stück älter sind als er, und ich muss mitansehen, wie er Zehn-, Zwanzig- und Fünfzigdollarscheine auf den Tisch knallt.«

Ella kneift die Augen zusammen. »Tyler.«

Tyler schüttelt nur den Kopf und lacht ungläubig. »Das ist völliger Quatsch.«

»Halt den Mund, verdammt!«, fährt Dad ihn an, er krempelt sich die Ärmel hoch und lockert seine Krawatte. »Ich stehe also da und sehe zu, wie er spielt und Geld zum Fenster rauswirft, und dann rate mal, was passiert, als er das Spiel verliert.« Dad macht eine Pause. »Er fängt eine Schlägerei an.«

»Der Arsch hat mich beschissen«, murmelt Tyler. Er stützt sich auf den Rand der Arbeitsplatte, sein Blick hat sich verfinstert. »Damit wollte ich ihn nicht durchkommen lassen.«

»Willst du etwa wegen Körperverletzung ins Gefängnis?« Dad starrt ihn an. »Willst du dein Leben in der Jugendstrafanstalt zubringen? Ist es das, was du willst?«

»Du musst damit aufhören, Tyler«, sagt Ella leise. Seufzend lässt sie die Stirn in die Hand sinken. Sie sieht eher traurig aus als wütend. »Ich will nicht, dass du in Schwierigkeiten kommst.«

»Wir sind hier nicht in Las Vegas«, unterbricht Dad sie. Er rückt Tyler richtig auf die Pelle, seine Wangen sind tiefrot vor Wut, die für zwei reicht. »Was hattest du da verdammt nochmal zu suchen?«

Tyler presst die Lippen zu einer schmalen Linie zusammen. »Ich wollte einfach ein bisschen was vom Leben haben.«

»Ich bin fertig mit dir«, sagt Dad kopfschüttelnd. Ergeben hebt er die Hände, macht auf dem Absatz kehrt und marschiert durch die Terrassentüren nach draußen. Wahrscheinlich, um frische Luft zu schnappen.

Ella öffnet den Mund, um etwas zu sagen, doch bevor sie ein Wort herausbringen kann, verlässt Tyler lachend die Küche. Als er an mir vorbeistürmt, ziehe ich mich tiefer in meine Ecke zurück, damit er mich nicht bemerkt. Aber natürlich tut er es doch.

Er bremst ab, wirbelt herum und mustert mich. »Ich soll dich mitnehmen, richtig?«

Ich bin mir nicht sicher, ob es eine gute Idee ist, sich von einem verhaltensgestörten Irren im Auto mitnehmen zu lassen. Mit Sicherheit ist er ein leichtsinniger Fahrer, der Tempolimits missachtet und alle naselang ein Kind totfährt. »Glaub schon.«

»Ich fahre jetzt los«, sagt er, immer noch in barschem Ton. »Also, entweder du kommst jetzt mit, oder du bleibst eben hier.« Er atmet tief aus und hält mit finsterem Blick auf die Haustür zu. Ella ruft ihm nach und ermahnt ihn hierzubleiben, aber er ignoriert sie einfach und geht hinaus.

Ein Blick in die Küche verrät mir, dass Ella den Tränen nahe ist, und Dad tigert im Garten auf und ab. Die beiden dürften heute Abend keine besonders angenehme Gesellschaft sein, hierbleiben werde ich also schon mal nicht. Ich seufze schwer und jogge dann eilig zur Haustür, um mich bei Tyler bemerkbar zu machen, bevor er ins Auto steigt. »Warte auf mich!«

Das Abendessen ist jetzt eh ruiniert.

Kapitel 8

Tylers Wagen steht quer auf Bordstein und Parkstreifen, und ich frage mich unwillkürlich, in welcher Verfassung er gewesen sein muss, als er so eingeparkt hat. Vielleicht in einer ähnlichen wie jetzt. Er reißt die Tür auf und starrt mich wortlos an.

»Was ist?«, frage ich auf dem Weg zu ihm und dem Auto.

»Na?«, fragt er. Erwartungsvoll zieht er die Brauen hoch und deutet mit dem Kinn auf den Wagen. Ich lasse den Blick suchend über die weiße Karosserie wandern, kann aber nichts Interessantes entdecken. »Weißt du überhaupt, was das für ein Auto ist?« Er sieht mich an, als wäre ich verblödet und wüsste nicht mal, was ein Airbag ist. Um das zu widerlegen, gehe ich zum Heck des Wagens und schaue mir das Logo an. Vier ineinander verschlungene Kreise.

»Ein Audi?«, rate ich.

»Ein Audi R8«, verbessert er mich mit widerlich selbstgefälligem Grinsen.

»Okay«, sage ich. »Soll ich jetzt applaudieren?«

Lachend legt er eine Hand auf den Türrahmen. »Mädchen haben einfach keine Ahnung. Du würdest wahrscheinlich in Ohnmacht fallen, wenn du die Kennzahlen von diesem Teil siehst.«

»Krieg dich wieder ein«, murmle ich und steige unbeeindruckt ein. Drinnen fällt mir auf, dass es ein Zweisitzer ist, alles aus Leder und Chrom. Vielleicht war der Wagen tatsächlich teuer, also verkneife ich mir weitere Kommentare.

»Ruf Tiffani an«, sagt Tyler, als er ebenfalls einsteigt und die Tür zuschlägt. Mit einem knappen Schwung aus dem Handgelenk wirft er mir sein Handy zu und lässt den Motor an.

»Du meinst, deine Freundin, die du entweder ständig betatschen musst oder komplett ignorierst?«

Er verzieht spöttisch den Mund, und mir dreht sich vor Abscheu der Magen um. In meinem ganzen Leben ist mir noch nie jemand begegnet, der so viele Macken hat und wirklich alles für einen Witz hält.

»Du bist ein Arsch«, sage ich leise und rücke von ihm ab. Während er den Motor hochjagt und auf die Straße rast, schaue ich starr aus dem Fenster.

»Ruf sie an«, sagt er noch mal. »Ich habe keine Ahnung, wo wir hinfahren.«

Seufzend richte ich mich auf, drehe das Handy richtig herum und schaue einige Zeit auf das Display. »Freischaltcode?«

»4355.«

Schnell tippe ich die Ziffern ein, entsperre das Handy und rufe die Kontakte auf. »Ist das deine Lieblingszahl, oder steht sie für ein Wort, oder …?«

»Es steht für *hell* – Hölle.« Sein Tonfall klingt gleichgültig, aber er schaut starr geradeaus und packt das Lenkrad fester. »Ruf sie an.«

Ich folge seiner Bitte – oder vielmehr seinem Befehl – und scrolle durch die Kontaktliste, bis ich Tiffanis Nummer finde. Dabei fällt mir auf, wie unglaublich viele Nummern er eingespeichert hat, hauptsächlich von Mädchen. Und dann rufe ich seine Freundin an.

»Was gibt's, Baby?«, meldet sich Tiffani. Ich rümpfe die Nase über den Kosenamen.

»Hier ist Eden«, erkläre ich. »Tyler fährt. Wohin geht's heute Abend? Steht die Entscheidung schon?«

Sie antwortet ohne Zögern: »Zum Hollywood-Schriftzug. Wir sind uns alle einig, dass wir ihn dir zeigen wollen. Es ist einfach nur cool.«

Vor Aufregung beiße ich mir auf die Lippe. Das wollte ich schon immer mal sehen, und obwohl Venice auch irre spannend klingt, bin ich froh, dass die anderen sich für den Schriftzug entschieden haben. »Seid ihr schon losgefahren?«

»Ja.« Meine Stimme kippt, als der Wagen ruckartig zur Seite ausschert. Tylers Fahrkünste sind so erbärmlich, dass ich mich frage, wie er überhaupt seinen Führerschein gekriegt hat.

»Dann schick ich 'ne SMS rum, ob die anderen fertig sind. Wir treffen uns da«, sagt sie knapp. »Schalt mich kurz auf Lautsprecher.« Ich nehme das Telefon vom Ohr, tue, was sie gesagt hat, und halte es Tyler hin.

»Ja?« sagt er. Kurz schaut er auf das Display, um dann vor einem Stoppschild, das er offenbar nicht gesehen hat, scharf in die Eisen zu treten.

»Wir haben uns den ganzen Tag nicht gesprochen.« Tiffanis Stimme hallt aus dem Lautsprecher, und ich erwische Tyler dabei, wie er total respektlos die Augen verdreht. »Hat deine Mom dich rausgelassen?«

Er zieht die Handbremse an, fixiert mich mit einem warnenden Blick und schüttelt langsam den Kopf, bevor er sagt: »Nein, hab den ganzen Tag zu Hause festgesessen.«

»Wie ätzend!«, sagt Tiffani. Das arme Mädchen, sie ist vollkommen ahnungslos. »Ich freu mich so auf dich. Wir brauchen nicht mehr lange. Wartet am Sunset Beach auf uns.«

»Klar.«

»Hab dich lieb.«

»Ja«, sagt er und nimmt mir das Handy aus der Hand, um

aufzulegen. Gähnend lehnt er sich in seinem Sitz zurück und fährt sich durch die Haare.

Ich schnaube ungläubig und sehe ihn mit großen Augen an. Mit jedem Tag und jeder Stunde gibt er mir mehr Anlass, ihn abstoßend zu finden. »Du bist echt unglaublich. Den ganzen Tag zu Hause festgesessen?«

Er knurrt leise, als er die Handbremse löst und langsam in die Kreuzung einfährt. »Das ist meine Version.«

»Willst du sie wirklich so anlügen?« Ich versuche, seinen Blick aufzufangen, aber gleichzeitig achte ich auf die Straße, weil er das anscheinend nicht tut. »Du warst am Strand, hast gezockt und dich geprügelt, und willst einfach so tun, als wärst du den ganzen Tag zu Hause gewesen? Tiffani tut mir echt leid.«

Er lacht so tief, dass es mir kalt den Rücken hinunterläuft. »Oh ja, du bist ganz eindeutig Daves Tochter. Kümmer dich um deinen eigenen Kram, Kindchen.«

»Nenn mich nicht Kindchen«, warne ich ihn. »Du bist nur ein Jahr älter als ich, und du hast weniger Hirnzellen.«

»Alles klar, Kindchen«, sagt er, doch er grinst dabei. »Dein Dad ist ein Arschloch.«

»Wenigstens in dem Punkt sind wir uns einig.« In der entstehenden Stille seufze ich schwer. Es gab mal eine Zeit, da bin ich gut mit meinem Vater ausgekommen; als Kind fand ich ihn unglaublich toll. Aber dann sind Mom und ich und sein ganzes Leben ihm wohl langweilig geworden, er hat uns verlassen und ist nie wiedergekommen. Und jetzt ist er nur noch ein reizbarer Langweiler mit Falten und grauen Haaren. »Ich weiß nicht mal, was er für ein Problem hat. Ich kann mir denken, dass es irre nervtötend ist, mit dir zusammenzuleben, aber er scheint ja direkt nach Gründen zu suchen, um dich anzubrüllen.«

Tyler trommelt ungeduldig auf dem Lenkrad. »Wem sagst du das.«

»Mom ist ohne ihn besser dran«, überlege ich, rudere dann aber sofort zurück. »Damit will ich nicht sagen, dass deine Mom jetzt das Pech hat, oder so. Und was ist mit dir? Wo ist dein Vater?«

Völlig unvermittelt tritt er auf die Bremse. »Was soll der Scheiß?«

Wie gelähmt von seiner aggressiven Reaktion, blinzle ich. Weil mir keine Antwort einfällt, versuche ich es mit einer Entschuldigung, kann aber nur unzusammenhängende, wirre Worte stammeln. »Ich … es tut … also …«

Er presst die Lippen zusammen und tritt das Gaspedal durch. Der Wagen schießt so schnell davon, dass ich in den Sitz gedrückt werde. »Kein Wort mehr«, faucht er.

»Ich wollte dir nicht zu nahe treten …«, setze ich an. Mein Puls rast, und ich werde von Schuldgefühlen überrollt. *Vielleicht ist sein Dad tot,* denke ich. *Und ich habe ihn gerade daran erinnert.*

»Halt einfach die Schnauze«, knurrt er zwischen zusammengebissenen Zähnen, und ich beschließe, wirklich nichts mehr zu sagen. Ich befürchte nämlich, dass er sonst nicht mehr aufhört zu beschleunigen.

Also verschränke ich die Arme vor der Brust, wende den Blick ab und betrachte stattdessen das Panorama von Los Angeles, während wir Santa Monica auf dem Freeway hinter uns lassen. Ich finde es gar nicht so schlimm, mal nichts zu sagen. Wenn ich ein Gespräch mit Tyler versuche, fange ich mir ohnehin nur eine pampige Antwort, einen sarkastischen Kommentar oder eine unnötige Beleidigung ein. Er dreht die Musik lauter – R&B-Songs von seinem Handy – und lässt sie die ganze Fahrt über voll aufgedreht. Erbarmungslos bohren sich die Obszönitäten in meinen Gehörgang. Die wortlose Anspannung zwischen uns ist richtig unbehaglich, so als sollten wir uns eigentlich unterhalten, kriegen es aber einfach nicht hin. Wir sind Stiefgeschwister, aber mir kommt es eher vor, als wären wir Erzfeinde. Das ist einfach nicht richtig.

»Gleich sind wir da«, sagt er, nachdem wir eine Stunde in seinem leichtsinnigen Fahrstil unterwegs sind. Inzwischen ist dieses ewige Schweigen so unerträglich geworden, dass ich ihn nicht mal mehr ansehen kann. Die ganze Zeit über versuche ich, nicht daran zu denken, dass wir seit über sechzig Minuten kein Wort miteinander gewechselt haben, und konzentriere mich stattdessen auf die hübsche Aussicht.

Wir biegen in eine lange Straße mit dem Namen North Beachwood Drive ein, und auf einmal sehe ich ihn in der Abendsonne vor mir: den Hollywood-Schriftzug, der auf dem Berg über der Stadt aufragt. Nervös auf der Unterlippe kauend, klappe ich die Sonnenblende hoch, um besser sehen zu können, und starre auf dieses weltbekannte Kultsymbol, das ich bisher nur aus Filmen kenne. Es in echt zu sehen, ist wirklich etwas ganz anderes.

Ein Stück weiter endet das Wohngebiet, die Straße wird schmaler und windet sich um den Fuß des Berges. Wir kommen an dem Schild mit der Aufschrift »Sunset Ranch« vorbei, das Tiffani erwähnt hat, und kurz darauf fahren wir auf einen kleinen Parkplatz am Straßenrand. Die anderen sind schon da – und mir ist völlig schleierhaft, wie sie uns überholt haben sollen.

»Ihr habt den Freeway genommen, was?«, fragt Meghan, als wir aussteigen. Tiffani kommt sofort angelaufen und fällt Tyler um den Hals.

Bei all dem Ringen um seine Aufmerksamkeit schafft er es noch zu antworten: »Ja. Und ihr seid durch Beverly Hills gefahren?« Tiffani schmiegt sich an ihn und versucht ihn zu küssen, doch Tyler wirkt nicht sonderlich interessiert. Ohne die Spur eines Lächelns beugt er sich zu ihr hinunter und gibt ihr einen ultrakurzen Kuss, bevor er sich von ihr losmacht und einen Schritt zurückweicht. Ich bin offenbar die

Einzige, die überhaupt auf die beiden achtet, und als er merkt, dass ich sie beobachte, lässt er den Kopf hängen und schaut zu Boden.

Jake schließt seinen Wagen ab. »Da kann man am besten aufs Gas treten, ohne erwischt zu werden. Wir wollten euch nicht stundenlang hier warten lassen.«

»Es ist einfach Wahnsinn.« Ich muss gegen die Sonne anblinzeln, während ich kopfschüttelnd die riesigen Buchstaben anstarre. »Danke, dass ihr mir das gezeigt habt.«

Da fangen auf einmal alle sechs an zu lachen, sogar Tyler. Mit den Augen gerollt wird auch.

»Noch haben wir dir gar nichts gezeigt«, sagt Rachael, die ein paar Flaschen Wasser in der Hand hält. »Wir bringen dich ganz nach oben.«

»Da rauf?« Ich schaue mir den Berg noch einmal an und frage mich, wie steil er wohl ist. Das sieht nach harter Arbeit aus.

»Genau, da rauf«, sagt Dean. Auch er hat einige Wasserflaschen in der Hand. »Wenn du es noch sehen willst, bevor die Sonne untergeht, sollten wir jetzt los. Wir brauchen etwa eine Stunde bis nach oben, und es ist ziemlich heiß. Hier.« Er gibt mir eine der Flaschen, reicht eine andere an Meghan und eine dritte an Jake weiter.

»Wer kennt den Weg noch?«, fragt Rachael, die Tyler und Tiffani je eine Wasserflasche gibt.

Tyler schnaubt, legt Tiffani den Arm um die Taille und zeigt mit der anderen auf den Weg hinter uns. »So schwierig ist das doch echt nicht. Scharf links und dann rechts.«

Nun sehe auch ich einen Wegweiser zum Hollyridge Trail, und ich vermute, dass das der Weg ist, den wir nehmen werden. Wir machen uns an den Aufstieg, Tyler und Tiffani gehen vorneweg, Jake, Dean, Meghan, Rachael und ich hinterher. Der breite Weg ist garniert mit dem wunderbarsten Geschenk, das die Natur für uns bereithält: Pferdekacke.

»Das war die schlimmste Stunde meines Lebens«, zische ich Rachael zu, als wir uns ein Stück hinter die anderen zurückfallen lassen. »Erinnere mich dran, dass ich nie wieder zu Tyler ins Auto steige.«

Sie lacht und schleift beim Aufstieg die Füße über den staubigen Boden. »Was ist passiert?«

»Er hätte uns fast umgebracht, weil ich gefragt habe, wo sein Dad ist.« Mein Blick schweift zu ihm nach vorn. Er führt noch immer unsere kleine Gruppe an, dicht gefolgt von Tiffani. »Ist sein Vater … ist er tot?«

Rachael verschluckt sich fast an dem Wasser, das sie gerade trinkt. Sie bleibt stehen und sieht mich entgeistert an. »O Gott, Eden. Du hast in Tylers Gegenwart seinen Vater erwähnt? Da kannst du genauso gut in den Lauf einer geladenen Waffe gucken. Das macht man nur, wenn man lebensmüde ist.«

Wir setzen uns wieder in Bewegung. »Warum?«

»Er sitzt im Gefängnis, wegen Autodiebstahl oder so«, erzählt Rachael mit gesenkter Stimme. Dabei schaut sie sich immer wieder um, ob uns auch niemand hört. »In dem Punkt ist Tyler irre empfindlich.«

Wieder wandert mein Blick zu ihm nach oben. Irgendwo tief drinnen tut er mir leid. Vielleicht hat er seinen Dad gerngehabt, und jetzt ist er nicht mehr da. Das muss schlimm sein. Erst recht, wenn noch eine Scheidung obendrauf kommt.

Es dauert nicht lange, bis wir an die scharfe Linkskurve kommen, an die Tyler Rachael so patzig erinnert hat. Obwohl der Weg geradeaus weiterführt, machen wir fast eine Hundertachtziggrad-Kehre nach links und steigen einen kleinen Trampelpfad weiter bergauf. Von hier an gibt es keine Pferdeäpfel mehr.

Es ist wirklich heiß, und ich bin froh über das Wasser, das Dean mir gegeben hat. Doch trotz der Hitze macht mir die

Wanderung nichts aus, es ist ein gutes Training, und die Aussicht über L.A. ist es allemal wert. Hin und wieder bleiben wir stehen, um zu verschnaufen, über die Stadt zu blicken und darüber zu staunen, wie unglaublich groß sie ist und wie schön sie von oben aussieht. Alles ist so friedlich hier.

Schließlich kommen wir an eine Gabelung, an der der Pfad in einen asphaltierten Weg mündet. Wir gehen rechts.

»Hätten wir nicht links abbiegen müssen«, frage ich, als mir auffällt, dass wir uns von dem Schriftzug entfernen, statt weiter darauf zuzugehen. Mir kommt der Gedanke, dass sie mir vielleicht einen gemeinen Streich spielen wollen.

»Nein«, sagt Jake. Er lässt sich ein Stück zurückfallen und geht neben mir, während sonst keiner auf mich achtet. »Wenn man links abbiegt, kommt man wieder nach unten, aber dieser Weg hier führt uns hinter die Buchstaben.«

Ich trinke einen großen Schluck Wasser und deute mit der Flasche auf die vor uns liegende Straße. »Ist das nicht illegal?«

»Wasser trinken?«, fragt Jake. »Nicht dass ich wüsste.«

Ich verdrehe die Augen und muss ein bisschen lachen. Vor uns zieht Meghan Rachael ein steiles Wegstück hinauf. »Ja oder nein?«

»Illegal ist es nur, wenn man über den Zaun klettert«, erklärt er mir. »Aber von hinten kommt man auch so ziemlich nah ran.« Er richtet den Blick kurz zum Himmel, bevor er mich wieder ansieht. »Tut mir leid, dass ich am Samstag so blöd war. Nach ein paar Bier bin ich zu vernünftigen Gesprächen nicht mehr zu gebrauchen.«

Ich muss lächeln. Es überrascht mich, dass er sich überhaupt daran erinnert, mit mir gesprochen zu haben, und seine Entschuldigung lässt mich ein bisschen erröten. »Du warst nicht blöd. Nur deine Fragen.«

»Fangen wir doch einfach noch mal von vorn an«, sagt er und hält mir die Hand hin. »Ich bin Jake, und du musst dieses süße Mädchen sein, das über die Sommerferien hier ist. Eden, richtig?«

Meine Wangen werden noch wärmer. Nervös beiße ich mir auf die Lippe und senke den Kopf, damit er es nicht sieht. Trotzdem schaffe ich es, seine Hand zu schütteln. »Schön, dich kennenzulernen, Jake.«

»Also«, sagt er. »Wie gefällt dir Los Angeles?«

»Es ist sagenhaft.« Entweder sind alle anderen schneller geworden, oder Jake und ich werden langsamer, denn die Lücke zwischen uns und dem Rest der Gruppe wächst. Tyler wirft uns einen missbilligenden Blick zu, und ich schaue ihm ein paar Sekunden finster nach. Was hat er bitte für ein Problem? Ich versuche es zu ignorieren. »Ich finde es ganz toll hier.«

In Jakes Augen funkelt etwas, und auf seinen Lippen liegt ein breites Lächeln. »Und wartet zu Hause in Portland ein Freund auf dich?«

»Nein«, sage ich und schaue ihn von der Seite an. »Falls das gerade subtil sein sollte, würde ich das an deiner Stelle vielleicht noch mal üben.«

»Verdammt«, murmelt er. Dann lacht er herzhaft. »Subtilität und Small Talk sind nicht gerade meine Stärken. Die liegen eher woanders. Wenn du mal mit mir ausgehst, zeig ich sie dir.«

Er wirkt so selbstsicher, als er eine Augenbraue hochzieht und auf eine Antwort wartet. Gern würde ich genauso lässig antworten, aber ich habe keine Ahnung, wie das geht. Ich werde nicht oft von Jungs um ein Date gebeten. Am nächsten kommt dem noch der Typ aus dem Algebrakurs in meinem ersten Highschool-Jahr, der mich gefragt hat, ob ich ihm die Grundlagen quadratischer Gleichungen beibringen könnte. Selbst da habe ich Nein gesagt, weil er für sein ständiges Niesen berüchtigt war. Er hieß Scott und hatte bei uns den Spitznamen Schnodder-Scotty.

»Ja, vielleicht«, ist meine ausweichende Antwort an Jake. Vielleicht, wenn wir mehr als ein paar Sätze gewechselt haben, denn im Moment ist er für mich immer noch ein Fremder. Vielleicht ein andermal. Vielleicht später.

»Mit einem Vielleicht kann ich leben«, sagt er. »Hey, guck mal, wir sind fast da.«

Vor uns macht der Weg eine Biegung nach links, dahinter beginnt ein hoher Drahtzaun. Tiffani schnappt sich Tylers Hand und rennt mit ihm bis zur Biegung voraus. »Komm, Eden, das musst du dir anschauen!«, ruft sie, und Jake schiebt mich vorwärts.

Rachael fasst mich am Ellbogen und zieht mich das letzte Wegstück halb hüpfend, halb laufend mit sich. In fünfzig Minuten haben wir es ganz nach oben geschafft. Wir folgen dem Weg am Zaun entlang, und als wir um die letzte Ecke biegen, trifft mich urplötzlich die Erkenntnis, dass ich gerade hoch über Los Angeles hinter dem Hollywood-Schriftzug stehe.

Mir stockt der Atem. In der herrschenden Stille kann ich diesen Augenblick voll auskosten. Ich lege die Hände an den Zaun, mein Puls rast. Von hier hinten ist der Blick atemberaubend. Die Buchstaben sind unheimlich groß, viel größer, als man glaubt.

»War das den Aufstieg wert?«, fragt Dean neben mir. Ich bin so in Trance, dass ich den Blick nicht von dieser Aussicht abwenden kann, sondern nur langsam nicke.

»Es ist wunderschön«, sage ich leise.

»Wir waren seit einem Jahr nicht mehr hier oben.« Nachdenklich lässt Meghan die Finger über das Drahtgeflecht gleiten. »Kommt mir länger vor.«

Aus den Augenwinkeln bemerke ich, dass Tyler die Hände auf die Oberkante des Zauns legt und fest zupackt. Außerdem bemerke ich die vielen Kameras um uns herum. »Worauf wartet ihr noch?«, fragt er, zieht sich am Zaun hoch und schwingt sich geschickt hinüber. Sanft landet er auf der anderen Seite. »Kommt schon.«

Ein paar Sekunden lang starre ich die Kameras an, dann die zahlreichen Schilder, die den Zutritt zu den Buchstaben eindeutig verbieten, und dann Tyler. Er erwidert meinen Blick mit zusammengekniffenen Augen und schiefem Lächeln.

»Wir haben an die zehn Minuten, bevor die Hubschrauber kommen«, sagt Tiffani und fängt an zu klettern. »Eden, du berührst einen Buchstaben, und dann hauen wir ab.«

Zweifelnd starre ich die beiden an. Hubschrauber? »Ach, ist schon gut, ehrlich. Ich muss die Schrift nicht anfassen …«

»Jetzt fass schon die Scheißschrift an«, faucht Tyler und sieht mir durch den Zaun fest in die Augen. Tiffani landet neben ihm auf der verbotenen Seite, legt ihm eine Hand auf die Brust und schiebt ihn von uns weg.

»Wir werden nicht erwischt«, versichert mir Rachael leise, bevor sie mit Meghan und Dean über den Zaun klettert. »Wir machen das ständig.«

»Keine Sorge«, fügt Jake hinzu. »Wenn sie uns schnappen, sind wir alle zusammen dran.« Er nimmt meine Hand und legt sie auf den Zaun. »Aber wir müssen schnell sein.«

Ich füge mich dem Gruppenzwang, vor dem mich mein Lehrer in der fünften Klasse immer gewarnt hat, ziehe mich am Zaun hoch und schwinge mich irgendwie auf die andere Seite. Bei der Landung gerate ich ein wenig aus dem Gleichgewicht, und erst jetzt bemerke ich, wie steil der Abhang wirklich ist. Die anderen sind schon auf dem Weg hinunter zu den Buchstaben, doch ich warte noch auf Jake, damit er mir einen Weg zeigt, auf dem ich mir nicht den Hals breche.

»Ich liebe diesen Ort.« Dean ist am ersten »O« stehengeblieben. »Eine Menge Menschen auf der Welt würden für eine solche Gelegenheit töten. Wir haben wirklich Glück.«

»Alter, jetzt werd nicht sentimental. Das sind nur Buchstaben auf einem Berg«, murrt Tyler. »Die Stadt ist total ätzend, und der Schriftzug genauso.«

»Sei doch nicht immer so negativ«, murmelt Tiffani.

Ohne auf die beiden zu achten, laufe ich mit Jake zum »H«, wo er einen Schritt zurücktritt und mir zunickt. Ein warmes Lächeln liegt auf seinen Lippen. »Du zuerst.«

Aus irgendeinem Grund bin ich aufgeregt. Vielleicht, weil ich gleich etwas tun werde, wovon so viele Menschen träumen. Vielleicht aber auch, weil ich jeden Augenblick in den Tod stürzen könnte. Ich hole tief Luft, mache einen Schritt nach vorn und berühre das weiß lackierte Metall, das »H« des weltberühmten Hollywood-Schriftzugs.

Und fühle mich haargenau so wie zwei Sekunden vorher.

»Oh«, sage ich. Mir kommt der Gedanke, dass das, wovon wir hier so schwärmen, nichts weiter als ein bisschen Metall auf Pfeilern ist.

Jake legt seine Hand neben meine. »Und, was ist jetzt mit unserem Date?«

In diesem Moment hätte ich womöglich Ja gesagt, einfach nur, weil wir buchstäblich unter dem Hollywood-Schild stehen und das einfach der perfekte Ort ist, um ein Date zuzusagen. Aber bevor ich auch nur den Mund aufkriege, ruft Tyler: »Scheiße, Mann, was soll das?«

»Was?« Jake verzieht gereizt das Gesicht, weicht einen Schritt von dem Buchstaben zurück und dreht sich zu Tyler um, der mit geballten Fäusten auf uns zukommt.

»Was hast du da gerade zu ihr gesagt?« Tylers Gesichtszüge sind angespannt, sein Kiefer verkrampft, die Augen dunkel. Mit gesenktem Kopf, die Augen zu schmalen Schlitzen verengt, geht er immer näher auf Jake zu.

»Die Spannungen«, raunt mir Rachael lautlos zu, als ich sie hilfesuchend ansehe. Vage erinnere ich mich daran, dass sie etwas von unausgesprochenen Spannungen zwischen den beiden erwähnt hat. Jetzt gerade wirken sie nicht ganz so unausgesprochen.

»Bleib mir bloß vom Leib, Bro«, murmelt Jake. Achselzuckend weicht er ein Stück zurück, hebt ergeben die Hände und dreht sich zur Seite.

»Oh, nein«, sagt Tyler und schüttelt den Kopf. Er folgt Jakes Bewegung, baut sich wieder vor ihm auf und bohrt ihm den Finger in die Brust. »Auf keinen Fall fangt ihr beide was miteinander an. Wenn du auch nur daran denkst, reiß ich dir den Arsch auf.«

»Tyler, Baby, komm wieder runter.« Tiffani schiebt sich zwischen die beiden. Sie legt Tyler beide Hände auf die Brust und versucht, ihn zurückzudrängen, doch er lässt Jake nicht aus den Augen. »Hey, sei kein Arsch, leg es nicht auf eine Schlägerei an.«

Jetzt kommt auch Dean dazu. Er stellt sich vor Jake und schüttelt missbilligend den Kopf. »Kommt schon, Jungs, lasst es gut sein.«

Das entfernte Brummen eines Motors und das Schlagen von Rotoren lenkt mich von dem drohenden Kampf ab. Als die Geräusche lauter werden, schaue ich zum Himmel.

Und finde mich im Visier eines Polizeihubschraubers wieder.

Kapitel 9

Den Kopf im Nacken, blinzle ich zu dem Helikopter über uns hinauf. Mit einem Mal sind wir alle wie erstarrt und verstummen.

»Scheiße«, schreit Tyler, und dann gibt es einen gewaltigen Knall, als er mit beiden Händen gegen das Metall des »H« schlägt. Er fährt sich durch die Haare und schüttelt den Kopf. »Wie zum Geier konnten die so schnell hier sein?«

»Nicht stolpern!«, ruft Tiffani uns zu, bevor sie Tylers Hand nimmt und ihn mit sich zieht. Doch anstatt zum Zaun zurückzulaufen, rennen sie geradewegs den Berg hinunter.

»Machen wir, dass wir hier wegkommen!«, ruft Jake neben mir, betrachtet aber noch einen Augenblick lang den Helikopter, bevor er sich in Bewegung setzt. »Wir müssen schnell nach unten, bevor die Streife hier ist.«

»Die beiden vertrödeln auch keine Zeit, was?«, bemerkt Dean lachend und deutet mit einem Nicken in die Richtung, in der Tyler und Tiffani immer kleiner werden, während sie über Erde, Steine und durchs Gebüsch bergab rennen. »Der Arme kann es sich nicht leisten, noch mal verknackt zu werden.«

»Noch mal?«, wiederhole ich, aber keiner achtet darauf. Rachael und Meghan klammern sich beim Abstieg so fest aneinander, als würde ein falscher Schritt ausreichen, um sie in den Tod stürzen zu lassen. Wahrscheinlich ist das sogar so.

»Sei vorsichtig!«, ruft Dean mir über die Schulter zu und

folgt – halb rutschend – ebenfalls dem nur vage erkennbaren Weg nach unten.

Das unablässige Dröhnen der Hubschrauber löst in mir einen Adrenalinstoß aus, und mein Puls hämmert schmerzhaft dicht unter der Haut. Jetzt zahlt sich das regelmäßige morgendliche Joggen aus. Trotz des steilen Untergrunds setze ich mich in Bewegung und folgte Deans Schritten. Der Boden ist so uneben, dass das Auftreten wehtut, und schon bald ringe ich um mein Gleichgewicht, hoffend und betend, dass ich weder festgenommen werde noch draufgehe.

»Hältst du noch durch, Eden?«, fragt Jake, der neben mir lachend von einem Felsen zum anderen springt. Ich begreife nicht, wie man das auch nur ansatzweise lustig finden kann.

»Ich versuch's«, rufe ich zurück. Bei diesen Worten rutscht mein Fuß auf einem steilen Stück des Abhangs ab. Mir stockt der Atem.

Eine Hand fasst mich sicher am Ellbogen. »Vorsichtig«, sagt Jake, und legt mir die Hände auf die Schultern, um mir Halt zu geben. »Alles okay?«

»Ich will nicht ins Gefängnis«, rutscht es mir heraus. Die Panik muss mir ins Gesicht geschrieben stehen, als ich zum Helikopter hinaufschaue. Dann senke ich den Blick wieder und bemerke, dass der Rest der Gruppe inzwischen wieder ebenen Boden unter den Füßen hat.

Jake lacht, macht aber vorsichtig den nächsten Schritt. »Du kommst nicht ins Gefängnis«, sagt er, nimmt meine Hand und zieht mich hinter sich her. »Im schlimmsten Fall kriegen wir eine Vorladung.«

Trotz dieser Versicherung ist mein Magen wie zugeschnürt, als ich wie benommen das letzte Stück den Mount Lee hinuntergeschleift werde. Jake sorgt dafür, dass wir nicht stolpern, nicht zu langsam sind und nicht geschnappt werden. Nachdem wir einige Häuser passiert und einen Fußweg gekreuzt haben, kommen wir endlich am Fuß des Berges an, und ich bin Jake unendlich dankbar. Kurz darauf entdecke ich den Wegweiser zur Sunset Ranch, und in diesem Moment gibt es auf der ganzen Welt kein Schild, das ich lieber sehen würde.

»Keine Streifenwagen«, stelle ich fest und atme erleichtert auf. Dad hätte mich im Schlaf angezündet und meine Asche im Klo runtergespült, wenn ich mit einer Vorladung wegen unbefugten Betretens nach Hause gekommen wäre.

»Noch nicht«, korrigiert Jake. Er lässt meine Hand los, und springt auf die Straße hinunter. Ich folge seinem Beispiel und biege hinter ihm um die Kurve. »Noch haben wir es nicht geschafft.«

Als wir den kleinen Parkplatz wiederfinden, auf dem wir die Wagen abgestellt haben, ist Tylers Audi schon weg, und Jake bringt mich zu seinem Wagen – einem roten Ford. »Meghan und Rach sind wohl mit Dean gefahren«, sagt er, schließt die Tür auf und steigt ein. Und Tiffani ist dann wohl mit Tyler unterwegs.

»Was glaubst du, wo die anderen hinfahren?«, frage ich, als ich auf der Beifahrerseite einsteige. Ich kann nur hoffen, dass er ein besserer Fahrer ist als mein Stiefbruder.

Jake zuckt die Achseln, lässt den Motor an und setzt rückwärts auf die Straße. »Wen interessiert's?« *Mich*, denke ich. »Was willst du jetzt machen? Hast du Hunger?«

Eine Weile betrachte ich seine Gesichtszüge beim Fahren und frage mich, wie aus unserer Flucht vom Hollywood-Schriftzug plötzlich ein Date geworden ist. Alle anderen sind weg, und so bin ich irgendwie mit Jake verkuppelt worden. Aber trotz meiner Zweifel habe ich tatsächlich ein bisschen Hunger. »Gibt's hier in der Nähe irgendwo was Gutes zu essen?«

»Zehn Minuten von hier ist ein *Chick-fil-A* am Sunset Boulevard«, schlägt er vor. »Wir könnten uns schnell etwas holen.«

»Klar«, sage ich. »In Oregon gibt es kein *Chick-fil-A*.«

Er schaut mich entgeistert an. »Was?«

»Wir dürfen an Tankstellen auch nicht selbst Benzin zapfen«, füge ich hinzu. Meine Gedanken driften nach Hause; ich frage mich, was Amelia gerade macht und ob Mom sich in unserem kleinen Haus einsam fühlt. »Oregon ist ätzend.«

»Dann musst du L.A. ja supercool finden«, sagt er. »Wir haben Schriftzüge auf Bergen und *Chick-fil-A*, und wir dürfen selbst tanken, ohne eingesperrt zu werden. Ein Traum.« Er lacht, und ich lache ein bisschen mit und genieße die männliche Gesellschaft, die weder mein Vater noch Tyler ist. Die beiden sind nämlich wirklich nicht zu ertragen.

Ich lasse mich im Beifahrersitz zurücksinken, lehne den Kopf an die Scheibe und suche den Himmel nach dem Helikopter ab. Doch der ist anscheinend verschwunden. Endlich kann ich wieder frei atmen.

»Und, gefällt dir die Stadt?«, fragt Jake kurze Zeit später. Er dreht die Klimaanlage auf und die Musik leiser.

»Ja«, sage ich. Auch wenn ich zugegebenermaßen noch nicht allzu viel davon gesehen habe, ist bisher alles ziemlich aufregend. »Jedenfalls interessanter als Portland, so viel ist sicher.«

»Ich war noch nie in Portland.«

»Lohnt sich auch nicht.« Doch dann überdenke ich meine Worte. »Na ja, eigentlich ist Portland gar nicht so übel. Wir haben eine tolle Indie-Szene, aber es regnet vom Herbst bis zum Frühling, das nervt. Außerdem gibt es viele Strip-Clubs. Hm, und die Leute sind cool.« Ich lächle schwach und schaue auf meinen Schoß. »Na ja, jedenfalls die meisten.«

Das Problem mit Portland ist, dass ich damit so viele verhasste Dinge verbinde. Portland ist der Ort, an dem sich meine Eltern getrennt haben, wo es ununterbrochen regnet und meine sogenannten »Freunde« sind. Als Stadt ist Portland größtenteils in Ordnung, aber mein Leben in dieser Stadt ist einfach nicht gerade aufregend oder glücklich. Santa Monica ist im Vergleich dazu richtig erfrischend.

»Strip-Clubs?« Jake grinst mich an und macht große Augen. »Diese schreckliche Stadt muss ich mir dringend mal ansehen.«

Ich verdrehe die Augen. Typen sind doch alle gleich. »Wie ist Los Angeles wirklich – jenseits von dem ganzen Touristenkram?«

Jake trommelt mit dem Daumen aufs Lenkrad, während er darüber nachdenkt. »Na ja, die Kluft zwischen Arm und Reich ist extrem. Da sind diese ganzen großen Tiere in ihren riesigen Häusern und mit ihren Lamborghinis, und auf der anderen Seite schlafen Menschen auf der Straße und haben kein anderes Ziel im Leben, als die nächste Nacht zu überstehen. Das ist ziemlich übel. Aber insgesamt sind die Leute hier cool.«

»So habe ich das noch nie gesehen«, sage ich.

Wir fahren über den North Beachwood Drive und dann geradeaus, bis wir in den Sunset Boulevard einbiegen – eine teure Straße mit Kinos, Restaurants, einer Highschool und viel Verkehr. Voller Staunen betrachte ich alles.

Im Drive-in von *Chick-fil-A* hält Jake vor der Sprechanlage und sieht mich von der Seite an. »Was möchtest du?«

Da ich keinen Schimmer habe, was sie hier anbieten, überfliege ich die Speisekarte und wähle die erste gesunde Option, die mir ins Auge fällt. »Den Beilagensalat.«

»Sonst nichts?« Er sieht mich mit hochgezogenen Augenbrauen an, seufzt dann aber. »Was haben Mädels nur immer mit ihrem Salat.« Ich lächle schwach, und er gibt die Bestellung auf. »Einen Spicy-Chicken-Burger mit Cola und einen Beilagensalat mit …?«

»Wasser«, sage ich. Wieder ein missbilligender Blick, aber er gibt die Bestellung weiter.

»Danke.« Wir fahren zum Fenster vor. Dort nimmt Jake sein Portemonnaie aus der Tasche, sagt: »Ich mach das schon«, und zahlt für uns beide. Ich bedanke mich.

Am nächsten Fenster warten wir hinter dem Wagen, der gerade bedient wird, und Jake betrachtet mich irgendwie ratlos.

»Ich hasse Fast Food, falls du dich das fragst«, sage ich, was nur ein Teil der Wahrheit ist. Es ist nicht das Essen, das ich hasse, sondern die Auswirkungen.

Er verdreht die Augen und fährt zum letzten Fenster, wo wir die Tüte mit unserem Essen und die Getränke bekommen. Er reicht mir alles und fädelt sich wieder in den Verkehr auf dem Boulevard ein. »Du willst mir erzählen, du hasst diesen Spicy-Chicken-Burger da drin? Und auch die Pommes, die so ziemlich das Beste sind, das du je gegessen hast?«

»Ja«, antworte ich knapp. »Ja ich hasse diesen grässlichen Spicy-Chicken-Burger und diese grässlichen Pommes.«

»Du hast sie doch noch nie probiert.« Ungläubig schmunzelnd schüttelt er den Kopf, dann greift er in die Tüte und kramt ein paar sehr lange Sekunden darin herum, während er gleichzeitig versucht, die Straße im Blick zu behalten. Als er die Pommes gefunden hat, legt er sie in die Mittelkonsole und steckt sich eine in den Mund. »Willst du mal probieren? Die sind toll.«

»Nein, ich muss doch diesen *Chick-fil-A*-Salat probieren. Schließlich muss ich beurteilen, ob er besser ist als die, die man in Portland kriegt«, sinniere ich mit einem spöttischen Lächeln. Ich nehme die kleine Schale aus der Tüte und entferne die Plastikfolie. »Sieht schon mal gut aus.«

Jake stopft sich noch ein paar Pommes in den Mund. »Du lässt dir was entgehen.«

»'nen Herzinfarkt?«, frage ich. »Prima.«

Er hört kurz auf zu kauen, lächelt ergeben und nickt schließlich.

Auf der Rückfahrt nach Santa Monica – es wird langsam spät – vertilge ich meinen Salat, während Jake seinen Burger isst und es irgendwie schafft, dabei keinen Unfall zu bauen. Als wir auf dem Freeway sind, geht die Sonne unter, und sosehr ich den Verkehr auch hasse, sieht er im Dämmerlicht einfach wunderschön aus. Die Musik ist laut, aber nicht zu laut, man kann sich gut nebenbei unterhalten oder auch darüber hinweghören, wenn Jakes Mainstream-Geschmack nicht auszuhalten ist. Die Fahrt ist sehr viel angenehmer als die mit Tyler vor drei Stunden.

»Du wohnst bei ihm, oder?«, fragt Jake, als wir wieder in der Stadt sind.

Seine Worte reißen mich aus meiner Trance. »Bei wem?«

»Tyler«, sagt er. »Dahin bringe ich dich doch?«

»Oh«, sage ich. »Ja. Ich weiß wirklich nicht, warum er vorhin so auf dich losgegangen ist.«

»Weil er ein Arsch…« Er bricht ab und räuspert sich. »Ich sollte vor seiner Schwester wohl besser nicht über ihn herziehen.«

»Genau genommen«, sage ich, »gebe ich dir völlig recht mit dem, was du gerade sagen wolltest.«

Er sieht mich lange und prüfend an, als wäre er nicht sicher, ob ich das ironisch meine. Doch am Ende kommt er zu dem Schluss, dass es mein voller Ernst sein muss. »Das hätte ich nicht erwartet.«

Ich zucke die Achseln. »Ich auch nicht. Ich hätte nicht gedacht, dass ich meinen Stiefbruder hassen würde.«

Er antwortet nicht, wahrscheinlich weil ihm darauf nichts einfällt, und so herrscht auf dem Rest der Fahrt in die Deidre Avenue Stille – bis auf seine scheußliche Musik. Als wir vor dem Haus anhalten, brennt drinnen überall Licht.

»Danke, dass du mich heil von diesem Berg runtergebracht hast, und danke fürs Heimfahren«, sage ich, nachdem er die Musik ausgeschaltet und den Motor abgestellt hat. »Und danke für das Essen.«

»Kein Problem. Kriege ich jetzt deine Nummer, damit ich dich zu einem Date einladen kann?« Scherzhaft und trotzdem entschlossen lächelt er mich an, seine Augen funkeln. »Beim nächsten Mal gibt es auch keine Pommes von *Chick-fil-A*, versprochen.«

»Na ja, du hast mir den Salat gekauft«, murmele ich vor mich hin, und um ihn ein bisschen auf die Folter zu spannen, tue ich so, als würde mir die Entscheidung sehr schwer fallen. »Also gut, ich würde sagen, ich kann dir meine Nummer geben.«

Sein Gesicht hellt sich auf, und er schlägt triumphierend mit der Faust aufs Lenkrad. »Yesssss! Her mit den Zahlen, Mädel!« Er drückt mir sein Handy in die Hand, damit ich meine Nummer eintippen kann.

Inzwischen sind meine Wangen feuerrot. »Keine Sorge, das ist keine falsche Nummer.«

»Hm.« Er mustert mich von oben bis unten, während ich die Tür öffne. »Um ganz sicherzugehen, rufe ich morgen mal an.«

»Wieder sehr subtil«, sage ich augenrollend und steige aus dem Wagen. Inzwischen ist es ganz dunkel. »Danke.«

Mit leichtem Schwung schließe ich die Tür, und er winkt mir zum Abschied zu, ehe er davonfährt. Ich lausche auf das Geräusch des Motors und der Reifen, bis es ganz verklungen ist, und bleibe anschließend noch ein paar Minuten auf dem Gehweg stehen, tiefrot im Gesicht. Erst als ich mich endlich umdrehe und aufs Haus zugehe, fällt mir auf, dass Tylers Wagen in der Einfahrt steht. Ich hätte gedacht, er würde länger wegbleiben.

An der Haustür fällt mir außerdem ein, dass Dad keine Ahnung hat, wo ich war. Allerdings bin ich kurz vor dem Abendessen verschwunden, genau zur gleichen Zeit wie

Tyler, da dürfte es nicht allzu schwierig gewesen sein, die richtigen Schlüsse zu ziehen.

Ich wage kaum zu atmen, als ich langsam die Tür öffne, in den Hausflur schleiche und sie lautlos wieder schließe. Aus dem Wohnzimmer ist der Fernseher zu hören, und ich husche so leise an der Tür vorbei, dass nicht mal ich selbst meine Schritte auf der Treppe höre. Dass ich unterwegs gewesen bin, macht mir keine Sorgen. Ich habe nichts Verbotenes getan – außer den Hollywood-Schriftzug zu berühren, was zufällig illegal ist –, und das Weggehen kann Dad mir ohnehin nicht verbieten. Ich habe nur einfach nicht die Kraft, mit ihm zu reden.

»Eden?«, flüstert jemand vom Treppenabsatz. Ich bleibe stehen und sehe nach oben, von wo mich Tyler mit zusammengekniffenen Augen anstarrt. »Wo zum Teufel warst du?«

»Wo zum Teufel warst *du*?«, schieße ich zurück. Ich drücke den Rücken durch, steige die restlichen Stufen hinauf und erwidere seinen starren Blick, sobald ich mit ihm auf einer Höhe bin. »Du hast uns alle hängenlassen. Ganz tolles Teamwork.«

Er sieht müde aus, als hätte er seit Tagen nicht geschlafen, oder vielleicht ist er auch high. Jedenfalls seufzt er. »Ich kann nicht gut mit den Bullen, okay? Ich darf nicht noch mal geschnappt werden.«

»Noch mal«, wiederhole ich zum zweiten Mal an diesem Tag. Ich frage mich immer noch, welchen kriminellen Handlungen er sonst noch so nachgeht – außer über Absperrzäune zu klettern und Koks zu schnupfen. »Wann bist du nach Hause gekommen?«

»Vor zwanzig Minuten«, sagt er. »Mom hat es endlich aufgegeben, mich wegen der Sache heute Nachmittag am Strand auszuquetschen.«

»Cool«, sage ich ungerührt und gehe in mein Zimmer. Er folgt mir. »Was willst du?«

»Nichts«, sagt er, wendet aber eilig den Blick ab. Das scheint mir die perfekte Gelegenheit zu sein, ihn nach diesem kleinen, völlig unnötigen Aussetzer von vorhin zu fragen.

»Was hast du für ein Problem mit Jake?« Ich verschränke die Arme vor der Brust und ziehe überrascht die Augenbrauen zusammen, als er sich prompt umdreht und das Zimmer verlässt. Aber so, wie er vorhin mir gefolgt ist, gehe ich jetzt ihm hinterher und lande zum ersten Mal in seinem Zimmer – ziemlich überrascht, dass er mich nicht gleich wieder rausschmeißt. »Ich hab dich was gefragt.«

»Und ich antworte nicht«, brummt er. »Oder warte, doch.« Er dreht sich zu mir um, die Brust rausgestreckt und die Lippen fest zusammengepresst. »Der Kerl ist das zweitgrößte Arschloch, das mir je begegnet ist. Verschwende nicht deine Zeit mit ihm, der verarscht dich nur.«

»Und wer ist das größte?«, frage ich. »Du?«

Einen Moment lang starrt er mich nur an. »Dicht dran.«

»Okay, also eigentlich ist Jake sehr nett«, sage ich und mache einen Schritt zurück, um mich unauffällig im Zimmer umsehen zu können. »Ganz im Gegensatz zu gewissen anderen Personen. Und du hast mir nicht vorzuschreiben, ob ich Zeit mit ihm verbringe oder nicht.«

»Du machst Witze, oder?« Er reißt die Augen auf und lacht kurz und schroff auf. »Alles klar. Aber sag nicht, ich hätte dich nicht gewarnt.«

»Warum interessiert es dich überhaupt?« Dass er sauer wird, reizt mich erst recht. Wenn er netter zu mir wäre, würde ich vielleicht Rücksicht darauf nehmen, dass er Jake nicht leiden kann, aber er ist nun mal nicht nett.

»Tut es gar nicht«, faucht er.

»Offenbar doch«, gebe ich zurück, aber die Diskussion ist zwecklos. Die Wahrheit wird er ja doch nicht eingestehen.

Die Hände in den Hosentaschen vergraben, schlendert er

ans andere Ende des Zimmers und bleibt vor ein paar Stapeln wahllos zusammengewürfelter DVDs stehen. »Was … was ist dein Lieblingsfilm?«

Ich muss kräftig blinzeln. Was mein Lieblingsfilm ist? Echt jetzt? Ich weiß, dass er versucht, meinen hartnäckigen Fragen auszuweichen, aber dafür hätte er sich schon etwas Besseres einfallen lassen können. »*Susi und Strolch*«, gestehe ich schließlich – warum es ihn kümmert, ob ich mit Jake ausgehe, werde ich wohl ohnehin nicht aus ihm rauskriegen.

»Der Disney-Film?« Ihm will schon ein Lachen herausrutschen, aber ich nicke, und als er merkt, dass es mein voller Ernst ist, überspielt er es mit einem Räuspern. »Warum?«

»Weil es«, verteidige ich mich, »die schönste Liebesgeschichte aller Zeiten ist. Romeo und Julia sind nichts gegen Susi und Strolch. Sie sind so verschieden, und doch schaffen sie es. Susi ist ganz normal, während Strolch total draufgängerisch ist, und trotzdem verlieben sie sich.« Ich mache eine Atempause, lasse den Film vor meinem geistigen Auge ablaufen und kann nicht anders, als zu lächeln. »Außerdem ist die Spaghetti-Szene einfach Kult.«

»Ja, total«, spöttelt Tyler. Jetzt lacht er tatsächlich, was mich in meiner Erkenntnis bestärkt, dass ich von seiner Art Migräne kriege. Ich verstehe es einfach nicht. Wie kann er in einer Sekunde noch so wütend und gemein sein, und in der nächsten entspannt und zu Scherzen aufgelegt? »Allerdings finde ich nicht, dass Susi normal ist. Sie ist langweilig und hat keine Ahnung, wie man sich amüsiert. Strolch ist da eher mein Typ.«

»Was, weil er durch die Straßen streunt wie du, wenn du am Wochenende besoffen nach Hause stolperst?« Ich lächle ihn honigsüß an und hoffe insgeheim, dass ich ihn genauso auf die Palme bringe, wie er mich. Aber er fasst meine Bemerkung nur als Witz auf, und ich wende mich augenrollend ab.

Ich betrachte sein Zimmer genauer. Fast alles hier ist blau, das Bett ist ungemacht und in einer Ecke liegen Kleiderhaufen. Auf dem Nachttisch stehen Bierdosen. Der Schrank steht offen, und aus dem obersten Fach hängt der Ärmel einer Schulmannschafts-Jacke, als ob sie jemand achtlos dort hineingeworfen hätte. »Du spielst Football?«, frage ich.

»Häh?« Tyler folgt meinem Blick. »Nein. Die gehört Dean. Ich steh nicht so auf Football.«

»Dean spielt Football?« Dass Tyler nicht spielt, überrascht mich. Dabei passt er perfekt in die Rolle des Football-Alphatypen – wie diese stereotypen Quarterbacks, die in allen Highschool-Filmen vorkommen. »Und du nicht«?

»Genau.« Er geht zum Schrank. »Jake spielt auch. Ich war früher auch in der Mannschaft, habe aber in der Middleschool aufgehört.«

»Warum?« Neugierig schaue ich ihm nach und versuche, mir gleichzeitig in Erinnerung zu rufen, dass dieser Typ mich auf die Palme bringt und es mir egal sein sollte. Aber das nützt nichts. Es gibt so vieles, was ich nicht über ihn weiß, und wenn ich ganz ehrlich bin, finde ich das faszinierend. Dagegen bin ich machtlos.

»Manche Leute halten Football für Zeitverschwendung«, erklärt er, als er vor dem Schrank stehen bleibt. Plötzlich hat seine Stimme einen deutlich härteren Ton angenommen. »›Warum vergeudest du deine Zeit mit Sport? Einen Football durch die Gegend zu werfen bringt dich nicht an eine Elite-Uni. Bleib lieber zu Hause und lerne, damit du wirklich erfolgreich wirst‹«, zitiert er, aber er lacht nicht, lächelt nicht einmal, sondern starrt nur auf den Boden.

»Wer hat das zu dir gesagt?« Jetzt bin ich erst recht neugierig. Tyler wirkt nämlich auf mich nicht wie der Typ, der sich an Elite-Unis bewirbt. Ich kann mir nicht mal vorstellen, dass er sonderlich gern zur Schule geht. Typen wie er tun das nie.

»Irgendjemand halt«, nuschelt er und zuckt die Achseln. »Deshalb durfte ich nicht mehr spielen.«

Ich sehe ihn fragend an, aber er dreht mir immer noch den Rücken zu. »Du durftest nicht?«

Unbehaglich tritt er von einem Bein aufs andere und streckt sich nach dem Jackenärmel, um ihn ins Schrankfach zurückzuschieben.

»Ich meine, deshalb habe ich aufgehört«, verbessert er sich eilig. Er denkt vielleicht, ich würde nicht so genau hinhören, aber das stimmt nicht. Ich bemerke und registriere jedes einzelne Wort, das er sagt, und zwar schon von dem Moment an, als er bei der Grillparty in den Garten gestürmt ist.

Aber jetzt ist er ganz offensichtlich aufgebracht, weshalb ich lieber nicht weiter nach dem Wörtchen »dürfen« frage. Es lässt mich vermuten, dass hinter der Aussage, Football wäre Zeitverschwendung, eine Autoritätsperson steckt, und diese Person scheint er richtig zu hassen. Wahrscheinlich ein Lehrer.

Immer noch mit dem Rücken zu mir nimmt Tyler ein frisches Shirt aus dem Schrank, zieht das alte aus und streift sich schnell das neue über. Aber in den paar Sekunden dazwischen kann ich auf seinem Schulterblatt ein kleines Tattoo in verschnörkelten Buchstaben erkennen. »Ich sollte Dean endlich seine Jacke wiedergeben. Damit liegt er mir schon seit Ewigkeiten in den Ohren.«

Während er sein T-Shirt zurechtzieht, starre ich ihn von der Seite an – ohne es auf Anhieb zu bemerken. Mir fällt auf, wie muskulös seine Arme sind, wie braun seine Haut ist und wie markant sein Kinn. Solche Sachen sollten mir an ihm nicht auffallen, und doch tun sie es. Ich schlucke.

»Was hat dein Tattoo zu bedeuten?« Meine Stimme klingt ein bisschen kratzig. Überrascht von meiner Frage, dreht er sich zu mir um. »Ich werde mal ignorieren, dass du es offenbar illegal hast stechen lassen.«

Er stellt sich dumm. »Mein Tattoo?« Eine richtige Antwort kriege ich erst, als ich die Augenbrauen hochziehe und missbilligend die Lippen spitze. »Äh, da steht *guerrero*, das ist Spanisch und heißt ›Kämpfer‹.« Fast scheint es ihn nervös zu machen, dass ich ihn danach gefragt habe. Er kratzt sich schweigend am Kopf.

Jetzt ist mein Interesse geweckt. »Warum Spanisch?«

»Ich spreche es fließend«, sagt er. »Meine Eltern auch, beide. Mein Vater hat es mir beigebracht, als ich klein war.«

Bei der Erwähnung seines Vaters muss ich daran denken, was Rachael mir vorhin erzählt hat. Sein Vater sitzt im Gefängnis, also tue ich das einzig Anständige und stelle keine weiteren Fragen. »Ich kann gar kein Spanisch«, gebe ich zu und beiße mir auf die Lippe. »Ich spreche Französisch. Wie die Kanadier. *Bonjour.*«

»*Me frustras*«, entgegnet er, und ich habe keine Ahnung, was das heißen soll. »*Buenas noches.*« Als er meinen verwirrten Gesichtsausdruck sieht, lächelt er. »Das heißt ›Gute Nacht‹.«

»Ah.« Ich wende mich zur Tür und will gehen, doch vorher schenke ich ihm noch ein winziges Lächeln. »*Bonne nuit.*«

Kapitel 10

Das Wochenende kommt, und damit das Ende meiner ersten Woche in Los Angeles. Endlich habe ich Gelegenheit, eine Pause in Moms hektischem Schichtplan zu nutzen und sie anzurufen. Sie arbeitet als Krankenschwester im Providence Portland Medical Centre – in Vollzeit samt Nachtschichten und Überstunden – und muss sich ziemlich abrackern, um uns beide mit ihrem Gehalt durchzubringen. Selbst mit den Unterhaltszahlungen von Dad ist es schwer.

»Hey, Eden«, meldet sie sich mit erschöpfter Stimme, kurz bevor der AB angesprungen wäre. »Wie geht's dir, Maus?«

»Du klingst müde.« Ich runzle die Stirn. Es ist scheußlich zu wissen, dass sie unter so großem Druck steht, und trotzdem nichts für sie tun zu können. »Wie lang war deine Schicht?«

»Zwölf Stunden«, sagt sie leise, redet aber sofort weiter, bevor ich etwas dazu sagen kann. »Heute hat eine Patientin ihren Blindenhund mitgebracht. So etwas Süßes habe ich nicht mehr gesehen, seit du ein Baby warst. Er hat sämtliche Kinder im Wartezimmer unterhalten, und es hat mir fast das Herz gebrochen, als er gehen musste. Also dachte ich, dass wir uns einen Hund zulegen sollten, wenn du nach Hause kommst. Er kann mir Gesellschaft leisten, wenn du nächstes Jahr aufs College gehst. Was meinst du?«

Ihr kindlicher Enthusiasmus bringt mich zum Lächeln.

»Klar, holen wir uns einen Hund. Deutsche Schäferhunde sind cool.«

»Sind das die, die so gefährlich aussehen?«

»Ja.«

Sie macht eine lange Pause. »Dann schaue ich mich schon mal um.« Ich muss lachen, und sie lacht mit, aber dann höre ich sie am anderen Ende der Leitung gähnen. »Hast du dich inzwischen eingewöhnt, oder ist es immer noch komisch?«

»Immer noch komisch«, sage ich. »Ich warte darauf, dass Dad mal ein richtiges Gespräch mit mir anfängt, aber es sieht nicht so aus, als ob das in naher Zukunft passieren würde.«

»Dieser Penner.« Mom hat sich vom Telefon abgewandt, aber ich höre sie trotzdem. »Ich wünschte, du würdest nicht bei ihm festsitzen. Ehrlich, du tust mir so leid. Du weißt, du hättest nicht hinfahren müssen.«

»Eigentlich ist es gar nicht so übel«, sage ich und zucke die Achseln, obwohl sie mich ja leider, leider nicht sehen kann. Ich vermisse sie. Sie ist die einzige Person auf der Welt, die immer für mich da war, und es ist schwer, einen ganzen Staat von ihr entfernt zu sein und nur alle paar Tage mit ihr telefonieren zu können. »Da ist so eine Clique, mit der ich rumhänge. Bis auf einen sind die alle richtig nett.«

»Und wer ist der eine?«

»Mein Stiefbruder.« Ich muss selbst lachen. Es ist einfach zu absurd, dass ich den einzigen Menschen, den ich mögen sollte, nicht ausstehen kann. »Was machst du heute Abend?«

»Ich bestelle mir einen Berg Hähnchenteile, verbringe meinen Samstagabend allein auf dem Sofa und gucke mir irgendwelchen Schrott im Fernsehen an, weil ich Ende dreißig und geschieden bin, zu viel arbeite und völlig unattraktiv bin«, scherzt sie leichthin, doch dann wird sie ernst. »Du fehlst mir. Ich hoffe, du hast ganz viel Spaß und benimmst dich.«

Mir wird schwer ums Herz, und ich habe ein schlechtes Gewissen, sie allein gelassen zu haben. »Wenn ich nach Hause komme, holen wir uns diesen Hund. Und dann gucken wir zusammen *Pretty Little Liars* und bestellen so viele Hähnchenteile, wie du willst. Es sind nur noch sieben Wochen.«

»Das ist verdammt lange, Eden.«

Ich lächle vor mich hin. »Versuch, mich nicht zu sehr zu vermissen, dann geht es schneller rum.«

»Alles klar«, sagt sie. »Ich versuche, meine einzige Tochter nicht zu vermissen, und du ziehst los und machst dir ein schönes Wochenende. Bis bald, meine Kleine.« Sie gähnt noch einmal und legt auf. In der Leitung ist nur noch endlose, hallende Stille zu hören.

Mom hätte ein viel, viel besseres Leben verdient.

»Mit wem hast du gesprochen?«, höre ich eine männliche Stimme. Die Tür zu meinem Zimmer wird aufgestoßen.

Mir bleibt fast das Herz stehen. Der Schreck ist mir wahrscheinlich anzusehen, als ich den Kopf hebe, um zu sehen, wer da in meine Privatsphäre eindringt. Es ist Tyler, die Augen wie üblich leicht zusammengekniffen. »Hab ich dich reingebeten?«

»Mit wem hast du gesprochen?«, fragt er noch mal, diesmal mit mehr Nachdruck. »Hast du zu Hause in Portland etwa einen Freund?«

Ich starre ihn an und muss mich zwingen, nicht zu lachen, während er mich unnachgiebig ansieht und die Lippen zu einer schmalen Linie zusammenpresst. »Und hast du etwa gelauscht?«

»Mein Zimmer ist gleich nebenan«, erklärt er überflüssigerweise. »Die Wände sind verdammt dünn.«

Ich schneide ihm eine Grimasse und stehe auf. »Also, ich habe mit meiner Mutter telefoniert.« Seine Miene entspannt sich, und ich werfe einen Blick auf die Uhr neben der Tür. Fast acht. »Müsstest du nicht irgendwo unterwegs sein?«

»Genau darüber wollte ich mit dir reden.« Er holt tief Luft, schließt die Tür hinter sich und schlendert in die Mitte des Zimmers. Fragend schaue ich ihn an. »Du hast heute Abend nichts vor, oder?«

»Nein«, sage ich. »Die anderen können alle nicht.« Rachael besucht für ein paar Tage ihre Großeltern in Glendale, Meghan hat die Grippe, und Tiffani ist jedes dritte Wochenende bei ihrem Vater und darf dann nichts ohne ihn unternehmen.

»Also gut, dann kommst du mit mir«, entscheidet er. »Party unten in der 11th Street. Kein Wort zu deinem Dad.« Er wendet sich zum Gehen, aber ich rufe ihn zurück.

»Wer sagt denn, dass ich mit dir auf eine Party will?« Ich verschränke die Arme vor der Brust. Heute Morgen hat er mich noch angeschnauzt, weil ich ihm auf der Treppe im Weg gestanden habe. »Tut mir leid, aber du bist so ziemlich der letzte Mensch, mit dem ich etwas unternehmen möchte.«

Er knirscht mit den Zähnen. »Mach dich fertig.«

»Nein.«

»Doch«, sagt er. »Was willst du denn sonst machen? Den ganzen Abend in deinem Zimmer sitzen wie der letzte Loser, der keine Freunde hat?«

Ich presse die Lippen zusammen. Ganz unrecht hat er nicht. »Was soll ich anziehen?«

Sofort legt sich ein triumphierendes Lächeln auf seine Lippen, und sein Gesicht hellt sich auf. »Ganz egal. Das ist nicht so 'ne Party wie bei Austin. Das ist viel … lockerer. Du könntest auch in Jogginghose aufkreuzen, ohne unangenehm aufzufallen.«

»Lockerer?« Wieder sehe ich ihn fragend an. Dazu fällt mir eine ganze Menge ein.

»Genau. Willst du was zum Vorglühen, während du dich fertig machst? Meine Vorräte sind ziemlich mager, weil Mom ständig mein Zimmer durchsucht. Im Moment hab ich nur Bier und Jack und ein bisschen Wodka da … Weißt du was? Lass dich einfach überraschen.« Er lächelt. Und diesmal ist es ein echtes Lächeln, weder sarkastisch noch spöttisch und ohne jede Spur von Egoismus.

Dann geht er in sein Zimmer und lässt mich völlig baff stehen. Für jemanden, der mich so sehr hasst, legt er es ganz schön beharrlich darauf an, dass ich mit zu seiner »lockeren« Party komme. Aber solange er mich nicht beleidigt oder mir alle naselang giftige Blicke zuwirft, ist mir das egal. Und wenn ich ihn begleiten muss, um mich mit ihm gut zu stellen, dann tue ich das eben. Mir gefällt diese sanftere Seite an ihm, die ich kurz zu sehen bekommen habe, und ich hoffe einfach, dass er den Rest des Abends bei Laune bleibt. Gut möglich, dass ich ihn dann weniger ätzend und tatsächlich sympathisch finde. Ich bin bereit, es darauf ankommen zu lassen.

Geduscht habe ich zum Glück schon, und der Nachmittag war so langweilig, dass ich mir irgendwann lauter Frisuren-Tutorials auf Youtube angeschaut habe. Einige habe ich sogar ausprobiert, musste aber enttäuscht feststellen, dass die Ergebnisse nicht annähernd so aussahen, wie es diese britischen Beauty-Gurus versprechen. Aber schließlich und endlich bin ich auf eine Frisur gestoßen, die auch bei mir funktioniert, und deshalb habe ich jetzt eine niedlich-zerzauste Hochsteckfrisur, die den ganzen Abend halten sollte. Dieser Punkt ist also schon mal abgehakt.

»Gib mir zwanzig Minuten«, sage ich zu Tyler, als er wieder in mein Zimmer kommt – in einer Hand eine Flasche Bud Light und in der anderen ein Glas mit etwas, das wie Cola aussieht.

»Kein Problem.« Er gibt mir das Glas und streift dabei mit seinen kühlen Fingern über meine Hand. Dass ich unter der Berührung zusammenzucke, scheint er nicht zu bemerken. »Hier.«

»Wodka-Cola?«, rate ich.

»Stimmt«, sagt er fast schüchtern und öffnet die Bierflasche am Rand meiner Kommode. »Damit liegt man immer richtig. Du magst das doch, oder? Wenn du lieber Bier möchtest, kann ich dir eins holen …«

»Nein, schon gut«, unterbreche ich ihn freundlich. »Ich mag es.«

»Okay, gut«, sagt er leise. Er legt den Kopf in den Nacken, nimmt einen langen Zug Bier und sieht sich anschließend in meinem Zimmer um. »Also, ähm, komm einfach rüber, wenn du fertig bist.«

»Trinkt ihr etwa Alkohol?«

Aufgeschreckt sehen Tyler und ich zur Tür, wo Jamie steht und uns anstarrt. Missmutig betrachtet er die Getränke in unseren Händen. Tyler versucht, sein Bier hinter dem Rücken zu verstecken, ist damit aber gut zehn Sekunden zu spät dran.

»Nein«, lügt er, die Flache weiterhin hinter dem Rücken, obwohl es sinnlos ist. Seine Stimme klingt sanft. »Du weißt doch, dass wir noch keine einundzwanzig sind. Warum sollten wir Alkohol trinken?«

»Aber ich sehe es doch«, beharrt Jamie und deutet auf das Glas in meiner Hand. »Weiß Mom davon?«

Tyler fasst sich in den Nacken und legt den Kopf schief. »Nur ganz wenig. Lässt du uns ein bisschen in Ruhe?«

»Zwanzig Mäuse«, sagt Jamie. Verschmitzt lächelnd streckt er die Hand aus und sieht Tyler erwartungsvoll an.

»Ich hab dir neulich erst dreißig gegeben«, wendet Tyler ein. Trotzdem stellt er das Bier auf der Kommode ab und zieht sein Portemonnaie aus der hinteren Jeanstasche. »Weil du dieses Videospiel haben wolltest, weißt du noch? Glaub nicht, dass ich das vergessen habe.«

»Hmm.« Jamie überlegt einen Moment. »Dann nehme ich zehn.«

Tyler lacht, und mir drängt sich die Frage auf, wie oft sich

Tyler auf diese Art schon Jamies Schweigen erkauft hat. »Also gut, zehn.« Er gibt Jamie einen Zehndollarschein und versetzt ihm dann einen leichten Stups gegen den Kopf. »Und jetzt raus hier.«

Jamie schiebt Tylers Hand weg, stopft den Schein in die Tasche und flitzt durch den Flur. Kurz bevor er in seinem Zimmer verschwindet, ruft er: »Ich hätt's auch für fünf gemacht.«

Schmunzelnd greift Tyler nach seinem Bier. Er trinkt einen langen Zug, schluckt und seufzt. »Für den Jungen bin ich nichts weiter als ein Geldautomat.« Er lächelt mich noch einmal an, sagt: »Mach dich fertig«, und verzieht sich aus meinem Zimmer.

Ich schließe die Tür hinter ihm und gehe ins Bad. Nachdem ich mich frischgemacht und eine nicht zu dicke Schicht Make-up aufgelegt habe, ziehe ich eine Skinny Jeans und ein Trägertop an und lege mir einen roten Kapuzenpulli um die Schultern. Tyler hat gesagt, Aufbrezeln wäre heute Abend nicht angesagt, und ich bin richtig froh, dass ich meine Converse statt High Heels tragen kann.

»Okay«, sage ich kurz darauf in der Tür zu seinem Zimmer. »Ich bin fertig, mein Glas ist leer, wir können los.«

Tyler steht in Jeans und einem verwaschenen grauen T-Shirt am Fenster, auf dem Sims drei leere Bierflaschen. »Das wurde auch verdammt noch mal Zeit«, sagt er über die Schulter zu mir. Unvermittelt stößt er die Bierflaschen um, holt seinen Autoschlüssel aus der Hosentasche und kommt auf mich zu.

»Was hast du vor?« Ich schüttle vorwurfsvoll den Kopf. Am liebsten würde ich ihm den Schlüssel wegnehmen, kann mich aber gerade noch beherrschen. »Du hast gerade das ganze Bier da getrunken.«

»Herrgott«, sagt er. »Also gut, ich besorge uns eine Mitfahrgelegenheit. Zufrieden?«

»Ja«, sage ich, als er den Schlüssel aufs Bett wirft.

Er zieht sein Handy aus der Tasche und ruft jemanden an – derjenige scheint auf Kurzwahl zu liegen, und am anderen Ende wird fast sofort abgenommen. Ich beobachte Tylers Gesicht, während er telefoniert. »Ja. Jaha. Ich bin ja schon unterwegs, Declan. Wer fährt heute Abend?« Pause. »Dann schick mir Kaleb. Er soll schleunigst bei mir zu Hause vorbeikommen – oder nein, besser ein paar Häuser weiter.« Pause. »Danke, Mann. Bis dann.«

»Kaleb?«, frage ich, nachdem er aufgelegt hat.

»Kaleb ist in Ordnung«, sagt er. Auf dem Weg zur Tür lacht er kurz auf. »Er geht aufs College, sieht aber aus wie ein Zehntklässler. Der Mann weiß, wie man feiert.« Vorsichtig öffnet er die Tür, schleicht sich durch den Flur und die Treppe hinunter. Ich folge ihm auf Zehenspitzen in die Küche und von dort über die Terrasse in den Garten.

»Hätte ich Dad nicht sagen sollen, dass ich weggehe?«, frage ich auf dem Weg zur Frontseite des Hauses. »Ich meine, dass du dich rausschleichen musst, ist klar, aber ich habe keinen Hausarrest. Dad bringt mich um, wenn er merkt, dass ich ohne ein Wort abgehauen bin.«

»Mach dir deswegen keinen Kopf. Du musst nur genug trinken, dann ist es dir in ein paar Stunden egal.«

Wir machen einen extragroßen Bogen ums Wohnzimmerfenster und laufen ein Stück die Straße hinunter. Sechs Häuser weiter bleiben wir stehen und warten auf dem Parkstreifen. Auf anderen Gebieten mag Tyler zwar geradezu unfassbar dämlich sein, aber immerhin ist er clever genug, um zu wissen, wie man sich nicht erwischen lässt. Ich selbst wäre wahrscheinlich so blöd gewesen, mich gleich vor der Haustür abholen zu lassen – direkt vor Dads und Ellas Nase. Dafür verdient er durchaus Respekt.

Tyler lehnt sich an einen Baum, und ich schaue zu ihm auf. »Ist das eine große Party?«, frage ich.

»Nicht besonders«, antwortet er achselzuckend. Doch dann fängt er an, auf seiner Unterlippe zu kauen, als wäre er nervös, und ich habe den Eindruck, dass er nicht mehr mit mir reden will. Was ich ziemlich blöd finde, denn so schweigen wir uns fünf Minuten lang an, bis endlich ein Chevy Pick-up mit röhrendem Motor vorfährt.

Das Fenster wird heruntergefahren, und ein Junge beugt sich heraus. »Steig ein, Bro!«, ruft er, aber ich rühre mich nicht vom Fleck. Ich kann nicht aufhören, ihn anzustarren. Tyler hatte recht, Kaleb sieht aus wie ein Kind, seine Gesichtszüge sind noch nicht voll entwickelt, und ich kann ihn mir unmöglich auf einem Uni-Campus vorstellen.

Tyler geht an mir vorbei zur Beifahrertür, und ich muss mich richtig zwingen, mich in Bewegung zu setzen und hinten einzusteigen. Im Wagen stinkt es nach Zigarettenrauch, und der Fußraum ist mit McDonald's-Bechern übersäht.

»Wer ist das?« Neugierig mustert Kaleb mich im Rückspiegel. Er ist sehr blass und hat kurze, schmutzigblonde Haare. »Meine äh …«, fängt Tyler an, doch aus irgendeinem Grund fällt es ihm schwer, das Wort über die Lippen zu bringen. Er beugt sich vor und dreht die Rap-Musik an Kalebs Anlage lauter. »Meine Stiefschwester«, sagt er schließlich.

»Wusste gar nicht, dass du eine hast.« Jetzt betrachtet Kaleb mich noch neugieriger im Spiegel, bis mir ziemlich unbehaglich zumute wird. Doch endlich wendet er den Blick ab und fährt los. Ohne auf eine Reaktion von Tyler zu warten, geht er zur nächsten Frage über – wobei er zum Glück das Thema wechselt. »Wo hast du denn gesteckt, Alter? Kommt mir vor, als hätte ich seit Wochen nichts von dir gehört.«

Weil ich Kaleb nicht kenne, beteilige ich mich nicht an dem Gespräch (wobei ich ohnehin nicht glaube, dass die beiden Wert darauf gelegt hätten), sondern lasse ihn und

Tyler auf der zehnminütigen Fahrt zur Party in Ruhe quatschen. Tyler bedankt sich immer wieder fürs Mitnehmen, und Kaleb sagt immer wieder, es sei kein Problem, und beide nicken im Takt zu der grässlichen Musik.

Die ganze Zeit über betrachte ich die Songtexte auf meinen Schuhen.

Als wir endlich vor dem kleinen Haus anhalten, in dem die Party abgehen soll, bietet sich mir ein völlig anderes Bild als vor einer Woche bei Austin. Auf den ersten Blick ist niemand zu sehen, es sieht überhaupt nicht nach einer Party aus.

»Bist du sicher, dass wir hier richtig sind?«, frage ich beim Aussteigen. Kaleb schließt die Türen ab.

»Ja, bin ich«, sagt Tyler und geht zur Haustür. »Ich hab dir doch gesagt, dass es eine kleinere Party ist. Maximal zwanzig Leute.«

Auf einer kleineren Party dürfte es schwieriger sein, sich unauffällig im Hintergrund zu halten und darauf zu hoffen, dass niemand die Fremde bemerkt. Ich werde auffallen, alle werden merken, dass sie mich noch nie gesehen haben, und ich werde diesen Abend von der ersten bis zur letzten Sekunde hassen.

Als Tyler die Haustür öffnet, schallt uns entsetzliche House-Musik entgegen. Die Beat Drops dröhnen mir in den Ohren, und ich kann richtig spüren, wie ich davon einen Hirnschaden kriege. Außerdem stinkt es hier nach Gras. Aber wenigstens ist es nicht so voll, und ich habe nicht das Gefühl zu ersticken, als ich Tyler in ein Zimmer folge, das als Alkohol-Vorratskammer dient. Kaleb kommt nicht mit uns.

»Tyler, du hast es geschafft«, begrüßt ihn ein Typ, der überraschenderweise komplett nüchtern aussieht. »Wer ist das?«

»Meine Stiefschwester. Eden, das ist Declan. Ich hab sie heute Abend mitgebracht, ist das okay?«

»Krass, Mann.« Declan macht große Augen und gibt Tyler eine Dose Bier. »Ey, Alter, wann hast du denn eine Stiefschwester gekriegt?«

»Letzte Woche, Bro«, brummt er, wendet sich aber gleich darauf lächelnd an mich. »Was willst du trinken?«

»Irgendwas.« Ich lasse den Blick über den Tisch wandern. »Am besten noch einen Wodka-Cola.«

Tyler verdreht die Augen, schüttet die Getränke in einem Becher zusammen und reicht ihn mir. Die ganze Zeit über beobachtet uns Declan.

»Ich zeig ihr hier alles«, sagt Tyler zu ihm, legt mir eine Hand auf die Schulter und schiebt mich hinaus in den Flur. Er selbst kommt aber nicht mit, sondern zieht Declan eilig in eine Zimmerecke.

Ich sehe, wie Tyler ihm etwas zuraunt und Declan zur Antwort nickt. Sie sprechen so leise, dass ich kein Wort verstehe, aber schließlich seufzt Tyler und kommt zu mir in den Flur. Im Vorbeigehen wird er von ein paar Partygästen angesprochen, aber die meiste Zeit konzentriert er sich auf mich. »Also, siehst du diese Typen?« Wir bleiben an der Wohnzimmertür stehen, und er zeigt mit seiner Bierdose auf eine Gruppe junger Leute, die antriebslos auf den Sofas rumhängen. Die meisten müssen schon Anfang zwanzig sein.

»Ja?« Mir ist nicht klar, worauf er hinauswill. »Sie sehen gelangweilt aus.«

Tyler wendet sich von der Tür ab, er muss sich das Lachen verkneifen. »Die sind alles andere als gelangweilt. Hey, wen haben wir denn da?« Er deutet mit der Bierdose auf den Boden, wo am Fuß eines Flurtischchens eine kleine orangeweiße Katze kauert. »Wie süß.« Er stellt sein Bier ab, nimmt das Tier auf den Arm und krault ihm den Nacken. »Warum gehst du nicht mit diesem Kerlchen hier aus? Besser bestückt als Jake ist der allemal.«

»Lass ihn runter«, dränge ich, aber die Katze scheint die

Aufmerksamkeit zu genießen, denn sie klettert verspielt an Tylers Armen hinauf.

»Was soll ich sagen?« Er krault das Tier hinter den Ohren, und es schnurrt zufrieden. Wie ich die beiden so sehe, kann ich mir ein Lächeln nicht verkneifen. »Die Miezen stehen eben auf mich.«

Ich schneide eine Grimasse und wende mich ab, aber er lacht nur, setzt die Katze auf den Boden und nimmt stattdessen sein Bier wieder auf. Sofort flitzt das Tier in eines der Zimmer davon. »Siehst du, selbst die Katze hat die Schnauze voll von dem Scheiß.«

Tyler verdreht spöttisch die Augen, wird aber gleich darauf wieder ernst. »Und jetzt unterhalte dich ein bisschen mit den Leuten, ich geh mal hinters Haus.«

Hinters Haus? Das kommt mir doch bekannt vor. Ich weiß, was hinter dem Haus los ist. Ich weiß, was er vorhat. Schlagartig rutscht meine Laune in den Keller. »Das ist ein Scherz, oder?«

Er sieht mich gleichgültig an und trinkt einen Schluck Bier. »Was?«

»Tu nicht so blöd«, zische ich. Wütend mache ich einen Schritt auf ihn zu, und damit er mich auch ja versteht, beuge ich mich so weit vor, dass ich fast meinen Becher an seiner Brust zerdrücke. »Ich bin nicht mit dir auf diese saublöde Party gekommen, damit du mich stehen lässt, um hinter dem Haus Joints zu rauchen und dir ein paar Lines Koks reinzuziehen.«

»Das geht dich nichts an«, erwidert er scharf und weicht einen Schritt zurück. »Na los, such dir ein paar neue Freunde und lass mich in Frieden, verdammt.«

Er lässt mich stehen, aber ich laufe ihm nach und versperre ihm die Hintertür. »Du gehst nicht da raus. Das ist doch bescheuert.«

Urplötzlich packt ihn die Wut. Er knallt die Bierdose so

fest gegen die Wand, dass das Blech eingedrückt wird und der Inhalt auf den Boden schwappt. »Geh mir aus dem Weg, verdammte Scheiße!«

»Nein!«

Er kommt auf mich zu, packt mich am Handgelenk und drückt so fest zu, dass mein Arm fast taub wird. Ganz dicht steht er vor mir, und ich habe das Gefühl, unter der Gewalt seines grimmigen Blicks zusammenzuschrumpfen. »Eden«, flüstert er langsam. »Tu das nicht.«

»Nein«, wiederhole ich und schüttle seinen Griff ab. Trotz der zerquetschen Bierdose und meines tauben Handgelenks zwinge ich mich, keinen Zentimeter zurückzuweichen. »Warum machst du das?«

»Weil ich muss, okay?« Er schreit die Worte fast und sieht sich dann eilig um, ob uns auch niemand zuhört.

»Du *musst* nicht«, sage ich. »Du *willst*.«

Eine ganze Weile sieht er mich nur schweigend an, als würde er überlegen, was er als Nächstes tun oder sagen soll – oder wie er doch noch an mir vorbeikommt. Und dann schüttelt er den Kopf, fährt sich mit der vom Bier nassen Hand durch die Haare und seufzt: »Du verstehst es nicht.«

Ich möchte ihn fragen, was genau ich nicht verstehe, doch er schiebt mich zur Seite, schlüpft durch die Tür und knallt sie hinter sich zu. Ich bin so wütend, und wäre es das letzte Mal, als ich dazwischengegangen bin, nicht so demütigend gewesen, vielleicht hätte ich es wieder getan. Aber ich weiß, dass es sinnlos ist. Also stürme ich stattdessen zurück zum Eingang und überlege dort, was ich als Nächstes tun soll.

»Eden? Was machst du denn hier, um Himmels willen?«

Als ich mich nach der Stimme umdrehe, stelle ich völlig perplex und unendlich dankbar fest, dass Jake hinter mir steht und mich mit leicht geöffnetem Mund anschaut. »Jake! Ich bin mit Tyler hier, aber der … der macht mich rasend.«

»Eden …« Er fasst sich an die Stirn, ehe er einen Schritt

auf mich zukommt, sich vorbeugt und mit gesenkter Stimme sagt: »Du weißt, dass das hier eine Kifferparty ist, oder?«

»Eine was?«, platze ich heraus, beiße mir aber sofort auf die Lippe, weil Jakes Blick mir sagt, ich soll die Klappe halten.

»Schau dich mal um, Eden«, flüstert er. Sein heißer Atem streicht mir über die Wange. »Jeder hier ist high.«

Langsam lasse ich den Blick durch den Flur und ins Wohnzimmer wandern. Tyler hatte recht. Denen ist gar nicht langweilig. Ihre Augen sind blutunterlaufen, die Pupillen geweitet. Die einen starren an die Decke, während andere hysterisch lachen. Je länger ich sie beobachte, umso offensichtlicher wird es. Eine Kifferparty. Tyler hat mich allen Ernstes auf so eine dämliche Kifferparty geschleppt.

»Und was machst du hier?«, frage ich. Verächtlich verschränke ich die Arme vor der Brust.

»Ich sollte einen Kumpel nach Hause fahren«, erklärt Jake und sieht sich mit leicht zusammengekniffenen Augen um. »Ich wollte ihn hier abholen, aber anscheinend ist er schon abgehauen – was ich dir auch dringend raten würde. Eden. Mit diesen Leuten willst du wirklich nichts zu tun haben.«

»Bring mich hier weg, bitte«, flüstere ich mit weit aufgerissenen Augen. »Warum hat er mich bloß hierhergebracht? Das ist doch nicht zu fassen.«

»Weil er ein Arschloch ist, deshalb.«

Lustig. Genau das Gleiche hat Tyler über ihn gesagt. Es steht Aussage gegen Aussage, und ich muss eine von beiden Seiten wählen. Im Augenblick bin ich auf Jakes Seite. Wenn ich nämlich entscheiden sollte, wer von den beiden das Arschloch ist, müsste ich auf meinen Stiefbruder zeigen.

Kapitel 11

Es macht mich rasend, dass Tyler es für eine gute Idee gehalten hat, mich zu einer Kifferparty mitzunehmen. Hat er echt geglaubt, ich würde mich mit Leuten amüsieren, die nur rumhocken und sich zudröhnen? Das ist tatsächlich so entfernt von einer gute Idee, dass ich mich frage, warum Tyler überhaupt wollte, dass ich mitkomme. Was hat er sich nur dabei gedacht?

Hat er *überhaupt* gedacht?

Jake dagegen ist nicht so dumm. Er hat noch genug Grips, um zu wissen, was richtig und was falsch ist, und das ist auch der Grund, warum ich schließlich zu ihm in den Wagen steige. Wo ich am liebsten die Windschutzscheibe einschlagen würde.

»Eigentlich wollte ich mich in einer Viertelstunde mit Dean treffen«, sagt Jake mit einem irgendwie enttäuschten Ausdruck in den Augen. »Du kannst mitkommen, oder ich bringe dich nach Hause, ganz wie du willst.«

Nach Hause zu fahren reizt mich nicht sonderlich, da ich schon den ganzen Tag im Haus gehockt habe. Außerdem könnte ich im Moment durchaus ein bisschen Gesellschaft von anständigen Leuten vertragen, die nicht auf Drogen sind, und Dean ist zum Glück ganz süß. »Wäre es wirklich okay, wenn ich mitkomme?«

»Aber klar«, sagt er. »Gute Entscheidung.«

Langsam kühle ich ein bisschen ab. Mit einem erleichterten Seufzen lehne ich mich im Sitz zurück und stelle die Klimaanlage ein. In Jakes Auto fährt es sich sehr viel entspannter als in Tylers – vor allem, weil ich nicht in jeder Kurve das Gefühl habe, dem Tod ins Auge zu blicken. »Wen hast du eigentlich gesucht?«

»Dawson Hernandez«, sagt er. Ich weiß nicht mal, warum ich überhaupt gefragt habe, wo ich hier doch niemanden kenne. »Aus der Zehnten. Ich muss ein bisschen auf ihn aufpassen.«

»Wo treffen wir uns mit Dean?«, frage ich, um das Thema zu wechseln und diese reizende Kifferparty aus dem Kopf zu kriegen. Je länger ich darüber nachdenke, desto übler wird mir.

»In der Innenstadt gibt es ein Gratiskonzert von einer Band, die er mag – La Breve Vita oder so. Da wollen wir hin.«

Ich muss gestehen, dass ich noch nie von dieser Band gehört habe, aber wenn sie umsonst spielen, sind sie wahrscheinlich ziemlich unbekannt. »Okay«, sage ich. »Klingt gut.«

Schon bald stecken wir im regen Samstagabendverkehr im Stadtzentrum von Santa Monica. Die Neonreklamen der Clubs sind grell, die Beats laut, die Menschen betrunken und die Prostituierten zahlreich. Wir halten auf einem kleinen Parkplatz hinter einem noch kleineren Gebäude, von dem ich nicht genau sagen kann, ob es sich um einen Club, eine Bar, ein Restaurant oder einen Hasch-Umschlagplatz handelt. Was es auch ist, wir gehen rein.

Drinnen ist es dunkel, voll, heiß und stickig. Es sieht aus wie in einem privaten Partykeller, und auf einer winzigen Bühne stehen vier Gestalten mit Gitarre, Bass, Schlagzeug und Mikrofonen. Ich steige über ein paar zerdrückte Plastikbecher.

»Da bist du ja endlich!«, dringt von irgendwoher Deans

Stimme über die Musik zu uns. Das bunte Licht der Bühnenscheinwerfer fällt ihm ins Gesicht, als er vor uns tritt. »Eden? Ich wusste gar nicht, dass du auch kommst.«

»Hab sie aufgegabelt, als ich Dawson abholen wollte«, erklärt Jake, was Dean zu überraschen scheint. Die beiden wechseln einen wissenden Blick.

»Bei Declans Party?«

»Genau«, sagt Jake, und wendet sich lachend zur Bühne, als wäre ich gar nicht da. »Sie hatte keine Ahnung.«

Das Lied geht zu Ende, und die kleine Zuschauermenge jubelt und applaudiert, bis der Sänger mit einem Handzeichen um Ruhe bittet. Er geht zum Mikrofon, nimmt es in beide Hände und geht damit auf der Bühne hin und her. »Danke, dass ihr heute Abend hier seid, Leute. Ihr seid der Hammer! Jeder von euch. Auch der unscheinbare Typ da ganz hinten, der nur wegen dem Freibier hier ist. Du bist cool, Mann. Du bist arschcool.« Er lacht ins Mikrofon und schaut ins Publikum, aus dem jetzt ebenfalls ein paar Lacher zu hören sind.

»Da hast du es hier besser getroffen«, sagt Dean mir ins Ohr, ohne den Blick von der Bühne abzuwenden. »Ich liebe diese Band.«

»Also, bevor wir zum nächsten Stück dieses Sets kommen«, sagt der Sänger, »habe ich euch noch etwas zu sagen: Scheißt darauf, was andere denken. Es ist euer Leben und eure Musik, es sind eure Entscheidungen und euer Wodka. Verschwendet keine Zeit mit Scheiß, der euch nichts bringt. Macht, was ihr wirklich wollt. Geht jeden Abend tanzen, springt aus Flugzeugen oder fahrt nach Bulgarien. Scheißegal. Macht einfach, was euch so richtig glücklich macht! LA BREVE VITA! Viel Spaß mit diesem Set. *Tanto amore.*«

Die Menge jubelt und applaudiert, dann setzt das Schlagzeug wieder ein. Gitarrist, Bassist und Sänger folgen.

»Ist La Breve Vita lateinisch oder so?«, frage ich Dean. Bei ihm sehe ich größere Chancen, dass er die Antwort kennt.

Er schüttelt lachend den Kopf. »Italienisch. Genau wie ich. Na ja, zur Hälfte jedenfalls.«

»Ach, echt?« Ich muss laut sprechen, um gegen die Musik anzukommen. »Hast du mal in Italien gelebt?«

»Nein, ich bin hier geboren«, gibt er zu. Ein kleines Lächeln auf den Lippen, sieht er abwechselnd zur Bühne und zu mir. »Meine Mutter ist Italienerin. Mein Vater hat sie im Urlaub in Neapel kennengelernt, und sie ist seinetwegen rübergekommen. Ich selbst war noch nie in Italien. Auch irgendwie komisch.«

»Das ist so cool«, schwärme ich. Verglichen mit der sagenhaften Liebesgeschichte meiner Eltern ist es das wirklich. Mom und Dad haben sich auf einer Privatparty kennengelernt, betrunken rumgeknutscht und sind am nächsten Tag zusammen Hotdogs essen gegangen. Irre romantisch. »Sprichst du Italienisch?«

»Nicht viel, nur ein bisschen«, gibt er verlegen zu und nickt weiter im Takt der Musik.

Ich sehe zur Bühne und dann wieder zu ihm. »Und was heißt La Breve Vita?«

»Das Leben ist kurz.« Er grinst so breit, dass es schon fast wehtun muss. »Deshalb mag ich sie so. Sie sagen, man soll das Leben voll auskosten. Außerdem sind die Songs saucool.«

Wir lachen, nur Jake lacht nicht mit. Ehrlich gesagt habe ich ganz vergessen, dass er überhaupt da ist, bis er sich plötzlich räuspert und sich vor mich stellt. »Willst du was trinken, Eden?«, fragt er.

Nach einem Blick auf die Plastikbierbecher am Boden und die schmuddelige Bar in der Ecke lehne ich freundlich dankend ab.

Das Set dauert noch über eine Stunde. Wir haben alle unseren Spaß, ganz besonders Dean, und als wir schließlich mit der Menge aus der Tür geschoben werden, habe ich das

Gefühl, einen richtig schönen Abend verbracht zu haben. Bei einem kleinen Konzert entspannt in den hinteren Reihen zu stehen und Indie-Musik zu hören ist doch allemal besser, als sich auf einer Kifferparty zu betrinken. Ich bin froh, mitgekommen zu sein. Auf dem Weg zum Parkplatz legen wir noch einen Stopp in einem kleinen Taco-Laden ein.

»Ich könnte dich nach Hause bringen, Eden.« Dean ist an seinem Wagen stehen geblieben. Inzwischen stehen nur noch zwei Autos auf dem Parkplatz, seins und Jakes. »Ich komme ohnehin bei Tyler vorbei.«

Jake bleibt stehen, steckt die Hände in die Taschen und zieht die Augenbrauen zusammen. »Ich bringe sie nach Hause«, sagt er nachdrücklich. »Wir sprechen uns morgen, Bro. Fahr vorsichtig.«

Dean nickt knapp. »Kein Problem. Bis später dann.«

Nachdem er in seinen Wagen gestiegen ist und den Motor angelassen hat, bleiben Jake und ich allein auf dem Parkplatz zurück und genießen die Stille. Wobei es gar nicht richtig still ist. Aus den umliegenden Clubs dröhnt immer noch das nervige House-Gewummer. Dean winkt uns beim Davonfahren zu.

»Also«, sagt Jake und lacht leise. »Was willst du jetzt machen? Nach Hause bringen möchte ich dich nämlich noch nicht.«

»Wie spät ist es?«

»Kurz nach zwölf.« Er schaut mich mit leuchtenden Augen und leicht geöffneten Lippen an. So langsam fange ich an, mich in seiner Nähe richtig wohlzufühlen.

Außerdem ist mir aufgefallen, dass er ziemlich gut aussieht.

»Also, ich kann dich nach Hause fahren, wenn du möchtest«, bietet er an, wenn auch ohne Begeisterung. »Oder, wenn du Lust hast, unternehmen wir noch ein bisschen was.«

Richtig müde bin ich noch nicht, überlege ich. Dafür ist Dad wahrscheinlich richtig sauer. Was mich zu dem Entschluss bringt, dass ich noch nicht nach Hause will. »Könnten wir noch was machen? Ich will meinem Dad aus dem Weg gehen.«

Langsam legt sich ein Lächeln auf seine Lippen. »Es wird schon spät«, sagt er. »Wie wäre es mit einem Film bei mir zu Hause?«

»Nur wenn es ein Disneyfilm ist«, sage ich.

»Wäre *Der König der Löwen* okay?«

»Was für eine Frage!«

Jake rollt mit den Augen, schüttelt den Kopf und geht zu seinem Wagen. »Dann steig ein, der Film wartet.«

Jake wohnt im Wilshire-Viertel – wie er mir erklärt hat, wohnt mein Dad im North-of-Montana-Viertel, der angeblich teuersten Gegend der ganzen Stadt. Vor einem freistehenden, von Hecken umgebenen Haus aus hellem Backstein halten wir an. Es sieht ziemlich groß aus, wenn auch nicht annähernd so riesig wie das von meinem Dad oder von Rachaels oder Tiffanis Familie – oder alle anderen Häuser, die ich bisher hier gesehen habe. In diesem Viertel wirkt alles ein bisschen dichter gedrängt, so als wäre den Stadtentwicklern der Platz ausgegangen und sie hätten deshalb beschlossen, die Häuser einfach übereinander zu stapeln.

Aber es ist wirklich hübsch, und auf dem Weg nach oben in Jakes Zimmer stelle ich bewundernd fest, wie gemütlich es wirkt mit den unzähligen gerahmten Fotos an den Wänden, den Pokalen, Deko-Elementen und sentimentalen Erinnerungen. Es strahlt eine Art Wärme aus, die in Dads Haus fehlt.

Irgendwann fällt Jake auf, dass ich jedes Stück dieser privaten Ausstellung einzeln bewundere. »Oh, äh, na ja. Meine Mutter hat da irgendwie einen Tick.«

»Nein«, sage ich. »Ich finde es süß.«

Er stöhnt auf und schaltet das Licht im Zimmer ein. Bisher ist im Haus alles ruhig geblieben, deshalb gehe ich davon aus, dass seine Eltern schlafen. »Es ist ziemlich unaufgeräumt, aber was soll's. Dann hol ich mal den Film.« Er schiebt sich an mir vorbei und verschwindet am anderen Ende des Flurs hinter einer Tür. Ich gehe in sein Zimmer.

In einer Ecke liegt ein Berg Klamotten, in einer anderen steht das Bett, und an der Wand ist ein großer Fernseher angebracht. Außerdem entdecke ich auf einer Kommode einen Football und auf dem Boden den dazugehörigen Helm.

»Tyler hat erwähnt, dass du spielst«, bemerke ich, als Jake mit der DVD zurückkommt.

»Ja, Halfback«, sagt er ohne großes Interesse. »Also dann los, lass uns Simba bemitleiden.«

Wir starten den Film, drehen den Ton ganz leise, um niemanden zu wecken, und liegen schon bald nebeneinander auf Jakes Bett. Inzwischen ist es fast ein Uhr früh, und ich fange an zu gähnen. Selbst Jake wirkt zu müde, um sich noch auf Mufasas Tod zu konzentrieren.

»Weißt du«, sagt er und rückt die Kissen zurecht, »den *König der Löwen* gucke ich nicht mit jeder.«

Ich setze mich auf und versuche, ihn mit einer Handbewegung zum Schweigen zu bringen. Die Szene ist so herzzerreißend. »Psst. Mufasa ist gerade gestorben, Jake. Zeig doch ein bisschen Respekt.«

»Gott segne Mufasa, möge er im Animationshimmel in Frieden ruhen«, sagt er feierlich. Er senkt den Kopf und stützt sich dann mit einem kleinen spöttischen Lächeln auf die Ellbogen.

Ich weiß nicht mehr, wann wir das Licht ausgemacht haben, aber mit einem Mal fällt mir auf, wie dunkel es ist und wie das Licht des Fernsehers auf Jakes Gesichtszüge fällt. Ich schaue ihm in die Augen. »Eine sehr schöne Grabrede«, sage ich.

»Danke.« Er setzt sich auf und erwidert meinen Blick. »Also, dann fasse ich mal zusammen. Du bist aus Portland, was offenbar eine ziemlich coole Stadt ist, du kannst selbst tanken, du bestellst bei *Chick-fil-A* Salat, du landest versehentlich auf Kifferpartys und du magst Disneyfilme. Nett.«

»Das trifft es ziemlich gut.« Ich nicke.

»Geh nicht nach Hause«, sagt er. Wir reden über den Filmton hinweg, aber ich schaue ohnehin nicht mehr auf den Bildschirm. Ich sehe nur noch, wie sich Jakes Lippen beim Sprechen bewegen und wie sie sich krümmen, wenn er lächelt. »Bleib doch einfach über Nacht hier.«

»Mein Dad kriegt einen Anfall, wenn ich nicht nach Hause komme«, sage ich, aber die Idee ist gar nicht übel. Wir sind beide so hundemüde, dass es nicht unbedingt die sicherste Alternative ist, mich von ihm nach Hause fahren zu lassen. Wahrscheinlich würde er am Steuer einschlafen.

»Bleib einfach hier«, sagt er noch einmal. Das Leuchten in seinen Augen ist so intensiv, dass ich eine Gänsehaut bekomme. »Irgendwo habe ich auch noch *Das Dschungelbuch*.«

»Ich mag *Das Dschungelbuch*«, sage ich, senke den Blick und knete nervös die Hände im Schoß. Doch als ich wieder aufsehe, kommen Jakes Lippen, die ich noch vor ein paar Sekunden so eifrig betrachtet habe, langsam auf mich zu. Ich halte die Luft an.

Es dauert noch gut eine Sekunde, bis sich unsere Lippen berühren. Mir wird eng um die Brust, Schauer überlaufen mich, und sein warmer Atem kitzelt mich an der Wange, als er für einen Moment innehält. Er scheint darauf zu warten, dass ich entweder einen Rückzieher mache oder den Kuss erwidere. Darüber muss ich nicht lange nachdenken.

Langsam lege ich die Lippen auf seine, schließe die Augen und spüre seine Hand auf meinem Rücken. Für einen Augenblick herrscht Stille, untermalt von Simbas leiser Stimme.

Ich habe früher schon Jungs geküsst, aber nie unter solchen Umständen. Das war beim Flaschendrehen, bei »Wahrheit oder Pflicht«, oder wenn wir bei »Sieben Minuten im Himmel« zusammen im Schrank saßen. Aber das hier ist kein Spiel, keine Mutprobe und auch kein kindliches Ausprobieren. Es ist echt, es passiert wirklich, hier und jetzt, und ich habe keine Ahnung, was ich da tue. Ich küsse einen kalifornischen Jungen, den ich erst seit einer Woche kenne und mit dem ich in seinem Bett *König der Löwen* gucke. Ich weiß zwar nicht, was ich hier genau tue, aber dass ich es schön finde, das weiß ich.

Und als er nach einer sehr langen Minute die Lippen von meinen löst, flüstert er an meinem Mundwinkel: »Du solltest Tyler lieber nichts davon sagen. Der reißt mir die Eier ab.«

Mit flatternden Lidern öffne ich die Augen, begegne seinem sanften Blick, und ein Lächeln schleicht sich auf meine Lippen. »Das hatte ich auch nicht vor.«

Kapitel 12

So kommt es also, dass ich schon nach der ersten Ferienwoche neben dem Erzfeind meines Stiefbruders aufwache. *Toll gemacht, Eden.*

Langsam schlage ich die Augen auf, sehe, wie das Sonnenlicht durch einen Spalt in der Jalousie hereinfällt, und drehe mich zu dem Jungen um, der neben mir liegt. Jake räkelt sich, und als ich sehe, wie sich seine Muskeln anspannen, bin ich plötzlich hellwach.

»Morgen«, nuschelt er. Langsam setzt er sich auf, reibt sich die Augen und sieht zum Fenster. Er ist noch komplett angezogen, genau wie ich.

»Ich habe hier geschlafen?«, frage ich überflüssigerweise, weil das ja ziemlich offensichtlich ist. Das hätte nicht passieren dürfen. Nicht genug damit, dass ich mich weggeschlichen habe – ich bin die ganze Nacht nicht nach Hause gekommen. Dad bringt mich um. »Ich muss nach Hause«, sage ich, zupfe meine Hochsteckfrisur zurecht und stehe auf. »Und zwar sofort.«

»Aber Baby …«, setzt er an, wird aber unterbrochen, als es an der Tür klopft. Ich weiß zwar nicht, wie spät es ist, aber mitten in der Nacht ist es nicht mehr, daher überrascht es mich nicht, dass eine Frau ins Zimmer kommt.

Sie betrachtet uns, verschränkt die Arme vor der Brust, mustert mich von oben bis unten und sieht Jake dann wütend an. »Wusste ich doch, dass du gestern ein Mädchen reingeschmuggelt hast«, sagt sie tadelnd. »Hat dieses hier einen Namen?«

»Mom«, zischt Jake und steht auf.

»Nein, Jake!« Vorwurfsvoll schüttelt sie den Kopf und deutet hinter sich auf die Tür. »Sie hat fünf Minuten, um von hier zu verschwinden.«

Sie geht aus dem Zimmer, und Jake stöhnt auf. Bis zu diesem Augenblick habe ich Jake für einen netten Kerl gehalten. So nett, dass ich ihn gestern Abend sogar geküsst habe. Doch das Verhalten seiner Mutter hat ganz plötzlich ein paar Fragen aufgeworfen. Mir dreht sich der Magen um.

»Du bringst wohl öfter Mädchen mit nach Hause, was?« Ich schwinge die Beine vom Bett, angle nach meinen Chucks und ziehe sie an.

»Nein«, sagt Jake sofort. »Sie macht nur Witze.«

Stirnrunzelnd schaue ich ihn über die Schulter an. Er soll sehen, dass ich enttäuscht bin und die Worte seiner Mutter nicht so einfach abtue. Wenn er wirklich nicht mit jeder den *König der Löwen* guckt, dann ja vielleicht *Aladdin*. »Ich muss los.«

»Okay«, sagt er, als er schließlich begreift, dass es mir ernst ist. Wenn ich hier noch mehr Zeit vertrödle, gibt Dad unter Garantie eine Vermisstenanzeige auf. »Ich hole nur schnell die Schlüssel.«

Eine Zeit lang beobachte ich ihn und versuche, zu einer Entscheidung zu kommen. Ich weiß einfach nicht, was schlimmer ankommen würde: von einem Jungen nach Hause gebracht zu werden oder mit dem Taxi vorfahren. So oder so wird es aussehen, als hätte ich eine ziemlich aufregende Nacht hinter mir.

Jake zieht ein T-Shirt an und nimmt die Schlüssel von der Fensterbank, und ich frage mich, ob das seine tägliche Routine ist. »Okay«, sagt er noch einmal. »Dann los.«

Leise gehen wir in den Flur und huschen schnell und lautlos die Treppe hinunter, um ein weiteres Zusammentreffen mit seiner Mutter zu vermeiden. Offen gesagt hat sie auf mich keinen sonderlich begeisterten Eindruck gemacht. Und bei Dad wird das kaum anders sein.

»Was ist heute für ein Tag?«, frage ich, nur um überhaupt etwas zu sagen, als wir sicher im Wagen sitzen.

»Sonntag«, sagt er, doch sein Tonfall klingt irgendwie bedrückt, und er hat die Lider gesenkt. Ich frage mich, ob er sauer ist. Vielleicht hat ihn die Sache mit seiner Mutter so genervt, vielleicht auch die Tatsache, dass ich nicht den ganzen Tag mit ihm verbringen will. Aber ich muss wirklich nach Hause, und zwar schleunigst.

»Okay«, sage ich und richte den Blick auf die Straße. Heute bin ich viel zu müde, um mich um Konversation zu bemühen.

Als wir vor Dads Haus anhalten, hat sich Jakes Stimmung ein bisschen aufgehellt. Mit langsamen Bewegungen stellt er den Motor ab und dreht sich zu mir um. Ein kleines Lächeln umspielt seine Mundwinkel. »Wir sollten das wiederholen«, sagt er. »Übernachte doch nächstes Wochenende wieder bei mir. Da haben meine Eltern Hochzeitstag und sind nicht zu Hause.«

»Also … klar können wir was zusammen machen«, sage ich, wenn auch recht zögerlich. Im Moment sind meine Gefühle für ihn ziemlich gemischt.

»Du kannst das ganze Wochenende bleiben.«

»Ich glaube nicht, dass mein Dad …«

Er unterbricht mich, sieht mich eindringlich an und sagt nachdrücklich: »Denk einfach drüber nach.« Dann, endlich, lächelt er wieder. »War doch gut, dass ich gestern Abend zufällig auf dieser Party war, was? So viel zum Thema zur richtigen Zeit am richtigen Ort sein und so.«

»Danke, dass du mich da rausgeholt hast«, murmele ich.

Bis gerade hatte ich diese grässliche Party ganz vergessen. Ob Tyler den Weg nach Hause gefunden hat?

Jake zuckt die Achseln, sein Lächeln wird breiter. »Danke, dass du mitgekommen bist. Es war ein schöner Abend.«

»Ja«, sage ich und schaue zum Haus. Jetzt ist wohl die Zeit gekommen, reinzugehen und mich Dad zu stellen. »Ich muss dann jetzt.«

»Wir sehen uns dann«, sagt er, als ich aussteige. Ich frage mich, wie aufrichtig er zu mir ist.

Ich ziehe mir die Kapuze über den Kopf, schicke ein Stoßgebet zum Himmel und stecke die Hände tief in die Taschen. Hoffentlich verdeckt die Kapuze meine übernächtigte Frisur und das verwischte Make-up. Ich sehe aus, als hätte ich mir die ganze Nacht auf dem Las Vegas Strip um die Ohren geschlagen. Auch wenn ich bezweifle, dass in Las Vegas viele Leute in Jeans und Kapuzenpulli auf eine Party gehen würden.

Ich höre Jakes Wagen nicht losfahren, aber er ist nicht mehr da, als ich an der Haustür ankomme – und eine Heidenangst habe, sie zu öffnen. Praktischerweise brauche ich das gar nicht.

Sie schwingt so plötzlich vor meiner Nase auf, dass ich zusammenfahre. Während ich mich noch von dem Schreck erhole, werde ich mit festem Griff gepackt und über die Schwelle gezerrt. Die Hand ist zu männlich, um Ella zu gehören, und zu durchtrainiert für Dad. Womit meine Frage von vorhin beantwortet wäre: Tyler hat den Weg nach Hause gefunden.

»Hey!« Ich schüttle seine Hand ab und mache einen Schritt zur Seite. Leise schließt er die Tür hinter mir. Obwohl ich noch gar nichts gesagt habe, schaut er mich so finster von oben herab an, als hätte ich in seinem Zimmer Feuer gelegt. Ihm kann es wohl nie jemand recht machen.

»Das ist jetzt ein Witz, oder?«, sagt er. »Du verarschst mich.«

Ich gucke ihn groß an. Seufze. Spiele mit den Kordeln meines Kapuzenpullis und gucke noch ein bisschen. »Das Gleiche könnte ich zu dir sagen«, raune ich schließlich. Inzwischen ist mir echt alles egal. Es ist immer wieder dasselbe: Ich versuche, nett zu ihm zu sein, und er pampt mich dafür an. Mir reicht's. »Du hast mich auf eine Party mit deinen ganzen Kiffer- und Kokserkumpels geschleppt. Bist du irre?«

»Pssst!«, zischt er scharf. Er hält einen Finger hoch und schaut sich eilig im Flur um, um sicherzugehen, dass mich niemand gehört hat.«

»Red leiser!«

»Entschuldige«, sage ich, triefend vor Sarkasmus. »Ich hatte ganz vergessen, dass deine Mom nicht weiß, wie erbärmlich ihr Sohn ist.«

In seinen Augen blitzt eine flüchtige Emotion auf, die ich noch nie bei ihm gesehen habe. Etwas flackert darin, aber ich komme nicht drauf, was es ist. Fast scheint er verletzt zu sein, aber sicher bin ich mir nicht – zumal er schon wieder die Augen zusammenkneift. »Dave!«, ruft er mit heiserer Stimme. »Eden ist zu Hause.«

»Echt jetzt?« In diesem Moment möchte ich ihm nur noch eine reinhauen.

Das Lächeln auf seinen Lippen wird zu einem triumphierenden, höhnischen Grinsen. »Viel Spaß mit den Konsequenzen.«

»Die ich dir zu verdanken habe«, sage ich. »Nur deinetwegen war ich auf dieser Party.«

»Ich erinnere mich deutlich, dass du einverstanden warst.«

»Überrascht mich, dass du dich an überhaupt etwas erinnerst. Warst du letzte Nacht etwa nüchtern? Wohl kaum.« Seufzend streife ich die Kapuze zurück und beiße die Zähne zusammen, weil ich Schritte aus der Küche höre. Wenn Dad mich nicht umbringt, übernimmt das bestimmt Tyler.

»Viel Glück«, sagt er, lehnt sich an die Wand und schmunzelt vor sich hin. Er hat die Arme vor der Brust verschränkt und beobachtet amüsiert, wie Dad auf mich zukommt.

»Wo zum Teufel bist du gewesen?«, ist die erste Frage, die Dad auf mich abfeuert. Er wirkt tatsächlich nicht übermäßig begeistert. »Weißt du überhaupt, wie spät es ist? Fast Mittag! Wo bist du die ganze Nacht gewesen? Du hättest wenigstens ans Handy gehen können. Ich war krank vor Sorge, Eden.«

»Tut mir leid, ich …« Das ist der Moment, in dem ich mich entscheiden muss: Soll ich alles gestehen oder mich rauslügen? Aber zum Beichten fehlt mir der Mut und für eine wasserdichte Ausrede die Erfahrung. Also kommt eigentlich keins von beidem infrage.

Dad sieht mich mit hochgezogenen Augenbrauen durchdringend an und wartet auf eine Antwort. Bei dem Versuch, irgendwo anders hinzugucken, fällt mein Blick auf Tyler. Er grinst immer noch und schaut genüsslich zu, wie ich versuche, Dads Zorn zu entkommen. Aber ich bin so panisch, dass ich nicht mal einen finsteren Blick zustande bringe, und je länger ich ihn hilflos anschaue, umso mehr fällt der boshafte Ausdruck auf seinem Gesicht in sich zusammen.

»Sie war bei Meghan«, sagt er plötzlich und fixiert mich dabei mit starrer Miene, bevor er sich an Dad wendet. »Das habe ich dir doch gesagt.«

Für einen Augenblick sieht Dad verwirrt aus. Er denkt nach und legt schließlich die Stirn in Falten. »Nein, hast du nicht.«

»Ich bin mir ziemlich sicher, dass ich es dir gestern Abend gesagt habe, als ich nach Hause gekommen bin. Sie hat mich gebeten, es dir auszurichten.« Tyler legt den Kopf schief und setzt eine verblüffte Miene auf, als hätte Dad einen Anfall von Gedächtnisschwund. »Weißt du nicht mehr?«

»Nein.«

Tyler zuckt die Achseln. »Oh, Mann, dann muss ich es vergessen haben«, sagt er und sieht wieder mich an. Seine Augen wirken jetzt weicher, richtig freundlich. »Tut mir leid, Eden. Mein Fehler.«

Es entsteht eine lange Stille. Dad sieht völlig ratlos aus, Tyler gibt sich gleichgültig, und ich versuche immer noch zu kapieren, was hier gerade passiert ist. Wenn ich das richtig verstehe, hat Tyler mir gerade aus der Klemme geholfen. Er hat mir geholfen. Erstaunlich.

Ich kann mir kaum vorstellen, jemals aus ihm schlau zu werden. Im Augenblick habe ich den Eindruck, dass man ihn gar nicht verstehen kann. Eben noch schien es ihm eine diebische Freude zu bereiten, dass ich erwischt werde, und im nächsten Moment springt er mir bei und deckt mich. Warum? Dass er mich mal so hasserfüllt behandelt und dann wieder so nett ist, macht mir Kopfschmerzen. Ich wünschte wirklich, er würde sich mal entscheiden. Dann könnte ich mir die Mühe sparen, mir den Kopf über ihn zu zerbrechen.

»Geh nächstes Mal gar nicht erst weg, ohne mir Bescheid zu sagen.« Dad wirkt gereizt, doch bevor er geht, sagt er noch: »Ach übrigens, wir gehen nachher alle zusammen essen. Und wenn ich alle sage, meine ich auch dich, Tyler. Zieht euch was Hübsches an.«

Der Gedanke an ein »Familien«-Essen macht mir gar nicht mehr so sehr zu schaffen. Tylers intensiver Blick hingegen schon. Als Dad in der Küche verschwindet – wahrscheinlich, um Ella zu suchen –, nutze ich daher die Gelegenheit, um dahinterzukommen, was in den letzten Minuten eigentlich passiert ist.

»Bist ganz schön leicht davongekommen«, murmelt Tyler.

Statt darauf einzugehen, frage ich: »Warum hast du das gemacht?«

»Was?«

»Für mich gelogen.« Erst schien im die Vorstellung, dass ich erwischt werde, ganz gut gefallen zu haben, aber dann hat sich seine Einstellung wundersamerweise gewandelt, er hat sich eingemischt und die Lage gerettet. Und ich habe keinen Schimmer, warum. »Das kapier ich nicht.«

Er zuckt die Achseln, sein Blick wirkt immer noch ganz ruhig. Diese Stimmungswechsel verwirren mich. »Ich war dir was schuldig«, sagt er. »Weil ich dich gestern auf diese Party mitgeschleppt habe. Ich hab nicht nachgedacht, tut mir leid.«

Die Entschuldigung ist aufrichtig, was mich überrascht, und er schreit mich zur Abwechslung mal nicht an, was mich noch mehr überrascht.

»Warum hast du mich überhaupt mitgenommen?«, frage ich vorwurfsvoll. »Hast du wirklich geglaubt, ich will mit diesem Zeug was zu tun haben?«

»Tut mir leid«, sagt er noch einmal, diesmal noch leiser, und für eine Sekunde ziehe ich in Betracht, die Entschuldigung anzunehmen. Aber dann muss er doch alles ruinieren, indem er fragt: »Du warst also mit Jake zusammen, hm?«

Wahrscheinlich hat er den Wagen gesehen. »Was spielt das für eine Rolle? Du hast deine Meinung von ihm, und ich habe meine. Das geht dich nichts an, und deshalb will ich auch nicht mehr darüber reden.«

»Ich muss unter die Dusche«, sagt er, um dem Thema auszuweichen, obwohl er doch selbst davon angefangen hat. Wieder kneift er die Augen zusammen, aber diesmal nur ganz leicht. »Wir reden später. Wenn wir dieses beschissene Essen hinter uns haben.«

»Wir reden später?«, wiederhole ich. Bis jetzt hatte ich nicht den Eindruck, dass Tyler besonders viel vom Reden hält. Vor allem dann nicht, wenn es um den Jungen geht, mit dem ich letzte Nacht rumgeknutscht habe.

»Genau«, sagt er und wendet sich ab. Auf der Treppe wirft er mir noch einen Blick über die Schulter zu. Er lächelt. »Und vergiss nicht, was dein Dad gesagt hat. Zieh dir was Hübsches an.«

Kapitel 13

Zum Mittagessen kommen wir zwanzig Minuten zu spät. Die ersten zehn gingen auf Ellas Konto, weil sie sich zweimal umziehen musste, bevor sie sich angemessen gekleidet fand. Die nächsten zehn hat uns Tyler wegen der simplen Tatsache aufgehalten, dass er nicht mit seinem eigenen Wagen fahren durfte. Dad und Ella wollten den Lexus und den Range Rover nehmen und fanden ein drittes Auto unnötig. Außerdem hat Tyler schließlich Hausarrest. Irgendwann hat er dann aufgegeben und sich mit hängenden Schultern in den Wagen seiner Mutter geschleppt. Die ganze Zeit frage ich mich, wie man es als Strafe ansehen kann, in einem Range Rover fahren zu müssen.

»Bitte sehr, Mr. Munro«, sagt die vornehme Kellnerin in dem vornehmen Restaurant mit vornehmem Akzent, als sie uns zu einem vornehmen Tisch mit vornehmem Besteck führt. Alles ungemein vornehm hier. Vor fünf Jahren wäre Dad mit Mom und mir in einen schmuddeligen Burgerladen gegangen.

Er bedankt sich bei der Kellnerin, und wir nehmen alle Platz. Dad, Ella und Chase sitzen mir gegenüber, Tyler und Jamie rechts und links neben mir. Obwohl das Restaurant ziemlich groß ist, gibt es nur wenige Tische, die jeweils sehr ansprechend präsentiert und von reichlich Platz umgeben sind. Nichts ist schlimmer, als wenn die Tische in einem Restaurant zu dicht beieinanderstehen.

»Schön, dass wir mal alle zusammen sind«, sagt Ella, nachdem wir die Getränkebestellung aufgegeben haben. Ich nehme Wasser, und Tyler versucht es erfolglos mit einem Bier. »Das sollten wir jeden Sonntag machen.«

Dad nickt und sieht sie von der Seite an. Diesen Ausdruck in seinen Augen kenne ich gut. Früher einmal hat er meine Mom auf diese Art angesehen. »Ich bin dafür.«

»Dagegen«, wirft Tyler ein. Er lächelt, senkt den Kopf und verschränkt die Arme vor der Brust. Weder Ella noch Dad schenken ihm Beachtung. Die beiden sind inzwischen wahrscheinlich dahintergekommen, dass er zu allem etwas Negatives zu sagen hat, und reagieren einfach nicht mehr darauf. So langsam fange ich auch damit an.

Die Getränke werden serviert, und wir bestellen das Essen. Für mich klingt hier alles viel zu raffiniert und ausgefallen, um es zu verstehen, also zeige ich schließlich auf das erstbeste Gericht. Wahrscheinlich habe ich gerade Walhoden bestellt.

»Wie lange müssen wir hier rumsitzen?«, fragt Tyler nach fünf Minuten mitten in ein Gespräch unserer Eltern und sieht sie mit ausdrucksloser Miene an. Er lockert seine schwarze Krawatte und öffnet den obersten Hemdknopf. »Ich habe echt Besseres zu tun.«

»Sei nicht immer so launisch«, murmelt Ella, doch dann räuspert sie sich und wird ernst: »Hast du heute deine Medikamente genommen?«

»Mom«, entgegnet er scharf und wirft mir einen kurzen Seitenblick zu, bevor er wieder Ella anfunkelt. »Ich muss an die frische Luft.« Beide Hände auf die Tischplatte gestützt, steht er auf. Er schiebt seinen Stuhl zur Seite und läuft zur Tür.

»Lass ihn«, sagt Ella. Seufzend legt sie Dad eine Hand auf den Arm, weil der aussieht, als wollte er Tyler zurückholen.

»Das sagst du jedes Mal«, schnauft er nur. Anfangs konnte

ich ja verstehen, dass Tyler einem mit allem, was er tut, furchtbar auf die Palme bringen kann, aber inzwischen ist es nicht mehr zu übersehen, dass Dad ihn einfach nicht leiden kann. Punkt.

Für einen Augenblick zieht Ella die Stirn kraus, dann aber ringt sie sich ein Lächeln ab und tätschelt Dad den Rücken. »Hab einfach ein bisschen Nachsicht mit ihm.«

Zu gern würde ich sie nach den besagten Medikamenten fragen, aber ich beherrsche meine Neugier und verkneife es mir. Stattdessen grüble ich stumm darüber nach – obwohl es mich wirklich nichts angeht. Er könnte wegen Erektionsstörungen in Behandlung sein oder wegen etwas ähnlich Intimen – was ich allerdings bezweifle, da Tyler und Tiffani kaum die Finger voneinander lassen können.

Ella beschließt, das Thema zu wechseln und wendet sich stattdessen an Jamie. »Jay, wie kommst du mit deinem Biologie-Projekt voran?«

»Ganz okay«, sagt Jamie. Er zuckt die Achseln und blickt verlegen auf seinen Schoß. »Ich muss noch das Osmose-Schaubild fertig machen.«

»Diffusion, Osmose und Membrantransport habe ich gehasst«, sage ich, um mich auch an dem sogenannten »Familien«-Essen zu beteiligen. »Warte nur, bis du in den Fortgeschrittenenkurs kommst, da wird es noch schlimmer.«

Dad belohnt meine Bemühungen, mich einzubringen, mit einem Lächeln, bevor er sich an Jamie wendet: »Gehst du bitte deinen Bruder suchen? Das Essen müsste bald kommen.«

»Ich geh schon«, platze ich ohne nachzudenken heraus und bin davon selbst überrascht. »Hier drinnen ist es ziemlich heiß, ich könnte auch ein bisschen frische Luft gebrauchen«, lüge ich und verziehe mich so schnell wie möglich. Vielleicht bin ich doch noch neugierig.

Draußen suche ich den Parkplatz ab, aber es ist niemand

zu sehen. Ein neues Auto kommt, ein anderes fährt ab. Es ist mitten am Nachmittag, die Sonne brennt mir auf den Rücken, und ich kneife die Augen gegen die Helligkeit zusammen. Ich fixiere den Lexus und den Range Rover, die direkt nebeneinander stehen – Ella hatte Schwierigkeiten, den Range Rover in die kleine Parklücke zu kriegen, und am Ende hat Tyler für sie eingeparkt. Beim genaueren Hinsehen erkenne ich, dass der Motor an ist und jemand hinter dem Steuer sitzt.

Ohne jede Idee, was ich fragen oder sagen will, laufe ich los. Aber ich bin auf der Hut. Tyler ist der Typ, der einfach den Rückwärtsgang reinhauen und mich ohne zu zögern totfahren würde. Deshalb bin ich ein bisschen nervös, als ich am Wagen ankomme und zaghaft an die Fensterscheibe klopfe.

Er reißt den Kopf herum. Sein Gesicht ist angespannt, die Stirn tief gefurcht, und ein paar lange Augenblicke verstreichen, bevor er das Fenster herunterfährt. »Was ist?«

»Kommst du wieder rein?« Ich beiße mir auf die Lippe und gehe einen Schritt zurück. Wie sinnlos die Frage ist, wird mir erst klar, nachdem ich sie ausgesprochen habe.

»Das ist doch alles Scheiße. Da geh ich nicht wieder hin«, brummt er und wendet sich von mir ab.

Ich presse die Lippen zusammen, lege den Kopf schief und spiegele seinen finsteren Blick. »Meinst du nicht, dass du ganz schön melodramatisch reagierst? Das war doch keine große Sache, sie hat dir nur eine Frage gestellt.« Er öffnet die Augen ein Stück weiter, aber das Stirnrunzeln bleibt. »Bist du eigentlich blöd? Ganz im Ernst, bist du so beschränkt? Du verstehst einen SCHEISS, Eden Munro. Herrgottnochmal.«

»Und du machst es schon wieder«, sage ich. Aufgebracht verdrehe ich die Augen und hebe die Stimme. »Wegen jedem kleinen bisschen reagierst du über. Ich will doch nur kapieren, was du für ein Problem hast, verdammt, aber immer, wenn ich mit dir rede, behandelst du mich wie ein Stück Dreck. Also vergiss es einfach. Ich gehe jetzt wieder rein, weil ich kein egozentrischer Arsch bin, der kindische Wutanfälle kriegt, wenn nicht alles nach seiner Nase läuft.« Damit schließe ich die Beweisführung, mache auf dem Absatz kehrt und laufe zurück zum Restaurant.

Doch dann höre ich, wie Tyler leise meinen Namen ruft, und als ich mich umsehe, sieht er etwas weniger angespannt aus. »Komm schon her«, sagt er, aber ich gebe nicht nach. Ich habe nicht den geringsten Grund, ihm zuzuhören. »Steig in den Wagen, dann sag ich dir die Wahrheit. Und anschließend gehen wir wieder rein.«

Dass Tyler anbietet, ausnahmsweise mal ehrlich zu mir zu sein, kann ich mir einfach nicht entgehen lassen. Und wenn ich ihn damit zurückholen kann, sollte ich ihm wohl zuhören. Seufzend drehe ich um, marschiere zum Range Rover zurück und steige auf der Beifahrerseite ein. Trotzdem bleibe ich wachsam. »Okay, schieß los.«

Eine Weile sieht er mich einfach nur an, die Krawatte lose um den Hals und eine Hand auf dem Lenkrad. Ich warte darauf, dass er etwas sagt, doch stattdessen verzieht er den Mund zu einem spöttischen Grinsen. »Also gut, du willst die Wahrheit? Okay. Die Wahrheit ist, dass wir jetzt von hier abhauen.«

Bevor mein Hirn seine Worte auch nur ansatzweise verarbeiten kann, legt er den Gang ein und tritt das Gaspedal durch. Mit durchdrehenden Reifen und grässlichem Quietschen rasen wir über den Parkplatz. Er guckt nicht mal, bevor er auf die Straße fährt. Wie die Irren rasen wir los, und die Autos um uns herum müssen scharf bremsen.

»Das ist doch nicht dein Ernst!«, schreie ich, greife nach dem Gurt und schnalle mich in höchster Eile an. In diesem Moment habe ich Todesangst.

»Nein, nur die Wahrheit!«

»Bring mich zurück«, fordere ich. Ich halte mich mit einer Hand am Armaturenbrett fest und mit der anderen an meinem Gurt, während ich voller Panik abwechselnd zu Tyler und auf die Straße schaue – zu Tyler, um ihn mit tödlichen Blicken zu durchbohren, und auf die Straße, weil ich seinen Fahrkünsten nicht traue.

»Du willst wirklich zurück?« Der Wagen schlingert über die ganze Straßenbreite. »Schau mir in die Augen und sag mir, dass du wirklich eine Stunde lang mit deinem Dad am Tisch sitzen und dir diesen ekelhaften Fraß reinziehen willst. Sag mir, dass du allen Ernstes dahin zurück willst.« Er starrt mich an. Nur gelegentlich wirft er einen kurzen Blick durch die Windschutzscheibe.

»Nein«, gebe ich zu. »Das will ich nicht. Aber ich weiß, dass es sein muss. Also fahr zurück, bevor du uns beide umbringst. Brauchst du nicht eine Genehmigung, um diesen Wagen zu fahren?«

Zwischen scharfen Bremsungen und Vollgas schafft er es zu antworten: »Und brauchst du nicht eine Genehmigung, um so auszusehen?«

Entnervt nehme ich die Hände hoch. Jetzt reicht es mir endgültig mit ihm. »Okay, es gibt wirklich keinen Grund, mich zu beleidigen.«

»Das war keine Beleidigung, Herrgott«, brummt er, fährt sich mit der Hand durch die Haare und tritt gerade noch rechtzeitig auf die Bremse, bevor wir dem Porsche vor uns hinten drauffahren. »Wir fahren nicht zurück. Wir fahren nach Hause, und da trinke ich ein Bier und erkläre dir, was Jake für eine Nummer mit dir abzieht, okay?«

»Herzlichen Dank auch, Tyler«, sage ich säuerlich. »Danke, dass du mir immer noch mehr Ärger machst.«

»Gestern Abend warst du selbst schuld.« Er wirkt gereizt, weil die Ampel so lange rot bleibt. »Klar, ich hab dich mit auf die Party genommen, aber dass du nicht nach Hause gekommen bist, war deine Entscheidung. Also versuch nicht, mir die Schuld daran in die Schuhe zu schieben.«

Ich gebe nach. »Also gut. Aber jetzt haben wir ein neues Problem: Deine Mutter wird ausflippen, wenn sie sieht, dass ihr Wagen weg ist. Wie bist du überhaupt an die Schlüssel gekommen?«

Die Ampel wird grün, und Tyler lässt lachend den Motor aufheulen. »Entspann dich. Die anderen passen alle in den Wagen deines Dads. Die Schlüssel hatte ich noch, weil ich für Mom eingeparkt habe. Und jetzt hör auf, mich abzulenken, ich versuche zu fahren.«

Ich presse die Lippen aufeinander und beobachte seine starren Kiefermuskeln, während er sich endlich tatsächlich auf die Straße konzentriert. »Netter Versuch.«

Wir brauchen zwanzig Minuten bis nach Hause, und ich bin ehrlich überrascht, dass wir in einem Stück ankommen. Tyler ruft unterwegs Ella an, um ihr zu sagen, dass uns das gemeinsame Essen »einen Scheiß interessiert« und wir stattdessen nach Hause fahren. Dann legt er auf, bevor sie etwas erwidern kann.

»Geh in mein Zimmer«, sagt er, als wir aus dem mies geparkten Wagen steigen und zur Haustür gehen. Zum Glück hat er einen Schlüssel dabei. »Ich hol was zu trinken, und dann reden wir mal über dieses Arschloch, auf das du so scharf bist.«

Zögerlich bleibe ich in der Tür stehen. »Ich will über gar nichts mit dir reden«, sage ich. Er hat sich in meine Entscheidungen nicht einzumischen. Mir ist schleierhaft, warum er glaubt, ein Recht darauf zu haben.

Er seufzt nur ungerührt. »Geh rauf in mein Zimmer. Ich bin in zwei Minuten da.« Dann schlendert er durch den Flur in die Küche, und ich gehe zur Treppe.

Auf dem Weg nach oben rufe ich ihm zu: »Nur um das klarzustellen, ich gehe in mein Zimmer, nicht in deins.«

»Dann komme ich in zwei Minuten zu dir«, ruft er zurück, und ich schüttle resigniert den Kopf. Für jemanden, dem eigentlich alles egal ist, kann er ganz schön hartnäckig sein.

Ich streife die Schuhe ab, schiebe hastig den Haufen Schmutzwäsche ins Bad und mache die Tür zu. Davon abgesehen ist mein Zimmer nicht besonders unordentlich, aber Tyler scheint ohnehin nichts von seiner Umgebung wahrzunehmen, als er mit einer Flasche Bier in der Hand hereinspaziert kommt.

»Okay, wo soll ich anfangen«, murmelt er vor sich hin. Er trinkt langsam einen Schluck Bier, dann hebt er die Hand. »Ich sage es mit ganz einfachen Worten: Jake Maxwell ist der größte Aufreißer des Jahrgangs.«

»Witzig«, sage ich. »Ich dachte, das wärst du.«

Tyler sieht fast verletzt aus. Er räuspert sich und schüttelt den Kopf. »Nein, zwischen Jake und mir gibt es einen großen Unterschied: Die Frauen sind hinter mir her, Jake ist hinter den Frauen her. Weißt du, ich gehe nicht aktiv auf die Jagd nach anderen Mädchen. Sie begegnen mir einfach auf Partys oder so, ich flirte vielleicht ein bisschen oder knutsche mit ihnen, wenn ich betrunken bin und Tiffani nicht da ist. Das ist alles.« Einen Moment lang betrachtet er meinen verwirrten Gesichtsausdruck, trinkt noch einen Schluck Bier und seufzt dann. »Aber Jake ist ein Aufreißer. Er macht den Mädchen über Wochen, manchmal sogar Monate etwas vor, bis er sie im Bett hat, und dann redet er nie wieder mit ihnen. Das zieht er manchmal mit drei Mädchen gleichzeitig ab.« Er lacht, aber es ist ein ernstes Lachen. »Ich kann dir garantieren, dass er in dem Augenblick verschwunden sein wird, in dem du ihn ranlässt. Das macht er immer so. Entweder spielt er die ›Tut mir leid, aber die Gefühle sind einfach nicht mehr da‹-Karte aus, oder er sagt ›Wir können uns nicht mehr sehen, weil meine Mom so superstreng ist und mich bis zum College nicht mehr rauslässt‹.«

Ich starre ihn an. Er gibt sich solche Mühe, mir Jake auszureden, aber bisher hat Jake mich immer sehr viel netter behandelt als er. »Warum erzählst du mir das?«

»Nur so«, sagt Tyler.

»Das ist kein vernünftiger Grund.«

Er lächelt. »Genauso wenig wie der, aus dem Restaurant abzuhauen.«

*

Wie erwartet, sind Dad und Ella wütend, als sie am Abend nach Hause kommen. Die beiden mussten nicht nur die beiden verschmähten Essen bezahlen, sondern geben sich auch äußerst betrübt darüber, dass wir diese erste gemeinsame Familienaktivität ruiniert haben. Tyler wird daran erinnert, dass er Hausarrest hat, und ich werde für den Rest des Abends auf mein Zimmer geschickt. Es wird ein langer Abend.

Eine Weile videochatte ich mit Amelia und lasse mir den neuesten Klatsch aus Portland erzählen. Angeblich wurde unser Lehrer für englische Literatur, Mr. Montez, neulich von ein paar Oberstufenschülern gesehen, wie er bei Freddy's Kondome gekauft hat. Mr. Montez ist über fünfzig, und mir wird bei dieser Vorstellung übel, aber Amelia kann gut fünf Minuten lang nicht mehr aufhören zu lachen. Bis auf das Privatleben unseres Lehrers gibt es nicht viel Neues, und so reden wir schließlich über das College. Amelia ist fest entschlossen, an der Oregon State University Biochemie zu studieren. Die Uni liegt eine Stunde von Portland entfernt in Corvallis. Im Gegensatz zu ihr kann ich es kaum erwarten, aus Oregon rauszukommen. Ich fange an zu schwärmen, wie cool das Psychologieangebot an der Uni von Chicago ist, aber mitten im Satz bricht der Chat auf einmal ab. Das Internet ist weg. Ein paar Minuten starre ich meinen Laptop an, während er versucht, die Verbindung wiederherzustellen, aber er puffert nur end- und sinnlos. Dann höre ich auf einmal ein Klopfen an der Wand – der Wand zu Tylers Zimmer. Dreimal.

Argwöhnisch schiebe ich den Laptop beiseite und krabble zur anderen Seite des Zimmers. Ich weiß zwar nicht, ob das Klopfen Versehen oder Absicht ist, aber ich klopfe einfach mal zurück. Ich schlage einmal gegen die Wand und warte ab. Vier Klopfzeichen kommen zurück.

Was Tyler da auch tut, er lernt ganz sicher nicht das Morsealphabet, also gehe ich mal davon aus, dass er einfach nur beschlossen hat, mir noch mehr auf die Nerven zu gehen.

»Könntest du damit aufhören?«, frage ich – laut genug, dass er mich durch die Wand hören kann, aber so leise, dass Dad es nicht mitbekommt.

»Ich hab das Internet ausgeschaltet«, höre ich Tylers gedämpfte Stimme, und er klingt fast, als müsste er sich ein Lachen verkneifen. »Von eurer Unterhaltung habe ich Kopfschmerzen gekriegt. ›Gott, Amelia, ist Chicago nicht einfach sagenhaft cool? Schule ist das Schönste auf der Welt! So toll! Ich liebe Psychologie und Hausaufgaben und Lernen.‹«

Ich sitze mit dem Rücken zur Wand und starre finster auf die Badezimmertür. »Das habe ich gar nicht gesagt!« Um meinem Ärger Ausdruck zu verleihen, ramme ich den Ellbogen gegen die Wand.

Und er klopft zurück. Diesmal schlägt er gut fünfzehn Sekunden lang immer wieder die Knöchel gegen den Putz, bevor er eine Pause einlegt, um zu sagen: »Ich kann die ganze Nacht so weitermachen. Auf dem College kommt man ja angeblich gar nicht zum Schlafen, also ist das schon mal eine gute Übung für dich. Den Schlaf gewöhne ich dir in null Komma nichts ab.«

»Hat dir schon mal jemand gesagt, wie nervtötend du bist?« Ich verschränke die Arme vor der Brust und rolle gereizt mit den Augen. Aber gleichzeitig muss ich aus irgendeinem Grund fast lächeln. Zuerst kann ich mir nicht erklären, warum, doch als er antwortet, wird mir klar, dass es an seinem scherzhaften Tonfall liegt. Den bekommt man nicht allzu oft zu hören.

»Nein, ich glaube nicht, dass mir das schon mal jemand gesagt hat.« Ich wünschte, ich könnte sein Gesicht durch die Wand sehen. Ob er auch lächelt? Liegt er auf dem Boden, steht er oder sitzt er? Wie sehen seine Augen in diesem Moment aus? »Was ist denn so nervtötend an mir? Klär mich auf, Collegemädchen.«

Es klingt, als würde er grinsen, aber sicher bin ich nicht. Ich richte den Blick zur Decke und lege das Ohr an die Wand, um seine leise Stimme besser hören zu können. So freundlich ist er selten. »Zum Beispiel«, sage ich, »hast du die Internetverbindung getrennt. Und du hörst nicht auf, an meine Wand zu klopfen.«

»Genau genommen ist es unsere Wand.« Er klopft wieder. Einmal.

»Wie auch immer, es ist extrem nervig. Hör bitte auf.«

»Kann ich nicht«, erklärt er und fängt wieder an, die Fingerknöchel gegen die Wand zu schlagen. Laut und unerbittlich.

Wütend schlage ich so fest gegen die Wand, dass es laut knallt, und endlich lacht Tyler.

Danach gehe ich wieder ins Bett, schalte den Laptop aus und krieche unter die Decke. Die ganze Zeit frage ich mich, was Tyler auf der anderen Seite dieser Wand macht. Liegt er auch im Bett und starrt an die Decke? Schreibt er sich mit seinen Freunden SMS? Sucht er nach einem guten Film?

Als ich endlich einschlafe, ist es nach Mitternacht. Ich habe zu viel über Jake nachgedacht und darüber, was Tyler über ihn gesagt hat. Ich habe mir in Erinnerung gerufen, wie Jakes Mutter mich heute Morgen behandelt hat – sie hat reagiert, als wäre ich nur eine Nummer, eines von unzähligen Mädchen im Zimmer ihres Sohns. Sie war nicht überrascht. Und deshalb muss ich mir die Frage stellen, ob Tyler nicht doch recht hat.

Kapitel 14

Am nächsten Morgen bin ich sogar zum Frühstücken zu müde. Mein Gesicht ist ein Bild der Erschöpfung, und ich halte den Blick die ganze Zeit gesenkt, während ich mit dem Toast kämpfe, den Ella für mich gemacht hat.

»Geht's dir gut?«, fragt Dad. Er steckt sich das Hemd in die Hose und richtet seine scheußliche Krawatte.

»Ja, klar«, sage ich. Heute Nacht bin ich alle paar Stunden aufgewacht und hätte schwören können, ein Klopfen zu hören. »Nur müde.«

Er nickt nur. »Irgendwelche Pläne für diese Woche?«

»Nö.«

In Sachen Gesprächsführung war Dad schon immer eine Niete, er stellt blöde Fragen und macht dämliche Bemerkungen, um die Stille zu füllen. Die meiste Zeit bete ich, dass er mich einfach gar nicht anspricht. »Okay«, sagt er. »Bei mir wird es heute Abend später.«

Ohne das einer Antwort zu würdigen, stehe ich auf, gehe mit gesenktem Kopf zur Spülmaschine und stelle meinen Teller hinein, während Dad in den Flur geht. Woche zwei von acht, und ich halte es in diesem Haus kaum noch aus. Dad nervt total. Diese Patchwork-Familie nervt total. Der ganze Sommer ist ätzend.

»Morgen«, sagt jemand, als ich gerade die Spülmaschine zumache. Ich fahre herum, sehe, dass es Tyler ist, und verziehe mit einem abfälligen Geräusch das Gesicht.

»Du solltest mir auch einen guten Morgen wünschen«, teilt er mir mit und stößt mich im Vorbeigehen mit der Schulter an. Er trägt schwarze Shorts und ein weites, buntes Tanktop, und als er die Kühlschranktür aufreißt, kann ich nicht verhindern, dass ich seine Oberarmmuskeln anstarre.

Ich kneife die Augen leicht zusammen. »Du hast mich die ganze Nacht wach gehalten.«

Stirnrunzelnd wendet er den Kopf. »Was?«

»Das Klopfen.«

Ein paar Sekunden lang schaut er mich nur an, und der Ausdruck in seinen Augen verändert sich mehrmals. Schließlich lacht er. »Das war ich nicht. Hat dein Dad dir nicht erzählt, dass es hier im Haus spukt? Alles voller Dämonen.«

»Ach, halt doch den Mund«, sage ich augenrollend. »Konntest du nicht schlafen oder was?«

Er nimmt eine Flasche Wasser aus dem Kühlschrank, dreht sich zu mir um und stößt die Tür mit dem Fuß zu. »Sozusagen.« Er grinst mich spöttisch an und verschränkt die Arme vor der Brust. Wieder fällt mir sein Tattoo auf. »Ich hab gehofft, du wachst auf und klopfst zurück.«

»Tut mir leid«, sage ich. »Heute früh um vier war ich nicht in der Stimmung, durch die Wand mit dir zu kommunizieren.« An seinem linken Arm zeichnet sich eine Vene ab, aber ich versuche, nicht hinzusehen. Amelia und ich haben immer von Jungs geschwärmt, die solche hervortretenden Adern auf den Armen haben. Und auf den Händen. Und am Hals. Irgendwie sind Venen attraktiv.

»Das hat gesessen.« Er kaut auf der Unterlippe und sieht mich milde an. Ich weiß, dass wir nur rumblödeln, aber irgendwie sieht er plötzlich sehr ernst aus. »Und heute Nacht?«

»Was?«

»Heute Nacht«, sagt er. »Klopfst du dann zurück?«

Ich reiße den Blick von seiner Brust los, hebe kapitulierend die Hände und mache diesem seltsamen Spielchen zwischen uns ein Ende. »Nein, Tyler, ich will nicht zurückklopfen. Das ist doch total verrückt.«

»Verdammt«, brummt er. Er zuckt die breiten Schultern und schaut auf die Uhr.

Ich will schon in mein Zimmer flüchten, als mich das Geräusch der Haustür innehalten lässt. Vielleicht hat Dad etwas vergessen oder Ella fährt zum Einkaufen.

Aber es ist keiner von den beiden. Nur Dean. Ich erkenne ihn an seiner freundlichen Stimme, als er den Kopf ins Wohnzimmer steckt und »Guten Morgen, Mrs. Munro« sagt, bevor er in die Küche kommt.

Er ist ebenfalls sehr sportlich angezogen, hat Handy und Schlüssel in der Hand und nickt mir kurz zu, bevor er sich an Tyler wendet. »Bist du fertig?«

»Alter, du bist zwanzig Minuten zu spät«, beschwert sich Tyler, was mich ein bisschen überrascht. Bisher hat er auf mich nicht den Eindruck gemacht, dass ihm Pünktlichkeit besonders wichtig wäre, aber anscheinend stimmt das nicht.

»Tut mir leid«, sagt Dean. »Ich musste noch tanken.«

Tyler wirft mir einen vorwurfsvollen Blick zu. »Deinetwegen musste ich hier mit dieser lahmen Tussi abhängen. Los, hauen wir ab.« Es entsteht eine lange Stille. Dean und ich sehen ihn beide so irritiert an, dass er eilig zurückrudert. »Bleibt cool, Leute. Nur ein kleiner Geschwisterstreit, nicht wahr, Eden?«

Ich blinzle. »Wir sind keine Geschwister.«

»Na Gott sei Dank.«

Ich beschließe, seine dämlichen Kommentare zu ignorieren, öffne die Terrassentür und lasse den warmen Wind ins Haus wehen. Hinter mir rufen Tyler und Dean, dass sie ins Fitnessstudio fahren. Das überrascht mich nicht – es ist kaum zu übersehen, dass die beiden viel trainieren. Ich überlege, ob ich Tyler später fragen soll, in welches Studio er geht, weil ich mit dem Gedanken spiele, mich für die restlichen sechs Wochen auch anzumelden. Aber dann beschließe ich, doch lieber bei meinen morgendlichen Joggingrunden zu bleiben. Ehrlich gesagt glaube ich nämlich kaum, dass Tyler begeistert wäre, wenn ihn der Geschwisterstreit, wie er es nennt, auf Schritt und Tritt begleitet.

*

Am Mittwoch sind alle wieder in der Stadt. Rachael ist von dem Wochenende bei ihren Großeltern zurück – und behauptet, es sei so traumatisierend langweilig gewesen, dass sie kurz davor gewesen wäre, das Haus anzuzünden; Tiffani hat den Besuch bei ihrem Vater hinter sich, was angeblich war, als hätte sie mit Shrek zusammengewohnt, und Meghan geht's wieder prächtig, nachdem sie drei Tage am Stück gereihert hat.

Statt uns am Strand, bei einem Kaffee oder an der Promenade zu treffen, um den neuesten Klatsch auszutauschen, sitzen wir zum Quatschen bei der Maniküre.

»Ich musste wirklich jeden Tag mit Grandpa Bingo spielen«, jammert Rachael. Schon seit einer Viertelstunde regt sie sich über ihr schreckliches Wochenende auf. »Jeden Abend. ›Rachel, Zeit fürs Bingo!‹ Ich hab da 'ne ganz verrückte Idee, Grandpa: Nein, verdammt!«

»Mein Dad hat die alten Fotoalben rausgekramt, von 1801 oder so«, sagt Tiffani schaudernd. Sie sitzt an einem Tisch, und eine Nagelkosmetikerin beugt sich über ihre Hände.

Zuerst haben Rachael und ich uns die Nägel machen lassen, und jetzt sind Tiffani und Meghan an der Reihe. Immer wieder schaue ich auf meine Finger, um die glänzenden Nägel zu bewundern, und mache es mir auf meinem reservierten Platz in einer Ecke des Salons gemütlich. So was sollte ich öfter machen, das ist wirklich gar nicht übel.

Für die Kosmetiksitzung sind wir extra nach Venice gefahren, weil Tiffani behauptet, das hier sei das beste Nagelstudio weit und breit. Ich finde es gar nicht schlecht, mal aus Santa Monica rauszukommen, und Venice ist einfach irre – jedenfalls das, was ich in den wenigen Minuten, bevor wir das Nagelstudio betreten haben, zu sehen gekriegt habe.

Vor mir läuft Rachael auf und ab und betrachtet ebenfalls alle paar Sekunden ihre Nägel. »Alte Fotoalben wären mir lieber gewesen als Bingo.«

»Mir wäre beides lieber gewesen als die Kotzerei«, wirft Meghan ein, die neben Tiffani sitzt. Zum Glück ist sie ein bisschen zurückhaltender als Rachael und Tiffani, so bin ich nicht die Einzige, die kaum etwas zur Unterhaltung beiträgt. »Mein Magen fühlt sich an wie weggeätzt.«

»Wenigstens geht es dir rechtzeitig zu deinem Geburtstag besser«, sagt Tiffani und sieht Meghan von der Seite an, während die beiden sich von zwei Kosmetikerinnen die Nägel feilen lassen. »Schmeißt du 'ne Party?«

Meghan zieht ein mürrisches Gesicht und zuckt die Achseln. »Du weißt doch, wie streng meine Eltern sind.«

»O Gott, Meghan«, ruft Rachael. Mitten im Raum bleibt sie stehen und reißt begeistert die Hände in die Luft. »Ich habe Samstagabend sturmfrei. Du kannst deine Party bei mir feiern!«

»Schon wieder eine Party?«, murre ich, aber zum Glück hört mich keine von den anderen. Ich bin erst seit zwei Wochen hier und war schon auf zwei grässlichen Partys, bei denen Unmengen Alkohol, Drogen und Sex im Mittelpunkt standen. Das ist einfach nicht so mein Ding.

»Wirklich?« Meghan wirft ihr über die Schulter einen Blick zu. Sie wirkt unsicher und ein bisschen schuldbewusst, und das ist auch kein Wunder. Schließlich riskiert Rachael, dass ihr Haus in Schutt und Asche gelegt wird.

Rachael verdreht die Augen. »Klar, Meg. Kein Problem, lass uns das machen.«

»Ich sage Tyler, dass er allen Bescheid geben soll«, bietet Tiffani an. Als sie seinen Namen erwähnt, fängt etwas in meinem Bauch an zu flattern. Ich frage mich, was er gerade macht.

»Sag ihm, er soll bloß nicht Declans Leute einladen.« Rachael sieht Tiffani eindringlich an. »Ich will nichts Illegales im Haus haben. Wenn irgendwas davon bei uns liegen bleibt, bringt mich mein Dad um.«

»Ich sag's ihm.«

Dunkel erinnere ich mich, dass Declan derjenige war, der am Wochenende diese abartige Haschparty gegeben hat. Gott sei Dank ist Rachael klug genug, diese Kiffertypen nicht einzuladen.

»Ihr könnt alle am Samstagmorgen zu mir kommen und mir helfen, das Haus vorzubereiten«, sagt sie und quietscht vor Aufregung so laut, dass die Kosmetikerinnen zusammenzucken. »Das wird so cool!«

Für mich klingt das überhaupt nicht cool. Ich werde es hassen – den Alkohol, die betrunkenen Fremden, den Lärm und Tyler. Wenn er getrunken hat, ist er noch unausstehlicher als sonst, und ich darf ihn dann am Ende des Abends nach Hause auf die andere Straßenseite schleifen.

»Meg, du solltest diesen süßen Typen vom Strand einladen«, stichelt Tiffani und meint es auch noch ernst. »Und Rach, bei dir ist klar, dass du Trevor einlädst.« Rachael wird rot und schaut eilig aus dem Fenster. Tiffani kichert und wendet sich dann an mich. »Und ich habe Tyler. Bleibst also nur noch du, Eden. Wir müssen jemanden für dich finden.«

Für einen kurzen Moment habe ich ein schlechtes Gewissen und das Gefühl, eine miese Freundin zu sein, weil ich ihr nicht sage, dass Tyler gar nicht so irrsinnig vernarrt in sie ist, aber mein Mund entwickelt ein Eigenleben. »Ich hänge einfach mit Jake rum«, rutscht es mir heraus.

»Was?«, fragen alle drei gleichzeitig.

Tiffani nimmt sogar die Hände vom Tisch, damit sie sich zu mir umdrehen und mich anstarren kann. Alle Blicke ruhen auf mir. »Jake? Unser Jake?«

»O mein Gott, was haben wir verpasst?«, fragt Rachael mit großen, neugierigen Augen und saugt die Unterlippe zwischen die Zähne. »Du kannst nicht einfach sagen, dass du auf einer Party mit jemandem rumhängst, okay? Da steckt immer was dahinter. Bist du in ihn verknallt?«

»Wir waren am Samstagabend zusammen unterwegs«, gebe ich zu und schaue zu Boden. Meine Wangen färben sich rosa. Hätte ich bloß nichts gesagt. »Und äh, also, ich habe bei ihm übernachtet.«

»Jesus«, haucht Meghan. Sie sieht mich blinzelnd an, bevor sie einen Blick mit Tiffani und Rachael wechselt. »Er hat nur eine Woche gebraucht, um die Neue rumzukriegen.«

»Meg«, zischt Rachael, wendet sich dann aber schnell wieder an mich. »Wie weit seid ihr gegangen?«

»Was?«

»Na, du weißt schon …« Hilfesuchend sieht sie Tiffani an, und die beschließt, diese anstößige Frage für sie zu Ende zu bringen. »Hast du ihm einen geblasen?«

Ich verschlucke mich, muss fast husten und ringe vergeblich um meine Fassung. Nur ein kurzes »Nein« bringe ich heraus, bevor ich den Kopf schüttle. »Wir haben den *König der Löwen* geguckt.«

Rachael legt den Kopf schief. »Ist das ein Code oder …?«

»Nein, wir haben wirklich den *König der Löwen* geguckt.«

»Oh«, sagt sie und fängt lauthals an zu lachen.

»Halt einfach den Mund, Rachael«, sagt Tiffani. Sie dreht sich um und legt die Hände wieder auf den Tisch, damit die Kosmetikerin – die verständlicherweise ein bisschen hilflos wirkt – weitermachen kann.

»Aber hat ihr denn keiner von der Maxwell-Base erzählt?«, fragt Meghan, und jetzt würde ich am liebsten aus dem

Salon flüchten und schnurstracks nach Santa Monica joggen. Ich fühle mich gedemütigt und ziemlich weit außerhalb meiner Komfortzone.

»Die Maxwell-Base?«, zwinge ich mich zu wiederholen.

»Die dritte Base wird hier auch Maxwell-Base genannt«, klärt Meghan uns auf. »Weil unser guter Freund Maxwell rein zufällig ziemlich oft einen geblasen kriegt. Das ist schon Tradition, und wie es aussieht, bist du die Nächste.« Tiffani und sie lachen.

»Ihr seid echt so ordinär«, sagt Rachael. »Eden, hör nicht hin. Du brauchst überhaupt nichts zu tun.«

»Wir sind ordinär?«, fragt Tiffani entrüstet und schlägt sich in gespielter Ungläubigkeit die Hand vor die Brust. Kopfschüttelnd sieht sie wieder zu mir. »Eden, ich verrate dir jetzt was: Meghans Spezialität ist es, den Jungs einen runterzuholen, und Rachaels sind Blowjobs.« Die beiden Kosmetikerinnen verdrehen die Augen und wechseln einen Blick. Die können es bestimmt kaum erwarten, dass wir wieder gehen. »Die zwei findet man auf Partys immer mit einem Typen in einem der unbenutzten Schlafzimmer. Bei Rach ist es normalerweise Trevor. Ich bin hier die Einzige, die Klasse hat.«

»Hey!«, protestieren Rachael und Meghan, aber keiner von ihnen widerspricht. Dafür witzelt Rachael: »Ich wusste gar nicht, dass es neuerdings für Klasse spricht, in einer Umkleidekabine bei American Apparel Sex zu haben.«

»Das zählt nicht«, widerspricht Tiffani und beißt sich auf die Lippe. Die Kosmetikerin ist mit ihrer rechten Hand fertig. »Wenigstens bin ich in einer Beziehung.«

Die ganze Unterhaltung ist mir furchtbar peinlich, trotzdem schaue ich verstohlen zu Rachael und Meghan und warte darauf, dass eine der beiden etwas darauf erwidert. Doch sie wechseln nur einen flüchtigen Blick und verziehen kommentarlos den Mund.

In der plötzlichen Stille werfe ich Rachael einen fragenden Blick zu, aber die schüttelt kaum merklich den Kopf, wie um mir zu sagen, dass jetzt nicht der richtige Zeitpunkt ist.

Und dann räuspert sie sich und lenkt das Gespräch in eine andere Richtung. »Also, am Samstag wollen wir richtig Spaß haben, oder?«

Kapitel 15

Um 15.27 Uhr am Samstagnachmittag bekomme ich eine dringende SMS von Rachael. Ihre Eltern sind gerade erst abgefahren – vier Stunden später als geplant –, weshalb uns nur fünf Stunden bleiben, um das Haus für eine ausgelassene Highschool-Party herzurichten. Wir sollen sofort zu ihr kommen, und für mich persönlich ist das ziemlich einfach.

»Ich gehe zu Rachael«, sage ich zu Dad, während ich in der Wohnzimmertür die Schuhbänder meiner Sneakers entwirre. »Liebeskummer. Wir bestellen wahrscheinlich was zu essen, ich bin zum Abendessen also eher nicht da.«

Er schaltet den Fernseher stumm und scheint zu überlegen, ob er Einwände erheben soll. »Denk dran, dass wir heute Abend mit Jamie und Chase zu dem Dodgers-Spiel gehen. Wir fahren in einer Stunde los, weil es nördlich der Innenstadt ist. Kommst du heute Abend allein zurecht?«

»Oh, klar.« Perfekt. Da hätte ich gar nicht zu lügen brauchen. »Bis ihr losfahrt, bin ich wohl noch nicht wieder da, also habt einen schönen Abend. Tschüss, Ella.«

Ella lächelt, sie hat den Kopf an Dads Schulter gelegt und eine Hand auf seinem Bein. Ich bemühe mich wirklich, sie zu mögen, aber ich schaffe es einfach nicht. »Hab einen schönen Abend mit deinen Freundinnen.«

Ich nicke zum Abschied, ziehe die Tür hinter mir zu und gehe über die Straße. Inzwischen bin ich schon seit ein paar Wochen hier, ich habe mich an die Sonne gewöhnt und auch die Gegend ist mir inzwischen vertraut. Aber was meine Beziehung zu den Mädchen angeht, mit denen ich mich gleich treffe, bin ich mir immer noch unsicher. Sind Rachael und Meghan jetzt meine Freundinnen? Wir verbringen so viel Zeit miteinander, dass ich Ja sagen würde. Bei Tiffani hingegen muss sich das erst noch herausstellen. Manchmal habe ich das Gefühl, wir sind Freundinnen, und manchmal denke ich, sie hasst mich.

Eine Minute nach halb vier betrete ich das Haus, und wie erwartet bin ich die Erste. Rachael schleift einen Staubsauger über den Parkettboden und sucht eine Steckdose. Sie sieht entnervt und erschöpft aus, dabei haben wir noch gar nicht angefangen.

»Ich konnte nichts erledigen, bis sie weg waren«, erklärt sie, den Staubsauger hinter sich herziehend. »Wenn ich aus heiterem Himmel angefangen hätte zu putzen, wären sie misstrauisch geworden.«

»Schon gut, Rachael«, sage ich langsam und mit sanfter Stimme. »Beruhige dich, wir haben noch fünf Stunden.«

»FÜNF Stunden, Eden!«, schreit sie, versetzt dem Staubsauger einen Tritt und fährt sich hektisch durch die Haare. Sie trägt sie heute in leichten Wellen, was ihr gut steht. »Fünf Stunden, um aufzuräumen, zu putzen, die guten Sachen wegzupacken, Alk und Essen zu besorgen und mein iTunes zu aktualisieren. Warum habe ich das nur angeboten?« Mit großen Augen starrt sie mich an, und ich kann nicht anders, ich muss einfach lachen.

»Rachael.«

Sie rührt sich nicht. »Was?«

»Wir helfen dir, schon vergessen?« Ich ziehe die Augenbrauen hoch und nicke ihr aufmunternd zu, um sie ein bisschen zu beruhigen. Sorgen müsste sie sich nur darum machen, dass ihre Eltern sie erwischen könnten. »Tiffani und Meghan sind doch auf dem Weg, oder?«

»Ja«, schnauft sie. Sie presst sich eine Hand auf die Brust, setzt mit der anderen die Sonnenbrille auf und steckt dann das Staubsaugerkabel in die Steckdose.

»Ja«, wiederhole ich. »Genau. Wir helfen dir beim Aufräumen, dann fahren wir zusammen einkaufen und anschließend helfen wir dir, die Playlist zusammenzustellen. Wir haben genug Zeit.«

Statt einer Antwort schaltet sie den Staubsauger ein und rammt ihn mit Gewalt auf den Boden. Ich beschließe, lieber keine Fragen nach der Sonnenbrille oder ihrer psychischen Stabilität zu stellen.

»Ich bin da-ha!«, ruft jemand hinter mir über den Lärm hinweg. Als ich mich umdrehe, steht Tiffani vor mir und hat beide Arme voller Cracker und Dips. Plötzlich habe ich ein schlechtes Gewissen, weil ich nichts mitgebracht habe. »Sie trägt im Haus ihre Sonnenbrille?«

Mitleidig schüttle ich den Kopf. »Sie steht ein bisschen unter Stress.«

»Dann nehmen wir uns die Küche vor.« Tiffani verdreht die Augen über die hektisch staubsaugende Rachael. »Lassen wir sie lieber in Ruhe.«

In der Küche lässt sie die Cracker auf die Anrichte fallen. Viel sauberzumachen gibt es hier nicht, nur ein paar Teller und Messer, die Tiffani flink in die Spülmaschine schmeißt. Ich gehe zur Hintertür und werfe einen Blick nach draußen. Ordentlich genug. »Wie viele Leute kommen denn jetzt«, frage ich, als ich die Tür wieder schließe.

»Etwa vierzig«, sagt Tiffani. Vom anderen Ende des Hauses höre ich Rachael staubsaugen. »Wir wollten es eher klein halten. Declan Portwood und seine Kumpel sind nicht eingeladen, damit fallen schon mal fünfzehn Mann weg, die sonst auf Partys auftauchen.«

»Die Leute, die hinterm Haus Drogen nehmen, richtig?«, frage ich, nur um sicherzugehen.

»So was in der Art«, sagt sie leise und richtet die Cracker und Dips ordentlich in einer Reihe an.

»Gehört Tyler nicht auch dazu?«

Sofort lässt sie alles stehen und liegen und sieht mir fest in die Augen. In diesem Moment wird mir klar, dass ich besser den Mund gehalten hätte. Ihre Miene sagt ganz deutlich, dass man an dieses Thema nicht rühren darf. »Nein«, sagt sie wenig überzeugend.

Ich weiß nur zu gut, dass Tyler mit Declan und den ganzen anderen Kiffern und Koksern befreundet ist, schließlich war ich mit denen auf einer Party. »Doch, ist er«, widerspreche ich.

»Scheiße, ja. Na und?«, fährt sie mich an. Dieser Ausbruch überrascht mich. Ich wollte sie nicht provozieren. Mich bei ihr unbeliebt zu machen ist nun wirklich das Letzte, was ich will.

»Ich mein ja nur«, murmle ich. Ein paar Sekunden lang starren wir uns an, bevor sie den Blick abwendet. Ihre Stimmung hat sich eindeutig abgekühlt, und ihre Augen sind jetzt schmaler. Sie macht sich wieder ans Anordnen der Cracker und Dips, während ich zuschaue und nicht recht weiß, was ich tun soll.

»Ich spreche nicht gern darüber«, gesteht sie nach einer Weile angespannten Schweigens. »Es ist so beschämend, wenn die Leute wissen, was ich mir von ihm bieten lassen muss.«

Sie spricht nicht gern darüber, weil es für sie beschämend ist? Sollte sie sich nicht lieber um Tylers Wohlergehen sorgen als darum, was andere über sie denken? Ich runzle die Stirn. »Ich glaube, er braucht Hilfe.«

Und dann sieht sie mich wieder an, diesmal mit einem herablassenden Lächeln auf den Lippen. »Ehrlich gesagt, Eden, glaube ich, dass es ihn herzlich wenig interessiert, was du glaubst.«

Darauf fällt mir nichts ein, was ich erwidern könnte. Ich kann nur daran denken, wie wütend ich bin und wie gern ich zurückschießen würde. Aber zum Glück brauche ich mir keine Antwort aus den Fingern zu saugen, denn in diesem Augenblick kommt Meghan mit besorgter Miene und tief gerunzelter Stirn in die Küche. »Kann mir irgendjemand sagen, warum unsere Freundin eine Sonnenbrille aufhat, während sie den Couchtisch saugt?«, fragt sie.

Zwei Stunden verbringen wir damit, Rachaels Haus vorzubereiten, was mir immer sinnloser erscheint, je länger ich darüber nachdenke. Wenn die Party vorbei ist, wird hier doch ohnehin alles kurz und klein sein. Wir saugen Staub und verstecken Dawns gute Dekorationsstücke, die, wie Rachael sagt, schon seit Jahrzehnten in der Familie sind; wir wischen die Böden und schließen das Elternschlafzimmer ab. Die drei anderen Schlafzimmer – Rachaels und zwei Gästezimmer – bleiben für alle Fälle offen.

Sobald das Haus für partytauglich erklärt ist, fahren wir los, um alles Lebensnotwenige einzukaufen: Alkohol und Kondome. Vor einem billigen Schnapsladen warten wir in Rachaels Wagen, während Tiffani mit Hüftschwung und Schmollmund bewaffnet hineingeht. Eine Viertelstunde später kommt sie mit einem Einkaufswagen wieder heraus, der vor Bier und verschiedenen Spirituosen nur so überquillt. Darunter ist auch das tödlichste Gift von allen: Tequila.

»Heute war dieser Inder da«, sagt sie, als wir ihr helfen, die Tüten in den Kofferraum zu laden. »Er hat mich nach meiner Telefonnummer gefragt, da hab ich ihm deine gegeben, Meg.«

Wir halten an einem Supermarkt mit dem Namen Ralph's und laufen eine halbe Stunde durch die Gänge, um alles an Softdrinks und Chips einzupacken, was wir in die Finger kriegen. Rachael will ganz sichergehen, dass ihr Vorrat an

Snacks unerschöpflich ist. Als wir endlich mit ausreichend Alkohol und Kartoffelchips versorgt sind und das Auto so schwer beladen ist, dass es kaum noch von der Stelle kommt, sind wir uns einig, dass wir in den fünf Stunden alles erfolgreich erledigt haben. Wir haben sogar nur drei gebraucht, und damit bleibt uns noch Zeit für einen kurzen Abstecher zur Promenade, wo ich mit der Unterstützung meiner drei Freundinnen ein Outfit für den Abend finde. Tiffani sucht die Farbe aus, Rachel entscheidet über den Stil, und Meghan legt die Details fest. Am Ende kaufe ich ein korallenrotes Keyhole-Kleid, das sehr eng und sehr kurz ist – aber offenbar auch sehr angesagt.

»Hoffentlich rufen deine Eltern nicht bei meinen an«, sagt Rachael, als wir wieder bei ihr sind und den Wagen ausladen. Aber sie hat keinen Grund zur Sorge. Dad und Ella werden sich mit Nachos vollstopfen und sich ein chaotisches Footballspiel ansehen.

»Die sehen sich das Dogders-Spiel an«, sage ich. »Unser Glück, dass sie auf Football stehen.«

Rachael, Tiffani und Meghan starren mich an, und Rachael fragt ganz langsam: »Eden, du weißt schon, dass die Dodgers ein Baseball-Team sind?«

»Ist doch dasselbe.«

Lachend schüttelt sie den Kopf und deutet mit dem Kinn auf die andere Straßenseite. »Geh dich fertig machen«, sagt sie. »Es ist schon fast sieben, und ich habe allen gesagt, sie können ab neun kommen. Das gilt auch für dich, Tiff. Den Rest schaffen Meg und ich alleine.«

Bevor wir auseinandergehen, verabreden Tiffani und ich, um kurz vor neun wiederzukommen. Es ist ein ungeschriebenes Gesetz, dass man auf der Party einer Freundin vor allen anderen da sein muss. Meghan bleibt gleich bei Rachael, um sich herzurichten, immerhin ist die Party für sie.

Dreißig Sekunden später bin ich wieder zu Hause und

bringe mein neues Kleid vorsichtig in mein Zimmer. Doch schon am Treppenabsatz werde ich von einer mürrisch dreinblickenden Gestalt abgefangen.

»Wie's aussieht, haben wir das Haus für uns«, sagt Tyler, als ich vor ihm stehen bleibe. Seit zwei Tagen habe ich ihn nicht mehr gesehen. Er taucht immer wieder ab, und Ella stellt nicht einmal mehr Fragen. Vielleicht hat sie das in grauer Vorzeit mal getan, aber inzwischen scheint sie es aufgegeben zu haben, Erklärungen von ihm zu fordern. Mein Dad hingegen versucht immer noch hartnäckig, Regeln durchzusetzen, die in Tylers Kopf einfach nicht existieren. »Die anderen sind beim Dodgers-Spiel. Die Angels haben keine Chance.«

»Ich weiß«, sage ich. »Gehst du bitte zur Seite?«

»Klar.« Überraschenderweise macht er mir wirklich Platz und lässt mich durch. Auf dem Weg zu meinem Zimmer sehe ich ihn unter zusammengezogenen Brauen an. Er sieht müde aus. »Was ist?«

»Du kommst heute Abend zu Rachael, oder?«, frage ich, obwohl ich die Antwort kenne. Er scheint bei jeder Party zum festen Inventar zu gehören.

»Ja«, sagt er. Er legt den Kopf schief und verengt die Augen ein wenig. Ich kann nicht einschätzen, in welcher Stimmung er gerade ist. In weniger als einer Minute kann er zwischen völlig entspannt, kochend vor Wut und wieder zurück wechseln. »Du kommst auch?«

»Ja.«

»Cool«, sagt er. »Wann gehen wir rüber?«

»Was meinst du mit ›wir‹?« Fast rutscht mir ein Schnauben heraus, als ich die Tür zu meinem Zimmer öffne, das Kleid noch über dem Arm. »Ich gehe allein rüber, nicht mit dir zusammen. Du, Tyler, kannst gehen, wann immer du willst.«

»Reg dich ab«, murmelt er. Er presst die Lippen aufeinander, schüttelt den Kopf und schlendert die Treppe hinunter – und ich kann mich in Ruhe fertig machen. Er kann ja getrost die Zeit vertrödeln, da Jungs zum Fertigmachen nur zehn Minuten brauchen: duschen und ein frisches Hemd anziehen.

Während ich also höre, wie Tyler unten den Fernseher einschaltet, gehe ich ins Bad und steige unter die Dusche, um mithilfe von Shampoo und Rasierer meine lästigen weiblichen Pflichten in Angriff zu nehmen. Die Haare sind halbwegs schnell getrocknet, und ich lege sie in leichte Wellen. Allzu viel Aufwand betreibe ich dafür nicht, schließlich gibt es in dieser Stadt niemanden, den ich beeindrucken will. Nachdem ich eine angemessene Schicht Make-up aufgetragen habe, schlüpfe ich in das neue Kleid und ein paar High Heels und sehe auf die Uhr. 20.49 Uhr.

Genau in dem Moment, als ich aus meinem Zimmer komme, kommt auch Tyler in den Flur. Er sieht aus, als wollte er gerade aufbrechen. Unter einer schwarzen Lederjacke trägt er ein weißes T-Shirt, und obwohl das Outfit so schlicht ist, wirkt es an ihm unglaublich attraktiv. Wenn ich so darüber nachdenke, fällt mir auf, dass er eigentlich immer gut aussieht, egal, ob er Stiefel oder Sneakers, Hemd oder Tanktop anhat. Außerdem liegt der starke Duft eines Aftershaves in der Luft, was einfach perfekt zu seiner Aufmachung passt. Es erinnert mich an die Marke, die Tiffani damals in der Umkleidekabine bei American Apparel so gefallen hat. Bentley.

Schon knicke ich ein. »Ich will gleich rübergehen. Kommst du mit?«

Er mustert mich langsam und gründlich, bis ich wegen des Keyholes in meinem Kleid ganz unsicher werde. Schließlich sagt er: »Eigentlich muss ich noch kurz weg.«

»Wohin?«

»Irgendwohin eben«, sagt er knapp, als würde er mir eigentlich nicht antworten wollen. »Geh schon mal rüber. Ich komme in zwanzig Minuten nach.«

»Aber wo gehst du hin?«, hake ich nach. Etwas in seinem Blick beunruhigt mich und macht mich misstrauisch. Er kann mich nicht direkt ansehen, ballt die Fäuste, und seine Lippen zucken leicht.

»Verdammt, Eden.« Entnervt winkt er ab, macht auf dem Absatz kehrt und rauscht in sein Zimmer. Also folge ich ihm in den dämmrigen Raum, in dem die Vorhänge zugezogen sind und kein Licht brennt, und schaue ihn in der Dunkelheit an.

»Warum bist du sauer?«, frage ich. Er fährt sich durch die Haare. Aus irgendeinem Grund ist er unglaublich angespannt. »Ich frage doch nur, wo du hingehst.«

»Ich treffe mich mit jemandem, okay?« Er schreit fast und ist am ganzen Körper wie erstarrt. »Ich muss was abholen, und du sollst dich da raushalten.«

Mir fällt auf, wie schnell sich seine Augen bewegen, wie sie ihre Farbe ändern und mehr Tiefe bekommen. Ich sehe, wie sich seine Brust hebt und senkt, und glaube fast, sogar hören zu können, wie sein Herz rast. »Du triffst dich mit Declan«, stelle ich fest. Fragen muss ich gar nicht erst – es ist offensichtlich. »Weil er nicht zur Party kommt, triffst du dich woanders mit ihm. Stimmt's?«

Er lässt die Schultern hängen, atmet tief aus und schließt die Augen. Er schüttelt den Kopf. Als er die Augen wieder aufschlägt, ist sein Blick voller Wut. »Jetzt geh endlich zu deiner Scheißparty!«

»Nein«, sage ich entschlossen und weiche keinen Schritt zurück. Es ist höchste Zeit, dass mal jemand etwas gegen dieses Problem unternimmt, statt es zu ignorieren. »Ich werde nicht zulassen, dass du dich mit ihm triffst.«

»Eden«, sagt er und schluckt. Der sanfte Nachdruck, mit dem er meinen Namen ausspricht, macht mich nur noch wütender. Er kommt einen Schritt auf mich zu, beugt sich zu mir herunter, bis wir auf Augenhöhe sind, und sieht mich so durchdringend an, dass ich fast Angst bekomme. »Du kannst nichts dagegen tun.«

»Da hast du recht«, sage ich. Meine Stimme wird härter, vielleicht auch ein kleines bisschen zittrig. Unsere Gesichter sind so dicht voreinander, dass es mir fast so vorkommt, als würde er mir den Sauerstoff wegatmen. Plötzlich fällt es mir schwer weiterzusprechen, aber zurück kann ich jetzt auch nicht mehr. »Ich kann nichts dagegen tun, weil es dir *egal* ist. Es ist dir egal, dass ich mir Sorgen mache, du könntest eine Überdosis nehmen, allergisch reagieren oder sogar sterben. Und auch, dass du mit siebzehn schon kokainabhängig bist – das ist dir alles scheißegal!« Er sagt kein Wort, sondern starrt mich nur an. Seine Augen werden noch schmaler. »Dir geht's doch nur darum, auf Partys cool auszusehen und die Leute mit deiner Harter-Kerl-Nummer zu beeindrucken. Das ist so *peinlich*!«

Tyler schüttelt den Kopf. »Das ist nicht der Grund.«

»Was dann? Um bei diesen idiotischen Freunden dazuzugehören …?«

»Weil es mich ablenkt!«, fährt er mich an. Er fasst sich an die Stirn, atmet tief aus und schließt die Augen. Eine lange, angespannte Stille macht sich breit. »Es lenkt mich verdammt noch mal ab«, flüstert er. Dann schlägt er die Augen wieder auf, sieht mich wütend an, und sein Tonfall ist wieder genauso ätzend wie vorhin. »Und im Augenblick kann ich eine Ablenkung wirklich gut gebrauchen.«

Auf einmal ballt sich meine ganze Wut auf ihn in mir zusammen, der ganze Ärger über alles, was er je zu mir gesagt hat. Es ist, als würden gleichzeitig ein gewaltiger Adrenalinschub und ein Anfall von Irrsinn durch meinen Körper rauschen und etwas auslösen, das ich nicht begreife. Kaum hat er die Worte ausgesprochen, nehme ich sein Gesicht in beide

Hände. Ich spüre die Wärme seiner Haut, und dann küsse ich ihn. Ich küsse ihn einfach. Überwältigt von dem Gefühl, wie sich unsere Lippen berühren, schließe ich die Augen, und eine ohrenbetäubende Stille umfängt uns. Das Herz hämmert mir schmerzhaft gegen die Rippen, aber es ist so berauschend, seine Lippen auf meinen zu spüren. Und dann ist mit einem Schlag die Realität wieder da; bestimmt dauert es nur Sekunden, bis er wieder böse auf mich wird. Langsam ziehe ich den Kopf weg.

Ich mache einen Schritt zurück, und mir wird richtig flau im Magen, als Tyler mich mit großen Augen anstarrt. Ich erwarte, dass er explodiert und mich mit harter Stimme fragt, ob ich übergeschnappt bin – was ich bejahen müsste.

»Das war ich nicht«, plappere ich hastig. Ich versuche, eine Erklärung herauszubringen, aber die Worte bleiben mir im Hals stecken. »Ich … ich weiß selbst nicht, was das war. Es … es tut mir leid. Ich wollte doch nur … ich wollte dich nur ablenken.«

Ich werde unterbrochen, als er die Lippen wieder auf meine drückt. Er ist so stark, dass er mich fast von den Füßen reißt und mich vor sich herschiebt, bis ich mit dem Rücken gegen die Wand stoße. Mit beiden Händen hält er mein Gesicht, streicht mit den Daumen über meine Haut, und seine Fingerspitzen verlieren sich in meinen Haaren. Seine Lippen bewegen sich schnell, hungrig und energisch. Und es ist so unglaublich. Ich versinke in diesem Kuss und erzittere unter seinen Berührungen. Die ganze Zeit kann ich seine Wut spüren und die Heftigkeit seiner Emotionen, und ich begreife nicht, warum ich mich nicht von ihm losmache. Das hier dürfte nicht passieren, das weiß ich genau. Und doch hat es etwas so Faszinierendes, dass ich einfach nicht aufhören kann. Er legt mir eine Hand ins Kreuz und zieht mich für einen winzigen Moment an sich.

Und dann hört er auf.

Einfach so löst er die Lippen von meinem, lässt mich los und tritt einen Schritt zurück. Der Augenblick ist so schnell vorüber, wie er gekommen ist.

»Scheiße«, murmelt er leise, und das ist die perfekte Zusammenfassung für das, was gerade passiert ist. Ich denke nämlich genau dasselbe.

Ach du Scheiße.

Kapitel 16

Tyler sieht mir durchdringend in die Augen, in denen er tiefstes Erschrecken, Überraschung, aber auch Wärme lesen muss. Bei ihm sieht das anders aus, in seinem Blick liegt ein riesiges Meer verschiedener Emotionen, und der Ausdruck verändert sich so schnell, dass ich nicht mehr mitkomme. Am Ende bleibt das dunkelste aller Gefühle übrig: Wut.

»Ich gehe zu Rachael«, brummt er, zieht den Reißverschluss seiner Jacke zu, fährt sich durch die Haare und wendet sich von mir ab. Nur wenige Sekunden später hat er das Zimmer verlassen, ohne sich noch einmal umgesehen zu haben. Aber das ist mir egal. Ich bin viel zu baff, um mir darüber Gedanken zu machen.

Es gibt keine logische Erklärung für das, was gerade passiert ist, und Tyler scheint nicht einmal nach einer zu suchen. Eine gefühlte Ewigkeit stehe ich nur da und blinzle vor mich hin, bis mich das Knallen der Haustür aus meiner Benommenheit reißt.

In meinem Kopf herrscht Chaos, und mein Puls hört nicht auf zu rasen, während ich langsam, aber mit umwerfender Wucht begreife: Ich habe Tyler geküsst.

Meinen Stiefbruder. Ich habe gerade meinen Stiefbruder geküsst. Den Kerl, der mich rasend macht und mein Blut zum Kochen bringt, wenn ich ihn nur sehe. Den Kerl, der eine Freundin hat. Eine Freundin, mit der ich rein zufällig auch noch befreundet bin.

O verdammt, Eden!

Bittere Galle steigt in meiner Kehle auf, und ich schlage mir die Hand vor den Mund, weil ich befürchte, mich übergeben zu müssen. Mit bebenden Lippen atme ich tief durch. Ja, ich habe ihn geküsst, aber er hat den Kuss erwidert. Und das nicht gerade zurückhaltend.

Meine Gedanken springen zu Rachael, Meghan und der Party, die auf der anderen Straßenseite steigt. Der Party, bei der ich vor einer Viertelstunde hätte aufkreuzen sollen. Ich muss schleunigst dahin, und ich muss mich ganz normal benehmen.

So normal, wie ein Mädchen eben sein kann, das gerade seinen Stiefbruder geküsst hat.

Ich atme tief durch und nehme mir vor, mich zusammenzureißen. Wenigstens für heute Abend. Allerdings habe ich so meine Zweifel, dass ich das hinkriege, wenn Tyler auch auf der Party ist. Soll ich mit ihm reden? Ihn fragen, was zum Teufel da zwischen uns passiert ist? Soll ich ihn ignorieren? Ich weiß es nicht.

Verwirrt stolpere ich in mein Zimmer und werfe einen Blick in den Spiegel, bevor ich mir meine Handtasche schnappe und allen Mut zusammenkratze. Immerhin geht Tyler jetzt direkt zu Rachael und lässt das Treffen mit Declan sausen – wenn ich also versuchen sollte, mit ihm zu reden, wird er zumindest nicht unter dem Einfluss von Betäubungsmitteln stehen.

Beim Rausgehen schließe ich, immer noch schwer atmend, mit dem Ersatzschlüssel hinter mir ab. Schon jetzt kann ich die leisen Bassvibrationen aus Rachaels Haus hören, und im Laufe des Abends wird die Musik immer lauter werden, es wird immer voller werden, und die Leute immer betrunkener.

Als ich über die Straße gehe, hält vor dem Haus ein Auto voller Jugendlicher, die mir völlig unbekannt sind. Doch umgekehrt scheint das nicht der Fall zu sein, denn einer von ihnen, der gerade mit einer Kiste Bier in der Hand aussteigt, fängt meinen Blick auf und fragt: »Du bist Eden, richtig?«

»Ja.« Ich bleibe nicht stehen, sondern werde nur ein bisschen langsamer. Im Moment bin ich wirklich nicht in geselliger Stimmung.

»Ich hab von dir gehört«, sagt der Typ. Der Anflug eines Grinsens umspielt seine Lippen. Mit dem Fuß stößt er die Autotür zu, dann klemmt er sich die Bierkiste unter einen Arm, um mir die Hand geben zu können. »Tylers Schwester, stimmt's?«

Mir wird speiübel. Bei diesem Wort überkommt mich der pure Selbstekel, die ganze Schmach der inzestuösen Tat, die ich gerade begangen habe. Ganz sicher ist das illegal oder sittenwidrig. Als Antwort bringe ich nur ein Nicken und ein gemurmeltes »Stiefschwester« zustande, bevor ich eilig zur Haustür laufe. Ohrenbetäubende Musik empfängt mich, aber die übertönt wenigstens die Gedanken, die wie wild durch meinen Kopf rasen.

»Wo zum Teufel hast du gesteckt, Eden?«, schreit Rachael mir aus dem Wohnzimmer quer durch den Flur entgegen und winkt mit einem Glas in der Hand. Ich frage mich, was sie da trinkt. Als sie auf mich zukommt, kann ich den Alkohol in ihrem Atem riechen. »Die Gäste kommen schon, und du tauchst erst jetzt auf? Meg hat dich schon überall gesucht.«

»Entschuldige« ist alles, was ich herausbringe. »Wo ist sie?«

»Mixt Drinks.« Rachael nickt im Takt zur Musik, und ihr Lächeln wird immer breiter. Vermutlich hat sie mit dem Trinken angefangen, sobald Tiffani und ich weg waren. »Hol dir auch was!«

Die Anzahl der Gäste – etwa fünfzehn – ist noch angenehm, alle haben genug Platz und sind zum Glück noch weitgehend nüchtern und entspannt. Der Rest wird im Laufe der nächsten Stunde eintrudeln. Ich gehe durchs Haus und finde Meghan in der Küche. Leider ist auch Tiffani bei ihr. Sofort ist der bittere Geschmack von Galle wieder da.

»Na endlich!« Meghan hüpft ausgelassen auf mich zu. Die dunklen Haare umrahmen ihr Gesicht, und auch sie hat eindeutig nicht erst vor zwanzig Minuten mit dem Trinken angefangen. Als sie mich umarmt, verdreht Tiffani vielsagend die Augen. Ich wende den Blick ab. »Hier, nimm das.« Sie drückt mir ihr Glas in die Hand und nickt bekräftigend, bevor sie zur Anrichte zurücktanzt, um für sich selbst einen frischen Drink zu machen.

»Was ist das?«

»Keine Ahnung.«

Dann kommen die Jungs in die Küche, die vorhin aus dem Auto gestiegen sind, und Meghan ist erst einmal damit beschäftigt, ihnen zu zeigen, wo sie den Alkohol abladen können. Aus den Augenwinkeln sehe ich, dass Tiffani mich anlächelt.

Ein Weinglas in der Hand, schiebt sie sich durch das frisch entstandene Gedränge. In ihrem weißen Kleid, das hinten bis zum Boden reicht, sieht sie so elegant aus wie immer. »Rachael und Meg treiben mich in den Wahnsinn«, sagt sie leichthin und lacht. »Die sind ganz schön angetrunken.«

»Ja«, sage ich mit schwacher Stimme. Ich kann ihr nicht in die Augen sehen, bringe aber irgendwie die Kraft auf zu fragen: »Ist Tyler hier?«

»Der ist dabei, möglichst viele Bierdosen zu schießen«, erklärt sie in mürrischem Ton und schaut aus dem Küchenfenster, vor dem sich die Szene abspielt. Wenn ich sie so von ihm reden höre, wird mein schlechtes Gewissen immer schlimmer. Ich fürchte schon, jeden Moment losheulen zu müssen. »Hoffentlich verliert er bald den Spaß daran und kommt rein.«

Ich sehe ebenfalls aus dem Fenster und entdecke zwei Jugendliche umgeben von einem Berg Bierdosen. Es sind Tyler und ein anderer Typ, den ich noch nie gesehen habe. Eine Weile sehe ich zu, wie Tyler mit dem Autoschlüssel ein Loch in die Dose sticht, um sie sich dann an die Lippen zu drücken und innerhalb von Nanosekunden leerzutrinken. Dann wiederholt sich das Ganze. Wieder und wieder.

»Oh«, sage ich, wende mich wieder zu Tiffani und versuche, die Schuldgefühle zu ignorieren, die gewaltsam in meinen Kopf drängen. Ich habe ihren Freund geküsst. Unaufhörlich kreisen diese Worte in meinen Gedanken, als wäre mir nicht längst bewusst, was ich da getan habe. »Das kann doch nicht gut sein.«

»Ist es auch nicht«, räumt sie achselzuckend ein. Sie trinkt einen Schluck Wein und verzieht das Gesicht. Dass sie Wein trinkt, wirkt auf mich irgendwie kultiviert, genauso elegant wie das Kleid, und beides zusammen umgibt sie mit einer aparten Aura, mit der ich einfach nicht mithalten kann. Neben mir sieht sie richtig erwachsen aus. »Er ist so blöd. Warum steht er da draußen rum und besäuft sich? Er sollte hier bei mir sein.«

Ich glaube zu wissen, warum Tyler es auf eine Alkoholvergiftung und einen Leberschaden anlegt. Wenn in seinem Kopf auch so ein Chaos herrscht wie in meinem, ist Alkohol wirklich das einzige Mittel, um sich abzulenken. Ich würde ja auch darauf zurückgreifen, habe aber zu große Angst, dass ich dann wirklich kotzen muss. Also ringe ich mir ein Lächeln ab und gehe mit Megs Drink aus der Küche. Weil ich aber überhaupt keine Lust mehr habe zu trinken, mich zu unterhalten oder zu tanzen, stelle ich das Glas bei nächster Gelegenheit weg und konzentriere mich stattdessen auf Rachael. Sie ist viel zu lustig, aufgedreht und quirlig, als wäre der Alkohol bei ihr direkt ins Blut gegangen. Eine gute Stunde spiele ich den Babysitter für sie.

»Ich bin total nüchtern, Eden«, versucht sie mir weiszumachen, als ich ihr zum hundertsten Mal vom Boden hochhelfe. Mit den Plateauschuhen hat sie Schwierigkeiten, auf dem Parkettboden das Gleichgewicht zu halten, und fällt alle paar Minuten hin.

Augenrollend ziehe ich sie hoch. »Ja, natürlich bist du nüchtern.«

»Ab jetzt übernehme ich«, sagt jemand ziemlich laut hinter mir, fasst Rachael am Arm und fängt sie ab, bevor sie das nächste Mal auf dem Boden landet.

»Trevor!«, kreischt sie und stürzt sich in seine Arme. Sie renkt ihm fast den Hals aus, als sie seine Wangen mit Küssen bedeckt. Trevor zeigt mir mit erhobenem Daumen, dass er die Lage unter Kontrolle hat, und mir bleibt nichts weiter zu tun, als für ihn zu beten. Heute Abend ist Rachael echt anstrengend.

Von meinen Pflichten als Rettungsengel befreit, will ich mir einen Weg durch die Menge bahnen – inzwischen sind alle da, und es ist gerammelt voll und stickig –, als plötzlich eine große Gestalt direkt vor mir steht. Es ist Jake mit seinen doofen Augen, den doofen Haaren und dem doofen Lächeln.

»Wo warst du so lange, Fremde?« Schmunzelnd legt er mir einen Arm um die Schultern, zieht mich an seine Seite und trinkt einen Schluck Bier. »Ich hab die ganze Woche versucht, dich anzurufen.«

Ich muss gestehen, dass ich seine ständigen SMS und Anrufe ignoriert habe, weil ich die ganze Zeit nur an die Maxwell-Base denken konnte. »Tut mir leid, ich hatte superviel zu tun«, lüge ich. Dabei habe ich die Woche über nichts gemacht, als zu lesen und zu trainieren. Und meinen Stiefbruder zu küssen. »Seit wann bist du hier?«

»Seit zwanzig Minuten!« Er muss gegen die Musik anschreien. Seine Stimme ist laut und klar und geht mir auf die Nerven. Auf seinen Mundwinkeln liegt ein kleines Lächeln.

Sein Atem kitzelt mich, als er sich zu mir beugt und den Mund ganz dicht an mein Ohr bringt. »Du weißt doch noch, dass meine Eltern seit Donnerstag nicht mehr in der Stadt sind«, raunt er mir mit leicht schleppender Stimme zu. »Du kannst heute Abend mit zu mir kommen. Übernachte doch bei mir.«

Inzwischen habe ich genug über ihn erfahren, um zu wissen, dass ich mich darauf nicht einlasse. Ich will nicht das nächste Mädchen auf seiner Liste sein. »Nein, danke«, sage ich lächelnd. Wenn ich es nett genug formuliere, nimmt er es mir vielleicht nicht so übel. »Ich wohne nur fünf Meter von hier, da kann ich am besten einfach nach Hause gehen.«

Meine Worte scheinen ihn ein bisschen aus dem Konzept zu bringen, aber er fängt sich schnell wieder. »Also gut«, sagt er. »Dann trink wenigstens was mit mir. Ich hole uns was.«

»Ich möchte nichts trinken.« Mein Tonfall ist direkter als vorhin bei Tiffani. Im Moment bin ich so durcheinander und so wütend auf mich selbst, dass ich einfach nicht die Kraft aufbringe, sonderlich freundlich zu sein. »Entschuldige, Jake. Mir geht's nicht so gut, und ich bin heute Abend nicht in Stimmung.« Das ist nicht komplett gelogen und die einzige Ausrede, die mir einfällt, damit er mich in Ruhe lässt.

»Okay.« Er trinkt einen Schluck Bier, zuckt die Achseln und geht.

Die Leute um mich herum sind inzwischen ordentlich betrunken, und je schwankender die Schritte werden, desto mehr wird gefummelt, habe ich den Eindruck. Mir fällt auf, dass Rachael und Trevor nirgends zu sehen sind. Ich könnte wetten, dass ich weiß, wo sie sind.

Während die beiden also oben sind und das tun, was Rachael und Trevor auf Partys eben tun, übernehme ich die Aufgabe, aufs Haus aufzupassen, weil ich dafür offenbar als Einzige nüchtern genug bin. Ich beschäftige mich damit, das bewusstlose Mädchen aus der Badewanne zu ziehen, und lenke mich ab, indem ich verschüttete Drinks aufwische. Ich bringe dem Jungen, der sich im Garten übergibt, ein Glas Wasser, und das alles hilft mir, die Sache mit Tyler zu verdrängen.

Bis ich ihn nach drei Stunden zum ersten Mal wiedersehe.

Ich sammle gerade leere Becher vom Fuß der Treppe auf, als er direkt an mir vorbeitaumelt. Inzwischen ist er stockbesoffen, einfach nur unglaublich voll. In seinen Adern fließt nur noch Alkohol. Er fällt vornüber und landet auf Händen und Knien. Eine ganze Zeit lang starrt er auf seine Finger, während sein Kopf von einer Seite zur anderen schwankt.

Langsam und vorsichtig gehe ich auf ihn zu. Weil ich nicht recht weiß, was ich jetzt tun soll, fange ich mit dem Einfachsten an und sage leise seinen Namen. Das Wort bleibt mir fast im Hals stecken, aber irgendwie dringt es doch in sein alkoholumwölktes Hirn durch. Mit müdem, unstetem Blick sieht er zu mir auf. Seine Pupillen sind geweitet und seine Augen sehr dunkel.

»Baby«, höre ich Tiffanis besänftigende Stimme neben mir. Sie stellt sich vor mich, greift Tyler unter die Arme und zerrt ihn hoch. Er kippt gleich wieder zur Seite um und fällt mit der Wange gegen die Wand, obwohl sie sich alle Mühe gibt, ihn aufrecht zu halten. »Tyler« sagt sie, doch er beachtet sie gar nicht. Er ist viel zu sehr in seiner verschwommenen Welt gefangen, um irgendetwas aufzunehmen. Den Arm um seine Schultern gelegt, führt sie ihn zur Treppe und hilft ihm, sich auf die Stufen zu setzen. Und dann schlägt sie ihm plötzlich ins Gesicht. »Werd nüchtern«, schnaubt sie. »Das ist ja peinlich mit dir.«

So betrunken wie jetzt habe ich ihn noch nie gesehen, und Tiffani anscheinend auch nicht. Mit verzweifelter Miene versucht sie, seinen Kopf zu stützen, aber er kann kaum noch die Augen offen halten.

Stirnrunzelnd sieht sie sich zu mir um. »Ella bringt ihn um, wenn er so nach Hause kommt«, murmelt sie und schüttelt angewidert den Kopf. Tyler versucht, etwas zu erwidern, aber seine genuschelten Worte ergeben keinen Sinn. »Ich nehme ihn heute Nacht mit zu mir.«

Ich nicke knapp. Tyler rutscht von den Stufen und bleibt lang auf dem Boden liegen. »Warum ist er denn so voll?«

»Er hat einfach nicht aufgehört zu trinken«, erklärt Tiffani, die trotz des Weins von vorhin halbwegs nüchtern wirkt. Sie kniet sich neben ihn, fasst ihn an den Schultern und versucht, ihn behutsam aufzurichten. »Vorhin muss er mindestens sechs Kurze am Stück weggekippt haben.« Sie sieht richtig klein und hilflos aus, als sie versucht, ihn wieder an die Wand zu lehnen, während er sich an ihrem Kleid festklammert. »Normalerweise kennt er seine Grenzen. Wie steh ich denn jetzt da?«

»Ich hole ihm ein Glas Wasser«, biete ich an und verschwinde so schnell wie möglich in die Küche. Während ich ein Glas am Wasserhahn fülle, kann ich nur daran denken, dass er sich mit voller Absicht so hat zulaufen lassen. Und dass es dafür nur einen Grund geben kann: nämlich das, was zwischen uns passiert ist. Ich war der Auslöser.

Als ich den Wasserhahn abstelle und mich umdrehe, stoße ich mit Dean zusammen. »Wie schön, zur Abwechslung mal jemanden zu sehen, der nüchtern ist«, sagt er mit einem Blick auf das Wasserglas in meiner Hand.

»Das ist für Tyler«, sage ich. »Und was ist mit dir?«

»Na ja, ich bin ein bisschen angeheitert«, gibt er schüchtern zu und kratzt sich am Kopf. Dann zuckt er die Achseln. »Tyler ist ganz schön voll.«

»Ich weiß«, sage ich im gleichen direkten Ton, den ich schon den ganzen Abend an mir habe. »Hab noch einen schönen Abend, Dean.« Ich schiebe mich an ihm vorbei, zwänge mich durch das Gedränge in der Küche und umrunde den Stapel leerer Bierkisten, um in den Flur zu kommen.

Tiffani hat sich inzwischen mit dem Rücken zur Wand auf den Boden gesetzt, Tylers Kopf auf ihren Schoß gebettet und die Arme vor der Brust gekreuzt. Für mich ist nicht zu erkennen, ob Tyler schläft oder tot ist. Ich gebe Tiffani das Wasser.

»Danke«, sagt sie, und es klingt ehrlich. »Ich bringe ihn hier raus, er blamiert mich ja total. Nicht, dass ihn noch jemand so sieht.«

»Tut mir leid, dass er dir den Abend verdorben hat«, entschuldige ich mich an seiner Stelle, auch wenn ich nicht ganz sicher bin, warum. Wahrscheinlich, weil es meine Schuld ist, dass er sich überhaupt so die Kante gegeben hat.

»Er ruiniert mir ständig den Abend.« Seufzend zieht sie seine Hand weg, als er nach ihren Augenbrauen tastet. Er stöhnt. »Du bist so ein Arschloch, Tyler, und das weißt du auch, oder?«

»Tiffani?«, frage ich.

Mit angespannter Miene sieht sie auf. Sie ist mächtig sauer auf ihn. »Ja?«

»Kannst du mir einen Gefallen tun?«, frage ich, den Blick auf Tyler gerichtet, der sich gerade mit geschlossenen Augen und leicht geöffnetem Mund auf die Seite dreht. »Kannst du ihm bitte sagen, dass ich mit ihm reden muss, wenn er morgen aufwacht?«

Kapitel 17

Am Montag ist der Vierte Juli – die größte Party im ganzen Land. Feuerwerk steht hoch im Kurs, und die Bevölkerung in den Städten scheint sich zu verdoppeln, weil Tausende Besucher zu den Feierlichkeiten kommen. Ich weiß nicht, wie man den Unabhängigkeitstag in Los Angeles feiert; in Portland jedenfalls gehen wir eigentlich jedes Jahr zum Waterfront Blues Festival, um uns das Feuerwerk über dem Willamette River anzusehen. Bevor Dad zur Arbeit geht, teilt er mir mit, dass wir zum Feuerwerk nach Culver City fahren, aber ich habe so meine Zweifel, dass es mit dem in Portland mithalten kann.

»Wenn du möchtest, kannst du dir mit uns die Parade auf der Main Street ansehen«, sagt Ella zu mir, als ich im Schlafanzug in die Küche komme. Chase und Jamie sitzen schon am Tisch; Chase starrt in den Fernseher auf der Anrichte und mampft Bacon, während Jamie sich eine Schale Cornflakes macht.

Es ist ein bisschen komisch, mit Ella in einem Raum zu sein, wenn Dad nicht dabei ist. Ich kenne sie erst seit drei Wochen, soll sie aber als meine zweite Familie ansehen – als Menschen, in deren Nähe ich mich wohlfühle. Da bleibt mir wohl nichts anderes übrig, als mitzuspielen. »Okay«, sage ich. »Ist Tyler schon zu Hause?«

Seit der Party am Samstag habe ich ihn nicht mehr gesehen. Gleich nachdem Tiffani seinen besoffenen Hintern in irgendein Auto geschleift hat, um sich nach Hause bringen zu lassen, bin ich ebenfalls gegangen. Wozu sollte ich mich noch länger zum Bleiben zwingen, wenn niemand mehr da war, für den es sich gelohnt hätte? Also bin ich nach Hause gegangen, ins Bett gekrochen und eingeschlafen, bevor Dad und Ella wieder zurück waren. Ob sie die wilde Party auf der anderen Straßenseite bemerkt haben, weiß ich nicht, erwähnt haben sie es jedenfalls mit keinem Wort. Sie haben mich nur gefragt, wo Tyler steckt, daher musste ich ihnen sagen, dass er bei Tiffani übernachtet. Woraufhin Ella das Gesicht verzogen hat.

»Ja«, antwortet sie jetzt und klappert im Spülbecken mit den Tellern. »Er ist gestern Abend ziemlich spät nach Hause gekommen. Wahrscheinlich schläft er noch.«

Ich habe ihn nicht kommen hören und bin überrascht, dass er überhaupt wieder da ist. Bei Tiffani muss er den ganzen Tag damit verbracht haben, sich von einem mordsmäßigen Kater zu erholen. Vielleicht ergibt sich heute endlich die Gelegenheit, mit ihm darüber zu sprechen, was am Samstag passiert ist. Länger kann ich es nämlich nicht ignorieren – so etwas vergisst man nicht so leicht.

»Kommt er auch mit zur Parade?«, frage ich so ungezwungen wie möglich, schließlich soll es nicht danach aussehen, als wäre mir das sonderlich wichtig. Ich kann mir nicht mal ansatzweise vorstellen, wie Dad und Ella reagieren würden, wenn sie es wüssten. Also gebe ich mich völlig gleichgültig, als ich mich neben Chase an den Tisch setze.

»Ich glaube nicht.« Ella zieht den Stöpsel aus dem Spülbecken und trocknet sich die Hände mit einem kleinen Handtuch ab, bevor sie sich zu mir umdreht. »Ich lasse ihn wohl einfach schlafen.«

Die Parade fängt um halb zehn an. Dass es so früh sein würde, hätte ich nicht gedacht, aber mir bleiben noch zwanzig Minuten, um mich anzuziehen. Dann breche ich mit

Ella und zwei meiner Stiefbrüder auf, während der dritte zu Hause bleibt und schläft – im Zimmer direkt neben meinem. Ich versuche, nicht zu viel an ihn zu denken.

Stattdessen helfe ich Ella, eine Parklücke zu finden. Aber das ist so gut wie unmöglich. Die Straßen sind mit Autos und Menschen vollgestopft, und an jeder Ecke werden amerikanische Flaggen verkauft. Am Ende parken wir einige Straßen entfernt und laufen den Weg zurück zur Main Street, die für diese Veranstaltung komplett gesperrt ist. Auf den Gehwegen drängen sich die Menschen mit ihren Flaggen und bunt geschminkten Gesichtern. Wir vier finden einen Platz am Ende der Straße, und als die Parade endlich an uns vorbeizieht, haben wir einen fantastischen Blick. Es gibt Pferde und Blaskapellen und Oldtimer-Polizeiwagen, riesige Plakate und Feuerwehrwagen, Straßenkünstler und Festwagen, und als alles vorbei ist, kann ich die Farben Rot, Blau und Weiß nicht mehr sehen. Trotzdem ist es ein schöner Start in den Tag, zwei Stunden lang beobachten zu können, wie Santa Monica diesen bedeutsamen Tag feiert. Allerdings glaube ich immer noch, dass die Vierter-Juli-Stimmung in Portland viel cooler ist, und muss mir eingestehen, dass ich jetzt lieber dort wäre – zu Hause mit meiner Mom und Amelia. Dort würden wir uns gleich fertig machen, um runter zum Flussufer zu gehen und uns eine ganze Menge verschiedener Bands anzuhören.

Nach der Parade fließt der Verkehr nur stockend, weshalb Ella beschließt, dass wir in der Innenstadt bleiben, bis er sich gelichtet hat. Um die Zeit totzuschlagen, essen wir in einem kleinen Café zu Mittag. Chase legt seine Flagge nicht mehr aus der Hand, und ich sehe aus wie adoptiert – Ella und die Jungs haben blonde Haare, während meine dunkelbraun sind.

»Hat dein Vater dir schon vom Feuerwerk heute Abend erzählt?«, fragt Ella, als wir unsere Sandwich-Bestellungen aufgegeben haben. Sie stützt die verschränkten Arme auf die Tischplatte und lächelt mich an.

»Ja«, sage ich. »Wo liegt Culver City?«

»Etwa zwanzig Minuten von uns. Hier hat es seit 1991 kein Feuerwerk mehr gegeben«, sagt sie mit bedauerndem Kopfschütteln, »deshalb fahren wir normalerweise nach Marina del Rey, aber die richten dieses Jahr auch keins aus. Das Feuerwerk in Culver City soll aber ganz fantastisch sein. Da werden heute Abend eine Menge Menschen erwartet.«

»Fährt Tyler auch mit?« Sobald ich es ausgesprochen habe, senke ich den Blick. Damit es nicht zu offensichtlich klingt, formuliere ich die Frage schnell um. »Ich meine, wir fahren doch alle zusammen, oder?«

»Natürlich. Bist du schon aufgeregt, Chase?« Warm und voller Stolz lächelt sie ihn an, und Chase nickt begeistert. Mir wird bewusst, dass sie Tyler in meiner Gegenwart noch nie so angesehen hat. Das macht mich irgendwie besorgt und traurig. Er ist nur ein unvernünftiger Teenager, der es einem unmöglich macht, stolz auf ihn zu sein. Ich wünschte, er wäre nicht so.

Nachdem ich in meinem Mittagessen herumgestochert habe und wir in ein paar Geschäften waren, fahren wir am Nachmittag nach Hause. Inzwischen ist Tyler wach, was ich daran merke, dass aus seinem Zimmer die ganze Zeit Schritte zu hören sind. Es klingt, als würde er immer hin und her laufen.

Ich mache mich für die Veranstaltung heute Abend fertig, gehe unter die Dusche und verwende einige Zeit darauf, ein passendes Outfit auszusuchen und die Haare trocknen zu lassen. Ich mache sogar ein bisschen Musik an und warte darauf, dass Tyler an die Wand klopft, damit ich sie leiser stelle. Doch auf seiner Seite herrscht Schweigen.

Am Ende föhne ich mir doch noch die Haare, räume ein

bisschen auf und schalte die Musik aus. Dann will ich runter in die Küche gehen, weil ich Durst bekommen habe.

Aus irgendeinem Grund ist es still im Haus, und ich frage mich, ob alle ausgegangen sind. Doch als ich in den Flur komme, sehe ich jemanden in der Küche: Ella und Tyler. Allerdings stehen die beiden nicht am Herd, um Essen zu machen oder sich zu unterhalten. Ich schleiche mich lautlos näher an den Durchgang und spähe um die Ecke.

Tyler hat den Kopf an Ellas Schulter gelehnt. Sie hält ihn in den Armen, hat das Kinn auf seine Schulter gestützt und die Augen geschlossen. Er hingegen steht nur mit hängenden Schultern und Armen da und atmet schwer. Ich höre etwas, das wie ein Seufzen oder Schluchzen klingt, vielleicht eine Mischung aus beidem, kann aber nicht erkennen, ob einer von beiden weint oder beide. Ella hält ihn einfach nur fest im Arm. So fest, als würde ihr Leben davon abhängen.

»Ich verstehe das«, murmelt sie mit brüchiger Stimme. »Es ist in Ordnung, dass du dich so fühlst. Du hast jedes Recht dazu. Manchmal wird eben alles zu viel.«

Dass irgendetwas nicht stimmt, ist nicht zu übersehen. Wenn ich nur wüsste, was. Ich warte darauf, dass Tyler etwas erwidert, aber das tut er nicht. Alles was passiert, ist, dass am anderen Ende des Flurs die Haustür aufgeht und mein Dad ruft: »Ratet mal, wer heute früher Feierabend hat!«

Sofort geht Tyler auf Abstand, hebt den Kopf und zieht sich ans andere Ende der Küche zurück. Er atmet tief aus und fährt sich durch die Haare. Mir fällt noch auf, wie verquollen seine Augen aussehen, bevor er die Terrassentür aufreißt und nach draußen läuft.

Eine Hand fest auf ihre Brust gelegt, sieht Ella ihm nach, ihre Lippen beben. Aber sie bekommt sich wieder in den Griff, bevor Dad sie sieht. Eilig stürzt sie sich in die Arbeit und setzt Kaffee auf.

»Wie war's bei der Parade?«, fragt Dad, als er an mir vorbeikommt, und ich richte mich auf, räuspere mich und nicke ihm zu. Er lockert seine Krawatte und geht in die Küche, wo er von seiner Frau mit einem strahlenden Lächeln begrüßt wird.

Ob er weiß, dass es unecht ist?

*

»Wir fahren alle mit einem Wagen«, verkündet Dad zwei Stunden später, als wir zur Abfahrt nach Culver City bereit sind. »Hinten sind nur drei Plätze, da müsst ihr eben ein bisschen zusammenrücken. Chase, wenn wir an einem Streifenwagen vorbeikommen, musst du dich in den Fußraum ducken.«

Tyler lehnt mit verschränkten Armen an der Wand im Flur und verdreht die Augen. Er ist wieder wie immer. Auf seinen Lippen liegt ein spöttisches Grinsen, und in seinen Augen ein herausfordernder Blick. Ich bin neugierig, was vorhin los war, die Frage frisst mich förmlich auf, aber ich weiß, dass ich sie nicht stellen kann. Es geht mich nichts an.

»Warum kann ich nicht einfach meinen Wagen nehmen?«, fragt er.

»Weil du Hausarrest hast und dazu gehört, dass du den Wagen nicht kriegst. Darum«, schießt Dad zurück, ohne ihn eines Blickes zu würdigen. »Du und Eden, ihr lasst eure Handys eingeschaltet, damit wir euch nach der Veranstaltung wiederfinden. Jamie und Chase, ihr bleibt bei uns.«

»War's das dann mit Daves Dämlichen Sicherheitshinweisen?«, murmelt Tyler. Ein selbstgefälliges Grinsen umspielt seine Lippen, und er hat die Augen wieder leicht zusammengekniffen. Vielleicht kann er gar nicht mehr anders gucken.

Dad sieht wenig beeindruckt aus. »Steig einfach ins Auto.«

Tyler lacht nur. Wir gehen raus zum Range Rover und

steigen ein. Zu viert quetschen wir uns auf den Rücksitz, was ziemlich unbequem ist. Wir können uns nicht einmal anschnallen. Links neben mir sitzt Chase, rechts Tyler, und es ist so eng, dass ich gegen ihn gedrückt werde. Ich starre auf meine Füße, er aus dem Fenster, und die Härchen auf meinen Armen richten sich auf, als seine Körperwärme in meine Haut dringt. Ich beiße mir auf die Lippe und halte den Mund. Erst als mir nach der Hälfte der Fahrt auffällt, was für Schuhe er anhat, muss ich einfach etwas sagen. Er trägt nämlich weiße Converse, genau wie ich.

»Du hast ja auch Chucks, das wusste ich gar nicht«, bemerke ich so leise, dass Dad und Ella es über ihre Unterhaltung nicht hören können.

Mit sanftem Blick sieht er mich von der Seite an. »Ja.«

Und das ist alles, was wir während der ganzen Fahrt nach Culver City reden. Der Verkehr ist unglaublich, und wir sind insgesamt vierzig Minuten im Wagen eingepfercht, bevor wir endlich vor der örtlichen Highschool anhalten, in der das Feuerwerk stattfinden soll. Ella hatte recht damit, dass eine Menge Menschen kommen würden. Für den Schulparkplatz müssen wir Eintritt bezahlen, und dann noch eine zusätzliche Spende leisten, um zur eigentlichen Veranstaltung zu kommen. Immerhin sind wir auf dem Weg hierher nicht wegen des überladenen Wagens angehalten worden.

»Wenn jemand von euren Freunden hier ist, könnt ihr sie suchen gehen«, sagt Ella zu Tyler und mir, als wir der Beschilderung zum Footballfeld durch das Schulgebäude folgen. »Wenn wir euch anschließend nicht finden, rufen wir auf dem Handy an, okay?«

»Und benehmt euch«, fügt Dad hinzu, sieht dabei aber nur Tyler an. Weil Tyler nämlich der Einzige ist, um den man sich Sorgen machen muss. Weil Tyler unberechenbar und leichtsinnig ist.

»Ja ja, machen wir«, murmelt er und lässt unsere Eltern

einfach stehen. Er hat es eilig, von ihnen wegzukommen. Flink schiebt er sich zwischen den Menschen vor uns hindurch und ist kurz darauf verschwunden.

»Meghan ist auch hier«, sage ich zu Dad, halte aber nur nach Tylers Hinterkopf Ausschau. »Ich geh sie suchen.«

»Pass auf dich auf«, ermahnt er mich, lässt mich dann aber mit einem knappen Nicken ziehen.

Ich schlängle mich davon und eile durch die Flure der Culver-City-Highschool in die Richtung, in der Tyler verschwunden ist. Aus der Ferne höre ich schwach die Musik einer Blaskapelle, was mir das Gefühl gibt, auf dem Weg zu einem Highschool-Footballspiel zu sein. Was ich in gewisser Weise auch bin.

Das Feuerwerk wird über dem Footballfeld abgebrannt, und als ich mit der Menge durch die Hintertür nach draußen geschoben werde, befinden sich bereits Tausende von Menschen auf der Tribüne und dem Spielfeld. Auf der Tartanbahn sind Essensstände aufgebaut, und während die Menge immer dichter wird, geht am Horizont langsam die Sonne unter. Hier werde ich Meghan unmöglich finden.

Familien, ältere Paare und College-Studenten schlendern umher oder haben es sich mit Stühlen oder Decken auf dem Spielfeld gemütlich gemacht, um es auch wirklich bequem zu haben, während sie sich das Spektakel ansehen. Ich dagegen bin ganz allein und wünsche mir, ich wäre bei meinem Dad geblieben.

»Hätte dir gar nicht zugetraut, dass du ganz allein losziehst«, sagt jemand neben mir über den Lärm der Band und der Gespräche hinweg. Es ist Tyler, und er sieht mich mit einem neugierigen Funkeln in den Augen an. Ein kleines Lächeln umspielt seine Lippen. »Jetzt können wir reden.«

»Jetzt?«, wiederhole ich ungläubig. Von allen Orten auf der Welt sucht er sich ausgerechnet eine Feier zum Vierten Juli aus?

»Ich meine ja nicht hier«, sagt er mit einem Blick auf das Spielfeld, die Menschen und die Verkaufsstände. »Komm mit.« Er hält das Gesicht gesenkt, dreht um und geht in die Richtung zurück, aus der er gekommen ist. Nervös folge ich ihm.

Wir lassen das Spielfeld hinter uns und kämpfen uns gegen den Menschenstrom zurück ins Hauptgebäude. Drinnen schlägt mir das Herz bis zum Hals. Ich weiß nicht, ob Tyler gleich wieder wütend wird, oder ob er meine Entschuldigung akzeptiert. Bei dem Gedanken an Ersteres habe ich schon wieder das Gefühl, mich übergeben zu müssen.

Weil ich so mit meiner Nervosität beschäftigt bin, hätte ich fast nicht bemerkt, dass er in einen Flur einbiegt, an dem eindeutig »Zutritt verboten« steht. Nur bestimmte Flure sind heute Abend freigegeben, damit die Zuschauer zum Spielfeld gelangen, der Rest scheint gesperrt zu sein. Aber Tyler missachtet diese Vorschriften, und mir ist so schlecht, dass ich mich nicht in der Lage fühle, mit ihm zu diskutieren. Kurz darauf endet der Flur, in den wir uns hineingeschlichen haben, und Tyler bleibt stehen.

Hier ist der Lärm von draußen kaum noch zu hören, und da in den abgesperrten Fluren kein Licht brennt, wird Tylers Gesicht nur vom Licht der untergehenden Sonne beleuchtet, das durch die Fenster hereinfällt. Von hier aus könnte ich das Spielfeld sehen, aber mich interessiert nur der Mensch, der vor mir steht.

Ein paar Sekunden lang starrt er die Wand an, bevor er sich zu mir umdreht. Alle Selbstgefälligkeit ist aus seinem Gesicht gewichen, und zum Glück sehen seine Augen freundlich aus. Er schluckt. »Was zum Geier ist da am Samstag passiert?«

»Ich weiß es nicht«, gestehe ich stockend. Mir zieht sich der Magen zusammen. »Es tut mir leid. Du warst nur so … du hast mich so genervt, und ich wollte nicht, dass du wieder Drogen kaufst, und da … da habe ich es einfach getan. Ich wollte es nicht. Es tut mir leid, okay? Es ist wirklich verrückt, und ich fühle mich mies deswegen. Wir müssen einfach so tun, als wäre es nie passiert.«

Er starrt mich an und leckt sich über die Unterlippe. »Ich wünschte, ich könnte dasselbe von mir sagen.«

»Was?« Nachdem ich jetzt alles losgeworden bin, was ich zu sagen hatte, fühle ich mich ein bisschen besser. Allerdings nur, bis er mich mit einem Blick ansieht, den ich noch nie an ihm gesehen habe. Und wieder steht mein ganzer Körper, wie am Samstag, in Flammen.

»Ich habe dich auch geküsst«, sagt er ganz offen. »Und ich werde mich dafür nicht entschuldigen.«

»Warum nicht?«

Für einen kurzen Moment sieht er mich nur an und überlegt, ob er darauf antworten soll oder nicht. Sein Blick ist sanft und weich, doch seine Stimme ist hart. »Weil ich genau wusste, was ich tue.«

»Warum hast du es getan?« Die Worte sind kaum mehr als ein Flüstern, das Herz hämmert mir gegen die Rippen und verursacht einen dumpfen Schmerz in der Brust, während sich mein Magen immer mehr zusammenzieht.

»Weil ich es so sehr wollte, verdammt noch mal«, fährt er mich an. Er wendet sich ruckartig von mir ab und stützt sich schwer seufzend mit einer Hand an der Wand ab.

»Du wolltest es?«, wiederhole ich. Jetzt bin ich vollkommen verwirrt und hilflos, und mir ist so schlecht wie noch nie. »Was redest du denn da?«

»Du willst die Wahrheit?« Ich nicke, obwohl er mich nicht sieht, und er lässt den Kopf hängen. »Ich rede davon, dass ich verdammt noch mal auf dich stehe, Eden. Klar?« Als ihm diese Worte über die Lippen kommen, dreht er sich zu mir um. Sein Blick ist jetzt nicht mehr sanft, ein Sturm tobt in den Tiefen seiner Augen. »Und ich weiß, das sollte nicht so sein, weil du meine verdammte Stiefschwester bist, aber ich kann nichts dagegen tun. Es ist total bescheuert, und ich weiß, dass du nicht das Gleiche empfindest, weil du dich für Samstag entschuldigt hast. Ach, Scheiße.« Für einen kurzen Moment hält er inne und blickt zu Boden. »Ich wünschte wirklich, du hättest dich nicht entschuldigt. Sich zu entschuldigen heißt nämlich, dass man es bereut.«

Ich bin so baff, dass ich kein Wort herausbringe. Tyler, der Typ, der mich seit meiner Ankunft als Fußabtreter benutzt, steht auf mich? Das ergibt überhaupt keinen Sinn. »Ich dachte, du hasst mich«, bringe ich hervor, weil es das Einzige ist, was mir durch den Kopf geht.

»Es gibt eine Menge Leute, die ich hasse«, sagt er schroff. »Aber du gehörst nicht dazu. Ich hasse es höchstens, dass ich mich so zu dir hingezogen fühle.«

»Hör auf«, sage ich, weiche kopfschüttelnd einen Schritt zurück und hebe abwehrend die Hand. »Du bist mein Stiefbruder. So etwas darfst du nicht sagen.«

»Wer macht denn diese beschissenen Regeln?« Er lacht boshaft und dreht sich kurz zum Fenster, bevor er mich wieder fest ansieht. »Vor drei Wochen wusste ich nicht einmal, wer du bist. Ich sehe dich nicht als meine Schwester, okay? Für mich bist du einfach nur irgendein Mädchen. Das ist doch einfach nicht fair, uns als Geschwister zu bezeichnen.«

Jetzt könnte ich mich wirklich übergeben. Meine Gedanken rasen im Kreis und versinken in Fragen. »Du hast eine Freundin«, flüstere ich. »Tiffani ist deine Freundin.«

»Aber das will ich doch gar nicht!«, ruft er. Offenbar macht es ihn wütend, dass ich überhaupt von ihr angefangen habe. Er fährt sich durch die Haare und zieht an den Spitzen. »Ich will nicht mit Tiffani zusammen sein, klar? Verstehst du das nicht? Sie ist auch nur eine Ablenkung.«

»Oh, verdammt, was hast du nur immer mit deinen Ablenkungen?«

»GAR NICHTS«, brüllt er. Er atmet tief durch, presst die Lippen zusammen und senkt die Stimme wieder. »Ich habe gesagt, was ich zu sagen hatte. Du weißt, wie ich über dich denke, und du hast klargemacht, dass es dir anders geht. Ich bin fertig. Viel Spaß mit dem Scheißfeuerwerk.« Beide Hände in den Haaren vergraben, stürmt er an mir vorbei. Die Ader an seinem Hals tritt deutlich hervor.

»Warte«, sage ich. Er bleibt im dämmrigen Flur stehen, dreht sich aber nicht um, sondern steht nur da. Seine Schultern heben und senken sich im Takt seines Atems. »Du hast mir gar nicht die Gelegenheit gegeben, dir zu sagen, dass ich dich interessant finde.«

Kapitel 18

Der endlose Moment angespannter Stille wird vom Krachen der Feuerwerkskörper unterbrochen. Mit einem Schlag wird der Himmel vor dem Fenster zu einer Leinwand voller wirbelnder Farben. Tyler und ich legen den Kopf schief und schauen zu, während das Licht auf unsere Haut fällt. Seine Wangen leuchten in sanftem Orange, was sogleich wieder erlischt, als die Funken am Himmel verglühen. Schnell treten andere Farben an ihre Stelle, aber da hat sich Tyler schon vom Fenster abgewandt. Er betrachtet lieber die Farbe meiner Augen als die des Feuerwerks.

»Interessant?«, wiederholt er trocken. »Das ist alles, was du dazu sagen kannst?«

Am Himmel kracht und knallt und pfeift es, die feiernde Menge darunter jubelt. Buntes Licht fällt auf ihre zum Himmel gewandten Gesichter. Von hier oben, aus diesem verbotenen Flur können wir das ganze Spielfeld überblicken. »Wir verpassen das Feuerwerk«, flüstere ich, und mir ist bewusst, wie erbärmlich schwach meine Stimme klingt. Nichts kann mein wild pochendes Herz beruhigen.

»Das Feuerwerk ist mir egal«, fährt er mich an. Zuerst ist seine Stimme leise, aber sie wird immer lauter und abweisender. »Interessant? Willst du mich verarschen?«

Ich weiß nicht, warum ihn das Wort so ärgert. Interessant ist doch gut, interessant bedeutet anders. Mir ist noch niemand begegnet, der mein Interesse derart gefesselt hätte wie er.

»Deine Mauern«, sage ich mit wackelnder Stimme. Ich beiße mir auf die Innenseite der Wange und kaue darauf herum, um meine Stimme fester klingen zu lassen und genug Selbstbeherrschung für einen zusammenhängenden Satz aufzubringen. »Deine Mauern interessieren mich.«

»Ich habe keine Ahnung, wovon du redest«, stammelt er. Sein Adamsapfel bewegt sich, und in seinem funkelnden Blick verändert sich etwas. Er weiß ganz genau, wovon ich rede.

»Bis gerade war mir das selbst nicht bewusst«, sage ich leise. Ich schüttle leicht den Kopf und senke für einen Moment den Blick, bevor ich ihm wieder in die Augen sehe. »Du hast Mauern errichtet, und die interessieren mich.«

»Weißt du was?«, zischt er. Seine Unterlippe schiebt sich ein Stück vor, als er die Kiefer aufeinanderpresst. »Das ist mir egal. Denk doch über mich, was du willst.«

»Was ich will?« Ich kneife die Augen zusammen, um seinem Blick standhalten zu können, doch ihm fällt es noch schwerer, mich anzusehen. Ständig schaut er zur Seite, auf den Boden oder an die Decke. »Ich denke, dass du mich rasend machst«, sage ich. »Ich denke, dass du ein arroganter Vollidiot bist, der nie einfach mal nett zu jemandem sein kann, weil das nicht zu deiner großen Show passt.«

Er kneift sich in die Nasenwurzel und verengt die Augen zu schmalen Schlitzen. Ein paar Mal atmet er tief durch; sein Brustkorb hebt sich, als die Luft in seine misshandelte Lunge dringt. Das Rauchen tut ihm nicht gut. »Du hast keine Ahnung, was du da sagst.«

»Lass mich ausreden«, fahre ich ihn scharf an. Alle Nervosität ist verschwunden, und an ihre Stelle tritt ein von Adrenalin getriebenes Selbstvertrauen. »Außerdem glaube ich, dass du ein Hornochse bist. Dein Ego ist so groß, dass es kaum in deinen Kopf passt, und du glaubst, dass du mit dieser Harter-Kerl-Nummer cool aussiehst. Aber mal ehrlich, Tyler, das ist einfach nur peinlich.«

Tyler verzieht das Gesicht. Seine angespannte Miene fällt in sich zusammen, und seine Lippen zucken leicht. »Alles klar. Jetzt komme ich mir wie der letzte Idiot vor, nachdem ich mit dir hergekommen bin, um dir zu sagen, dass ich mich zu dir hingezogen fühle. Du hättest mich ruhig leichter vom Haken lassen können.«

»Ich dachte, so ein harter Kerl wie du könnte das vertragen.«

Er schiebt die geballten Fäuste in die Jeanstaschen und schaut aus dem Fenster. Für einen kurzen Moment sieht er nur traurig in den Himmel. Während das Feuerwerk knallt, höre ich ihn tiefer atmen. Er blinzelt und sieht sich kurz zu mir um. »Und ich dachte, du hättest inzwischen kapiert, dass ich in Wirklichkeit gar nicht so hart bin.«

In dem Moment, als die letzte Silbe über seine Lippen kommt, verschiebt sich in meinem Kopf das gesamte Bild, das ich von ihm hatte. Er ist verletzlich, und ich hatte völlig recht: Seine Mauern dienen ihm als Maske. Das alles ist ein Fake, eine Rolle, die er zu spielen versucht. Die groben Kommentare, das anzügliche Gerede über Tiffani, und auch die Drogen. Alles nur Schwindel. Es steckt etwas dahinter – wie heute mit Ella in der Küche oder als er mit Jamie rumgealbert hat. Da war er kein harter Kerl. Manchmal hat seine Fassade Risse bekommen. Und manchmal war ich dabei und konnte einen Blick dahinter erhaschen.

Es ist die Art, wie sein Blick manchmal weicher wird und für einen kurzen Moment offenbart, wie er wirklich ist – wenn man nur bereit ist hinzusehen. Mir ist völlig unverständlich, warum ich das bis jetzt nicht erkannt habe. Dabei ist es doch so offensichtlich. Unsere belanglosen Streits, der dämliche Smalltalk und die andauernden giftigen Blicke, das alles erscheint so … unausweichlich, als könnten wir einfach nicht damit aufhören. Es ist fast, als würde uns das Streiten Spaß machen. Irgendwie. Seit ich hier bin, haben wir uns gegenseitig mit höhnischen Bemerkungen taxiert, um die Schwächen des anderen zu finden. Bei mir ist es Unsicherheit. Bei Tyler die Wahrheit.

Und unter all dem liegt eine Anziehungskraft.

Tyler steht auf mich, und ich stehe auf ihn.

Bei dieser Erkenntnis setzt mein Herz einen Schlag aus, und es läuft mir kalt den Rücken hinunter. Es kommt mir vor, als sähe ich Tyler zum ersten Mal, und weil er diesmal kein unverschämter Arsch ist, der eine Grillparty stürmt, kann ich ihn in einem völlig neuen Licht sehen. Seine Augen sind hypnotisierend, sein Kinn perfekt geformt, die vollen Lippen zu einem schiefen, verschmitzten Lächeln verzogen. Außerdem gibt es so viele Dinge, die ich unbedingt über ihn erfahren will. Ich muss wissen, wer er wirklich ist – nicht, wen ich in ihm sehen soll. Er zieht eine Show ab wie ein Schauspieler in seiner Rolle, und ich muss einfach sehen, was backstage passiert, wenn das Stück zu Ende ist und der Vorhang fällt. Wer bleibt dann übrig?

Tyler bemerkt meinen durchdringenden Blick, er wirkt völlig perplex.

Ich hole scharf Luft. »Ich glaube, dass ich auch auf dich stehe.«

Meine Worte treffen ihn völlig überraschend. Langsam dreht er sich ganz zu mir um und nimmt die Hände aus den Taschen. Seine Miene ist ein Bild absoluter Verblüffung. Mit großen Augen sieht er mich an und beißt sich auf die Lippe. »Wirklich?« Er zieht eine Augenbraue hoch, als wäre er nicht sicher, ob ich nur mit ihm spiele.

Ganz im Ernst, ich wünschte, es wäre so.

Ich sollte nicht auf meinen Stiefbruder stehen.

»Wirklich.« Es tut fast schon weh, es zuzugeben. Aber gleichzeitig spüre ich Erleichterung, und die Anspannung in meiner Brust lässt nach. »Tut mir leid.« Ich kann ihm nicht mehr in die Augen sehen.

»Hör auf, dich zu entschuldigen«, fordert Tyler. Vorsichtig, und mit langsamen Schritten kommt er auf mich zu und öffnet die Fäuste. Das graue T-Shirt liegt eng an seinem Oberkörper an, und während er auf mich zukommt, ertappe ich mich dabei, wie ich jedes Detail seiner Kleidung analysiere. Graues T-Shirt, dunkle Jeans und weiße Chucks, genau wie meine. »Ich will nicht, dass du etwas bereust.«

Ich sehe vom Boden auf, wo seine Füße plötzlich direkt vor meinen stehen, und mir stockt der Atem, als ich merke, wie nah er mir ist. Mit düsterer Miene schaut er auf mich herab, doch sein Blick ist wieder weich und sanft. Hinter ihm leuchtet der Himmel in allen Regenbogenfarben. Er streicht mir mit den Fingerspitzen über den Ellbogen und lässt sie in einer zarten Linie bis zu meinem Handgelenk gleiten, um die Hand dann auf meine Taille zu legen.

»Was passiert hier gerade?«, flüstere ich. Die Atmosphäre ist so aufgeladen, dass ich nicht wage, laut zu sprechen. Mir bleibt die Luft weg. Ich will protestieren und ihn wegstoßen, weil ich weiß, dass es falsch ist, und doch kann ich es nicht. Ich kann es nicht, weil es einfach viel zu schön ist, seine Haut auf meiner zu spüren.

Mein Blick ruht irgendwo zwischen seiner Schulter und dem Fenster, ist aber unfokussiert. Als hätte er bemerkt, wie sehr ich mich versteift habe, fängt Tyler an, mir mit dem Daumen in beruhigenden Kreisen über die Hüfte zu streichen. Sein Atem geht langsam, und sein Duft nach Kaminholz und Minze verzaubert mich, hüllt mich ein und zieht mich in seinen Bann. Behutsam berührt er mein Kinn mit den Lippen und tastet sich langsam zu einem Mundwinkel vor. Dort angekommen, hält er inne.

»Ich möchte dich küssen«, raunt er. Bebend vor Erwartung streicht sein Atem über meine Wange.

»Aber du bist mein Stiefbruder«, flüstere ich mit trockener Kehle. Meine Stimme schwankt, und ich bin so nervös, dass ich am ganzen Leib zittere.

Ich spüre, wie Tyler schluckt. »Denk einfach nicht daran«, sagt er, dann beugt er sich vor und küsst mich.

Diesmal ist es sogar noch schöner. Weich und feucht drängen sich seine Lippen gegen meine. Ich kann seine Nervosität richtig spüren – und er meine wahrscheinlich auch. Das Feuerwerk ist immer noch im Gange. Mit festem Griff zieht er mich an sich, aber das stört mich nicht. Es ist schön.

»Hey!«, ruft jemand irgendwo im Flur, aber es dringt nicht richtig zu mir durch. Und selbst wenn, wäre es mir ehrlich gesagt egal. »Hört auf damit!«

Doch wir ignorieren das entfernte Rufen, viel zu tief sind wir in dieser verbotenen Umarmung versunken. Ich öffne die Lippen, als Tyler mir eine Hand in den Nacken legt. Er hält mich fest an sich gedrückt und verlagert die Hand von meiner Taille zu meinem Kreuz. Bei diesem Kuss hat er die volle Kontrolle, gibt Tempo und Intensität vor. Auch das stört mich nicht, auch das ist schön.

Die Stimme im Hintergrund wird lauter, ebenso die Schritte, die sie begleiten. »Macht, dass ihr hier rauskommt, bevor ich euch wegen unbefugten Betretens festnehme.«

Aber immer noch bin ich viel zu vertieft in Tyler. Ich spüre seine Körperwärme auf der Haut, während der anfangs flinke, oberflächliche Kuss langsamer und sehr innig wird. Tyler hebt mein Kinn an, um den Winkel zu verbessern, und auch das stört mich ganz und gar nicht, weil es so verdammt schön ist.

»Also gut, Schluss jetzt«, befiehlt die Stimme, die plötzlich durchdringend laut und barsch ist. Ich schlage die Augen auf und versteife mich in Tylers Armen, als ein Polizist vor mir steht. Er hat die Arme verschränkt und einen grimmigen Zug um den Mund. »Hört gefälligst auf damit.«

»Verdammt«, zischt Tyler. Er löst sich von mir, fährt sich durch die Haare und dreht sich langsam zu dem Störenfried um. Auch er verschränkt die Arme vor der Brust und ballt die Fäuste. »Haben Sie ein Problem?«

»Ihr habt hier keinen Zutritt«, stellt der Polizist sachlich fest und betrachtet uns mit scharfem Blick und einer gewissen Verächtlichkeit, als hätte er in der Schulcafeteria gerade Mäuse entdeckt.

»Keinen Zutritt?«, wiederholt Tyler in respektlosem Ton. »Haben Sie echt nichts Besseres zu tun? Zum Beispiel, die beiden Besoffenen zu trennen, die sich da unten auf dem Spielfeld prügeln?« Er nickt in Richtung Fenster, wo das Feuerwerk gerade ins große Finale startet und größer, dramatischer und bunter wird. Das Footballfeld unter uns ist immer noch brechend voll mit Besuchern und Polizei. Bei Veranstaltungen dieser Größenordnung muss Polizei anwesend sein, das ist in Portland genauso.

»Jetzt reicht's aber«, faucht der Polizist, stellt sich breitbeinig hin und stemmt die Hände in die Hüften. »Diese Schule ist bis auf die ausgeschilderten Bereiche gesperrt. Ihr seid unbefugt hier, und ihr habt jetzt genau eine Chance, von allein zu verschwinden, bevor ich euch Beine mache.«

»Bevor Sie uns Beine machen?«, wiederholt Tyler scharf. Ich mache schon mal den ersten Schritt in die Richtung, aus der wir gekommen sind, allerdings nicht ohne Tyler am Saum seines T-Shirts zu fassen. Er scheint nicht vorzuhaben, sich in Bewegung zu setzen. Dafür ist er zu sehr damit beschäftigt, den Mann anzustarren. »Können Sie uns noch eine Minute geben? Wir gehen ja gleich, aber Sie haben uns da gerade bei etwas unterbrochen …«

»Komm schon, Tyler«, raune ich ihm zu. Ich bin außer Atem von der Knutscherei, und das Ganze ist irre aufregend. Am liebsten würde ich gleich weitermachen.

»Ja, den Eindruck hatte ich allerdings auch«, bemerkt der

Polizist und schaut missbilligend von einem zum anderen. Mir schießt das Blut in die Wangen. »Ich will nicht mit euch diskutieren, ich will nur, dass ihr von hier verschwindet, und zwar plötzlich. Stiehl mir lieber nicht die Zeit, Söhnchen.«

»Das ist ein Flur, verdammt noch mal.« Entnervt nimmt Tyler die Hände hoch. »Wir schleichen doch nicht ums Weiße Haus rum oder so. Lassen Sie uns doch fünf Minuten.«

»Verstehst du kein Nein?«, fragt der Polizist, der über Tylers Widerspenstigkeit ungläubig den Kopf schüttelt. »Hat dir dein alter Herr keinen Gehorsam beigebracht?«

Ich weiß vielleicht nicht viel über Tyler, aber ich weiß, dass die bloße Erwähnung seines Vaters ausreicht, um ihn zum Explodieren zu bringen.

Und genau das passiert jetzt.

»Was sind Sie denn für ein beschissenes Arschloch?«, zischt er. Sein Tonfall ist plötzlich giftig, er drückt die Brust raus und macht einen Schritt auf den Polizisten zu. Für eine Sekunde fürchte ich, dass er ihm eine reinhaut, aber zum Glück tut er das nicht.

»Also gut, das war's«, raunzt der Polizist und löst mit einer Hand die Handschellen von seinem Gürtel. Unter dem hohen Haaransatz ist jede einzelne Falte auf seiner Stirn zu erkennen, und im Augenblick sind das eine ganze Menge. Er sieht verdammt sauer aus. »Ich habe dich aufgefordert zu gehen, aber du widersetzt dich meinen Anweisungen, und dein Benehmen ist äußerst unangemessen. Hiermit nehme ich dich nach Paragraf 602 fest.«

Alle Farbe weicht aus Tylers Gesicht, mir klappt die Kinnlade herunter. Und dann sieht der Polizist mich an. »Und dich auch.«

Kapitel 19

Hättest du nicht einfach die Klappe halten können?«, zische ich Tyler zu. Ich spreche extra leise, weil ich uns nicht in noch größere Schwierigkeiten bringen will – das kann ich mir nämlich wirklich nicht erlauben. Langsam reibe ich mir die Schläfen.

»Der Bulle war ein Wichser«, raunt Tyler zurück. Unglaublich mies gelaunt lässt er sich gegen die Wand sinken. Der mürrische Zug um seinen Mund wird wohl so schnell nicht wieder verschwinden. Verächtlich starrt er durch das Zellengitter die Polizisten in der betriebsamen Wache an. »Das sind sie alle.«

»Wenn du einfach den Mund gehalten hättest, wären wir jetzt gar nicht hier.« Sorgenfalten bilden sich auf meiner Stirn, während ich mich darauf gefasst mache, was für Strafen Dad mir aufbrummen wird. Hausarrest für den Rest der Ferien? Schickt er mich nach Hause? Oder zwingt mich, seine Wäsche zu machen?

Ich sehe mich in der Zelle um. In einer Ecke hat eine Frau einen Wutanfall, wirft sich hin und her und trommelt mit den Fäusten auf den Boden, als würde sie dadurch hier rauskommen. An einer Wand lehnt ein Mann, der aus nichts als Muskeln besteht und die massigen Arme vor der Brust verschränkt hat. Ich vermeide es, ihn direkt anzusehen.

Tyler und ich sitzen auf einer Bank, dicht nebeneinander,

aber nicht so dicht, dass wir uns berühren würden. Leise stöhnt er auf, lässt den Kopf sinken und stützt die Ellbogen auf die Knie. »Meine Mom holt uns hier raus«, raunt er mir zu. Wir wechseln einen kurzen Blick aus den Augenwinkeln, aber so ganz überzeugt bin ich nicht.

»Warum? Weil sie Anwältin ist?«, schnaube ich. In dieser grässlichen Situation kann ich unmöglich optimistisch sein. Aber wenn ich so darüber nachdenke, wird mir bewusst, dass Ella das Gesetz wie ihre Westentasche kennen muss. Und wenn man die Gesetze kennt, kennt man auch die Schlupflöcher.

»Weil sie es schon mal gemacht hat.« Er richtet sich wieder auf, faltet die Hände und dreht Däumchen, den Blick fest auf seinen Schoß gerichtet. »Sie holt mich jedes Mal raus.«

»Jedes Mal?«, wiederhole ich, bevor ich meine Aufmerksamkeit auf die andere Seite der Gitterstäbe lenke. Schreibtische ertrinken unter Papierbergen, und die Telefone scheinen nie stillzustehen. In einer Ecke steht ein Wachmann und behält uns mit angespannter Miene im Auge. Ich drehe den Kopf wieder zu Tyler. »Wie oft bist du schon festgenommen worden?«

Er verzieht die Mundwinkel zu einem kleinen Grinsen. »Ein oder zwei Mal, vielleicht auch ein paar Mal mehr.«

»Weswegen?«

»Ähm.« Er kratzt sich am Kopf und leckt sich über die Unterlippe – und ich muss wieder an unseren Kuss denken. »Dummheiten«, gibt er schließlich zu. Er zuckt die Achseln, steht auf und streckt die Arme. Irgendwie ist mir gar nicht so wichtig, was er gleich sagen wird. »Prügeleien«, sagt er und lässt die Fingerknöchel knacken. »Sachbeschädigung, Ruhestörung.« Er lacht leise und sieht sich vorsichtig zu mir um. »Und unbefugtes Betreten«, schließt er.

»Wenigstens hast du niemanden umgebracht«, sage ich

leichthin, ohne genau zu wissen, warum. Noch vor einer Woche hätte ich angewidert die Nase gerümpft, weil er überhaupt festgenommen worden ist, ganz egal, weswegen. Aber allmählich zieht mich das Geheimnis um Tyler Bruce in seinen Bann, und meine Meinung über ihn hat sich innerhalb von drei Tagen grundlegend geändert.

»Noch nicht«, korrigiert er. Er presst die Lippen aufeinander, schiebt sie ein Stückchen vor und kneift die Augen wie üblich leicht zusammen. »Aber ich wüsste da jemanden.« Entsetzen macht sich auf meiner gerade noch verträumten Miene breit, und Tyler muss lachen, als er meinen Gesichtsausdruck nachahmt. »O Mann, Eden«, sagt er, schüttelt den Kopf und verdreht die Augen.

»Ich kenne deinen Humor noch nicht so gut«, verteidige ich mich und verschränke seufzend die Arme vor der Brust. Er ist mir immer noch ein Rätsel. »Bis gerade wusste ich nicht mal, dass du welchen hast.«

Er lächelt wieder und nickt mir kurz zu. »Der war nicht schlecht.«

»Bruce, Munro«, bellt eine Männerstimme und schreckt uns auf. Tyler fährt herum und begegnet dem vorwurfsvollen Blick eines Culver-City-Cops, der auf der anderen Seite der Gitterstäbe steht. »Eure Eltern sind hier.« Unsere Zellengenossen lachen.

»Wir sind tot«, murmle ich vor mich hin. Mein Atem beschleunigt sich, während ich versuche, den Kloß in meinem Hals hinunterzuschlucken und mich zusammenzureißen. »O mein Gott. Wir sind so gut wie tot.«

»Klappe«, befiehlt Tyler, seine Stimme ist noch leiser als meine, und er wirft mir beim Aufstehen einen warnenden Blick zu. »Überlass mir das Reden.«

Zum Glück ist Officer Sullivan – der Polizist, der uns festgenommen hat – nicht mehr da. Vielleicht ist er wieder draußen auf der Straße und sucht sich die Nächsten, denen er den Vierten Juli versauen kann. Irgendwie war er ganz schön verbissen, so als hätte er einen tiefen Groll in sich, den er an allen anderen auslassen muss. Der andere Polizist, der jetzt die Zellentür für uns aufschließt, ist ein ganzes Stück jünger und wirkt weniger furchteinflößend. Sein Name ist Officer Greene.

»Kommt mit«, ordnet er seufzend an. Tyler und ich folgen ihm durch die geschäftige Polizeiwache. Achtlos drängen sich andere Polizisten an uns vorbei, als Officer Greene uns aus dem Hauptbüro in einen kleineren Raum führt. Und sieh an, da sind tatsächlich Dad und Ella.

Dad hat die Hände auf die Hüften gestützt und sieht Tyler und mich voller Verachtung an. Er wirkt so wütend, dass ich glatt befürchte, er könnte ohnmächtig werden. Ella hat sich ein Stück vor ihn geschoben, und zum ersten Mal sehe ich sie mit absolut ernster Meine – die Lippen fest aufeinandergepresst und die Hände vor dem Körper umfasst. Bisher hat immer noch ein Funke mütterliches Verständnis auf ihren Zügen gelegen, wenn sie wütend auf Tyler war, aber jetzt ist nichts mehr davon zu sehen. Sie hat ihr Anwaltsgesicht aufgesetzt.

»Was habt ihr verdammt nochmal angestellt?«, schnauzt Dad mit tiefrotem Gesicht. Doch Ella geht schnell dazwischen, bevor einer von uns eine Antwort parat hat.

»Officer …?« Sie unterbricht sich, um einen Blick auf Officer Greenes Marke zu werfen.

»Greene.«

»Officer Greene, also.« Sie räuspert sich und reicht ihm die Hand. »Können Sie mir erklären, warum die beiden wegen unbefugten Betretens festgenommen wurden? Ich bin übrigens Anwältin.« Mit hochgezogenen Augenbrauen wartet sie auf eine Antwort. Officer Greene tritt von einem Fuß auf den anderen, als ihm überraschend klar wird, dass er ihr nicht irgendeinen Mist erzählen kann.

»Unbefugtes Betreten nach Paragraf 602 Strafgesetzbuch«, erklärt er, ohne sie aus den Augen zu lassen. »In der Culver-City-Highschool. Bei dieser Veranstaltung waren nur die ausgewiesenen Bereiche des Schulgeländes für die Öffentlichkeit freigegeben, und die beiden wurden in einem Flur in einem abgesperrten Bereich aufgegriffen.«

»Ist das Ihr Ernst?« Ella muss fast lachen, so armselig klingt das, und ich bin völlig verblüfft darüber, wie sie die Situation unter Kontrolle hat. Sonst ist sie immer so ruhig und erhebt nie die Stimme gegen Tyler. »Die Kinder verirren sich in den falschen Flur, und Sie nehmen sie fest?«

»Ma'am, ich habe die beiden nicht festgenommen«, teilt Greene ihr mit. »Officer Sullivan ist nicht unbedingt sehr geduldig, und Ihr Sohn hat sich respektlos verhalten, als er aufgefordert wurde zu gehen. Der Officer hat ihnen mehrere Chancen gegeben zu verschwinden.«

Tyler schnaubt, reißt sich aber gleich wieder zusammen und senkte den Kopf, bevor ihn jemand zurechtweist. Trotzdem wirft ihm Ella einen scharfen Blick zu.

»Ich war heute Abend in dieser Schule«, fährt sie, wieder an Officer Greene gewandt, fort. »Und ich erinnere mich, Schilder mit der Aufschrift *KEIN ZUTRITT* gesehen zu haben. Aber ein solches Schild ist nicht gleichbedeutend mit einer Warnung, dass das Betreten einen Gesetzesverstoß darstellt. Die beiden wurden nicht ordnungsgemäß darüber informiert, dass sie eine Straftat begehen. Sie dürfen nicht festgenommen werden, nur weil Ihrem Kollegen schnell mal der Kragen platzt.«

Während Ella spricht, schaut Dad mich die ganze Zeit finster an. Ich kann ihm nicht in die Augen sehen. Rechts neben mir hält sich Tyler die Hand vor den Mund, um sich das Lachen zu verkneifen. Wenn gerade kein Polizist neben uns stünde, würde ich ihn jetzt vors Schienbein treten. Echt mal. Für kurze Zeit schafft er es, sich zusammenzureißen, aber sobald er den Kopf hebt und sich unsere Blicke treffen, fängt er schon wieder an. Er beißt sich in den Handrücken und starrt auf den Boden.

»Wie wäre es, wenn sich beide Seiten den Papierkram sparen und wir die Sache fallenlassen?«, höre ich Officer Greene sagen. Er streckt Ella die Hand hin.

»Vernünftige Entscheidung, Officer«, sagt Ella, und die beiden besiegeln die Einigung mit einem Handschlag. Sie wechselt einen Blick mit Dad und der nickt, als hätten sie sich telepathisch verständigt.

»Also gut«, sagt Dad. »Raus zum Wagen mit euch, alle beide. Sofort.«

Tyler ist das Lachen inzwischen vergangen. Achselzuckend sieht er mich an, als Dad sich grob zwischen uns hindurchdrängt. »Ich bin verdammt wütend«, murmelt er und knufft mich im Vorbeigehen in den Arm. Tyler und ich folgen ihm aus der Wache, nur Ella kommt nicht mit.

Als wir auf den Parkplatz des Polizeireviers kommen, ist es draußen dunkel, und spät wird es allmählich auch. Schweigend gehen wir zum Range Rover, aus dem uns Jamie durch die getönten Scheiben ansieht. Ich öffne die Tür und finde dahinter einen schlafenden Chase vor.

»Was habt ihr diesmal angestellt?«, fragt Jamie, allerdings sieht er dabei nicht mich an, sondern nur Tyler.

»Etwas, das ich nicht hätte tun sollen«, antwortet er leise und lächelt mich wissend an.

Tyler und ich steigen ein, wofür wir Chase über die ganze Rückbank schieben müssen, bis er auf der anderen Seite gegen die Tür gedrückt wird. Jamie seufzt sehr, sehr schwer, und Dad hält schweigend das Lenkrad umklammert. Als ich ihn gerade fragen will, ob mit ihm alles okay ist, kommt Ella zum Wagen gestürmt. Sie reißt die Beifahrertür auf, steigt ein und schlägt sie hinter sich zu.

»Netter Auftritt, Mom«, sagt Tyler. Er beugt sich vor, um

ihr die Hand auf die Schulter zu legen. »Denen hast du's gezeigt.«

Sie schüttelt seine Hand ab und würdigt ihn im Rückspiegel nur eines kurzen Blickes. »Ich will nichts von dir hören, Tyler«, schimpft sie. »Eines Tages komme ich einfach nicht mehr, um dich rauszuhauen. Ich bin so enttäuscht von dir.«

»Ich bin auch enttäuscht von dir, Eden«, mischt sich Dad kopfschüttelnd ein. Er lässt den Motor an und fährt langsam vom Parkplatz. »Was hattet ihr überhaupt da drin zu suchen? Ich bin ziemlich sicher, dass sich die interessanten Dinge draußen abgespielt haben.«

»O nein«, witzelt Tyler. »Die interessanten Dinge haben sich definitiv drinnen abgespielt.« Unauffällig streicht er mir mit einem Finger über den Oberschenkel bis zum Knie. Ein unbeschreibliches Gefühl.

»Jetzt hör endlich auf mit dem Scheiß!«, fährt Ella ihn an. Sie muss wirklich außer sich sein, so unwirsch habe ich sie noch nie erlebt. »Ich habe gerade für euch unterschrieben, um euch aus dieser Zelle zu holen, anstatt euch einfach über Nacht dazulassen. Also Tyler, wie wäre es, wenn du einmal im Leben einfach nur den Mund hältst?«

Das bringt ihn für den Rest der Fahrt nach Santa Monica zum Schweigen, aber es hält ihn nicht davon ab, mit dem Daumen über meine Handfläche zu streichen oder mich spielerisch mit dem Knie anzustupsen. Überrascht, dass es niemand bemerkt, versuche ich, nicht darauf zu achten, obwohl mich bei jeder Berührung ein Schauer überläuft.

Es ist fast Mitternacht, als wir wieder in der Deidre Avenue sind. Obwohl Dad von der Fahrt erledigt ist, schafft er es noch, Chase ins Haus zu tragen und ins Bett zu bringen, ohne ihn zu wecken. Auch Jamie verschwindet in seinem Zimmer.

»Mir fehlen wirklich die Worte, Tyler«, sagt Ella matt, als sie die Haustür abschließt. Sie dreht sich nicht zu ihm um, sondern stützt die flache Hand gegen die Glasscheibe. »Es … es reicht einfach.« Ihre Stimme klingt gequält. Seufzend wendet sie sich von der Tür ab und kommt auf uns zu. »Eden, du kannst in dein Zimmer gehen. Versuch zu schlafen.«

Mit einem schwachen Lächeln sieht sie mich an, und ich kapiere, dass sie mit Tyler allein sein möchte. Ich nicke beiden zu und gehe zur Treppe. Auf dem Weg nach oben begegnet mir Dad, und wir bleiben beide stehen.

»Eigentlich müsste ich deine Mutter anrufen«, sagt er leise. Es ist irgendwie merkwürdig, dass er von ihr spricht. Richtig unpassend.

»Bitte nicht.« Ich schiebe die Unterlippe vor. Mom hat schon genug Stress mit der Arbeit, da muss ich sie nicht auch noch mit einer Festnahme belasten. »Dann macht sie sich nur Sorgen.«

»Ich mache mir auch Sorgen, Eden!« Die ersten Worte schreit er, doch der Rest ist nur noch ein Flüstern. Er sieht sich um und horcht, ob er auch niemanden geweckt hat, dann fasst er sich an die Stirn. »Was ist nur los mit dir, verdammt? Ich weiß, dass du auf Partys gehst – ich bin vierzig, nicht sechzig. Mensch, ich habe doch nichts dagegen, dass du deinen Spaß hast, es sind schließlich Sommerferien. Aber wohin das führt, das macht mir Sorgen. Ständig lügst du mich an, und jetzt das? Mit wem treibst du dich überhaupt rum?«

Dads scharfer Ton verschlägt mir die Sprache. Ich dachte, er hätte gar nicht mitgekriegt, wo ich hingehe und was ich mache. Aber offenbar weiß er mehr, als ich geglaubt habe. »Äh«, sage ich. »Rachael von gegenüber. Und Tiffani. Tiffani … Parkinson, glaube ich.«

»Tylers Freundin?«, fragt Dad, aber er lässt mir kaum die Zeit, darauf zu nicken. »Bist du mit der ganzen Clique unterwegs? Mit Dean Carter? Und diesem Jake?«

»Und Meghan«, nuschle ich. Hätte gar nicht gedacht, dass er als Vater mitbekommt, wer zu welchem Freundeskreis gehört. »Wir sind alle befreundet.«

»Tja«, sagt er langsam und reibt sich den Nacken. »Wenigstens sind das nette junge Leute. Weißt du was? Geh einfach schlafen, ja?« Er schüttelt niedergeschlagen den Kopf und fängt auf dem Weg nach unten an, sich das Hemd aufzuknöpfen.

Ich habe zwar keine Ahnung, was das gerade war, aber ich werde bestimmt nicht darauf warten, dass es noch mal passiert. Eilig husche ich in mein Zimmer und streife die Sneakers ab, doch als ich mich umdrehe, um die Tür hinter mir zuzumachen, steht Tyler vor mir. Mir stockt der Atem.

»Hey«, flüstert er, kommt ins Zimmer und sieht sich um, als wäre er noch nie hier gewesen.

»Hi.« Wir sehen uns an, aber ich kann nicht erkennen, was er denkt oder fühlt. Die offene Tür wirft einen Schatten auf sein Gesicht, sodass ich die Farbe seiner Augen und die Emotionen darin nicht ausmachen kann. »Was hat deine Mom gesagt?«

»Nichts«, sagt er leise. »Tut mir leid, dass ich dich da mit reingezogen habe. Ich hätte einfach gehen sollen, als der Bulle es gesagt hat.«

»Schon gut.« Mein Ärger ist inzwischen verflogen. Wir haben keine Anzeige gekriegt, also werde ich die Sache als Missverständnis zwischen uns und der Polizei abhaken.

Bevor Tyler noch etwas sagen kann, wird er vom schrillen Klingeln eines Handys unterbrochen, und ich höre es in seiner Jeans vibrieren. Er zieht es aus der Tasche und verzieht das Gesicht, als er das Display sieht. »Tiffani«, murmelt er. Für einen Moment scheint er zu überlegen, den Anruf wegzudrücken, doch dann schüttelt er den Kopf und wirft mir einen entschuldigenden Blick zu. »Tut mir leid, ich muss mit ihr reden. Sie wird sonst sauer.«

Und von jetzt auf gleich habe ich das Gefühl, ich verliere den Boden unter den Füßen und ertrinke. Mir ist, als würde mir jemand mit unvorstellbarer Kraft den Brustkorb zusammendrücken, und ich muss mich gewaltsam zwingen, weiter zu atmen. Eine riesige Welle der Angst rollt über mich hinweg. In den letzten Stunden war mein ganzes Denken so von Tyler eingenommen, dass ich eine Sache völlig vergessen hatte: Er hat eine Freundin.

»Tut mir leid«, wiederholt er und schneidet dem Display eine Grimasse. Dann fällt ihm auf, wie stocksteif ich dastehe, und er scheint auch zu merken, dass mir wieder übel wird, denn er macht einen Schritt auf mich zu. Doch in letzter Sekunde überlegt er es sich anders. Ein schweres Seufzen liegt in der Luft, als er das Handy mit festem Griff umklammert. »Es tut mir wirklich leid, aber ich muss«, flüstert er. Den Blick auf den Teppich gerichtet, dreht er sich langsam um und geht.

Wie betäubt stehe ich da. Tyler nimmt den Anruf an und murmelt: »Hey, was gibt's?«, bevor die Tür zu seinem Zimmer zufällt.

Aber seiner Stimme fehlt jede Energie.

Sie klingt genauso leblos, wie ich mich fühle.

Kapitel 20

Eden!«, brüllt meine beste Freundin am nächsten Morgen ekstatisch durch die Leitung. Ihre Stimme ist so hoch und schrill, dass ich das Telefon für einen Moment von meinem Ohr weghalten muss. »Na endlich!«

»Ich weiß, ich weiß«, sage ich und seufze schwer, was sehr wahrscheinlich auch am anderen Ende zu hören ist. »Ich hatte so viel zu tun.«

»Du bist nie ans Telefon gegangen.« Amelia klingt eine Spur verärgert, was kein Wunder ist. Seit über einer Woche haben wir nicht miteinander gesprochen. »Wie war dein Vierter Juli?«

Ich beiße mir auf die Lippe. Eigentlich habe ich sie extra angerufen, weil ich ihr von gestern erzählen wollte, aber irgendwie fehlen mir bei dieser Frage plötzlich die Worte. Zwischen stockenden Atemzügen bringe ich ein knappes »Gut« über die Lippen.

»Nur gut?«

»Na ja«, sage ich, beiße noch fester zu und starre auf die Bettdecke. Meine Wangen färben sich rosa. »Gestern Abend durfte ich zum ersten Mal in einem Streifenwagen fahren.«

Es entsteht eine lange Stille, in der Amelia darauf wartet, dass ich »Scheeerz!« rufe. Aber das tue ich nicht. »Was?«

Ich fange an, Kreise auf den Stoff zu malen. »Wegen unbefugten Betretens.«

»Hab ich mich wirklich nicht verwählt?« Ich höre ein

unangenehmes Knallen, als sie mit den Knöcheln auf das Display klopft. »Hallo? Eden Munro? Bist du das?«

Ich lache leise auf. »Es war nicht meine Schuld. Mein Stie…« Aber das Wort bleibt mir im Hals stecken. Ich bringe es einfach nicht fertig, es auszusprechen. Zu schonungslos führt es mir die Realität vor Augen. »Ich meine Tyler«, sage ich stattdessen. »Er ist schuld, dass wir festgenommen wurden. Wenn er die Klappe gehalten hätte, wäre alles in Ordnung gewesen.«

»Das ist der älteste von den Brüdern, oder?« Bei diesen Worten winde ich mich innerlich, und es dauert einige Sekunden, bis ich mich wieder gefasst habe und es bestätigen kann.

»Warst du beim Festival?«, frage ich schnell und kralle eine Hand in die Bettdecke.

»Natürlich«, sagt sie und holt scharf Luft, als wäre sie erschüttert, dass ich das überhaupt frage. Wir gehen jedes Jahr zum Waterfront Blues Festival. »Es war so komisch, dass du nicht dabei warst.«

Stirnrunzelnd streiche ich mir durchs Haar. »Mit wem warst du da?«

»Mit den üblichen Verdächtigen«, sagt sie und rattert ein paar Namen herunter. »Chloe, Eve, Amie, Jason, Andrej … Du weißt schon, mit allen eben.« Als ich die Namen meiner Freunde aus Portland höre, überkommt mich eine Woge von Heimweh. Ich vermisse es, mit ihnen rumzuhängen. Zu hören, dass sie die Sommerferien alle zusammen verbringen, während ich hier festsitze, macht es nur noch schlimmer.

Doch dann kommt mir ein anderer Gedanke: die Erinnerung daran, warum ich überhaupt aus Portland weg wollte. Der Grund, aus dem ich mich schließlich doch darauf eingelassen habe, für acht Wochen herzukommen. Weil einige Leute in Portland es nämlich nicht wert sind, vermisst zu werden. Ich atme kurz durch, bevor ich leise hinzufüge: »Und Alyssa und Holly … waren die auch dabei?«

»Ja.« Es folgt Stille, bis ich Amelia tief ausatmen höre und sie sanft und leise weiterspricht. »Mach es mir nicht so schwer, Eden. Ihr seid alle drei meine besten Freundinnen, aber ich komme mir vor, als würde ich in einem Krieg auf beiden Seiten stehen. Jedes Mal, wenn ich auch nur mit einer von euch spreche, habe ich das Gefühl, Hochverrat zu begehen.«

Ich versuche, den Schmerz in meiner Brust zu ignorieren, indem ich nicht weiter darauf eingehe. »Und war das Feuerwerk schön?« Ich bemühe mich, begeistert zu klingen, und ringe mir ein falsches Lächeln ab.

»Einfach irre!«, quiekt Amelia. Sie war schon immer hyperaktiv und kann vor Freude über die einfachsten Dinge ausflippen. »Anschließend haben wir noch ein Lagerfeuer gemacht. Wir waren die ganze Nacht draußen, haben Marshmallows gegrillt, Bier getrunken und Musik gehört. Jetzt bin ich todmüde und weiß nicht mal mehr, ob ich nicht totalen Unsinn rede.« Sie macht eine Pause. »Hoffentlich nicht.«

»Nein, keine Sorge«, beruhige ich sie. Ich drücke den Hinterkopf fest an die Wand, um zu verhindern, dass meine Gedanken abschweifen. »Das Lagerfeuer klingt cool.«

»Das war es!« Sie quietscht noch ein paar Mal und holt dann tief Luft. »Landon Silverman hat mich nach Hause gebracht.«

Ich mache große Augen. Landon Silverman ist ziemlich süß. »Aus der Zwölften?«

»Genau der«, bestätigt sie verlegen. Ich sehe richtig vor mir, wie sie rot wird und mit den Wimpern klimpert, was sie immer tut, wenn sie sich geniert oder schüchtern ist. Aber die Schüchternheit ist schnell verflogen, als sie ungerührt fortfährt: »Wir sind hinten in seinem Wagen bis zur dritten Base gekommen.«

Fast hätte ich mich verschluckt. Wenn das ein Scherz sein soll, ist er nicht lustig. »Das ist ein Witz, oder?«

»Ich wünschte, es wäre so«, murrt sie. »Er ist leider gar nicht so gut bestückt. Und dabei hatte ich so große Erwartungen. Eine Tragödie.«

»Das klingt wirklich entsetzlich, Amelia.« Ich muss ein Lachen unterdrücken. Sie erinnert mich an Rachael, die beiden haben einen ähnlichen Humor und ähnliche Hobbys, was Männer angeht.

»Und was ist mit dir?«, bohrt sie mit vor Neugier triefender Stimme. »Hast du schon mit irgendwelchen kalifornischen Jungs rumgezüngelt?«

»Ich habe mit diesem Jungen geknutscht …« Und schon schießt mein Puls wieder in die Höhe und hämmert wild unter meiner Haut. »Gestern Abend.«

Amelia platzt fast vor Aufregung. »O mein Gott, mit wem?«

Mein Hirn kommt zum Stillstand. Soll ich es ihr sagen? Soll ich meiner besten Freundin – der ich immer alles erzähle – sagen, was mit Tyler war? Eigentlich will ich es ihr erzählen, um ihren Rat dazu zu hören. Aber ich bringe die Worte einfach nicht über die Lippen. Diese Verwicklung mit Tyler kommt mir einfach zu skandalös und zu falsch vor. Aber weil ich weiß, dass Amelia meine Verunsicherung durch die Leitung hören kann, sage ich schnell: »Mit so einem Typen, Jake heißt er.« Gut gerettet.

»Ist er süß?«

Ich zucke die Achseln, rufe mir Jakes Gesicht in Erinnerung und analysiere es vor meinem geistigen Auge. Mit schief gelegtem Kopf versuche ich, zu einem Urteil zu kommen. »Doch, schon. Er ist blond.«

»Blond?« Amelia ringt entsetzt nach Luft. »Du züngelst mit einem blonden Typen?«

»Sag nicht immer dieses Wort«, schimpfe ich kichernd. Es ist unmöglich, in einem Gespräch mit ihr ernst zu bleiben.

Sie holt tief Luft und schreit: »Aber Du Züngelst Doch Wirklich Mit Einem Blonden Typen.«

»Schockierend«, bemerke ich.

»Liegt's am kalifornischen Wasser? Eigentlich hasst du doch blonde Jungs«, erklärt sie mir, als ob ich das nicht selbst wüsste. Sie ist diejenige von uns, die auf Blond steht. »Soll ich deine Mom anrufen? Ich glaube, du brauchst ernsthaft medizinische Hilfe. Was ist aus deinem ›dunkelhaarige Jungs sind einfach cooler‹ geworden?«

Ich verdrehe die Augen. »Bist du immer noch betrunken?«

»Keine Ahnung«, sagt sie. »Wahrscheinlich schon.«

Und dann schicke ich sie ins Bett und verabschiede mich. Sie verspricht, später bei meiner Mom vorbeizuschauen, wofür ich ihr sehr dankbar bin. In letzter Zeit ist meine Mutter wahrscheinlich ziemlich einsam.

Nach dem Auflegen beschließe ich, eine Runde laufen zu gehen, um einen klaren Kopf zu kriegen. Was am Wochenende mit Tyler passiert ist, hat meine Gedanken komplett ins Chaos gestürzt, und die nagenden Zweifel sind überwältigend. Ich habe keine Ahnung, was ich da gerade tue oder worauf ich mich einlasse. Ich weiß nur, dass es nicht einfach ist.

Ich ziehe mich an, sage Ella Bescheid, dass ich unterwegs bin, und jogge zur Abwechslung Richtung Süden in die Stadt, statt nach Westen zur Küstenstraße. Das Wetter ist herrlich, und in der Innenstadt ist viel los, aber ich achte kaum auf die Details. Normalerweise beobachte ich beim Laufen heimlich die Menschen, an denen ich vorbeikomme – ich lese Nummernschilder und präge mir kleine, unabhängige Läden ein, die interessant aussehen. Aber nicht heute. Heute kreisen meine Gedanken nur um Tyler.

Während mein Gehirn also versucht, tausend Gedanken auf einmal zu verarbeiten, bringe ich es irgendwie fertig, ein paar konkrete Fakten über ihn festzuhalten. 1. Tyler ist ein

Idiot, daran gibt es keinen Zweifel. 2. Er ist ein Idiot mit schwerwiegenden Problemen in Sachen Aggressionsbewältigung. 3. Er benimmt sich absichtlich wie ein Idiot, weil er 4. eindeutig etwas zu verbergen hat. 5. Zu seinen liebsten Hobbys gehört es, sich zu betrinken und Drogen zu nehmen, außerdem hat er 6. schöne Bauchmuskeln, und ich mag seine Augenfarbe. 7. Manchmal kann er wirklich süß sein, zum Beispiel wenn er mit seinen Brüdern herumalbert. 8. Manchmal kann er auch entsetzlich nervtötend sein, aber das ist okay, weil er 9. großartig küsst. Und schließlich 10. fühle ich mich sehr viel stärker zu ihm hingezogen, als ich zugeben will.

Eine Autohupe übertönt die Musik und wirft meine Gedanken aus der Bahn. Erschrocken schaue ich nach links, wo gerade ein Wagen am Straßenrand anhält. Ich bleibe stehen und nehme einen Knopf aus dem Ohr. Erst ein paar Schritte weiter erkenne ich den Wagen wieder – er gehört Dean, und der ist nicht allein.

Das Fenster fährt herunter, und Tyler sieht mich mit einem kleinen Lächeln und hochgezogenen Augenbrauen an. Er schürzt die Lippen. »Wusste ich doch, dass du das bist.«

»Woher?«, frage ich, nehme auch den anderen Knopf aus dem Ohr und beuge mich zu ihnen hinunter. »Woran hast du das erkannt?« Schwer atmend stütze ich mich an der Wagentür ab. Ich weiß nicht mehr, wie lange ich schon unterwegs bin.

Für einen Moment hellt sich Tylers Miene auf, dann lacht er leise und senkt den Blick. »Wir kommen gerade aus dem Fitnessstudio«, sagt er – nicht ganz das, was ich hören wollte. Ich will eine Antwort auf meine Frage. »Wir sind auf dem Weg nach Hause, und du siehst aus, als ob du gleich tot umfällst. Also, willst du mitfahren?«

Skeptisch sehe ich an ihm vorbei zu Dean, dessen Wangen vom Training gerötet sind. Er nickt mir kurz zu.

»Ich falle überhaupt nicht tot um«, protestiere ich entrüstet, schwer beleidigt über diese Unterstellung. »Ich kann kilometerweit laufen, klar?«

»Klar«, äfft Tyler mich scherzhaft nach. Sein Lächeln kriegt Schlagseite, und dann stößt er die Wagentür so plötzlich auf, dass ich schnell die Hände wegnehmen und einen Schritt zurückweichen muss. Er steigt aus und richtet sich neben mir zu seiner vollen Größe auf. Ein paar lange Sekunden sieht er mich nur an. »Ich jogge mit dir zurück.«

»Aber ich laufe lieber all…«

Ohne auf meinen Protest zu achten, beugt er sich durch das Fenster in den Wagen und holt seine Tasche heraus. »Du hast doch nichts dagegen, Bro, oder?«, fragt er.

Dean schüttelt den Kopf. »Nächstes Training am Mittwoch?«

»Klar«, antwortet Tyler. »Bis dann, Mann.«

Das Fenster schließt sich, Dean fährt davon, und ich bleibe in der sengenden Hitze mit Tyler allein. Auf seinem Bizeps glänzt ein dünner Schweißfilm, das Tanktop klebt ihm an der muskulösen Brust, und ich kann nicht anders, als dorthin zu starren.

»Nur damit du's weißt.« Er setzt sich in Bewegung, und ich folge seinem Beispiel. »Es war dein Hintern, an dem ich dich erkannt habe.«

Meine Lippen bilden ein überraschtes »o«. Automatisch schaue ich an meiner Aufmachung herunter. Vielleicht war heute nicht der beste Tag für diese engen Männer-Shorts. Plötzlich fühle ich mich verunsichert. »Äh …«

Aber Tyler geht nicht darauf ein, sondern beschleunigt das Tempo und sieht mich dabei aus den Augenwinkeln an. »Ich kann wahrscheinlich schneller gehen als du joggen«, stichelt er.

»Das glaube ich kaum«, sage ich leise. Ich trinke schnell einen Schluck Wasser und stecke mir die Ohrstöpsel wieder ins Ohr. Seit Jake mich zu dem Gig von La Breve Vita mitgenommen hat, bin ich wie besessen von der Band.

»Wetten, dass ich dich auf dem Heimweg schlagen kann?« Verschmitzt kneift er die Augen zusammen und lässt die Sporttasche um die Finger kreisen. »Bist du bereit?«

Ich schnaube. »Aber so was von.«

Sobald ich die Worte ausgesprochen habe, lege ich einen Frühstart hin und sprinte los, ohne dass er noch etwas sagen kann. Nach der kurzen Verschnaufpause bin ich wieder bei Atem und fühle mich fit, gesund und stark. Ich spüre meine Füße auf dem Beton, die Sonne auf der Haut, den kühlenden Wind an den Beinen, und zum ersten Mal seit langer Zeit gewinne ich Selbstvertrauen. Ein schönes Gefühl.

»Lahme Ente«, ruft er mir zu und rennt an mir vorbei. Doch ich lache nur und gebe mehr Gas, bis wir gleich schnell sind. Auf einmal scheint unser albernes Wettrennen vergessen, wir werden beide langsamer und joggen gemütlich nebeneinander her.

»Du läufst ganz schön viel«, sagt er zwischen zwei Atemzügen, als wir auf dem Weg zur Deidre Avenue eine Kreuzung überqueren. »Machst du Crosslauf oder so?«

»Nein«, sage ich, den Blick fest auf die Straße vor mir gerichtet. »Ich laufe nur gern. Das ist das beste Training.«

»Ich stemme ja lieber Gewichte«, merkt er an, und als ich zu ihm hinübersehe, senkt er den Blick auf seine Oberarme. Ganz schön lächerlich, wie eitel er manchmal sein kann. Aber langsam gewöhne ich mich dran. »Also gut«, sagt er, bleibt stehen und hebt ergeben die Hand. »Ich gebe auf, Laufen ist nicht meine Stärke.« Schnaufend stützt er sich an der Ziegelwand eines Hauses ab, während er versucht, zu Atem zu kommen. »Du hast gewonnen.«

Triumph erfüllt mich, und ein breites Grinsen legt sich auf meine Lippen, als ich ihn mit schief gelegtem Kopf mustere. »Da hast du verdammt recht!«

»Du klingst ja schon wie ich.« Lachend hebt er den Kopf und sieht mir fest in die Augen. Keiner will den Blick als Erster abwenden, und keiner tut es. »Heute Abend unternehmen wir was zusammen«, beschließt er. Es macht nicht den Eindruck, als könnte ich etwas dagegen einwenden, selbst wenn ich wollte. Also stehe ich einfach nur da, schaue ihn mit großen Augen an und höre zu. »Geh mit mir aus. Warst du schon am Pier? Im Pacific Park?«

»Nein«, gestehe ich ein wenig verlegen. Wie ist es möglich, dass ich schon drei Wochen hier bin und noch nie einen Fuß auf den Pier gesetzt habe? Am nächsten dran war ich neulich, als wir am Strand waren. Aber aus der Ferne sieht der Park irre toll aus.

»Dann gehen wir zum Pier«, beschließt er.

Ich kriege einen Kloß im Hals, als er den Mund zu seinem geheimnisvollen Lächeln verzieht. In seinen smaragdgrünen Augen schimmert eine nie erzählte Geschichte.

Mir wird klar, dass ich völlig richtig liege.

Dunkelhaarige Jungs sind einfach viel cooler.

Kapitel 21

Ich versuche, so zu tun, als würde ich Ellas Lasagne betrachten. Aber das tue ich nicht. Ich schaue starr am Essen vorbei, in die Augen desjenigen, der mit gegenübersitzt und das Kinn in die Hand gestützt hat. Derjenige, der in diesem Moment der Inbegriff der Ungerührtheit ist. Auf der Unterlippe kauend, lasse ich den Blick über sein Kinn, seine Lippen, die zusammengezogenen Brauen und das Funkeln in seinen Augen wandern. Hin und wieder, wenn keiner hinsieht, lächelt er mich an.

»Also Eden«, Dad hebt die Stimme ein wenig, um meine Aufmerksamkeit zu kriegen. Eiligst schaue ich auf meinen Teller und hantiere nervös mit dem Besteck, um noch einen Bissen Lasagne auf die Gabel zu nehmen. »Du bist so ruhig heute Abend.« Er wackelt mit den Augenbrauen und zeigt mit dem Messer auf mich. In seiner Stimme schwingt ein leises Schmunzeln mit. »Woran denkst du?«

»Ich äh … war … äh … nur gerade … also äh …« Die Worte stolpern so unbeholfen über meine Lippen, als wäre ich drei Jahre alt und müsste noch lernen, vollständige Sätze zu bilden. Also schiebe ich mir stattdessen eine Gabel voll Lasagne in den Mund und lächle Dad mit geschlossenen Lippen an.

»Wie ist die Lasagne?«, fragt Ella hoffnungsvoll in die Runde. Ich bin nur froh, dass sie das Thema gewechselt hat. Sie hat sich für diese Mahlzeit ziemlich ins Zeug gelegt, und wir nicken alle anerkennend. Selbst Tyler setzt sich ein bisschen aufrechter hin und schenkt ihr ein kleines Lächeln. Für ihn hat sie eine eigene Lasagne gemacht – mit vier Käsesorten und rein vegetarisch.

»Wirklich gut, Mom«, sagt er, und ihr Gesicht leuchtet auf.

Ich sehe von einem zum anderen. Mir fällt auf, wie sie einen Blick wechseln und ihre Mienen weicher werden, und denke darüber nach, wie die Beziehung zwischen den beiden wirklich ist. Meistens wirkt Ella einfach nur enttäuscht von ihm, aber es gibt auch Momente, in denen sie sich ohne Worte zu verstehen scheinen.

»Es schmeckt so gut, dass ich …«, sagt Tyler, zieht seinen Teller zu sich heran und nimmt ein großes Stück Lasagne auf die Gabel. Er beugt sich vor, um den riesigen Bissen in den Mund zu kriegen, doch die Hälfte fällt ihm runter und landet auf dem Tisch. Verlegen lachend, wischt er sich mit dem Daumen die Sauce vom Mund und schluckt. »Es schmeckt so gut, dass ich jetzt total pappsatt bin.«

Von der anderen Tischseite her sieht Dad ihn mit hochgezogenen Brauen an. »Du hast heute Abend ja richtig gute Laune, Tyler.«

Tyler verschränkt die Arme auf dem Tisch und lässt den Blick von Dad zu mir wandern. Wir sehen uns an, und er gibt sich alle Mühe, ein Lächeln zu unterdrücken, aber ich sehe es trotzdem. »Sieht so aus.« Er räuspert sich, steht vom Tisch auf und bringt seinen Teller zur Spülmaschine. Als er sich wieder zu uns umdreht, ist sein Gesicht ausdruckslos. »Ich geh dann jetzt.«

»Wohin?« Sofort sieht Ella auf. Selbst Jamie hebt den Kopf, um sich Tylers Ausrede anzuhören. »Du hast Hausarrest.«

»Aber ich bin mit Tiffani verabredet«, lügt er ungerührt, und er blufft so gut, dass sogar ich es für einen Moment glaube. Doch dann fällt es mir wieder ein. »Hast du nicht gesagt, du bist heute bei Meghan, Eden?«

Ich will schon Nein sagen, als er mir einen eindringlichen Blick zuwirft: Ich soll lügen. Also sage ich: »Äh, doch, ja«, und riskiere einen verstohlenen Blick in Dads Richtung, um zu sehen, ob er es mir abkauft. Sieht ganz so aus.

»Ich kann dich mitnehmen«, setzt Tyler mit leicht angespannter Stimme nach, ohne den Blick von mir abzuwenden. Kaum merklich nickt er mir zu; ich soll mitspielen.

»Danke«, sage ich. Bei jeder längeren Antwort wäre ich garantiert über meine eigenen Worte gestolpert. Also lächle ich nur dümmlich und lege das Besteck auf meinen Teller, als Ella aufsteht, um den Tisch abzuräumen.

Tyler hingegen grinst mich unverhohlen an, als hätte er völlig vergessen, dass unsere Eltern im Raum sind. Entweder das, oder es ist ihm egal, ob sie es sehen. »In zehn Minuten?«

Wenn die wüssten, dass wir gar nicht von einer Mitfahrgelegenheit zu Meghan sprechen. »Ja, zehn Minuten sind okay.«

»Ich warte am Wagen.« Er zwinkert mir zu und schlendert in seiner schwarzen Jeans und dem weißen T-Shirt aus der Küche. Ich sehe seiner hochgewachsenen Gestalt nach, beobachte, wie er sich mit der Hand über den Nacken fährt und bin hin und weg davon, wie er beim Gehen den Kopf senkt.

Wenige Sekunden später verabschiede ich mich vom Abendbrottisch und entschuldige mich bei Ella, weil ich keine Zeit habe, beim Aufräumen zu helfen. Ich flitze nach oben in mein Zimmer, um mir die Haare zu bürsten, die Zähne zu putzen, mich mit Parfüm einzusprühen und einen Pullover anzuziehen … Was ein Mädchen eben zu tun hat, bevor es mit seinem Stiefbruder in einen Vergnügungspark am Pier fährt.

Die zehn Minuten sind um, und ich gehe nach draußen

zu dem schwarz-weißen Audi. Der Wagen parkt an der Straße, weil für drei Autos einfach kein Platz in der Einfahrt ist.

Als ich auf die Beifahrertür zugehe, fährt Tyler das Fenster herunter, beugt sich über die Mittelkonsole und sieht hinter seiner Sonnenbrille zu mir auf. »Ich würde dir ja gern die Tür aufhalten, aber ich will lieber nicht hören, was dein Vater dazu zu sagen hätte.«

Mit einem Blick über die Schulter sehe ich, dass Dad am Wohnzimmerfenster steht und versucht, sich hinter den Fensterläden zu verstecken, woran er allerdings kläglich scheitert. Ich winke ihm zu, woraufhin seine Umrisse schnell verschwinden. »Genau«, sage ich beim Einsteigen. »Er wird sich wundern, woher du so plötzlich Manieren hast.«

»Hey!« Tyler hebt protestierend die Hände, während ich das Fenster wieder schließe. Beim Anschnallen registriere ich, dass er ein rotes Flanellhemd über das weiße T-Shirt gezogen hat, und muss schlucken. »Du wirst schon noch sehen, dass ich der perfekte Gentleman bin.«

»Wirklich?«, frage ich skeptisch.

»Wirklich«, bestätigt er und schaltet den Motor ein. Er macht sich an der Klimaanlage zu schaffen, klappt die Sonnenblende herunter und sieht mich von der Seite an. »Also gut, das bin ich nicht. Ich hab nur gehört, dass man das so macht, das mit dem Aussteigen und Tür aufhalten. Ist doch so?«

Ich lächle. »So in der Art.«

Er schüttelt den Kopf, zuckt die Schultern und tritt aufs Gas. In halsbrecherischem Tempo rasen wir durch die Straßen. Es überrascht mich nicht mehr, inzwischen habe ich mich an seine grausige Fahrweise gewöhnt.

Als wir uns der Küste nähern, frage ich schließlich: »Warum hast du deine Mom angelogen? Warum hast du ihr nicht einfach gesagt, dass wir zum Pier fahren?«

Ich ertappe ihn dabei, wie er die Augen verdreht und verächtlich schnaubt. »Denk doch mal mit, Eden. Wir wollen nicht, dass sie Verdacht schöpfen.«

»Und was ist mit Tiffani?« So gern ich sie aus meinem Kopf verbannen würde, ich kann es einfach nicht. Immer wenn ich in Tylers Nähe bin, habe ich ein furchtbar schlechtes Gewissen. Als wäre das ganze Stiefgeschwister-Dilemma nicht schon schlimm genug, treffe ich mich auch noch heimlich mit dem Freund meiner Freundin.

»Das hab ich im Griff. Sie glaubt, ich bin mit den Jungs unterwegs.« Er sagt das so beiläufig, dass ich mich einmal mehr frage, ob sie ihm überhaupt etwas bedeutet.

Als wir am Pier ankommen, ist dort irre viel los. Der Parkplatz ist gerammelt voll, und überall schlendern Familien, Cliquen und händchenhaltende Pärchen über die Holzplanken. Der Anblick macht mich ein bisschen neidisch, und es ist so verlockend, einfach die Hand auszustrecken und die Finger zwischen Tylers zu schieben. Aber dafür fehlt mir der Mut, vor allem in der Öffentlichkeit.

»Also gut.« Tyler räuspert sich energisch und deutet mit dem Kinn auf den belebten Vergnügungspark zu unserer Linken. »Das ist also der Pacific Park. Diesen Ort habe ich als Kind geliebt, deshalb möchte ich ihn dir gern persönlich zeigen.« Er klingt so ernsthaft, dass ich ihn nur lächelnd und mit heißen Wangen anschaue.

Wir schlendern gemächlich über den Pier, lauschen auf den leisen Klang des Meeres und spüren die Wärme der Abendsonne auf unserer Haut. Dabei genießen wir die Gegenwart des anderen und unterhalten uns über die ganz alltäglichen Dinge um uns herum. Wir überlegen, warum die Achterbahn gelb ist, kommentieren die Imbisswagen und reden darüber, wie die Bänke aufgestellt sind: Warum zeigt die eine zum Meer und die andere zur Stadt?

»Das Ding hat mir früher immer eine Mordsangst eingejagt«, gesteht er, als wir zum Eingang des Parks kommen. Über dem riesigen Schild mit der Aufschrift *PACIFIC PARK* prangt ein gewaltiger lila Krake. Unbehaglich steckt Tyler die Hände in die Taschen und geht eilig durchs Tor. »Irgendwie tut er das immer noch.«

»Aha!« Ich nicke vielsagend, als ich ihn einhole, und schaue ihn mit gespielter Überraschung an. »Auf einmal nicht mehr der knallharte Typ?«

»Tja«, seine Stimme klettert eine Oktave höher, »würde dir ein knallharter Typ erzählen, dass er Zuckerwatte liebt?« Er nimmt die Hände aus den Taschen und zeigt auf einen Süßwarenstand, an dem sämtliche Klassiker verkauft werden: von warmem Popcorn über Eis bis hin zu Brezeln und, natürlich, Zuckerwatte. Tyler strahlt übers ganze Gesicht, als er uns welche kauft.

Mir fällt sein Lächeln auf, als er mir eine Portion reicht und sich die zweite nimmt. »Und du bist ganz sicher, dass du den Park *früher* geliebt hast?«, frage ich mit einem wissenden Unterton.

Seine Augenbrauen schnellen in die Höhe, er schiebt die Lippen vor und nimmt eilig ein Stück Zuckerwatte in den Mund. »Wir müssen mit der Achterbahn fahren«, nuschelt er, während sich der Zucker auf seiner Zunge auflöst. Auf meine Frage antwortet er nicht; mein Lächeln wird zu einem breiten Grinsen.

Ich folge ihm durch den Menschenstrom zu einer Bank direkt vor der Achterbahn, die sich um das Riesenrad windet. Dort setzen wir uns hin. Während ich meine Zuckerwatte esse, sehe ich zu, wie sich das Riesenrad dreht. Immer rundherum.

»Eden«, sagt Tyler, und der leise Nachdruck in seiner Stimme zieht meinen Blick an. Seine Miene wirkt unsicher. »Wir sollten niemandem hiervon erzählen. Es ist einfach leichter, wenn wir … also … wenn diese Sache fürs Erste unser Geheimnis bleibt. Gott, sag bitte, dass du gut Geheimnisse hüten kannst.«

»Kann ich.« Aber in Wahrheit wird mir bei der Vorstellung ganz mulmig. Ich will mich nicht wegschleichen, Ausreden erfinden und lügen. Aber ich weiß, dass es im Moment nötig ist. »Dass du Geheimnisse hüten kannst, weiß ich schon. Du hast nämlich eine ganze Menge davon.«

Ein schiefes Lächeln zuckt um seine Lippen, während er genüsslich den Rest seiner Zuckerwatte isst. Dann steht er auf, wirft das Stäbchen in einen Mülleimer und zeigt auf die Fahrgeschäfte über uns. »Jetzt sind die da an der Reihe.«

Dass er nie auf eine Frage antwortet, ist frustrierend, aber sein Schweigen sagt mehr, als Worte es könnten. Er antwortet nicht, weil ich recht habe. Er weiß, dass ich langsam anfange, ihn zu verstehen, obwohl er sich so sehr dagegen sträubt.

Und so verbringen wir den Dienstagabend in Warteschlangen vor Rummelplatzattraktionen und genießen jede einzelne Sekunde. Die West-Coaster-Achterbahn, das Pacific-Riesenrad, den Pacific-Freefall-Tower … nichts davon werde ich je vergessen, weil ich diesen Abend nie vergessen werde. Nicht Tylers hysterisches Lachen, als ich im Freefall-Tower glaube, mein Sicherheitsbügel ist kaputt, er sich zu mir rüberbeugt, um mir zu helfen, und sich unsere Hände dabei ungeschickt berühren; nicht seine sarkastischen Bemerkungen über die Achterbahn, während sich alle anderen schon in der kleinsten Kurve die Seele aus dem Leib kreischen, und auch nicht, dass Tyler hoch oben im Riesenrad sagt, wie schön das Meer von hier oben aussieht – und dabei gar nicht aufs Meer schaut, sondern zu mir.

Es ist spät geworden, als wir den Park verlassen und zum Auto gehen; die Reklameschilder leuchten in der Dämmerung, und der Menschenstrom dünnt langsam aus. Auf dem Parkplatz, der sich ebenfalls bereits leert, stehen ein paar

Leute vor Tylers Wagen und schießen Fotos. Als sie merken, dass sie erwischt wurden, machen sie sich betreten aus dem Staub.

»Das passiert ständig«, erklärt mir Tyler beim Einsteigen. Er tätschelt das Lenkrad und zeichnet mit der Fingerspitze das Audi-Logo nach. »Ich weiß auch nicht, warum. Wir sind hier in L.A., in Beverly Hills steht doch an jeder Straßenecke ein Lamborghini rum.«

Ich beiße mir auf die Zunge, um mir den Kommentar zu verkneifen, aber dann kann ich doch nicht anders. »Wie bist du überhaupt zu dem Wagen gekommen?«

Eine Weile schweigt er und streicht gedankenverloren übers Lenkrad, als würde er überlegen, wie er die Antwort am besten formulieren soll. »Weil ich schon früh an meinen Treuhandfonds gekommen bin. Und wenn man auf einen Schlag so viel Kohle hat, macht man garantiert nichts Vernünftiges damit. Ich bin siebzehn – natürlich ziehe ich los und haue alles für eine geile Karre auf den Kopf.« Er lacht, aber ich weiß nicht, ob er nicht eher über sich selbst lacht, weil er so etwas getan hat.

»Warum hast du ihn so früh gekriegt?«, hake ich neugierig nach. Mein Blick bleibt an seinem Mund hängen, und ich beobachte, wie sich seine Lippen und sein Kiefer beim Sprechen bewegen.

»Weil Geld anscheinend alles wiedergutmacht«, zischt er. Er seufzt schwer, und seine Hände verharren reglos über dem Lenkrad. »Es ist ein ziemlich großer Treuhandfonds«, räumt er ein. »Ich meine, Mom ist Anwältin, und Dad …«, seine Stimme verliert sich für einen Moment, er sucht meinen Blick und muss schlucken, bevor er weiterspricht. Obwohl es mir schon ein bisschen unangenehm ist, so in seinen privaten Angelegenheiten zu stochern, sehe ich ihn fragend an. Eigentlich geht es mich nichts an, ob und warum er verfrüht auf seinen Treuhandfonds zugreifen konnte. »Und Dad hatte seine eigene Firma«, berichtet er. »Hochbau. Die ganze Westküste rauf und runter.«

Oregon liegt an der Westküste, und da frage ich mich natürlich, ob ich vielleicht schon von der Firma gehört habe. »Wie hieß sie?«

»Grayson's«, antwortet Tyler knapp. Seine Kiefermuskeln verspannen sich, und etwas regt sich in seinem Blick. Für einen Moment wendet er die Augen ab. »Wir hießen Grayson.«

Ich drehe mich zu ihm und ziehe die Beine auf den Sitz. Ich weiß, dass ich ein empfindliches Thema anschneide, aber es ist so spannend, etwas über den Hintergrund eines Menschen herauszufinden – über die Grundlage, auf der seine Persönlichkeit aufbaut. Ganz besonders bei Tyler. »Vor der Scheidung?«

»Vor der Scheidung«, wiederholt er achselzuckend. Er lässt sich tiefer in den Sitz sinken, fasst sich in die Haare und zieht die Spitzen in die Länge. »Damals war ich Tyler Grayson. Mom wollte nicht, dass wir seinen Namen behalten.«

Ich weiß nicht, was ich darauf erwidern soll. Was vielleicht daran liegt, dass ich ganz auf seine Lippen fokussiert bin und nur noch daran denken kann, wie sie sich auf meinen angefühlt haben. In meinem Hals bildet sich ein Kloß, den ich hastig hinunterschlucke.

Offenbar sagt ihm mein Schweigen alles, was er wissen muss, denn er richtet sich in seinem Sitz auf, nimmt die Hand aus den Haaren und legt sie auf mein Knie. Mir läuft ein Schauer über den Rücken. Er leckt sich so langsam und provokativ die Lippen, dass es die reinste Folter für mich ist.

»Darf ich dich noch mal küssen?«, fragt er leise, ohne den intensiven Blickkontakt zu unterbrechen. Sanft und ruhig sieht er mich an, während er mit leicht geöffneten Lippen auf die Antwort wartet.

Aber weil ich von ihm nie Antworten kriege, kriegt er jetzt auch keine von mir. Stattdessen klettere ich langsam über die Mittelkonsole und versuche, mir nicht die Beine auszurenken, während ich mich auf seinen Schoß setze. Es ist eng auf dem Fahrersitz, mein Herz pocht direkt an seiner Brust, das Lenkrad drückt mir in den Rücken. Nicht gerade ideal, aber es reicht.

Ohne zu zögern, nimmt er mein Gesicht in beide Hände und drückt die Lippen fest auf meine. Es ist genau wie gestern, nur noch besser, weil der Kuss diesmal drängender ist. Wieder übernimmt er ganz selbstverständlich die Führung und tut Dinge, von denen ich nicht einmal wusste, dass sie möglich sind. Und je länger er mich küsst, desto weniger kann ich mir vorstellen, jemals über dieses Glücksgefühl hinwegzukommen.

Als er die Lippen von meinen löst und anfängt, meinen Hals zu küssen, streiche ich ihm durch die Haare, die weich unter meinen Fingerspitzen kitzeln. Behutsam fasse ich ihn am Kinn und hebe sein Gesicht an. Mein Herz rast, als ich die Lippen dicht an sein Ohr führe und den Mut aufbringe zu flüstern: »Du brauchst nicht zu fragen.«

Kapitel 22

Nachdem Tyler und ich gestern Abend leichtsinnigerweise gleichzeitig nach Hause gekommen sind, haben wir uns damit rausgeredet, dass er mich auch auf dem Rückweg bei Meghan abgeholt hätte. Ella hat es uns abgekauft. Sie hat Tyler gefragt, ob er einen schönen Abend mit Tiffani gehabt hätte, was er bejahte, und sich bei mir erkundigt, ob es bei Meghan nett gewesen wäre, was ich ebenfalls bestätigte.

Daraufhin wechselten Tyler und ich einen kurzen, wissenden Blick, und in unseren Augen lag ein unausgesprochenes Geheimnis verborgen. Ein Geheimnis, von dem nur wir beide wissen.

Heute muss Dad erst später zur Arbeit, weshalb er immer noch im Haus rumhängt, als ich völlig fertig vom Joggen zurückkomme. Statt eine neue Strecke durch die Innenstadt auszuprobieren, wie ich es mir vorgenommen hatte, bin ich am Strand von Santa Monica bis runter nach Venice gelaufen. Es war erfrischend, statt der üblichen Musik zur Abwechslung mal die Wellen des Pazifiks rauschen zu hören. Fast schon entspannend, trotz meiner schmerzenden Lunge.

»Wann fährst du zur Arbeit?«, frage ich Dad, als ich geduscht und umgezogen in die Küche komme. Die Haare habe ich achtlos zu einem wirren Knoten hochgebunden.

Dad beachtet mich kaum, er ist gerade dabei, einen Stapel

Papiere in seiner Aktentasche zu verstauen. Er fährt sich über die Schläfen und nimmt den Schlüsselbund von der Arbeitsfläche. »Jetzt. Ich habe eine wichtige Besprechung mit unseren Zulieferern, bei der ich keinen Sch… äh Mist bauen darf.« Seine Wangen röten sich, als er mit Aktentasche und Schlüssel in der Hand an mir vorbeigeht.

»Kannst du mich auf dem Weg dahin an der Promenade absetzen?« Ich lechze nach einem dampfend heißen Kaffee, aber aus der Maschine hier schmeckt er mir einfach nicht, und meine Beine sind vom Joggen so steif, dass ich den Weg zur Third Street unmöglich zu Fuß schaffe. Tyler kann mich nicht fahren, weil er mit Dean im Fitnessstudio ist, und Ella ist schon mit Jamie und Chase zur Promi-Jagd aufgebrochen. Angeblich soll Ben Affleck heute in der Gegend sein.

Dad unterdrückt ein Stöhnen. »Dann aber schnell.«

Ich flitze nach oben, um meine Chucks anzuziehen, etwas Geld einzustecken und gleich wieder nach unten zu rennen, wo mein Vater schon an der Tür wartet und ungeduldig mit dem Fuß wippt. Vorsichtig schiebe ich mich an ihm vorbei. Er schließt hinter uns ab und folgt mir zum Lexus. Auf seinem Gesicht sind starker Stress und Unbehagen zu lesen, fast fürchte ich, dass er anfängt zu weinen, wenn ich ihn anspreche, deshalb will ich während der kurzen Fahrt lieber nichts sagen.

Doch die Stille währt nur zehn Minuten.

»Also.« Dad räuspert sich. »Wie sind deine Ferien bisher?«

»Ganz okay.« Das ist wohl die Untertreibung des Jahres. Die Ferien sind nicht okay. Sie sind wie ein Traum, aus dem ich nie wieder aufwachen will. In den letzten Wochen war alles so neu und so falsch, und gleichzeitig so aufregend und richtig. »Du kannst mich hier rauslassen«, sage ich und zeige auf den Fußweg des Santa Monica Boulevards.

Er hält am Bordstein an und lässt mich aussteigen. Bevor ich die Tür zumachen kann, beugt er sich über die Mittelkonsole und lächelt mich schwach an. »Pass auf dich auf, ja?«, sagt er. »L.A. ist gefährlicher als Portland.«

Ich bücke mich, um ihn ansehen zu können. »In Portland ist die Rate der Gewaltverbrechen inzwischen höher als im US-Durchschnitt. Viel Glück bei deiner Besprechung.«

Dad macht große Augen, als ich die Tür behutsam schließe. Ohne mich noch einmal umzudrehen, ziehe ich den Gurt meiner cognacfarbenen Umhängetasche zurecht und mache mich auf den Weg zur *Refinery* – dem kleinen Coffee-Shop an der Ecke, zu dem Rachael und Meghan mich am Anfang der Ferien mitgenommen haben. Dem Coffee-Shop mit der naturalistischen Atmosphäre und dem sagenhaft guten Karamellsirup. Es ist nicht viel los, als ich den Laden betrete, nur eine Handvoll Menschen sitzen über ihren dampfenden Tassen und lesen, arbeiten am Laptop oder unterhalten sich.

Die junge Frau hinter der Theke fängt meinen Blick auf und lächelt mich herzlich an. Ich gehe zu ihr und überfliege die Karte, die hinter ihr an der Wand hängt. Sie ist mit Kreide geschrieben, was ich erst recht cool finde. »Was darf's für dich sein?«

»Einen mittelgroßen Vanilla Latte mit fettarmer Milch, extraheiß und mit einem Extraschuss Karamell.« Ich nehme mein Portemonnaie aus der Umhängetasche und lege das Geld auf die Theke. Wegen des Karamells habe ich ein schlechtes Gewissen, aber Amelia hat mich monatelang bearbeitet, um mir klarzumachen, dass es vollkommen okay ist, mir ab und zu mein Lieblingsgetränk zu gönnen.

»Kein Problem.« Die Frau gibt mir das Wechselgeld aus der Registrierkasse. »Bring ich dir gleich.«

Ich nehme das Geld entgegen und gehe zu einem kleinen Tisch an der Wand, wo ich die Tasche abstelle und es mir gemütlich mache. Es ist so entspannend, einfach nur hier zu sitzen, abzuschalten und die Leute zu beobachten. Ich liebe es, mir zu überlegen, wie ihre Lebensgeschichte aussehen könnte. Wo sind sie aufgewachsen? Wie viele Geschwister haben sie? Was ist ihr Lieblingseis?

Vor allem aber frage ich mich, ob dieser Sommer für sie auch so kompliziert ist wie für mich.

»Hier, bitte«, sagt die junge Frau, als sie mir den Becher ein paar Minuten später an den Tisch bringt. »Lass es dir schmecken.«

Ich bedanke mich und warte, bis sie wieder hinter der Theke verschwunden ist. Dann nehme ich den Becher und trinke einen richtig großen Schluck. Der Kaffee ist kochend heiß und verbrennt mir ein bisschen den Hals, aber das macht nichts. Es schmeckt fantastisch.

Ich rutsche tiefer in meinen Sessel, krame Kopfhörer und Handy aus der Tasche und stecke mir den Sound von La Breve Vita in die Ohren. Mit geschlossenen Augen nicke ich zu den Beats und atme tief durch. Ich bin so froh, dass ich auf diesem Konzert gelandet bin. Ich liebe diese Band. Die Texte sind so tiefgründig, jeder einzelne erzählt eine Geschichte über Fehler in der Vergangenheit und über unsere Zukunft. In den meisten Stücken ist die Bridge auf Italienisch.

Ganz in die Musik versunken, merke ich plötzlich, dass sich vor mir etwas bewegt. Schlagartig reiße ich die Augen auf, und das Herz springt mir fast aus der Brust, als ich direkt in ein Augenpaar blicke. Ich fahre in meinem Sessel hoch, die Kopfhörer fallen auf den Tisch.

»Hey«, sagt er.

»Hast du mich erschreckt«, keuche ich, eine Hand auf die Brust gelegt, und versuche, wieder zu Atem zu kommen.

Es ist nur Dean, der aussieht, als hätte er sich gerade an einem Marathon versucht, wäre aber lange vor dem Ziel aus den Latschen gekippt. Seine Wangen sind gerötet, das Gesicht verschwitzt, die Haare zerzaust. »Entschuldige«, sagt er mit bedauerndem Lächeln. »Ich wollte mir gerade einen Kaffee holen, und da hab ich dich hier sitzen sehen.«

Mein Blick fällt kurz auf den Pappbecher zum Mitnehmen, den er in der Hand hält. »Kommst du gerade vom Training?«

»Merkt man das?« Lachend fährt er sich mit dem Handrücken über die Stirn.

Ich schüttle den Kopf und trinke noch einen Schluck von meinem Latte. »Nein.« Beim Trinken kommt mir ein Gedanke, und ich schlucke hastig, damit ich fragen kann: »Ist Tyler auch bei dir?«

Schon suche ich das Café nach einem grünen Augenpaar und einem schwarzen Haarschopf ab, aber Dean sagt: »Nein, der ist nach Malibu gefahren, um den Wagen wachsen zu lassen.« Die Suche kann ich mir also sparen.

»Oh«, sage ich. Entmutigt betrachte ich meinen Latte und umkreise mit einem Finger den Tassenrand. »Nicht sehr überraschend.«

»Und, was hörst du da?«, fragt Dean. Er beugt sich über den Tisch und tippt auf mein Handy. Seine Miene hellt sich auf, als auf dem Display La Breve Vita angezeigt wird. »Ach nee!«

Verlegen zucke ich die Achseln. »Die sind einfach so gut.«

»Welches ist dein Lieblingssong?«

»Oh, das ist eine schwierige Frage«, seufze ich und stütze den Kopf in die Hand, um in Gedanken alle Titel von allen drei Alben durchzugehen, bis ich zu einer Entscheidung komme. »Ich würde sagen, es ist ›Holding Back‹.«

Dean lehnt sich ein Stück zurück, verschränkt die Arme vor der Brust und schüttelt den Kopf. »Unglaublich.«

»Was?«

Er schweigt. Seine braunen Augen suchen meinen Blick, und seine Lippen verziehen sich zu einem vorsichtigen Lächeln. »Das ist auch mein Lieblingssong.«

Gegen meinen Willen muss ich zurücklächeln. Ich beiße mir auf die Lippe. »Das ist ein unglaublicher Song.«

»Total«, pflichtet er mir bei. Sein Lächeln wächst zu einem richtigen Strahlen, und er sieht mich einfach nur an, als könnte er sich nichts Schöneres vorstellen, als mir dabei zuzuschauen, wie ich befangen meinen Latte schlürfe. Er setzt sich zu mir an den Tisch. »Dein Kaffee geht auf mich«, sagt er schließlich und zieht sein Portemonnaie aus der Jeanstasche. Nach kurzem Suchen legt er einen Fünfdollarschein auf den Tisch. »Ein Fünfer für den Kaffee. Dein Fünfer.«

Mir steht der Mund offen, als ich nach dem zerknitterten Schein greife, ihn zwischen Daumen und Zeigefinger halte und ihn ungläubig anblinzle. Über dem Lincoln Memorial auf der Rückseite steht etwas mit schwarzem Filzstift geschrieben. Ich schaue genauer hin und erkenne, dass da *EDENS SPRITGELD* steht. Mit noch weiter offenem Mund sehe ich zu Dean auf.

»Du hast ihn behalten?«, frage ich. »Und etwas draufgeschrieben?«

»Damit ich nicht vergesse, ihn dir zurückzugeben.«

»Aber ich will ihn nicht zurück.«

»So ein Pech«, sagt er. Verlegen lächelnd nimmt er meine Hand, schließt meine Finger um den Geldschein und lässt sie wieder los.

Ich kann nur lachend den Kopf schütteln und den Schein in meine Umhängetasche stecken. Dann wende ich mich wieder meinem Latte zu und trinke ein paar große Schlucke, genau wie er.

Dean verbrennt sich den Mund und pustet kräftig, ehe er fragt: »Und was hast du als Nächstes vor?«

»Wahrscheinlich gehe ich einfach nach Hause.« Weil er

fragend eine Augenbraue hochzieht, stelle ich klar: »Hier in Santa Monica. Nicht in Portland.«

»Dachte ich mir«, sagt er und steht auf. Er setzt seinen Kaffeebecher an die Lippen und nippt vorsichtig daran, bevor er mit dem Kopf zum Fenster deutet und wieder gegen die Hitze anpustet. »Soll ich dich mitnehmen?«

Inzwischen habe ich festgestellt, dass es auch Vorteile hat, wenn man in einer fremden Stadt ohne fahrbaren Untersatz ist: Meistens brauche ich gar nicht erst zu fragen, weil schon aus purem Mitleid jemand anbietet, mich mitzunehmen. »Wenn es dir nichts ausmacht«, antworte ich. Außerdem habe ich ohnehin noch keinen Führerschein.

»Überhaupt nicht«, sagt er. »Komm.«

Ich trinke einen letzten Schluck Kaffee, verstaue die Kopfhörer in der Umhängetasche und hänge sie mir über die Schulter. Dean ist schon auf dem Weg zur Tür und hält sie mir auf, indem er sich dagegen lehnt. Der strahlende Vormittag ist etwas trüber geworden. Überrascht sehe ich zum bewölkten Himmel auf. »Wo ist denn die Sonne hin?«

Dean zuckt die Achseln, er hat den Blick auf den Verkehr gerichtet. »Anders als die meisten Menschen glauben, gibt es im Golden State tatsächlich auch manchmal Regen.«

Als er eine Lücke im Verkehr entdeckt, gibt er mir einen Stups, und wir laufen schnell auf die andere Seite des Boulevards. Mir fällt auf, dass sein Wagen in einer engen Parklücke steht, und ich frage mich, wie er da überhaupt reingekommen ist. »Es kommt nicht oft vor, aber im Sommer gibt es hier manchmal Regengüsse, die einen ganzen Tag dauern. Dann gießt es urplötzlich wie aus Eimern.«

Er schließt den Wagen auf, und ich steige auf der Beifahrerseite ein. »Regen macht mir nichts. In Portland gehört der acht Monate im Jahr zum festen Inventar.«

»Das muss ja ätzend sein.«

Auf der Fahrt reden wir über so belanglose Sachen wie

Regen und Schnee, Coffee-Shops und Sirupsorten. Ich liebe Karamell, Dean steht auf Zimt. Aber als wir zu Hause ankommen und Tylers Wagen nicht in der Auffahrt steht, verpufft meine gute Laune. Ich habe ihn seit heute Morgen nicht mehr gesehen und vermisse ihn – auch wenn das jetzt echt erbärmlich und verzweifelt klingt.

»Danke fürs Mitnehmen – mal wieder«, sage ich fast schüchtern und werde rot, als er sagt, das sei doch überhaupt kein Problem. Und dann kommt mir eine Idee. Sie ist so gut, dass ich erst grinsen, dann lachen und fast losprusten muss. Ich krame in meiner Tasche nach dem Fünfer, meinem Fünfer, dem mit Deans krakeliger Handschrift auf dem Abraham-Lincoln-Denkmal. Als ich den zerknitterten Schein schließlich finde, lege ich ihn aufs Armaturenbrett. »Fürs Benzin«, sage ich.

Dean lacht laut auf und schüttelt den Kopf. »Bis zum nächsten Mal.« Zum Abschied hebt er die Hand, als ich aussteige und zum Haus gehe.

Tylers Wagen ist zwar nicht da, der Range Rover aber schon; Ella ist also zu Hause. Im Flur ist alles ruhig. Ich werfe einen Blick ins Wohnzimmer und sehe sie im Schneidersitz auf der Ledercouch sitzen, neben sich einen Stapel Fotoalben.

»Und, habt ihr Ben Affleck gesehen?«, frage ich beim Reinkommen.

Ella schaut mit ihren blauen Augen zu mir auf und klappt das Album auf ihrem Schoß zu. »Na ja, es waren so viele Leute da und damit auch so viele Autos, dass ich die Parkgebühren nicht zahlen wollte und die Jungs stattdessen zu Freunden gebracht habe.«

Ich muss lachen und deute auf den Stapel Fotoalben. »Was schaust du dir da an?«

»Ach, gar nichts«, sagt sie schnell. »Nur alte Bilder. Es war niemand da, und da dachte ich … ich dachte, ich hole sie vom Speicher und blättere ein bisschen darin, solange ihr alle weg seid. Die Jungs hassen es, wenn ich ihre Babyfotos rauskrame.« Lächelnd streicht sie über den abgenutzten Umschlag des Albums in ihrer Hand.

»Darf ich mal sehen?« Ich gehe zur Couch, schiebe die Fotoalben beiseite und setze mich mit angezogenen Beinen neben Ella.

Sie sieht fast ein bisschen nervös aus, als sie langsam das Album aufschlägt und es ein Stück zu mir schiebt, bis es halb auf ihrem, halb auf meinem Knie liegt. »Das war bei Chase' Geburt«, sagt sie.

Da sind einige Fotos von einem Neugeborenen, das in eine blaue Decke gehüllt in einem Krankenhaus-Plastikbettchen liegt. Chase schreit auf allen Bildern, seine Wangen sind fast schon violett angelaufen. Ella blättert die Seite um. Noch mehr Krankenhausbilder, aber diesmal sieht man Chase auf dem Arm einer Frau in mittleren Jahren, die ich nicht kenne, und auf dem nächsten Bild auf dem eines Mannes in ähnlichem Alter.

»Die Großeltern der Jungs«, erklärt Ella mir ein wenig steif. Beim Weiterblättern fällt mir auf, dass zwischen den Bilden einige leere Stellen mit verblassten Umrisslinien sind, an denen einmal Fotos geklebt haben müssen. Einmal hält Ella inne und muss lachen. »Ach Gott, meine langen Haare.«

Chase sieht ein paar Wochen älter aus und blickt mit großen, wachen Augen in die Kamera. Eine jüngere Version von Ella hält ihn auf dem Arm. Ihr Gesicht ist von langen, blonden Haaren umrahmt, und ihr Lächeln sieht aus, als hätte sie gerade herzlich gelacht, als das Foto aufgenommen wurde. Sie wirkt so jung und glücklich und sorglos. Als hätte ihr Leben in diesem Moment nicht vollkommener sein können. Neben ihr steht ein kleines Kind mit Schmollmund und hält sich an ihrer lila Jogginghose fest. An den blonden Haaren erkenne ich, dass das Jamie ist. Er müsste auf diesen Fotos etwa drei Jahre alt sein.

»Es sind nicht sehr viele Bilder«, sagt sie entschuldigend und tauscht das Album gegen eines der anderen. »Das hier ist Tylers.«

Damit wird mein Interesse erst recht geweckt. Ich mache es mir auf der Couch bequemer und beobachte, gebannt auf der Unterlippe kauend, wie Ella das schwarze Album aufschlägt. Die erste Seite ist leer. Sie blättert weiter. Ebenfalls leer. Endlich, nach etwa sechs Seiten, kommen die ersten beiden Fotos. Ein winziges Baby in einem Brutkasten, so klein, so zerbrechlich und so unglaublich rosa.

»Er war vier Wochen zu früh«, berichtet Ella. »Er hätte im Juli geboren werden sollen, kam aber schon im Juni.«

»Das hab ich gar nicht gewusst.« Wir überblättern noch ein paar leere Seiten, bis wir zu einem Foto kommen, auf dem Ella in einem dunklen Zimmer im Bett liegt und Tyler sich an sie kuschelt. Hier sieht sie noch jünger aus, wie ein Teenager, kaum ein Jahr älter als ich jetzt. Die langen Haare hat sie zu einem unordentlichen Pferdeschwanz hochgebunden, und ihre Augen wirken müde. Sie sieht vollkommen erschöpft aus, aber dazu sage ich nichts.

Auf der letzten Seite des Albums ist Tyler kein Säugling mehr, sondern einige Jahre älter, steht auf seinen eigenen Beinen und hat einen winzigen schwarzen Smoking an. Er lächelt in die Kamera, und ich lächle zurück. Die dunklen Haare und grünen Augen sind mir so vertraut. Er hat sich überhaupt nicht verändert.

»Das war der Tag meiner Hochzeit«, sagt Ella leise.

Es ist irgendwie seltsam, sie so etwas sagen zu hören, wo ich doch die Tochter ihres neuen Mannes bin. Trotzdem ist das alles sehr spannend. »Wann hast du geheiratet?«

»Mit einundzwanzig. Tyler hat mich zum Altar geführt, weil ich zu meinen Eltern keinen Kontakt habe. Er war erst vier, aber er fand es ganz toll.« Dann klappt sie das Album zu und legt es beiseite.

»Das war alles?«, frage ich ungläubig. »Nur acht Bilder?«

»Früher war es mal ganz voll«, erklärt sie. Ihre Stimme klingt traurig, aber als sie mich von der Seite ansieht, lächelt sie, als wäre alles in Ordnung. »Viele der Bilder hat Tyler verbrannt.«

Überrascht lege ich die Stirn in Falten. »Verbrannt?«

»Er hat ein Feuer im Garten gemacht«, erklärt sie achselzuckend, »weil er sie nicht mehr haben wollte. Ich habe ihn machen lassen, weil ich dachte, es würde ihm helfen.«

Bevor ich bei diesem Thema weiter nachhaken kann, räuspert sie sich und greift nach dem nächsten Fotoalbum. Höchstwahrscheinlich ist es Jamies, aber sie hat die erste Seite noch nicht aufgeschlagen, als wir hören, wie die Haustür geöffnet und wieder geschlossen wird.

»Ella?«, ruft jemand. Ich glaube, wir hatten beide Tyler erwartet, aber es ist eine weibliche Stimme. Eine, die ich kenne.

»Ich bin hier, Tiffani!«, ruft Ella zurück, was meine Vermutung bestätigt. Ich frage mich, was sie hier will.

Ein paar Sekunden später kommt Tiffani ins Wohnzimmer. Sie öffnet die Tür, und als sie mich sieht, legt sie den Kopf schief. »Oh, hi, Eden.«

»Hey.« Ich kann ihr kaum in die Augen sehen, als wäre ich ein Drogendealer und sie vom FBI.

»Ist Tyler da?«

Ella reicht mir das Fotoalbum, steht auf und streicht sich die Kleidung glatt, bevor sie auf Tiffani zugeht. »Hmm, ich habe ihn den ganzen Vormittag nicht gesehen«, sagt sie. »Hast du versucht, ihn anzurufen? Vielleicht ist er noch im Fitnessstudio.«

»Seit gestern Abend versuche ich, ihn zu erreichen«, sagt Tiffani schroff. »Er drückt meine Anrufe weg. Und apropos gestern Abend, wo war er da eigentlich?«

Ella zieht die Augenbrauen zusammen. »War er nicht bei dir?«

Das ist der Moment, in dem mein Herz aufhört zu schlagen und mir das Blut in den Adern gefriert. Mit offenem Mund starre ich die beiden an und kann nur noch eines denken: Wir haben es total verbockt. Ich begreife nicht, warum Tyler geglaubt hat, dass unsere Alibis für gestern Abend nicht auffliegen würden. Und noch weniger begreife ich, warum ich mich überhaupt darauf eingelassen habe.

Als ich gerade glaube, dass ich genau jetzt tot umfallen werde, geht wieder die Haustür, und dieses Mal ist es wirklich der, den wir erwarten. Noch bevor ich ihn sehe, höre ich seine tiefe Stimme aus dem Flur: »Was machst du denn hier?«

Mit eisiger Miene dreht sich Tiffani in der Wohnzimmertür zu ihm um. »Wo warst du gestern Abend?«

»Hab ich dir doch gesagt«, antwortet er. Über Tiffanis Schulter hinweg kann ich einen Teil seines Gesichts sehen und auch, dass er kräftig schluckt. »Ich war mit den Jungs unterwegs.«

»Tyler«, schimpft Ella und macht einen Schritt auf ihn zu. Ich kann fast sehen, wie Tyler innerlich flucht. »Du hast mir gesagt, du wärst bei ihr. Wo warst du gestern Abend wirklich?«

»O mein Gott«, sagt er. »Ist doch total egal.«

Ella fährt herum und sieht mich an. Ich halte immer noch die Luft an und fürchte, inzwischen blau anzulaufen. »Eden, wo ist er hingefahren?«

Aller Augen richten sich auf mich. Ellas Blick ist streng, Tiffanis stinksauer, und Tylers fleht mich an, mir irgendetwas einfallen zu lassen, um es nicht zu vermasseln. »Äh, also, er hat mich bei Meghan abgesetzt und dann seine Pläne geändert«, lüge ich, betend, dass der Gedankengang auch logisch ist. »Er hat sich stattdessen mit seinen Freunden getroffen.«

»Siehst du«, sagt Tyler leise und fasst Tiffani vorsichtig am Ellbogen, doch sie schüttelt seine Hand ab.

»Sprich mich ja nicht an«, schleudert sie ihm entgegen und schiebt ihn in den Flur. »Komm mit, Eden. Wir müssen mit Rachael und Meghan reden. Jetzt sofort.« Dem Ausdruck ihrer Augen nach sollte ich wohl lieber nicht widersprechen, also lasse ich es und stehe von der Couch auf. Sobald ich in ihrer Reichweite bin, packt sie mich am Handgelenk und zieht mich in den Flur, wo sie Tyler im Vorbeigehen absichtlich anrempelt.

Mit geballten Fäusten starrt er uns finster hinterher, als wir das Haus verlassen. Ich kann spüren, wie wütend er ist. Tiffani lässt mir nicht mal die Zeit, meine Schuhe zu holen. Sie zerrt mich barfuß über den Rasen und lässt mir keine andere Wahl, als zu ihr ins Auto zu steigen.

Kaum sitzt sie auf dem Fahrersitz und hat die Tür geschlossen, bricht sie in Tränen aus. Sie schluchzt richtig los und schlägt die Hände vors Gesicht, Tränen tropfen aufs Lenkrad. Ihre Brust hebt und senkt sich schwer unter abgerissenen Atemzügen.

»Alles okay?«, frage ich, verdrehe aber gleich drauf die Augen über meine eigenen Worte. Natürlich ist nicht alles okay. Ich drehe mich zu ihr und streiche ihr tröstend über den Rücken, doch das nützt nicht viel. »Was ist los?«

Es dauert noch einige herzhafte Schluchzer, bis sie den Kopf hebt und sich mit den Daumen über die Augen wischt. Immer noch stoßweise atmend, legt sie den Gang ein und schnallt sich an. »Das wirst du nicht glauben«, wimmert sie. Wimperntusche läuft ihr über die Wangen. »Rach und Meg kommen zu mir nach Hause, ich muss … ich muss mich einfach ausquatschen.«

Schweigend fahren wir zu ihr; ich bin froh, dass sie im gleichen Viertel wohnt, weil ich nämlich nicht glaube, dass ich ihr Weinen länger als zehn Minuten aushalten würde.

Trotzdem ist mein Magen während der ganzen Fahrt wie zugeschnürt. Mit ziemlicher Sicherheit ist Tyler der Grund für diese Tränen.

Als wir bei Tiffani ankommen, parken Rachael und Meghan bereits in der Auffahrt. Beide steigen aus und kommen auf uns zugerannt, sobald wir anhalten.

»O nein, Tiff! War es so schlimm?« Rachael nimmt sie als Erste in den Arm und drückt sie fest. »Vergiss nicht, er ist mein Nachbar. Wenn du willst, kann ich mich nachts rüberschleichen und ihm die Eier abschneiden.«

Jetzt gibt es keinen Zweifel mehr, dass es um Tyler geht, und ich frage mich, ob sie vielleicht nur sauer ist, weil er sie gestern Abend versetzt hat, um mit seinen Freunden rumzuhängen. Aber eigentlich klingt das nicht wichtig genug, um deswegen so zu heulen. Es muss etwas Größeres sein.

»Wie oft haben wir dich gewarnt?«, fragt Meghan, die Tiffani an der Hand nimmt und sie zur Haustür führt. »Du weißt, dass es nicht das erste Mal ist, Tiff.«

»Die anderen Male waren nur Gerüchte«, seufzt Tiffani und schluchzt wieder kläglich. »Diesmal gibt es Beweise.«

»Beweise? Wofür?«, frage ich, als wir alle zusammen ins Haus gehen. Noch hat mir niemand erklärt, warum sie weint.

»Mensch, Eden, hast du denn gar nichts mitgekriegt?« Sie wirft mir einen finsteren Blick zu, bevor sie sich mit mitfühlender Miene wieder an Tiffani wendet. Meine Frage hat sie allerdings nicht beantwortet. Wir gehen nach oben, und Tiffani wirft sich in ihrem Zimmer aufs Bett.

»Fang ganz von vorn an«, sagt Meghan leise, während Tiffani ein paar Mal tief durchatmet. Wir anderen sitzen vor ihr auf der Matratze, als wäre sie die Königin und wir ihre Diener. Irgendwie ist da sogar was dran.

»Ich hab's dir doch schon erzählt«, faucht Tiffani leicht aggressiv. »Als ich heute Morgen die Post reinholen will, hält

Austin Cameron vor unserem Haus. Er fragt mich, ob ich gestern einen schönen Abend mit Tyler gehabt hätte, und zwinkert mir dabei die ganze Zeit anzüglich zu wie so ein verschissener Perverser. Ich frage ihn, was er für ein Problem hat, und er meint, er hätte uns gestern spät abends am Pier gesehen. Aber ich war gar nicht am Pier.«

Ich habe schon vorher kaum noch atmen können, aber jetzt bleibt mir endgültig die Luft weg. Mit offenem Mund starre ich sie an, als mir klar wird, dass sie nicht wegen Tyler weint.

Sondern meinetwegen.

»Hast du Austin gesagt, dass du es nicht warst?« Rachael tätschelt Tiffani das Knie, als könnte sie das trösten.

»Natürlich habe ich das«, bringt Tiffani zwischen Schluchzern hervor. »Er meinte, er hätte definitiv gesehen, dass es in Tylers Wagen auf diesem Scheißparkplatz ›zur Sache ging‹, wie er sich ausdrückte. Und da ist er automatisch davon ausgegangen, dass ich das war. Das muss er auch, ich bin schließlich Tylers Freundin.«

»Was du aber nicht sein solltest«, flüstert Meghan. »Er hat dich nicht verdient.«

Tiffani schließt die Augen und holt tief Luft. »Ich habe Austin gefragt, ob es auch wirklich Tylers Wagen war, und er sagt, ja, den würde er überall wiedererkennen. Außerdem hätte das Nummernschild auch gestimmt. Also frage ich natürlich, ob er das Mädchen erkannt hat, aber er sagt, er hätte nur Umrisse gesehen.« Plötzlich stößt sie ein tiefes Knurren aus und rammt die Fäuste ins nächstbeste Kissen. »Warum hat Tyler nur diese verdammten getönten Scheiben? Ich hab die immer schon für illegal gehalten, und jetzt kapier ich auch, warum. Die sind doch nur zum Fremdgehen gut!«

Oh, mein Gott, denke ich. *Das ist alles meine Schuld.*

»Mir hat er gesagt, er wäre mit den Jungs unterwegs, aber

seiner Mom hat er erzählt, er wäre bei mir. Er ist so ein mieser Lügner!« Wieder schlägt sie aufs Kissen ein und zerfetzt alles, was sie in die Finger kriegt. Ich möchte mir nicht mal ansatzweise ihre Reaktion vorstellen, wenn sie wüsste, dass ich dieses Mädchen war. »Die ganze Zeit hat er es mit so einer Nutte getrieben. Mir ist so schlecht. O Gott, ich muss gleich wirklich kotzen.« Sie schlägt sich die Hände vor den Bauch und lässt den Kopf hängen.

»Du musst dich doch nur von ihm trennen, Tiffani«, sagt Rachael in leicht herablassendem Ton, als würde sie mit einem kleinen Kind über seine erste Sandkastenliebe sprechen.

»Aber das kann ich nicht!«, heult sie. Die Haare fallen ihr ins Gesicht, und wieder fließen Tränen. Sie benutzt die Steppdecke, um sich das Gesicht abzutrocknen, und schon bald ist der Stoff völlig durchnässt. »Ich brauche ihn.«

»Vielleicht hat Austin ja etwas falsch interpretiert?«, bringe ich mühsam hervor. Mein Hals ist wie ausgetrocknet, trotzdem setze ich alles daran, dass meine Stimme nicht wackelt oder bricht. *Stell dich ahnungslos,* ermahne ich mich. *Tu ganz unschuldig.*

»Okay«, sagt Rachael und renkt den Hals, um mir einen strafenden Blick zuzuwerfen. »Ich weiß, ihr seid verwandt und so, aber verteidige ihn bitte nicht.«

»Das mache ich gar nicht.« Ich fühle mich so klein wie noch nie, aber es ist wirklich nicht so, dass ich Tyler verteidigen würde. Ich verteidige mich selbst.

Zwanzig Minuten lang hören wir Tiffani zu, wie sie motzt und schimpft und flucht, bis sie sich endlich wieder beruhigt. Ich sitze die ganze Zeit nur schweigend da, um nicht versehentlich etwas zu sagen, das mich verraten könnte. Während Rachael verschiedene Rachepläne ausheckt, bietet Meghan an, Eis zu holen, aber das will Tiffani nicht. »Wenn ich fett werde«, sagt sie, »hat er nur einen Grund mehr, mich zu betrügen.« Diese Bemerkung geht mir gegen den Strich. Will sie damit sagen, dass kräftigere Mädchen nicht attraktiv sind? Dass Jungs nicht auf Mädchen stehen, an denen ein bisschen was dran ist? Ich weiß es nicht, aber es ärgert mich einfach.

Schließlich sagt sie, sie wolle jetzt nur noch schlafen, und wir anderen verstehen das als zarten Wink, nach Hause zu gehen. Sie braucht jetzt Zeit für sich, und ich bin froh, endlich hier rauszukommen. Rachael bietet an, mich nach Hause zu fahren, damit ich nicht barfuß durchs ganze Viertel laufen muss.

»Ruf an, wenn noch was ist, ja?«, sagt Meghan, als wir an der Tür sind. Tiffani liegt immer noch auf ihrem Bett und wälzt sich von einer Seite auf die andere. »Du musst uns auf dem Laufenden halten.«

»Mach ich«, schnieft sie. »Kann ich noch kurz mit Eden sprechen?«

Rachael und Meghan werfen mir einen Blick zu, und ich bin kurz davor, sie anzuflehen, mich nicht mit Tiffani allein zu lassen. Aber noch bevor ich um Gnade betteln kann, sagt Rachael: »Klar. Ich warte im Wagen auf dich, Eden.« Und dann sind beide verschwunden.

Tiffani vergräbt das Gesicht in der Bettdecke, und im Zimmer macht sich Stille breit. Als sie spricht, klingen ihre Worte erstickt. »Was in diesem Zimmer gesagt wird, bleibt in diesem Zimmer. Denk nicht einmal daran, Tyler irgendetwas davon zu erzählen.«

»Das werde ich nicht.« Meine Stimme ist kaum mehr als ein Fiepen. Sehnsüchtig wandert mein Blick Richtung Flur und zur Treppe. »Ich hoffe, es geht dir jetzt besser.«

»Tut es nicht«, sagt sie. »Aber, Eden?«

»Ja?«

Sie richtet sich auf, schlägt die Beine übereinander und sieht mich mit ihren verquollenen Augen fest an. Ihre Lippen bilden eine schmale Linie, die Kiefermuskeln sind gespannt und ihre Augenbrauen eng zusammengezogen. Noch nie habe ich eine so verzerrte und gleichzeitig so durchdringende Miene gesehen, und für einen Augenblick macht sie mir richtig Angst. »Ich weiß, dass du gestern Abend nicht bei Meghan warst. Da war ich nämlich.«

Kapitel 23

Zu Hause erwartet mich Tyler mit verschränkten Armen, starrem Kiefer und grimmigem Blick im Flur. Er sieht aus, als wollte er jeden Moment in den Boxring steigen und seinem Gegner einen Hirnschaden verpassen. Blöd nur, dass ich nicht weiß, wer der Gegner ist.

»Was hat sie gesagt?«, schleudert er mir verächtlich entgegen. Er kommt auf mich zu, lässt die Arme sinken und ballt die Fäuste. »Was hast du gesagt?«

Ich schüttle den Kopf und versuche, an seinen breiten Schultern vorbei ins Wohnzimmer zu spähen. Ella ist weg, die Fotoalben ebenfalls. »Wo ist deine Mom?«

»Holt Chase ab«, sagt er schnell und mit schroffer Stimme. »Also, was war los, verdammt noch mal?«

Ich hole tief Luft und fixiere seine verhärteten Gesichtszüge, während ich versuche, mir auf die ganze Sache einen Reim zu machen. Ich habe Todesangst. »Gestern Abend hat uns jemand gesehen«, platze ich heraus, und wieder steigt mir die Galle in die Kehle. »Austin Cameron … Er hat es Tiffani erzählt.«

Tylers Augen weiten sich vor Schreck, bevor er sie zusammenkneift und mich eiskalt ansieht. »Willst du mich verarschen?«, knurrt er. Getrieben von einem plötzlichen Adrenalinstoß, rammt er die Faust in seine Handfläche. Mit einem lauten Klatschen treffen die Knöchel auf seine Haut. »Diesen Scheißer mach ich fertig …«

»Sie wissen nicht, dass ich es war«, werfe ich mit leiser, rauer Stimme dazwischen. Immer wieder verschränke ich die Finger ineinander und löse sie wieder, meine Brust ist wie zugeschnürt. Ich senke den Blick. »Sie ist völlig fertig, Tyler.«

Sie ist nicht nur traurig, sondern rasend vor Wut, und ich habe das Gefühl, sie könnte uns auf der Spur sein. Sie weiß, dass Tyler und ich wegen gestern Abend beide gelogen haben, und trotz meiner kläglichen Erklärungsversuche hat sie ziemlich deutlich gemacht, dass sie herausfinden wird, was ich vor ihr verberge. Rückblickend hätte ich mir wohl eine bessere Geschichte einfallen lassen können. Aber ich stand so unter Druck, dass ich einfach drauflosgeredet habe: Ich hätte gelogen, weil Dad und Ella mich nur zu Leuten gehen lassen würden, die sie auch kennen. Überzeugend? Nicht für Tiffani. Bestimmt werde ich ihr nie wieder unter die Augen treten können.

Für einen Moment macht sich Stille breit. Tyler öffnet die Fäuste und seufzt tief. Unter gesenkten Lidern beobachte ich, wie er sich den Nacken reibt und sich durch die Haare fährt. »Ich bring das wieder in Ordnung«, sagt er leise. Unsere Blicke treffen sich. »Ja, ich weiß, sie ist sauer, das verstehe ich. Aber das kriege ich schon wieder hin. Ich sage ihr, dass ich einen Fehler gemacht habe und kaufe ihr was Hübsches. Dann vergisst sie die Sache, und alles wird wieder gut. Und dann kümmern wir uns um den Rest.«

Ich starre ihn ungläubig an. Zähneknirschend presse ich die Lippen zu einer schmalen Linie zusammen. »Es wird nicht alles wieder gut«, sage ich kurz angebunden. »Nichts ist gut, Tyler. Das muss aufhören!«

»Was?«

»Das hier.« Hilflos hebe ich die Hände und deute abwechselnd auf ihn und mich. Ich hätte es erst gar nicht so weit kommen lassen dürfen. Jetzt stecke ich zu tief drin. Drei

Knutschereien zu tief. »Du hast eine Freundin, Tyler, und die will ich nicht betrügen.«

»Das würdest du auch nicht«, sagt er entschieden, doch dann macht er lächelnd ein paar Schritte auf mich zu, fasst mich am Ellbogen und zieht mich zu sich heran. Seine Körperwärme jagt mir eine Gänsehaut über die Arme. Ich sehe noch, wie er die Augen schließt, bevor er sich zu mir beugt und mich küsst. Sofort reiße ich mich los und wende mich ab. Er steht da, die Hände noch in der Luft, öffnet langsam die Augen und starrt mich finster an.

Kräftig blinzelnd frage ich mich, was wohl gerade in seinem Kopf vorgeht. Er muss verrückt geworden sein. Nach einer langen Pause sage ich: »Das ist doch nicht dein Ernst, oder? Jetzt ist wirklich nicht der richtige Zeitpunkt! Selbst wenn du mir garantieren könntest, dass sie es nie erfährt – und sie wird es erfahren –, würde ich es trotzdem nicht tun.« Ich weiche einen Schritt zurück, hebe abwehrend die Hände und schüttle den Kopf. Mir steckt ein Kloß im Hals. »Ich werde das nicht tun.«

»Ach, komm schon.« Das Lächeln ist von seinen Lippen verschwunden, aber die Selbstgefälligkeit in seinem Blick ist noch da. Angewidert drehe ich mich um und bin schon halb die Treppe rauf, als er hinter mir sagt: »Wir kriegen das hin.«

»Wie, Tyler?« Ich fahre herum, packe das Geländer mit beiden Händen und sehe ihn prüfend an. »Wir haben nur zwei Möglichkeiten.«

»Zwei?«

»Zwei.« Ich sehe seinen glühenden Blick und muss an Tiffani denken, an die verlaufene Wimperntusche auf ihrem Gesicht, an ihre unterdrückten Schluchzer und das tränennasse Kissen. Und ihm ist das völlig egal. »Du musst mit ihr Schluss machen.«

»Nein«, entgegnet er und schüttelt entschlossen den Kopf. »Das kann ich nicht.«

»Warum nicht?«

Zuerst denke ich, er ignoriert meine Frage. Aber er denkt nur eine Zeit lang nach, bevor er antwortet. »Weil es komplizierter ist, als du denkst, okay? Tiffani ist … Lass es einfach gut sein, ja?« Er unterbricht sich und sieht mich an, als wollte er mir raten, ihn nicht zu provozieren. Und deshalb, sosehr es mich auch nervt, frage ich nicht nach, sondern warte, bis er weiterspricht. »Was ist die andere Möglichkeit?«

»Wir ignorieren das, was zwischen uns ist.« Es tut weh, das zu sagen, aber ich weiß, dass es vernünftig ist. Wenn er mit Tiffani zusammenbleiben will, müssen wir uns verhalten, als ob wir nur Stiefgeschwister wären und nichts weiter. Kein heimliches Flirten, keine verstohlenen Küsse, keine sexuellen Anspielungen. Wenn er das alles will, kann er nicht gleichzeitig mit Tiffani zusammen sein, sonst nennt man das nämlich Fremdgehen.

Er verschränkt die Arme vor der Brust. »Also läuft es darauf hinaus, dass ich nur mit dir zusammen sein kann, wenn ich mit Tiffani Schluss mache? Sie oder du, ja?« Seine selbstzufriedene Miene ist längst verschwunden, und an ihre Stelle ist ein scharfer, düsterer Blick getreten. Mit zusammengekniffenen Augen und erhobenem Kinn mustert er mich. Allerdings glaube ich nicht, dass er auf mich wütend ist. Wahrscheinlich ist er wütend auf die Situation. Und das bin ich auch.

»Warum tust du so überrascht? Das Ultimatum ist doch ziemlich logisch«, bemerke ich trocken. »Du hättest doch wissen müssen, dass es darauf hinausläuft.«

Die Zähne fest zusammengebissen, wirft er den Kopf zurück und fährt sich durch die Haare. Er murmelt etwas Unverständliches, ehe er auf dem Absatz kehrtmacht und in der Küche verschwindet. Ich stapfe in mein Zimmer und knalle die Tür so laut zu, dass er es hören muss.

Schon nach wenigen Sekunden fange ich an, alles in Zweifel zu ziehen und mich mit Fragen zu quälen. Die größte von allen ist: Warum stehe ich überhaupt auf Tyler?

Mir fällt keine plausible Antwort ein. Das ist alles so falsch. Er ist mein Stiefbruder! Wenn das herauskäme, wäre es unerträglich. Man würde uns dafür verurteilen und die Nase über uns rümpfen, wir wären aus der Gesellschaft ausgestoßen. Doch nicht nur das Stiefgeschwisterproblem bringt mich so aus der Fassung, sondern auch die Tatsache, dass er so viele Macken hat. Eigentlich müsste ich ihn hassen, was ich aber einfach nicht über mich bringe. Jedenfalls nicht mehr. Warum bin ich so fasziniert von einem Typen, dem absolut alles egal zu sein scheint? Ich müsste ihn hassen, weil er so ein arroganter, egoistischer Vollidiot ist. Aber ich kann ihn nicht verachten, ganz egal, wie viele unangebrachte Kommentare er ablässt, wie viele Joints er raucht oder wie viel Alkohol er pro Stunde in sich reinkippt. Denn inzwischen bin ich hundertprozentig davon überzeugt, dass er das nicht macht, um cool auszusehen oder die Jungs zu beeindrucken. Da muss noch mehr dran sein. Hinter dem harten Kerl, den er nach außen darstellen will, steckt die faszinierende Wahrheit darüber, wer er wirklich ist. Das ist so spannend und aufregend – und ich bin gerade dabei, mich in ihn zu verlieben.

Ich wünschte, es wäre nicht so.

Wenig später kommen Ella und Chase nach Hause. Sie steckt kurz den Kopf in mein Zimmer, um zu sehen, ob ich schon da bin, und sagt, sie mache sich Sorgen, weil es so ruhig im Haus sei. Ich ringe mir ein falsches Lachen ab, und sie geht weiter zum nächsten Zimmer, um nach ihrem ältesten und berüchtigtsten Sohn zu sehen. Ich habe nicht gehört, wie er in sein Zimmer gegangen ist, aber offenbar hatte er die gleiche Idee wie ich, denn jetzt höre ich seine Stimme durch die Wand.

Sie keifen sich ungefähr eine Minute lang an, bis Ella aufgibt und ihn allein lässt. Ich frage mich, ob das ihr übliches Muster ist: Sie versucht, zu ihm durchzudringen, er schreit sie an, sie gibt auf. Immer und immer wieder. Es scheint zu ihrem ganz normalen Tagesablauf zu gehören.

Später kommt sie noch mal zu mir, um mich zum Abendessen aus dem Zimmer zu locken. Eigentlich habe ich keine Lust runterzugehen, aber sie lässt keine Widerrede gelten.

In der Küche sitzen Dad und Chase auf ihren üblichen Plätzen, und natürlich ist Tyler auch da.

»Hast du Hunger?«, fragt Dad. Er hat sich auf seinem Stuhl zurückgelehnt, die Krawatte hängt ihm lose um den Hals.

»Nein.« Ich zwinge mich, den Blickkontakt mit ihm zu halten, während ich von der anderen Seite Tylers giftige Blicke spüre, die mir Löcher in die Haut bohren wollen. »Wie war die Besprechung?«

Dad zuckt die Achseln. »Ganz okay.«

»Dave«, wirft Ella ein, die gerade eine Platte mit gegrillten Rippchen auf den Tisch stellt – was Tyler mit Würgelauten kommentiert –, um sich dann hinter Dad zu stellen und ihm die Hände auf die Schultern zu legen. »Du hast doch gesagt, es wäre richtig gut gelaufen.«

Er sieht zu ihr auf, als sie ihm mit den Daumen über den Nacken streicht, und ein kleines Lächeln umspielt seine Lippen. Früher hat er meine Mom so angelächelt, damals, als sie noch glücklich waren. Diese kleinen Gesten und Blickwechsel haben schon lange vor der Scheidung aufgehört. »Hmm«, sagt er und sieht wieder mich an. »Die Besprechung war klasse.«

»Gut«, sage ich.

Plötzlich schiebt Tyler mit einem kreischenden Geräusch seinen Stuhl zurück und steht auf. Kopfschüttelnd zeigt er auf das Fleisch und verzieht das Gesicht. »Ich halt das hier nicht aus. Ich geh wieder nach oben.«

Innerhalb von Nanosekunden hat sich Ellas Lächeln in Luft aufgelöst; sie stützt die Hände auf Dads breite Schultern. »Aber dein Essen kommt doch …«

»Ich hab noch zu tun«, unterbricht er sie. Ohne sich noch einmal umzusehen, läuft er in den Flur. »Ich mach's mir später warm.«

Ella seufzt schwer und dreht die Herdplatte runter. »Da waren es zwei Kinder weniger«, murmelt sie.

Chase findet es offenbar prima, dass weniger Leute am Tisch sitzen, denn er grinst breit und ruft: »Mehr Rippchen für mich!«

Nur zu viert zu Abend zu essen, ist ein eigenartiges Gefühl. Chase und ich machen ein bisschen Small Talk, während sich Dad und Ella ausführlicher von ihrem Tag berichten. Wenn die beiden nicht hinsehen, schiebe ich Chase noch das eine oder andere Rippchen rüber.

Insgesamt verläuft das Essen einigermaßen ruhig, bis das Telefon klingelt. Zuerst denken wir uns nichts dabei, doch dann kommt Dad in die Küche gerannt, schmeißt das Telefon auf die Anrichte und greift nach seinem Schlüsselbund. »Das war Grace«, sagt er hastig mit einem Blick zu Ella, die argwöhnisch vom Tisch aufsteht. »Jamie ist aufs Handgelenk gefallen. Sie sagt, es ist vielleicht gebrochen. Wir müssen los.«

Kraftlos fasst Ella sich an die Stirn, ihr Gesicht ist verzerrt. »Nicht schon wieder!«

»Das wird schon wieder«, sagt Dad mit fester Stimme. »Komm, wir holen ihn ab.«

Ella flitzt aufgescheucht durch die Küche und vergewissert sich, dass alles ausgeschaltet ist, damit ihr nicht das Haus abbrennt, während sie weg ist. Auf dem Weg in den Flur bleibt sie kurz stehen und dreht sich zu mir um. »Kannst du mit Tyler hierbleiben und auf Chase aufpassen?«

Ich nicke eilig und stehe ebenfalls auf. »Fahrt schon los.«

Sie lächelt mich dankbar an, bevor sie aus dem Haus eilt und zu Dad in den Wagen steigt. Als das Motorengeräusch verklungen ist, kommen die einzigen Geräusche im Raum von Chase, der die Barbecue-Sauce vom Teller schlürft.

Während er aufisst, fange ich schon mal an, die Teller einzusammeln. »Gute Rippchen, was?«

»Saugute Rippchen«, verbessert er mich. Er lässt den letzten Knochen auf den Teller fallen und lächelt. »Mmmm.«

Augenrollend stelle ich auch seinen Teller auf den Stapel und trage alles vorsichtig zur Spülmaschine. Fast hätte ich die Knochen in den Abfallzerkleiner gegeben, doch ich bemerke meinen Fehler rechtzeitig und werfe sie stattdessen in den Mülleimer. »Bricht sich Jamie eigentlich öfter die Hand?«

»Nein«, sagt Chase. Er steht plötzlich neben mir, öffnet den Geschirrspüler für mich und fängt an, das benutzte Besteck einräumen. »Aber Tyler.«

»O Mann«, sage ich schmunzelnd. »Und ich dachte, er wäre so ein zäher Bursche.«

Dank Chase' Hilfe haben wir die Küche in nur zehn Minuten aufgeräumt. Anschließend geht er ins Wohnzimmer, um fernzusehen, während ich mich vergewissere, dass die Haustür abgeschlossen ist. Da Tyler und ich jetzt so gut wie allein im Haus sind, halte ich den Zeitpunkt für günstig, noch einmal mit ihm zu reden. Ich weiß nicht, ob er auf mich wütend ist oder auf sich selbst, aber klar ist, dass er ziemlich aufgebracht ist, und mir ist er gutgelaunt lieber.

Als ich in sein Zimmer komme, sitzt er auf der Bettkante, den Kopf gesenkt und die Hände vor sich gefaltet. Es ist still im Raum.

»Wir müssen auf Chase aufpassen«, sage ich leise, um mich bemerkbar zu machen. »Jamie hat sich das Handgelenk gebrochen.«

Sofort hebt er den Kopf und steht auf. Panik steht ihm ins Gesicht geschrieben. »Was ist passiert? Wo ist er? Wer war das?«

Verblüfft über seinen Ausbruch, kapiere ich seine Fragen zuerst nicht. »Was?«

Er räuspert sich. »Ich meine, wie ist es passiert?«

»Ich glaube, er ist draufgefallen«, sage ich. Weil Tyler aussieht, als würde er jeden Moment umkippen, versuche ich, die Stimmung ein bisschen aufzuheitern. »Wie ich gehört habe, hast du dir deins auch mal gebrochen, du harter Kerl, du.« Ich wackle mit den Augenbrauen, aber der Spruch geht komplett nach hinten los.

Seine Augen weiten sich in einer Mischung aus Wut und Erschrecken. »Wer hat dir das erzählt?«

»Äh, Chase.« Überrascht von der plötzlichen Aufregung suche ich in seinem Blick einen Hinweis darauf, warum er so sauer ist. Ich begreife nicht, was in ihm vorgeht. »Was ist denn los?«

Er schaut kurz zu Boden, kommt einen Schritt auf mich zu und sieht mich mit bohrendem Blick an. »Was hat er dir sonst noch erzählt?«

»Nichts«, flüstere ich.

Noch einen Schritt näher. »Sicher?«

»Jetzt krieg dich mal wieder ein.« Er ignoriert meine Worte und mustert mich eindringlich von oben bis unten. »Ja, ganz sicher«, füge ich eilig hinzu.

»Weißt du was?«, fährt er mich an. »Ich halte das nicht mehr aus.« Er schüttelt den Kopf, wendet den Blick ab und geht in sein kleines Badezimmer. »Dich nicht, und auch Tiffani nicht. Ich halte deine dämlichen Fragen nicht mehr aus und auch nicht Tiffanis Geheule. Das ist mir gerade einfach alles zu viel.« Sein Atem geht schnell, als wäre er gerannt. Mit beiden Händen umfasst er den Waschbeckenrand und starrt auf den Wasserhahn.

»Du bist so außer dir.« Ich gehe auf ihn zu und schiebe die Tür ein Stück weiter auf, um zu ihm ins Bad zu kommen.

»Pass mit der Tür auf«, sagt er leise. »Das Schloss ist im Arsch.«

Behutsam lege ich ihm eine Hand auf den Arm, um ihn zu beruhigen. Er klingt nämlich so, als würde er jeden Moment das Waschbecken aus der Wand reißen. Aber er zuckt unter der Berührung zusammen und weicht vor mir zurück.

»Ich brauch jetzt eine Line«, zischt er. Sein Blick schnellt zum Badezimmerschränkchen. Er reißt die Spiegeltür auf und holt ein Bündel Geldscheine aus dem obersten Fach. Mir fällt eine ganze Sammlung verschreibungspflichtiger Medikamente und Tablettenfläschchen auf, die wahllos verteilt in den Fächern stehen. Aber das ist mir im Moment egal.

Tyler knallt das Schränkchen zu und dreht sich um, doch ich versperre ihm die Tür. »Denk nicht mal dran«, bringe ich zwischen den Zähnen hervor.

»Eden.« Er beugt sich zu mir, seine feuchten Lippen sind dicht an meiner Wange, sein Atem streicht kühl über meine Haut. »Ich brauche eine Line. Jetzt.«

Ich betrachte das Geld, das er in einer Hand umklammert hält, weiche einen kleinen Schritt zurück und sehe ihm fest in die Augen. »Weil Koks ja auch für alles die Lösung ist, oder wie?«

»Eden«, sagt er noch einmal, seine Stimme ist heiser. »Schwing deinen hübschen Arsch aus dem Weg, bevor ich richtig sauer werde. Ich muss mich mit Declan treffen.«

»Das lasse ich nicht zu«, fahre ich ihn an. Jetzt bin *ich* nämlich wütend. Natürlich flüchtet er sich in Drogen. Das ist so typisch für ihn und so dermaßen armselig. Was denkt er sich eigentlich? *Ich will mich mit dem ganzen Mist nicht auseinandersetzen, was kann ich dagegen tun? Ach ja, mein Leben ruinieren.* Mit Drogen schiebt man die Probleme doch nur auf.

Dicht neben meinem Ohr knallt Tyler die flache Hand gegen die Wand. »Das kannst du aber nicht entscheiden!«

Was er nicht weiß: Ich kann sehr wohl entscheiden, ob er geht oder nicht, weil er mir nämlich unabsichtlich verraten hat, wie ich ihn aufhalten kann. Während er mich also mit zusammengepressten Lippen anstarrt, taste ich nach der Türkante. Es dauert ein paar Sekunden, bis ich sie zu fassen kriege, doch ehe Tyler mitkriegt, was ich vorhabe, schiebe ich die Tür zu und lehne mich mit meinem ganzen Gewicht dagegen, bis das Schloss widerwillig einrastet.

Dieses Schloss, das so im Arsch ist, wie Tyler sagt, ist gerade mein bester Freund geworden.

Kapitel 24

In dem kleinen Bad macht sich eine angespannte Stille breit. Mein Herz schlägt schnell und hart, und im fluoreszierenden Licht kann ich Tylers Emotionsspektrum deutlich an seinen grünen Augen ablesen. Eine Spur Überraschung hat sich in die Wut gemischt.

»Willst du mich verarschen?« Er sieht sich in dem kleinen Raum um, als würde er ein Fenster suchen, das es hier nie gegeben hat – als würde sich plötzlich ein Ausgang auftun, wenn er die Wände nur lange genug anstarrt. Aber es sind und bleiben nur vier Wände und eine verschlossene Tür.

»Nein«, sage ich, ganz beeindruckt von mir selbst, weil ich eine Blitzentscheidung getroffen habe – und dann auch noch die richtige. Ja, es war richtig, Tyler am Weggehen zu hindern.

Es stört mich nicht mal, dass ich mich mit ihm in diese verzwickte, beklemmend enge Lage gebracht habe und wir möglicherweise für Stunden hier festsitzen. Vielleicht lässt sich die Tür nur wieder öffnen, indem man sie aus den Angeln hebt oder aufbricht. Vielleicht müssen wir auch bis morgen früh warten, wenn ein Handwerker zur Rettung eilt – und vielleicht ist es mir einfach total egal.

Tyler hingegen ist es nicht egal. Ihn interessiert nur, wie er hier rauskommt, und das Einzige, was ihn daran hindert, ist die verschlossene Tür. Er schiebt mich zur Seite und streift mich im Vorbeigehen mit der Schulter. Mit seinen langen

Fingern umschließt er den Türgriff und rüttelt kräftig daran, damit das Schloss nachgibt. Doch nichts passiert.

»Gib's auf«, sage ich. Die Venen in seinem Arm treten hervor, als er noch einmal am Türgriff zerrt, bevor er endlich einsieht, dass er sich heute Abend wohl nicht mit Declan Portwood treffen wird.

Er legt die Hände in den Nacken, blickt zur Decke und atmet ein paar Mal tief ein und aus, um sich zu beruhigen. Mir gefällt es, wie er seufzt, wie sich seine Lider für einen Moment flatternd schließen, wie seine Brust und Schultern sich heben und wieder senken, als der Sauerstoff aus seinem Körper entweicht. Nachdem er sich gesammelt hat, senkt er den Kopf wieder und wendet sich mit scharfem, empörtem Blick an mich.

»Tut mir leid, dass es mir nicht egal ist«, teile ich ihm mit. Er wartet auf eine Erklärung, vielleicht sogar auf eine echte Entschuldigung, aber beides wird er von mir nicht kriegen. »Dann musst du wohl eine andere Art finden, dich abzulenken. Eine Alternative. Eine, die dich nicht umbringt.«

Wieder sieht er sich im Bad um, immer noch auf einen Ausweg hoffend, findet aber nur sein eigenes Spiegelbild über dem Waschbecken. Lange erträgt er den Anblick des Feuers nicht, das in seinen Augen brennt, und er richtet den Blick auf den Boden. »Du warst drauf und dran, meine Ablenkung zu werden«, murrt er, aber seine Stimme klingt nicht mehr so schroff wie noch vor ein paar Minuten. »Aber dich kann ich ja nicht haben.«

Darauf weiß ich nichts zu erwidern. Worte steigen in mir auf, aber aus irgendeinem Grund kann ich nicht sprechen. Ich hole tief Luft, und als ich meine Reaktion endlich in Worte fasse, spreche ich sanft und leise, als könnte uns jemand hören, was ja nicht der Fall ist. »Warum bin ich eine Ablenkung?«

Tyler sieht mich sorgenvoll an, den Kopf zur Seite geneigt,

als müsste er sich die Antwort erst selbst in Erinnerung rufen. Doch endlich bewegen sich seine Lippen, und er flüstert vorsichtig: »Weil du alles ein bisschen leichter machst. Weil ich mich auf dich konzentrieren kann, statt auf alles andere.«

Kaum merklich heben sich bei diesen Worten seine Mundwinkel. Der Anblick lässt mich erstarren, wie gelähmt stehe ich vor der Dusche, und plötzlich wird mir bewusst, wie real das alles ist. »Dann hör nicht auf«, sage ich. Meine Stimme zittert ein bisschen. Vorsichtig mache ich einen Schritt auf ihn zu, ohne genau zu wissen, worauf ich hinauswill. Es scheint mir einfach richtig zu sein.

Noch immer sieht er mir fest in die Augen, aber er blinzelt schnell, sein Atem geht schwer, und ich weiß, dass er immer noch nur das Eine will. Sacht lege ich die Hand an seine Wange. Seine Haut ist so heiß wie das Feuer in seinen Augen.

»Konzentrier dich auf mich«, flüstere ich.

»Dann lenk mich ab«, fordert er und löst behutsam meine Hand von seinem Gesicht. Die Kälte seiner Finger im Gegensatz zur Wärme seines Gesichts lässt mich zusammenzucken. Zwei völlige Gegensätze. Wie er und ich.

»Wir können reden«, sage ich. Die Atmosphäre im Raum hat sich beruhigt, die Spannung ist gewichen, und ich flüstere beinahe, weil ich befürchte, diese behagliche Ruhe zu stören. »Wir haben nie einfach nur geredet.«

»Also gut, reden wir«, sagt er. Vorsichtig geht er an mir vorbei, lehnt sich mit dem Rücken an die Duschtür und rutscht daran hinunter auf den Boden. Seufzend streckt er die Beine aus, lässt den Kopf hängen und schließt die Augen. Ich frage mich, woran er denkt. An mich?

»Können wir über Tiffani reden?« Ich stelle die Frage mit äußerster Vorsicht, um dieses komplizierte Thema so behutsam wie möglich anzuschneiden. »Diesmal in Ruhe.«

Schon die Erwähnung ihres Namens verursacht neue Spannungen. Tyler sieht mich an, wie um zu fragen, ob ich gerade wirklich und allen Ernstes von Tiffani angefangen habe. Etwas blitzt in seinen Augen auf, doch dann wendet er den Blick ab.

Ich steige über seine Beine und hocke mich auf die kalten Fliesen. Den Rücken an die Tür gelehnt, ziehe ich die Beine an und lege die Arme darum. »Warum machst du nicht Schluss? Du magst sie doch nicht mal. Das hast du selbst gesagt.«

Tyler lässt den Blick zu meinen Lippen und Händen schweifen, um mir dann wieder in die Augen zu sehen. Überlegt er gerade, ob er mir eine ehrliche Antwort geben soll? Oder versucht er nur, Zeit zu schinden, um sich eine Lüge einfallen zu lassen? »Ich kann nicht mit ihr Schluss machen.«

»Aber warum nicht?« Seine Antwort irritiert mich nur noch mehr. Solange sie ihm kein Messer an die Kehle hält, sehe ich keinen Grund, warum er diese sinnlose Beziehung, die ihn eindeutig wenig bis gar nicht interessiert, nicht einfach beenden kann.

Er lässt den Kopf in die Hand sinken, reibt sich mit Daumen und Zeigefinger die Augen und seufzt schwer. »Tiffani ist ziemlich gut darin, so zu tun, als wäre sie das netteste Mädchen weit und breit. Aber das ist sie nicht. Sobald man bei ihr etwas verkehrt macht, verwandelt sie sich in die reinste Psychopathin. Sie weiß zu viel über mich. Das kann ich nicht riskieren. Nicht jetzt.«

»Eine Psychopathin?« Ich hebe den Kopf und sehe ihn verdattert an. »Was weiß sie?«

»Na ja …« Er bricht ab, wirkt unbehaglich, fast schon gequält, und stützt die flachen Hände auf den Boden. »Okay, ein Beispiel: Im Januar hat sie gehört, ich würde mich dienstags in der Mittagspause immer mit so einem Mädchen treffen, was überhaupt nicht stimmte – und sie ist völlig durchgedreht. Ich hatte zwei Wochen lang für ein Essay in Englischer Literatur geackert, weil ich meine Noten verbessern musste, und sie hat meinem Lehrer erzählt, sie hätte es geschrieben. Meine Gesamtnote wurde runtergesetzt, und ich wurde wegen Täuschungsversuchs suspendiert. Das ist so krank. Am selben Tag hat sie von der Mailadresse ihrer Mutter aus meine Mom angeschrieben, sie wäre so besorgt um mich, weil ich im Schulkeller Joints geraucht hätte. Der Teil stimmte, und Tiffani war die Einzige, die davon wusste. Fast einen Monat lang hat Mom nicht mit mir gesprochen. Damals wollte ich Schluss machen, aber sie hat ziemlich deutlich gemacht, dass ich das lieber nicht wagen sollte. Also habe ich es gelassen. Schlussmachen ist keine Option. Sie hat noch so viele Möglichkeiten, mir zu schaden, weil sie immer am längeren Hebel sitzt.«

Nach kurzem Schweigen frage ich: »Was weiß sie sonst noch, Tyler?« Ich versuche zu erfassen und zu begreifen, was er gesagt hat. Zuerst kann ich mir nicht vorstellen, dass Tiffani so etwas tun würde. Doch dann erinnere ich mich daran, wie sie mich heute Morgen angesehen hat, als sie meinte, sie wüsste, dass ich lüge. Sie hat mir richtig Angst gemacht. Und irgendwie glaube ich Tyler. Sie ist definitiv zu so etwas fähig.

Tyler weicht meinem Blick knapp aus. »Weißt du noch, am ersten Ferientag?«

Der plötzliche Themensprung von Tiffanis Kontrollwahn zum Anfang der Sommerferien überrascht mich. »Ja. Dad war peinlich, das Grillfest war ätzend, und du bist ziemlich ungehobelt reingeplatzt.«

»Ja, genau das.« Ich habe erwartet, dass er lacht, aber das tut er nicht. Er sieht sogar noch beklommener aus als vorher. »Ich war tierisch wütend.«

»Warum?« Ich weiß noch, dass ich an diesem Abend seinen Streit mit Ella belauscht habe, kann mich aber nicht daran erinnern, dass sie über den Grund seines Ausrasters gesprochen hätten. Er hat ziemlich sauer ausgesehen, als er mit dem Auto ankam.

Wieder ein Moment des Schweigens. »Ich war wütend auf Tiffani«, gibt er zu. Inzwischen kann er mich gar nicht mehr ansehen, sondern starrt nur noch auf die Bodenfliesen. »Ich hatte überlegt, mich auf eine gewisse Sache einzulassen, und das hat sie an diesem Abend herausgefunden«, erklärt er mit leiser, leicht rauer Stimme. Mir wird schnell klar, dass er mir nicht erzählen wird, was diese gewisse Sache war. Dass es nichts ist, worauf er stolz sein sollte, kann ich mir allerdings denken. »Sie sagte, sie würde es niemandem verraten, wenn ich bis zum Schulabschluss mit ihr zusammenbleibe. Deshalb habe ich am Anfang der Ferien auch versucht, bei ihr Schönwetter zu machen. Du weißt schon, die Sache im American Apparel und so.« Vor Scham, darüber sprechen zu müssen, schießt ihm das Blut in die Wangen, aber mir macht es nichts aus. Ich bin nur froh, dass er ehrlich zu mir ist. »Solange sie zufrieden ist und ich nicht mit ihr Schluss mache, verrät sie es niemandem. Das ist typisch für sie, Eden. Sie erpresst die Leute, das zu tun, was sie will, damit sie cool dasteht und allen anderen überlegen ist.« Er atmet tief aus und schüttelt den Kopf. »Sie hat mir erzählt, sie wäre früher gemobbt worden. Als sie dann mit ihrer Mutter nach der Scheidung hierhergezogen ist und zu uns an die Schule kam, wollte sie wahrscheinlich auf Nummer sicher gehen, dass sie nie wieder zum Opfer wird. Sie wollte besser und cooler sein als alle anderen. Mich an ihrer Seite zu haben war gut für ihr Ego. Und deshalb stecke ich jetzt in diesem Schlamassel.« Er stöhnt auf. »Wie ich das hasse.«

»Wow«, sage ich. Mehr bringe ich gerade nicht zustande. Tyler hatte die ganze Zeit recht. Er will wirklich nicht mit ihr zusammen sein, das hat er nicht nur mir zuliebe behauptet. Er steckt wirklich in einer vertrackten Lage, und ich werde das Gefühl nicht los, dass ich alles nur noch schlimmer gemacht habe. »Ich weiß gar nicht, was ich sagen soll.«

»Ich trenne mich nicht von ihr«, sagt er mit sanfter Stimme. Endlich hebt er wieder den Kopf und schaut mich an. Er sieht traurig aus. Außerdem tut er mir leid, und ich habe keine Ahnung, was ich ihm raten soll. »Jedenfalls noch nicht. Im Moment kann ich es nicht riskieren.«

»Was sollen wir dann machen?« Der Boden unter mir ist kalt, aber ich versuche, nicht darauf zu achten und mich stattdessen auf den Menschen zu konzentrieren, der mir gegenüber sitzt und den ich so gern verstehen möchte.

Ernst und eindringlich sieht er mich an. »Ich will nicht, dass jemand Verdacht schöpft«, erklärt er.

»Was für einen Verdacht?«

»Wegen uns«, sagt er mit fester Stimme. Wieder seufzt er, fährt sich durch die Haare und zieht an den Spitzen – und mir fällt auf, wie vertraut mir diese Geste ist. Sie ist ein unterbewusster Ausdruck von Wut oder Schmerz, etwas, das ihm vielleicht für einen kurzen Moment Trost spendet. »Wir müssen uns ganz normal verhalten, bis wir eine Lösung gefunden haben. Noch ein Grund, warum ich nicht einfach Schluss machen kann – das würde Fragen aufwerfen. Im Moment kann ich nicht auf Tiffani verzichten, weil sie für mich die Normalität ist.«

»Aber es ist ihr gegenüber nicht fair«, sage ich leise. Wieder sehe ich ihr tränenüberströmtes Gesicht von heute Morgen vor mir und muss daran denken, wie sie haltlos in ihr Kissen geschluchzt hat, um den schlimmsten Schmerz rauszulassen. Wir haben ihr das angetan, und es ist erst wenige Stunden her, auch wenn es mir sehr viel länger vorkommt. Vielleicht ist sie immer noch verzweifelt, während Tyler und ich uns an einer gefährlichen Grenze entlangtasten, die wir nicht überschreiten sollten. Selbst wenn Tyler unfreiwillig in dieser Beziehung mit Tiffani feststeckt und selbst wenn sie ihn dazu gezwungen hat, gibt uns das noch nicht das Recht, sie zu betrügen.

»Eden«, sagt er, und ich fange seinen Blick auf. Mit schiefgelegtem Kopf mustert er mich. »Lass uns von was anderem reden. Erzähl mir von Portland.«

Stirnrunzelnd schlage ich die Beine übereinander und lege die verschränkten Hände in den Schoß. »Ich soll dir von Portland erzählen?«

»Du sollst mir von dir erzählen«, sagt er. Mit lebhaft leuchtenden Augen sieht er mich fest und unnachgiebig an. »Erzähl mir etwas, das sonst niemand weiß.«

In seinem Blick, irgendwo in der Tiefe des Feuers, das darin brennt, sehe ich Aufrichtigkeit, und ich weiß, dass ich ihm meine Geheimnisse anvertrauen kann. Ihm kann ich von Portland und den Menschen dort erzählen. Es dauert etwa eine Minute, bis ich zu einem Entschluss komme. Dieses Geheimnis kennt nur Amelia, und ich bin nicht sicher, ob ich die Anzahl der eingeweihten Personen verdoppeln will. Doch dann nickt Tyler mir ermutigend zu, wie um mich zu überreden, mit ihm zusammen von einer Klippe zu springen, und ich gebe nach.

Ich atme ein paar Mal tief durch, bis ich genug Mut gefasst habe. Eigentlich will ich nicht eingestehen, was los ist. »Ich liebe Portland. Es war eine tolle Stadt, um dort aufzuwachsen«, sage ich mit einem traurigen Lächeln, als würde ich in Erinnerungen an die guten alten Zeiten schwelgen – wie meine Großeltern sagen würden. »Ich hatte drei sehr enge Freundinnen, Amelia, Alyssa und Holly.«

»Hatte?«

»Hatte«, bestätige ich. Tyler beobachtet mich aufmerksam, er registriert jedes Wort und jede Bewegung. »Als meine Eltern sich scheiden ließen, war ich dreizehn, und das war sehr schlimm für mich. So oft habe ich mich in den Schlaf geheult, weil Mom so viel geweint hat und Dad nicht da war und ich nicht wusste, wie ich ihr helfen konnte. Es war einfach schlimm. Richtig, richtig schlimm.« Ich mache eine kurze Pause. Die nächsten Worte bringe ich nur schwer über die Lippen. »Irgendwann habe ich angefangen, zu viel zu essen, weil ich so traurig war, und habe im ersten Highschool-Jahr ein paar Kilo zugelegt. Alyssa und Holly hatten dazu so einiges zu sagen.«

Als ich spüre, wie Tyler an mir hinunterschaut, fühle ich mich noch verunsicherter als ohnehin schon. »Du bist nicht fett«, sagt er schroff, als würde es ihn wütend machen, dass ich das auch nur andeute.

»Weil ich jogge, Tyler.«

Er sieht mich weiterhin prüfend an, als wollte er verstehen, was in mir vorgeht, genau wie ich es immer bei ihm versuche. Langsam rutscht er näher zu mir, bis er direkt vor mir sitzt. Ich bin zwischen seinen Beinen gefangen, und als er die Hände auf meine Knie legt, zucke ich leicht zusammen. »Erzähl weiter.«

Mein Gedankengang wird von dem Wunsch unterbrochen, mich vorzubeugen und ihn zu küssen. Ich lehne die Wange gegen die Hand und zwinge mich weiterzusprechen. »Wegen der beiden habe ich mich wie ein Stück Dreck gefühlt«, gebe ich zu, weil es die Wahrheit ist. Über ein Jahr lang haben mich Alyssa und Holly richtig mies behandelt, haben in jedes Gespräch Seitenhiebe auf mein Gewicht eingestreut und meine Psyche in eine Abwärtsspirale getrieben. »Zwei meiner angeblich besten Freundinnen haben mich jeden Tag fett genannt. Irgendwann habe ich dann angefangen zu joggen. Wir reden nicht mehr miteinander, aber hinter meinem Rücken lästern sie immer noch über mich. Das Schlimmste ist, dass Amelia … na ja, Amelia ist immer noch mit ihnen befreundet. Allerdings hat sie die ganze Zeit über zu mir gehalten.«

»Eden«, sagt Tyler mit fester Stimme, als könnte ihm nur

die Kraft meines Namens helfen, zu mir durchzudringen. »Deshalb sagst du immer, du hättest keinen Hunger?«

Ich öffne den Mund und starre ihn an. Fast ist es mir peinlich, dass er so genau darauf achtet, was ich tue und sage. Nicht einmal Dad hat es bemerkt. Aber der war schon immer egozentrisch. »Das ist dir aufgefallen?«

»Erst jetzt.« Er betrachtet meine Beine und streicht zart an meinen Oberschenkeln hinauf. »Nur dass du's weißt. Ich sehe das vollkommen anders als diese Mädchen. Was sie getan haben, tut mir leid.« Er malt weiter Muster auf meine Oberschenkel, hält den Kopf gesenkt und sieht unter seinen langen Wimpern zu mir auf. In seinem Blick liegt eine ungeheure Stärke, und ich versinke völlig in dieser Kraft und dem Gefühl, seine Haut auf meiner zu spüren.

Er scheint zu merken, wie sich meine Schultern entspannen, wie ich erleichtert aufatme und unter seiner Berührung ganz weich werde, und er scheint dasselbe zu denken wie ich, denn er hört auf, mit den Fingerspitzen Kreise auf meine Haut zu zeichnen. Stattdessen umfasst er meine Beine, beugt sich vor und küsst mich.

Ich weiß nicht, warum, aber ich liebe es, wenn er die Situation so völlig dominiert. Es ist, als würde er die ganze Arbeit machen, während ich nur das Glücksgefühl und den Adrenalinschub genieße. Ein bisschen gewöhne ich mich schon daran, wie sich unsere Lippen aneinanderschmiegen. Ganz automatisch lege ich ihm die Arme um den Hals, und während wir uns küssen, muss ich lächeln. Ich mag dieses aufkommende Gefühl der Vertrautheit.

Es dauert nicht lange, bis er die Hände von meinen Beinen nimmt und sich auf neues, gefährliches Gebiet vorwagt. Der Kuss wird langsamer, weil Tyler sich mehr auf seine Hände konzentriert als auf meine Lippen. Am Saum meines T-Shirts verharrt er einen Moment und streicht über den Stoff, als würde er darauf warten, dass ich ihn aufhalte.

Aber ich will nicht, dass er aufhört. Ich ziehe ihn enger an mich.

Tyler versteht die Botschaft, legt eine Hand auf meine Taille und tastet mit der anderen nach meinem BH. Jede Berührung hinterlässt eine kribbelnde, aufregende Spur. Ich weiß nicht genau, wie, aber mit einer einzigen, flinken Bewegung hat er die Hand unter den spitzenbesetzten Stoff geschoben und umfasst meine Brust. Für einen Moment unterbricht er den Kuss, um mir in die Augen zu sehen, bevor er sich wieder vorbeugt, um meine Wangen und mein Kinn mit Küssen zu bedecken. Sein Daumen streicht in sanften Kreisen über meine Brust. Seine Haut fühlt sich kühl und auf eine ganz eigene Art sinnlich an. Bald nimmt er die andere Hand dazu, und plötzlich werde ich unsicher. Mit halbgeschlossenen Augen starre ich an die Decke, das Gesicht leicht zur Seite geneigt, während Tyler mich auf den Hals küsst und meine Brüste streichelt. In dieser Region war ich von der Natur noch nie besonders gesegnet, vor allem im Vergleich zu Tiffani, und plötzlich kriege ich Angst, Tyler könnte jeden Moment laut anfangen zu lachen. Aber das tut er nicht.

Ich spüre ein Stöhnen in mir aufsteigen, versuche es aber zu unterdrücken, weil mir das alles schon peinlich genug ist. Doch dann seufzt Tyler an meinem Hals, sein Atem kitzelt auf meiner Haut. Ich nehme sein Gesicht in beide Hände und ziehe es zu mir, um ihn wieder zu küssen, doch bevor sich unsere Lippen treffen, begegnen sich unsere Blicke für einen Moment. Mit angehaltenem Atem sehen wir uns an, genießen die Umarmung des anderen und können nicht verhindern, dass ein kleines Lächeln an unseren Mundwinkeln zupft.

Wir dürften nicht hier auf dem Badezimmerboden sitzen und knutschen, er dürfte mich nicht streicheln, und ich dürfte es nicht so sehr genießen. Das Skandalöse daran macht alles noch aufregender.

Und noch kostbarer.

Kapitel 25

Nach zwei Stunden wurden Tyler und ich aus unserem Badezimmergefängnis befreit. Als unsere Eltern den einen Sohn mit gebrochenem Handgelenk nach Hause brachten, wartete ein anderer verzweifelt auf ihre Rückkehr und konnte nicht verstehen, warum man ihn allein zurückgelassen hatte. Keiner ahnte, dass Tyler und ich die ganze Zeit im Haus waren und aus der Ferne auf Chase aufgepasst hatten. Dass Ella wütend war, konnte ich deutlich hören. Wahrscheinlich dachte sie, ich hätte mich vor dem Babysitten gedrückt und wäre wieder abgehauen, doch als sie dann nach uns riefen, stellte sich heraus, dass wir direkt im Zimmer über ihnen waren. Wir mussten uns ganz schön was einfallen lassen, um das zu erklären.

»Ich weiß nicht, wie es passiert ist«, log ich durch zusammengebissene Zähne und die geschlossene Tür.

»Ich auch nicht«, setzte Tyler hinzu.

»Ich hab ihn gesucht, und dann bin ich gegen die Tür gefallen«, sagte ich. Noch eine Lüge. Neben mir presste Tyler sich den Handrücken vor den Mund, um sein Lachen zu ersticken.

Dad sagte, er würde sofort Mr. Forde vom Hausmeisterservice herbestellen. Doch Mr. Forde scherte sich nicht groß um den Kundendienststandard und stand erst eine Dreiviertelstunde später vor der Tür. Dreißig Mäuse und eine Menge Bohren und Brechen waren nötig, um das Schloss zu entriegeln, bevor Tyler und ich endlich beschämt aus dem engen Raum entkommen konnten.

Den Rest des Abends haben wir nicht mehr miteinander geredet, nicht, weil ich es nicht gewollt hätte, sondern weil Tyler über eine Stunde am Telefon hing und sich mit bemüht sanfter und flehender Stimme bei Tiffani für diesen »Ausrutscher« entschuldigte, der »völlig spontan« passiert wäre, was er »ganz bestimmt nicht gewollt« hätte. Das alles höre ich durch die papierdünne Wand, die unsere Zimmer voneinander trennt. Er erzählt ihr eine Lüge nach der anderen und schichtet sie zu einer Alibi-Story auf. Da wäre so ein Mädchen aus Inglewood gewesen, das sich unbedingt sein Auto anschauen wollte, als er gerade unterwegs zu seinen Freunden war. Und irgendwie wäre die Fünfzehnjährige dann auf seinem Schoß gelandet. Ein bisschen weit hergeholt, aber Tiffani hat ihm geglaubt. Seine Reue klang so erzwungen und so unecht, dass ich am liebsten die Wand eingerissen hätte, um ihn zu fragen, was er sich bloß dabei denkt. Aber das habe ich dann doch nicht gemacht, weil mir noch rechtzeitig eingefallen ist, dass dieses Mädchen aus Inglewood ja in Wirklichkeit ich war.

Und so war ich gestern Abend beim Einschlafen zwiegespalten. Ein Teil von mir drohte in Schuldgefühlen zu ertrinken, aber ein anderer schwebte wie auf Wolken und war unbekümmert verliebt in Tyler und in die Geheimnisse, die er in den Tiefen seines Wesens verborgen hält.

Irgendwie bin ich nämlich selbst ein Teil davon geworden.

*

»Und deshalb sind britische Jungs besser als die ganzen amerikanischen Idioten«, verkündet Rachael endlich nach einem fünfminütigen Vortrag, in dem sie die beiden Nationalitäten miteinander verglichen hat. Ihr zufolge sind britische Typen die besseren, weil sie einen süßen Akzent haben und süße Wörter benutzen und einfach von oben bis unten süß sind. Viel weiter reicht ihre Argumentation nicht.

Meghan teilt uns ihre eigene Ansicht dazu mit: Ihrer Meinung nach sind die Franzosen die besten, weil sie einen hoch oben auf dem Eiffelturm küssen und bei einer Flasche Wein *»je t'aime«* flüstern.

Beide Vorstellungen von europäischen Traumboys sind ziemlich stereotyp, aber ich lache nur und richte den Blick wieder auf den Gehweg. Wir kommen gerade aus der *Refinery*, und ich lasse mich mit meinem heißen Latte-to-go ein Stück hinter die anderen zurückfallen, um ausgiebig die Risse im Beton zu betrachten.

»Entscheide du, Eden.« Energisch dreht sich Rachael zu mir um. »Du hast das letzte Wort. Briten oder Franzosen?« Meghan und sie starren mich wie gebannt an, als würde ich gleich bekanntgeben, wer gerade zum Präsidenten gewählt worden ist.

Ich zucke die Achseln. »Franzosen.«

Angewidert verzieht Rachael das Gesicht, macht auf dem Absatz kehrt und stürmt dramatisch davon. Meghan erklärt mir grinsend, ich hätte die richtige Wahl getroffen, und dann drängeln wir uns eilig durch den Fußgängerstrom, um Rachael wieder einzuholen. Die scheint ihre Niederlage inzwischen gut weggesteckt zu haben.

»Wir sollen am Broadway auf Tiff warten«, erinnert sie uns, als wir an der Promenade in die Third Street einbiegen.

Heute sind es draußen gefühlte hundertfünfzig Grad, da überrascht es mich nicht, dass die Leute durch die Gegend schlurfen und sich auf dem Weg zur nächsten Besorgung träge aneinander vorbeischieben. Ich weiß nicht, wo der Broadway ist, aber Rachael und Meghan wissen es garantiert, also lasse ich mich wieder zurückfallen und folge ihnen auf der Third Street Richtung Süden. Bei jedem Besuch hier entdecke ich neue Läden, die mir vorher noch nicht aufgefallen sind – Rip Curl zum Beispiel, eine australische Firma, die Wassersport-Bekleidung verkauft, oder *Johnnie's New York Pizzeria,* die herrlich italienisch aussieht, was mich an Dean erinnert.

Vor einem H&M bleibt Rachael stehen, schiebt sich die Sonnenbrille in die Haare und betrachtet durch die Scheibe die Schaufensterpuppen in blumig gemusterten Stoffen. »Süßes Top«, sagt sie, setzt die Sonnenbrille wieder auf und geht weiter. Meghan und ich müssen uns sputen, um hinterherzukommen. Der Alphastatus in der Gruppe scheint auf Rachael überzugehen, sobald Tiffani nicht da ist, um die Rolle auszufüllen. Aber da wir uns gleich mit Tiffani treffen, wird der Wechsel diesmal nicht von langer Dauer sein.

Am Ende der Promenade gelangen wir auf den Broadway, hier schließt sich direkt der Santa Monica Place an – ein exklusives Einkaufszentrum voller Designerläden, wohin mich die anderen schon ein paarmal mitgenommen haben. Wir kommen an Nordstrom vorbei und bleiben an der Ecke Broadway und Second Street stehen. Meghan lehnt sich an ein Schaufenster und blinzelt in die Sonne, und Rachael verschränkt die Arme vor der Brust und wippt mit dem Fuß, während sie den Verkehr im Auge behält. Einige Zeit beobachte ich sie und frage mich, wonach sie Ausschau hält, aber diese Frage wird ziemlich schnell beantwortet.

Nach ein paar Minuten richtet sie sich auf und lässt die Arme sinken. Ich folge ihrem neugierigen Blick und lande bei einem weißen Wagen, der gerade mit offenen Fenstern und laufendem Motor auf der anderen Straßenseite angehalten hat. Tyler. Meine Kiefermuskeln verspannen sich. Im Moment ist die Anspannung zwischen uns so groß, dass ich es kaum ertrage, in seiner Nähe zu sein, vor allem nicht unter den wachsamen Augen anderer.

»Warum lächelt sie?«, fragt Meghan, tritt zwischen Rachael und mich und fährt sich durch die Haare.

»Weil sie bescheuert ist«, antwortet Rachael trocken.

Je länger ich den Wagen anstarre, umso mehr fängt mein Kiefer an zu zucken, und je mehr mein Kiefer zuckt, umso mehr nervt mich die ganze Situation. Auf dem Beifahrersitz sitzt Tiffani. Damit hatte ich gerechnet. Das war das Erste, was Tyler mir heute Morgen gleich nach dem Aufwachen mitteilen musste: dass er sich heute mit ihr trifft. Also ist es keine Überraschung, die beiden zusammen zu sehen.

Zu dritt beobachten wir eine Weile, wie sie sich im Auto unterhalten. Tyler hat die Stirn in Falten gelegt, und Tiffani dreht sich zu ihm und gestikuliert beim Sprechen. Tyler setzt ein Lächeln auf, das allerdings nicht bis zu seinen Augen reicht, und sie beugt sich über die Mittelkonsole, um ihn zu küssen.

»Sie ist verrückt!«, kreischt Rachael. Ihr plötzlicher Ausbruch zieht die Aufmerksamkeit der Passanten auf uns, doch das scheint sie gar nicht zu merken. Entnervt reißt sie die Hände hoch. Wundert mich nur, dass sie nicht ihren Kaffee auf das Auto schleudert. »So eine verdammte Irre!«

Das Gleiche denke ich über Tyler. Aber ich spreche es nicht laut aus.

Irgendetwas passiert bei mir, es ist, als würde ein Lichtschalter angeknipst, und plötzlich rauscht unbezähmbare Wut durch meine Adern. Ich versuche mir einzureden, dass das keine Eifersucht ist. Dass ich nicht eifersüchtig bin. Aber ich bin es doch. Meine Finger krampfen sich um den Kaffeebecher, bis ich ihn fast zerquetsche. Ich drücke so fest zu, dass der Plastikdeckel abspringt und auf den Betonboden trudelt. Zarte Dampffäden steigen in die Luft. Sofort setze ich den Becher an die Lippen und schlürfe meinen Latte, während ich die Szene auf der anderen Straßenseite betrachte.

Endlich zieht Tyler sich zurück, und Tiffani kichert wie ein vorpubertärer Teenie, als wäre sie wieder bis über beide Ohren in ihn verknallt. Das nervt mich gewaltig. Sie müsste ihn doch hassen. Die beiden dürften sich nicht wieder vertragen, sie dürften nicht mehr zusammen sein. Und doch sind sie es. Eindeutig. Als Tiffani endlich aus dem Auto steigt, eilt sie mit einem breiten Grinsen durch den Verkehr auf uns zu.

Ohne den Becher abzusetzen, nippe ich weiter an meinem Latte und tue so, als wäre ich damit viel zu sehr beschäftigt, um irgendetwas zu sagen. Doch als Tiffani bei uns ist, fällt mir auf, dass Tylers Wagen immer noch auf der anderen Straßenseite steht, und er scheint mich ebenfalls bemerkt zu haben. Er sieht mich durch die Windschutzscheibe an und lächelt schließlich – ein Lächeln, das zum Teil entschuldigend ist, zum Teil aber auch echt –, so als würde er sich freuen, mich zu sehen. Ich lächle zurück, werde aber gleich darauf gestört, als Tiffani zu uns stößt.

Wutschnaubend schmeißt Rachael ihren Kaffee in den nächsten Mülleimer, als wollte sie damit ihren Ärger über Tiffanis gute Laune zum Ausdruck bringen. »Was ist nur los mit dir?«

Ich schaue zu Tiffani und dann an ihr vorbei zu Tylers Wagen, der mit aufheulendem Motor über den Broadway braust, hinter ihm eine Abgaswolke und die gaffenden Bewunderer. Tiffani hingegen ist leider immer noch da, und weil ihr Lächeln nur noch breiter wird, tue ich so, als würde ich ganz unschuldig meinen Latte schlürfen. Aber ich bin nicht unschuldig. Ich bin die schuldigste Person von uns allen, und mein Becher ist schon seit zwanzig Sekunden leer.

»Was denn?« Tiffani klimpert mit den Wimpern und sieht fast schon ratlos aus.

»Das!« Rachael deutet in die Richtung, in die Tyler gerade verschwunden ist. »Nicht zu fassen, dass du ihm einfach so verziehen hast.«

Aus Tiffanis Lächeln wird ein Schmollmund, sie schlägt die Augen nieder und sieht Rachael von unten herauf an. Was für ein Kontrast zu gestern, als sie eimerweise Tränen vergossen hat und furchtbar elend aussah. »Er hat mir alles erklärt, Rachael.«

»Du kaufst ihm diese Schwachsinnsstory doch nicht wirklich ab?«

»Das ist kein Schwachsinn.«

Den kurzen Moment der Stille, als Rachael den Kopf schief legt und die Lippen zusammenpresst, nutzt Meghan, um auch etwas zu sagen.

»Woher hast du diese Handtasche, Tiffani?«, fragt sie misstrauisch. »Die ist neu, oder?«

Alle vier richten den Blick auf die Handtasche an Tiffanis Arm. Es ist eine braune Monogramm-Tasche von Louis Vuitton, deren Leder in der Sonne schimmert. Tiffani lächelt verlegen.

»Na ja …«, sagt sie langsam und beißt sich auf die Lippe. »Tyler hat sie mir gekauft.«

»Hab ich's mir doch gedacht«, murmelt Meghan und schüttelt missbilligend den Kopf. »Wenigstens wissen wir jetzt, dass man Tiffani Parkinsons Vergebung mit einer Tausend-Dollar-Tasche kaufen kann.«

Darüber muss Tiffani lachen. Ich nicht. Ich beiße auf den Becherrand, um nichts zu sagen, was ich lieber nicht sagen sollte. Ich beiße so fest in die Pappe, dass sie fast Löcher kriegt.

»Das Geld hätte er auch für einen guten Zweck spenden können«, bemerkt Rachael mit kritisch verzogenem Gesicht, und da muss ich ihr zustimmen. Ich bin ziemlich sicher, dass die Obdachlosen mehr von dem Geld gehabt hätten als Tiffani von ihrer Lederhandtasche. »Früher oder später hättest du ihm eh verziehen.«

»Und du hättest schon vor einem halben Jahr aufhören

können, mit Trevor rumzumachen«, schießt Tiffani zurück. »Wir haben doch alle gewusst, dass du dich in ihn verlieben würdest.«

Meghan prustet laut los und schlägt sich eilig die Hände vor den Mund. Sie wird knallrot und kann nicht aufhören zu kichern. Über den Rand meines Bechers hinweg sehe ich zu Rachael, die mit offenem Mund dasteht. Für einen Moment sieht sie verwirrt aus, als hätte sie eine Gehirnerschütterung gehabt und wüsste nicht mehr, wie man Sätze bildet. Ich erwarte, dass sie wütend wird, doch sie seufzt nur.

»Also gut«, seufzt sie. »Du darfst Tyler verzeihen.«

»Vielen Dank für die Genehmigung«, sagt Tiffani sarkastisch. »Können wir jetzt bitte ins Einkaufszentrum gehen? Ich brauche dringend ein Eis von *Johnny Rockets*.«

An diesem Punkt bin ich selbst von mir beeindruckt, wie gut ich meine Zunge im Zaum halte, mich wie zufällig zurückfallen lasse und so tue, als würde ich den besten verdammten Latte aller Zeiten trinken. Auf dem Rückweg über den Broadway, vorbei an Nordstrom und Nike, lasse ich den angenagten Becher in einen Mülleimer fallen.

»Beeil dich, Eden«, ruft Meghan mir über die Schulter zu, als wir ins Einkaufszentrum einbiegen. Sie bleibt kurz stehen, um mich aufschließen zu lassen, was ich widerstrebend tue.

Der Santa Monica Place ist einzig und allein für Reiche gemacht. Das ist mir hier jedes Mal aufgefallen – man braucht sich auch nur die ganzen Menschen anzusehen, die Spaß daran haben, mit ihrem Geld zu protzen. Sei es der Mann im Anzug, der sich die Schaufensterauslagen bei Hugo Boss ansieht, oder die Frau mit dem raffinierten Kleid und den High Heels, die im Fenster von Michael Kors eine Uhr ins Auge fasst – es ist nicht zu übersehen, dass sie Geld haben und bereit sind, es auszugeben. Tyler ist genauso.

Santa Monica Place ist eine Mall unter freiem Himmel,

vier offene Einkaufsstraßen laufen zu einem ovalen, von glamourösen Geschäften umringten Zentrum zusammen. Es ist so komplex und einmalig und modern, dass ich mich völlig fehl am Platze fühle. Trotzdem folge ich den anderen. Mit der Rolltreppe fahren wir auf die zweite und oberste Etage, wo sich die Speiseterrasse befindet, und laufen schnurstracks zum *Jonny Rockets* – noch so eine Fast-Food-Kette, die es in Oregon offenbar nicht gibt, weil Oregon lahm ist und es dort rein gar nichts gibt außer Regen. An Regen herrscht kein Mangel.

Im Food Court bestellt Tiffani etwas, das Super Sundae heißt, Meghan und Rachael entscheiden sich für den Perfect Brownie Sundae, und ich nehme nur ein Wasser.

»Die Jungs sind unterwegs«, sagt Tiffani. Sie schreibt jemandem auf dem Smartphone – wahrscheinlich einem der Jungs – und isst dabei einen Löffel Eis, ohne den Blick von dem Gerät abzuwenden. »Sie haben endlich entschieden, was am Samstag läuft.«

»Was ist denn am Samstag?«, rutscht es mir heraus, weil meine Neugier mal wieder die Oberhand gewinnt. Erst als ich die Worte ausgesprochen habe, wird mir bewusst, dass ich seit der Entscheidung, französische Jungs seien besser als britische, nichts mehr gesagt habe.

Tiffani schluckt die Portion Eis hinunter, die sie sich gerade in den Mund gestopft hat, und schaut von ihrem Display auf. Einen Moment lang sieht sie mich an, bevor sie sich an Rachael und Meghan wendet. »Meint die das ernst?«

»Die alljährliche Strandparty«, sagt Rachael langsam und lässt den Löffel über ihrem Brownie kreisen. »Die größte und heißeste Party des Sommers.«

»Aha«, sage ich. Schnell schraube ich den Deckel von meiner Wasserflasche und trinke einen großen Schluck.

»Die haben die Genehmigung, den halben Strand dafür zu schließen«, erklärt Rachael mir weiter, obwohl mich die

Einzelheiten kein Stück interessieren und ich nicht mal weiß, wer »die« sind. »Eigentlich darf man erst ab einundzwanzig hin, aber … na ja, du weißt schon …« Sie zupft sich verspielt die Haare zurecht und macht einen Schmollmund. »Alle gehen hin. Der Strand hat nun mal keine Tür, an der die Sicherheitsleute nach dem Ausweis fragen könnten.«

»Sicherheitsleute?«

»Es gibt immer viele Schlägereien«, sagt Tiffani. »Und natürlich darf man da nicht trinken, weil es ein öffentlicher Platz ist und so. Es sei denn, man will sich einbuchten lassen, was vielen passiert.«

»Was heißt«, schließt Rachael nahtlos an, »dass du dich vorher betrinken musst. Nur total volllaufen lassen darfst du dich nicht, weil du sonst auffällst und am Ende noch rausfliegst, weil du zu jung bist.«

Tiffani legt das Smartphone auf den Tisch, zieht ihren Eisbecher zu sich heran und nimmt etwas auf den Löffel. Lächelnd und mit einem merkwürdigen Blick in meine Richtung sagt sie: »Darum, dass Eden sich volllaufen lassen könnte, brauchen wir uns wohl kaum Sorgen zu machen.«

Ich presse die Lippen zusammen und sehe sie ein bisschen beleidigt und mit schmalen Augen an, während sie und Rachael sich das Lachen verkneifen müssen. »Was soll das denn heißen?«

Tiffanis Lächeln nimmt einen spöttischen Zug an, sie wechselt einen Blick mit Rachael und führt einen Löffel Eis zum Mund. »Du bist einfach …«

»Was bin ich, Tiffani?« Ich beiße mir auf die Innenseite der Wangen, während mir fünf Millionen Wörter durch den Kopf gehen. Uncool? Nicht so beliebt? Eine Einzelgängerin? Unattraktiv? Anders gesagt, nicht so wie sie?

»Du bist so brav«, sagt sie und schaufelt sich einen Löffel voll Eis in den Mund.

Brav? Ich bin *brav*? Fast hätte ich losgeprustet, wie Meghan es immer tut, aber ich kann das Lachen noch unterdrücken. O *Tiffani*, denke ich, *ich kann dir versichern, dass ich ganz und gar nicht brav bin*. Ach Gott, wenn ihr wüsstet.

Tiffani bemerkt mein Schweigen, schluckt und sieht mich eindringlich an. »Wo warst du am Dienstagabend?«

»Dienstag?« Meine Stimme ist irgendetwas zwischen einem Flüstern und einem Fiepen. Am Dienstag war ich mit Tyler am Pier. Ganz bestimmt war ich nicht bei Meghan, und Tiffani weiß das.

»Genau. Am Dienstag.« Blinzelnd sieht sie mich an und wartet auf eine Antwort. Warum stellt sie mir diese Frage noch mal? Will sie mir eine Falle stellen, weil sie hofft, dass ich hier vor den anderen ganz beiläufig die Wahrheit ausplaudere?

Auch Rachael beobachtet mich, der Druck auf mich wächst. Meine Hände werden feucht. Meghan kichert schon wieder, und ich frage mich, ob *Johnny Rockets* nicht vielleicht ein paar Gramm Hasch in ihren Brownie geschmuggelt hat. Sie hört einfach nicht auf zu prusten.

Tiffani seufzt. »Wo warst du wirklich?«

»O mein Gott!«, ruft Rachael und beugt sich über den Tisch. »Du hattest was mit Jake, natürlich!«

Tiffani wendet den Kopf zu ihr. »Das dachte ich nämlich auch.«

Erleichtert lasse ich die Schultern fallen. Sie glaubt, das wäre mein Geheimnis? Gott sei Dank! Die ganze Zeit habe ich befürchtet, sie wäre dahintergekommen, dass ich am Dienstagabend mit Tyler zusammen war. Aber sie ist uns gar nicht auf der Spur. »Vielleicht«, sage ich lächelnd und wende den Blick ab. Sollen sie lieber denken, ich hätte mich heimlich mit Jake getroffen als mit Tyler.

Als Rachael das hört, wirft sie sich fast über den Tisch, gafft mich mit offenem Mund an und schüttelt den Kopf, als würde sie ihren Ohren nicht trauen. Kein Wunder, mir würde es nicht anders gehen. »War es ein Homerun, Eden? Sag schon!«

Meghan bricht in wildes Kichern aus, und wir drei anderen sehen sie irritiert an. Sie beißt sich auf die Lippe, um das Lachen zu unterdrücken, und schließlich kneift sie die Augen zu und murmelt eine Entschuldigung. Bis zu diesem Moment hatte ich gar nicht gemerkt, dass sie die ganze Zeit auf dem Handy schreibt.

»Meg, worüber lachst du?«, fragt Tiffani genervt.

»Tut mir leid.« Obwohl sie sich so viel Mühe gibt, sich zu beherrschen, muss sie schon wieder loskichern. »Ich schreibe mir mit Jared. Er ist so witzig!«

»Wer zum Geier ist denn Jared?«, fragt Rachael.

»Der Typ aus Pasadena! Vom Strand«, sagt sie, lächelt Tiffani an und fügt dann hinzu: »Er und seine Freunde kommen am Samstag auch.«

»O mein Gott, Eden und du, ihr seid einfach unmöglich!« Rachael verschränkt die Arme vor der Brust und verdreht die Augen. »Ihr habt beide was mit Jungs am Laufen und sagt uns nichts davon?«

»Du hast uns doch auch nie von Trevor erzählt«, sagt Tiffani mit streitlustigem Grinsen. »Davon haben wir nur erfahren, weil Meg euch letztes Jahr bei Jasons Party erwischt hat.«

»Ach, hör doch auf«, schnaubt sie, lächelt aber dabei.

Fünf Minuten später tauchen die Jungs auf. Darüber bin ich erleichtert, weil Meghan uns in der Zwischenzeit ausgiebigst berichtet hat, was sie an Jared alles so toll findet, und inzwischen anfängt, sich zu wiederholen.

Es sind Tyler, Dean und Jake. Mir fällt auf, dass Dean sich zwischen die beiden anderen stellt. Ganz begreife ich immer noch nicht, wie Tyler und Jake befreundet sein können, wenn sie sich doch nicht ausstehen können. Irgendwie bringen sie es fertig, höflich miteinander umzugehen. Die drei kommen zu uns geschlendert und ziehen sich von einem anderen Tisch Stühle heran. Tyler setzt sich neben Tiffani, wenn auch nicht zu dicht. Meinem Blick weicht er aus.

»Wir haben entschieden«, fängt Jake an, sobald wir die Begrüßung hinter uns haben, »dass wir am Samstag vor der Party zu Dean gehen.«

»Eine Party vor der Party«, sagt Dean und schaut sich grinsend in der Runde um, um einzuschätzen, ob wir dabei sind oder nicht. »Wir sorgen für den Alkohol.«

»Und ihr sorgt dafür, dass ihr hübsch ausseht«, fügt Jake hinzu. Mit anzüglicher Miene lehnt er sich auf seinem Stuhl zurück und verschränkt die Arme vor der Brust.

Rachael wirft ihren Löffel nach ihm, und er kann nur haarscharf ausweichen. »Schwein«, murmelt sie, und er lächelt sie schief an.

»Du weißt doch, dass ich nur Spaß mache, Rachael-Baby«, sagt er in unschuldigem Ton und legt den Kopf schief, als wollte er sie zu einem Rap-Battle herausfordern.

»Nenn mich nicht so!«

Während sich die beiden anzicken, bleibe ich stumm. Es ist mir unendlich peinlich, dass die Mädels glauben, ich hätte vor zwei Tagen mit Jake geschlafen, aber gleichzeitig versuche ich, mich Tyler gegenüber so ungezwungen wie möglich zu geben. Zu viel Blickkontakt wäre verdächtig, aber überhaupt keiner könnte auch Fragen aufwerfen. Schließlich ist er mein Stiefbruder. Es wäre komisch, wenn wir uns komplett ignorieren würden. Also sehe ich hin und wieder in seine Richtung und hoffe jedes Mal, dass sich unsere Blicke treffen, aber dazu kommt es nie. Er ist viel zu sehr damit beschäftigt, die Tischplatte anzustarren. Tiffani streichelt ihm den Arm und scheint überhaupt nicht zu bemerken, dass er aussieht wie zu Eis erstarrt. Sie zieht ihn an sich, um ihn zu küssen, aber weil er den Kopf ruckartig zur Seite dreht, landet der Kuss auf seiner Wange. Danach schaut er die ganze Zeit nur noch zu Boden.

Ich drehe mich unauffällig ein Stück weg und wende mich hilfesuchend an Meghan, doch die ist wieder in ihr Handy vertieft und prustet und kichert über Jareds SMS. Missmutig betrachte ich die Clique. Jeder von ihnen geht mir in irgendeiner Form auf die Nerven – nur Dean nicht. Er sitzt mir gegenüber und sieht genauso ausgeschlossen aus, wie ich mich fühle.

»Freaks«, formt er tonlos mit den Lippen und lächelt. Ich muss an den bekritzelten Fünfdollarschein denken und erwidere das Lächeln, aber da spricht Rachael mich an.

»Eden, willst du nicht ein bisschen mit Jake spazieren gehen?« In ihrer Stimme liegt ein scharfer Unterton, und sie sieht mich mit großen Augen auffordernd an. Sie nickt mir kurz zu, um sich dann an Jake zu wenden. »Na los schon, ihr Turteltauben.«

Jake zieht die Augenbrauen hoch und sieht ziemlich verblüfft aus, als wollte er fragen, was der Scheiß soll. Er steht auf, sieht mich an und deutet mit dem Kopf Richtung Rolltreppe. »Kommst du?«

Rachael strahlt mich an, Dean hingegen guckt angelegentlich in den Himmel, und endlich ist Tylers Interesse erwacht. Er beobachtet mich mit finsterer Miene und ignoriert völlig, dass Tiffani ihm mit dem Zeigefinger kleine Kreise auf den Hals malt.

Weil Jake immer noch dasteht und wartet, stehe ich eilig auf, murmele »Bin gleich wieder da« in die Runde und gehe um den Tisch herum. Ohne eine Antwort von irgendwem abzuwarten, bahnen Jake und ich uns einen Weg durch den Food Court und über die Speiseterrasse.

Mit der Rolltreppe fahren wir in die erste Etage des Einkaufszentrums hinunter. Jake schiebt die Hände in die Jeanstaschen und lehnt sich an den Handlauf. »Also, was gibt's?«

»Nicht viel.« Ehrlich gesagt habe ich keine große Lust, mit ihm zu reden, zumal ich seit Wochen seine SMS ignoriere.

Ich hatte gehofft, er hätte es inzwischen aufgegeben, dann wäre die Situation jetzt nicht so unbehaglich. »Wir haben uns länger nicht gesprochen.«

»Wem sagst du das.«

»Hatte zu tun.«

»Dachte ich mir«, sagt er.

Zwischen uns liegt Spannung in der Luft, als wir die Rolltreppe verlassen und vor der gläsernen Absperrung stehen bleiben, die die gesamte Etage umschließt. Von hier oben können wir die vielen Menschen beobachten, die unter uns im Erdgeschoss von einem Geschäft zum nächsten schwirren. Jake stützt sich mit verschränkten Armen aufs Geländer, und ich lasse die Finger langsam über das Metall gleiten.

»Du weißt, dass ich nächsten Monat wieder nach Hause muss, oder?« Ich werfe ihm einen Seitenblick zu, allerdings ohne den Kopf zu drehen. Er sieht mich nicht an. Das ist zwar nicht das, was Rachael beabsichtigt hat, als sie uns zusammen losgeschickt hat, aber immerhin hat sie mir damit die perfekte Gelegenheit gegeben, die Dinge mit ihm zu klären.

»Ja, weiß ich«, sagt er.

»Okay.« Beklommenheit schleicht sich in meine Stimme, weil ich fürchte, er könnte meine Worte falsch verstehen. »Vielleicht sollten wir es dann einfach dabei belassen, dass wir Freunde sind.«

Jake sieht mich immer noch nicht an, sondern zuckt nur die Achseln und starrt einer Gruppe Mädchen hinterher, die aussehen, als wären sie im letzten Highschool-Jahr. Ich frage mich, ob Jake sie kennt. »Wie du meinst, Eden«, brummt er. »Es wäre ohnehin nie was Ernstes geworden. Nur ein bisschen Spaß, wenn du weißt, was ich meine.«

Kräftig blinzelnd trete ich einen Schritt vom Geländer zurück. »Wow.«

»Was?« Jetzt richtet er sich auf und sieht mich an. Er kneift die blauen Augen leicht zusammen und tut so, als hätte er gerade nicht gesagt, was er gesagt hat. »Ich dachte, das hättest du gewusst.«

»Hab ich auch«, sage ich scharf. Plötzlich begreife ich, dass Tyler völlig recht hatte, als er Jake einen Aufreißer genannt hat. Er hat es nur auf ein bisschen Spaß abgesehen. Bloß nichts Ernstes, weil das uncool ist. »Nur habe ich es bis gerade nicht geglaubt.«

Ich weiß selbst nicht, warum mich das wütend macht. Eigentlich sollte ich Luftsprünge machen, weil ich Jake los bin, und heilfroh sein, dass er nicht beleidigt ist. Ich glaube, so richtig habe ich mir nie vorstellen können, mit ihm zusammen zu sein. Er kann gut küssen, ja, und dieser Abend neulich war schön, aber das war es auch mit uns beiden. Wir sind nur Freunde. Ohne gewisse Vorzüge, auf die er ein Recht zu haben glaubt.

Seufzend reibe ich mir die Schläfen. »Okay, wie auch immer. Alles cool. Du hast mich zu *Chick-fil-A* eingeladen, also danke dafür.«

»Cool«, sagt er und lacht, aber er klingt ein bisschen ärgerlich. Jake scheint auf den ersten Blick ein netter Kerl zu sein, aber in diesem Moment liegt ein Ausdruck in seinen Augen, bei dem ich mich frage, ob er vielleicht ein ganz anderer Mensch werden kann, wenn etwas nicht nach seinem Kopf geht.

Ich weiß nicht, was ich darauf erwidern soll, und da Jake mir offenbar auch nichts mehr zu sagen hat, drehe ich mich um und marschiere zur Rolltreppe. Er folgt mir, und wir fahren zurück zu unseren Freunden, die immer noch oben auf der Speiseterrasse sitzen. Irgendwie hat Tiffani es geschafft, sich quer über Tylers Schoß zu legen. Sie nimmt die Wendung »vergeben und vergessen« offenbar ziemlich wörtlich. Allerdings scheint Tyler ihre Begeisterung nicht zu teilen. Sie kann die Finger nicht von ihm lassen, während er die Hände in den Taschen hat. Sein Gesicht ist ausdruckslos.

Als wir zum Tisch kommen, sieht Rachael mich mit erwartungsvoll hochgezogenen Augenbrauen an, aber ich tue so, als würde ich es nicht bemerken, und greife stattdessen zu meiner Wasserflasche. Nachdem Tiffani endlich von Tyler abgelassen hat, führen wir sieben zur Abwechslung ein richtiges Gespräch über die Party am Samstag: was an Alkohol besorgt werden muss und wer alles am Strand sein wird. Die ganze Zeit nicke ich nur hin und wieder, stimme allem zu, was Rachael sagt, und hoffe, dass ich damit durchkomme.

*

Als Rachael und ich an diesem Abend endlich wieder in der Deidre Avenue sind, stochere ich ein bisschen in den Käsemakkaroni herum, die Ella zum Abendessen gemacht hat, gehe joggen und falle kurz danach ins Bett. Den ganzen Tag durch die Geschäfte zu ziehen war einfach zu viel für mich. Vom Joggen und der Überdosis an sozialen Kontakten bin ich schließlich so erschöpft, dass ich lange vor Mitternacht einschlafe.

Ich weiß nicht mehr, woran ich beim Einschlafen gedacht habe, bin mir aber ziemlich sicher, dass es Tyler war. Beim Laufen jedenfalls habe ich die ganze Zeit an ihn gedacht, weil ich die Ereignisse dieses Tages einfach nicht aus dem Kopf gekriegt habe: wie er mit Tiffani vor dem Einkaufszentrum vorgefahren ist und ihre neue Handtasche, für die er einen ganzen Batzen Geld hingeblättert hat. Dass er sie geküsst hat, als hätte er nicht am Abend zuvor mich geküsst. Wie er mich anschließend angelächelt hat, die kleinen Fältchen um seine Augen. Und dass er ein Geheimnis daraus macht – aus uns.

Plötzlich bin ich wieder wach. Das Zimmer ist dunkel, und im Haus ist es still. Mit halb geschlossenen Augen starre ich die Wand vor mir an, als ich hinter mir erneut das Quietschen einer Tür höre. Das gleiche Geräusch, von dem ich aufgewacht bin, wie mir bewusst wird.

»Bist du wach?«, fragt jemand vom anderen Ende des Zimmers. Es ist Tyler. Sofort schlage ich die Augen auf. Die Tür wird mit leisem Knarzen geschlossen.

Jetzt ja, denke ich, ohne mich zu rühren. Den Blick auf die kahle Wand gerichtet, lausche ich auf das gedämpfte Geräusch seiner Schritte auf dem Teppich. »Ja«, flüstere ich. »Wie spät ist es?«

»Drei«, sagt Tyler so leise, als hätte er Angst, Geräusche zu machen. Ich höre seinen Atem, und gleich darauf gibt die Matratze neben mir nach, die Bettdecke wird angehoben, und er schlüpft zu mir ins Bett. »Darf ich hier schlafen, mit dir?«

Ich bin immer noch im Halbschlaf, die Augen fallen mir wieder zu, aber meine Mundwinkel heben sich zu einem kleinen, müden Lächeln. Als ich nicht sofort antworte, fängt Tyler hastig an zu erklären. »Also, ich meine nicht *mit* dir, sondern bei dir … einfach nur zusammen einschlafen, also, du weißt schon, schlafen eben«, brabbelt er. Sein Atem kitzelt mich im Nacken, aber wir berühren uns nicht.

»Ich weiß, was du gemeint hast«, sage ich.

Lange herrscht Stille. Nur unser Atem ist zu hören – kein bisschen synchron. Immer wenn ich einatme, atmet er aus. Fast wird es schon zu einem eigenen Rhythmus, doch dann geht sein Atem langsamer, und ich spüre seine warme, nackte Haut an meinem Rücken. Seine Brust ist fest, aber nicht unangenehm, und als ich seine langen Finger auf meinem Arm spüre, überläuft mich ein Zittern.

»Das mit Tiffani tut mir leid«, flüstert er mir ins Ohr und streicht mir durch die Haare.

»Das sollte es auch.«

»Gib mir eine Chance, das hinzukriegen.« Beinahe ein Flehen. In seiner Stimme schwingt etwas mit, das ich nicht ganz zuordnen kann. Noch leiser fügt er hinzu: »Ich versuche wirklich, alles auf die Reihe zu kriegen.«

Ich starre immer noch an die Wand.

»Falls du es nicht gemerkt hast, Eden, ich bin ganz schön am Arsch.« Er löst sich von mir und dreht sich auf die andere Seite. Endlich kann ich den Blick von der Wand lösen und mich ebenfalls umdrehen.

Jetzt habe ich seinen Rücken vor mir, betrachte das Tattoo auf seinem Schulterblatt und berühre den Schriftzug mit dem Finger. »Das würde ich nicht sagen. Eher verloren.«

»Verloren?«

»Ja.« Meine Stimme ist kaum hörbar. »Ich glaube, du weißt nicht weiter.«

»Wie kommst du darauf?«

Ich zeichne eine Linie von dem Tattoo bis zum Ansatz seiner Wirbelsäule und wieder hinauf zur Schulter und rücke dabei näher an ihn heran. Wie sehr ich mich danach sehne, die Wärme seiner Haut zu spüren. Ich lege einen Arm um ihn, schließe die Augen und flüstere: »Weil du keine Ahnung hast, was du tust oder wohin du gehst.« Wenige Sekunden später bin ich wieder eingeschlafen.

Und um sieben Uhr morgens ist er nicht mehr da.

Kapitel 26

»Das ist so aufregend«, quiekt Rachael am frühen Samstagabend aus ihrem Kleiderschrank. Das schabende Geräusch von Kleiderbügeln ist zu hören, dann kommt sie in ihrem trägerlosen BH ins Zimmer zurückgewirbelt, eine Auswahl an Tops in der Hand. »Also, welches soll ich anziehen?«

Ich stütze mich auf ihrem Bett auf die Ellbogen und betrachte mit geneigtem Kopf die Kleidungsstücke, die Rachael einzeln hochhält. »Das bauchfreie weiße Schlauchtop.«

Rachael grübelt eine Weile darüber, ehe sie mir zustimmt. »Du hast natürlich recht!« Sie schmeißt die restlichen Klamotten achtlos in eine Ecke und zieht das weiße Top an. Es passt gut zu dem kirschroten Maxirock, über den sie zwanzig Minuten lang gegrübelt hat.

»Bist du sicher, dass meins auch okay ist?« Ich sehe sie stirnrunzelnd an und blicke dann an meinem eigenen Outfit hinab – ein mintfarbener Skater-Rock und ein weißes Bustier, das meinen Busen eindrucksvoller wirken lässt als sonst. Selbst mit einem ganzen Berg von Armreifen komme ich mir immer noch zu leger angezogen vor.

»Das ist 'ne Strandparty«, sagt Rachael langsam, als wäre ich ein Kleinkind, das erst noch lernen muss, ganze Sätze zu verstehen. Sie setzt sich auf den Boden, um in ein Paar cognacfarbene Sandalen zu schlüpfen, und ist zu sehr mit ihrem Schuhwerk beschäftigt, um mich anzusehen. »Du siehst sexy aus. Das Top ist wirklich hübsch.«

»Das sagst du nur, weil es deins ist«, wende ich ein, muss aber lächeln. Vielleicht sehe ich ausnahmsweise wirklich sexy aus, und vielleicht gefällt mir sogar diese Befriedigung, die ich daraus ziehe. Sie gibt mir das Gefühl dazuzugehören.

Augenrollend steht Rachael auf und dreht sich vorsichtig vor dem mannshohen Spiegel. Ich sage ihr, dass sie umwerfend aussieht, aber sie winkt nur ab und wird rot, und wir sprechen nicht mehr über unsere Outfits.

»Wir kommen bestimmt als Letzte zu Dean«, sagt sie ein paar Minuten später, nachdem sie eine dritte Schicht Lipgloss aufgelegt hat. Sie macht einen Kussmund vor dem Spiegel. »Bist du so weit?«

Ich setze mich auf. »Schon seit einer halben Stunde.«

»Stimmt ja«, sagt sie nachdenklich und nimmt ihre cognacfarbene Clutch Bag vom Schminktisch. Dann kommt sie zum Bett gehüpft, packt mich am Handgelenk und zieht mich auf die Füße. Mit großen Augen sieht sie mich an. »Denk dran«, sagt sie streng, »trink bei Dean so viel, wie du kannst. Wenn wir nämlich erst mal am Strand sind, war's das. Dann gibt's keinen Sprit mehr.« Bei dem Gedanken an die begrenzte Alkoholzufuhr schiebt sie die Unterlippe vor.

»Verstanden«, sage ich. Sie lässt mich los und tanzt zur Tür, während ich mir die Sneakers anziehe. Ich nehme mein graues Sweatshirt vom Bett und hänge es mir um die Schultern. Weil die Party am Strand stattfindet, will ich mich gegen die Meeresbrise wappnen. Im Rausgehen werfe ich einen Blick in den Spiegel und befinde mein Aussehen für annehmbar. »Dann mal los.«

Wir gehen nach unten in die Küche, wo Dawn gerade Lebensmittel in den Schränken verstaut. Als sie uns sieht, bleibt sie stehen und schnalzt missbilligend mit der Zunge.

Rachaels Ton wird übertrieben liebenswürdig. Eine Haarsträhne um den Finger zwirbelnd, fragt sie: »Mom, kannst du uns zu Dean fahren?«

»Ich möchte nicht, dass du zu dieser Party gehst, Rachael, und das weißt du.« Dawn betrachtet uns skeptisch, während sie eine Dose Ananasscheiben in den Schrank stellt. Sie schließt die Tür, verschränkt die Arme vor der Brust und mustert uns eingehend. »Ihr seid nicht mal alt genug.«

»Aber Mom!« Empört schnappt Rachael nach Luft. »Alle gehen hin! Willst du, dass mich alle für lahm und langweilig halten? Bin ich das für dich? Langweilig?«

Fast muss ich über Rachaels Schauspielkünste lachen, doch Dawn sieht ihre Tochter mit hochgezogenen Augenbrauen an, als würde sie mit sich ringen, ob sie die coole Mom oder die Langweiler-Mom raushängen lassen soll. Am Ende entscheidet sie sich offenbar für die coole Mom, denn sie seufzt ergeben und sagt leise: »Aber trink nicht so viel.« Vermutlich wird sie auch beim Fahren nachgeben. »Du auch, Eden. Wissen deine Eltern, dass du Alkohol trinkst?«

»Meine Eltern sind geschieden«, gebe ich staubtrocken zurück.

Rachael fängt furchtbar an zu lachen, aber Dawn wirkt nur verwirrt. Zum Glück hakt sie nicht weiter nach, denn sonst hätte ich sagen müssen: Ja, mein Vater und Ella seien absolut darüber im Bilde, dass ich auf eine Party gehe, um so viel Alkohol zu trinken, wie nur reingeht. In Wirklichkeit glauben sie, ich gehe ins Kino.

»Wartet am Wagen«, sagt Dawn. Sie wischt sich die Hände an der Hose ab und fasst sich an die Stirn, wie um die Kopfschmerzen zu lindern, die wir verursacht haben. »Ich hole die Schlüssel.«

Rachael grinst mich triumphierend an, und dann flitzen wir schnell aus dem Haus, bevor ihre Mutter es sich noch anders überlegen kann. Ein paar lange Minuten warten wir draußen in der Auffahrt neben dem Honda Civic. Rachael nutzt die Wartezeit, um im Außenspiegel ihr Make-up zu überprüfen, während ich das Haus auf der anderen Straßenseite beobachte. Tylers Wagen steht noch an der Straße, und ich frage mich, ob er noch drinnen ist und sich für heute Abend fertig macht. Wahrscheinlich badet er in diesem blöden Bentley-Aftershave, auf das Tiffani so steht. Weil ich bei dieser Vorstellung anfange, mit den Zähnen zu knirschen, wende ich mich vom Haus ab und betrachte mein Spiegelbild im Wagenfenster. Rachael hat bei meinem Make-up gute Arbeit geleistet. So gut, dass ich mich frage, ob das überhaupt ich bin, die mich da anguckt.

»Der Satz mit der Scheidung ist großartig, um Fragen auszuweichen«, sagt Rachael anerkennend, als sie hinter dem Wagendach auftaucht.

»Den werde ich in Zukunft wohl öfter einsetzen«, sage ich.

Wir hören die Haustür ins Schloss fallen, und kurz darauf kommt Dawn widerstrebend zum Wagen. Sie schließt auf, und wir steigen ein: Rachael vorn, ich hinten. Doch als wir rückwärts aus der Auffahrt fahren, werde ich urplötzlich nervös und eine leichte Übelkeit überkommt mich. Dabei wäre das gar nicht nötig – schließlich war ich in diesen Ferien schon auf einer ganzen Menge Partys, weil die Leute hier keine anderen Hobbys zu haben scheinen. Aber heute bin ich trotzdem aufgeregt. Vielleicht, weil es eine öffentliche Veranstaltung ist und keine improvisierte Privatparty, oder weil wir minderjährig sind und uns unter die Erwachsenen mischen wollen. Aber vielleicht ist es auch das: Ich werde da sein, Tyler wird da sein, und Tiffani wird ebenfalls da sein.

Die Fahrt zu Deans Haus dauert nur fünf Minuten. Mir fällt auf, dass ich noch nie bei Dean zu Hause war, mir war nicht mal bewusst, dass er im gleichen Viertel lebt wie Rachael und ich. Als ich Deans Wagen vor dem Haus parken sehe, muss ich wieder an das Benzingeld denken.

Dawn bringt den Wagen abrupt zum Stehen und dreht

sich zur Seite, um Rachael anzusehen. Ihre Miene ist ernst, ihre Stirn sorgenvoll gefurcht. »Betrink dich bitte nicht«, sagt sie sehr sanft. »Vergiss nicht, dass du erst in vier Jahren einundzwanzig wirst, also sei froh, dass ich dich überhaupt hingehen lasse. Sei vernünftig.«

Rachael seufzt dramatisch auf und schaut sehnsüchtig zu Deans Haus. »Ich weiß, Mom.«

Dawn dreht sich zu mir um und lächelt mich an. »Pass du auch auf dich auf, Eden.«

»Danke«, sage ich, aber es klingt fast sarkastisch, und für einen winzigen Moment fürchte ich, sie könnte mich für ziemlich respektlos halten.

Endlich stößt Rachael die Tür auf und steigt aus. Ich folge ihrem Beispiel, winke ihrer Mom zum Abschied zu und hüpfe die Auffahrt hinauf. Was für ein Glück, dass ich keine High Heels anhabe, ohne die ist alles so viel einfacher.

»Mom ist so peinlich«, sagt Rachael entschuldigend und sieht richtig beschämt aus. Ich fand Dawn ehrlich gesagt gar nicht so übel, meine Mom wäre genauso gewesen. »Jedes Mal, wenn ich ausgehe, kriege ich dasselbe zu hören. Ich hab das Gefühl, sie will mir ein schlechtes Gewissen machen.«

Ihr Schaudern bringt mich zum Lachen, wofür sie mir einen finsteren Blick zuwirft und die Zunge rausstreckt. Ich stoße sie in die Rippen und jogge zur Veranda. Aus dem Haus dringt wummernde Musik und Gelächter, und mir zittern vor lauter Nervosität die Hände.

»Soll ich anklopfen?«, frage ich Rachael skeptisch, als sie angesprungen kommt.

»Ob du klopfen sollst?«, fragt sie ungläubig. »Gott, Eden, nein. Geh schon rein.« Ohne abzuwarten, ob ich noch mehr solcher scheinbar naheliegenden und offenbar ziemlich dämlichen Fragen auf Lager habe, greift sie an mir vorbei und öffnet die Tür. Mit einem blendenden Lächeln auf den Lippen schwebt sie über die Schwelle.

Ich folge ihr ins Haus, und wir landen direkt im Wohnzimmer vor dem Durchgang zur Küche. Die Musik dröhnt mir in den Ohren. Nachdem ich die Tür hinter mir geschlossen habe, sehe ich mich um, wer schon alles da ist. Offenbar alle – Rachael hatte recht, wir sind tatsächlich die Letzten. Unsere Freunde sind schon vollzählig um die Kücheninsel versammelt und schauen zu uns rüber. Sieht aus, als wollten sie gerade Kurze trinken.

»Das wurde aber auch Zeit«, ruft Jake, und Dean drängt sich an den anderen vorbei, um uns zu begrüßen.

Meghan hat in jeder Hand einen Becher mit irgendwas Alkoholischem und trinkt aus beiden abwechselnd. Irgendwie schafft sie es, uns zwischen zwei Schlucken zuzulächeln. Jake steht zwischen zwei Jungs, die ich nicht kenne, und ich frage mich, was die hier zu suchen haben.

Mit einem Bier in der Hand und einem Lächeln auf den Lippen kommt Dean auf uns zu. »Na los, Mädels, ihr habt was aufzuholen!«

»Da braucht ihr euch keine Sorgen zu machen«, sagt Rachael grinsend und stößt mir den Ellbogen in die Rippen. »Wir können ziemlich schnell trinken.«

Fast lege ich Einspruch ein. Wenn Rachael in diesem Sommer eins über mich gelernt hat, dann, dass ich eine miserable Trinkerin bin. Für mich schmeckt Alkohol wie ätzender Klärschlamm, und es kostet mich unglaubliche Überwindung, ihn zu trinken. Meistens ist er so bitter und scharf, dass ich ihn kaum runterkriege, ohne würgen zu müssen. Aber das behalte ich für mich und sage stattdessen: »Ja, wir können wahnsinnig schnell trinken.«

Dean zieht eine Augenbraue hoch, als wüsste er, dass ich totalen Quatsch rede. »Wir wollen gleich Trinkroulette spielen.« Er deutet Richtung Küche, wo inzwischen alle in Unterhaltungen vertieft sind, und wir folgen ihm zu einem Roulette-Trinkspiel mit lauter vollen Schnapsgläsern, die für mich allesamt wenig verlockend aussehen. In jedem ist ein anderes Gemisch als in dem Glas daneben, und ich kann nicht mal identifizieren, was da alles an Alkohol drin ist.

»Eden, ich glaube, die Jungs kennst du noch nicht, oder?«, fragt Dean, macht mir eine Flasche Twisted Tea auf und reicht sie mir. Ich bin froh, dass er mir nichts Stärkeres gibt. Mit dem Kinn deutet er auf die fremden Jugendlichen neben Jake.

Beide sehen von ihrer Unterhaltung auf, verstummen und lächeln mir zu. Einer von ihnen ist ziemlich groß, noch größer als Tyler, der andere ist eher klein geraten. Der Größere hat einen harten Blick, als wäre er stocksauer auf die ganze Welt und würde uns allen am liebsten einen kräftigen Tritt verpassen, und der Kleinere trägt ein Basecap auf den braunen Haaren.

Dean deutet erst auf den mit dem Cap und dann auf den anderen. »Das sind Jackson und TJ.«

»Was geht?«, fragt TJ, dreht sich aber gleich wieder zu Jake um und setzt das Gespräch fort, das wir unterbrochen haben.

»Die beiden sind auch in der Mannschaft«, erklärt Dean. »Jackson ist Wide Receiver und TJ Cornerback. Wusstest du, dass ich Football spiele? Ich bin Linebacker. Middle Linebacker, um genau zu sein. Magst du Football?«

Ich glaube, so viel habe ich Dean noch nie am Stück reden hören – eine Menge gelallter, gerade noch zusammenhängender Sätze. »Dean«, sage ich langsam. Das ist nicht ganz die Antwort, die er hören wollte. »Seit wann trinkst du schon?«

Mit einem verlegenen Augenrollen hält Dean drei Finger hoch.

»Seit drei Stunden?«, frage ich, und er nickt. »Ihr nehmt diese Sache mit der Strandparty aber mächtig ernst.« Ich lächle schwach, tätschle ihm die Schulter und gehe auf die andere Seite der Kücheninsel, um mir einen Strohhalm zu holen, ihn in die Flasche zu stecken und einen großen Schluck zu trinken. Die Musik ist immer noch laut, und die Stimmen sind sogar noch lauter – dabei sind wir nur zu neunt.

Da fällt mir auf, dass ich zwei Personen noch gar nicht entdeckt habe. Tyler und Tiffani fehlen noch. Ich lasse den Blick noch einmal durch die Küche schweifen, um sicherzugehen, dass ich sie nicht doch übersehen habe, aber sie sind definitiv nicht da. Zuerst denke ich, dass Rachael und ich dann wohl doch nicht die Letzten waren – bis mein Blick an etwas hängenbleibt.

Vor dem Küchenfenster sehe ich zwei Schemen – und natürlich sind es Tyler und Tiffani. Unbemerkt beobachte ich sie durch die Scheibe und verziehe schon bald angewidert das Gesicht. Tyler raucht, während sich Tiffani an ihn klammert, als hinge ihr Leben davon ab. Irgendwie stimmt das sogar.

Ich trinke einen großen Schluck aus der Flasche, stelle sie auf dem Küchentresen ab und gehe hinaus. Im Haus bemerkt keiner, dass ich durch die Hintertür nach draußen verschwinde, aber Tyler und Tiffani verstummen sofort, als ich die Tür hinter mir zuziehe und mich zu ihnen umdrehe. Tiffani presst gereizt die Lippen zusammen, weil ich ihre wundervolle Romanze störe. Ich wünschte, Meghan wäre hier und würde ihr typisches Prusten loslassen.

»Gehst du bitte wieder rein?«, sagt sie und gibt sich nicht mal Mühe, dabei freundlich zu klingen. Ihr Tonfall ist säuerlich, ihre Miene verbittert. »Wir wären gern allein.«

»Lass sie in Ruhe«, murrt Tyler, und ich glaube, Tiffani ist genauso überrascht wie ich, dass er mich tatsächlich verteidigt. Sie sieht erst ihn an und dann wieder mich.

Ohne auf ihr mürrisch verzogenes Gesicht zu achten, schaue ich vorwurfsvoll auf die Zigarette in Tylers Hand. »Was machst du da?«

»Entspann dich«, sagt er und steckt sie sich zwischen die Zähne. »Ist nur Tabak.«

»Und das ist alles, was du heute Abend rauchst, ja?« Ich sehe ihn streng an. »Nur Tabak?«

Während er einen tiefen Zug nimmt, den Rauch in die Lunge zieht und wieder ausatmet, starrt er mich nur gleichgültig an. »Wenn du mich nur verhören willst, geh lieber wieder rein, Schwesterchen.«

Tiffani lacht, aber ich achte kaum auf sie. Mein Blick ist so auf Tyler fixiert, dass alles um ihn herum irgendwie im Rauch verschwimmt. So herablassend hat er schon seit Wochen nicht mehr mit mir gesprochen. Er hatte damals kein Recht dazu und hat es auch heute nicht. Am liebsten würde ich ihm ins Gesicht schlagen, doch dann bemerke ich, wie sich sein Blick verhärtet, bevor er den Blick abwendet und wieder an der Zigarette zieht. Da geht mir auf, dass er wie immer nur eine Rolle spielt. Seine Maske ist wieder da, die blöde Harter-Kerl-Fassade, die ihm das Gefühl gibt, die Kontrolle über sich und andere zu haben. *Natürlich*, denke ich, *Tiffani ist ja da*. Er darf nicht zulassen, dass sie die Wahrheit über ihn erfährt: dass er verloren ist. Total und komplett verloren.

»Wir wollen gleich Trink-Roulette spielen«, sage ich steif und tue so, als hätte ich gar nicht gehört, was er gesagt hat. »Wenn ihr mitmachen wollt, müsst ihr reinkommen.«

»Natürlich bin ich dabei!«, verkündet Tiffani. Sie macht sich von Tyler los und hüpft auf mich zu. Ihr Gleichgewicht ist ein bisschen angeschlagen, und ihre Pupillen sind vor Aufregung geweitet. Ich betrachte sie nachdenklich von der Seite und frage mich, welche Prioritäten sie im Leben so hat. Im Moment würde ich auf Louis-Vuitton-Taschen, Tequila und meinen Stiefbruder tippen.

Mein Blick fällt wieder auf Tyler, der jetzt nach jedem Zug an seiner Zigarette einen Schluck Bier trinkt. Mit schief gelegtem Kopf frage ich ihn: »Kommst du auch mit?«

»Ist ja wohl klar«, sagt er im selben hochmütigen Ton, woraufhin ich nur noch den Kopf schüttle und wieder zur Party vor der Party ins Haus gehe.

Drinnen haben sich alle um die Kücheninsel versammelt und drängen sich wie die Geier um den Roulettekessel. Jake hat die Kugeln in der Hand, wirft sie in die Luft und fängt sie wieder auf, was mich echt beeindruckt, weil er schon ziemlich was getankt hat. Als er mit der Jongliereinlage fertig ist, winkt er Tiffani und mich zu sich.

Ich schiebe mich zwischen Rachael und Dean und nehme im Vorübergehen meinen Twisted Tea vom Tresen mit. Dean legt mir schwungvoll einen Arm um die Schultern, fast schon zu grob, sodass mir der Hals wehtut, und dann startet Jake das Spiel, indem er die Kugeln in den Roulettekessel schmeißt. TJ und Jackson schlagen so kräftig mit der Faust gegen die Arbeitsfläche, dass die Gläser fast in die Luft springen, aber Jake nimmt sein Glas und kippt es runter.

»Scheiße, was ist das denn?«, prustet er wenige Sekunden später und verzieht das Gesicht über den ekelhaften Geschmack der braunen Flüssigkeit.

Brüllend vor Lachen schlägt TJ die Hände zusammen. »Dreckwasser aus dem Garten.«

Jake presst die Lippen fest zusammen, wirft TJ einen bitterbösen Blick zu und stößt ihn weg, um zum Spülbecken zu kommen, wo er sofort alles wieder ausspuckt. Während Jake kurz davor ist, sich zu übergeben, kommt Tyler endlich in die Küche geschlendert, die Hände in den Taschen und mit ausdruckslosem Gesicht. Er steigt in das Spiel ein – das grässliche Spiel mit dem Unbekannten. Inzwischen ist mir noch mulmiger zumute als vorhin. Wer weiß, welche anderen grausamen Scherze die Jungs noch in diesem Roulette versteckt haben?

»Ich kann's gar nicht erwarten, zum Strand zu kommen!«,

schreit mir Dean ins Ohr – so laut, dass ich eilig von ihm abrücke. »Kann's echt nicht erwarten!«

»Wir müssen endlich betrunken werden«, flüstert mir Rachael ins andere Ohr. Na prima, ich stehe zwischen einem Besoffenen und einer, die es gern wäre. »Sogar Meghan hängt uns ab.«

Da hat sie recht. Ich weiß nicht, wie lange die anderen schon hier sind, aber sie haben alle schon ganz ordentlich was intus. Entweder sind sie schon seit Stunden dabei, oder sie trinken extrem schnell. Höchstwahrscheinlich eine Kombination von beidem. Wie Dean sagte, haben Rachael und ich einiges aufzuholen. Ich werfe einen Blick in die Runde meiner Freunde – meiner Freunde plus TJ und Jackson –, und alle grinsen, schreien den Roulettekessel an und sehen aus, als hätten sie den Spaß ihres Lebens. Bis auf Tyler. Mir fällt auf, dass er ein Stück Abstand zu Tiffani hält, als würde er sie auf keinen Fall berühren wollen. Und die ganze Zeit sieht er mich an. Nur mich.

Diese ganze Sache stresst mich total. Tyler weiß immer noch nicht, wie er mit der Situation am besten umgehen soll, und Tiffani blickt mit breitem Grinsen und einer irgendwie autoritären Ausstrahlung von einem zum anderen. Am liebsten würde ich die beiden einfach für eine Weile vergessen. Ich will nicht mehr über die Sache zwischen Tyler und mir nachdenken, weil mir das nur den Abend verdirbt. Und an das, was in Tiffani so vorgeht, will ich erst recht nicht denken, denn dabei kommt mir als Allererstes in den Sinn, dass sie mich für zu brav hält.

Ich packe die Flasche in meiner Hand fester, zwinge mir das breiteste Lächeln ins Gesicht, zu dem ich fähig bin, und drehe mich zu Rachael um. Tiffani werde ich schon zeigen, wer hier brav ist. »Okay, betrinken wir uns.«

»Ich weiß, wo Deans Eltern das gute Zeug bunkern«, flüstert sie, packt mich am Arm und zieht mich von Dean weg.

Wir schleichen uns vom Spiel davon. Im Durchgang zum Wohnzimmer warten wir ein paar Sekunden, und als alle abgelenkt sind, weil Meghan gerade ein Glas mit Dreckwasser erwischt hat, reckt Rachael den Daumen in die Luft, und wir huschen durchs Wohnzimmer in einen kleinen Flur, wo die Luft kühler und die Musik nur noch gedämpft zu hören ist.

»Sind sie zu Hause?«, frage ich.

»Wer?«

»Deans Eltern.«

Lächelnd deutet Rachael zur Decke. »Oben.«

Sie reißt noch eine Tür auf, die zu einem dunklen, kalten Raum führt. Erst als sie mich hineinschiebt und meine Hand gegen ein Auto stößt, wird mir klar, dass wir in der Garage sind.

»Wo ist denn das Licht?«, murmelt Rachael. Sie tastet an der Wand nach dem Lichtschalter, findet und benutzt ihn.

Ich stehe vor einem schwarzen BMW. Eilig weiche ich einen Schritt zurück und achte darauf, den Wagen nicht noch mal zu berühren. Dann sehe ich mich um. In einer Ecke stehen Kistenstapel, aber die Wände sind komplett mit rot-weißen Football-Fanartikeln zugekleistert. Da sind Football-Trikots hinter Glas, riesige Fahnen und Flaggen, die von der Decke bis zum Boden reichen, ein Regalbrett mit mehreren goldenen Helmen, ein paar Footballs und eine ganze Reihe gerahmter Fotos.

»Sein Dad ist totaler 49ers-Fan«, sagt Rachael, die zu den Regalen an der gegenüberliegenden Wand geht, wo sich Spirituosenflaschen aneinanderreihen. Sie nimmt ein paar Flaschen aus dem Regal, begutachtet sie und nickt anerkennend. »Ich hab dir doch gesagt, dass ich weiß, wo das gute Zeug ist.«

Während Rachael noch die Alkoholvorräte prüft, gehe ich um den Wagen herum und sehe mir die Fotos an der Wand an. Ein Lächeln legt sich auf meine Lippen, als ich Dean erkenne, er ist ein paar Jahre jünger als jetzt und trägt ein 49ers-Trikot und ein rotes Cap. Neben ihm steht ein Mann im gleichen Outfit, der Dean eine Hand auf die Schulter legt. In der anderen Hand hält er einen Hot Dog. Der Mann muss sein Vater sein, und die beiden stehen vor dem Eingang des Levi's-Stadions. Es gibt viele solcher Bilder von Dean und seinem Dad, als hätten sie jeden Besuch bei einem 49ers-Spiel auf diese Weise dokumentiert.

Ein Foto unterscheidet sich von den anderen. Statt zwei Personen sind vier darauf zu sehen. Dean und sein Vater stehen in ihrer klassischen Pose, aber neben Dean steht noch ein anderer Junge, beide müssen etwa zwölf sein. Deans Freund hat dunkle Haare und grüne Augen.

»Wir trinken diesen Tequila, und wir trinken ihn pur, knallhart, ohne Salz und Limette«, verkündet Rachael feierlich mit hocherhobenem Kopf und tänzelt mit einer Flasche Cazadores auf mich zu.

Nach einem skeptischen Blick auf die Flasche schlucke ich und zeige auf das Foto. »Ist das Tyler?«

Für einen kurzen Moment macht Rachael große Augen, dann kneift sie sie zusammen und beugt sich vor, um besser sehen zu können. »Himmel, da sieht er ja aus wie ein Baby.«

Ich starre den Tyler auf dem Bild an. Sein Trikot ist das gleiche wie das von Dean, aber sein Gesichtsausdruck ist ein völlig anderer. Dean lacht strahlend, Tylers Miene ist düster. Er schaut nicht einmal in die Kamera, sondern zur Seite, sein Blick wirkt müde und seine Haltung ganz anders, als man sie von einem Jungen bei einem Football-Spiel erwarten würde. Der ganze Körper ist leicht abgewandt, obwohl Dean ihm den Arm um die Schultern legt. Vielleicht kann Tyler die 49ers einfach nicht ausstehen. Vielleicht steht er auf die Chargers.

Am anderen Bildrand, gleich neben Deans Vater, steht noch ein anderer Mann. Er hat schwarze Haare und dreht der Kamera den Rücken zu, sodass der Name auf der Rückseite des personalisierten roten Trikots zu sehen ist. »GRAYSON« steht da.

Ein Flattern macht sich in meiner Magengrube breit. Stirnrunzelnd trete ich einen Schritt von dem Bild zurück. Tylers Dad. Es ist das erste Mal, dass ich ihn sehe – oder zumindest einen Teil von ihm – und mich packt das überwältigende Bedürfnis, auch sein Gesicht zu sehen.

Ich wende mich wieder an Rachael. »Ist das sein Vater?«

»Deans?« Sie sieht nur kurz zu mir auf, während sie den Deckel von der Tequilaflasche schraubt. »Ja.«

»Nein«, sage ich. »Tylers Vater. Ist er das?«

Jetzt sieht Rachael richtig hin, sie schaut erst mich an und dann noch einmal die Fotografie. »Ja«, sagt sie wieder und zuckt die Achseln. »Je älter Tyler wird, desto ähnlicher werden sie sich, hab ich den Eindruck. Jedenfalls soweit ich mich erinnern kann. Sein Dad ist inzwischen wahrscheinlich total alt und hat einen Bart und so. Darf man sich im Knast rasieren?«

»Keine Ahnung«, sage ich, bin mit den Gedanken aber schon wieder bei dem Bild. Irgendetwas daran ist beunruhigend. Dean und sein Dad sehen so glücklich aus, sie freuen sich, bei diesem Spiel der 49ers zu sein, und strahlen stolz nebeneinander in die Kamera. Aber direkt daneben sieht man das genaue Gegenteil. Tyler und sein Vater stehen so weit voneinander entfernt, wie es das Foto zulässt, und Tyler sieht mit den müden Augen und hängenden Schultern richtig leblos aus. Ich frage mich, unter welchen Umständen das Bild entstanden ist, und warum er sich nicht so gefreut hat, bei diesem Spiel zu sein, wie Dean. »Was ist da los zwischen Tyler und seinem Dad? Irgendwas stimmt da doch nicht.«

Rachael schüttelt den Kopf und legt einen Finger an die Lippen, als würde sie sich selbst zum Schweigen bringen wollen. »Ich weiß es nicht. In der Clique haben wir diese unausgesprochene Regel: Keiner spricht über Tylers Vater, es sei denn, man ist lebensmüde. Und in Meghans Gegenwart sprechen wir nicht über Geschlechtskrankheiten, weil es ihre größte Angst ist, eines Morgens mit Chlamydien aufzuwachen.«

Ich ignoriere das ungeschriebene Gesetz und hake nach. »Wurde er vielleicht adoptiert?«

»Adoptiert?« Einen Moment denkt Rachael über diese Möglichkeit nach, bevor sie den Kopf schüttelt. »Nein, er ist eindeutig der Sohn seines Dads. Die Ähnlichkeit ist zu groß. Aber jetzt komm schon«, sagt sie. »Wir müssen uns beeilen. Unser Rückstand wird immer größer.«

Stirnrunzelnd reiße ich den Blick vom Foto los und sehe, wie sie die Flasche in der Hand schwenkt. »Okay, okay, ich bin bereit.«

Sie verzieht den Mund zu einem breiten Grinsen und holt tief Luft. »Es wird sich anfühlen, als ob du in Flammen stehst, aber wir werden davon ruckzuck betrunken. Also sei ein großes Mädchen, und zieh's dir rein.«

»Na klar«, sage ich, aber ich balle die Fäuste und kneife die Augen fest zu, um mich zu wappnen. Bei meinem letzten Versuch, Tequila zu trinken, bin ich schnurstracks zum Spülbecken gerannt. Und das war wenigstens noch mit Salz und Limette. »Bin bereit.«

Rachael nickt mir zu, setzt die Flasche an und trinkt einen riesigen Schluck. Sofort beugt sie sich vornüber, presst sich die Hand vor den Mund und hält mir mit der anderen die Flasche hin. »O mein GOTT«, keucht sie, verzieht das Gesicht und schüttelt den Kopf, als könnte sie dadurch den Geschmack loswerden.

An diesem Punkt bin ich kurz davor zu kneifen. Welchen Sinn soll es haben, mich mit Tequila zu quälen? Zweifelnd betrachte ich die Flasche, während Rachael keuchend neben dem Wagen steht und mit beiden Händen wild vor ihrem

Mund herumwedelt. Ich frage mich, was ich hier tue. Aber dann fällt mir wieder ein, was Tiffani am Donnerstag im Einkaufszentrum gesagt hat: Man bräuchte sich ja keine Sorgen zu machen, dass ich mich betrinken würde, weil ich dazu viel zu brav wäre.

Ich greife die Cazadoresflasche fester, setze sie an die Lippen und lege den Kopf in den Nacken, um mir mit einem Schwung so viel Tequila wie möglich in den Rachen zu kippen. Sofort steht mein Mund in Flammen, so scharf schmeckt das Zeug. Tequila sieht aus wie Urin und schmeckt wie Benzin.

Ich lasse fast die Flasche fallen und kippe hastig einen Schluck Twisted Tea hinterher, der im Vergleich auf einmal fast wie Wasser schmeckt – also trinke und trinke ich immer weiter, bis die Flasche leer ist. Erschöpft und außer Atem sacke ich gegen die Wand und atme ein paar Sekunden lang schwer.

»Noch mal«, sagt Rachael, reißt mir die Tequilaflasche aus der Hand und wiederholt die ganze Prozedur von Reinkippen, Schlucken und Sterben.

Irgendwie schaffe ich es mitzuhalten. Die Flasche wandert zwischen uns hin und her, bis wir in die vierte Runde gehen und ich einfach nicht mehr kann. Als der Tequila meine Zunge berührt, kriege ich ihn beim besten Willen nicht mehr runter und spucke ihn unkontrolliert aus. Er spritzt auf den BMW und läuft an der Fahrertür runter. Erschrocken schaue ich Rachael an.

»Eden!«, kreischt sie, fängt aber gleich darauf an zu lachen und kann die nächsten drei Minuten nicht mehr aufhören.

Ich bin vor Entsetzen wie gelähmt. Dean wird mich hassen, seine Eltern werden mich anzeigen, und ich komme wegen Sachbeschädigung in den Jugendknast. »Warum steht hier überhaupt ein Auto?«, schreie ich empört und spüre, wie sich meine Wangen röten.

»Weil wir in der Garage sind!«

»Ich dachte, das wäre der Keller!«, kreische ich in einem Lachanfall zurück. Der Boden unter mir fängt an zu schwanken, ich taumle gegen die Wände, und alles, was ich noch denken kann, ist: *Tequila ist ein Arsch*.

Dass Rachael nichts verträgt, weiß ich. Ich hätte nur nicht gedacht, dass ich selbst kein bisschen besser bin. Das Abendessen ausfallen zu lassen war vielleicht auch nicht die allerbeste Idee, und jetzt kapiere ich endlich diesen blöden Tequila-Song: *One tequila, two tequila, three tequila, floor.*

Als ich nach unten sehe, stelle ich fest, dass Rachael genau da liegt, auf dem Boden. Sie liegt flach auf dem Beton, kichert haltlos und versucht nicht einmal, sich hochzuhieven. Sie ist glücklich damit, einfach nur dazuliegen und auszusehen wie eine tote Robbe.

»Wir müssen weitermachen«, sage ich, beuge mich über sie und versuche, sie hochzuziehen, aber dabei verliere ich das Gleichgewicht und falle auf sie. Wahrscheinlich habe ich ihr den Rücken gebrochen.

»Ja, ja! Weitermachen!«, ruft Rachael unter hysterischem Gelächter, als ich von ihr herunterrolle.

»Was steht als Nächstes auf dem Plan, Rachybaby?«, pruste ich. Alles kommt mir so unglaublich witzig vor, und ich fühle mich unbekümmert und frei und alles andere als brav. Ich liege neben Rachael auf dem Rücken und starre an die weiße Garagendecke, und erst jetzt fällt mir auf, dass die Wände gestrichen sind. »Diese Garage ist so wunderschön.«

Rachael lacht immer noch, sie lacht so sehr, dass sie dabei gar keine Geräusche mehr macht. Ihr Mund steht offen, die Augen sind fest zugekniffen, und ich höre nur noch, wie sie nach Luft ringt. »Was ist nur mit uns los?«

Ich stemme mich auf die Knie, sehe sie fest an und presse die Lippen dabei zu einer starren Linie zusammen. Eine Viertelstunde und ein paar Schlucke Tequila, und wir zwei sind schon sturzbetrunken. Bemerkenswert. »Wir müssen weitermachen! So viel trinken, wie wir können, weißt du nicht mehr?«

Rachael nickt begeistert und hält sich am Außenspiegel des BMWs fest, um sich auf die Beine zu kämpfen. Nüchtern würde ich mir Sorgen machen, dass sie den Wagen beschädigen könnte. Aber ich bin nicht nüchtern, und deshalb ist es mir piepegal.

»Jägermeister!«, jubelt Rachael, schnappt sich die dunkle Flasche aus der Kollektion im Regal und dreht sich damit zu mir um. Grinsend hebt sie die Flasche und prostet mir zu: »Auf die Alkoholvergiftung!«

Noch eine Viertelstunde und zwei fatale Schlucke später frage ich mich, warum ich so blöd war, so viel in so kurzer Zeit zu trinken. Genau das ist es doch, wovor einen Eltern und Lehrer immer warnen, weil es einen umbringen wird, wie sie sagen. Aber das ist jetzt alles total egal. Die Konsequenzen sind egal, weil einem in der kurzen Zeit zwischen dem Trinken und dem Einsetzen der Wirkung jeder Mist wie die beste Idee der Welt vorkommt. Das erklärt wohl auch, warum Rachael auf der Motorhaube hockt und die Cazadoresflasche als Mikrofon benutzt, während sie abwechselnd die Nationalhymne singt, und sich strippend zum Wagendach vorarbeitet.

»Eden, es ist so irre witzig, sich mit dir zu betrinken«, verkündet sie mit einer tiefen Verbeugung nach ihrer leicht schiefen Interpretation von »The Star-Spangled Banner«. Sie steht nur in BH und ihrem Maxi-Rock da, weil sie das Schlauchtop schon lasziv zu Boden geworfen hat.

Plötzlich wird die gedämpfte Musik aus dem Haus lauter, und als ich den Blick kurz von Rachaels Darbietung abwende, kapiere ich, wie das kommt: Jemand hat die Tür zur Garage geöffnet. In der Tür steht Dean und hat die Arme vor der Brust verschränkt. Rachael und ich hören auf zu lachen, verharren an Ort und Stelle und grinsen verlegen.

»Rachael«, sagt Dean langsam. »Komm bitte vom Wagen runter.«

Rachael beißt sich auf die Lippe, um nicht zu lachen, setzt sich hin und will vom Wagendach rutschen, aber sie verliert prompt den Halt und fällt mit einem Plumps auf den Boden. Die Cazadoresflasche zerspringt in eine Million Stücke. Ich erweise ihr die Ehre, an ihrer Stelle zu lachen, während sie japsend und kichernd liegen bleibt.

»Verdammt, Rachael«, murmelt Dean. »Pass auf die Scherben auf.« Im Vergleich zu uns sieht er stocknüchtern aus. Er verzieht angewidert das Gesicht über ihren Zustand und versucht, ihr wieder aufzuhelfen. Nach einem genaueren Blick sucht er den Boden nach ihrem Top ab. »Wir wollen gleich los«, sagt er, aber ich merke, dass er ärgerlich auf uns ist. Während ich noch lachend in der Ecke stehe, zieht er Rachael das Top über den Kopf und zupft es mit ernster Miene zurecht. »Wie viel habt ihr getrunken?«

Statt auf die Frage zu antworten, sieht Rachael sich nach mir um und winkt mich zu sich. Ungeschickt stelle ich die Flasche Jägermeister auf den Boden und schlurfe um den Wagen herum, dabei meide ich Deans Blick. Schwer seufzend bringt er uns ins Wohnzimmer zurück, wo Jake schon die Haustür aufhält.

»Was zum Teufel habt ihr zwei denn getrieben?«, fragt Jake, woraufhin Rachael und ich einen Blick wechseln und wieder in Gelächter ausbrechen. Wir können einfach nicht mehr aufhören.

Dean schaltet die Musik aus und ruft zu seinen Eltern nach oben, dass wir jetzt gehen. Ich folge Rachael zu dem Minivan, der draußen parkt. Undeutlich höre ich Meghan sagen, dass Deans Cousin sich bereit erklärt hat, uns zu fahren, obwohl der Wagen zu wenige Sitzplätze für uns alle hat. Wir quetschen uns irgendwie hinein – Rachael landet auf meinem Schoß – Dean und Jake folgen, und kurz darauf sitzen wir alle neun zusammengepfercht im Wagen. Ich bin viel zu beduselt, um mir darum Gedanken zu machen, dass Tyler und Tiffani ganz hinten sitzen und sie sich ihm buchstäblich an den Hals geworfen hat. Tiffanis Lachen ist noch lauter als die wummernde Musik im Wagen, aber Tyler beachtet sie gar nicht. Er hat das Gesicht abgewandt und starrt aus dem Fenster, und als ich mich kurz zu ihm umsehe, wirkt er aus irgendeinem Grund von uns allen am nüchternsten. Sofort bemerkt er meinen Blick und erwidert ihn.

Ich fühle mich so irrsinnig gut, dass ich ihn nur albern angrinsen kann. Mein Kopf sitzt nicht ganz gerade auf den Schultern, und Tyler scheint das zu bemerken, denn er schaut mich so seltsam an – ob strafend oder besorgt, kann ich nicht genau erkennen. Dazu bleibt mir auch nicht viel Zeit, weil er gleich darauf schon wieder aus dem Fenster sieht.

Und so verbringen wir anderen die Fahrt damit, Witze zu machen und ohne Ende zu lachen und zu lachen. Es ist ein gutes Gefühl, dass alle anderen auch so beschwipst sind wie Rachael und ich. Wobei wir eigentlich nicht beschwipst sind. Wir sind betrunken, und das ist schön.

Kapitel 27

Die Strandparty ist ein richtig großes Ding. Die Hälfte des Strandes – der Bereich rechts vom Pier – ist dafür abgeriegelt, die Straßen sind gesperrt, und Sicherheitsleute patrouillieren auf dem Gelände. Als wir auf dem Parkplatz am Pier einer nach dem anderen aus dem Minivan purzeln, umfängt uns laute Musik und Stimmengewirr. Die Stimmung ist elektrisierend. Als ich den Blick über den Strand wandern lasse, entdecke ich mitten im Sand eine Bühne mit riesigen schwarzen Lautsprecherboxen, und auf dieser Bühne beschallt ein DJ die Menge.

»Wenn wir wegen einem von euch Spinnern hier rausfliegen, trete ich demjenigen persönlich in den Arsch«, droht Jake und wirft jedem von uns einen warnenden Blick zu. »Außer natürlich, es ist ein Mädchen. Die werden mit Schweigen gestraft.«

Und dann gehen wir zum Strand. Mit leicht gesenktem Kopf mogeln wir uns an den Sicherheitsleuten vorbei, und ich frage mich, ob ich so betrunken aussehe, wie ich mich fühle. Hoffentlich nicht, sonst fliege ich bestimmt schon nach fünf Minuten raus. Aber zum Glück können wir ungehindert in den Sand stolpern und uns unter die Leute mischen. Ich hatte erwartet, dass wir neun als Gruppe zusammenbleiben, aber es kommt ganz anders. Die Jungs nicken uns zum Abschied zu und ziehen in eine Richtung davon. Überraschenderweise geht Tyler ohne Tiffani.

»Wir müssen unbedingt nackt baden!«, ruft Rachael laut über die Musik hinweg, was ihr die Aufmerksamkeit und ein aufmunterndes Nicken einiger Männer in der Nähe einbringt.

»Wir müssen auf gar keinen Fall nackt baden«, widerspricht Tiffani, wirft den Männern einen giftigen Blick zu und schiebt uns weiter in die Menge. Ich bin so betrunken, dass ich mir bei dem Versuch, einen Fuß vor den anderen zu setzen, fast den Knöchel verknackse.

Sand kommt in meine Converse, und weil das das unangenehmste Gefühl auf der ganzen Welt ist, streife ich die Schuhe einfach ab und lasse sie an den Schnürsenkeln in der Hand baumeln. Ich nicke im Takt der Musik und werde von den Leuten um mich herum von einer Seite zur anderen geschubst. Hier sind eindeutig alle über einundzwanzig, aber das ist mir egal.

»Jared und seine Freunde sind hier!«, schreit Meghan über den Lärm hinweg, dreht sich panisch zu mir um und fasst sich in die Haare. »Wie sehe ich aus?«

»Als würdest du Ärger suchen!«, ruft Rachael, und damit hat sie recht.

»Damit kann ich leben.« Meghan wirft uns einen Kuss zu und schlängelt sich durch die Menschenmenge davon. Ich habe so meine Zweifel, dass sie in nächster Zeit zurückkommt.

Inzwischen schwenke ich meine Converse durch die Luft und ernte dafür bitterböse Blicke von den Umstehenden – hauptsächlich, weil sie die Schuhe immer wieder fast ins Gesicht kriegen. Aber ich fühle mich viel zu frei und viel zu gut, um mich zu entschuldigen. Es grenzt an ein Wunder, aber ich tanze – wild und verrückt, aber ich tanze, was bei mir selten genug vorkommt. Der DJ auf der Bühne spielt House Music, und alle wiegen die Hände zu den Beats. Mir ist schwindelig, und selbst das Meer kriegt Schlagseite.

Ich habe meinen Spaß, hüpfe durch den Sand und schwenke die Chucks durch die Luft, bis Tiffani mich und Rachael am Arm packt und uns zu sich zieht. Sie scheint sich nicht ganz so fantastisch zu amüsieren wie wir beide. Allerdings weiß ich nicht, ob sie einfach zu wenig getrunken hat oder ob sie die Party blöd findet.

»Ich gehe Tyler suchen«, sagt sie laut, und als sie einen Schritt zurück macht, bin ich ziemlich sicher, dass sie sauer aussieht.

»Neeeeein!«, protestiert Rachael. »Bleib bei uns!«

»Nach der Sache im letzten Jahr muss ich ein Auge auf ihn haben«, sagt sie und schüttelt den Kopf.

Ich sehe sie mit zusammengekniffenen Augen an und puste mir ein paar Haarsträhnen aus dem Gesicht. Noch immer schwenke ich die Converse an den Schnürsenkeln herum. Die Abendsonne ist sengend heiß. »Was war letztes Jahr?«

Tiffani wirft mir nur einen gereizten Seitenblick zu. »Hör bitte auf, mit den Dingern zu wedeln, Eden.« Sie nimmt mir die Schuhe weg und verzieht das Gesicht, als sie die Songtexte auf dem Rand sieht. Doch dann gibt sie sie mir zurück. »Du siehst albern aus, versuch dich bitte ein bisschen normal zu benehmen. Und jetzt noch viel Spaß, ihr zwei.«

Während Tiffani sich unter Einsatz der Ellbogen einen Weg aus der Menge bahnt, sieht Rachael mich achselzuckend an. Sie ist genauso atemlos wie ich.

»Was war letztes Jahr?«, frage ich noch einmal, als ich wieder bei Atem bin. Weil Rachaels Umrisse ein bisschen verschwimmen, kneife ich die Augen zusammen, um sie schärfer sehen zu können, aber es hilft nichts. Ich habe das Gefühl, von einer Seite zur anderen zu wogen, genau wie das Meer.

»Tyler hat irgendwelchen schlechten Stoff erwischt«, sagt sie mir leise ins Ohr. Sie beugt sich dicht zu mir, damit uns niemand hören kann – obwohl alle um uns herum viel zu sehr mit Feiern beschäftigt sind. »Er ist ohnmächtig geworden, und wir dachten alle, er wäre tot. Aber dann hatte er einen Krampfanfall, und wir alle nur so: ›O Scheiße, er ist gar nicht tot‹ und … na ja. Mit vereinten Kräften haben wir ihn zu Tiffani nach Hause geschleppt, und sie hat die ganze Nacht geheult, weil sie seinetwegen vor allen so blöd dagestanden hätte. Sie hat sich im Bad eingeschlossen und wollte nicht mehr rauskommen, also haben wir anderen dort übernachtet, um auf Tyler aufzupassen, und am Ende ging es ihm wieder gut. Wir hatten echt Angst, und jetzt schiebt Tiffani Panik, dass er so was wieder machen könnte.« Als sie geendet hat, ist sie völlig außer Atem, schnappt dramatisch nach Luft und stößt sie tief wieder aus.

Wenn ich nüchtern wäre, würde ich jetzt selbst nach Tyler suchen, aber ich bin nicht nüchtern. Und vielleicht bin ich außerdem wütend auf Tiffani, weil sie sich mehr Sorgen um ihren Ruf macht als um Tylers Leben, aber ich verziehe nur das Gesicht und fange wieder an zu tanzen. Endlich macht Rachael auch mit.

Betrunkensein hat es so an sich, dass es nicht nur die Sinne beeinträchtigt, sondern einem auch das Zeitgefühl nimmt. Mir kommt es vor, als hätten Rachael und ich nur zehn Minuten gebraucht, um uns nach vorn zur Bühne durchzudrängen, aber als ich zum Himmel sehe und merke, wie sehr er sich verdunkelt hat, wird mir klar, dass viel mehr Zeit vergangen sein muss. Inzwischen habe ich angefangen zu schwitzen, und als ich mich umsehe, bin ich plötzlich allein. Rachael ist verschwunden.

»Oh«, sage ich. Mir rutscht ein kleines Kichern raus, und ich drehe mich um, um mir tanzend einen Weg aus der Menge zu bahnen. Mit einem Mal fühle ich mich ziemlich eingeengt, und die Leute gucken mich komisch an. Es ist wohl zu offensichtlich, dass ich noch fünf Jahre zu jung bin, um hier sein zu dürfen.

Abseits der Bühne schlendern die Leute in Grüppchen durch den Sand, während andere nach Leibeskräften versuchen, Frauen aufzureißen. Dahinter lichtet sich die Menschenmenge etwas, also bleibe ich stehen und nehme mir kurz Zeit zum Verschnaufen. Ich fühle mich nicht mehr so energiegeladen, die rauschhafte Euphorie scheint im Laufe des Abends abzuebben. Trotzdem bin ich immer noch ziemlich betrunken und genieße jede Sekunde. Neben mir bricht eine Schlägerei aus, und die Sicherheitsleute kommen angerannt, rufen Anweisungen und machen dem Handgemenge ein Ende, indem sie die beiden Streithähne auseinanderzerren.

Das ist wohl der Moment, in dem ich begreife, dass ich allein bin. Allein und immer noch angetrunken. In dieser Sekunde werde ich von Panik übermannt und will ganz automatisch mein Handy aus der Sweatshirt-Tasche ziehen. Das Problem ist nur: Es ist nicht da.

Ich suche in den anderen Taschen und dann im BH und in den Schuhen. Kein Handy und auch kein Geld. Alles weg. Ich weiß nicht, ob mir die Sachen aus den Taschen gefallen sind und jetzt zwei Meter tief im Sand begraben liegen, oder ob ich ausgeraubt wurde. Jedenfalls habe ich keine Möglichkeit, jemanden anzurufen. Nüchtern wäre ich natürlich klug genug, um zu wissen, dass das nicht das Ende der Welt ist. Dads Haus ist zu Fuß nur vierzig Minuten von hier entfernt. Aber ich bin nicht nüchtern, und deshalb ist es das Ende der Welt.

Tränen steigen mir in die Augen, ich versuche sie wegzublinzeln, aber dann fangen meine Lippen an zu zittern, und kurz darauf habe ich doch feuchte Wangen. Ich wickle mich in meinen Pulli und richte den Blick starr auf den sandigen Boden. Ich befürchte, die Leute könnten merken, dass ich hier rumheule wie eine alberne Sechzehnjährige – was ich ja auch bin. Ich bin zu jung, um hier zu sein, und außerdem bin ich betrunken und allein und wurde ausgeraubt.

»Verdammt, Eden«, höre ich jemanden sagen, und die Wärme und Vertrautheit dieser Stimme bringt mich dazu, mit dem Weinen aufzuhören. Mit tränenverschleiertem Blick sehe ich Tyler auf mich zukommen.

»Tiffani sucht dich«, sage ich schniefend. Ich ziehe mir die Pulloverärmel über die Hände und tupfe mir damit die Augen – ganz vorsichtig, um die Wimperntusche nicht noch mehr zu verwischen. »Deine Freundin.«

»Herrgott, warum weinst du denn?« Ohne auf meine Worte einzugehen, stellt er sich dicht vor mich, senkt den Kopf und sieht mich unter seinen langen Wimpern von unten herauf an. Das Smaragdgrün seiner Augen erinnert mich an Seegras.

»Alle sind weg«, erkläre ich, während meine Augen zu brennen anfangen und langsam zuschwellen. Ich schwanke nach rechts. »Tiffani, Meghan, Rachael … Mein Handy ist weg.«

Tyler packt mich am Arm, um mir Halt zu geben, und mustert mich von oben bis unten. »Wie betrunken bist du?«

»Bist *du* betrunken?«

»Nicht mehr.« Nachdenklich presst er für einen Moment die Lippen zusammen. Dann entwirrt er die Schnürsenkel von meinen Fingern und lässt die Chucks in den Sand fallen. »Zieh die Schuhe wieder an. Hier liegt überall Müll rum.«

Ich reiße den Blick von ihm los, schaue auf den Boden und entdecke, dass er recht hat. Der Strand ist voll mit Fast-Food-Verpackungen, zerdrückten Limonadendosen und Feuerzeugen. *In diesem ganzen Dreck habe ich getanzt,* denke ich. Schnell schlüpfe ich in meine Schuhe, der Sand darin ist immer noch unangenehm. Aber weil Tyler jetzt da ist, fühle ich mich sicherer, und lächle ihn mit meinem verschmierten Make-up an.

»Dein Dad bringt dich um«, murmelt er, ohne mich direkt

anzusprechen. Mit einem tiefen Seufzen kratzt er sich am Kopf, während er überlegt, was jetzt zu tun ist.

Ich lege es nicht absichtlich darauf an, es ihm schwerer zu machen, aber plötzlich bin ich wieder munter und will noch ein bisschen Spaß haben. Also laufe ich tänzelnd vor ihm davon. Nach ein paar Schritten bleibe ich stehen und drehe mich mit einem verschmitzten Grinsen zu ihm um. Er wartet ab und beobachtet mich. Durch die Lücke zwischen uns laufen immer wieder Leute, aber sobald sie frei ist, werfe ich mich auf den Boden und rolle mich zu ihm rüber – was allerdings nicht so richtig gut klappt. Mit verknoteten Beinen bleibe ich auf der Seite liegen; wahrscheinlich habe ich mir die Schulter ausgerenkt. Um mich herum höre ich Gelächter.

»Steh schon auf!«, sagt Tyler streng, packt mich und zieht mich hoch. »Was habe ich dir gerade über den Müll gesagt?«

»Ich liiiiiebe den Strand«, lalle ich langsam. Mein Kopf wird schwer, und ich wanke ein Stück nach links, doch Tyler fängt mich schnell auf und hält mich an den Schultern fest. »Allein für diese Party komme ich im nächsten Sommer wieder.«

»Kommst du nächsten Sommer wieder?« Seine Miene und sein Tonfall sind ernst, und in diesem Moment kommt es mir vor, als hätte sich der gesamte Alkohol in meinem Blut plötzlich verflüchtigt.

»Ich weiß es nicht«, sage ich. »Das hängt davon ab, ob mein Dad mich noch mal hierhaben will oder nicht.«

»Ich hoffe es«, sagt Tyler, der mich immer noch mit beiden Händen aufrecht hält. »Ich hoffe es wirklich.«

Mein Augenblick der Nüchternheit hält nicht lange an. Schwankend falle ich ihm in die Arme, was allerdings keine Absicht ist. Seine Worte dringen kaum zu mir durch. Aus dem Schwanken wird ein Versuch zu tanzen, aber mir ist vage bewusst, dass ich nur unfassbar dämlich aussehe.

»Du benimmst dich zu auffällig«, zischt mir Tyler ins Ohr

und packt mich fester und schränkt damit meine Bewegungsfreiheit ein – was wahrscheinlich auch seine Absicht ist. »Deinetwegen fliegen wir noch raus.«

»Aber ich bin einundzwanzig!«, schreie ich ihn lachend an. Ich winde mich in seinem Griff und muss davon nur noch mehr kichern.

»O mein Gott«, stöhnt er leise. Er wendet den Kopf ab und starrt mit angespannter Miene in den Sand. Dann holt er tief Luft und lässt mich los. Er geht einmal um mich herum, geht in die Knie und hebt mich mit einer flinken Bewegung auf seinen Rücken. »Du musst nüchtern werden«, murmelt er und setzt sich in Bewegung.

Ich lege die Arme um seinen Hals und hoffe, dass ich ihm damit nicht die Luft abdrücke. Die Beine habe ich um seine Taille geschlungen. Er stützt mich mit festem Griff und läuft so mühelos, dass er mir für kurze Zeit das befriedigende Gefühl gibt, ganz leicht zu sein. Ich lehne den Kopf an seine Schulter und puste ihm in den Nacken, und er trägt mich weiter über den Strand.

»Troy-James!«, ruft Tyler und bleibt stehen. Beim Klang des fremden Namens hebe ich neugierig den Kopf.

Vor uns steht ein kleines Grüppchen aus drei Personen, und sie alle drehen sich zu uns um, als sie Tylers Stimme hören. Es sind zwei Mädchen und … TJ. Der Typ, der auch bei Dean war, der Cornerback. Troy-James. Ich setze das ziemlich simple Puzzle in Gedanken zusammen und komme mir dabei sagenhaft clever vor.

»Was gibt's?«, fragt Troy-James – oder TJ. Der abweisende Gesichtsausdruck von vorhin ist längst verschwunden, jetzt sieht er aus, als würde er sich prächtig amüsieren. Was nur zu verständlich ist, mit zwei eindeutig älteren Mädchen an seiner Seite. Beide lächeln mich mitleidig an.

»Ich brauche dein Apartment«, sagt Tyler ohne Umschweife. »Du wohnst doch noch in der Ocean Avenue, oder?«

»Hey, Bro.« TJ blinzelt einen Moment lang und wechselt schnell einen Blick mit den Mädchen, die anscheinend seinem Charme erlegen sind. Dann sieht er wieder Tyler an. »Was hast du vor, Mann?«

Tyler zuckt die Achseln und deutet einen Blick über die Schulter an – zu mir, wobei ich kräftig durchgeschüttelt werde. »Zum Ausnüchtern. Ihr Dad killt sie, wenn sie so zu Hause auftaucht.«

»Ey, Alter, du versaust mir meine Pläne«, murrt TJ.

»Wir können zu mir gehen«, sagt eins der Mädchen, und im nächsten Moment greift TJ in die Tasche seiner Shorts und wirft Tyler die Schlüssel zu seinem Apartment zu. Einfach so.

»Leg sie unter die Fußmatte«, sagt er.

Tyler kann gerade noch ein Danke loswerden, bevor TJ und die Mädchen davonziehen. Ich spüre, wie er noch einmal seufzt, meine Beine fester greift und sich wieder in Bewegung setzt. Er läuft und läuft und läuft, bis mir klar wird, dass wir uns von der Party entfernen.

»Warum gehen wir in sein Apartment?«, nuschle ich in sein T-Shirt, weil ich inzwischen kaum noch den Kopf heben kann.

»Weil du dich hier draußen nur bis auf die Knochen blamierst«, sagt er schmunzelnd, und ich wünschte, ich könnte jetzt sein Gesicht sehen, könnte ihm in die Augen sehen und erkunden, was gerade in seinem Kopf vorgeht. Aber dazu bin ich immer noch zu benebelt. »TJs Eltern sind so was wie Millionäre. Das Apartment hier am Strand haben sie ihm zum sechzehnten Geburtstag geschenkt. Wer zum Geier macht denn so was?«

»Millionäre«, antworte ich, und er lacht.

Eigentlich habe ich gar nichts dagegen, die Party zu verlassen. Dort habe ich schon mein Handy, mein Geld und meine Freunde verloren, und jetzt, wo die Wirkung des Alkohols nachlässt und die Sonne untergeht, will ich nur noch nach Hause. Das allerdings kommt im Moment überhaupt nicht infrage. Dad glaubt, ich bin im Kino und sehe mir eine anspruchslose Liebesschnulze an, aber in Wirklichkeit werde ich gerade von einer Party weggetragen, weil ich vorhin zu viel hartes Zeug in mich reingeschüttet habe. Ich bin nur dankbar, dass es Tyler war, der mir zur Rettung gekommen ist. Hätte Jake oder Dean oder sogar Meghan versucht, mich von da wegzulotsen, hätte ich mich bestimmt gewehrt.

»Du kannst mich jetzt absetzen, weißt du«, murmle ich, nachdem Tyler zehn Minuten lang ohne Pause gelaufen ist. Ich fürchte, es könnte ihm zu viel werden.

»Damit du von einem Auto angefahren wirst? Von wegen«, sagt er kurz angebunden. Er bleibt am Bordstein stehen, guckt nach rechts und links und überquert die Straße. Noch immer ist die Musik von der Strandbühne zu hören.

»Du verpasst den Rest der Party«, sage ich, doch er erwidert nichts darauf.

Er trägt mich in eine Gegend mit Apartments, Eigentumswohnungen und Hotels an der Ocean Avenue – Häuser mit Meerblick, an denen ich so oft vorbeigejoggt bin. An einem viergeschossigen Gebäude angekommen, trägt er mich die Eingangsstufen hinauf, bleibt vor der Tür stehen und lässt mich vorsichtig von seinem Rücken gleiten. Meine Beine fühlen sich an wie aus Wackelpudding.

»Wie geht's dir?«, fragt er, ohne aufzusehen. Er ist ganz darauf konzentriert, den Schlüssel ins Schloss zu kriegen.

»Mir ist das alles so peinlich«, gebe ich zu. Nachdem mein letzter Drink über drei Stunden her ist, werde ich so langsam wieder nüchtern, und mir wird immer mehr bewusst, wie lächerlich ich mich aufgeführt habe. Vage taucht die Erinnerung auf, dass ich den Wagen von Deans Eltern mit Tequila vollgespuckt habe.

Endlich kriegt Tyler die Tür auf und zieht mich am Arm

über die Schwelle. Wir gelangen in den hellen, auf Hochglanz polierten Eingangsbereich einer Wohnanlage. »Das haben wir alle schon hinter uns«, sagt er, um mich zu trösten.

»So wie du letztes Jahr?« Es klingt fast verächtlich, wie ich das sage, aber so ist es gar nicht gemeint. Ich bin nur neugierig. Immer bin ich neugierig.

Tyler bleibt mitten in der Lobby stehen, dreht den Kopf zu mir, und seine Miene verhärtet sich. Mit leicht zusammengekniffenen Augen sieht er mich an. Ich beiße mir auf die Lippe und warte auf den Wutausbruch, warte darauf, dass die Aggression mit ihm durchgeht. Aber das passiert nicht. Er schüttelt nur den Kopf und zieht mich in den Aufzug.

»206«, sagt er leise und drückt auf den Knopf für den ersten Stock. In den wenigen Sekunden, die die Fahrt dauert, sieht er mich kaum an, lässt aber mein Handgelenk nicht los.

Wohnung 206 liegt an der Frontseite des Hauses. Ausgiebig betrachte ich das Muster auf der Fußmatte, die vor mir auf dem Boden liegt, und finde es überraschend interessant. Normalerweise wäre mir so etwas egal, aber anscheinend macht Tequila kreativ und weckt die Leidenschaft für die hohe Kunst der Fußmattengestaltung. Ich kann den Blick erst losreißen, als ich in die Wohnung gezogen werde.

Und, o Gott, ist die schön.

Das Wohnzimmer glüht im Licht des Sonnenuntergangs, das durch die umlaufenden, deckenhohen Fenster hereinfällt. Alles ist in sattes Orange getaucht und sieht einfach wunderschön aus. Es ist die Art Sonnenuntergang, die man sonst nur auf Fotos sieht, und die sind meistens nachbearbeitet. Aber jetzt, in dieser Wohnung mit den riesigen Fenstern zum Strand, ist es der Inbegriff wahrer Schönheit. Eine ganze Zeit stehe ich einfach nur da und gucke.

»Hier«, sagt Tyler leise hinter mir. Endlich reiße ich den Blick von den Fenstern los und sehe ihn an. Er drückt mir ein Glas Wasser in die Hand. »Trink das jetzt.«

Ein Lächeln umspielt meine Mundwinkel, als ich das Glas an die Lippen setze und einen langen Zug trinke. Erst jetzt merke ich, wie ausgetrocknet ich bin. Es fühlt sich so erfrischend und kühl an, dass ich innerhalb von Sekunden das ganze Glas leertrinke.

»Setz dich«, sagt Tyler. Er nimmt mir das leere Glas aus der Hand und deutet mit einem Kopfnicken auf die Couch hinter mir. Weil ich mich nicht sofort in Bewegung setze, legt er mir eine Hand auf die Schulter und schiebt mich vorwärts.

»Es ist so schön«, sage ich, als ich sicher auf der Couch sitze und es mir bequem mache. Ich lasse mich in die Kissen sinken und schaue weiter aus dem Fenster. Wenn ich angestrengt lausche, kann ich in der Ferne das leise Wummern der Musik hören. »Oder?«

»Doch, klar«, sagt Tyler aus einigen Schritten Entfernung. Ich drehe mich zu ihm um, schlage die Beine übereinander und sehe schweigend zu, wie er das Glas am Wasserhahn wieder auffüllt. Er bringt es mir und trocknet sich die nassen Hände an der Jeans ab.

Die Stille im Zimmer ist ein Kontrast zu dem Lärm auf der Party auf der anderen Straßenseite, aber irgendwie ist das alles auch entspannend: der gedämpfte Klang der Musik und das helle Glühen der Sonne, die hinter den Horizont fällt. Tyler setzt sich auf den Rand der Couch und sieht mir zu, wie ich das zweite Glas Wasser trinke.

»Du musst deinen Rausch ausschlafen«, sagt er. Noch immer sieht er mich vorwurfsvoll an, und es ist irgendwie ungewohnt, dass unsere Rollen so vertauscht sind. Normalerweise bin ich diejenige, die mit ihm fertigwerden muss. »Na los.« Er nimmt mir das Glas wieder ab, stellt es auf den Couchtisch und greift nach meiner Hand. Ich zucke zusammen, aber das scheint er gar nicht zu bemerken. Behutsam zieht er mich auf die Beine und fasst mich mit der anderen

Hand an der Taille, damit ich nicht das Gleichgewicht verliere. »Alles in Ordnung?«

»Alles in Ordnung.«

Dann dreht er sich um, lässt meine Hand aber nicht los, sondern drückt sie noch fester und führt mich durch die Küche in einen Flur. Vor einer Tür bleiben wir stehen, er öffnet sie und zieht mich in das kleine Schlafzimmer, das dahinter liegt.

Fast unbewusst streife ich die Schuhe ab, stoße sie mit dem Fuß beiseite und will zu dem riesigen Bett gehen, das den größten Teil des Zimmers einnimmt. Aber Tyler schiebt mir einen Arm unter die Kniekehlen und hebt mich hoch.

Sein Gesicht ist nur wenige Zentimeter von meinem entfernt, und ich kann nicht anders, als ihn anzustarren. Seine Augen sind so schön, so faszinierend, dass ich unwiderstehlich von ihnen angezogen werde. Zwar erwidert er meinen Blick nicht, aber ich kann spüren, dass sein Herz schneller schlägt. Und dann legt er mich sanft aufs Bett – fast so schnell, wie er mich hochgehoben hat – und schlägt die Laken zurück.

»Ich hole dir mehr Wasser«, sagt er leise, fast schon schüchtern, beißt sich auf die Lippe und geht aus dem Zimmer.

Solange er weg ist, sehe ich mich hier um. Rechts neben mir hängt ein Spiegel an der Wand, und ich schnappe nach Luft, als ich mein unscharfes Spiegelbild sehe. Ich sehe schrecklich aus. Meine Haare, die ich über eine Stunde lang geglättet habe, wellen sich wieder und fühlen sich verfilzt und schmutzig an. Auch das Make-up, in das Rachael so viel Arbeit investiert hat, ist hinüber. Auf einer Seite fehlen die falschen Wimpern, die sie mir angeklebt hat. Schnell reiße ich sie auch auf der anderen ab und klebe sie aufs Nachtschränkchen.

»Hier«, sagt Tyler, und ich erschrecke ein bisschen. Er hat das Glas wieder bis zum Rand aufgefüllt und stellt es aufs

Nachtschränkchen, direkt neben die falschen Wimpern, die ich mir gerade abgezupft habe. »Wasser und Schlaf – das einzig Wahre, um dich nüchtern zu kriegen und den Kater möglichst klein zu halten.« Leise lachend geht er ums Bett herum zum Fenster und zieht die Vorhänge zu.

»Du solltest hin und wieder auf deine eigenen Ratschläge hören«, merke ich an, um ihn ein bisschen zu ärgern. Leicht beschwipst bin ich nämlich immer noch. »Wenn du das nächste Mal betrunken bist, singe ich die ganze Zeit: ›Wasser und Schlaf, Wasser und Schlaf‹.«

Als er den Blick vom Fenster abwendet und sich zu mir umdreht, muss er sich mühsam ein Lächeln verkneifen. Er schüttelt den Kopf und nickt mir zu. »Schlaf jetzt, Eden.«

Ich lache kurz auf und gebe dann nach. Schließlich hat er recht, ich brauche wirklich Schlaf. Also krieche ich unter das Laken, drehe mich auf den Rücken und mache es mir bequem, schüttle das Kissen ein wenig auf und lasse meinen Kopf tief hineinsinken. Ich will gerade die Augen schließen, da merke ich, dass Tyler noch unentschlossen in der Tür steht, als wüsste er nicht, ob er gehen oder bleiben soll.

Mühsam hebe ich den Kopf ein paar Zentimeter, um ihn richtig ansehen zu können. Ich lache nicht mehr. »Gehst du wieder zur Party?«

»Ich weiß nicht«, sagt er leise. Er senkt den Blick auf den Teppich, zuckt die Achseln und sieht nicht wieder auf. »Tiffani sucht mich wahrscheinlich schon überall.«

»Oh.«

»Ich lasse dich jetzt schlafen.« Vorsichtig tastet er sich an meinen Blick heran. Und dann lächelt er dieses Lächeln, das ich so liebe. Das echte Lächeln. Aufrichtig, freundlich und beruhigend.

Ich lasse mich wieder ins Kissen sinken, drehe mich auf die Seite und schließe die Augen. Tyler geht aus dem Zimmer. Allein in der Stille, wünsche ich mir nichts sehnlicher, als dass er zurückkommt und bei mir bleibt. Er soll neben mir liegen wie neulich, als er mitten in der Nacht zu mir ins Bett gekommen ist. Ich möchte einfach nur wissen, dass er bei mir ist, möchte seine Wärme und seine Berührungen spüren. Das ist alles, was ich brauche. Alles, was mir fehlt.

Es ist wohl dieser Moment, in dem mir klar wird, dass ich mich in ihn verliebt habe.

*

Ein paar Stunden später wache ich auf. Die Hitze im Zimmer ist plötzlich unerträglich, und als ich aufwache, ist mein Gesicht gerötet, und ich schwitze beinahe. Sofort greife ich in der Dunkelheit nach dem Wasserglas auf dem Nachtschränkchen und setze mich auf. Das Wasser ist inzwischen warm geworden, aber ich stürze es trotzdem hinunter.

»Wie fühlst du dich?«

Erschrocken setze ich das Glas ab und hätte das Wasser fast wieder ausgespuckt. Mein Blick schnellt in die Zimmerecke, vorn am Fenster. Trotz der Dunkelheit kann ich Tylers Umrisse und seine leuchtenden Augen ausmachen. Je genauer ich hinsehe, desto deutlicher wird er, und schon bald kann ich sein ganzes Gesicht erkennen.

»Besser«, sage ich, und das stimmt. Das Zimmer hat aufgehört, sich zu drehen, und ich kann wieder logisch denken. Mein einziges Problem ist jetzt, dass mir heiß ist und ich unglaublichen Durst habe. »Wie spät ist es?«

»Drei«, sagt Tyler. Er schaut aus dem Fenster und lacht so leise, dass es kaum zu hören ist. Mir fällt auf, dass die Vorhänge wieder offen sind, aber vom Bett aus kann ich nur den dunklen Himmel und den Mond sehen. Noch immer ist vom Strand her leise Musik zu hören. »Die Party läuft noch.«

Verwirrt ziehe ich die Augenbrauen zusammen, als ich ihn ansehe. »Bist du nicht wieder hingegangen?«

»Nein«, murmelt er. Seine Stimme wird noch leiser, bis sie kaum mehr als ein Flüstern ist. »Ich habe mir Sorgen gemacht, du müsstest dich vielleicht übergeben oder so. Außerdem war es wahrscheinlich das Beste, mich von der ganzen Sache fernzuhalten.«

Er kaut auf der Unterlippe und macht plötzlich einen traurigen, beklommenen Eindruck. Nicht, dass er vorher superglücklich ausgesehen hätte, aber jetzt nimmt sein Gesicht einen richtig verletzlichen Ausdruck an. Er wirkt abgekämpft, beinahe eingefallen.

»Was ist los?«, frage ich. Das Glas in meinen Händen fühlt sich warm an.

»Nichts.« Er stützt die Ellbogen auf die Knie, faltet die Hände und starrt ins Leere.

»Ich weiß, dass irgendwas ist.« Ich trinke noch einen Schluck Wasser, lasse Tyler dabei aber keinen Moment aus den Augen, weil ich befürchte, dass mir sonst etwas entgehen könnte – eine flüchtige Emotion in seinem Blick oder ein Anflug von Verärgerung. Aber bis jetzt schafft er es, sich unnahbar zu geben. »Was ist los, Tyler«, frage ich noch einmal.

Er hebt den Kopf und sieht mich von der Seite an. Mit einem tiefen Seufzer lässt er die Schultern sinken. »Es ist nur …«

»Was?«

»Letztes Jahr um diese Zeit«, fängt er langsam an, doch dann verstummt er und wendet den Blick wieder ab.

»… bist du ohnmächtig geworden«, bringe ich den Satz für ihn zu Ende. Mit einem Ruck hebt er den Blick und sieht mich verwirrt an. »Rachael hat es mir erzählt. Du bist von den Drogen ohnmächtig geworden.«

»Trink einfach dein Wasser«, murmelt er kaum hörbar und steht auf. Ein Schatten liegt auf seinem Gesicht.

Ich tue, was er sagt, trinke das Glas aus und stelle es auf

dem Nachtschränkchen ab. Dann schlage ich die Laken zurück und steige aus dem Bett, um vorsichtig zu ihm hinüberzugehen. Meine Beine fühlen sich steif an. »Warum tust du es?«

Wie aus dem Nichts reißt er verzweifelt die Hände in die Luft, und ich weiche schnell einen Schritt zurück, um ihn nicht wütend zu machen. »Warum fragst du mich das schon wieder?«

»Weil ich die Wahrheit wissen will.«

»Die verdammte Wahrheit habe ich dir längst gesagt«, fährt er mich an. Seine Wangen färben sich rot, Wut steigt in ihm auf. Tyler hasst die Wahrheit; Tyler versteckt die Wahrheit. »Ich mache es, um mich abzulenken.«

»Wovon?« Ich schreie fast, weil ich endlich erfahren will, was wirklich los ist, und es so satthabe, rein gar nichts über ihn zu wissen. »Darum geht es doch, Tyler. Ich will wissen, warum du diese ganzen saudämlichen Ablenkungen brauchst.«

Menschen wie Tyler haben Gründe. Niemand verhält sich nur aus Langeweile so, wie er es tut. Wirklich niemand. Und ich muss einfach begreifen, was es ist, das ihn dazu treibt.

»Ablenkungen machen es eben leichter«, zischt er endlich. Sein Blick ist scharf, und er hat die Augenbrauen so fest zusammengezogen, dass auf seiner Stirn Falten zu sehen sind.

»Was machen sie leichter?«

Er beißt die Zähne zusammen und ballt die Fäuste so fest, dass die Venen unter der Anspannung hervortreten. Ich kann fast sehen, wie es in seinem Kopf arbeitet, als er für einen Moment, der mir unendlich lang vorkommt, verstummt. Seine nächsten Worte sind sehr leise, aber sie klingen bedrohlich. »Hör auf damit, Eden.«

»Womit?« Ich mache wieder einen Schritt auf ihn zu und versuche, seinem Blick standzuhalten. Noch einmal werde ich nicht zurückweichen. Diesmal bin ich entschlossen, die Wahrheit zu erfahren, da kann er mich so böse angucken, wie er will.

»Hör auf, mich durchschauen zu wollen.« Er spricht die Worte langsam und so entschieden aus, dass ich jede Silbe einzeln über seine Lippen kommen höre. In seinen Augen liegt ein schwerer, müder Ausdruck, als er von oben zu mir herabblickt, und plötzlich muss ich an das Foto in Deans Garage denken. Das Foto von ihm vor dem 49ers-Spiel. Das mit seinem Vater am anderen Bildrand.

»Tyler«, sage ich. In diesem Moment ist er für mich wie ein Puzzle mit einer Million Teile, das ich nach und nach zusammensetzen muss, um das Gesamtbild zu erkennen. Ein Stück Wahrheit nach dem anderen, mehr ist nicht nötig. »49ers oder Chargers?«

»Was ist das denn für eine dämliche Frage?«, gibt er aufgebracht zurück. Er verzieht das Gesicht, als könnte er nicht glauben, dass ich so einfach das Thema gewechselt habe. Ich kann ihn förmlich denken hören. *Ist sie gerade wirklich von einer Nervensäge zum Football-Fan geworden?* »49ers«, sagt er.

Mit offenem Mund und ausdrucksloser Miene starre ich ihn an. In meinem Kopf dreht sich alles, während ich versuche, seine Antwort zu kapieren. Sie passt nicht zu dem Bild in der Garage.

»Ich habe bei Dean ein Foto gesehen«, erkläre ich, um mich dem Thema vorsichtig anzunähern. »Von dir, ihm und euren Vätern vor einem Spiel der 49ers. Wenn du ein Fan bist, warum siehst du auf dem Bild dann aus, als ob du gar nicht da sein willst?«

Er starrt mich nur an und blinzelt ein paar Mal. »Dean hätte das längst abhängen sollen.«

»Antworte auf die Frage«, fordere ich. Langsam werde ich ungeduldig, und auf einmal kommt mir alles ziemlich merkwürdig vor. Meine Nerven spielen verrückt, während ich die

Teile nach und nach zusammensetze. »Was war an diesem Tag los?«

Tyler wendet sich von mir ab. Er nimmt das Wasserglas vom Nachtschränkchen und hält es so fest, dass seine Fingerknöchel durch den Druck bleich werden. Ich sehe das Glas schon in seinem Griff zersplittern, doch das passiert nicht. Er geht zum Fenster und steht einfach nur da. Nichts ist zu hören, bis auf die ferne, leise Musik und seinen schweren Atem.

Am Pier sind die Lichter angegangen und schimmern hinter den Palmen, die den Straßenrand säumen, und obwohl es mitten in der Nacht ist, dreht sich das Pacific-Riesenrad unermüdlich im Kreis. Tyler senkt den Kopf.

»Wieso ist das so mit dir, Eden?«, fragt er leise. Er hat mir den Rücken zugekehrt und starrt durch das Fenster hinunter auf die Straße. »Du sollst mich nicht durchschauen. Das soll niemand.«

Die Atmosphäre hat sich verändert, und in diesem Moment der Stille glaube ich, spüren zu können, wie er sich fühlt. Er lässt die Schultern hängen und fährt mit dem Mittelfinger über den Glasrand. Ich will nichts mehr sagen. Alles soll still bleiben, damit ich ihn nur ansehen kann – Tyler, mit all seinen Eigenschaften und seinen Macken. Ich will ihm ins Gesicht sehen und seinen Blick auffangen. Ich will, dass er mein Lächeln erwidert, will sehen, wie er beim Denken die Kiefermuskeln anspannt. Und vor allem will ich, dass er mir genug vertraut, um mir zu sagen, was er denkt. Ich will ihn begreifen, ihn verstehen und akzeptieren.

Ich will ihn.

»Tyler«, flüstere ich und will seinen Blick mit der Kraft seines Namens zu mir lenken. Aber er dreht sich nicht um, sondern schaut sich nur kurz über die Schulter um. »Vertrau mir, bitte.«

Er starrt immer noch auf den Teppich und schüttelt langsam den Kopf, als täte ihm das Nachgeben körperlich weh. Die Augen fest geschlossen, atmet er tief aus. »Zwing mich nicht, es zu sagen.«

Ich stelle mich vor ihn. Ganz vorsichtig schiebe ich mich zwischen ihn und das Fenster, was eigentlich keine Rolle spielt, weil er ohnehin nicht mehr hinaus in die Nacht schaut, die ohne uns weitergeht. Ich schlucke den Kloß in meinem Hals hinunter und lege Tyler zaghaft eine Hand auf die Brust. »Bitte«, flüstere ich.

Quälend langsam schlägt er die Augen auf, ich kann es kaum erwarten, das Smaragdgrün zu sehen, und als sich unsere Blicke endlich treffen, stockt mir der Atem. Seine Pupillen sind geweitet, sein Blick ist sanft und voller Schmerz. Eine solche Emotion habe ich bei ihm noch nie gesehen – ich kenne ihn wütend und sadistisch und sogar verletzlich. Aber das hier ist mehr als verletzlich. Er wirkt völlig hilflos.

»Mein Vater ist ein Arschloch«, flüstert er, beinahe ohne dabei die Lippen zu bewegen. »Ich habe allen erzählt, dass er wegen Autodiebstahl im Knast sitzt, aber das stimmt nicht.« Seine Kiefermuskeln spannen sich, und er wendet den Kopf zur Seite. Ich kann richtig sehen, wie er die Kraft sammelt, um weitersprechen zu können. Er bläht die Nasenflügel und sieht mich nicht an. Und dann ringt er sich Worte ab, mit denen ich nie im Leben gerechnet hätte. »Er sitzt wegen Kindesmisshandlung.«

Dieses eine Wort lässt mir das Blut in den Adern gefrieren, und ein kalter Schauer läuft mir über den Rücken. Es tut weh, dieses Wort zu hören. Es ist ein Wort, das nie ausgesprochen werden dürfte, weil es so etwas wie Kindesmisshandlung einfach nicht geben dürfte, nicht in Wirklichkeit. Bittere Galle sammelt sich in meiner Kehle, mir klappt der Kiefer herunter, und ich starre Tyler ungläubig an. Er macht die Augen wieder zu. Erst jetzt wird mir bewusst, wie schwer es für ihn war, das auszusprechen.

»Du?«, flüstere ich.

Er nickt.

Mit einem Mal rücken alle Einzelteile, die ich bisher aufgedeckt habe, an ihren Platz. Die Erkenntnis ist so überwältigend, dass ich wie gelähmt bin. Ich kann mich nicht bewegen, nur denken. Jetzt begreife ich, warum er auf dem Bild in Deans Garage so unglücklich ausgesehen hat. Natürlich war er unglücklich! Ich begreife auch, warum sein Handgelenk gebrochen war. Und natürlich ist er wütend geworden, als ich davon angefangen habe. Jetzt ist mir klar, warum so viele Fotos in seinem Album fehlen. Natürlich wollte er sie loswerden! Und jetzt begreife ich auch, warum er sich ablenken muss. Natürlich.

Natürlich, natürlich, natürlich.

Jetzt ist alles so klar.

Ich atme tief aus und zwinge mich zu fragen: »Und Jamie und Chase?«

»Nur ich«, sagt er.

»Tyler, das …« Bei der Vorstellung, dass Tyler etwas so Schreckliches und Grausames erleben musste, zerbricht etwas in mir. Meine Stimme kippt, und ich brauche einige Sekunden, um mich zu fassen. Noch immer liegt meine Hand auf seiner Brust, und ich spüre seinen langsamen, kräftigen Herzschlag. »Das tut mir so leid.«

»Bisher konnte ich es ziemlich gut geheim halten«, sagt er leise und zieht sich einen Schritt zurück. Der niedergeschlagene Ausdruck ist aus seinen Augen verschwunden, und jetzt ist da Zorn. Zorn, der aus dem Schmerz entsteht. »Keiner weiß davon. Weder Tiffani noch Dean noch sonst irgendjemand.«

»Warum hast du es ihnen nicht erzählt?«

»Weil ich kein Mitleid will«, schießt er scharf zurück. Ich kann die Anspannung in seiner Stimme hören. Achselzuckend wendet er sich von mir ab, geht zur anderen Seite des Zimmers und umfasst den Rand des Nachtschränkchens. »Mitleid ist was für Weicheier. Ich will nicht schwach wirken. Schwach war ich viel zu lange.« Mit lautem Krachen rammt er die Faust auf das Nachtschränkchen und dreht sich wutschnaubend wieder zu mir um. »Immer war ich schwach! So beschissen schwach!«

So langsam ergibt für mich alles einen Sinn. Ich richte den Blick aus dem Fenster ins dunkle Blau der Nacht. Noch immer dreht sich das Riesenrad, noch immer feiern die Leute draußen im Sand. »Du warst nicht schwach. Du warst ein Kind.«

Kräftig den Kopf schüttelnd, marschiert er wieder quer durchs Zimmer, ballt die Fäuste und lässt sich an der Wand auf den Boden rutschen. Er sieht völlig erledigt aus, und der Zorn weicht wieder der Verletzlichkeit. Er fixiert eine Stelle an der gegenüberliegenden Wand, und seine Stimme wird sanfter. »Weißt du, eine Zeit lang habe ich es einfach nicht kapiert«, sagt er leise. »Ich habe nicht verstanden, was ich falsch gemacht habe.«

Ich weiß, dass ich jetzt zuhören soll. Einfach den Mund halten und ihn ausreden lassen. Also halte ich meine Fragen zurück und setze mich vor ihm auf den Boden. Ich überkreuze die Beine zum Schneidersitz, höre ihm zu und beobachte seine Lippen, während er redet.

»Mom und Dad …«, fängt er an, doch er spricht sehr langsam, als müsste er währenddessen über die Formulierung nachdenken. »Sie waren noch Teenager, als ich zur Welt kam, und hatten wahrscheinlich keine Ahnung, was sie taten. Beide waren wie besessen davon, Karriere zu machen, und Dad hatte seine blöde Firma – die, von der ich dir erzählt habe.«

»Grayson's.«

»Grayson's«, wiederholt er und räuspert sich. Er beugt sich vor und schlingt die Arme um die Knie. »Am Anfang war alles toll. Das Geschäft lief ein paar Jahre richtig gut, aber als ich etwa acht war, ist irgendein Deal geplatzt, und danach war Dad richtig übel drauf. Eines Abends kam er nach Hause, während Mom noch Überstunden im Büro machte. Er war tierisch wütend und hat es an mir ausgelassen. Damals dachte ich, es wäre eine einmalige Sache. Aber dann haben alle seine Mitarbeiter gekündigt, das hat ihn total gestresst, und er hat es wieder an mir ausgelassen. Es passierte immer öfter. Zuerst nur einmal in der Woche, aber bald war es jeden Abend. Er hat mir alles verboten, was mir Spaß machte, weil ich mich ganz auf die Schule konzentrieren sollte. Ich sollte an eine Elite-Uni, damit ich meine Karriere nicht genauso in die Scheiße reite wie er. Eigentlich wollte ich gar keine supergeile Karriere machen oder an einer Elite-Uni studieren – aber ich habe trotzdem jeden Abend in meinem Zimmer gehockt und versucht zu lernen, damit er nicht wieder wütend wird. Ich dachte, ich versuche es wenigstens. Das muss doch reichen, oder? Aber das hat es nicht. Jeden Abend ist er nach oben gekommen und hat mich verprügelt.« Er macht eine lange Pause, und als er weiterspricht, ist seine Stimme nur noch ein Flüstern. »Jeden Abend. Vier Jahre lang.«

»Das tut mir leid«, flüstere ich noch einmal. Und wie es mir leidtut. Niemand hat es verdient, so behandelt zu werden, ganz besonders nicht von einem Elternteil, das einen lieben und beschützen sollte. Mir wird richtig schlecht.

Tyler zuckt die Achseln. »Mom war zu beschäftigt, sie hatte wirklich keine Ahnung. Heute macht sie sich deswegen Vorwürfe. Sie versucht, mir Hausarrest zu geben, doch es klappt einfach nicht, weil sie sich nicht durchsetzt. Ich glaube, sie hat schreckliche Angst davor, streng zu mir zu sein, verstehst du? Dabei ist es nicht ihre Schuld. Sie hat manchmal nachgefragt, wenn sie etwas bemerkt hat: ›Tyler, was hast du schon wieder mit deinem Gesicht gemacht?‹ Aber jedes Mal habe ich mir irgendwelche lahmen Ausreden einfallen lassen. Zum Beispiel, mein Gesicht wäre so zerschlagen, weil ich in der Schule Football gespielt hätte, oder ich hätte mir das Handgelenk gebrochen, als ich die Treppe runtergefallen wäre. Aber in Wahrheit habe ich mir das Handgelenk nur deshalb drei Mal in einem Jahr gebrochen, weil Dad sehen wollte, wie weit er es zurückbiegen kann.«

»Warum hast du niemandem etwas davon gesagt?«, flüstere ich. Die Stille ist so zerbrechlich, dass ich kaum wage, sie zu durchbrechen.

»Weil ich so eine Scheißangst vor ihm hatte«, gesteht Tyler, seine Stimme klingt schroff und kalt. Als er sich mit den Händen durch die Haare fährt, fällt mir auf, wie sich seine Augen verdunkeln, wenn er wütend wird. »Ich konnte damals nichts sagen. Zu Hause ist Chase der Einzige, der nichts davon weiß. Er war noch zu klein, und Mom wollte nicht, dass er Angst bekommt. Alle anderen in der Familie hassen Dad inzwischen.«

»Wann hat es aufgehört?«

»Als ich zwölf war«, sagt er und stemmt sich im gleichen Moment vom Boden hoch. Seine Kiefermuskeln sind immer noch angespannt, als er weiterspricht. »Eines Abends kam Jamie nach oben, sah, wie Dad mich schlug und rief die Bullen. Obwohl er noch so klein war. Noch am selben Abend wurde Dad festgenommen. Die Sache kam nicht vor Gericht, weil er sich schuldig bekannte, daher ist es nie öffentlich geworden. Ich musste es geheim halten und so tun, als wäre alles in Ordnung.« Ein schweres Seufzen dringt über seine Lippen, als er sich einmal mehr von mir abwendet, um im Zimmer auf und ab zu laufen. »Ich hasse ihn. Gott, wie ich diesen Scheißkerl hasse. Nach etwa einem Jahr fing ich an zu glauben, das alles müsste doch einen Grund haben. Ich dachte, ich hätte die Schläge verdient, weil ich so ein wertloses Stück Dreck bin. Und das denke ich immer noch. Ich komme nicht darüber weg, weil ich es nicht vergessen kann. Auch wenn das furchtbar armselig klingt, so ist es eben. Eigentlich bekomme ich Antidepressiva, aber ich nehme sie nicht, weil ich mich lieber betrinken und zudröhnen will, und beides zusammen geht nicht. Und weißt du was, Eden? Du hast recht. Ich bin verloren. Ich weiß keinen Ausweg aus diesem ganzen beschissenen Chaos.«

Ich stütze mich auf dem Boden ab, um aufzustehen und die Emotionen in seinem Blick zu analysieren. Da ist alles auf einmal, seine Gefühle wechseln so schnell, dass ich kaum mitkomme.

Ich höre, wie er scharf Luft holt, und dann bricht es aus ihm hervor: »Ich brauche diese Ablenkungen! Das macht es leichter, mit alldem fertigzuwerden. In den Stunden, in denen ich voll oder high oder beides bin, kann ich wenigstens kurz vergessen, dass mein Dad mich hasst!« Und dann kommt, genauso schnell wie der Wutausbruch, ein Adrenalinschub. Er bleibt stehen, reißt das Glas vom Nachtschränkchen und schleudert es quer durchs Zimmer.

Als das Glas an der gegenüberliegenden Wand zerschellt, mache ich erschrocken einen Satz zurück. Das grässliche Geräusch fährt mir in die Glieder. Die Scherben fallen zu Boden, und Tyler steht einfach nur da und guckt und atmet. Schließlich lässt er sich aufs Bett fallen.

»Ich hasse ihn«, faucht er. Ich gehe zu ihm, um ihn zu trösten. Auch wenn sein Gesichtsausdruck hart und verzerrt ist, weiß ich, dass er in Wahrheit traurig ist. Ich höre es an seiner Stimme und sehe es in seinen Augen.

Inzwischen ist es richtig dunkel, und die Musik vom Strand verklingt allmählich, die Party geht zu Ende. Mondlicht fließt über das Meer, taucht die Wohnung in einen sanften Schimmer und fällt auf Tylers Gesicht. Langsam bewege ich mich auf das Bett zu, wo er zusammengesackt ist. Als ich vor ihm stehen bleibe, sieht er zu mir auf.

Ich zittere. Nicht, weil es hier kalt wäre, sondern vor Aufregung. Tyler sieht mir fest in die Augen und macht einen so beklommenen Eindruck, als würde ich ihn gleich mit weiteren Fragen bombardieren. Aber das habe ich nicht vor. Was ich vorhabe, ist viel besser.

Nervös nehme ich sein Gesicht in beide Hände und zwinge ihn so, mich weiterhin anzusehen, während ich mich auf seinen Schoß setze. Er weicht nicht zurück, bewegt sich nicht, atmet nicht einmal. Ich wahrscheinlich auch nicht. Ich beuge mich zu ihm, doch bevor sich unsere Lippen berühren, zögere ich. Einen Moment bleiben wir einfach so sitzen, nur er und ich. Es ist tröstlich und macht mir gleichzeitig entsetzliche Angst. Er will, dass ich ihn küsse, und ich will es auch, und doch warte ich. Ich warte und spüre seinen Atem auf der Wange.

»Danke für dein Vertrauen«, flüstere ich unendlich vorsichtig an seinem Kinn, und dann, endlich, küsse ich ihn.

Inmitten der Dunkelheit und Stille springt ein Funke über. Ich kann nicht genau festmachen, was da geschieht, aber ich spüre es. Ich spüre, wie mein Puls in die Höhe schnellt, wie mir das Herz in der Brust schmerzt, ich spüre die Gänsehaut am ganzen Körper und Tylers Lippen auf meinen. Voll und feucht und fordernd, genau wie immer. Ich spüre, wie sein Schmerz und seine Wut ein Ventil finden … und sich in Leidenschaft umwandeln, in Verlangen. Verlangen nach etwas, das wir beide wollen, aber nicht haben können.

Er schmeckt nach Bier und Tabak, doch selbst das ist irgendwie berauschend. Es ist so vertraut, so typisch für ihn. Während er mich langsam küsst, schiebt er mir die Hände unter den Rock und umfasst mit festem Griff meinen Po. Ich dränge mich an seine Brust und streiche ihm mit den Daumen über die Wangen. Seine Armmuskeln spannen sich, als er mich von seinem Schoß hebt und neben sich aufs Bett legt. Während Tyler sich über mich beugt und unter dem

Rock meinen Oberschenkel streichelt, fühle ich mich wie zu Eis erstarrt. Für einen kurzen Moment befürchte ich, ich könnte vielleicht gelähmt sein, aber meine Lippen bewegen sich noch, küssen ihn noch, also kann es das nicht sein. Es ist nur die Nervosität und die Angst vor dem Unbekannten.

Aber obwohl mir vor Aufregung ganz schlecht wird, ziehe ich mich nicht zurück. Seine Küsse werden intensiver und fordernder. Ohne die Lippen von seinen zu lösen, streife ich das Sweatshirt ab und lasse es auf den Boden fallen, um mich dann an seinem weißen T-Shirt zu schaffen zu machen. Ungeschickt versuche ich, es ihm auszuziehen, ohne den Kuss zu unterbrechen, aber meine Arme sind wie betäubt. Als er merkt, wie ich mich abmühe, lacht er leise an meinen Lippen – ein warmes Lachen, eines, bei dem man selbst lächeln muss und sich wohlfühlt. Immer noch lächelnd, richtet er sich auf, zieht das Shirt über den Kopf und wirft es hinter sich. Mir schießt das Blut in die Wangen, als mein Blick an seiner Brust, seinen Bauchmuskeln und der V-Linie hängen bleibt und ich mich frage, ob ich nicht träume. Tyler sollte bei Abercrombie & Fitch sein, nicht mit mir in diesem Bett.

Er beugt sich wieder über mich, küsst mich aufs Schlüsselbein und legt eine Hand an meine Taille, während die andere wieder unter den Rock gleitet. Langsam bedeckt er meine Haut mit Küssen, und ich vergrabe die Hände in seinen Haaren und wickle mir die Strähnen um die Finger. Mit geschlossenen Augen, das Kinn an seine Stirn gelegt, versuche ich, gleichmäßig zu atmen. Noch nie im Leben war ich so aufgeregt und nervös. Ich zittere, als er behutsam über die Spitze an meiner Unterwäsche streicht, und ich spüre, wie warm seine Brust ist. Erwartungsvoll zieht sich mein Magen zusammen – und für einen kurzen Moment fürchte ich, ich müsste mich übergeben.

Er ist so erfahren und so perfekt gebaut, und ich bin so unerfahren und muss erst noch dahinterkommen, warum

Jungs so auf Brüste abfahren. Mir gehen so viele flüchtige Gedanken durch den Kopf – was soll ich zum Beispiel mit den Händen machen? Wohin damit? Soll ich darauf warten, dass er den nächsten Schritt macht, oder soll ich ihn selbst tun? Erwartet er, dass ich stöhne? Stöhne ich? Ich kann mir unmöglich vorstellen zu stöhnen. Müsste ich jetzt irgendetwas tun? Seine Jeans aufknöpfen oder ihn auf den Hals küssen? Wer war eigentlich der erste Mensch, der je Sex hatte? John F. Kennedy war der totale Aufreißer, und wenn der verehrte ehemalige Präsident unseres Landes ohne Weiteres Frauen verführen konnte, kann Sex ja eigentlich gar nicht so übel sein. Diese Frauen wären ja wohl kaum mit dem Präsidenten ins Bett gehüpft, wenn Sex schrecklich wäre. Kurz überlege ich, warum ich über unseren ermordeten Präsidenten nachdenke. Ich wette, selbst Lee Harvey Oswald würde – wenn er noch leben würde – nicht an JFK denken, wenn er mit seiner Frau zur Sache kommt. Und der hat den Mann immerhin umgebracht.

Aufhören, Eden!

Vom Hals bis zum Kinn bedeckt Tyler meine Haut mit Küssen, während er meinen Körper erkundet, mich von der Taille bis hinauf zum Gesicht streichelt und mir sacht mit dem Daumen über die Wange fährt. Berührungen voller Zärtlichkeit. Seine Fingerspitzen hinterlassen eine warme Spur auf meiner Haut. Ich will nicht, dass es aufhört, auch nicht, als mir die Luft wegbleibt und ich tiefer in seine Haare greife. Instinktiv packe ich fester zu und biege den Rücken durch.

Zum Glück übernimmt Tyler die Führung, ohne ein Wort zu sagen. Einmal zögere ich aus Angst, was er denken könnte, wenn er mich nackt sieht, doch er wartet nur ab, bis ich meine Nervosität überwinde, und macht dann weiter. Auch als er meinen BH öffnet, als er aufsteht und die Jeans auszieht, auch als er in seinem Portemonnaie kramt, sagt er kein einziges Wort. Und das ist gut so. Ich mag die ohrenbetäubende Stille, während ich mit dem Menschen, in den ich mich Hals über Kopf verliebt habe, durch die Ereignisse dieser Nacht taumele.

Das macht alles besser.

Weil es Tyler ist.

Nicht Jake, und nicht Schnodder-Scotty aus dem Algebra-Kurs, sondern Tyler. Der mit den Geheimnissen und Schwächen, der mir so sehr vertraut, dass er all diese vor mir preisgegeben hat. Davor habe ich großen Respekt. Mir die Wahrheit zu sagen muss ihn sehr viel Kraft gekostet haben, und jetzt will ich ihn nur noch mehr. Es soll nie zu Ende gehen. Tyler und ich … Wir können nicht zusammen sein, und wir dürften nicht tun, was wir gerade tun, denn Fakt ist: Wir sind Stiefgeschwister, ganz egal, wie sehr wir uns etwas anderes wünschen. Aber alles an ihm zieht mich so sehr an, und eigentlich sollte ich nicht das Gefühl haben, etwas Falsches zu tun. Es ist nicht falsch. Wir sind nicht blutsverwandt.

Trotzdem weiß ich, dass man Tyler und mich schief ansehen würde, wenn das mit uns rauskäme. Ich kann mir nicht mal ausmalen, wie wir es unseren Eltern beibringen sollten. Wie überbringt man einem verheirateten Paar die Nachricht, dass ihre Kinder miteinander gehen? Wie soll das alles funktionieren?

Hinter diesen Augenblick können wir nicht mehr zurück. Es ist nicht mehr zu ändern, dass Tyler dicht an meinem Ohr stöhnt, es ist unwiderruflich, dass ich die Nägel in seinen Rücken kralle, und unvergesslich, wie sich unsere Hüften im gleichen Rhythmus bewegen.

Tyler hat mir seine Geheimnisse anvertraut. Und jetzt haben wir zusammen ein neues.

Kapitel 28

Als ich später am Morgen aufwache und mich im Zimmer umsehe, fühle ich mich nicht großartig verändert. Es heißt, man wäre danach ein anderer Mensch und würde alles in einem neuen Licht sehen. Aber ich fühle mich noch genauso wie gestern Abend – nur dass ich jetzt Kopfschmerzen habe. Mir tut nicht alles weh, und mir ist auch nicht zum Heulen, aber ich strahle auch nicht gerade vor Freude. Es ist einfach nur ein neuer Morgen, ein neuer Tag.

Meine Kehle ist so trocken, als wäre ich eine Woche durch die Wüste gewandert, ohne eine Wasserstelle zu finden, und als ich mich aufsetze und nach Tyler rufe, klingt meine Stimme rau. Noch etwas, das ich mir nach dem Verlust der Jungfräulichkeit anders vorgestellt hätte: Ich dachte, man würde neben demjenigen aufwachen, in den man so verliebt ist.

Ein Anflug von Panik überkommt mich. Hat Tyler mich hier alleingelassen? Hat er sich verdrückt, bevor ich aufwache, weil er letzte Nacht bereut? Es ist so still in der Wohnung. Zu still. Dabei sollte Tyler neben mir liegen, wie man es im Kino immer sieht: Die Frau wacht auf, und der Mann küsst sie auf die Stirn, spielt mit ihren Haaren oder flüstert, dass er sie liebt. *Wenigstens irgendwas.*

Als ich mich im Zimmer umsehe, fällt mir auf, dass die Vorhänge des kleinen Fensters wieder zugezogen sind und kein Licht hereinlassen. Es ist so dämmrig im Raum, dass ich nicht einmal erkennen kann, ob es Morgen ist oder mitten in der Nacht oder zwei Tage später.

Ich verziehe das Gesicht, werfe einen Blick in den Spiegel neben mir – und sehe, dass ich splitterfasernackt bin. Erschrocken ziehe ich mir das Laken über die Brust und starre entgeistert mein Spiegelbild an.

Wo ist Tyler, verdammt?

In diesem Moment geht die Badezimmertür auf und schabt über den weichen Teppich. Tyler schiebt sie mit dem Ellbogen ganz auf und kommt ins Zimmer. Er ist komplett angezogen. Ein bisschen blass sieht er aus, aber ich bin so erleichtert, dass er noch da ist. Auf seinen Lippen liegt ein kleines Lächeln.

»Ich wollte dich gerade wecken«, sagt er mit sanfter Stimme. Das Grün seiner Augen ist jetzt hell, was daran liegt, dass er innerlich ruhig ist. Das ist mir in den letzten Wochen an ihm ganz besonders aufgefallen, wie seine Augen seine Stimmung widerspiegeln. Matt und hell: verletzlich. Normal: großspuriger Volltrottel. Tiefdunkel leuchtend: so wütend, dass er jemanden umbringen könnte.

»Ich dachte, du wärst gegangen«, gestehe ich und begreife im gleichen Moment, dass ich überreagiert habe. Ich weiß, dass Tyler nicht einfach abhauen würde. So mies würde er mich nicht behandeln, das weiß ich. Das hoffe ich.

Er sieht mich empört an. »So ein Arschloch bin ich auch wieder nicht.« Dann heben sich seine Mundwinkel wieder, und er wendet fast schon schüchtern den Blick ab, als wäre sein Ego angeschlagen und er hätte sein ganzes Selbstvertrauen verloren. »Mach dir keine Sorgen.«

Etwas leuchtend Mintgrünes fällt mir ins Auge, es ist mein Rock, den Tyler in der Hand hält. Tyler folgt meinem Blick, und erst da scheint er wieder zu wissen, warum er eigentlich ins Zimmer gekommen ist. »Hier«, sagt er und legt die Sachen vorsichtig ans Bettende. Dann steht er verlegen da.

Er kann mir nicht lange in die Augen sehen, sondern lässt den Blick zwischen mir, meiner Kleidung, dem Fenster, dem Fußboden und allem möglichem anderen hin und her schweifen. Farbe steigt ihm in die Wangen.

»Geht's dir gut?«

Endlich sieht er mich an. Er läuft im ganzen Gesicht rosa an, reibt sich den Nacken und dehnt den Hals seitlich. »Tut mir leid«, brummt er. Ich kann die Nervosität in seiner Stimme hören. »Ich … ich habe in so was nicht viel Übung.« Er unterbricht sich einen Moment. »Wahrscheinlich sollten wir darüber reden … also … über letzte Nacht.«

Noch immer halte ich mir das Bettlaken vor die Brust, doch jetzt liegt ein Lächeln auf meinen Lippen. Es ist wohl das erste Mal, dass ich Tyler wirklich unsicher und außerhalb seiner Komfortzone erlebe. Sonst hat er die Lage immer voll im Griff und ist so selbstsicher, und jetzt murmelt er vor sich hin und kann mich nicht mal richtig ansehen. Aber als ich dann über seine Worte nachdenke, verschwindet das Lächeln schnell.

»War ich so schlecht?«, frage ich.

»Nein, nein«, sagt er eilig. Seine Miene hellt sich ein wenig auf, und er muss kurz lachen. »Ich meinte mehr in die Richtung … du weißt schon. Wo stehen wir jetzt?«

Wir wechseln einen langen Blick. Er beißt sich auf die Lippe und hält den Atem an, während er auf meine Antwort wartet. Aber ganz ehrlich? Ich habe keine Ahnung. Wenn überhaupt, ist unsere komplizierte Situation nur noch realer und intensiver geworden.

»Ich weiß es nicht genau«, gebe ich zu. »Wo sollten wir deiner Meinung nach stehen?«

»Ich weiß es auch nicht.« Er seufzt schwer und steckt die Hände in die Taschen, aber es ist nicht zu übersehen, dass er gründlich über etwas nachdenkt. Sein Gesicht ist der Inbegriff der Konzentration. »Sag mir eins: Bereust du es?«

»Nein«, antworte ich sofort. Wie könnte ich etwas bereuen, das ich mir sehnlichst gewünscht habe? »Du?«

»Nein, das weißt du«, sagt er leise, und dann lächelt er wieder dieses echte Lächeln, über das ich wohl nie hinwegkommen werde. Immer noch lächelnd hebt er meine Kleider wieder auf, kommt damit ums Bett herum und legt sie mir auf den Schoß. »Wir finden eine Lösung. Irgendwann. Aber jetzt musst du dich anziehen, wir müssen nämlich dringend verschwinden. Troy-James hat gerade angerufen, er ist auf dem Weg hierher.«

Mit verlegen gespitzten Lippen sehe ich ihn an, halte mir weiterhin krampfhaft das Bettlaken vor den Oberkörper und rühre mich keinen Zentimeter. »Äh … gibst du mir vielleicht eine Sekunde?«

»Du tust ja gerade so, als hätte ich dich noch nicht nackt gesehen«, sagt er, doch dann schmunzelt er und nickt. »Beeil dich«, ruft er mir über die Schulter zu, bevor er aus dem Zimmer geht.

Sobald er weg ist, schnappe ich mir den Rock und ziehe ihn unter der Bettdecke an, weil ich mich immer noch zu sehr schäme, um nackt aus dem Bett zu steigen. Ich ziehe meinen BH und das Top an, und als ich schließlich aufstehe, kommt es mir vor, als würde sich das Zimmer ein bisschen drehen. Ich ziehe das Sweatshirt über, wickle es eng um mich und fasse mir an die Stirn, um ein paar Sekunden tief durchzuatmen. Bis zu dem Moment, als ich aufgestanden bin, ging es mir gut, aber jetzt habe ich das Gefühl, mein Blut ist pures Gift und bringt mich von innen um.

Als ich in die Küche komme, steht Tyler am Mülleimer und kippt ein Kehrblech voll Glasscherben hinein. Ich werfe einen Blick über die Arbeitsfläche ins Wohnzimmer, wo die Sonne durch die großen Fenster hereinfällt und den Raum in helles Licht taucht, und stelle fest, dass alles makellos aufgeräumt ist, als wären wir nie hiergewesen. Er muss das zerschmissene Glas von gestern Abend aufgefegt haben, während ich geschlafen habe.

Seufzend stellt er das Kehrblech in den Schrank, klopft sich die Hände ab und dreht sich zu mir um. »Ich hab uns ein Taxi bestellt«, sagt er und deutet zur Tür, nachdem er kurz auf die Uhr geschaut hat. »Ich weiß, das ist irgendwie komisch. Allerdings kann ich schlecht jemanden bitten, uns beide hier abzuholen, ohne dass es Fragen aufwirft. Du weißt doch, wir dürfen keinen Verdacht erregen, und der Taxifahrer kennt uns nun mal nicht. Der Wagen müsste jede Sekunde hier sein.«

Ich nicke ihm schwach zu. »Wo sind meine Schuhe?« Der Teppichboden wärmt meine nackten Füße, aber ich kann mich nicht mehr erinnern, wo meine Converse abgeblieben sind. Eilig lasse ich den Blick durchs Wohnzimmer gleiten.

»Weiß ich nicht«, sagt Tyler und sucht mit. »Aber wir müssen jetzt hier raus.«

»Aber meine Schuhe …«, protestiere ich. Sie verloren zu haben macht mich traurig. Es waren meine Lieblingschucks: die mit den Songtexten auf dem Rand. Die Schuhe, die ich immer zur Schule angezogen habe und zum Einkaufen für Mom – und zu Strandpartys, auf denen ich mich betrinke und mit meinem Stiefbruder knutschen will.

»Ich kaufe dir neue, aber jetzt komm«, drängt Tyler mit einem ungeduldigen Murren. Die Stirn in Falten gelegt, öffnet er die Tür, tritt hinaus in die Lobby und wartet dort auf mich. Als ich bei ihm bin, schließt er hinter uns ab und schiebt den Schlüssel unter die Fußmatte.

Die glänzenden Bodenfliesen sind kalt, und bevor Tyler sich auch nur umdrehen kann, flitze ich quer durch die Lobby zu den Aufzügen. Grinsend schafft er es gerade noch in die Kabine, bevor sich die Tür schließt.

Der Aufzug setzt sich in Bewegung, und Tyler betrachtet mich mit ernstem Blick, muss aber mühsam ein Lächeln unterdrücken. »Unseren Eltern sollten wir von letzter Nacht wohl lieber nichts erzählen«, sagt er.

»Von letzter Nacht sollten wir wohl überhaupt niemandem erzählen«, korrigiere ich, aber obwohl wir nur rumalbern, verspanne ich mich. Ich möchte endlos lange und tief seufzen, weil wir beide absolut keinen Plan haben, was wir hier eigentlich tun.

Tyler muss die Sorge in meinem Blick bemerkt haben, denn er nimmt behutsam meine Hand – genau wie gestern Abend, als er sich um mich gekümmert hat. Für einen Moment betrachte ich unsere Hände und präge mir das Bild ein, wie unsere Finger ineinandergreifen. Es sieht schön aus. Als ich wieder aufsehe, lächelt Tyler und drückt meine Hand fester.

In meinem Kopf nistet sich der Gedanke ein, dass wir vielleicht nie jemandem von uns erzählen können und uns für alle Zeit zuflüstern müssen: »Pssst, das muss geheim bleiben!« Es ist schwer, die Sache zwischen uns geheim zu halten. Aber es zu erzählen ist noch schwerer. Wir können nur verlieren.

Die Aufzugtüren öffnen sich, und Tyler und ich gehen durch die Lobby zum Ausgang. Vor den Glastüren parkt ein Taxi am Straßenrand. Zuerst zögere ich, barfuß nach draußen zu gehen, doch das überwinde ich schnell und folge Tyler die Stufen hinunter und steige ein. Eine Frau in den mittleren Jahren begrüßt uns mit einem verkaterten Lächeln.

Wir brauchen fast zwanzig Minuten für den Heimweg, was mich überrascht, weil es Sonntagmorgen ist und kaum Verkehr herrscht. Wahrscheinlich nutzt die Fahrerin den Umstand aus, dass wir so jung sind, und hält uns deshalb für blind und naiv. Mindestens fünfmal biegt sie falsch ab, um jedes Mal »Ups, doch nicht« zu murmeln. Ich werfe ihr vom Rücksitz aus böse Blicke zu, als mir klar wird, dass sie den Preis absichtlich in die Höhe treibt – und zudem den Zeitraum verlängert, den ich schweigend dasitzen und über letzte Nacht nachdenken muss. Ich deute mit mürrischem Gesicht auf den Taxameter, als mir immer mulmiger zumute wird, doch Tyler zuckt nur die Achseln. Er fängt erst gar keine Diskussion an, sondern gibt der Fahrerin zwanzig Mäuse und zieht mich aus dem Wagen, der davonbraust, kaum dass ich die Tür geschlossen habe.

»Was hast du ihnen erzählt, wo du gestern Abend hinwolltest?«, fragt Tyler. Wir bleiben noch eine Weile vor dem Haus stehen, weil wir nicht wissen, was wir unseren Eltern sagen sollen. Ich sehe aus wie aus dem Müll gezogen, habe keine Schuhe mehr und stinke höchstwahrscheinlich nach Alkohol.

»Ins Kino«, sage ich.

Schnaubend schüttelt Tyler den Kopf und sieht mich an. »In Kino? Nicht gerade originell.«

»Was war denn deine Ausrede?«, schieße ich zurück.

»Sie haben keine gekriegt, ich bin einfach abgehauen.«

»Tja«, sage ich. »Das überrascht mich nicht.«

Er lacht leise, wirkt aber immer noch ein bisschen ängstlich, als er sich wieder zum Haus umdreht. Uns bleibt nichts anderes übrig, als reinzugehen – irgendwann müssen wir das sowieso. Ich wünschte, es wäre nicht so. Am liebsten würde ich Dad und Ella aus dem Weg gehen und mich irgendwo mit Tyler verstecken, damit er mir mehr von seinem Leben erzählen kann. Das wäre perfekt.

Als wir ins Haus kommen, sitzt Ella im Wohnzimmer. Sie ist in ein paar Unterlagen vertieft und presst beim Lesen einen Finger an die Lippen. Jamie sitzt im Sessel und hat das gebrochene Handgelenk auf ein Kissen gebettet. Er sieht uns genervt an, und ich glaube, es ist das erste Mal, dass ich ihn missgelaunt erlebe.

»Dave, sie sind zu Hause«, ruft Ella, ohne aufzusehen. Ich hatte gehofft, sie würde gar nicht bemerken, dass wir uns verlegen an der Tür herumdrücken, aber es stimmt, was man über Eltern sagt: Sie haben Augen am Hinterkopf und außerdem vier Ohren.

Mit angespannter Miene sieht Tyler mich von der Seite an. Er hat mehr Erfahrung im Umgang mit unseren Eltern, und wenn ich ehrlich bin, hoffe ich, dass er für uns beide das Reden übernimmt. Ich würde nur anfangen zu stammeln und irgendetwas faseln, das ich später bereue – wie neulich: Ich sage Ella, ich wäre bei Meghan gewesen, Tiffani kriegt es mit, und die ganze Sache geht furchtbar nach hinten los.

Kurz darauf platzt Dad in Jogginghose und T-Shirt ins Wohnzimmer. Ich bin es gar nicht mehr gewohnt, ihn ohne Hemd und Krawatte zu sehen. So sieht er deutlich weniger einschüchternd aus, ein bisschen, als wäre er mein Großvater. »Was habt ihr zu eurer Verteidigung zu sagen?«, bellt er. Sofort wird deutlich, dass das Wort »stinksauer« eine neue Dimension erreicht hat.

»Der Film war ziemlich gut?«, versuche ich es, aber selbst Tyler guckt mich an, als wollte er mir sagen: *Spar dir die Mühe*. Ich hätte wissen müssen, dass Dad durchdreht, wenn ich nicht nach Hause komme. Kinofilme dauern nicht bis zehn Uhr morgens.

»Ihr wart auf der Strandparty, oder?«

Ella hat die Unterlagen auf dem Schoß abgelegt und aufgesehen, und auch Jamie beobachtet uns weiterhin. In seinen Augen liegt ein Funke Belustigung, als fände er die ganze Sache unterhaltsam. Ich für meinen Teil finde das überhaupt nicht.

Weder Tyler noch mir fällt eine Antwort ein, und damit wissen unsere Eltern alles, was sie wissen müssen: Ja, wir haben gelogen, und ja, wir waren auf der Strandparty, obwohl wir minderjährig sind. Zu meiner Verteidigung: In Portland gibt es so etwas nicht. Wie hätte ich mir diese Gelegenheit entgehen lassen können? In der Hoffnung, dem Verhängnis zu entrinnen, appelliere ich an Dads mitfühlende Seite: Ich fange an zu weinen.

»Meine Freundinnen haben mich nach dem Kino dahin mitgenommen«, bringe ich erstickt zwischen übertriebenen Schluchzern hervor. Die heisere Stimme ist kein Fake, ich bin immer noch halb am Verdursten. »Ich wusste nicht mal, was das ist.«

Mit ausdruckslosem Gesicht starrt Tyler mich an. Ich verteidige nur mich selbst, und anscheinend findet er, dass ich das nicht mal besonders gut mache. Seufzend sieht er meinen Dad an. »Ich bin freiwillig hingegangen.« Er sagt die Wahrheit ganz beiläufig. »Und, was willst du jetzt machen? Mir noch mal fünf Jahre Hausarrest geben?«

Dad sieht abwechselnd Tyler und mich an, als wüsste er nicht, welches Problem er zuerst angehen soll: mein gespieltes Heulen oder Tylers große Klappe. Er wählt keins von beidem.

»Wo seid ihr die ganze Nacht gewesen?«, fragt er. Ella betrachtet uns stumm. Ihr Blick erinnert mich an das, was Tyler letzte Nacht gesagt hat: dass sie extrem verunsichert ist, wenn sie ihn als Erziehungsberechtigte bestrafen muss. Dad scheint hingegen keine Probleme damit zu haben, einen Streit anzuzetteln.

»Wir haben alle bei Dean gepennt«, blufft Tyler, wobei er die Tatsachen eigentlich nur ein bisschen verdreht. Wir haben wirklich bei jemandem gepennt, nur dass es nicht Dean war, sondern TJ. Und dass Tyler und ich nicht nur geschlafen haben. »Jetzt krieg dich mal wieder ein. Es sind Ferien.«

»Oh«, sagt Dad sarkastisch. »Mein Fehler. Ich hatte ganz vergessen, dass Ferien sind und ihr deshalb tun und lassen könnt, was ihr wollt. Ich bitte vielmals um Entschuldigung!«

Jamie muss ein Lachen unterdrücken, und ich würde ihm am liebsten sagen, er soll seine verdammte Klappe halten. Aber das würde bei Dad wohl nicht so gut ankommen.

Außerdem mag ich Jamie – also, ich meine, er ist schon ganz okay für einen Stiefbruder.

»Das ist nicht das erste Mal, dass du nachts nicht nach Hause kommst, Eden«, brummt Dad vorwurfsvoll. Eilig quetsche ich noch ein paar Tränchen mehr hervor. Seine Haare scheinen grauer geworden zu sein, seit er mich vor etwas mehr als einem Monat vom Flughafen abgeholt hat, und je mürrischer seine Miene wird, umso älter wirkt er. Dagegen sieht Mom aus wie einundzwanzig.

»Ich hab doch nur bei Freunden übernachtet«, schniefe ich viel theatralischer als geplant. Das erste Mal bin ich nicht nach Hause gekommen, als ich bei Jake eingeschlafen bin, nachdem wir uns beim *König der Löwen* geküsst haben. Das zweite Mal war gestern, und da war ich zu gefangen von Tylers Berührungen, zu verzaubert von seiner Stimme und zu verliebt in ihn, um nach Hause zu kommen.

»Darum geht es nicht!«

»Worum dann?«

Dad funkelt mich wütend an, während er nach einer passenden Antwort sucht. Als ihm nichts einfällt, wendet er sich wieder an Tyler. »Du benimmst dich unmöglich, dazu werde ich nichts sagen. Verschwinde einfach in dein Zimmer. Raus hier!« Mit einem mürrischen Zug um den Mund sieht er sich nach Jamie um, und der Junge versteht die Botschaft: Er steht auf und geht Richtung Tür.

»Prima«, sagt Tyler höhnisch grinsend. Doch als er meinen Blick auffängt, ändert sich seine Miene. Er lächelt mich offen und beruhigend an, als wollte er mir sagen, dass ich mir keine Sorgen machen solle, weil alles gut werden würde. Als Jamie bei ihm ist, legt Tyler ihm behutsam einen Arm um die Schulter und geht zusammen mit ihm aus dem Raum. »Wie geht's deiner Hand, Kleiner?«

In dieser Sekunde wünsche ich mir, ich wäre wie Tyler. Ich wünsche mir, ich könnte auch so eine Fassade errichten und so tun, als wäre alles nur ein Witz. Ich wünsche mir, ich hätte schon so oft Mist gebaut, dass es völlig alltäglich wäre, angebrüllt zu werden. Ich wünsche mir, ich müsste Dads Verhör und seine enttäuschte Miene nicht noch länger ertragen, während mir diese albernen Tränen über das verschmierte Make-up laufen.

Wie ich feststelle, hat Dad nicht den kleinsten Funken Mitgefühl im Leib. Hätte ich eigentlich wissen müssen. Wenn Mom wegen ihm traurig war, hat ihn das auch nicht interessiert. Wenn sie seinetwegen geweint hat, erst recht nicht. Nicht die Bohne.

Ich höre auf zu weinen und sehe ihn kalt an. »Und jetzt?«

Ella ist im Zimmer geblieben, sie sitzt immer noch auf der Couch, kaut auf der Unterlippe und beobachtet uns, ohne sich zu rühren oder etwas zu sagen. Ich weiß nicht, ob ich darüber froh sein soll oder nicht, weil ich noch nicht weiß, ob sie der Typ ist, der mitschimpft oder der, der einen verteidigt.

»Eden«, fängt Dad noch mal an. Er reibt sich die Schläfen. »Ich habe dich nicht hergeholt, damit du dich wegschleichst und mich anlügst.«

»Warum zum Geier hast du mich denn dann hergeholt?«, platzt es aus mir heraus. Entnervt reiße ich die Hände in die Luft. »Wolltest du mit mir BHs kaufen gehen? Oder mit mir am Lagerfeuer sitzen und Marshmallows grillen? Was, Dad? Was hast du erwartet?«

Ich fange gerade erst an, das Ausmaß meines Hasses zu begreifen. In den sechs Wochen, die ich jetzt hier bin, hat er sich keine Spur bemüht, unsere Beziehung wieder in Ordnung zu bringen. Er hat sich nicht dafür entschuldigt, dass er Mom und mich ohne jede Erklärung verlassen und sich danach drei Jahre lang nicht mehr gemeldet hat. Und jetzt will er plötzlich ein Teil meines Lebens sein? Jetzt will er sich auf einmal wie ein Elternteil aufspielen?

»Ich finde, wir sollten uns alle erst mal beruhigen. Das Wichtigste ist doch, dass sie wieder da ist«, sagt Ella mit einer leichten Schärfe in der Stimme. Inzwischen bin ich zu dem Schluss gekommen, dass sie nicht nur nichts dagegen hat, wenn man mal verschwindet, sondern dass sie auch noch der Typ ist, der einen anschließend verteidigt.

»Ganz genau«, werfe ich ein und bemühe mich, meine Stimme sanfter klingen zu lassen. »Ich bin zu Hause, und ich bin am Leben, und Tyler genauso. Und falls es etwas nützt: Es tut mir leid. Es tut mir leid, dass wir nicht nach Hause gekommen sind.«

Dad akzeptiert meine Entschuldigung nicht. Er starrt mich nur an, und ich hätte nie gedacht, dass ein Vater seine Tochter so ansehen kann – als könnte er mich nicht ausstehen. In diesem Moment hasse ich ihn.

»Warum guckst du mich so an, Dad?«, frage ich. »Was hast du für ein Problem mit mir?«

»Ich habe kein Problem«, sagt er mit einem Seitenblick auf Ella, als bräuchte er die Unterstützung seiner Frau, um mit einer Sechzehnjährigen fertigzuwerden. Doch sie sieht ihn nur mit großen Augen an.

»Hast du deshalb drei Jahre lang nicht mit mir geredet? Weil du kein Problem mit mir hast?« Ich weiß nicht, woher diese Worte kommen. Irgendwo in meinem Hinterkopf müssen sich die Gedanken gesammelt haben, seit er uns verlassen hat. Und jetzt, wo ich so wütend auf ihn bin, sprudeln sie aus mir heraus, ohne dass ich sie aufhalten kann. Ich sehe, wie Dad das Blut in die Wangen schießt, als er mich reden hört. »Hast du uns deshalb verlassen? Weil du *kein Problem* hast?«

»Es reicht!«, schnauzt er mich an, weil er die Wahrheit nicht erträgt. Er erträgt nicht, dass er ein erbärmlich mieser Vater ist, weil er glaubt, immer im Recht zu sein. Deshalb haben er und Mom die ganze Zeit gestritten. Er war nie an irgendetwas schuld, sondern immer nur sie.

»Du hast dich ja noch nicht mal bemüht.« Mit hocherhobenem Kinn mache ich ein paar Schritte auf ihn zu. Er soll sehen, was ich empfinde. »Du hast nicht einmal gesagt, dass es dir leidtut. Dabei hätten das deine ersten Worte sein sollen, als ich aus dem Flugzeug gestiegen bin.«

Ergeben hebt Dad die Hände. »Okay, Eden. Es tut mir leid. Es tut mir leid, dass ich nicht für dich da war«, sagt er. Aber das ist alles andere als aufrichtig. »Bitte. Bist du jetzt glücklich?«

»Was soll das jetzt, Dad?«, frage ich und zucke die Achseln. »Das kommt drei Jahre zu spät.«

Ich will sehen, dass meine Worte eine Wirkung auf ihn haben, dass sie ihn verletzen und er in Schuldgefühlen ertrinkt. Aber er wirkt nicht im Mindesten verletzt, sondern nur stocksauer. Mit zusammengekniffenen Augen sieht er mich scharf und tadelnd an. »Du bist genau wie deine Mutter, weißt du das?«

Ella sieht schockiert aus.

»Zum Glück«, sage ich. »Es wäre schlimm, wie du zu sein!«

Da ich meinen Standpunkt nun klargemacht habe, halte ich es für das Beste, aus dem Zimmer zu stürmen, bevor er noch etwas erwidern kann. Er weiß, dass ich wütend auf ihn bin, und es wird ihn eine ganze Menge Entschuldigungen kosten, wenn ich ihm je wieder verzeihen soll.

Ich mache also kehrt und marschiere zur Tür, während Dad sich mit eisigem Blick an Ella wendet.

Ich höre, wie Ella ihm zuzischt: »Was sollte das, Dave? Geh ihr nach! Ja, sie war die ganze Nacht weg, ich weiß. Aber glaubst du, du kannst dich mit deiner Tochter versöhnen, wenn du so herablassend bist?«

»Hey, gib nicht mir die Schuld. Es war deine Idee, sie überhaupt herzuholen. Gott, Teenager sind schrecklich ... Vielleicht wird ja alles wieder normal, wenn sie erst einmal wieder zu Hause ist und Tyler in New York.«

Ich bleibe in der Tür stehen. Das Schlucken tut weh. Habe ich gerade richtig gehört, dass Dad mich nur eingeladen hat, weil Ella es wollte? Es sollte mich nicht überraschen, und es sollte mich nicht verletzen. Aber das tut es trotzdem. Ich drehe mich zu den beiden um. »Du willst mich nicht hierhaben?«

Beide sehen mich erschrocken an. Ella steht auf. »Das hättest du gerade nicht hören sollen, Eden. Natürlich möchte dein Dad …«

Aber ich ertrage es nicht, mir ihre Ausflüchte anzuhören. »Und warum geht Tyler nach New York?«

Ella wirft Dad einen giftigen Blick zu, bevor sie sich mit einem angespannten Lächeln wieder an mich wendet. »Ach, das ist nichts.«

Dass es nicht nichts ist, weiß ich mit ziemlicher Sicherheit. Aber ich bin es müde, ständig Fragen zu stellen und nie eine klare Antwort zu kriegen. Ich bin unglaublich wütend und fürchte, dass mein Herz gleich explodiert, so hoch ist mein Blutdruck. Mom hatte die ganze Zeit recht, was Dad angeht: Er ist ein Arschloch.

Ich stecke die Hände in die Sweatshirt-Taschen – was mich nur wieder daran erinnert, dass ich ausgeraubt worden bin – und stürme nach oben in mein Zimmer. In meinem Kopf dreht sich alles, noch schlimmer als vorher, und ich sehne mich nach Wasser, einer Dusche und Tyler. Zwei Dinge davon kann ich haben.

Ach, verdammt.

Ich muss den Kopf freikriegen, muss raus aus diesem Haus und an die frische Luft. Ich muss laufen. Duschen kann ich auch noch hinterher, mit Tyler reden kann ich auch noch hinterher. Jetzt muss ich erst mal wieder klar denken.

Während ich den Rock von gestern Abend ausziehe und stattdessen in die Laufsachen schlüpfe, muss ich gegen einen heftigen Würgereiz ankämpfen. Um Dad aus dem Weg zu gehen, verlasse ich das Haus durch die Terrassentüren, nachdem ich mir in der Küche eine Flasche Wasser geholt habe.

Und dann laufe ich. In gleichmäßigem Tempo mache ich mich auf den Weg, diesmal nach Norden statt nach Westen. Ich will nicht wieder zum Strand. Ich will einen neuen Weg einschlagen und an einem neuen, ganz anderen Ort rauskommen, und so finde ich mich bald in Pacific Palisades wieder. Die Sonne brennt vom Himmel, meine Füße treffen rhythmisch auf den Beton, und meine Kopfschmerzen lassen allmählich nach.

Die letzte Nacht hat alles nur noch komplizierter gemacht, als es ohnehin schon war. Jetzt laufen Tyler und ich wie auf rohen Eiern, müssen auf jedes unserer Worte achten und dafür sorgen, dass keine Menschenseele mitbekommt, wie wir uns wissend anlächeln. Wenn wir auffliegen, sind wir am Arsch.

Mein Kopf ist ein einziges Chaos. In einer perfekten Welt wären Tyler und ich nicht miteinander verwandt, nur weil so eine blöde Heiratsurkunde das behauptet. In einer perfekten Welt bräuchten wir uns nicht heimlich wegzuschleichen und Menschen zu verletzen, nur weil wir uns ineinander verlieben. In einer perfekten Welt könnte ich Amelia von ihm vorschwärmen. Aber diese Welt ist nicht perfekt. Im Gegenteil.

*

Als ich vierzig Minuten später außer Atem und immer noch leicht verkatert nach Hause komme, bliebe ich im Vorgarten abrupt stehen.

Tiffanis Wagen parkt an der Straße. Das ist ungewöhnlich. Es ist Sonntagvormittag, und sonntags treffen sie und Tyler sich nie.

Mühsam schleppe ich mich zur Haustür. Meine Glieder

sind steif, aber ich weiß nicht, ob das vom Laufen kommt oder von der Gewissheit, dass irgendetwas nicht stimmt. Am liebsten würde ich umdrehen und fünfhunderttausend Kilometer in die andere Richtung laufen, aber stattdessen zwinge ich mich, ins Haus zu gehen, und schleppe mich die Treppe hinauf. Im Vorbeigehen sehe ich, dass Dad und Ella sich im Wohnzimmer unterhalten, wahrscheinlich diskutieren sie darüber, wie sie ihre beiden ungehorsamen Kinder loswerden.

Ich habe kaum den Treppenabsatz erreicht, als Tiffani aus meinem Zimmer kommt, dicht gefolgt von Tyler. Er fasst sie am Arm und will sie zurückziehen, doch sie schüttelt seine Hand ab.

»Oh, da ist sie ja«, sagt sie mit vor Gift triefender Stimme. »Du kommst genau richtig.«

Tyler steht hinter ihr, sieht mich mit großen Augen eindringlich an und schüttelt kaum merklich den Kopf, während er sich mit einer Hand durch die Haare fährt.

»Richtig wozu?«, frage ich. Dabei will ich es eigentlich gar nicht wissen, wenn ich mir ihr wütendes Gesicht so ansehe. Tyler wirkt besorgt, und das wundert mich kaum. Mir geht es nicht anders.

Tiffanis Blick ist eisig, und ich habe noch nie erlebt, dass sie so … fies aussieht. Wenn das hier eine Filmszene wäre, wäre sie garantiert die Böse. »Ich muss mit euch beiden reden. Falls ihr es nämlich noch nicht mitgekriegt habt: Ich bin stinksauer.« Sie ballt die Faust. »Ich bin so kurz davor, dir eine reinzuhauen, Tyler!«

»Was habe ich denn jetzt schon wieder gemacht?« Er sieht sie mit verblüffter Miene an, weicht aber trotzdem lieber einen Schritt zurück. Für alle Fälle.

»Was du getan hast? Fragst du das im Ernst?« Ihr steht der Mund offen, und sie holt tief Luft. »Raus in den Garten. Auf der Stelle!«

Sie drängt sich grob an mir vorbei, stößt mich dabei gegen die Wand und marschiert die Treppe hinunter. Mit finsterer Miene sehe ich ihr nach. Was hat sie verdammt noch mal für ein Problem? Ich sehe wieder zu Tyler, der das Gesicht in den Händen verbirgt und lautlos »Scheiße« sagt.

Am Fuß der Treppe bleibt Tiffani stehen und wirft uns einen weiteren giftigen Blick zu, bevor sie vielsagend Richtung Wohnzimmer deutet. »Wir können uns draußen unterhalten, oder gleich hier«, sagt sie langsam und mit gedämpfter Stimme. »Und glaubt mir, ihr wollt nicht, dass wir das hier drinnen besprechen.«

Sie weiß es, denke ich. O *Scheiße, sie weiß es.*

Tyler muss genau der gleiche Gedanke durch den Kopf geschossen sein, denn er wirft mir einen panischen Blick zu und schluckt schwer. Ich kann mir keinen schlimmeren Zeitpunkt für diese Konfrontation vorstellen. Ich bin verkatert, verschwitzt und müde und sehe aus wie frisch aus einer Entzugsklinik entflohen.

Aber ich habe keine Chance, aus dieser Sache rauszukommen. Ob es wohl zu spät ist, diese fünfhunderttausend Kilometer zu laufen? Ich spüre den Widerwillen in Tylers Berührung, als er mich die Stufen hinunterschiebt. Seine Arme sind angespannt, die Fäuste geballt. Irgendwie schaffen wir es durch die Terrassentüren in den Garten.

»Aaaaalsoooo«, sagt Tiffani.

Tyler legt die Stirn in Falten. »Also …?«

»Also, heute früh werde ich von einer SMS von TJ geweckt«, sagt sie und sieht abwechselnd Tyler und mich an. Ich versuche, möglichst unbeteiligt auszusehen. So, als hätte ich nicht gerade mit ihrem Freund geschlafen. »Und wie du weißt, Tyler«, fährt sie fort, »macht es mich echt krank, wenn mich jemand darauf anspricht, dass wir beide Sex gehabt hätten. Weil ich nämlich in der Hälfte der Scheißfälle nicht mal dabei bin!«

»Wovon redest du?«, fragt Tyler. Tiffani und ich starren ihn an. Er weiß ganz genau, wovon sie redet.

»Komm mir nicht so, Tyler! Echt nicht!«, fährt sie ihn an und wird dabei immer lauter. Sie wird jetzt richtig bösartig, und die Chancen, dass wir nach dieser Sache immer noch befreundet sein werden, stehen ziemlich mies. »Er hat einen Witz darüber gerissen, dass es letzte Nacht bei uns ja richtig rundgegangen sein muss, weil sein Zimmer total verwüstet war. Aber wir beide wissen sehr gut, dass ich nicht dabei war.«

»Hör mal«, fängt Tyler an und macht einen Schritt auf sie zu. »Baby, da ist nichts gelaufen. Ich habe nur vergessen aufzuräumen, nachdem ...«

»Halt den MUND!«, schreit sie, und er gehorcht. Ich glaube, sie hat es satt, sich seine Ausreden anzuhören. Für einen Moment kneift sie die Augen zu, atmet tief durch und wendet sich dann lächelnd an mich. »Eden, wolltest du deine Schuhe nicht mitnehmen?«

Alles kommt zum Stillstand. Mein Herz setzt einige Schläge aus, meine Glieder werden steif, das Blut gefriert mir in den Adern. Ich versuche, irgendetwas zu sagen, aber alle Worte, die in mir aufsteigen, lösen sich in Nichts auf. Nur ein raues Flüstern kommt mir über die Lippen. »Woher weißt du ...«

»Weil«, zischt sie mich an, »TJ wissen wollte, ob ich einen netten Abend gehabt hätte. Und dann meinte er, ich hätte meine Converse vergessen, und fragte, was die Texte darauf zu bedeuten hätten.« Jetzt hört mein Herz endgültig auf zu schlagen. »Ich könnte nämlich schwören, dass du deine den ganzen Abend durch die Luft geschwenkt hast. Die mit den Songtexten drauf, richtig? Ach übrigens, die kriegst du nicht zurück. Ich habe TJ gesagt, ich will sie nicht mehr und er soll sie in den Müll schmeißen.«

»Aber Tyler ist mein ...«

»Stiefbruder? Ja, das weiß ich.« Sie ist inzwischen so außer sich, dass ihr die Tränen kommen. Hastig fährt sie sich mit dem Handrücken über die Augen, richtet sich auf und zupft ihre Jogginghose zurecht. »Seit einer geschlagenen halben Stunde habe ich mit mir hin und her diskutiert. ›Unmöglich‹, sag ich zu mir, ›die sind doch verwandt.‹ Aber auch ich habe *Clueless* gesehen, klar? Ihr wisst schon, wo Cher sich in ihren Stiefbruder verliebt? Ich bin doch nicht BLÖD!«

Das ist es also. So ist es also, erwischt zu werden.

Es ist die Hölle.

Tyler und mir fehlen die Worte. So richtig hat sich wohl keiner von uns darauf vorbereitet, was passiert, wenn es wirklich so weit ist – wenn die Wahrheit auffliegt. Für mich ist es wie das Jüngste Gericht. Ich fühle mich winzig klein, wie ich hier vor Tiffani stehe, und ich kann Tyler nicht einmal ansehen, mir ist einfach nur speiübel. Während ich mit aller Kraft versuche, den Brechreiz zu unterdrücken, fällt mir der Grill drüben am Pool ins Auge.

Wenn ich doch nur die Zeit zurückdrehen könnte – zum Anfang der Sommerferien, zu meinem ersten Abend in dieser Stadt, als der Garten voller Nachbarn war, der Grill brutzelte und Dad lahme Witze gerissen hat. Ich möchte noch einmal ganz von vorn anfangen, aber diesmal will ich mich nicht in meinen Stiefbruder verlieben. Diesmal will ich mich nicht in das Chaos manövrieren, in dem ich jetzt stecke.

»Du hattest gar nichts mit Jake, oder?« Jetzt weint Tiffani wirklich. Es sind Tränen der Wut – das sind die schlimmsten.

»Nein«, flüstere ich.«

»Und du warst das neulich Abend am Pier«, sagt sie, und mir ist, als würde ich innerlich sterben. Alles bricht zusammen, die Schuldgefühle fressen mich auf. Ich war immer so entschieden dagegen, jemanden zu betrügen, und doch habe ich genau das getan. »Du hast mich die ganze Zeit angelogen!«

»Ich weiß.« Bei diesen Worten bricht meine Stimme, und ich fange fast selbst an zu weinen. Ich will nicht hier sein. Ich will in Portland sein, bei meiner Mom und Amelia. Ich will bis mittags schlafen und Wiederholungen meiner Lieblingssendungen im Fernsehen gucken. Ich will das hier alles nicht. »Ich habe gelogen. Ich bin ein Miststück. Und eine beschissene Freundin.«

Urplötzlich stellt Tyler sich vor mich und räuspert sich. Eine ganze Weile hat er nichts gesagt, und jetzt frage ich mich, worauf er sich vorbereitet haben könnte. »Weißt du was, Tiffani?«, sagt er, und sie sieht ihn mit großen Augen an. »Ich will gar nicht mit dir zusammen sein. Drei Jahre habe ich vergeudet, weil du mich erpresst hast, damit ich mit dir zusammenbleibe. Mach, was du willst. Erzähl doch allen, was du über mich weißt. Dein Schweigen ist es nämlich einfach nicht wert, dich ertragen zu müssen.« Mit jedem Wort wird er lauter. Ich kann richtig sehen, wie er Tiffanis Ego trifft. »Es ist aus mit uns. Verklag mich, zeig mich an, es ist mir egal. Ich hab die Schnauze voll.«

Das hatte ich ganz bestimmt nicht erwartet. Letzte Woche noch hat Tyler behauptet, er könne sich unmöglich von ihr trennen, weil sie sonst sein Leben ruinieren würde. Und jetzt … Ihm scheint alles egal zu sein, wenn er sie nur loswird. Vielleicht ist eine Beziehung mit ihr schlimmer als ein verpfuschtes Leben.

»Da ist alles deine Schuld«, schreit Tiffani mich an. Sie klingt so überspannt, dass ich instinktiv einen Schritt näher zu Tyler rücke, was die Lage vermutlich nicht gerade besser macht. »Es ist mir ja egal, dass ihr im Grunde genommen Geschwister seid – obwohl das echt eklig ist. Aber mir ist nicht egal, dass du alles kaputt gemacht hast. Alles!«

Ich fühle mich noch schlimmer als vorher. Ich habe ihr

den Freund ausgespannt. Zwar nicht absichtlich, aber trotzdem. Kopfschüttelnd mache ich wieder einen Schritt auf sie zu. Trotz ihrer verletzenden Bemerkungen über mich ertrinke ich immer noch in Schuldgefühlen. »Tiffani, ich wollte nicht …«

Tyler hebt die Hand, um mich zum Schweigen zu bringen. »Es ist aus, *Baby*«, sagt er, zuckt gleichgültig mit den Schultern und zeigt zum Gartentor.

Er wirkt so kaltherzig, und ich fühle mich so entsetzlich mies – wegen Tiffani und wegen dem, was ich getan habe. Wenn sie nicht drauf und dran wäre, mich umzubringen, würde ich sie jetzt in den Arm nehmen, wie es sich für eine gute Freundin gehört. Ich wollte doch nie jemandem wehtun.

Enttäuscht und noch lauter weinend, greift sie sich in die Haare und schreit: »Du kannst nicht mit mir Schluss machen!«

Er lacht. Er lacht sie wirklich aus. Ich glaube, ihm ist noch gar nicht wirklich bewusst, dass sie unser Geheimnis kennt und jetzt allen Grund hat, es auszuplaudern. »Weil du ohne mich nicht mehr so cool dastehst? Weil du dann keine Macht mehr über mich hast?«

»Weil ich SCHWANGER bin, Tyler!«

Sobald sie die Worte ausgesprochen hat, wird die Luft um uns herum so dick, dass sie mich zu ersticken droht. Tyler sackt in sich zusammen, alle Farbe weicht aus seinem Gesicht. Ich sehe wieder zu Tiffani, die jetzt laut schluchzt. Schluchzer, die klingen, als würden sie wehtun, als würde sie keine Luft mehr bekommen. Gleich muss ich wirklich kotzen.

Tyler scheint es die Sprache verschlagen zu haben. Alles, was er herausbringt, ist ein krächzendes Flüstern: »Was?«

Mit tränenüberströmtem Gesicht und gebrochenem Herzen weicht sie vor uns zurück. Ich ertrage den Anblick nicht.

Mir ist, als hätte mich jemand k.o. geschlagen, alles um mich herum wird trüb und unscharf, fast ein bisschen wie morgens beim Aufwachen.

Ich höre, wie jemand die Terrassentür aufschiebt, bin aber zu benommen, um auch nur hinzusehen. »Was schreit ihr denn hier so rum?« Es ist Ellas Stimme.

Tyler sagt kein Wort. Wahrscheinlich steht er unter Schock. Er sieht nur Tiffani an, der Mund steht ihm offen, und sein Blick ist ein Meer verschiedenster Emotionen. Endlich wende ich den Blick zur Terrassentür, von wo aus Dad und Ella zu uns herüberstarren. Ich weiß, was sie denken. Sie fragen sich, warum Tyler aussieht, als hätte er gerade einen Herzanfall, und warum Tiffani als heulendes Häufchen Elend zum Gartentor läuft.

Als sie das Tor öffnet, dreht sie sich noch einmal um, schluckt ein Schluchzen hinunter und fängt Ellas Blick auf. »Du solltest vielleicht wissen, dass er kokainabhängig ist!«, ruft sie. »Und übrigens dealt er jetzt auch.«

»Du Miststück!«, faucht Tyler, aus seiner Erstarrung gerissen. Tiffani verschwindet durch das Tor und schlägt es hinter sich zu.

Ihre Worte hallen so laut in meinem Kopf nach, dass es wehtut. Das ist es also, womit sie ihn den ganzen Sommer unter Druck gesetzt hat. Davon hat Tyler gesprochen, als wir zusammen im Bad eingeschlossen waren. Das ist es, was sie am Anfang der Ferien herausgefunden hat – womit sie ihn konfrontiert und rasend wütend gemacht hat, weswegen er mit dieser grässlichen Laune in die Grillparty geplatzt ist. Und deshalb muss er auch auf der Hut vor der Polizei sein.

Weil er dafür in den Knast gehen kann.

Wenn irgendetwas diesen Tag noch schlimmer machen konnte, dann war es das. Es ist einfach zu viel auf einmal, was da an Wahrheiten ans Licht kommt. Die Wahrheit über

Tyler und die Drogen, über Tiffani – und über Tyler und mich, das Schlimmste von allem.

»Tyler«, sagt Ella langsam und laut. »Sag mir bitte, dass ich mich verhört habe.« Beide Hände fest auf die Brust gedrückt, kommt sie nach draußen in den Garten, Dad dicht an ihrer Seite. »Sag bitte, bitte, dass das nicht wahr ist.«

Mit angehaltenem Atem sehe ich Tyler an und bin gespannt, ob er es leugnen wird. Wieder steht er einfach nur da, als wäre er von allem so überwältigt, dass er wie paralysiert ist. Wahrscheinlich gehen ihm gerade eine Million Gedanken gleichzeitig durch den Kopf.

Er senkt den Kopf, blickt auf den Rasen und sagt leise: »Ich wünschte, es wäre so.«

Ella schlägt die Hände vor den Mund, um ihr entsetztes Keuchen zu unterdrücken. Tränen schießen ihr in die Augen. Heute geht einfach alles schief. Sie dreht sich zu Dad und birgt das Gesicht an seiner Brust. Zu meiner Überraschung nimmt er sie wortlos in den Arm – ich hätte inzwischen erwartet, dass er anfängt zu schimpfen. Dass er Ella schweigend tröstet, ändert allerdings nichts an seinen bitterbösen Blicken.

Als Tyler aufsieht, bemerke ich wieder diesen gequälten Ausdruck in seinen Augen, den gleichen wie letzte Nacht. Er ertrinkt förmlich in Schuldgefühlen. »Mom«, sagt er mit erstickter Stimme, »wein doch nicht. Ich bin nicht abhängig oder so. Es ist nur … es hilft mir einfach.«

Ella murmelt etwas, doch weil ihre Tränen und Dads Hemd die Worte ersticken, können weder Tyler noch ich sie verstehen.

»Mom, bitte, beruhige dich«, sagt Tyler und geht vorsichtig auf sie zu. Während Dad sie noch fest im Arm hält, legt Tyler ihr eine Hand auf die Schulter. Sie schüttelt ihn ab, hebt den Kopf und flüstert: »Ich habe gesagt: Raus!«

Tylers Augenbrauen berühren sich beinahe. »Was?«

»Verschwinde aus diesem Haus.«

Ich glaube, in diesem Moment sind wir alle wie erstarrt. Dad macht noch größere Augen, als könne er nicht glauben, dass Ella ihren Sohn tatsächlich rauswirft. Und Tyler ist sprachlos. Seine Lippen bewegen sich, aber es kommt kein Laut heraus. Jetzt könnte ich wirklich anfangen zu heulen. Er darf nicht rausfliegen. Das ist das Letzte, was er jetzt gebrauchen kann, ganz besonders nach Tiffanis Hiobsbotschaft.

»Meinst du das ernst?«, fragt er mit weicher, schwacher Stimme.

Ella antwortet nicht, sondern tritt nur einen Schritt von Dad zurück und tupft sich schniefend die Augen. Sie sieht völlig fertig aus. »Bitte, Tyler«, sagt sie flehend und bricht gleich darauf wieder in Tränen aus. »Ich halte das alles nicht mehr aus.«

Tyler und ich wechseln einen schockierten Blick, und Dad zieht Ella wieder an seine Brust. Mit so etwas hat keiner von uns gerechnet. Es ist Sonntag. Sonntage sind langweilig. Da rechnet man nicht damit, zusehen zu müssen, wie Tyler zu Hause rausfliegt.

Den Kopf gesenkt, steckt Tyler die Hände in die Jeanstaschen und geht an unseren Eltern vorbei. Seine Haltung mit den hängenden Schultern und langsamen Schritten wirkt so niedergeschmettert. Ich reiße mich von der Stelle los, an der ich wie angewurzelt gestanden habe, und laufe ihm nach. Dads Blicke kümmern mich nicht, weil mir inzwischen so was von egal ist, was er davon hält.

Als ich Tyler einhole, ist er schon die Treppe hinaufgesprintet. Jamie und Chase stehen mit großen, neugierigen Augen oben am Treppenabsatz, und ich frage mich, ob sie alles mitangehört haben – von Tyler und dem Koks bis zu seinem Rauswurf. Eilig machen die beiden Platz, als Tyler und ich an ihnen vorbeirauschen, in seinem Zimmer verschwinden und er die Tür hinter uns zuknallt.

Neben seinem Bett stehend sehe ich zu, wie er eine dunkelblaue Reisetasche aus dem Schrank holt und dabei aus Versehen auch Deans Schulmannschaftsjacke herauszieht. Er tritt sie aus dem Weg. Einige Minuten kramt er in seinem Zimmer herum und packt T-Shirts und Hosen in die Tasche, ohne ein einziges Wort zu sagen. Die Anspannung steht ihm ins Gesicht geschrieben.

»Wo willst du hin?«, breche ich schließlich das Schweigen. Ich kann mir nicht vorstellen, dass er nicht mehr da sein soll und nicht mehr jeden Morgen einen Streit wegen des Specks anfängt. Ich kann mir nicht vorstellen, dass das Zimmer neben meinem leer stehen soll. Oder dass er mich nicht mehr auf der Treppe anlächelt, wenn wir uns begegnen.

Als er sich die Tasche über die Schulter hängt, begegnen sich kurz unsere Blicke. »Ich habe keine Ahnung«, sagt er leise, dreht sich um und geht ins Bad. Ich folge ihm. »Zu Dean vielleicht. Keine Ahnung. In meinem Kopf ist nur Chaos.«

Ich bleibe in der Tür zum Badezimmer stehen. Trotz meiner schweren Lider lasse ich Tyler keinen Moment aus den Augen. Ich hole tief Luft. »Du hast angefangen zu dealen?«

Er hält mitten in der Bewegung inne und steht einfach nur da. Bis auf seinen Atem ist kein Geräusch zu hören. Er senkt den Kopf und starrt auf die Bodenfliesen. »Erst vor Kurzem.«

Enttäuschung durchströmt mich. Ich hatte geahnt, dass die Lage ernst ist, aber seit ich weiß, wie tief er in dieser kriminellen Szene drinsteckt, mache ich mir erst recht Sorgen. »Warum?«

Er schüttelt den Kopf, als wüsste er die Antwort selbst nicht, und dreht mir noch immer den Rücken zu. Ich wünschte, ich könnte sein Gesicht sehen, vor allem seine Augen, damit ich erkennen kann, ob ihm das alles leidtut.

»Man rutscht da so leicht rein. So sauer wie Tiffani ist, zeigt sie mich garantiert an. Ganz bestimmt.«

»Ich kann nicht glauben, dass sie …« Ich schaffe es nicht mal, es auszusprechen, weil ich es nicht in meinen Kopf kriege. Die ganze Zeit kann ich nur an eines denken: Wie verdammt gut es ist, dass Ella noch nichts davon weiß, weil sie sonst nämlich mit Sicherheit einen Nervenzusammenbruch kriegen würde.

»Ich auch nicht.« Er hat gerade das Badezimmerschränkchen geöffnet, dreht sich aber plötzlich um und beugt sich über die Kloschüssel. Würgend stützt er sich an der Wand ab. Das muss der Schock sein. Mir geht es genauso. »O Scheiße.«

»Ich weiß nicht, was ich sagen soll, Tyler.« Und das ist mein Ernst. Wie soll ich ihm sagen, dass alles wieder gut wird, wenn es überhaupt nicht danach aussieht? Ich streiche ihm über den Rücken, um ihn zu trösten, komme mir dabei aber furchtbar blöd vor. Seine Exfreundin ist schwanger, und ich stehe hier und streichle ihm den Rücken, während er beim Gedanken daran am liebsten kotzen würde. »Was bedeutet das für uns?«

»Was?«

»Für uns«, wiederhole ich. »Was wird aus uns? Und aus dir und Tiffani?« Er würgt wieder, aber als nichts kommt, richtet er sich schließlich wieder auf und atmet tief durch. Endlich dreht er sich zu mir um und schaut mir in die Augen. Es gibt keinen Zweifel daran, dass es ihm leidtut. »Ich weiß es nicht. Ich muss das alles irgendwie auf die Reihe kriegen.«

»Ich weiß es auch nicht«, sage ich, aber im gleichen Moment rutscht mir das Herz in den Bauch. Wie soll es wohl weitergehen? Tyler und Tiffani sind gerade wieder zusammengeschweißt worden. Und was heißt das für mich? Ich stehe daneben und muss mitansehen, wie die beiden mit dieser neuen Situation fertigwerden?

Tyler schiebt sich an mir vorbei, nimmt Toilettenartikel aus dem Schränkchen und wirft sie in die Tasche. Als er den Reißverschluss zuzieht, fällt mir auf, dass einige Fläschchen in den Fächern zurückgeblieben sind. Und ich weiß genau, was sich darin befindet.

Ich deute mit dem Kinn auf die Antidepressiva. »Nimm sie, bitte. Dann bist du nicht die ganze Zeit so down.«

Tyler folgt meinem Blick und denkt einen Moment darüber nach. Ich weiß nur zu gut, womit er zu kämpfen hat: Antidepressiva oder Alkohol und Drogen. Dann sieht er meinen flehenden Gesichtsausdruck und packt die drei weißen Fläschchen ein. Ich kann nur hoffen, dass er sie auch nimmt. Vielleicht fühlt er sich dann besser.

Bevor er geht, sehen wir uns noch einen Moment an. Er wirkt immer noch sehr blass, als hätte er sich wochenlang übergeben und müsste erst wieder zu Kräften kommen. Sein Blick ist genauso matt wie meiner, als er den Arm um mich legt und mich an sich zieht. Es ist das erste Mal, dass er mich umarmt. Ja, wir haben uns geküsst, oft sogar. Wir haben sogar miteinander geschlafen. Aber einfach nur dagestanden und uns in den Armen gehalten haben wir noch nie. Einen solchen Augenblick – mein Gesicht an seiner Brust, sein Kinn auf meinem Scheitel – hatten wir noch nie, und ich kann nur hoffen, dass es der erste von vielen ist, weil es nämlich ein so wunderschönes Gefühl ist, wie perfekt sich mein Körper an seinen schmiegt.

Und obwohl ich verkatert und vom Laufen verschwitzt bin, drückt er die Lippen auf meine Stirn und flüstert: »Ich kriege das irgendwie hin.«

Er löst sich von mir, und in diesem Moment sieht er richtig verängstigt aus. Er hat keine Ahnung, was er tun soll, und so sehr er auch versucht, nach außen hin stark zu wirken, kann ich ihm doch ansehen, dass er gegen den Zusammenbruch kämpft. Und das ist nun wirklich kein Wunder.

Er nickt mir zu, schiebt sich an mir vorbei und geht zur Tür. Ich bin immer noch wie betäubt, spüre ein Kribbeln wie von tausend Nadelstichen und kann nichts weiter tun, als zuzusehen, wie er hinaus in den Flur geht, ohne sich noch einmal umzudrehen.

»Das hoffe ich wirklich«, sind meine letzten Worte, bevor er geht.

Kapitel 29

Zwei Tage vergehen.

Zwei Tage, in denen ich von Tyler weder etwas höre noch sehe. Zwei Tage, in denen Ella jede Minute mit Leidensmiene durchs Haus schleicht, zwei Tage, in denen sich alles falsch und deplatziert anfühlt. Manchmal höre ich, wie Ella Dad fragt, wo Tyler gerade sein könnte. Dad sagt jedes Mal, er wisse es nicht. Manchmal sagt sie sogar, es wäre die falsche Entscheidung gewesen, ihn rauszuschmeißen, weil sie ihn so nicht im Auge behalten kann. Sie glaubt, jetzt hätte er erst recht einen Grund, Drogen zu nehmen. Ich möchte gern glauben, dass sie sich irrt. Ich vertraue darauf, dass diese Sache für Tyler der nötige Weckruf ist. Vielleicht eine Chance, sein Leben in den Griff zu bekommen.

Jamie und Chase sind da allerdings weniger verständnisvoll. Gestern Abend hat Jamie mit seiner Mom gestritten. Er hat sie angeschrien, weil sie Tyler vor die Tür gesetzt hat, und ihr vorgeworfen, sie wäre unfair und zu streng. Und heute Morgen meinte Chase, es wäre viel zu langweilig im Haus und er wolle mit Tyler eine Spritztour im Audi machen – was die beiden hin und wieder gemacht haben. Chase steht auf Autos. Aber heute ist sein Bruder nicht da, um ihn mit aufheulendem Motor durch die Straßen zu kutschieren.

Es ist schon merkwürdig, dass Tylers Wagen nicht quer auf dem Gehweg vor dem Haus parkt. Ich stelle mir vor, wie er in der gleichen grausigen Parkweise vor Deans Haus steht, und dabei kommt mir für einen Sekundenbruchteil der Gedanke, ihn einfach zu besuchen. Nur weil Tyler zu Hause rausgeflogen ist, heißt das ja nicht, dass wir uns nicht sehen können. Es sind ja nur fünf Minuten von hier. Vielleicht frage ich Rachael, ob sie mich hinfährt.

Winkend laufe ich auf die andere Straßenseite zu dem roten Käfer, der mit schnurrendem Motor in Rachaels Einfahrt auf mich wartet. Sie zupft sich gerade die Haare zurecht, als ich auf den Beifahrersitz steige.

»In Sachen Zeitmanagement bist du wirklich eine Katastrophe«, schleudert sie mir entgegen, doch sie lächelt dabei. Sie klappt den Spiegel in der Sonnenblende zu und greift nach dem Sicherheitsgurt.

»Tut mir leid«, sage ich und fasse mir in gespieltem Entsetzen an die Brust. »Tut mir furchtbar leid, dass ich drei Minuten zu spät bin. Verbrennt mich auf dem Scheiterhaufen, Heiligste.«

Sie lacht, gibt mir einen Klaps auf den Arm und verdreht die Augen bis zum Hinterkopf, wie Amelia es so oft macht. Sofort kriege ich Heimweh. »Also«, sagt sie, als sie losfährt. »Was ist der neuste Klatsch von Sonntag?«

Beunruhigt werfe ich ihr einen Blick zu. Und meine Angst, dass Tiffani unser Geheimnis wahrscheinlich schon überall brühwarm herumerzählt hat, wird immer größer. *Rachael weiß Bescheid*, denke ich. *Und Meghan und Jake. Und Dean. Alle wissen es.*

Sie sieht mich aus den Augenwinkeln an, und ein verschmitztes Grinsen umspielt ihre Mundwinkel. »Na los«, sagt sie. »Du musst mir alles erzählen. Bist du mit Jake nach Hause gegangen?«

Vielleicht weiß sie es wirklich nicht, aber vielleicht weiß sie es doch und will mir eine Falle stellen, damit sie eine Vollbremsung machen und »DU LÜGST!« brüllen kann.

Seit Samstag habe ich Rachael nicht mehr gesehen. Nachdem ihr dreitägiger Kater abgeklungen ist, hat sie angerufen und gefordert, dass wir unbedingt einen Kaffee trinken gehen müssten, weil wir uns »seit zwei Jahren« nicht mehr gesehen hätten. Jetzt wünsche ich mir, ich hätte eine Krankheit vorgetäuscht.

Schließlich antworte ich mit »Nein« und wende mich von ihr ab. Den Ellbogen ans Fenster gelehnt, tue ich so, als fände ich die Gegend unglaublich spannend und wunderschön, aber nachdem ich jetzt schon eine Weile hier wohne, ist alles normal und langweilig geworden. »Und was ist mit dir?« Unter gesenkten Wimpern schiele ich zu ihr hinüber.

Meine Frage macht sie richtig verlegen, sie beugt sich übers Lenkrad und unterdrückt ein Lächeln. »Ich habe bei Trevor übernachtet.«

»Nur übernachtet?« Ich ziehe die Augenbrauen hoch.

»Na ja, das, und noch ein paar andere Dinge, von denen wir lieber nicht sprechen.« Sie lacht kurz auf, aber gleich darauf folgt ein Seufzen. »Ich will doch nur, dass er mich endlich zu einem richtigen Date einlädt.«

Sie tut mir leid. Den ganzen Sommer hat Rachael von nichts anderem geredet als von Trevor. Zwar ist er laut Tiffani nur ihre »Party-Affäre«, aber es ist nicht zu übersehen, dass Rachael sich mehr davon erhofft.

»Männer sind Schweine«, sage ich, weil ich es allmählich selbst glaube.

Nehmen wir zum Beispiel Trevor. Ja, er mag süß sein, wenn er betrunken ist. Aber im Grunde will er wahrscheinlich auch nur das eine. Beispiel Nummer zwei: Jake. Der Aufreißer. Ich gebe zu, dass ich am Anfang der Ferien auf ihn reingefallen bin und geglaubt habe, er wollte mich wirklich kennenlernen. Aber eigentlich ging es ihm nur darum, meinen Namen auf seine Liste setzen zu können. Letztes Beispiel: Tyler. Er ist ein Schwein, weil er die Leute so mies behandelt. Und weil er Tiffani geschwängert hat.

Diese Tatsache hat mich in den letzten Tagen nach und nach immer wütender gemacht. Ich hätte nicht gedacht, dass er so leichtsinnig ist, einen dermaßen großen Fehler zu machen. Langsam wird das alles wirklich real für mich, und das tut weh. Tyler wird Vater. Er ist zu jung dafür und zu verantwortungslos, es ist schlicht unmöglich, dass er das auf die Reihe kriegt.

Auf der gesamten Fahrt zum Santa Monica Boulevard lässt sich Rachael über Trevor aus. Er ist süß, aber ein Arsch. Er kann so lieb sein, aber er ist ein Arsch. Seine Eltern mögen sie, aber er ist ein Arsch. Als wir endlich vor der *Refinery* parken, habe ich das Gefühl, genug über ihn zu wissen, um seine Identität stehlen zu können.

»Ich bin einfach so verdammt sauer«, schnaubt Rachael, und endlich versiegt ihr Redefluss. Doch schon als sie Cappuccino für sich und einen Latte für mich bestellt, wird sie wieder munterer. Wir setzen uns an einen der Holztische am Fenster und schauen nach draußen auf die Straße. »Ach, das habe ich ja ganz vergessen!« Sie stellt ihre Handtasche auf den Tisch und kramt darin herum, bis sie zwanzig Dollar und mein Handy zutage fördert. »Das musst du bei mir vergessen haben, bevor wir zu Dean gefahren sind. Ich hab es unter meinem Bett gefunden, als ich gerade aus dem Haus wollte.«

Ich starre sie an. »Nicht im Ernst, oder? Ich dachte, ich wäre am Strand ausgeraubt worden. Ich habe geheult!«

Lauthals lachend legt sie Geld und Handy vor mir auf den Tisch, doch als ich das Telefon einschalten will, merke ich, dass der Akku leer ist, und seufze tief. Doch in diesem Moment bringt uns die Barista unseren Kaffee, was meine Stimmung sofort wieder hebt.

»Okay. Ich brenne schon den ganzen Morgen darauf, dir das zu erzählen«, platzt Rachael nach dem ersten Schluck Kaffee heraus. »Jetzt kommen die ganz großen Neuigkeiten!

Das glaubst du mir nie: Tyler und Tiffani haben sich getrennt!« Mit großen Augen sieht sie mich an. »Ich meine, ich erzähle ihr schon seit Ewigkeiten, dass er ein Drecksack ist – entschuldige, ich weiß, er ist dein Bruder und so, und ich weiß auch, dass wir eigentlich befreundet sind, aber mal ehrlich, er hat sie wie Dreck behandelt.« Sie gestikuliert wie eine Nachrichtensprecherin, die eine Sondermeldung verkündet. In gewisser Weise trifft es das ganz gut.

»Hast du schon mit ihr geredet?« Ich betrachte sie prüfend und frage mich, ob Tiffani ihr wohl die ganze Geschichte erzählt hat: die Version, in der auch ich vorkomme. Ich versuche, mich nicht daran zu stören, dass Rachael sich auf Tiffanis Seite schlägt. Sicher, Tyler hat sie nicht wirklich super behandelt, aber kann ihm das irgendwer vorwerfen? Sie hat ihn manipuliert und erpresst, und er wollte gar nicht mit ihr zusammen sein.

»Sie ist gestern Abend zu mir gekommen«, sagt Rachael. Ich setze meinen Becher an die Lippen und schlürfe beim Zuhören langsam meinen Latte. »Er hat mit ihr Schluss gemacht. Wie krank ist das denn? Ich glaube, es war am Sonntagmorgen.«

»Ja, war es. Ich war dabei.« Ich lasse den Blick aus dem Fenster schweifen und beobachte den unablässigen Strom von Autos und Passanten auf der Straße.

Wieder sieht Rachael mich mit aufgerissenen Augen an, sie ist ganz und gar auf das große Drama fokussiert. »Ist es zu fassen, dass er sie schon wieder betrogen hat?«

Sofort schnellt mein Blick zu ihr, ich lasse die Tasse sinken und nehme sie fest in beide Hände. Das Herz hämmert mir in der Brust. »Hat sie gesagt, wer das andere Mädchen war?«

»Nein«, sagt sie, und eine Woge der Erleichterung durchflutet mich. »Weißt du es?«

»Nein«, lüge ich und wende mich wieder ab. Hoffentlich sieht sie nicht das schlechte Gewissen in meinen Augen und hört nicht, wie meine Stimme schwankt. »Wahrscheinlich wieder jemand von außerhalb.«

»Ich kann einfach nicht glauben, dass er hingeht und mit ihr Schluss macht, obwohl es eigentlich umgekehrt sein müsste.« Sie schürzt die Lippen und schüttelt den Kopf. »Sie war so stocksauer, dass sie seiner Mom die Sache mit dem Koks erzählt hat.«

Ich runzle die Stirn. Das war noch nicht alles, was Tiffani erzählt hat. »Ja, er ist zu Hause rausgeflogen.«

»Ich weiß«, sagt Rachael. »Und deshalb begreife ich nicht, dass sie ihn bei sich wohnen lässt.« Sie trinkt einen großen Schluck aus ihrer Kaffeetasse.

»Moment mal, was?«

Sie sieht mich an. »Wie, was?«

»Er wohnt bei Tiffani? Mir hat er gesagt, er will zu Dean.« Diese neue Information trifft mich hart. Mir ist klar, dass Tyler in einer verzwickten Lage ist, aber ich hätte nicht gedacht, dass er Tiffani einfach so wieder um den Hals fällt. Mein Herz schlägt noch schneller.

»Na ja, bei Dean ist er definitiv nicht«, sagt Rachael. Sie zieht eine Augenbraue hoch und zuckt die Achseln. »Ich weiß nicht. Ich fand es ja auch seltsam, aber du weißt ja, wie Tiffani ist. Wenn es um Tyler geht, ist sie so eifersüchtig, dass sie ihm einfach verzeihen muss. Sie erträgt die Vorstellung nicht, dass eine andere ihn kriegt. Sie meint, sie kommen auf jeden Fall wieder zusammen, aber das ist so dämlich, weil er so ein Arsch ist und sie immer betrügt. Warum um alles in der Welt sollte sie wieder mit ihm zusammen sein wollen?« Sie verstummt und bläst die Backen auf. »In diesem Punkt ist sie wie besessen. Sie kann ihn einfach nicht loslassen.«

»Sie ist schwanger, Rachael«, sage ich mit gedämpfter Stimme. Die Worte sind mir so schnell rausgerutscht, dass ich selbst darüber erschrecke. Es ist nicht meine Aufgabe diese Nachricht zu überbringen. Vielleicht wollte Tiffani es Rachael und Meghan selbst sagen.

Rachael klappt der Unterkiefer herunter, und ich könnte schwören, dass sie fast rückwärts vom Stuhl kippt. Sie knallt ihre Tasse mit solcher Wucht auf den Tisch, dass der Cappuccino überschwappt. Sofort rückt sie näher an mich heran und blinzelt erschrocken. »Was?«

»Sie hat es ihm am Sonntag gesagt«, flüstere ich, und wieder wird mir bei dem Gedanken daran ganz übel. »Gleich nachdem er Schluss gemacht hat.« Je länger ich darüber nachdenke, desto logischer erscheint mir alles. Natürlich wohnt er bei Tiffani. So etwas machen Paare nun mal, wenn sie ein Kind kriegen. Sie lassen die Vergangenheit hinter sich und halten zusammen. »Sie musste ihm verzeihen, und er musste zu ihr zurückgehen.«

»Das ist doch krank!«, flüster-schreit sie mir ins Ohr. Dann lehnt sie sich zurück und starrt kräftig blinzelnd aus dem Fenster, während sie versucht, diese Information zu verarbeiten. Plötzlich zeichnet sich Verblüffung auf ihrem Gesicht ab, und sie sieht mich wieder an. »Moment mal«, sagt sie. »Am Samstag bei Dean hat sie was getrunken.«

Ich antworte nicht. Stattdessen denke ich nur über ihre Worte nach und versuche mir in Erinnerung zu rufen, was bei Dean so alles los war, bevor ich mich in der Garage betrunken habe. Rachael hat recht. Tiffani wollte unbedingt beim Trinkroulette mitmachen, was sie als Schwangere nicht hätte tun sollen. Und als ich sie hinter dem Haus getroffen habe, war sie angetrunken.

»Moment mal«, sagt Rachael wieder. Sie hebt den Zeigefinger und eine Augenbraue. »Du sagst, sie hat es ihm erzählt, gleich nachdem er Schluss gemacht hat?«

»Ja. So etwa fünf Sekunden danach.«

Rachael atmet tief aus. »Und du glaubst nicht …?«

Plötzlich begreife ich, was sie meint, und die Erkenntnis trifft mich wie ein Schlag in die Magengrube.

Tiffani spielt uns was vor.

»O mein Gott.«

»Das ist gar nicht so ungewöhnlich«, sagt Rachael. Nachdenklich legt sie einen manikürten Finger an die Lippen. »Du sagst dem Kerl, du wärst schwanger, und er hat keine andere Wahl, als bei dir zu bleiben.«

»Glaubst du wirklich, dass Tiffani so etwas tun würde?«

»Ich würde gern glauben, dass es nicht so ist«, sagt sie leise und greift nach ihrer Kaffeetasse. »Aber um mit Tyler zusammenzubleiben, macht sie wirklich vor nichts halt. Wie gesagt, in dem Punkt ist sie wie besessen.«

Oder, wie Tyler sagen würde: eine Psychopathin. Allerdings glaube ich nicht, dass sie wirklich eine psychische Störung hat – das eine oder andere ernste Problem allerdings schon. Probleme muss sie haben, sonst würde sie gar nicht erst versuchen, so eine Nummer abzuziehen.

Ich kann mir einfach nicht vorstellen, dass Tiffani so tief gesunken sein soll, aber Rachael hat recht. In den letzten Wochen habe ich mitbekommen, wie verkorkst die Beziehung zwischen Tyler und Tiffani ist. Ganz egal, was er tut, sie kann ihn nicht abschießen, weil sie es nicht erträgt, die Kontrolle zu verlieren. Also will sie ihn zurückgewinnen – und wie zwingt man einen Kerl dazu? Man täuscht eine Schwangerschaft vor.

»Ich weiß, wie wir rauskriegen, ob sie lügt oder nicht!«, sagt Rachael begeistert. Mit besorgt gerunzelter Stirn wende ich mich zu ihr. Ich weiß zwar nicht, was in ihrem Kopf vor sich geht, aber höchstwahrscheinlich ist es etwas ziemlich Beknacktes. »Am Freitag sind wir doch alle bei ihr zu Hause.«

»Ich bin nicht eingeladen«, sage ich, wende mich sofort wieder ab und blicke starr auf ein Geschäft auf der anderen Straßenseite. Da ich gar nichts davon wusste, dass Tiffani alle zu sich einlädt, ist es wohl eindeutig, dass ich nicht eingeladen bin. Und das kann ich ihr wirklich nicht vorwerfen.

»Doch, bist du«, sagt Rachael und deutet mit dem Kinn auf mein Smartphone, das immer noch vor mir auf dem Tisch liegt. »Du hattest ein paar Tage lang kein Handy. Wahrscheinlich hat sie dir geschrieben. Auf jeden Fall ist am Freitag Filmabend.«

Ich beiße die Zähne fest zusammen, damit mir nicht versehentlich etwas herausrutscht. Rachael hat ja keine Ahnung. Ich weiß, dass ich nicht eingeladen bin. Tiffani hasst mich, aber das kann ich Rachael nicht sagen, weil sie dann nach dem Grund fragen würde, und auf diese Frage möchte ich nicht antworten müssen. Was sollte ich denn darauf sagen? *Tiffani hasst mich, weil ich mit Tyler geschlafen habe, der – nur falls du es vergessen haben solltest – mein Stiefbruder ist. Zwei Geheimnisse auf einmal. Jetzt weißt du also Bescheid, Rachael, ich bin eine miserable Freundin und ein schlechter Mensch. Aber hallo!*

»Am Freitag«, fährt sie fort und steht vom Tisch auf, »müssen wir also herausfinden, ob sie lügt oder nicht. Und ich weiß auch schon, wie wir das machen.«

*

Als ich wieder zu Hause bin und mein Handy aufgeladen habe, finde ich neunundzwanzig verpasste Anrufe von Dad am Samstagabend und drei Anrufe von Mom aus den letzten Tagen. Außerdem sind ein paar Nachrichten von Amelia gekommen. Sie schreibt, dass Landon Silverman ihr seit dem Sex auf dem Rücksitz seines Wagens ununterbrochen SMS schickt und sie ihn ständig abblitzen lässt, weil er »nicht mehr ihr Typ« ist – dabei hat sie noch vor zwei Monaten so überschwänglich von ihm geschwärmt.

Von Tiffani ist keine einzige Nachricht da.

Was mich nicht überrascht.

Von Tyler auch nicht.

Was mich durchaus überrascht.

Dass er sauer auf mich ist, kann eigentlich nicht sein, ich habe ihm ja nichts getan. Wahrscheinlich herrscht in seinem Kopf ein ziemliches Chaos, aber das gibt ihm nicht das Recht, mich zu ignorieren oder einfach außen vor zu lassen, während er versucht, für alles eine Lösung zu finden. Er bedeutet mir immer noch viel, und ich will immer noch wissen, wie es ihm geht. Trotzdem bemühe ich mich, sein Schweigen nicht persönlich zu nehmen. Vielleicht braucht er nur etwas Freiraum.

Dad, Ella und die Jungs sind gerade bei Freunden am anderen Ende der Stadt zu Besuch, und ich habe das Haus ganz für mich. Während ich in der Küche hantiere, beschließe ich, Mom anzurufen und zu fragen, wie es ihr geht. In den ganzen sechzehn Jahren meines Lebens ist kein einziger Tag vergangen, an dem sie mich nicht gesehen hat, und doch hat sie jetzt irgendwie einen ganzen Sommer überstanden.

Mit den Fingern auf der Arbeitsplatte trommelnd, lausche ich auf das monotone Freizeichen, aber niemand meldet sich. Ich versuche es auf dem Handy. Nach dem dritten Klingeln nimmt sie ab.

»Sieh an, meine Lieblingstochter ist noch am Leben.«

Ihre Stimme erfüllt mich mit einer Wärme, die durch nichts ersetzt werden kann, einer Wärme, die mich immer zum Lächeln bringt, ganz egal, wie schlimm der Tag bis dahin war. Etwas, das ich immer mehr zu schätzen lerne. »Mom«, sage ich – und lächle natürlich. »Ich bin deine einzige Tochter.«

»Deshalb fällt mir die Wahl auch so leicht«, gibt sie zurück. »Wie läuft es bei dir?«

Schrecklich, möchte ich am liebsten sagen. *Grässlich, furchtbar, völlig außer Kontrolle.* »Gut.«

»Und wie läuft es mit dem Arschloch, von dem du die Hälfte deiner Gene hast?«

Augenrollend öffne ich die Kühlschranktür. Wenn es darum ging, ihre extreme Abneigung gegen Dad auszudrücken, war sie noch nie besonders zurückhaltend. »Nicht so gut«, gebe ich zu. Seit Sonntag ist Dad unheimlich still, und ich komme nicht dahinter, ob er sauer auf mich ist oder ob er einmal im Leben cool sein will und mich in Ruhe meinen Kram machen lässt, ohne mir ständig auf der Pelle zu hängen. Höchstwahrscheinlich eher Ersteres.

»Was ist passiert?« Plötzlich liegt Beunruhigung in ihrer Stimme.

Ich zucke die Achseln, obwohl sie das gar nicht sehen kann, und klemme mir das Handy zwischen Ohr und Schulter, um besser im Kühlschrank kramen zu können. Ganz hinten, hinter dem Fleisch finde ich die Äpfel, nehme mir einen und trete einen Schritt zurück. »Nichts«, sage ich. »Wir streiten nur viel.«

»Worüber?« Jetzt klingt sie wirklich besorgt, und ich höre ein Pfeifen in der Leitung. Sie scheint draußen unterwegs zu sein.

»Dass ich nicht nach Hause gekommen bin«, gebe ich zu. Mich Mom anzuvertrauen ist mir schon immer leicht gefallen. Sie war immer da, wenn ich sie gebraucht habe, und war immer meine beste Freundin. Ihr gegenüber hatte ich nie Angst, ehrlich zu sein. »Ich bin ein paar Mal die ganze Nacht weggeblieben.«

»Du bist was?« Verschwunden sind Sorge und Beunruhigung, jetzt klingt sie streng. »Eden? Muss ich dir die Pille verschreiben lassen?«

Einen Moment lang schweige ich, weil ich zu beschämt bin, um eine Antwort zu finden. Das ist noch so eine Sache mit Mom: Sie ist sehr, sehr direkt. »Das war's«, sage ich. »Ich lege jetzt auf. Tschüss, Mom. Bitte sprich nie wieder mit mir, ich kann dir nämlich nicht mehr in die Augen sehen. War schön, dich gekannt zu haben. Hab dich lieb, Tschüss.«

»Eden!«

»Ja?«

Ich höre sie am anderen Ende der Leitung lachen. Ein freundliches, sanftes Lachen. »Tut mir leid. Es ist nur … du bist sechzehn und wirst immer älter, und in deinem Alter habe ich …«

»Können wir bitte das Thema wechseln?« Mit tiefroten Wangen gehe ich zum Spülbecken. Ich wasche den Apfel ab und setze mich auf die Anrichte.

»Hmm«, macht Mom, nachdem sie mir eine ganze Weile beim Kauen zugehört hat. »Waren deine Ferien bisher schön?«

Ich beiße noch einmal zu, lasse die Beine von der Arbeitsplatte baumeln und lege den Kopf schief, um gründlich über die Antwort nachzudenken. Wenn ich den Sommer über in Portland geblieben wäre, hätte ich unter Garantie die ganze Zeit versucht, etwas mit Amelia zu unternehmen, aber ohne Alyssa und Holly. Es war schön, den ständigen Sticheleien über mein Gewicht für einige Zeit zu entkommen. Zu Hause wäre ich wahrscheinlich ins Fitnessstudio gegangen und hätte für die Schule gelernt, und ganz sicher hätte ich mich nicht in jemanden verliebt, in den ich mich nicht hätte verlieben dürfen. Die Sommerferien in Santa Monica waren auf jeden Fall eine ganz neue Erfahrung.

»Es war anders«, antworte ich schließlich.

»Hast du viele Freunde gefunden?«

Auch darüber denke ich einen Moment nach. Tiffani hat mich von ihrer Freundesliste gestrichen, also zählt sie nicht, und Jake kann man vergessen, sobald man seine glatte Aufreißer-Fassade durchschaut hat, also würde ich auch ihn nicht als Freund bezeichnen, sondern eher als einen Arsch, der mich rumkriegen wollte. Also bleiben noch Rachael, die in diesem Sommer Amelias Platz eingenommen hat, Meghan, die immer freundlich ist, und Dean, der stets zur Stelle ist, um mich von einer Party zu retten oder mich aufzuheitern. Und natürlich Tyler. Obwohl ich mit ihm die Grenzen der Freundschaft schon vor einer ganzen Weile überschritten habe.

Ich atme durch. »Schon ein paar.«

»Und gefällt dir die Stadt auch wirklich?«, hakt sie mit einer gewissen Eindringlichkeit nach. Wahrscheinlich drückt sie sich den Hörer fest ans Ohr, wie sie es immer tut, wenn sie ganz heiß auf den neusten Klatsch ist – oder wenn sie einen Vertreter anschnauzt, der zu früh am Morgen anruft.

»Glaub schon?«

»Eden«, sagt sie langsam. »Wie würdest du es finden, dorthin zu ziehen?«

Ich halte mir das Telefon vom Ohr weg und schaue mit skeptisch verzogenem Gesicht das Display an. Ob ich mich verhört habe? Meint sie mit »umziehen«, dass ich hier leben soll? »Was?« Wieder klemme ich mir das Handy mit der Schulter ans Ohr, um von der Arbeitsfläche zu rutschen und durch die Terrassentür nach draußen zu schauen. »Für immer, meinst du? Ich?«

»Wir«, korrigiert sie. Dann schweigt sie, und ich höre nur noch die Autos, die an ihr vorbeifahren.

»Wir?«

»Ich habe nachgedacht«, sagt sie. Ihre Stimme klettert eine Oktave höher, wie immer, wenn sie zu einem Redeschwall ansetzt. »Warum kann dein Dad einfach so abhauen und irgendwo anders ein neues Leben anfangen? Warum kann ich das nicht auch? Warum sitze ich hier in Portland fest, obwohl ich nie hierher wollte? Ich war in Roseburg glücklich, aber nein, dein Dad wollte in der großen Stadt Portland leben.«

»Santa Monica ist auch eine Stadt.«

»Ja, aber Portland hat eine halbe Million Einwohner mehr«, teilt sie mir in sachlichem Ton mit – es ist der gleiche Tonfall, in dem sie mit ihren Patienten spricht. »Ich hab's nachgeguckt.«

»Aber warum?« Vor lauter Empörung schreie ich fast. Für jemanden, der meinen Dad so sehr hasst wie sie, ist es doch völlig unsinnig, in seine Nähe ziehen zu wollen. »Wenn du irgendwo neu anfangen willst, zieh in zwei Jahren mit mir nach Chicago. Oder nach Kanada. Was willst du in Santa Monica?«

Für einen Moment macht sich Stille breit. Ich bohre ungeduldig die Fingernägel in meinen Apfel, während ich auf ihre Antwort warte. Sie holt tief Luft. »Also …«, fängt sie leicht zögerlich an. »Während du weg warst, habe ich mit ein paar Leuten gesprochen … Und ich habe mich bei einem Dating-Portal angemeldet.«

Das erwischt mich eiskalt. Mom … und Dating? Ich hatte nicht gedacht, dass ich das noch erleben würde, schließlich trichtert sie mir seit drei Jahren ununterbrochen ein, dass Männer die Ausgeburt des Teufels sind. »Soll das irgendeine Art Scherz werden?«

»Nein.« Sie lacht ein bisschen, aber ich spüre, dass sie nervös und wahrscheinlich auch ein bisschen verlegen ist. »Dieser Sommer hat mir klargemacht, dass ich nicht allein leben möchte, wenn du aufs College gehst. Und das heißt, dass ich meinen geschiedenen Arsch dringend wieder auf den Markt schmeißen muss. Seit gut einem Monat habe ich jetzt Kontakt mit diesem wirklich netten Mann.« Sie macht eine kurze Pause, wahrscheinlich um abzuwarten, ob ich dazu etwas zu sagen habe. Als ich schweige, fährt sie fort: »Er heißt Jack. Und rate mal, wo er wohnt? In Culver City. Nur eine Viertelstunde von dir entfernt.«

Ich weiß, wo Culver City liegt: Da, wo Tyler und ich auf dem Polizeirevier gelandet sind. »Du willst also hierherziehen, weil du seit einem Monat mit einem Mann Kontakt hast? Das könnte ein ganz fieser Typ sein, Mom.«

»O Gott, natürlich nicht, Eden.« Sie seufzt tief. Ich höre sie mit einem Schlüsselbund klimpern und frage mich, wo sie gerade ist und was sie macht. »Eher so, dass ich hinfahre, wir uns auf einen Kaffee treffen und dann weitersehen. Wer weiß? Es kann doch gutgehen, und dann hast du schon mal Freunde gefunden und der Start in der neuen Schule wäre nicht so beängstigend. Für uns beide wäre es ein guter Ort für einen Neuanfang.«

Weniger beängstigend? Ich kann mir kaum etwas vorstellen, das mir mehr Angst macht, als mit Tiffani und Jake und Tyler zur Schule gehen zu müssen. »Ich weiß nicht«, murmle ich, kaue auf der Unterlippe und werfe den kaum angebissenen Apfel in den Müll. Mit einer Hand streiche ich mir durch die Haare. »Das ist eine riesige Sache.«

»Ich glaube, es könnte dir guttun«, fährt sie fort. »Du bräuchtest nichts mehr mit diesen Mädchen zu tun zu haben – denen mit den hochnäsigen Eltern.

»Alyssa und Holly«, sage ich, doch meine Worte sind nur ein schwaches Flüstern. Ich versuche zu ignorieren, wie sich mir der Magen umdreht und mein Kopf hämmert, und mich stattdessen auf Moms Herzlichkeit und Wärme zu konzentrieren, die durch die Leitung zu mir dringen.

»Den beiden bin ich neulich im Walmart begegnet, und du kannst dir gar nicht vorstellen, wie gern ich mein Netz Zwiebeln nach ihnen geworfen hätte.«

Darüber muss ich lachen. Ihr Humor tut mir gut, und es ist ein schönes Gefühl, sie am anderen Ende der Leitung zu wissen. »Und ob ich mir das vorstellen kann.«

»Hör mal«, sagt sie, unterbricht sich dann allerdings kurz, und ich höre, dass eine Tür geöffnet wird. Ich erkenne das vertraute Quietschen der ungeölten Angeln unserer Haustür wieder, das uns nervtötenderweise bei jedem Öffnen begrüßt. »Es ist nur so eine Idee. Wir reden darüber, wenn du nach Hause kommst, einverstanden?

«Ich will gerade schon »einverstanden« sagen, doch bevor ich es über die Lippen bringe, fällt die Haustür mit lautem Knall zu. Kurz darauf ist ein fiependes Bellen zu hören.

Meine Augenbrauen schnellen in die Höhe. »War das ein Hund?«

»Verdammt«, murmelt Mom. »Sie sollte doch eine Überraschung sein.«

Kapitel 30

Bis Freitag habe ich die Schnauze ziemlich voll davon, Trübsal blasend zu Hause rumzuhängen und auf Tyler zu warten. Ich hätte ihn einfach gern gesehen, und sei es nur für ein paar Sekunden, wenn er vorbeikommt, um ein paar frische Klamotten zu holen. Aber die ganze Woche über ist er nicht aufgetaucht, er hat auf keine meiner SMS geantwortet, und ich habe ihn kein einziges Mal gesehen.

Das macht mich wütender, als ich erwartet hätte. Dass es mir fehlen würde, ihn jeden Morgen zu sehen, hatte ich gewusst, aber ich hätte nicht gedacht, dass es mich reizen und wütend machen würde. Ich kapiere nicht, warum er mich komplett ausschließt. Als ich gefragt habe, ob er sich mit mir in der *Refinery* auf einen Kaffee treffen wolle (natürlich nur als Stiefgeschwister), bekam ich keine Antwort. Als ich gefragt habe, ob es ihm gut gehe – keine Antwort. Als ich gefragt habe, ob er überhaupt noch wisse, was letztes Wochenende passiert ist, blieb mein Telefon totenstill. Wahrscheinlich hat Tiffani ihn um den Finger gewickelt.

Tiffani, die mich abgrundtief hasst.

Tiffani, bei der ich gleich uneingeladen aufkreuzen werde.

Tiffani, die mit ziemlicher Sicherheit in die Luft geht, wenn sie mich sieht.

»Gehst du aus?«, fragt eine Stimme hinter mir. Ich stehe gerade am Wohnzimmerfenster, und als ich mich umsehe, begegne ich Ellas neugierigem Blick. Sie mustert mein Outfit, eindeutig nicht die erste Wahl, um darin zu Hause auf dem Sofa abzuhängen.

»Habe ich Hausarrest?« Irgendwie kommt es mir so vor, aber Dad hat nichts davon gesagt, weshalb ich hoffe, dass er das letzte Wochenende auf sich beruhen lassen wird. Aber selbst wenn, wäre er nicht hier, um die Strafe durchzusetzen.

»Nein«, sagt Ella. »Wo gehst du hin?«

Ich sehe wieder zum Fenster. Eine Weile stehe ich einfach nur da und spähe durch die Jalousien zu Rachaels Wagen, der gegenüber in der Auffahrt parkt. Sie müsste jeden Moment aus dem Haus kommen. Es gießt in Strömen, der dunkle Himmel taucht die Stadt in Schatten, und ich muss die Augen zusammenkneifen, um durch den Regen scharf zu sehen. »Filmabend mit der Clique«, antworte ich, ohne mich zu Ella umzudrehen.

Es wird still, und dann höre ich, wie sie sich zum Gehen wendet. Doch in der Tür bleibt sie stehen und holt Luft. »Weißt du …«, fragt sie tonlos. »Weißt du, ob Tyler auch da sein wird?«

»Ja, wird er«, sage ich sofort. Noch ein Grund, warum ich überhaupt hingehe: Tyler. Wenn es keine andere Möglichkeit gibt, ihn zu sehen, als bei seiner verrückten Exfreundin aufzutauchen, dann werde ich die Angst davor überwinden. Ich will nur sehen, ob es ihm gut geht. Als ich mich zu Ella umdrehe, sehe ich ihren traurigen Blick. »Vermisst du ihn?«

Ich glaube, sie ist sich über die Antwort nicht ganz sicher, denn sie denkt einen Moment darüber nach. Nachdem Tyler am Sonntag weg war, ist sie den ganzen Nachmittag alle halbe Stunde in Tränen ausgebrochen, und ich habe mich gefragt, ob sie nur wegen der Drogen weint oder auch wegen etwas anderem. »Ja«, sagt sie schließlich und setzt sich auf die Couch. Sie nimmt ein Kissen auf den Schoß und drückt es fest an sich. »Ohne ihn ist das Haus so leer. Ich weiß, das klingt blöd, weil er die meiste Zeit ohnehin nicht hier ist, aber irgendwie ist es trotzdem ungewohnt.«

Ich weiß, was sie meint. Dass es so still im Haus ist und das vegetarische Essen im Kühlschrank nicht angerührt wird, dass am Frühstückstisch jeden Morgen ein Stuhl leer bleibt und dass ihr Sohn nicht mehr mitten in der Nacht nach Hause gewankt kommt, jedes Mal noch verwirrter und verlorener als in der Nacht davor.

»Ja«, sage ich. »Das verstehe ich.«

»Ich mache mir einfach Sorgen«, gibt sie zu, und ich finde es schön, dass sie so ehrlich zu mir ist – wie schon seit Beginn der Ferien. Für eine Stiefmutter ist Ella gar nicht so übel – obwohl sie mich am ersten Abend bei der Grillparty durch den Garten geschleift und mich jedem einzelnen Nachbarn vorgestellt hat. Damals fand ich sie unangenehm laut, und erst jetzt kommt mir in den Sinn, dass das vielleicht nur gespielt war. Eine tapfere Fassade, wie sie auch ihr Sohn hat, damit es aussieht, als ob es ihm gut ginge. Aber es geht beiden nicht gut.

Auf einmal kommt es mir vor, als wäre ich die ganzen Ferien über blind gewesen. Jetzt ist alles so offensichtlich, und ich wünschte, ich wäre schon vor Wochen in der Lage gewesen, die Puzzleteile zusammenzusetzen. Ich hätte Tyler schon längst durchschauen müssen, hätte mir mehr Mühe geben müssen, die Aggressionen gegenüber seinem Vater zu begreifen. Und mit Ella ist es genauso. Ich war so felsenfest davon überzeugt, sie nicht leiden zu können, dass ich sie einfach nicht verstanden habe. Aber jetzt fange ich an, ihre Verletzlichkeit schätzen zu lernen. Jetzt verstehe ich sie.

Weil mir die Tränen in die Augen steigen, drehe ich mich zum Fenster und blinzle sie weg, bevor Ella es bemerkt. Aber wahrscheinlich hat sie das längst. Rachael ist immer noch nicht aus dem Haus gekommen, also starre ich auf meine Füße und versuche, den Kloß in meinem Hals hinunterzuschlucken. »Tyler hat mir von seinem Vater erzählt«, sage ich leise.

Ich höre, wie Ella scharf Luft holt, und habe fast Angst, mich umzudrehen. Ich fürchte, sie könnte wütend sein, weil ich davon angefangen habe. Aber wir sind allein im Haus, und ich habe das Gefühl, dass jetzt der richtige Zeitpunkt ist, um darüber zu sprechen. Dad ist mit Jamie zur Nachsorge für sein Handgelenk, Chase hat die beiden begleitet, und Tyler … na ja, der ist immer noch weg.

»Er hat es dir erzählt?«

Ich schaue sie über die Schulter an, und als ich ihre großen Augen, die gefurchte Stirn und den halbgeöffneten Mund sehe, gehe ich zu ihr und setze mich neben sie auf die Couch. Überrascht sieht sie mich an. »Am Wochenende«, sage ich. Ich spreche vorsichtig, um sicherzugehen, dass mir nicht etwas Falsches herausrutscht – zum Beispiel, dass wir danach miteinander geschlafen haben. »Er hat mir alles erzählt.«

»Er hat es dir wirklich gesagt?« Blinzelnd sieht sie mich an, und als ich nicke, drückt sie sich das Kissen an die Brust und wendet sich ab. »Unglaublich, dass er es dir erzählt hat. Er spricht nicht gern darüber. Ich …« Sie verstummt und schüttelt nur den Kopf, immer noch schockiert. »Ich will doch nur, dass er zurechtkommt. Mehr nicht.« Ihre Stimme klingt schwach und gedämpft, ihr Blick huscht von mir zur Wand und wieder zurück. »Keinen Einser-Schnitt in der Schule, kein aufgeräumtes Zimmer oder Hilfe im Haushalt. Ich will nur, dass er klarkommt, aber das tut er nicht.«

Ich kann nicht antworten, weil mir wieder die Tränen in die Augen steigen, als ich sie so reden höre. Wenn ich den Mund aufmache, wird meine Stimme erstickt klingen, und wenn meine Stimme erstickt klingt, werde ich die Tränen nicht mehr zurückhalten können. Also sitze ich einfach nur da, halte die Luft an und beiße mir fest auf die Unterlippe, damit Ella mich auf keinen Fall weinen sieht.

»Ich habe mit ein paar Leuten gesprochen …«, sagt sie langsam, was mir zum Glück eine Antwort erspart. »Sie halten überall an der Ostküste Veranstaltungen ab, um das öffentliche Bewusstsein für …« Sie bricht ab, atmet tief durch und setzt neu an. »Sie machen auf verschiedene Arten von Missbrauch und Misshandlung aufmerksam.« Für einen Moment wendet sie sich ab und zieht die Lippen zwischen die Zähne, um sich wieder zu fassen, bevor sie mich wieder ansieht. »Sie wollen, dass Tyler als Redner bei ihnen auftritt.«

»Als Redner?«

Sie nickt. »Er soll über körperliche Misshandlung sprechen. Andere Jugendliche sprechen über häusliche Gewalt, emotionalen Missbrauch und … na ja, er soll seine Geschichte erzählen. Immer und immer wieder, ein Jahr lang. Ich glaube nicht, dass er das schafft, er hasst es, darüber zu reden. Deswegen bin ich einfach überrascht, dass er es dir erzählt hat.«

Ich brauche eine Minute, um diese Information zu verarbeiten, während draußen der Regen gegen die Fenster prasselt. Es ist Tyler so schwer gefallen, mir die Wahrheit zu sagen, und ich kann mir nicht einmal ansatzweise vorstellen, wie hart es sein muss, diese Geschichte vor Fremden zu erzählen. Aber gleichzeitig würde er andere Menschen treffen, die das Gleiche durchgemacht haben, und das würde ihm vielleicht helfen. »Es könnte ihm guttun, darüber zu sprechen.«

»Es ist wirklich eine tolle Chance«, sagt Ella, hat den Blick aber starr auf den Teppich gerichtet, als würde sie innerlich die Pros und Kontras gegeneinander abwägen. »Dafür müsste er sich allerdings erst mal in den Griff kriegen.« Das ist ein Pro. Das könnte der nötige Anstoß für ihn sein, sein Leben auf die Reihe zu bekommen, auf die Ablenkungen zu verzichten und ein Mensch zu werden, der keinen Alkohol und keine Drogen braucht. »Und er müsste für ein Jahr nach New York ziehen. Ab nächsten Sommer.« Das ist ein Kontra. Ein gewaltiges Kontra.

Ich versuche, ihren Blick aufzufangen, aber sie starrt noch immer auf den Boden. »War es das, was Dad letzte Woche meinte? Als er von New York gesprochen hat?«

Wieder nickt sie. »Ich habe Tyler noch nichts davon gesagt. Es ist nicht gerade der beste Zeitpunkt.« Sie sieht mich von der Seite an und lächelt schwach, aber ihre Augen lächeln nicht mit. Das fand ich immer schon seltsam – dass Leute lächeln, wenn sie traurig sind. Es gibt kein trauriges Lächeln. Nur ein tapferes.

»Du bist eine wirklich gute Mutter«, sage ich. Denn das sind die einzigen Worte, die mir durch den Kopf gehen, als ich sie beobachte, wie sie über die Situation mit Tyler nachdenkt. Auf einmal kommen sie ganz von allein aus meinem Mund. Sie will immer nur das Beste für ihn. Manchmal ist das nicht genug, aber sie versucht es.

Überrascht öffnet sie den Mund. Sie sieht aus, als möchte sie etwas sagen, wird aber von einem lauten Hupen unterbrochen. Es hupt drei Mal.

»Das muss Rachael sein«, sage ich und stehe auf. Ich streiche mir die Falten in der Jeans glatt und lächle Ella an. Irgendwie habe ich das Gefühl, ihr in den letzten zehn Minuten nähergekommen zu sein. Zum ersten Mal betrachte ich sie wirklich als meine Stiefmutter. »Bis später dann.«

Ihre Mundwinkel heben sich, sie erwidert mein Lächeln, und diesmal ist es kein tapferes Lächeln, sondern ein echtes.

Draußen hat Rachael den Wagen schon aus der Einfahrt zurückgesetzt und lässt vor unseren Haus wütend den Motor aufheulen. Als ich näher komme, fährt sie das Fenster runter und ruft: »Du solltest doch nach mir Ausschau halten! Wir verlieren kostbare Zeit!«

Ich reiße die Tür auf, steige ein und schaffe es kaum, mich anzuschnallen, bevor der Wagen die Straße entlangschießt. Der Sitz ist nass vom Regen. »Ich habe mit Ella geredet«, sage ich. Weil ich Rachael aber keine Gelegenheit geben will, nach dem Thema unserer Unterhaltung zu fragen, füge ich schnell hinzu: »Also, wie sieht dein Plan aus?«

»Sei nicht so neugierig«, weist sie mich zurecht und nimmt eine Hand vom Steuer, um mir mit dem Zeigefinger zu drohen. Ich muss spöttisch lachen. Gegen meine Neugier ist kein Kraut gewachsen. »Du brauchst gar nichts zu tun. Lass mich lieber reden, du würdest es nur versauen.«

Ich verdrehe die Augen, schiebe meinen Sitz ein Stück zurück, um mehr Beinfreiheit zu haben, und mache es mir seufzend gemütlich. »Wo kommt eigentlich dieser Regen her? Das ist ja wie in Portland«, murmle ich und trommle mit den Fingerknöcheln ans Fenster, um mich abzulenken. Innerlich frisst mich die Nervosität auf, aber das darf Rachael nicht merken. Dann würde sie nämlich fragen, warum ich so nervös bin, und ich kann ihr ja schlecht sagen, was für eine panische Angst ich davor habe, dass Tiffani ausflippt, wenn ich bei ihr vor der Tür stehe.

Also versuche ich, mich während der fünfminütigen Fahrt so normal wie möglich zu benehmen. Ich schreibe Amelia eine SMS, sehe die CDs im Handschuhfach durch, stelle die Heizung ein und höre vor allem Rachael zu. Sie erzählt wieder von Trevor, schwärmt davon, dass er seit Neustem Herzchen ans Ende seiner SMS setzt, und wird ganz rot, als sie berichtet, wie süß er plötzlich zu ihr ist.

Als wir bei Tiffani ankommen, ist meine Nervosität fast verschwunden, und ich will nur noch diesem »Trevor-Drama« entkommen. Lieber werfe ich mich Tiffani an den Hals, als mir noch einmal anzuhören, wie wunderschön Trevors Schultern sind.

Aber sobald der Wagen steht, fällt meine Stimmung in die

Ausgangslage zurück. In der Einfahrt steht Tylers Wagen einträchtig neben Tiffanis, und plötzlich ist die Angst wieder da. Heute Abend muss ich irgendwie mit beiden gleichzeitig umgehen. Tiffani kratzt mir garantiert die Augen aus, und ich habe keinen Plan, was Tyler sagen wird. Das heißt, falls er überhaupt etwas sagt.

Erst als ich Deans und Jakes Autos sehe, entspanne ich mich ein bisschen. Je mehr wir sind, desto besser. Wenn ich es bis ins Haus schaffe, wird die Situation dadurch vielleicht weniger gefährlich. Sogar Jakes Gesellschaft wirkt plötzlich verlockend auf mich.

»Denk dran, lass mich reden«, sagt Rachael, als sie ihre Handtasche vom Rücksitz nimmt. Ehrlich gesagt habe ich überhaupt keine Lust, das Reden zu übernehmen, da braucht sie sich also gar keine Sorgen zu machen.

Sie schließt den Wagen ab, und wir rennen über den Rasen zur Haustür, die Rachael einfach aufstößt. So ganz habe ich mich immer noch nicht daran gewöhnt, dass sie nie anklopft. Jetzt fühle ich mich nämlich nicht nur unwillkommen, sondern auch noch extrem unhöflich. Trotzdem folge ich Rachael ins Haus, wo mich der umwerfende Duft von frischem Popcorn empfängt.

Gleich links von uns befindet sich ein offen geschnittener Wohnbereich, eingerahmt von einem riesigen, L-förmigen Sofa, auf dem Jake und Dean liegen. Meghan ist heute nicht dabei, weil sie für letztes Wochenende Hausarrest gekriegt hat, aber Dean setzt sich auf, als er uns sieht, und begrüßt uns mit einem Nicken und einem Lächeln. Davon abgesehen wirken die beiden gelangweilt und deplatziert. Normalerweise gehen wir an Freitagabenden auf Partys, statt uns Filme anzusehen.

Irgendwo rechts von mir höre ich ein Lachen und drehe mich in die Richtung, aus der es kommt. Das Erste, was ich sehe, ist Tiffani. Sie holt eine Schüssel Popcorn aus der Mikrowelle und lässt sie achtlos auf die Arbeitsfläche fallen, weil sie sich die Finger verbrannt hat. Die ganze Zeit lacht sie und sieht völlig normal aus. Normal, nicht todunglücklich vor Liebeskummer. Aber das ist nur logisch, denn Tyler steht gleich neben ihr und seufzt über ihre Unfähigkeit, Snacks zuzubereiten. Er versucht zu lachen, schafft es aber nur, die Lippen zu einem falschen Lächeln zu verziehen. Wie üblich lächeln seine Augen nicht mit.

Ich frage mich, was er denkt und was er vorhat. Im Augenblick sitzt er bei Tiffani fest und glaubt etwas, das womöglich gar nicht stimmt. Etwas, das Rachael auf Teufel komm raus widerlegen will. Was geht in ihm vor? Kommen er und Tiffani wieder zusammen? Das wäre der Horror. Tyler hat sich gerade erst aus ihren Fängen befreit, und ich will auf keinen Fall mitansehen müssen, wie er wieder hineingerät.

Die beiden sind in der Küche so beschäftigt, dass sie Rachael und mich noch gar nicht bemerkt haben. Nervös verschränke und verknote ich die Finger ineinander und gehe rüber ins Wohnzimmer. Ich versuche, mir ein Lächeln ins Gesicht zu zwingen, doch wahrscheinlich lässt mich das nur noch griesgrämiger aussehen.

Dean muss mein mürrisches Gesicht aufgefallen sein. Er setzt sich auf – das blaue T-Shirt kontrastiert mit seinen braunen Augen – und deutet auf das Pärchen hinter mir in der Küche. »Das ist so peinlich!«, flüstert er, als Tiffani Tyler durch die Haare wuschelt und mit den Wimpern klimpert. »Sie haben Schluss gemacht, aber …«

Wem sagst du das?, denke ich. Wir sind alle ziemlich irritiert. Haben sie sich getrennt und sind jetzt nur noch Freunde? Oder sind sie schon wieder zusammen? Was ist jetzt Sache, verdammt nochmal? Mal abgesehen davon, dass sie nicht zusammenpassen.

Rachael ist an der Haustür stehen geblieben und starrt die

beiden ungläubig an. Sie dreht den Kopf zu Dean und mir, deutet mit dem Daumen auf Tiffani und fragt lautlos: »Was soll das denn?« Inzwischen weiß ich ja, wie sehr Rachael gegen die Beziehung der beiden ist.

Dean und ich zucken nur die Achseln, dabei würde ich am liebsten den Putz von den Wänden reißen, den Fernseher zertrümmern oder die Sofas anzünden. Einfach irgendetwas tun, um die Wut rauszulassen, die in mir zischt und brodelt. Aber ich weiß ja nicht mal, auf wen ich eigentlich sauer bin. Ein Teil von mir ist wütend auf mich selbst, weil ich mich in diese Lage gebracht habe, in der ich zwischen meinem Stiefbruder und seiner Exfreundin stehe. Oder seiner Freundin, wie auch immer.

»Rachael!« Tiffanis Stimme hallt durchs Zimmer und lässt Rachael und mich herumfahren. Grinsend drückt sie sich die Popcornschüssel an die Brust. Doch das Grinsen ist nicht von langer Dauer, denn gleich darauf fällt ihr Blick auf mich, und sofort ist ihr Lächeln verschwunden. »Eden?«

»Hat ja ganz schön lange gedauert, bis du uns bemerkt hast«, beschwert sich Rachael scherzhaft und geht Richtung Treppe.

Tiffani starrt mich immer noch finster an. »Tut mir leid«, sagt sie zu Rachael, ohne mich aus den Augen zu lassen. Ihre Blicke bohren sich in meine Haut, und ich würde gern auf meine Schuhspitzen gucken, aber das geht nicht. Ich starre nämlich die Person an, die direkt neben Tiffani steht.

Und diese Person erwidert meinen Blick.

Tyler hat die Lippen leicht geöffnet und beißt sich auf die Wangen, den Kopf ein wenig schräggelegt. Er sieht blasser aus als sonst, die Augen liegen tiefer in den Höhlen, wodurch er fast leblos wirkt – als hätte er seit Tagen nicht geschlafen und könnte jeden Moment umkippen.

Auf der Treppe räuspert sich Rachael. »Tiffani, können wir dich einen Moment sprechen?«

»Klar«, sagt sie säuerlich, wirft die Haare zurück und knallt das Popcorn auf die Arbeitsfläche.

Während sie Rachael zur Treppe folgt, spüre ich hinter mir Deans Blicke, höre, dass Jake im Fernsehen Football guckt, und sehe Tyler in Jogginghosen und einem verwaschenen T-Shirt in Richtung Wohnzimmer gehen. In diesen Sachen sieht er aus, als wäre er hier zu Hause, und das Bild ist mir unangenehm. Als Tiffani die Treppe hinaufstürmt, gibt Rachael mir einen Wink, ihnen zu folgen. Und das tue ich. Auch wenn ich im Moment eine Heidenangst vor Tiffani habe, muss ich einfach wissen, ob sie lügt oder nicht. Als ich gerade zur Treppe laufe, um die beiden einzuholen, greift Tyler im Vorbeigehen nach meinem Ellbogen.

Er zieht mich zurück, bringt die Lippen ganz dicht an mein Ohr und zischt: »Was machst du hier?«

»Das Gleiche könnte ich dich fragen«, raune ich, schiebe seine Hand weg und fixiere ihn mit einem wütenden Blick, der aber schnell einer enttäuschten Miene weicht. In seinen Augen verändert sich etwas, genau wie letztes Wochenende, aber noch bevor ich die Veränderung deuten kann, wendet er sich von mir ab und geht zu Dean und Jake.

Einen Moment bleibe ich stehen und überlege, ob ich ihn aufhalten soll, um ihm alles zu sagen: dass Ella ihn vermisst, dass in New York eine fantastische Gelegenheit auf ihn wartet und dass er nicht hier festsitzen und seine Zeit mit Tiffani vergeuden muss. Doch dann ruft Rachael vom Treppenabsatz nach mir, und mir bleibt keine andere Wahl, als Tyler gehen zu lassen und ihrer Stimme zu folgen.

In meinem Hinterkopf kreisen die Worte: *Wir werden niemals zusammen sein können.*

Oben steht Tiffani vor ihrer Zimmertür und hat die Arme vor der Brust verschränkt. Zuerst sieht es aus, als wollte sie uns den Weg versperren, aber dann wird mir klar, dass sie uns zur Eile antreiben will. Rachael geht voraus.

Ich merke gleich, dass sich das Zimmer seit meinem letzten Besuch verändert hat. Überall liegen Kleidungsstücke auf dem Boden – Tylers Zeug, wie mir auffällt.

Auch Rachael sieht es, und natürlich hat sie etwas dazu zu sagen. »Deine Mom lässt ihn allen Ernstes hier wohnen?« Sie tritt eine Jeans mit dem Fuß beiseite.

»Ja«, faucht Tiffani. In diesem Moment ist sie unverkennbar sauer. Kein Wunder – ich bin in ihrem Zimmer, und wir haben sie gerade von Tyler losgeeist. »Also, was gibt's?«

Sie sieht abwechselnd Rachael und mich an und wartet auf eine Antwort, während ich Rachael anstarre und Rachael wiederum Tiffani. Ich habe nicht vor, auch nur ein Wort zu sagen. Ich würde es garantiert nur versauen, wie Rachael gesagt hat. Also warte ich darauf, dass sie ihren brillanten Plan in die Tat umsetzt. Inzwischen brenne ich darauf, die Wahrheit zu erfahren.

»Ich probiere es erst gar nicht mit irgendwelchen Tricks, sondern frage dich ganz direkt«, sagt Rachael, und während wir gebannt auf die angekündigte Frage warten, wird die Luft im Zimmer immer dicker. Rachael hat ihre Handtasche noch über dem Arm, wippt ungeduldig mit dem Fuß und sieht Tiffani fest in die Augen. »Bist du schwanger?«

Ich starre Rachael an. Das soll es sein? Das ist ihr cleverer Plan? Immerhin bewirkt sie damit, dass Tiffani überrascht zusammenzuckt. Die unerwartete Frage bringt sie so aus dem Konzept, dass sie Rachael nur mit großen blauen Augen und leicht geöffnetem Mund anstarrt. Und dann sieht sie mich an.

Ihr Blick ist eisig, und sie knirscht vor Wut mit den Zähnen. Sie weiß, dass ich es Rachael gesagt haben muss, ich bin die Einzige, die dafür infrage kommt. Es dauert eine Weile, bis sie antwortet. Unterdessen prasselt der Regen an die Fensterscheiben. Der Himmel ist hässlich grau. »J-ja«, stammelt sie schließlich.

Mit hochgezogenen Augenbrauen wechsle ich einen Blick mit Rachael, die mir kurz zunickt, bevor sie sich wieder an Tiffani wendet. »Okay«, sagt sie und fängt an, in ihrer Handtasche zu kramen. »Dann hast du ja sicher nichts dagegen, ein paar hiervon zu benutzen, nicht?« Mit diesen Worten zückt sie zwei Schwangerschaftstests aus der Drogerie und schwenkt sie mit eiserner Miene durch die Luft.

Diese beiden Schachteln reichen aus, um Tiffani eine Riesenangst einzujagen. Mit großen Augen starrt sie die Tests an und blinzelt wie wild, ihre Mundwinkel zucken, als müsste sie gegen die aufsteigenden Worte ankämpfen. Sie bohrt sich die Fingernägel in die Handfläche. »Kein Problem«, fiept sie schließlich. Doch das Wackeln ihrer Stimme verrät deutlich, dass es sehr wohl ein Problem ist.

»Wir bleiben einfach hier sitzen und warten«, teilt Rachael ihr mit angespanntem Lächeln mit und drückt ihr die beiden Schachteln in die bebenden Hände.

Tiffani betrachtet die Tests prüfend, nickt Rachael zittrig zu und schleppt sich ins Bad. Ihre Schritte sind langsam und widerwillig, ihr Atem geht schnell und stoßweise. An der Tür bleibt sie stehen und legt für einen Moment die flache Hand dagegen, bevor sie sich ruckartig umdreht. Ihr Gesicht ist gerötet, Tränen laufen ihr über die Wangen. »Also gut! Ich bin es nicht!«, schreit sie und bricht in Tränen aus.

Rachael grinst mich triumphierend an, aber ich bin nicht in der Stimmung zurückzugrinsen. Ich fühle mich wie betäubt. Tiffani hat tatsächlich gelogen. Es widert mich an, dass sie eine so miese Nummer abgezogen hat, und vor allem beunruhigt es mich, dass sie Tyler allen Ernstes etwas vormachen wollte. Wie lange wollte sie das durchziehen? Und dann? Wollte sie eine Fehlgeburt vortäuschen und hoffen, dass die beiden bis ans Ende ihrer Tage glücklich werden?

»Verdammt, was ist nur mit dir los, Tiffani?«, schnaubt

Rachael, und ich denke genau das Gleiche. Wer so etwas tut, muss ein ganz schrecklicher und verzweifelter Mensch sein.

Tiffani heult, der prasselnde Regen an den Fenstern, der ihre Schluchzer übertönt – plötzlich wird mir all das zu laut. Und das Einzige, woran ich noch denken kann, ist Tyler.

Der ist nämlich unten, hat von alldem nichts mitbekommen und glaubt immer noch, er hätte einen Riesenfehler gemacht. Nichts davon ist ihm gegenüber fair. Wahrscheinlich steht er furchtbar unter Druck. Er muss sich überlegen, wie er Ella die Nachricht überbringt und außerdem entscheiden, wie es mit ihm und Tiffani weitergehen soll. Aber jetzt hat er keinen Grund mehr, bei ihr zu bleiben. Da ist nämlich nichts, was ihn zwingt.

»Ich sage es Tyler«, platze ich heraus. Mein Herz hämmert wie verrückt. Er muss es so schnell wie möglich erfahren, und im Augenblick traue ich Tiffani nicht genug, um sie ihren Fehler selbst aus der Welt schaffen zu lassen. Also öffne ich die Zimmertür. »Er muss es wissen.«

»Nein!«, schreit Tiffani, doch bevor sie mich aufhalten kann, stürme ich schon durch den Flur. Vor lauter Wut denke ich nicht einmal daran, wozu sie fähig ist. Sie kennt immer noch unser Geheimnis, aber ich kann nur noch daran denken, Tyler die Wahrheit zu sagen. In diesem Augenblick ist mir egal, ob sie uns verrät.

Ich jogge die Treppe hinunter. Tyler, Dean und Jake liegen auf der Couch und gucken ein Football-Spiel, das ich kaum wahrnehme.

»Tyler«, rufe ich laut und scharf, um seine Aufmerksamkeit zu kriegen. »Ich muss mit dir reden. Jetzt. In der Küche.« Ich presse die Worte so schnell wie möglich hervor, und obwohl sie barsch klingen, hört Tyler die Anspannung in meiner Stimme und weiß sofort, dass irgendetwas los ist.

Als er aufsteht, zieht Dean neugierig eine Augenbraue hoch, aber ich stelle mich in die hinterste Ecke der Küche, damit Jake und er uns nicht hören können. Mit verdutzter Miene kommt Tyler in seiner Jogginghose zu mir herüber. Ich werfe schnell einen Blick über seine Schulter, um sicherzugehen, dass Dean wieder wegschaut. Was der Fall ist.

»Tiffani ist nicht schwanger«, sage ich, meine Stimme zwar gedämpft, aber gleichzeitig aufgedreht. »Das hat sie nur behauptet, um dich zurückzukriegen.«

Er weicht einen Schritt zurück und blinzelt mich schockiert an. »Was?«

»Sie hat es gerade zugegeben.«

Eine Weile starrt er nur die Wand an und atmet langsam ein und aus. Der Ausdruck in seinen Augen wechselt immer wieder, und ich warte. Warte darauf, welcher Ausdruck am Ende bleibt. Ich warte immer noch. Er spannt die Kiefermuskeln an und ballt die Fäuste. Seine Gesichtszüge verhärten sich, und er sieht unglaublich wütend aus. So wütend, als würde es ihn unglaubliche Beherrschung kosten, nicht die Faust in die Wand zur rammen. Ich lege ihm eine Hand auf den Arm, um ihn zu beruhigen, doch dann höre ich Schritte auf der Treppe und ziehe die Hand hastig wieder weg.

Tränenüberströmt kommt Tiffani die Stufen hinuntergerannt und lässt den Blick suchend durchs Wohnzimmer gleiten. Ihr verweintes Gesicht reicht aus, um Jake und Dean das Spiel vergessen zu lassen; mit offenem Mund starren die beiden sie an. Sie wendet sich zur Küche, entdeckt Tyler, und ihre Blicke treffen sich.

Offenbar sieht sie ihm an, dass er wütend ist, denn sie weint nur noch mehr und eilt mit verquollenen Augen auf uns zu. »Bitte, Baby. Es tut mir so leid«, schluchzt sie mit erstickter, kaum verständlicher Stimme. »Es tut mir so leid.«

Sie streckt die Hand nach ihm aus, doch er weicht vor ihr zurück und brüllt sie an: »Du bist doch geisteskrank!« Er ist so laut, dass alle anderen verstummen.

Rachael steht am Fuß der Treppe und beobachtet alles, und auch Dean und Jake haben den Fernseher auf Pause gestellt und sehen zu.

»Ich hasse dich!«, schreit Tiffani, sieht dabei aber nicht Tyler an, sondern mich. Ihr Blick ist bitterböse, und ich könnte wetten, dass ich weiß, was ihr gerade durch den Kopf geht. *Jetzt passiert es also,* denke ich. *Jetzt wird sie unser Geheimnis verraten, weil sie allen Grund dazu hat.*

Ich schließe die Augen und warte. Warte darauf, dass sie die Wahrheit durch den Raum schreit und alle nach Luft schnappen. Aber nichts passiert. Als ich vorsichtig durch die halb geschlossenen Augen linse, hat sie die Lippen fest zusammengepresst und starrt mich nur an. Und dann könnte ich schwören, dass ich sie für den Bruchteil eines Augenblicks beinahe lächeln sehe.

In diesem Moment wird mir klar, dass sie es nicht verraten wird. Jedenfalls nicht jetzt. Offenbar hat sie vor, unser Geheimnis noch eine Weile für sich zu behalten.

Und das macht mir richtig Angst.

Wieder bricht sie in Tränen aus, schlägt die Hände vors Gesicht und wendet sich von uns ab. Sie läuft zur Treppe und stößt Rachael aus dem Weg.

Tyler ist immer noch wütend. Er knallt die flache Hand auf die Arbeitsplatte und kneift sich mit Daumen und Zeigefinger in die Nasenwurzel. Langsam, mit geschlossenen Augen atmet er aus. »Ich gehe«, sagt er leise, als er die Augen wieder öffnet. »Hier bleibe ich keine Minute länger. Die ist doch total krank.«

Irgendwo im Obergeschoss wird eine Tür zugeknallt, und wir fünf wechseln einen Blick. Keiner von uns weiß so recht, was er jetzt tun soll. Tyler hingegen weiß das sehr genau. Mir fällt das Spiel seiner Oberarmmuskeln auf, als er durch die Küche geht und seinen Schlüssel von der Arbeitsfläche nimmt. Ohne ein weiteres Wort stürmt er zur Haustür und reißt sie auf. Durch die offene Tür fällt Regen herein und hinterlässt Tropfen auf dem Teppich. Dann ist Tyler verschwunden, und die Haustür fällt ins Schloss.

Stille. Tyler ist nach draußen gerannt, Tiffani kriegt oben einen Nervenzusammenbruch, und wir anderen stehen in ihrem Wohnzimmer und versuchen zu verdauen, was gerade passiert ist.

»Dann sind sie jetzt wohl getrennt, was?«, fragt Jake mit einem angedeuteten Lachen.

Von der anderen Seite des Zimmers starrt mich Rachael mit großen Augen an. Wahrscheinlich hat sie nicht damit gerechnet, dass sich die Sache so entwickeln würde. Vor allem hat sie wahrscheinlich nicht erwartet, dass ich mich einmischen würde. Sie scheint unschlüssig, ob sie raufgehen und nach Tiffani sehen sollte, denn sie verlagert das Gewicht von einem Bein aufs andere, geht eine Stufe hinauf und wieder herunter, während sie über alles nachdenkt.

Durch den strömenden Regen höre ich, dass Tylers Wagen anspringt. Der Motor dröhnt in der Einfahrt. Mir fällt das Gespräch mit Ella wieder ein, und ich rufe mir ihre Worte über die Sache mit New York ins Gedächtnis. Ich weiß zwar nicht, wo Tyler jetzt hinfahren will, aber ich weiß, wohin er fahren sollte. Nach Hause.

Ich ziehe den Pullover enger um mich, setze mir mit einem Ruck die Kapuze auf und renne zur Tür. Hoffentlich erwische ich Tyler noch, bevor er losfährt. Ohne ein Wort zu den anderen öffne ich die Tür. Der kalte Regen peitscht mir ins Gesicht, hinter mir höre ich Rachael rufen, wo zum Teufel ich hinwill, aber ich habe nur Tylers Wagen im Blick und achte nicht auf sie.

Mit beiden Händen halte ich meine Kapuze fest und renne über die Steinplatten zur Fahrerseite. Die Scheiben sind so dunkel getönt, dass ich kaum etwas erkennen kann, daher klopfe ich gegen das Glas und blinzle durch die Regentropfen, die mir übers Gesicht laufen. Es ist wie an einem Oktobermorgen in Portland, nur schlimmer.

Tyler öffnet das Fenster einen Spalt und ruft: »Los, steig ein!«

Ich renne um die Motorhaube herum, lasse mich auf den Beifahrersitz fallen und ziehe seufzend die Tür hinter mir zu. Obwohl ich gerade mal zwanzig Sekunden draußen war, bin ich schon klatschnass. Ich setze die Kapuze ab, puste mir ein paar feuchte Haarsträhnen aus dem Gesicht und wende mich an Tyler.

Seine Haare sind nass und zerzaust, und er hat die Lippen zu einer harten Linie zusammengepresst. Er legt den Gang ein. »Können wir los?«

»Nein, Tyler.« Ich schüttle den Kopf. Das laute Prasseln des Regens auf dem Wagendach dröhnt mir in den Ohren. »Ich gehe gleich wieder rein.«

Er verzieht das Gesicht, als hätte ich den Verstand verloren. »Warum bist du dann überhaupt erst rausgekommen?«

»Weil ich«, sage ich keuchend und fahre mir mit dem Handrücken übers Gesicht, »erst mit dir reden muss. Also, hör zu. Das Wichtigste zuerst: Geh bitte nie wieder zu Tiffani zurück.«

Wutschnaubend packt er das Lenkrad fester. »Scheiß auf Tiffani. Die ist einfach unglaublich!«

Ich beobachte, wie das Wasser an der Windschutzscheibe hinunterläuft, und für einen Moment ist es richtig entspannend. Als ich Tyler wieder ansehe, hat er den Blick starr aufs Lenkrad gerichtet. »Tyler«, sage ich leise, damit er den Kopf zu mir dreht, was er langsam tut. Seine Wangen sind leicht gerötet und bilden einen Kontrast zu den bleichen Lippen. »Bitte, fahr nach Hause und rede mit deiner Mom. Im Moment ist sie allein, und sie wird dich wieder reinlassen, vertrau mir. Sie muss dir etwas sagen, und das ist wirklich sehr wichtig.«

Daraufhin presst er die Kiefer zusammen, wendet sich zum Seitenfenster und starrt hinaus auf den Rasen, der im Regen verschwimmt. »Da bin ich nicht mehr willkommen«, bringt er steif hervor.

»Es ist mein Ernst.« Ich drehe mich so zu ihm, dass ich ihm in die Augen sehen kann. Sie leuchten, wirken aber trotzdem irgendwie ruhig, und ich kann seinen Verstand förmlich arbeiten sehen, während er über meine Worte nachdenkt. »Hör dir einfach an, was sie zu sagen hat. Fahr nach Hause, und frag sie nach New York.«

Er zieht die Augenbrauen zusammen und sieht mich von der Seite an. »New York?«

Ich atme tief durch, bevor ich mit sanfter Stimme sage: »Sprich mit deiner Mutter, Tyler.«

»Okay.« Seufzend fährt er sich durch die feuchten Haare. In diesem Moment will ich ihn noch einmal küssen.

Ich will auf seinen Schoß klettern, genau wie vor ein paar Wochen am Pier. Ich will meine Lippen auf seine drücken, wie ich es beim ersten Mal in seinem Zimmer getan habe, bevor wir zu Meghans Geburtstagsparty gefahren sind. Und ich will seine Berührung genau so spüren wie letzten Samstag.

Das alles will ich, aber ich bringe es nicht fertig.

Etwas in meinem Hinterkopf sagt mir, dass es keinen Sinn hat. Nur weil Tyler und Tiffani nicht wieder zusammenkommen, heißt das nicht, dass er und ich automatisch ein Paar werden. Das geht gar nicht. Wir können nicht zusammen sein, und das schmerzt mehr als alles andere. Mehr als von Dad verlassen worden zu sein, und mehr als die gehässigen Bemerkungen von Alyssa und Holly.

Es tut weh.

Furchtbar weh.

In den letzten Tagen habe ich so viel darüber nachgedacht. Darüber, dass ich nächsten Monat wieder nach Hause fahre, dass unsere Eltern uns umbringen, wenn sie jemals herausfinden, was zwischen uns war. Und auch darüber, dass es falsch ist und ich mir nicht das Gegenteil einreden kann.

Ich will mit Tyler zusammen sein. Wirklich. Mehr als alles andere. Das ist mir wichtiger als die Uni von Chicago und wichtiger, als dünn zu sein. Ich würde alles dafür tun. Aber dazu wird es nie kommen, und deshalb ist es einfach zwecklos, Zeit zu vergeuden.

Tyler bemerkt meinen Blick. »Was ist?«

»Ich würde dafür töten, dich jeden Tag küssen zu können«, gestehe ich leise. Mit aller Kraft zwinge ich mich, nicht zusammenzubrechen. Ich weiß, dass es für uns beide das Beste ist, diese Sache zu beenden. Weiterzumachen wäre einfach zu schwierig. Zu kompliziert, und zu falsch.

»Aber das kannst du doch.« Seine Stimme ist kaum mehr als ein Flüstern. Er dreht sich zu mir um und mustert mich ganz vorsichtig, als könnte ich unter einem zu harten Blick entzweibrechen. »Jeden Tag. Ich hätte nichts dagegen.«

»Ich auch nicht.« Meine Kehle ist wie ausgetrocknet, als ich allen Mut zusammennehme, um es hinter mich zu bringen – einfach mit allem herauszuplatzen und zu hoffen, dass es dadurch weniger wehtut. »Das ist genau das Problem, Tyler. *Wir* hätten nichts dagegen, aber was ist mit den anderen?«

Er braucht einen Moment, um meine Worte und den traurigen Ausdruck in meinen Augen zu verarbeiten, um zu verstehen, was ich ihm sagen will. Und als er es begreift, sehe ich den Schmerz auf seinem Gesicht. Er schluckt und muss den Blick abwenden. Als er mich wieder ansieht, hat er die Stirn gerunzelt und an seinen Augenwinkeln sind Fältchen zu sehen. »Den anderen können wir aus dem Weg gehen«, sagt er, aber seine Stimme klingt schwach, und er muss einen Moment innehalten, bevor er in tieferer Tonlage weiterspricht. »Wir können eine Lösung finden. Sie werden es schon verstehen. Vielleicht nicht sofort, aber irgendwann schon. Wirklich. Wir kriegen das hin. Wir … Wir schaffen das.« Gestikulierend redet er weiter, reiht endlos Beteuerungen aneinander, aber nichts davon hilft mir weiter.

»Tyler«, sage ich, und er unterbricht sich schwer atmend, um mir zuzuhören. Mir steigen die Tränen in die Augen, weil ich genau weiß, was ich als Nächstes sagen muss, und ich fürchte, dass es nur noch realer wird, wenn ich es aus meinem eigenen Mund höre. »Wir können nicht zusammen sein.«

Und jetzt ist es real. Es ist wahr.

Tyler beißt die Zähne zusammen, damit seine Lippen aufhören zu zittern. Langsam schüttelt er den Kopf und atmet langsam durch die Nase aus, die Augen fest geschlossen. Eine Zeit lang sitzt er einfach nur da und tut gar nichts, sondern reißt sich nur zusammen, so gut er kann. Unterdessen laufen mir die Tränen übers Gesicht, und ich beeile mich, sie wegzuwischen. Weinen macht jede Situation nur noch schlimmer.

Allerdings glaube ich, dass das hier gar nicht schlimmer werden kann. Dann kann ich auch genauso gut weinen. Ich kann durch einen Tränenschleier auf Tylers bebende Lippen sehen und mich fühlen, als würde ich innerlich sterben. So ist es nämlich. Mein ganzer Körper fühlt sich taub an. Meine Brust ist wie zugeschnürt. Mein Herz zieht sich zusammen.

Schließlich öffnet Tyler die Augen wieder. Das Smaragdgrün ist fahl geworden, die Pupillen vor Schmerz geweitet, und er atmet langsam und tief ein und aus. Er fasst sich in die Haare und zieht an den Spitzen. »Das hast du gerade nicht wirklich gesagt«, flüstert er schwach.

Seine Reaktion bringt mich nur noch mehr zum Weinen. Unaufhörlich treten mir die Tränen in die Augen und laufen so schnell über, dass ich mit dem Wegwischen nicht mehr hinterherkomme. »Es geht einfach nicht«, krächze ich. Das Sprechen fängt an wehzutun.

»Tu das nicht, Eden. Bitte. O Gott«, fleht er plötzlich mit heiserer Stimme, die bei den letzten Worten bricht. Ruckartig wendet er den Kopf zum Fenster, und die Scheibe beschlägt unter seinem Atem. »Wir haben es so weit geschafft. Du darfst jetzt nicht aufgeben.«

»Aber wir müssen.« Es ist mir schon egal, dass ich nur noch ein brabbelndes Häuflein Elend bin. Stockend sprudeln die Worte aus mir hervor, und ich kann mich einfach nicht zusammenreißen. Ich will stark genug sein, um das Richtige zu tun, aber das bin ich nicht. Ich bin schwach.

Mit einem Ruck dreht er sich zu mir um. In der Bewegung liegt dieselbe Dringlichkeit wie in seinen Worten. »Sag mir, was ich tun soll, und ich tu's. Ich sorge dafür, dass es funktioniert.« Mit einer Hand greift er das Lenkrad, die andere legt er auf mein Knie.

Ich senke den Blick auf seine Finger, sehe sie einfach nur an und versuche, die aufsteigende Galle hinunterzuschlucken. »Mach es uns nicht noch schwerer.«

»Ich brauche dich«, flüstert er, nimmt meine Hand und drückt sie so fest, dass ich sie unmöglich abschütteln kann. Er verschränkt die Finger mit meinen, und mir bleibt nichts anderes übrig, als den Kopf zu heben und ihm in die Augen zu sehen. Tränen stehen darin. Noch nie habe ich ihn so zerrissen gesehen. »Verstehst du denn nicht? Du bist keine Ablenkung für mich. Das hier bin ich. Hier und jetzt. Deinetwegen bin ich völlig fertig, aber das ist mir egal, so bin ich eben. Und das liebe ich so an dir: dass ich bei dir so sein darf, wie ich bin. Weil ich dir vertraue. Du bist die Einzige, der ich so wichtig war, dass sie mich unbedingt verstehen wollte. Ich brauche dich, ich will mit dir zusammen sein.«

»Du bist mir auch weiterhin wichtig«, bringe ich mühsam hervor, obwohl mir jetzt so viele Tränen über die Wangen laufen, dass ich kaum noch etwas sehen kann. »Aber als deine Stiefschwester.«

»Eden«, fleht er noch einmal und drückt meine Hand noch fester, als hätte er Angst, sie loszulassen. »Was ist mit letztem Wochenende? Wir … War das alles umsonst? War der ganze beschissene Sommer umsonst?«

»Nicht umsonst.« Ich starre auf unsere Finger, die so perfekt ineinandergreifen, und mir zieht sich der Magen zusammen. »Wir haben eine Menge gelernt.«

»Das ist nicht fair!«, schreit er und schlägt die Hand aufs Lenkrad. Er packt das Steuer und hält es so fest, dass sich seine Knöchel weiß färben. »Ich habe dir alles von mir erzählt. Ich habe dir die Wahrheit anvertraut. Ich habe sogar mit Tiffani Schluss gemacht, die jetzt wahrscheinlich schon Pläne schmiedet, wie sie mein Leben noch weiter ruinieren kann. Aber das ist mir egal, weil ich dachte, das wäre es wert. Weil ich an dich gedacht habe. Du warst das Wichtigste für mich. Als ich eben aus diesem Haus gekommen bin, konnte ich die ganze Zeit nur eins denken: *Endlich kann ich mit Eden zusammen sein.*« Er verstummt, atmet tief aus und reibt sich die Augen. Seine Brust hebt und senkt sich schnell, er lässt meine Hand los, legt beide Hände aufs Lenkrad und blickt starr in den Regen, der an der Windschutzscheibe hinunterläuft. »Und dann kommst du hier raus und sagst mir, dass du es nicht willst.«

»Glaubst du etwa, ich tue das hier freiwillig? Garantiert nicht! Aber ich tue es trotzdem, weil es das Beste für uns beide ist.« Vergeblich versuche ich, ihn dazu zu bewegen, mich anzusehen. Er starrt nur hinaus auf die verregnete Auffahrt. »Ich will nicht mitansehen müssen, wie es mit dir bergab geht, wenn das mit uns nicht funktioniert. Was willst du machen, wenn unsere Eltern dahinterkommen und uns dafür hassen? Jetzt ist nicht der richtige Zeitpunkt. Wir sind damit überfordert. Du musst dein Leben auf die Reihe kriegen, damit du nach New York gehen kannst. Und dabei kannst du den ganzen Rest nicht auch noch gebrauchen.«

»Was zum Geier ist denn in New York?«, schreit er entnervt und schaut mich mit grimmigem Blick an. »Warum kannst du es mir nicht einfach sagen?«

»Weil deine Mutter es dir erzählen will«, sage ich, aber die Worte sind kaum mehr als ein hilfloses Schluchzen. Ich schniefe ein paar Mal kräftig, um wieder Luft zu bekommen, atme langsamer und versuche, mich zu sammeln. Es funktioniert nicht besonders gut. »Von jetzt an müssen wir ignorieren, was da zwischen uns ist. Wir müssen aufhören, bevor wir zu tief drinstecken.«

Mit fest zugekniffenen Augen schüttelt er den Kopf. Noch immer trommelt der Regen laut und erbarmungslos gegen die Scheiben. »Wenn es wirklich das ist, was du willst«, murmelt er schließlich leise – und ich weiß, dass er es genauso sehr hasst wie ich, »wenn du wirklich, wirklich willst, dass wir es ignorieren … Dann bleibt mir wohl nichts anderes übrig.«

Ich stoße einen gewaltigen Seufzer aus und wünsche mir, dass das alles nur ein Albtraum ist. Ich will morgen früh in Portland aufwachen und von Mom hören, dass ich noch nie in Santa Monica war und auch keinen Stiefbruder namens Tyler habe. Das alles soll nicht real sein, weil es einfach viel zu weh tut.

Als er die Augen wieder öffnet, sieht er mich einfach nur an. Ich ertrage den Schmerz und die Emotionen in seinem Blick nicht, kann aber auch nicht wegschauen. Er atmet schneller und beugt sich zu mir. Ich weiß genau, was er vorhat, und auch ich will ihn küssen. Ein letztes Mal.

Ich hocke mich auf die Knie, klettere auf seinen Schoß und lege ihm die Arme um den Hals. Das alles kommt so überraschend, aber ich kann einfach nicht anders. Ich muss an den Abend denken, als er mich zum Pier mitgenommen hat und wir uns in exakt der gleichen Position in seinem Auto geküsst haben. Und genau wie damals, vor so vielen Wochen, berühren sich noch ein Mal unsere Lippen.

Aber diesmal geschieht alles ganz langsam, quälend langsam. Tyler legt die Hände auf meine Taille, zieht mich an seine Brust und fängt für ein paar unendlich lange Sekunden meine Lippen ein. Immer und immer wieder küsst er mich, und ich kann spüren, wie er seufzt. Es tut weh, ihn zu küssen und zu wissen, dass ich das nie wieder werde tun können, aber gleichzeitig ist es auch tröstlich. Es ist wie ein Schlussstrich.

Der Regen dröhnt in unseren Ohren, unsere Kleidung ist feucht und meine Haare sind überall im Weg. Tyler hatte fast einen Nervenzusammenbruch, und ich habe genug geheult, um den Pool in unserem Garten zu füllen. Alles ist ein heilloses Chaos.

Was unsere Situation ziemlich perfekt zusammenfasst.

Und gerade deshalb ist es perfekt.

Seufzend zieht Tyler den Kopf zurück. Als er die Lippen endlich von meinen löst, sackt mir der Magen in die Knie. Ich will ihn nicht loslassen und halte ihn deshalb ganz fest, sein Gesicht so dicht an meinem, dass mein Atem über seine Wange streicht. Meine Augen sind immer noch geschlossen, ob seine es auch sind, weiß ich nicht.

»Stiefgeschwister«, flüstere ich sanft und doch fest. »Nicht mehr.«

»Nicht mehr«, bestätigt er. Doch dann lässt er den Kopf hängen und zieht sich ein Stück zurück, und ich muss ihn endlich loslassen. Er wendet das Gesicht zum Fenster und legt die Hand aufs Steuer. Ich glaube, er hat aufgegeben.

Ich setze die Kapuze wieder auf, stecke mir ein paar feuchte Haarsträhnen hinters Ohr und drehe mich zur Tür. Den Türgriff schon in der Hand, warte ich noch einen Moment ab, ob er noch etwas sagt. Als er das nicht tut, steige ich aus.

Und dann kehre ich ihm – und uns – den Rücken zu und gehe.

Schnell schlage ich die Tür hinter mir zu, damit es nicht

ins Auto regnet, und sprinte über den Rasen. Als ich einen Blick über die Schulter werfe, schlägt mir der Regen ins Gesicht, aber ich kann noch sehen, wie Tyler aus der Einfahrt zurücksetzt und Richtung Westen davonfährt. Hoffentlich nach Hause. Im strömenden Regen stehe ich draußen auf dem Rasen und warte, bis sein Wagen in der Ferne verschwunden ist.

Das Beste an Regen ist, dass man nicht sehen kann, ob jemand geweint hat. Jetzt nämlich fließen mir die Tränen haltlos übers Gesicht und sickern in den Pullover. Vom Wind gepeitscht, drehe ich um und gehe zum Haus. Zum Glück ist Dean da und hält mir die Tür auf, als ich ankomme. Ich bleibe gleich hinter der Tür stehen und lasse das Wasser von mir abtropfen. Mein zerzauster Haarknoten hängt seitlich herunter.

»Bist du verrückt?«, fragt er, doch er lacht dabei. »Warte, ich hol dir ein Handtuch.«

Eilig läuft er in ein anderes Zimmer, vermutlich das Bad, während ich triefend neben dem Wohnzimmer stehen bleibe. Mir fällt auf, dass Rachael und Jake nicht mehr da sind und das Haus immer noch nach Popcorn riecht. Ich höre die leise Stimme des Football-Kommentators. Kurz darauf kommt Dean mit einem großen weißen Handtuch zurück, das er auseinanderfaltet und mir um die Schultern legt. Ich wickle mich darin ein und trockne mir das Gesicht ab. Mir ist, als würde ich ertrinken.

Ein Lächeln liegt auf Deans Lippen, doch je genauer er meine Miene betrachtet, desto schwächer wird es. Nach kurzer Zeit runzelt er die Stirn. »Alles okay mit dir?«

»Wird schon wieder«, sage ich, aber das ist totaler Quatsch. Mir tut alles weh, ich fühle mich wie zerschlagen. Ich habe keine Ahnung, ob das je wieder gut wird, aber das darf Dean nicht wissen. Also ziehe ich die Nase hoch und deute Richtung Treppe. »Sind die anderen oben bei Tiffani?«

»Jake und Rachael? Ja.« Er beißt sich auf die Lippe und lacht. »Ich muss ja wie ein ziemlich mieser Freund aussehen, weil ich hier unten bin, statt oben moralische Unterstützung zu leisten. Aber ich wollte gerade los.«

»Du wolltest los?«, wiederhole ich. »Wohin?«

»La Breve Vita geben noch ein Konzert in der Innenstadt«, sagt er leise. Ich finde es süß, wie verlegen es ihn macht, dass er so besessen von dieser Band ist. Es hilft mir, mich abzulenken. »Eigentlich wollte ich mir nach dem Film noch das Ende ihres Auftritts ansehen, aber jetzt fahre ich einfach direkt hin. Hey, du kannst mitkommen! Wenn du willst, natürlich nur. Ich meine, du hast wahrscheinlich Besseres zu tun, und du siehst ziemlich aufgewühlt aus – aber die Band würde dich ganz bestimmt aufmuntern.«

»Ich komme mit«, sage ich und kann nicht anders als zu lächeln, während ich meine Haare aufmache und versuche, sie mit dem Handtuch trocken zu rubbeln. Plötzlich kapiere ich, was Tyler immer mit seinen Ablenkungen hatte. Jetzt gerade versuche ich, mich mit Dean abzulenken. Man fühlt sich einfach besser, wenn man nicht so viel über die Dinge nachdenken muss, die einen innerlich zerreißen. »Ich mag die Band wirklich.«

»Sicher?« Mit schiefgelegtem Kopf mustert er mich, und ihm fällt auf, wie durchnässt ich bin.

»Ist nur Wasser«, sage ich achselzuckend und lasse das Handtuch auf den Boden fallen, um mir die Haare zu einem feuchten Pferdeschwanz hochzubinden. Im Moment ist es mir so was von egal, wie ich aussehe. Meine Augen und Wangen fangen an zu brennen. »Auf der Fahrt werde ich schon trocken.«

Dean sieht aus, als wollte er widersprechen, aber dann grinst er nur und zückt die Autoschlüssel. »Dann musst du jetzt wieder da raus.«

Also stehle ich das Handtuch. Wie einen provisorischen

Schirm halte ich es mir über den Kopf und renne hinaus zum Auto, dicht gefolgt von Dean. So schnell wie möglich steigen wir ein. Die Heizung läuft auf Hochtouren, und im CD-Player springt das dritte Album von La Breve Vita an. Auf der Fahrt zum Konzert reißt Dean Witze über das Handtuch, die nicht mal lustig sind, aber ich muss trotzdem lachen.

»Siehst du, ich hatte recht mit dem Regen.« Er beugt sich übers Lenkrad und schaut für einen Moment zum Himmel, bevor er sich leise schnaubend wieder in seinem Sitz zurücklehnt. »Das ist immer so verrückt.«

»Wie lange hält das an?«, frage ich. Obwohl die Scheibenwischer auf höchster Stufe arbeiten, werden sie kaum mit den Regenmassen fertig, die auf die Windschutzscheibe prasseln. So stark regnet es schon seit heute Morgen.

»Den ganzen Tag lang«, antwortet Dean ein wenig abgelenkt, während er das Lenkrad umklammert und sich voll auf die Straße konzentriert. »Ist wirklich schwer zu sagen.«

Das Konzert findet in der gleichen Location statt wie letztes Mal, auf dem Boden liegen die gleichen zerdrückten Plastikbecher und in der Luft der Geruch von Aftershave. Es ist dunkel, und Dean und ich gehen wieder ganz nach hinten. Hier, weit weg von der Bühne, schubst einen niemand aus dem Weg. Ich schlüpfe in meinen Pulli – die Hoffnung, heute noch trocken zu werden, habe ich aufgegeben. Nachdem ich im Wagen angefangen hatte zu trocknen, musste ich ja gleich wieder raus in den Regen. Aber Dean ist genauso durchweicht und alle anderen auch, und niemanden scheint es zu kümmern.

»Zurzeit arbeiten sie an einem neuen Album«, ruft Dean mir über den Lärm hinweg zu. Die Band ist auf der Bühne, macht aber gerade ein paar Minuten Pause, um Wasser zu trinken und die Instrumente nachzustimmen. »Es kommt im Januar raus, und ich kann es kaum erwarten. Das wird wahnsinnig toll!«

Seine Aufregung und Begeisterung bringen mich zum Lächeln. Es ist wirklich süß zu sehen, wie er deswegen total aufdreht. Seine Augen blitzen richtig, doch dann scheint es ihm peinlich zu sein, denn er wendet den Blick ab und reibt sich den Nacken.

Wir sind gerade rechtzeitig zum nächsten Song gekommen. Der Leadsänger tritt ans Mikro, räuspert sich und blinzelt mit halbgeschlossenen Augen in die kleine Menschenmenge. »Es ist so toll, dass trotz des Sauwetters so viele von euch gekommen sind«, sagt er mit einem herzhaften Lachen. »Und noch toller ist es, dass ihr wegen uns hier seid. Wir spielen jetzt eins meiner Lieblingsstücke von unserem zweiten Album.« Die Menge jubelt in freudiger Erwartung, welchen Song er meint. Deans Blick klebt richtig an der Bühne. »Dass wir diesen Song geschrieben haben, ist jetzt ein paar Jahre her, und die Geschichte dazu ist echt krass.« Er wischt sich mit dem Handrücken den Schweiß von der Stirn und fängt an, auf der Bühne hin und her zu laufen. Er hat den Kopf gesenkt und den Blick auf den Boden gerichtet. »Ich hatte mal einen Freund … nennen wir ihn Bobby. Da war also dieser Freund, Bobby, und Bobby war ein echt krasser Typ. Wir waren zusammen auf dem College und haben im gleichen Wohnheim gewohnt, und Bobby hatte Jura im Hauptfach. Und wisst ihr was? Bobby hat Jura gehasst. Er wollte viel lieber Musiktheater studieren, aber er ist bei Jura geblieben. Und wisst ihr, warum? Weil die Gesellschaft scheiße ist.« Er schüttelt den Kopf und macht eine kurze Pause. »Bobby ist durch die Hölle gegangen, um seinen Abschluss in diesem Hauptfach zu machen. Er hat vier Jahre damit vergeudet, etwas zu tun, was er nicht wollte – weil sich die Kids an seiner Highschool die ganze Zeit über das lustig gemacht hatten, was ihn wirklich interessiert hat. Und wisst ihr, wie es Bobby heute geht? Er findet es zum Kotzen, dass er bei seinem Scheißjura geblieben ist. Also scheißt darauf, was andere über euch oder eure Entscheidungen sagen. Wenn ihr schwul seid, verdammt, dann nehmt es an und genießt es. Wenn ihr ein Farbengeschäft aufmachen wollt, dann macht verdammt noch mal euer Farbengeschäft auf. Unterdrückt nicht euer wahres Ich. Nehmt euch nicht zurück.« Er räuspert sich noch einmal, stellt sich in der Mitte der Bühne auf und schaut wieder ins Publikum. »Also, falls ihr es noch nicht erraten habt, hier kommt: ›Holding Back‹. Viel Spaß. Und viel Liebe. *Tanto Amore*.«

Ich weiß nicht, was an dieser Band so besonders ist, aber jetzt mag ich sie plötzlich noch mehr. Den Song habe ich schon vorher geliebt und auch die Botschaft verstanden, die er vermitteln wollte. Aber zu hören, wie der Sänger sie so direkt auf den Punkt bringt, verleiht dem Text für mich noch mehr Bedeutung. Ich kann mich so sehr damit identifizieren. Gerade bei diesem Lied frage ich mich, ob ich das Richtige getan habe. Sollte ich nicht doch schleunigst nach Hause rennen und Tyler sagen, dass ich einen Riesenfehler gemacht habe? Dass ich mit ihm zusammen sein will? Aber tief in meinem Herzen weiß ich, dass wir uns zurücknehmen müssen. Wir haben keine andere Wahl. Und während ich das Lied höre, kommen mir wieder die Tränen.

Mein Herz tut entsetzlich weh, aber ich beiße mir auf die Lippe und schaue starr zur Bühne. Der Gitarrist fängt an zu spielen, dann setzen der Bassist, der Drummer und zuletzt der Sänger ein, und dann geht der Song richtig los – ohrenbetäubend laut, aber unheimlich aufregend. Die Musik lässt mich am ganzen Körper vibrieren, eine Gänsehaut breitet sich auf meinen Armen aus, und alle Härchen richten sich auf.

Und dann spüre ich, wie Dean meine Hand nimmt.

Es überrascht mich, aber seine Haut ist warm, und er drückt meine Finger, bevor er den Daumen sanft über meine Haut kreisen lässt. Ich ziehe die Hand nicht weg. Zum Teil, weil es so plötzlich und unerwartet kam und ich nicht weiß, was ich davon halten soll, zum Teil aber auch, weil es sich beinahe … tröstlich anfühlt. In Deans Nähe habe ich mich immer wohlgefühlt. Und gerade jetzt, ausgerechnet jetzt, kann ich allen Trost gebrauchen, den ich kriegen kann.

Als ich ihn von der Seite ansehe, hat er den Blick fest auf die Bühne gerichtet und nickt im Takt der Bass Drum. Aber vor allem lächelt er.

Epilog

Zehn Monate später

Wenn mir jemand vor einem Jahr gesagt hätte, dass ich die elfte Klasse in Santa Monica und nicht in Portland beenden würde, hätte ich ihm nicht geglaubt. Ich hätte ihn ausgelacht. Und doch bin ich jetzt hier, verstaue meine Meeresbiologie-Bücher im Spind und krame nach den Autoschlüsseln. Als ich sie gefunden habe und einen Schritt zurücktrete, kommt Rachael vom anderen Ende des Flurs fröhlich hüpfend auf mich zu.

»Wieder ein Tag weniger!«, jubelt sie mit einem breiten Grinsen auf dem Gesicht. Sie wedelt mir mit zwei Fingern vor der Nase herum. Gestern waren es drei, am Tag davor vier. »Nur noch zwei Tage bis zum Abschluss!«

»Ja. Für dich«, murre ich und tue so, als wäre ich sauer, aber dann muss ich doch lachen. Seit Weihnachten zählt Rachael die Tage, und sie hat auch schon geübt, ihren Hut formvollendet in die Luft zu werfen, da will ich ein bisschen nachsichtig sein. Auch wenn ich es unglaublich ätzend finde, dass sie geht. »Denk auf dem College hin und wieder an deine beste Freundin, die immer noch hier festsitzt.«

»Du bist doch unser Baby«, gurrt sie und will mir den Kopf tätscheln, doch ich ducke mich zur Seite weg und werfe ihr einen warnenden Blick zu. Schnell sehe ich mich im Gang um, ob uns auch niemand gesehen hat, aber Rachael kichert nur und zieht eine unschuldige Schnute. »Du musst unser Vermächtnis fortleben lassen«, sagt sie. »Schreib meinen Namen an jede Klotür, damit ich an dieser Schule eine Legende werde. Noch in fünf Jahren sollen die Leute wissen, dass ich durch diese Hallen gewandelt bin.«

»Nur leider interessiert das keinen.« Sie gibt mir einen Klaps auf den Arm, als ich die Spindtür zuschlage, doch dann schrumpft ihr Lachen zu einem schiefen, unbehaglichen Lächeln zusammen. Weil ich diesen Gesichtsausdruck aus dem Effeff kenne, seufze ich und frage, was ich jeden Tag frage – obwohl ich die Antwort schon weiß. »Tiffani?«

Rachael nickt hastig, und als ich mich umdrehe, sehe ich, was ich jeden Tag sehe: Tiffani und Jake, die Hand in Hand durch den Flur schlendern. Das macht mir nichts aus. Ich finde, die beiden geben ein gutes Paar ab, und der Rest der Schule scheint auch dieser Meinung zu sein. Ständig erzählen die Mädchen Tiffani, wie neidisch sie auf sie sind, was diese mit einem strahlenden Lächeln quittiert. Die beiden gehen schon eine ganze Weile miteinander. Tyler hat sie schon vor ewiger Zeit von ihrer Must-have-Liste gestrichen.

»Hey Leute«, sagt sie im Vorbeigehen, und Jake nickt uns kurz zu. Aber wie immer bleiben sie nicht stehen, weil Tiffani und ich immer noch nicht miteinander reden. Wir sind höflich zueinander, so wie Tyler und Jake (wobei die Spannungen zwischen den beiden zugenommen haben), aber wir sind keine Freundinnen mehr. Rachael und Meghan versuchen, sich mit jeder von uns einzeln zu treffen. Zum Glück geht Tiffani an die USCB und wird daher im Herbst nach Santa Barbara ziehen. Jake geht an die Ohio State, fast am anderen Ende des Kontinents, und es bleibt abzuwarten, wie lange die beiden mit der Entfernung zurechtkommen. Ich gebe ihnen einen Monat.

Nachdem sie durch den Flur geschlendert sind und das Gebäude verlassen haben, dreht Rachael sich wieder zu mir um und lässt die Luft raus, die sie die ganze Zeit angehalten hat. »Das Gute ist«, sagt sie, »dass du sie nicht mehr jeden Tag sehen musst.«

Das ist das Blöde daran, dass alle in meiner Clique eine Jahrgangsstufe über mir sind: Wenn Rachael, Meghan, Tiffani, Jake, Dean und Tyler am Donnerstag ihren Abschluss machen, bleibe ich allein zurück. Ich habe noch die zwölfte Klasse vor mir, bevor ich selbst ans College gehen kann. Bis dahin muss ich mich an die Freunde in meinem eigenen Jahrgang halten, die ich im Laufe des letzten Jahres nach und nach gefunden habe. Es sind zwar nicht meine besten Freunde, aber trotzdem richtig nette Menschen.

Auf dem Weg zum Ausgang lasse ich meine Autoschlüssel um den Zeigefinger kreisen und sehe Rachael von der Seite an. Zum Glück geht sie hier an die UCLA. Sie und Dean sind die Einzigen, die nicht wegziehen. »Triffst du dich heute Abend mit Trevor?«

»Glaub schon.« Bei der bloßen Erwähnung seines Namens hellt sich ihr Gesicht auf. Obwohl die beiden jetzt zusammen sind, ist sie noch total verknallt und verhält sich, als müsste sie immer noch um seine Aufmerksamkeit kämpfen. In seiner Gegenwart wird sie ständig rot und kann nicht aufhören zu lächeln. »Und Meghan meinte, dass Jared in der Stadt ist, um sie zu besuchen.«

»Wo ist Meg eigentlich?«, frage ich, als wir die Schule verlassen und zu unseren Autos gehen. Die Sonne brennt auf den weitläufigen Schülerparkplatz, der sich bereits sichtlich geleert hat. Wenn der Unterricht erst einmal vorbei ist, hält sich hier niemand länger als nötig auf. »Ich hab sie gar nicht gesehen.«

»Sie musste den Unterricht nach der Mittagspause ausfallen lassen«, erklärt Rachael. Wir sind bei unseren Autos angekommen, die natürlich direkt nebeneinander stehen. Rachael schließt den Käfer auf und wirft ihre Handtasche hinein, bleibt aber noch einen Moment draußen stehen und sieht mich über die Wagendächer hinweg an. »Wir sehen uns dann morgen früh?«

Ich nicke, und sie wirft mir eine Kusshand zu, die ich elegant aus der Luft fange. »Hab einen schönen Abend mit Trevor!«, rufe ich ihr noch zu, bevor ich in meinen Wagen steige und den Motor aufheulen lasse. Weil ich mir bei der ersten Berührung die Hände am Steuer verbrenne, lenke ich den Wagen schließlich vorsichtig mit den Fingerspitzen vom Parkplatz auf den Boulevard.

Zum Glück liegt Moms Haus genau wie das von Dad im North-of-Montana-Viertel. Es ist praktisch, dass die beiden so nahe beieinander wohnen und ich nicht immer durch die ganze Stadt muss, um von einem zum anderen zu kommen. Ich fahre über die Deidre Avenue nach Hause und schaue bei Dad vorbei, um zu sehen, wer alles da ist. Im Rückspiegel sehe ich, wie Rachael in ihre Auffahrt einbiegt. Eine Zeit lang haben wir darüber gescherzt, eine Fahrgemeinschaft zu gründen, weil wir genau den gleichen Heimweg haben, nur dass meiner noch ein paar Minuten länger ist. Aber irgendwie haben wir es doch nie geschafft, uns mit dem Fahren abzuwechseln, und jetzt brauchen wir wohl auch nicht mehr damit anzufangen.

Ich öffne das Fenster, um frische Luft in den Wagen zu lassen, setze die Sonnenbrille auf und nicke im Takt zur neuen Single von La Breve Vita, einem fröhlichen Song mit coolem Refrain, den ich seit Tagen nicht mehr aus dem Kopf kriege. Das Lied läuft bei mir in Dauerschleife.

Dass vor Moms Haus keine Autos parken, überrascht mich nicht. Sie und Jack sind beide noch bei der Arbeit, wie fast immer, wenn ich unter der Woche nach Hause komme. Ich lenke den Wagen in die Auffahrt, stelle den Motor aus und schleppe mich wieder durch die brütende Sonne. Heute ist es wirklich heiß. Ich wische mir eine Schweißperle von der Stirn, zücke meinen Schlüssel und gehe ins Haus.

Moms Haus hat auf mich immer sehr viel einladender gewirkt als Dads. Als sie es im letzten Jahr bei der Immobiliensuche entdeckt hat, war ich sofort verliebt. Ich mag es, dass es so klein ist und nur zwei Schlafzimmer hat. Ich mag die süße Veranda und den hübschen Kamin. Hier ist es immer so gemütlich und heimelig, der perfekte Ort für Mom und mich. Und jetzt natürlich auch für Jack – er ist vor einem Monat bei uns eingezogen, und inzwischen fühlt es sich schon fast normal an, dass er die ganze Zeit da ist.

Sobald ich einen Fuß über die Schwelle setze, werde ich von Gucci begrüßt. Hechelnd kommt sie auf mich zugesprungen und rutscht über den Holzboden. Sie hüpft mir um die Beine und beschnuppert meine Kleidung, als ich mich zu ihr herabbeuge, um sie hinter den Ohren zu kraulen, wie sie es am liebsten hat. Sie ist ein wunderschöner Deutscher Schäferhund. Wie sich herausstellte, hat Mom mit dem Vorschlag, uns einen Hund zuzulegen, tatsächlich Ernst gemacht. Bei meiner Rückkehr nach Portland wartete ein übermütiger Welpe auf mich – ein schöneres Willkommen kann man sich wohl kaum vorstellen. Den Namen hat Mom ausgesucht. Sie meint, er würde Gucci bestimmt helfen, sich hier in L.A. einzuleben. Hat eine Weile gedauert, bis ich den kapiert habe.

Genau zu der Zeit, als Mom daran dachte, hierher zu ziehen, ist im Saint John's Health Center – einem Krankenhaus mitten in der Stadt – eine Stelle freigeworden. Und wenn man das noch nicht Glück nennen will, dann doch zumindest die Tatsache, dass sie den Job tatsächlich gekriegt hat. Die Bezahlung ist besser, die Schichten sind angenehmer aufgeteilt, und Mom ist nicht mehr immerzu müde. Dafür lächelt sie die ganze Zeit, was an drei Dingen liegt: an Jack, an ihrem neuen Job und an Gucci. Hierher zu ziehen hat ihr wirklich gutgetan.

»Hoffentlich hast du Lust auf Spaghetti mit Fleischbällchen, mehr kriege ich heute Abend nämlich nicht zustande«, schnauft sie, als sie kurze Zeit später nach Hause und ins Wohnzimmer kommt. Die Schwesternkleidung hat sie abgelegt, aber ihre Haare sind immer noch zu einem ordentlichen Knoten hochgesteckt. Sie lächelt und ihre Augen strahlen, als Gucci zur Begrüßung an ihr hochspringt.

»Sie ist heute ganz schön aufgedreht«, sage ich mit einem Blick auf das übermütige Tier, das gerade vergeblich versucht, Mom mit feuchten Küssen vollzuschlabbern. »Bist du vor der Arbeit mit ihr draußen gewesen?«

»Nein, ich war spät dran«, gesteht Mom. Sie steht auf und wischt sich die Hundehaare von der Hose. Während sie sich die Ärmel aufkrempelt, deutet sie mit dem Kinn auf die Leine, die an der Haustür hängt. »Könntest du schnell mit ihr rausgehen? Ich mache in der Zeit das Abendessen.«

Ich nicke. Das Wetter ist herrlich, mir ist langweilig und ich hätte nichts dagegen, ein paar Leute zu besuchen. Also überlasse ich Mom der Küchenarbeit, leine Gucci an und mache mich auf den Weg durch die Straßen. Gucci zerrt an der Leine, das Tier ist viel stärker als ich und zieht mich wie immer hinter sich her. Einmal habe ich versucht, sie zum Joggen mitzunehmen, aber nach zehn Minuten war ich völlig außer Atem und konnte nicht mehr mit ihr mithalten. Ich musste umkehren und nach Hause gehen, weil ich sonst noch tot umgefallen wäre.

Zehn Minuten später habe ich meine erste Anlaufstelle erreicht – ich bin bei Dean. Statt einfach reinzugehen, wie ich es normalerweise tue, will ich heute mal kreativ sein, deshalb wähle ich seine Nummer auf dem Handy. Ich sehe zu seinem Fenster hinauf, während ich auf das eintönige Freizeichen lausche.

»Hi, Eden«, meldet er sich.

Seine Stimme zu hören bringt mich zum Lächeln. »Komm raus. Gucci will dich sehen.« Als sie ihren Namen hört, stellt sie die Ohren auf und sieht mich mit großen, glänzenden Augen an.

Am anderen Ende der Leitung lacht Dean leise, und obwohl ich genau dieses Lachen erst gestern Abend gehört habe, als wir zusammen im Kino waren, kommt es mir vor, als wäre es schon Tage her. Ich kann mir nicht vorstellen, jemals genug davon zu kriegen. »Schon unterwegs«, sagt er und legt auf.

Ich stecke das Handy wieder ein und tätschle Gucci den Kopf. »Gut gemacht. Braves Mädchen.« Während wir auf Dean warten, sitzt sie schwanzwedelnd neben mir auf dem Rasen. Schweiß kitzelt mich an der Stirn.

Die Haustür geht auf, und Dean kommt heraus. Er klopft sich auf die Oberschenkel und ruft aus vollem Hals: »Gucci!« Er weiß, dass ich das hasse, weil Gucci dann immer auf ihn zustürmt und mir fast den Arm auskugelt, bevor ich die Leine loslassen kann. Dann prescht sie über den Rasen auf ihn zu, springt an ihm hoch und wirft ihn einen oder zwei Schritte zurück.

»Mit wem bist du eigentlich zusammen?«, rufe ich ihm zu. Mit einem schiefen Lächeln schiebt er Gucci von sich, nimmt ihre Leine und kommt zu mir rüber. »Mit mir oder dem Hund?«

»Ziemlich sicher mit dir«, sagt Dean. Er zieht mich an sich und küsst mich. Deans Küsse sind sanft und innig, und zwischendurch lächelt er immer, so wie jetzt. Ich spüre, wie sich seine Lippen zu einem kleinen Grinsen verziehen. »Auf jeden Fall küsst du besser als der Hund.«

Ich muss lachen, als er einen Schritt zurücktritt und mir die Leine wiedergibt. »Alles andere hätte mich auch schwer beunruhigt.«

Hinter Dean streckt sein Vater Hugh den Kopf durch die Tür und winkt mir zu. Er hat einen dunkelblauen, ölverschmierten Overall an, was heißt, dass er gerade erst von der

Arbeit gekommen ist. Hugh gehört eine Autowerkstatt, in der Dean direkt nach dem Schulabschluss anfangen will zu arbeiten. Er bezeichnet es als Auszeit, bevor er seine Sachen packt und aufs College geht, und ich bin froh, dass er in Santa Monica bleibt, bis ich mit der Highschool fertig bin.

»Soll ich nachher wie besprochen zu dir kommen?«, fragt er.

»Klar.« Dienstagabends gehen Mom und Jack immer aus, um uns ein bisschen Privatsphäre zu gönnen. Für Mom sind die Dienstage inzwischen »Deanstage«.

»Cool.« Er holt sein Portemonnaie aus der Jeanstasche und blättert die Scheine darin durch. »Hier«, sagt er, als er mir genau denselben Fünfer in die Hand drückt, den wir uns jetzt seit einem Jahr immer wieder gegenseitig zustecken. Irgendeine Ausrede findet sich schon. »Fünf Mäuse dafür, dass ich den Hund sehen durfte.«

Ich verdrehe die Augen und stecke den ramponierten Schein ein. Dann fasse ich Guccis Leine fester und schaue die Straße hinunter. »Ich gehe noch bei Dad vorbei. Bis heute Abend dann.«

Mit einem flüchtigen Kuss auf den Mundwinkel verabschiede ich mich von ihm. Gucci sieht Dean nach, als er im Haus verschwindet, und erst habe ich Mühe, sie weiterzuziehen. Doch bald gibt sie auf, und wir laufen weiter zu Dad.

Der Weg dauert nur fünf Minuten, wenn ich schnell gehe – was nicht schwerfällt, so wie Gucci an der Leine zerrt. Als wir uns dem Haus nähern, sehe ich, dass alle drei Autos da sind: der Lexus, der Range Rover und der Audi. Also sind alle zu Hause, einschließlich Tyler. Mein Magen fängt an zu flattern.

Kurz vor der Haustür höre ich Stimmen und Gelächter aus dem Garten, deshalb ändere ich meinen Kurs und gehe stattdessen zum Tor. Chase ist im Swimmingpool, Dad versucht, den Grill anzuzünden, und Jamie kickt einen Fußball durch die Gegend. Als Gucci den Ball sieht, bellt sie und will durch den Garten jagen, doch ich halte sie am Halsband zurück.

»Eden!« Dad hebt eine Hand vom Grill und nickt mir zu. Er sieht aus, als würde er sich wirklich freuen, mich zu sehen. So richtig haben wir nie darüber gesprochen, was letzten Sommer los war, und ich bin immer noch böse auf ihn, aber in letzter Zeit gibt er sich sehr viel mehr Mühe, mit mir auszukommen. Vielleicht wird unsere Beziehung nie wieder so wie früher, vielleicht brauchen wir noch mehr Zeit. Aber wir versuchen es wenigstens. »Hast du Hunger? Wir grillen gleich, und es ist mehr als genug da.« Bei seinen Worten muss ich an letzten Sommer denken, an meinen ersten Tag hier in Santa Monica und meine erste Begegnung mit Tyler. Es kommt mir vor, als wäre das zehn Jahre her.

»Mom kümmert sich schon ums Abendessen«, sage ich knapp, weil ich mich immer noch darauf konzentrieren muss, Gucci festzuhalten. Ich werfe Jamie einen flehenden Blick zu. »Könntest du den Ball bitte für einen Moment wegtun?«

Augenrollend schießt er den Ball hoch in die Luft, fängt ihn auf und rollte ihn durch die Terrassentür ins Haus. Da Gucci ihn jetzt nicht mehr kaputtbeißen kann, lasse ich sie von der Leine, und sie flitzt wie eine Irre durch den Garten.

»Ist Tyler da?«, frage ich. Einerseits, weil kein Tag vergeht, ohne dass wir miteinander sprechen, wir heute in der Schule aber keine Gelegenheit dazu hatten. Andererseits aber auch, weil sich ein Teil von mir fragt, was er gerade macht, woran er denkt und ob er Zuckerwatte immer noch genauso gern mag wie Achterbahnen.

Ohne vom Grill aufzusehen, deutet Dad mit dem Daumen zum Haus. »Der ist oben.«

Ich lasse Gucci unter Jamies Aufsicht im Garten und betrete mein zweites Zuhause. Im Laufe des Jahres habe ich hier immer mehr Zeit verbracht, und inzwischen sind Jamie und Chase wirklich wie Brüder für mich. Ella wird nie den Platz meiner Mutter einnehmen, aber ich weiß, dass ich mich auf sie verlassen kann. Und Dad … na ja, er ist eben Dad. Ich wohne immer abwechselnd eine Woche bei Mom und eine Woche hier, damit ich mit beiden Teilen der Familie zusammen sein kann – ich liebe sie nämlich beide.

»Eden! Kommst zu zum Grillen?« Ella steht an der Kücheninsel, stellt kurz die Saftkrüge ab, die sie auffüllen will, und lächelt mich an. Sie trägt noch ihr Kostüm, die Jacke hängt ordentlich hinter ihr über einer Stuhllehne. Lange kann sie also noch nicht zu Hause sein. Sie geht seit sechs Monaten wieder arbeiten.

»Heute nicht«, sage ich. »Ich war mit dem Hund draußen und dachte, ich schau mal vorbei. Tyler ist oben?«

»Ja, er packt seine Sachen.« Sie seufzt, doch sie lächelt dabei.

Obwohl mich der Gedanke schmerzt, dass er wegzieht, laufe ich durch die Küche zur Treppe und nehme immer zwei Stufen auf einmal. Oben ist alles ruhig, gleißendes Sonnenlicht fällt in die Zimmer. Tylers Tür steht einen Spalt offen, und ein Lichtstrahl fällt hindurch. Ich öffne sie.

Auf seinem Bett liegen zwei Koffer, die zur Hälfte mit Kleidung gefüllt sind. Der Rest des Zimmers ist leer. Alles andere wurde schon quer durchs Land verschickt und erwartet ihn in seinem Apartment mitten in Manhattan. Als Tyler aus dem Bad kommt, lächelt er mich an.

»Hey«, sage ich.

»Hey.«

Für einen Moment herrscht Stille, wie jedes Mal, wenn wir miteinander sprechen. Es ist kein unangenehmes Schweigen, wir haben uns daran gewöhnt. Es ist, als bräuchten wir einen Moment, um uns zu fassen, damit wir nichts tun oder sagen, was wir nicht tun oder sagen sollten. Einen Moment, um in unsere Rolle zu schlüpfen, die Fassade zu errichten und uns selbst davon zu überzeugen, dass wir nicht mehr in denjenigen verliebt sind, der da vor uns steht.

Mir werden die Hände feucht, und mein Herz schlägt schneller, aber ich versuche, nicht darauf zu achten. Einen Moment lang betrachte ich die Koffer, bevor ich wieder Tyler ansehe. »Kannst du glauben, dass du wirklich nach New York gehst?«

Es war eine Menge Überzeugungsarbeit nötig, bis Tyler sich darauf eingelassen hat, aber jetzt ist es so weit. Am Montag fliegt er nach New York und bleibt ein ganzes Jahr dort. Er wird die Ostküste bereisen, seine Geschichte erzählen und damit vielleicht anderen helfen. Doch für diese Chance musste er hart arbeiten. Am Donnerstag macht er seinen Abschluss mit einem Durchschnitt von 1,7, er war seit Monaten nicht mehr high, und dass er zuletzt einen von uns angeschrien hat, war im letzten Jahr. Jetzt, wo alle die Wahrheit kennen und ihn verstehen, ist es, als wäre ihm eine Last von den Schultern genommen worden. Die Wahrheit ist unweigerlich ans Licht gekommen, als ihm irgendwann rausgerutscht ist, dass er ans andere Ende des Landes zieht. Seitdem ist Rachael ein bisschen netter zu ihm.

»Es ist schon irgendwie verrückt«, antwortet Tyler achselzuckend und geht mit noch mehr Kleidung an mir vorbei, um sie in den Koffern zu verstauen. »Morgen wird der Wagen überführt, und dann war's das.«

»Es wird komisch sein, dich ein ganzes Jahr nicht zu sehen.« Ich bin so stolz auf ihn, auf alles, was er geleistet hat, und auf das, was noch kommt. Aber gleichzeitig tut es weh zu wissen, dass er nicht mehr hier sein wird. So sehr ich auch versuche, mir etwas anderes einzureden: Er ist viel mehr als nur mein Stiefbruder. Wie soll ich es durchstehen, den Menschen, den ich liebe, nicht mehr jeden Tag zu sehen? Irgendwo tief in mir drin weiß ich, dass es uns helfen könnte.

Vielleicht wird es uns guttun, ein Jahr voneinander getrennt zu sein. Vielleicht gibt uns das die Zeit, über unsere Gefühle hinwegzukommen.

»Das ist das Schlimmste daran«, sagt er leise. Er klappt einen der Koffer zu und schließt den Reißverschluss, um sich dann wieder zu mir umzudrehen. Seine Augen sind immer noch so wunderschön wie immer, aber ich versuche, nicht darauf zu achten. »Hast du noch mal über nächsten Sommer nachgedacht?«

Letzte Woche hat Tyler mich für nächsten Sommer nach New York eingeladen. Die Veranstaltungen sind im Juni zu Ende, aber er kommt erst im August nach Hause zurück. Er wird den freien Sommer in New York verbringen und möchte, dass ich das auch tue. Aber das ist eine gefährliche Idee.

»Nur wir zwei«, erinnert er mich. Seine Augen leuchten, und er muss ein Lächeln unterdrücken. Er kommt einen Schritt auf mich zu, und wie immer, wenn er mir zu nahe kommt, fängt mein Puls an zu rasen und mein Herz hämmert wie wild. Alle Luft weicht aus meiner Lunge. Mit einem leisen Klicken schließt er die Zimmertür.

Im Lauf des letzten Jahres haben wir es ziemlich gut hingekriegt, die Anziehungskraft zwischen uns zu verdrängen und niemanden ahnen zu lassen, dass es so etwas je gegeben haben könnte. Außerdem habe ich jetzt Dean und sollte mich auf ihn konzentrieren. Aber manchmal, nur manchmal, vergessen Tyler und ich, so zu tun als ob. So wie jetzt zum Beispiel.

Er kommt noch einen Schritt näher, zieht mich an sich und umschlingt mich mit seinen Armen. Ich atme den Duft seines Aftershaves. Bentley – sein Lieblingsduft. Er ist noch nicht mal weg, und ich vermisse ihn jetzt schon. Als ich den Kopf an seine Schulter lehne, lässt er die Hände auf meine Taille sinken. Und so stehen wir da und halten uns gegenseitig im Arm. Eigentlich dürfte daran nichts falsch sein, weil ja nichts dabei ist, seinen Stiefbruder zu umarmen. Und doch ist etwas falsch. Da ist eine erotische Spannung, die nicht sein dürfte.

Sein Atem an meinem Hals fühlt sich heiß an, seine Wange streift meine. Er drückt mich fester an sich, als er langsam seine Lippen über meine Haut gleiten lässt, bevor er mir einen festen Kuss auf den Mundwinkel drückt. Ich spüre an meinen Lippen, wie er lächelt, und höre ihn flüstern: »Bis nächsten Sommer, Eden.«

Danksagung

Ich möchte mich bei meinen Lesern bedanken, die dieses Buch von Anfang an begleitet und so lange zu mir gehalten haben. Dank euch hatte ich so viel Spaß am Schreiben. Ich danke den Menschen von Black & White Publishing, weil sie genauso an mein Buch geglaubt haben wie ich. Mein ewiger Dank gilt Janne, weil sie die Welt erobern wollte, Karyn für ihre Anmerkungen und Erfahrung und Laura, die sich immer um mich gekümmert hat. Ich danke meiner Familie für ihre unendliche Unterstützung und Ermutigung, besonders meiner Mutter Fenella, die mich als Kind in die Bibliothek mitgenommen hat, wo meine Liebe zu Büchern erwacht ist, und meinem Vater Stuart, der mich immer ermutigt hat, Schriftstellerin zu werden. Und meinem Großvater George West danke ich dafür, dass er vom allerersten Tag an mich geglaubt hat. Ich danke Heather Allen und Shannon Kinnear, denen ich so ausgiebig von meinen Ideen und diesem Buch erzählen durfte, obwohl meine Begeisterung sie manchmal in den Wahnsinn getrieben haben muss. Und ich danke Neil Drysdale, weil er mir geholfen hat, dahin zu kommen, wo ich jetzt bin. Danke, Danke, Danke. Und zu guter Letzt möchte ich Danica Proe danken. Sie war meine Lehrerin, als ich elf war, und der erste Mensch, der mir gesagt hat, ich würde wie eine echte Schriftstellerin schreiben. Dank ihr ist mir klargeworden, dass ich genau das werden wollte: Schriftstellerin.

Lust auf mehr von Eden & Tyler?

Weiter geht es in

Estelle Maskame

Dich darf ich nicht finden

DARK LOVE 2

Eden und Tyler in New York:
der zweite Teil der großen Liebesgeschichte

Weitere Infos unter www.heyne.de

Zum Buch

Vor genau dreihundertneunundfünzig Tagen hat Eden ihn zuletzt gesehen – ihren Stiefbruder Tyler. Den Jungen, den sie heimlich liebt. Den sie aber eigentlich nicht lieben darf, weil ihre Familie strikt dagegen ist. Doch nun endlich wird sie ihn einen herrlichen Sommer lang wiedersehen: in New York, der Stadt, die nie schläft. Mit tausend Schmetterlingen im Bauch kommt sie am Flughafen an, und als sie Tyler erblickt, ist es auch schon um sie geschehen. Gemeinsam streifen sie durch den Big Apple, und es wird immer klarer, dass die beiden nicht voneinander losgekommen sind. Obwohl Eden einen neuen Freund hat. Obwohl Tyler noch immer unberechenbar ist. Und ihr Bruder ist! Werden Eden und Tyler ihren Sehnsüchten widerstehen können? Oder sind ihre Gefühle stärker als alles andere?

Kapitel 1

Dreihundertneunundfünfzig Tage.

So lange warte ich nun schon.

Ich habe jeden einzelnen Tag gezählt.

Es ist dreihundertneunundfünfzig Tage her, seit ich ihn das letzte Mal gesehen habe.

Gucci hebt die Pfote und begrüßt mich schwanzwedelnd. Ich lehne mich gegen meinen Koffer, und während ich zum Wohnzimmerfenster hinausstarre, prickelt eine nervöse Unruhe in mir. Es ist kurz vor sechs Uhr morgens, gerade eben ist die Sonne aufgegangen. Vor etwa zwanzig Minuten fing sie an, die Dunkelheit zu durchbrechen, und ich war gefesselt vom Anblick der Straße, wie wunderschön sie aussah, wie das Sonnenlicht von den Fahrzeugen am Straßenrand reflektiert wurde. Dean sollte jeden Moment eintreffen.

Ich betrachte den riesigen Deutschen Schäferhund zu meinen Füßen, beuge mich runter zu ihm und kraule ihn hinter den Ohren. Bis Gucci sich umdreht und in die Küche davontapst. Also starre ich wieder aus dem Fenster und gehe im Geiste durch, ob ich alles eingepackt habe. Was mich nur noch nervöser macht, daher rutsche ich runter von meinem Koffer und klappe ihn noch einmal auf. Ich wühle in dem Stapel kurzer Hosen, in den Chucks, von denen ich gleich mehrere Paare mitgenommen habe, und in der Sammlung an Armbändern.

»Eden, glaub mir, du hast alles, was du brauchst.«

Ich höre auf, in meinen Sachen zu kramen, und blicke auf. Mom steht im Morgenmantel in der Küche und mustert mich über den Tresen, die Arme vor der Brust verschränkt. Wie schon die gesamte letzte Woche hat sie diesen Ausdruck im Gesicht. Halb besorgt, halb genervt.

Seufzend stopfe ich alles zurück in den Koffer. Dann schließe ich ihn, stelle das Ding auf die Räder und stehe auf. »Ich bin nur so nervös.«

Keine Ahnung, wie ich das Gefühl beschreiben soll. Ich bin nervös, ja, weil ich keinen Schimmer habe, was mich erwartet. Dreihundertneunundfünfzig Tage sind eine lange Zeit, da kann sich so einiges tun. Alles könnte plötzlich anders sein. Deshalb habe ich wohl Angst. Ich habe aber genauso Angst, dass sich nichts verändert hat. Ich habe Angst, dass alles wieder auf mich einstürmt, sobald ich ihn sehe. Das ist das Problem an Entfernungen: Entweder helfen sie einem, einen bestimmten Menschen zu vergessen, oder es wird einem durch sie erst bewusst, wie sehr einem dieser Mensch fehlt.

Und im Moment könnte ich nicht sagen, ob ich einfach nur meinen Stiefbruder vermisse oder den Menschen, in den ich verliebt war. Schwer zu sagen, was es ist. Weil es in beiden Fällen um ein und dieselbe Person geht.

»Aber nicht doch«, sagt meine Mom. »Es gibt keinen Grund, nervös zu sein.« Sie kommt zu mir ins Wohnzimmer, und Gucci springt hinter ihr her. Kurz blinzelt sie zum Fenster hinaus, ehe sie sich auf der Armlehne des Sofas niederlässt. »Wann wollte Dean denn kommen?«

»Müsste gleich da sein«, sage ich ganz ruhig.

»Tja, ich hoffe ja, du bleibst im Stau stecken und verpasst deinen Flieger.«

Zähneknirschend wende ich mich ab. Mom war vom ersten Moment an dagegen. Sie will keinen einzigen Tag vergeuden, und sechs Wochen wegzufahren ist für sie nichts anderes als reine Zeitverschwendung. Denn uns bleiben nur noch wenige Monate, bevor ich im Herbst nach Chicago ziehe. Für sie ist das ungefähr so, als würde sie mich dann nicht wieder sehen. Nie wieder. Was natürlich absoluter Quatsch ist. Wenn ich die Abschlussprüfungen erst einmal hinter mir habe, bin ich nächsten Sommer wieder daheim.

»Musst du so pessimistisch sein?«

Endlich breitet sich doch ein Lächeln auf Moms Gesicht aus. »Ich bin nicht pessimistisch, ich bin nur eifersüchtig und ein kleines bisschen egoistisch.«

In dem Moment hört man ein Fahrzeug herannahen. Ich weiß, dass es Dean ist, noch bevor ich ihn sehe, und als das Auto in die Einfahrt biegt, verstummt das leise Schnurren des Motors. Jack, der Freund meiner Mom, hat seinen Wagen etwas weiter oben geparkt, daher muss ich den Hals recken, um ihn zu sehen.

Gerade öffnet Dean die Fahrertür und steigt aus. Seine Bewegungen sind behäbig, und sein Gesicht zeigt keinerlei Regung, fast so, als wäre er am liebsten gar nicht hier. Das überrascht mich nicht im Geringsten. Gestern Abend war er recht einsilbig mir gegenüber und hat die meiste Zeit nur auf sein Handy geglotzt. Als ich dann ging, begleitete er mich noch nicht mal zu meinem Wagen wie sonst immer. Er ist ein kleines bisschen sauer auf mich, genau wie Mom.

Ein Kloß formt sich in meiner Kehle, und ich versuche ihn zu schlucken, während ich den Griff an meinem Koffer ausklappe. Dann rolle ich ihn zur Haustür, halte aber inne, um Mom mit gerunzelter Stirn einen letzten bangen Blick zuzuwerfen. Jetzt ist es also so weit. Ich bin auf dem Weg zum Flughafen.

Dean klopft gar nicht erst an, bevor er das Haus betritt. Das tut er nie; muss er auch nicht. Aber die Tür schwingt langsamer auf als sonst, ehe er reinkommt. Er sieht müde aus. »Morgen.«

»Guten Morgen, Dean«, sagt Mom. Ihr Lächeln wird breiter, und sie streckt die Hand aus und drückt sanft seinen Arm. »Sie wartet schon.«

Deans dunkle Augen zucken zu mir, und er begegnet meinem Blick. Normalerweise lächelt er, wenn er mich sieht, doch heute bleibt sein Ausdruck leer. Allerdings zieht er kaum merklich die Augenbrauen hoch, als wollte er fragen: »Tja, du willst also wirklich fahren?«

»Hey«, begrüße ich ihn, doch ich bin so nervös, dass es ganz schlapp und jämmerlich schwach klingt. Ich schaue runter auf meinen Koffer und dann wieder hoch zu Dean. »Danke, dass du dir an deinem freien Tag die Zeit nimmst.«

»Erinnere mich bloß nicht daran«, sagt er, lächelt nun aber doch, weshalb ich mich gleich besser fühle. Er tritt einen Schritt vor und nimmt mir das Gepäck ab. »Ich könnte jetzt im Bett liegen und bis Mittag pennen.«

»Du bist einfach so gut zu mir.« Ich trete näher und schlinge die Arme um ihn. Und dann vergrabe ich mein Gesicht an seinem Hemd, und er lacht und drückt mich ganz fest. Ich lege den Kopf in den Nacken und sehe ihn unter den Wimpern hervor an. »Nein, mal im Ernst.«

»Oooch«, gurrt meine Mom, die neben uns steht, und erst da wird mir bewusst, dass sie ja auch noch anwesend ist. »Ihr beide seid ja so was von süß.«

Ich werfe ihr einen warnenden Blick zu, ehe ich wieder Dean anschaue. »Wir sollten aufbrechen.«

»Nein, warte, hör mir erst noch zu.« Mom steht auf, und das knappe Lächeln wird verdrängt von einem missmutigen Stirnrunzeln. Ich habe die Befürchtung, das könnte zu einem Dauerzustand geworden sein, bis ich wieder zurückkomme. »Fahr nicht mit der U-Bahn. Rede nicht mit Fremden. Und setz bloß keinen Fuß in die Bronx. Ach ja, und komm bitte lebend wieder heim.«

Ich verdrehe die Augen fast bis zum Hinterkopf. Einen

ganz ähnlichen Vortrag musste ich mir nämlich vor ziemlich genau zwei Jahren anhören, als ich nach Kalifornien ging, um wieder in Kontakt mit Dad zu kommen. Nur dass die Warnungen damals in erster Linie ihn betrafen. »Schon klar«, entgegne ich. »Sag doch einfach, ich soll keine Dummheiten machen.«

Sie sieht mich fest an. »Ganz genau.«

Ich mache mich von Dean los, gehe zu ihr und lege die Arme um sie. Wenn ich sie umarme, hält sie wenigstens die Klappe. Das funktioniert immer. Sie drückt mich ganz fest und seufzt. »Ich werde dich vermissen«, murmle ich gedämpft.

»Und du weißt ganz genau, dass du mir auch fehlen wirst«, sagt sie und löst sich aus der Umarmung, die Hände immer noch auf meinen Schultern. Dann wirft sie einen Blick auf die Uhr in der Küche und schiebt mich sanft in Richtung Dean. »Ihr macht euch besser auf den Weg. Sonst verpasst du doch noch deinen Flieger.«

»Genau, wir fahren besser«, meint Dean. Er reißt die Haustür auf und zieht meinen Koffer über die Schwelle. Dann hält er inne. Vielleicht wartet er ab, ob meine Mom noch ein paar überflüssige Ratschläge auf Lager hat, ehe ich verschwinde. Zum Glück aber ist dem nicht so.

Ich schnappe mir meinen Rucksack vom Sofa und folge Dean ins Freie, aber nicht, ohne mich noch einmal umzudrehen und Mom ein letztes Mal zuzuwinken. »Wir sehen uns dann in sechs Wochen.«

»Erinnere mich bloß nicht daran«, sagt sie, und damit wirft sie die Haustür zu. Ich verdrehe wieder die Augen und marschiere in Richtung Einfahrt. Sie fängt sich schon wieder. Irgendwann.

»Tja«, ruft Dean mir über die Schulter zu, während ich ihm zu seinem Wagen folge, »wenigstens bin ich nicht der Einzige, den du hier allein sitzenlässt.«

Ich kneife die Augen ganz fest zu und raufe mir das Haar, während ich neben der Beifahrertür stehe und warte, dass Dean meine Sachen im Kofferraum verstaut. »Bitte, Dean, fang nicht wieder an.«

»Aber es ist nicht fair«, brummt er. Wir steigen im gleichen Moment ein, und kaum hat er die Tür hinter sich zugezogen, seufzt er theatralisch. »Warum musst du denn unbedingt gehen?«

»Jetzt mach doch bitte kein Drama draus«, sage ich, weil ich wirklich nicht verstehe, wo das Problem liegt. Er und Mom waren von Anfang an gegen die Idee mit New York. Fast so, als hätten sie Angst, ich könnte nie mehr wiederkommen. »Ist doch bloß ein Kurztrip.«

»Ein Kurztrip?«, schnaubt Dean verächtlich. Trotz seiner miesen Laune gelingt es ihm, den Motor zu starten und endlich loszufahren. Er stößt rückwärts raus auf die Straße und steuert Richtung Süden. »Du bist ganze sechs Wochen weg. Und danach ziehst du nach Chicago. Mir bleiben also nur noch fünf Wochen mit dir. Das ist nicht viel.«

»Ja, schon, aber wir machen einfach das Beste aus diesen fünf Wochen.« Mir ist bewusst, dass nichts, was ich sage, auch nur das Geringste an der Situation ändern könnte. Seit fünf Monaten läuft alles auf diesen Moment hinaus. Nur dass Dean das Problem jetzt endlich auch laut ausspricht. Ich warte schon eine ganze Weile darauf, dass das passiert.

»Darum geht es doch gar nicht, Eden«, fährt er mich an, und kurz bringt er mich damit zum Schweigen. Auch wenn ich es nicht anders erwartet hatte, finde ich es doch seltsam, Dean so gereizt zu erleben. Wir streiten uns nur selten, weil wir bis jetzt eigentlich immer einer Meinung waren.

»Und worum geht es dann?«

»Na, darum, dass du lieber sechs Wochen dort bist, statt die Zeit mit mir zu verbringen«, sagt er. Und fährt mit plötzlich viel leiserer Stimme fort: »Ist es denn wirklich so toll in New York? Und überhaupt, musst du gleich ganze sechs Wochen dort verbringen? Hätte denn eine nicht gereicht?«

»Er hat mich nun mal für sechs Wochen eingeladen«, gestehe ich. Sechs Wochen mögen ja eine lange Zeit sein, aber als ich damals einwilligte, fand ich die Idee super. Was Besseres konnte ich mir gar nicht vorstellen.

»Und warum warst du nicht bereit für einen Kompromiss?« Von Sekunde zu Sekunde steigert sich seine Verärgerung, und er unterstreicht seine Worte mit den passenden Gesten, was zu einigen gefährlichen Lenkmanövern führt. »Warum konntest du nicht einfach sagen: ›Hey, klar komme ich, aber bloß für zwei Wochen‹, hm?«

Trotzig verschränke ich die Arme vor der Brust, reiße den Kopf herum und starre aus dem Fenster. »Jetzt komm mal wieder runter. Rachael hat sich kein einziges Mal beschwert, dass ich weggehe. Warum kriegst du das nicht auf die Reihe?«

»Hallo? Rachael ist deine beste Freundin, aber ich bin dein Freund! Und außerdem trifft sie sich ja mit dir, während du dort bist«, feuert er zurück.

Zugegeben, er hat irgendwo recht. Rachael und unsere gemeinsame Freundin Meghan, die ich kaum mehr zu sehen kriege, seit sie an der Utah State University ist, haben schon vor Monaten einen Trip nach New York geplant. Mich hätten sie auch gefragt, doch Tyler ist ihnen zuvorgekommen. So oder so wäre ich also diesen Sommer in New York gelandet. Aber ich kann Dean wohl kaum zum Vorwurf machen, dass er sich übergangen fühlt. Schließlich treffen Rachael, Meghan, Tyler und ich – fast die ganze Clique also – uns ohne ihn in der Stadt.

Dean seufzt und ein paar Minuten lang macht keiner von uns einen Mucks, bis wir an einem Stoppschild anhalten.

»Du zwingst mich schon früh in diese Fernbeziehungssache«, sagt er. »Das ist echt großer Mist.«

»Na schön, dann kehr doch um«, fauche ich. Ich wirble herum, sehe ihn an und reiße die Hände hoch. »Dann gehe ich eben nicht. Bist du jetzt zufrieden?«

»Nein«, sagt er. »Ich bringe dich zum Flughafen.«

Die nächste halbe Stunde herrscht frostiges Schweigen. Es ist alles gesagt. Dean ist stinksauer, und ich weiß nicht, was ich noch sagen könnte, um ihn aufzumuntern. Also verbringen wir die gesamte Fahrt zum Terminal 7 in betretener Stille.

Dean stellt den Motor ab, kaum ist er direkt vorm Eingang zur Abflughalle rechts rangefahren. Er dreht sich zu mir und sieht mich eindringlich an. Mittlerweile ist es schon fast sieben. »Kannst du mich wenigstens regelmäßig anrufen?«

»Dean, du weißt doch, dass ich das tue.« Ich stoße die Luft aus und lächle ganz leicht, in der Hoffnung, er möge schwach werden, wenn ich ihn aus großen Bambiaugen ansehe. »Versuch einfach nicht zu viel an mich zu denken, okay?«

»Das sagst du so leicht«, meint er. Wieder ein Seufzer. Doch als er mich erneut ansieht, habe ich das Gefühl, seine Stimmung ist nicht mehr ganz so düster. »Komm her.«

Er umfasst mein Gesicht mit den Händen und zieht mich ganz sanft zu sich. Über der Mittelkonsole treffen sich unsere Lippen, und schon bald ist der Streit zwischen uns vergessen. Er küsst mich ganz langsam und zärtlich, bis ich mich von ihm lösen muss.

»Willst du, dass ich meinen Flug verpasse?« Ich sehe ihn mit hochgezogener Braue an, während ich die Beifahrertür aufstoße und die Beine rausschwinge.

Dean grinst. »Vielleicht.«

Demonstrativ rolle ich mit den Augen, und als ich draußen stehe, werfe ich mir den Rucksack über die Schulter und schließe behutsam die Tür hinter mir. Ich hole mein Gepäck aus dem Kofferraum, dann gehe ich zum Fahrerfenster, das er sofort runterkurbelt, kaum dass ich mich ihm nähere.

»Da wären wir, nächster Halt New York City, junge Frau.«

Ich greife in die Tasche und ziehe einen Fünfer raus, genau die Banknote, die wir bei jeder Gelegenheit austauschen, seit wir uns kennen, für jeden Gefallen, den einer von uns dem anderen tut. Nur ist der Schein mittlerweile schon ziemlich knittrig und voller Risse, und fast wundert es mich, dass er noch nicht auseinanderfällt. »Dafür schuldest du mir mehr als nur fünf Mäuse.«

»Ich weiß. Tut mir leid.« Ich beuge mich zum Fenster rein, drücke ihm einen festen Kuss auf den Mundwinkel und drehe mich um. Als ich das Terminal betrete, höre ich hinter mir den Motor starten.

Ich war schon fast zwei Jahre nicht mehr hier am Flughafen von L.A. Daher habe ich mir insgeheim gewünscht, Dean wäre mit mir reingekommen. Doch nun komme ich zu dem Schluss, dass es besser ist, weil ich es so nicht unnötig lange hinausgezögert habe. Er hätte es bestimmt ganz übel gefunden, zu sehen, wie ich hinter dem Sicherheits-Check-in verschwinde. Außerdem komme ich gut alleine klar. Glaube ich.

Wie zu erwarten herrscht im Terminal reger Betrieb, selbst um diese frühe Uhrzeit. Ich schlängle mich zwischen den Massen an Menschen hindurch, bis ich einen freien Flecken finde, an dem ich kurz stehen bleiben kann. Ich nehme den Rucksack ab und krame darin, bis ich mein Handy zu fassen kriege. Schnell rufe ich die SMS-Funktion auf, greife mir meinen Koffer und fange, noch während ich mich zum Schalter der Fluggesellschaft aufmache, zu tippen an.

Sieht so aus, als wäre der nächste Sommer endlich da. Bis bald.

Und dann schicke ich die Nachricht an die Person, auf die ich mich schon seit dreihundertneunundfünfzig Tagen freue.

Ich schicke sie an Tyler.

Kapitel 2

Erst als ich längst am Newark Liberty International Airport gelandet bin, wird mir bewusst, dass der gar nicht in New York liegt. Nein, er befindet sich in New Jersey, und es ist sauviel los hier. Obwohl wir mit einer Verspätung von zehn Minuten losgeflogen sind, landen wir zehn Minuten früher als geplant. Meine innere Uhr sagt mir, dass es zwei Uhr nachmittags ist, deshalb habe ich wahnsinnigen Hunger auf ein Mittagessen. Aber in Wirklichkeit ist es hier natürlich schon siebzehn Minuten nach fünf, am Abend.

Und das bedeutet, dass ich ihn jeden Moment wiedersehen werde.

Mein Herz setzt einen Schlag aus, während ich einen kurzen Blick auf die Infoschilder über mir werfe. Gern würde ich stehen bleiben und nachsehen, wo ich eigentlich hin muss, aber ich kann jetzt nicht anhalten. Ich will nicht, dass es noch länger dauert, sondern will ihn so schnell wie möglich sehen. Ich werfe mir den Rucksack über die Schulter und folge einfach den Leuten, die mit mir aus dem Flieger gestiegen sind. Doch mit jedem einzelnen Schritt verstärkt sich das flaue Gefühl in meinem Magen. Und mir wird immer bewusster, dass ich eigentlich nicht hierherkommen hätte dürfen. Das war keine gute Idee.

Natürlich war es keine gute Idee, denke ich.

Als würde ich über ihn hinwegkommen, wenn ich nur ein bisschen Zeit mit ihm allein verbringe. Im Gegenteil, das macht es doch nur schlimmer, es wird von Mal zu Mal schwieriger. Für ihn ist das alles natürlich kein Problem. Er ist vermutlich längst über mich hinweg und hat eine niedliche neue Freundin mit New Yorker Akzent. Und dann komme ich daher, die blöde Idiotin, die ein ganzes Jahr lang nicht aufhören konnte, an ihn zu denken.

Ich weiß genau, dass alles, was ich je für ihn empfunden habe, wieder da ist, sobald ich ihn sehe. Ich spüre es jetzt schon. Denn ich habe wieder dieses nervöse Gefühl in der Magengegend, das ich immer kriege, wenn er mich anlächelt, und ich spüre, wie mein Puls rast wie immer, wenn sein Blick dem meinen begegnet.

Ob es wohl zu spät ist, die Biege zu machen?

Die Gruppe von Leuten, der ich gefolgt bin, fährt nun eine Rolltreppe nach unten. Zögernd bleibe ich oben stehen und trete zur Seite. Ich überlege. Vielleicht wird es ja gar nicht so schlimm. Klar, ich freue mich darauf, ihn zu sehen, auch wenn meine Nerven deswegen fast mit mir durchgehen. Und außerdem warte ich schon so lange auf diesen Moment, dass es echt lächerlich ist, jetzt plötzlich Zweifel zu kriegen.

Ich bin bloß total durcheinander, in meinem Kopf herrscht Chaos. Aber ich bin hier. Es ist an der Zeit, dass ich ihm das erste Mal nach einem Jahr gegenübertrete.

Als ich die Rolltreppe betrete, umklammere ich den Gurt meines Rucksacks ein wenig fester, und das Herz klopft mir jetzt buchstäblich gegen den Brustkorb. Ob die Leute um mich herum das wohl hören? Fühlt sich an, als bekäme ich gleich einen Herzanfall. Vielleicht kippe ich vor lauter Angst ja um? Meine Beine fühlen sich steif an, aber irgendwie schleppe ich mich vorwärts. Ich schaffe es von der Rolltreppe runter und durchquere die Ankunftsebene.

Mit einem Auge suche ich nach der Gepäckausgabe, während ich mit dem anderen bereits Ausschau halte nach einem

Paar grüner Augen. Ich nehme wahr, wie um mich herum Leute stehen bleiben und sich suchend umsehen. Da sind Männer in Anzügen mit Schildern in der Hand. Familien, die die Massen mustern, die die Rolltreppe herabströmen. Ich durchsuche die Menge meinerseits gleich doppelt so gründlich. Denn ich weiß ganz genau, wen ich zu sehen hoffe. Kurz glaube ich, ihn entdeckt zu haben. Schwarzes Haar, groß. Doch gerade, als mein Herz aussetzen will, schließt der junge Mann eine Frau in die Arme, und mir wird klar, dass er es gar nicht ist.

Wieder lasse ich den Blick durch die Halle schweifen, während ich mir meinen Weg zur Gepäckausgabe bahne. Ich zwinge mich, einen Fuß vor den anderen zu setzen, obwohl meine Beine sich total taub anfühlen. Im Vorbeigehen werfe ich verstohlene Blicke auf die vielen Schilder und schnappe verschiedene Nachnamen auf. Aus welchen Gründen alle diese Leute wohl nach New York kommen? Doch der Gedanke ist schon bald wieder vergessen, denn plötzlich fällt mein Blick auf ein Plakat, das meine Aufmerksamkeit erregt. Klar, weil da nämlich mit schwarzem Edding mein Name draufgeschmiert ist, und zwar irre schief.

Und in dem Moment sehe ich ihn.

Tyler.

Er hält sein dämliches Schild knapp unterhalb der Augen, und kaum begegnen sich unsere Blicke, sehe ich, wie sie sich in den Winkeln kräuseln. Er grinst. Und mit einem Mal überkommt mich eine erstaunliche Ruhe. Die Anspannung in meiner Brust lässt nach. Mein Herz hört auf, gegen den Brustkorb zu hämmern. Mein Puls pocht nicht mehr so stark, dass man ihn unter der Haut sieht.

Und ich stehe einfach nur da, inmitten der Ankunftshalle, und lasse zu, dass die anderen Reisenden mich mit den Ellbogen rempeln. Mir egal, dass ich ihnen im Weg bin. Mir egal, dass ich total verloren aussehen muss, wie ich da stehe.

Für mich zählt nur, dass Tyler hier ist, dass wir uns endlich wieder gegenüberstehen und ich sofort das Gefühl habe, alles wäre wieder im Lot. Fast kommt es mir so vor, als wäre es keine dreihundertneunundfünfzig Tage her, seit er mich das letzte Mal so angelächelt hat wie jetzt.

Langsam senkt er das Schild und zeigt sein ganzes Gesicht, und sofort erinnern mich sein Grinsen und seine Kinnlinie und die Farbe seiner Augen und die Art, wie er eine Braue ganz leicht hochzieht, an all die unzähligen Gründe, warum ich ihn stets so hinreißend fand. Vielleicht liebe ich sie immer noch, all diese Dinge an ihm, weil sich meine Füße jetzt nämlich wieder in Bewegung setzen. Und zwar ganz schnell. Ich gehe direkt auf ihn zu und werde mit jedem Schritt schneller, nur ihn im Blick und nichts anderes. Dass ich mir stur meinen Weg geradeaus zu ihm bahne, zwingt die Leute, mir auszuweichen, denn mittlerweile renne ich. Und kaum bin ich bei ihm angekommen, werfe ich mich ihm in die Arme.

Ich glaube, er ist ein klein wenig überrumpelt. Wir stolpern ein paar Schritte rückwärts, wobei sein Schild zu Boden flattert, weil er mich nun packt. Am Rande nehme ich wahr, wie ein paar Leute ein entzücktes »Ooh« und »Aah« verlauten lassen, weil sie offenbar denken, wir wären ein Paar, das sich bislang nur auf die Ferne übers Internet kannte und sich nun zum ersten Mal begegnet. Mag schon sein, dass es so aussieht, denn in gewisser Weise stimmt es ja auch. Das Ganze war eine Art Fernbeziehung. Eine Fernbeziehung zwischen Stiefgeschwistern, um genau zu sein. Nichtsdestotrotz kümmere ich mich nicht um unser Publikum. Ich schlinge die Beine um ihn und schmiege mein Gesicht an seine Schulter.

»Hoffentlich kriegen die hier nicht den falschen Eindruck«, murmelt Tyler an meiner Wange. Er lacht leise, während er aufpasst, dass wir nicht umkippen. Auch wenn ich im Laufe des vergangenen Jahres seine Stimme immer wieder übers Telefon gehört habe, klingt sie in echt ganz anders. Es ist fast so, als könnte ich sie spüren.

»Vielleicht lässt du mich besser runter«, flüstere ich zurück, was er prompt tut. Ein letztes Mal drückt er mich ganz fest an sich, dann setzt er mich sanft auf die Füße. Und dann blicke ich zu ihm auf und sehe ihm in die Augen, diesmal ganz nah. »Hi«, sagt er.

»Hi«, entgegne ich. Er wackelt mit den Brauen, und wieder einmal stelle ich fest, was für eine Gelassenheit und positive Einstellung er ausstrahlt. Ich kann nicht anders, ich muss grinsen.

»Willkommen in New York.«

Leseprobe aus:
Estelle Maskame
Dich darf ich nicht finden
DARK LOVE 2
ISBN: 978-3-453-27064-0
Auch als E-Book: 978-3-641-18474-2
Ab Juli 2016 überall im Buchhandel erhältlich